ULLI OLVEDI

Die Yogini

Roman

AF185353

GOLDMANN

Ulli Olvedi

Die Yogini

GOLDMANN

Penguin Random House Verlagsgruppe FSC® N001967

3. Auflage
Vollständige Taschenbuchausgabe Dezember 2018
© Wilhelm Goldmann Verlag, München,
in der Penguin Random House Verlagsgruppe GmbH,
Neumarkter Str. 28, 81673 München
© 2016 der Originalausgabe Arkana Verlag
in der Penguin Random House Verlagsgruppe GmbH
Umschlaggestaltung: Uno Werbeagentur, München
Umschlagmotiv: gettyimages/coobiere photograph
SSt · Herstellung: cb
Satz: Satzwerk Huber, Germering
Druck und Bindung: GGP Media GmbH, Pößneck
Printed in Germany
ISBN: 978-3-442-22250-6

www.goldmann-verlag.de

From: Chönyi Lara Sherpa
To: Lisbet
Sent: Tuesday, April 30, 2013 11:46 PM
Subject: Grüße aus Kathmandu
Attachment: Die Geschichte der Yogini Lenjam

Hallo Lisbet,

wie fange ich nur an nach so langem Schweigen? Jahrelang gar nichts von mir und nun so viel! Was da im Attachment hängt, ist ein ganzes Leben, nicht meines, aber mir so nah, dass es an meinem Herzen angewachsen ist und mich zu einer neuen Lara gemacht hat, die ich selbst erst noch näher kennenlernen muss.

Seitdem Du damals hier in Kathmandu warst bei meiner Hochzeit mit Tobgyal, ist eine Zeit vergangen, die von ganz anderer Art war als meine früheren Leben. Schon das Leben mit ihm und seiner Familie, das je nach Jahreszeit mäanderte und Kreise zog – da legte ich meine Vergangenheit beiseite, bereit, sie zu vergessen. Beinahe hätte ich geschrieben, meine nutzlose Vergangenheit, aber so kann man das ja nicht sagen. Ich wurde geboren und bin aufgewachsen, und das ist ja ein Glück irgendwie. Aber wie dem auch sei, ich habe mich darin geübt, nicht zurückzuschauen.

Von Tobgyals Tod habe ich Dir berichtet, das nehme ich jedenfalls an, sicher kann ich mir nicht sein. Nicht lang danach brach mein PC zusammen, und alle Daten gingen verloren. Das war angemessen, denn ich ging mir selbst verloren. Ein nepalesischer Schamane suchte meine Seele, so drückte er es aus, und fand sie wieder, aber sie war in schlechtem Zustand. Es war eine sehr, sehr dunkle Zeit.

Lass mich erzählen. Mehr als ein Jahr lang habe ich mich im Erzählen geübt, jetzt fällt es mir fast leicht.

Du weißt, wie liebevoll ich, die rothaarige, sommersprossige Fremde mit ihren paar Brocken Tibetisch, in Tobgyals Familie aufgenommen wurde. Sie liebten Tobgyal und darum liebten sie auch mich. Ich lernte, zu ihnen zu gehören. Ich hatte meinen Job in der Firma, ich hatte dieses wunderbare erwachsene Kind von Mann, ich hatte eine Familie.

Aber dann dieser Flug in den Tod.

Ich verfluchte diese alte, verrottete Flugbüchse. Ich verfluchte die unsägliche Regierung, die solche Dinger fliegen lässt. Ich verfluchte die Touristen. Ich verfluchte die Berge. Und ich verfluchte meine Unfähigkeit, Tobgyal seinen gefährlichen Sherpa-Job auszureden. Das sei sein Beruf, sagte er, einen anderen habe er nicht, und er sei gern ein Sherpa und ein guter dazu.

Ich stopfte dieses furchtbare, verschlingende Loch meines Verlusts mit Wut und Verzweiflung zu und wurde krank. Hat man eine Wahl, wenn der Schmerz so riesengroß ist? Damals hatte ich sie nicht.

Heute frage ich mich, ob wir wirklich, wie wir es erträumten, zusammen hätten alt werden können. Ich kann jetzt die Probleme sehen, die sich ankündigten, vielleicht spürten wir sie sogar unter der Oberfläche unseres Glücks. Woher hätten sonst die Streitereien kommen sollen, diese gelegentlichen heftigen Gewitter, die uns erschütterten und ins Bett trieben zu ekstatischen Versöhnungsfeiern, wenn nicht von der Kluft zwischen zwei so verschiedenen Welten, die wir nicht wahrhaben wollten?

Er sagte: »Mir wird nichts geschehen, ich habe mein Gau*« – eine Art Amulett von seinem Lama. Ich sagte: »Ihr Tibeter seid so abergläubisch, das ist nicht zum Aushalten.« Manchmal hatte ich den Eindruck, dass wir uns einander über einen Abgrund hinweg umarmten, die Zehen in den Rand gekrallt, aber das wollte ich nicht wahrhaben.

Nach seinem Tod lag ich wochenlang in unserem Zimmer und versuchte zu sterben. Tobgyals Eltern und seine Schwester waren sehr gut zu mir. Sie verschonten mich mit Aufmunterungen, kamen nur manchmal herein, brachten etwas zu essen und streichelten mich. Tobgyals Vater saß oft abends lang an meinem Bettrand, hielt meine Hände und sang. Er hat eine schöne, sanfte Stimme – erinnerst Du Dich daran? Er ist früher einmal ein Klosterkind gewesen dort oben in seiner Heimat nahe der tibetischen Grenze, und er war gern im Kloster, doch dann starb sein Vater, und die Mutter brauchte ihn. Die Klosterlieder hat er nie vergessen, sie sind wunderschön.

Oben im Schreinraum – er hat Dir gefallen, erinnerst Du Dich? Du hast Fotos davon gemacht – lasen ein paar Mönche jeden Tag die Bardo-Texte, neunundvierzig Tage lang. Im Bett hörte ich ihre Rezitationen und Glocken und Handtrommeln, Klänge aus einer verschlossenen Welt. Dann war

---

*   Anm: Glossar ab S. 571

es plötzlich still. Ich steckte fest in der Zeit, es hätten neunundvierzig Tage oder neunundvierzig Jahre sein können. »Alles gut mit Tobgyal«, sagte der Vater, »unser Rinpoche hat ja Powa für ihn gemacht und die neunundvierzig Tage sind um. Jetzt ist Tobgyal an einem guten Ort.«

Sie sagen immer »unser Rinpoche« und »unser Kloster«, wie man von engen Familienbindungen spricht, und ich hatte mich daran gewöhnt, irgendwie auch dazuzugehören. Aber ich gehörte nicht wirklich dazu, nicht wie sie mit ihrer vertrauensvollen Selbstverständlichkeit. »Geh zum Rinpoche«, sagte Tobgyals Mutter, aber ich ging nicht. Ich war in den Abgrund des Zunichtsgehörens gefallen, wo es kein Zurück und kein Vorwärts gibt, nur den erstarrten Eisblock des Leidens in alle Ewigkeit. »Lass mich, Amala«, sagte ich dann, und sie strich mir über die Haare, die ich weiß der Himmel wie lang nicht gewaschen hatte, und ich spürte meine heimliche Grausamkeit in meinem Leiden, aber auch das war mir gleichgültig.

Natürlich verlor ich meinen Job in der Firma. Ich vergaß ihn einfach, und dann wurde irgendwann das Kündigungsschreiben an mein Postfach geschickt, aber da blieb es liegen. Luke – erinnerst Du Dich an Luke, meinen Chef, den jungenhaften Riesen mit den grauen Haaren? Er war auch bei der Hochzeit. Er kam irgendwann und fragte nach mir. Doch da war ich schon tief im Labyrinth, das ich auch später, als ich mein Zimmer wieder verließ, wie ein Schneckenhaus mit mir herumtrug.

Und dann traf ich Henning und Carol an der Stupa. Du kennst sie ja. Freundliche Menschen. Der dünne Henning mit der bedeutenden Nase und den liebenswürdigen, wässrigen Augen und Carol, seine robuste kleine Südstaatenfrau.

Die beiden kamen dem am nächsten, was ich Freunde nennen würde. Sie interessierten sich für mich und besuchten mich, und wenn Tobgyal unterwegs war, gingen wir manchmal zusammen zum Essen ins Snow Lion. Ich hatte vor Tobgyals Tod mit Henning in meiner ehemaligen Firma gearbeitet. Sie sagen, er sei der beste Bergstraßenbauingenieur, den sie je hatten. Carol ist Architektin. Ich habe mich nie sehr für sie interessiert, aber es hat sich ergeben, dass sie jetzt eine wichtige Rolle in meinem neuen Leben spielt.

Jeden Morgen und Abend um die Stupa laufen, einmal unten herum und die unzähligen Gebetsmühlen drehen, dann um die Mitte, dann oben rum – das war meine zwiespältige Rückkehr ins Leben. Es war der einzige Ort, wo ich Menschen ertragen konnte. Erstaunlich, wenn man bedenkt, wie viele es immer sind. Es tat gut, die Tauben zu sehen, die morgens auf der riesigen Kuppel der Stupa saßen und die Tautröpfchen wegpickten, und die Buddha-Augen, die gelassen über die Stadt hinausschauten in die Welt, mit der ich nichts mehr anfangen konnte und wollte.

»Sie lebt wieder!«, rief Henning und schwenkte seine Mala, beide umarmten mich. Es drang zu mir durch, dass sie sich wirklich freuten. Ich musste mit ihnen frühstücken gehen, sie zogen mich in ihr Leben hinein, und es lief darauf hinaus, dass ich mich, ohne es zu ahnen, auf ein noch viel größeres Abenteuer als die Ehe mit einem tibetischen Sherpa einließ.

Sie hätten ein wunderbares Projekt, sagte Carol, für Nonnen irgendwo in den Bergen, und ich solle doch mithelfen. Nichts würde die körperliche und geistige Gesundheit besser unterstützen als Hilfe für andere. Und die Nonnen seien so süß, man könne gar nicht anders, als ihnen helfen zu wollen. Ja, das sah ich ein, anderen zu helfen könnte gut sein, aber ich schreckte zurück. Aufgaben wollte ich nicht übernehmen, nicht jetzt, nicht in meinem Zustand.

»Keine große Aufgabe«, sagte Henning. Sie hatten mithilfe von Spenden Wellblechdächer gekauft, die mit einem Hubschrauber zu einem Nonnenkloster hoch in den Bergen gebracht werden und dort montiert werden sollten. Monatelang hätten sie sich bemüht, das Geld zusammenzubringen. Der Transport kostete mehr als alle Dächer. Aber es gab keine andere Möglichkeit, die Bleche hinauf in die Berge zu transportieren.

Dieses Kloster, berichtete Henning, bestand größtenteils aus ebenerdigen Ruinen, manche Räume waren nur mit Plastikplanen notdürftig geschützt. Ich könne mit meinen guten Nepali- und Tibetischkenntnissen bei der Verständigung mit den Nonnen und beim Organisieren des Aufbaus der Dächer helfen.

Ich sagte zu mit demselben Gefühl, nicht beteiligt zu sein, mit dem ich zu essen pflegte, weil man mir etwas hinstellte. Erst als ich mit Henning und Carol und Jeff, einem weiteren Helfer, im Hubschrauber saß, in einer Wolke von höllischem Lärm, so winzig vor den riesigen Bergen, wachte ich ein wenig auf. Der Gedanke kam mir, dass die Berge, die Tobgyal das Leben gekostet hatten, auch mich in ihre tödliche Umarmung ziehen könnten. Ich fand diesen Gedanken passend und tröstlich.

Wir landeten in einem weiten Tal unterhalb des halb fertigen oder von Stürmen und Wintern demolierten Klosters. Niedriger, zerzauster Wald an den Hängen, darüber nackter Fels und über allem in unglaublicher Höhe die gewaltigen Schneeriesen. Auf den geduckten kleineren und größeren

Häuschen am Hang lagen kreuz und quer Bretter, darüber blaue, mit Steinen beschwerte Plastiksäcke. Ein paar Löcher in den rohen Wänden dienten als Türen und Fenster. Dieser bestürzende Anblick zerrte mich augenblicklich in die Wirklichkeit zurück. Wie konnten Menschen hier leben? Wie den Winter überstehen?

Wir mussten den Nonnen erklären, was wir vorhatten. Sie ergriffen unsere Hände, weinten, lachten, konnten gar nicht aufhören zu danken. Ich entzog mich, sobald es ging, tat so, als wolle ich die Landschaft erkunden, und ging den Hang über den Hütten hinauf, um zu weinen. Es war Berührtheit, wie ich sie unendlich lang nicht mehr erlebt hatte. Sie tat weh und tat gut, und ich weinte, weinte, bis auch die Last meines festgefrorenen Verlustes aufgetaut und weggeschwemmt war.

Irgendwann hob ich den Blick – und schaute in Knopfaugen in einem kleinen, pelzigen Gesicht, die mich ruhig und aufmerksam ansahen, und da war es, das wunderbare Glück, einfach lebendig und verbunden zu sein. Ein Murmeltier. Ich nahm es als glückliches Omen, dass mich ein Murmeltier begrüßte bei meinem Eintritt in mein neues Leben. Als ich schließlich vom Berg herunterkam, war ich eine Lara mit frisch gewaschenem Geist.

Henning hatte alles gut geplant. Die Träger, die er in einem Dorf weiter unten im Tal anheuerte, schleppten die Wellblechplatten hoch, und er und Jeff bohrten und hämmerten und schraubten so lustvoll, dass ich versucht war, mir eine Wiedergeburt in männlicher Form zu wünschen. Carol kochte unser Essen auf einem offenen Feuer in der verrußten Hütte, die als Gemeinschaftsküche diente, und wir schliefen in unseren guten Schlafsäcken in einer der größeren Ruinen.

Eines der ersten Dächer, die befestigt wurden, bekam Jangchub, die älteste der Nonnen. Sie bewohnte ein winziges Häuschen im Schutz eines Felsens, die anderen vierzehn Nonnen lebten einzeln in kleinen Kammern, die zu dreien oder vieren unter einem Dach aneinandergereiht waren. Ein System war in der Anlage der Gebäude nicht zu erkennen. Man hatte sie einfach dort hingestellt, wo nicht allzu viel Boden begradigt werden musste. Eine ordentliche Unordnung. Das gefiel mir.

Mit der zweiten Hubschrauberladung von Wellblechen und Lebensmittelvorräten kam eine französische Ärztin, um einige kranke Nonnen zu untersuchen. Diese Nonnen halten unglaublich viel aus, sagte sie, aber sie sind viel älter, als sie aussehen. Das wunderte mich nicht. In diesen wettergegerbten Gesichtern mit den eher stoischen als liebenswürdigen Zügen blitzten alle möglichen Lebensalter durch. Manchmal sah ich Kindliches darin, manchmal Uraltes, und dazwischen konnte man Mütterliches, Entschlossenes, gelegentlich auch vergnügt Freches entdecken.

Meine Lieblingsnonne war die alte Jangchub, und das vom ersten Augenblick an, als ich sie vor ihrem Häuschen mit der blauen Plastikplane als Dach stehen sah in ihrer zu großen, dicken rotbraunen Filzjacke und einer feuerroten Pudelmütze auf dem Kopf. Sie habe ein Lungenödem, deshalb atme sie schwer, sagte die Ärztin und schlug vor, Jangchub mit nach Kathmandu in ein Krankenhaus zu nehmen. Ich übersetzte diesen Vorschlag, doch die alte Nonne wehrte heftig ab. Wenn es Zeit zum Sterben sei, dann würde sie sterben, denn wenn es Zeit zum Gebären sei, dann würde man ja auch gebären, sagte sie und lachte. Die Ärztin kramte in ihrer großen Tasche, fand ein Medikament und wandte sich an mich. Von diesen Tabletten solle Jangchub jeden Tag eine nehmen, und sie solle mit dem Oberkörper hoch liegen. Es müsse jemand von uns bei ihr bleiben, sagte sie, denn sie wisse, wie es in den Klöstern so sei, vor allem bei den Nonnen. Sie würden die westlichen Medikamente nicht nehmen.

Ich wolle sie versorgen, erklärte ich. Diese Idee war plötzlich da, und ich war überzeugt, dass dies der einzig mögliche Weg aus meiner Lebenssackgasse war. Wenn ich genug vom Klosterleben hatte, würde ich eben gehen. Ich stellte es mir einfach vor.

Es war vor allem Carol, die mich ermutigte. Henning fand die Idee zu abenteuerlich, und Jeff schüttelte nur wortlos den Kopf. Doch sie spürten wohl alle drei, dass mein Entschluss jenseits aller Überlegungen, jenseits alles Für und Wider lag. Wie man nach irgendetwas greift, wenn man fällt, sei es ein Stück Fels, ein Ast oder lediglich ein Büschel Gras.

So kam es, dass ich mich mit Ani Jangchub anfreundete. Ich brachte ihr jeden Tag ihre Medizin, und dann kochten wir gemeinsam, was an Reis und haltbaren Lebensmitteln da war, aber auch sonst alles, das ich den Bauern aus dem Dorf weit unten im Tal abkaufte. Und Ani Jangchub begann zu erzählen. Sie freute sich, mit mir Tibetisch sprechen zu können. Die Nonnen im Kloster stammten fast alle aus der Region dort oben, sprachen einen speziellen Dialekt, und ihr Tibetisch beschränkte sich auf die sakralen Texte in der tibetischen Hochsprache. Doch Jangchub war vor langer Zeit aus Zentraltibet geflohen und war in diesem armseligen Kloster gelandet, um das sich das Hauptkloster, eine weit entfernte Mönchsabtei, wenig kümmerte.

Ani Jangchubs Zustand verschlechterte sich langsam, aber stetig. Sie lag oft auf ihrem Bett, in ihre Schaffelldecke gewickelt, und sprach von Tibet. Eines Tages sagte sie plötzlich: »Du musst gut zuhören, ich will, dass du das nicht vergisst.« Zuerst dachte ich, sie erzähle von sich selbst, doch bald war klar, dass es nicht ihre eigene Geschichte sein konnte, denn sie erwähnte den sechsten Dalai Lama und Lajang Khan und den Jesuiten Desi-Di, womit sie wohl Isidoro Desideri meinte, und da wurde mir klar, dass es sich um das achtzehnte Jahrhundert handeln musste. Ich fing an, wenigstens Stichworte in meinem dicken Schreibblock festzuhalten, und später schrieb ich mit, so gut ich konnte. Erstaunlich war, dass ich nicht nur hörte, was sie erzählte, sondern ich erlebte es. Es war nicht Jangchubs Geschichte, doch Jangchub erlebte sie, und ich erlebte sie mit ihr.

Das Leben der alten Nonne verlöschte sehr langsam. Sie lächelte oft und sagte, es sei gut, dass ich bei ihr sei und sie mir das alles erzählen könne. Und immer wieder mahnte sie, ich solle es nicht vergessen, auf keinen Fall, es sei sehr wichtig. Ich hatte das Gefühl, dass ihr das Sterben nichts ausmachte, dass sie mir nur noch die ganze Geschichte erzählen wollte, bevor sie ging. Das war schön, denn ich hatte mich trotz aller Hilfsbereitschaft vor ihrem Tod gefürchtet. Ani Jangchub muss meine Unsicherheit gespürt haben, denn sie sagte: »Mach dir nichts draus, dieses Leben war lang genug. Was soll ich denn noch mit dem alten Körper, der ist doch nicht mehr zu gebrauchen.«

Man hat ihr dann eine würdige Feuerbestattung gegeben, und ich habe neunundvierzig Tage lang die Zeremonien für sie mitgemacht. Dann war es höchste Zeit, noch vor dem Schnee von den Bergen runterzukommen, zurück nach Kathmandu und zu meiner Familie. Zu Tobgyals Familie. Wie glücklich sie waren, ihre Inji-Verwandte neugeboren wiederzuhaben. Denn so empfanden sie mich, neugeboren. Und sie hatten recht. Eine neue Lara war von den Bergen zurückgekehrt.

Ich wusste, was ich zu tun hatte. Jangchub hatte gewollt, dass ihre Geschichte nicht vergessen werden sollte, und so begann ich, sie vollständig aufzuschreiben. Ich schrieb und schrieb, es war alles da, dieses ganze Leben einer Tibeterin.

Ich bitte Dich, lese sie. Die Geschichte soll gelesen werden, denn Jangchub wollte, dass sie nicht verloren geht.

Bald werde ich mich für drei Jahre in ein geschlossenes Retreat in den Bergen zurückziehen, das habe ich Carol zu verdanken. Aber das ist eine andere Geschichte.

Ich hatte während Jangchubs Erzählung ihre Geschichte so zutiefst miterlebt, dass ich oft nicht mehr recht wusste, wo ich eigentlich war. Aber dennoch muss ich mich natürlich fragen, ob ich sie wirklich immer richtig verstanden habe. Wie soll ich das wissen? Die alte Jangchub möge mir meine Fehler verzeihen – ich habe ihr Vermächtnis weitergegeben, so gut ich konnte.

Tashi Delek
Deine Lara

I

Schnee trieb an der offenen Küchentür vorbei, ein Windstoß wehte einen Vorhang von Kälte und Schnee herein.

»Komm, wir bauen einen Thron!«, rief Nyima, und Lenjam folgte der Schwester die Treppe hinunter, fest in den Schaffellmantel und die dicken Stiefel eingepackt. Eifrig häuften sie Schnee auf und klopften ihn fest. Das machte Mühe, der neue Schnee wollte nicht gut halten, man musste ihn gründlich mit der dünnen Lage älteren Schnees mischen. Das Innenfell an den langen Ärmeln, die ihre Hände schützten, wurde nass, doch das war gleichgültig, so herrlich war das Spiel.

Gerade betrachtete Lenjam zufrieden ihr Werk, als Nyima mit einer schnellen Handbewegung Schnee von Lenjams Haufen wegfegte.

»Aber jetzt ist deiner größer!«, schrie Lenjam.

»Das muss auch so sein«, erklärte Nyima und setzte sich auf ihren höheren Thron. »Bei deiner Geburt gab es keinen Kuckuck auf dem Dach.«

So war es eben. Nyima wusste stets, was sie wollte, und dagegen kam man nicht an. Lenjam nahm es wütend hin und schwieg. Nyima konnte zornig werden, so zornig, dass das ganze Haus von ihrem Zorn erfüllt war, und dann kamen auch noch Amalas und Palas Zorn dazu. Die alte Mola war nie zornig, auch Ani-la nicht, aber die war ja eine Nonne, und man wusste, dass eine Nonne anders war als gewöhnliche Menschen.

Die Schwestern stritten oft und versöhnten sich schnell wieder. Doch dann kam der große, riesengroße Streit. Wie es dazu kam, war bald vergessen, doch er riss Lenjams Welt auseinander, die sich zwar nach und nach wieder zusammenfügte, aber nie mehr so fest war wie zuvor.

Es war in einer Ecke des Hofs bei den Ställen, wo sie nicht gesehen wurden. Die Mauer, die das gesamte Anwesen umgab, warf lange Abendschatten, jene Art von Schatten, in denen ein Lauern sitzt. Um diese Zeit würde niemand mehr zu den Ställen kommen. Lenjam hatte im Stall einen Würfelbecher mit zwei Würfeln gefunden, die einer der Onkel dort vergessen hatte, und sie beschlossen, Sho zu spielen, obwohl sie die Regeln nicht kannten. Wie immer hatte Nyima sofort einen Plan, wie sie es spielen könnten. Der Plan war allerdings nicht sehr gut. Bald beschuldigten sie einander zu mogeln.

Der Streit wurde wild. Sie schrien einander an, stießen sich gegenseitig und traten nach den Hunden, die sich aufgeregt einmischten. Schließlich rannte Nyima ein paar Stufen der Eingangstreppe hinauf, stampfte auf und schrie mit Triumph in der Stimme hinunter: »Sei du still, du hast nichts zu sagen. Ich bin die erste Schwester, und du bist nur die zweite Schwester. So ist das.«

»Ist nicht wahr!«, schrie Lenjam zornig, aber Nyima übertönte sie: »Tante Tamdzin hat gesagt, ich bin zwei Wochen älter als du, und meine Amala ist nicht deine richtige Amala, und mein Pala ist nicht dein richtiger Pala. Die Nagas haben dich aus dem Fluss gebracht, heimlich, in der Nacht.«

»Tante Tamdzin lügt. Sie ist ein Dön. Das hast du selbst gesagt. Sie ist ein Dön.«

So außer sich war Lenjam, dass sie Nyima mit aller Kraft von der Treppe stieß, hinauf in die große Küche zur Mutter rannte und ihr Gesicht in Amalas fein gewebte Schürze mit den bunten Streifen drückte, tief hinein in den Schutz des Dufts nach Butter, Tsampa und Räucherwerk.

»Was ist denn los?«, fragte Amala.

»Haben mich die Nagas gebracht?«, schluchzte sie in die Schürze.

Amala lachte. »Aber Kind, was redest du denn da?«

»Nyima!«, presste Lenjam hervor.

»Ach, ihr Kinder«, sagte Amala, »müsst ihr denn immer streiten?«

Amala konnte streng sein, doch auf eine Weise streng, so wie die Hütehunde die Schafe in den Pferch scheuchten. Die Schafe fürchteten sich nicht vor den Hunden, aber sie gehorchten, das war ganz selbstverständlich. Bei Amala wurde selbst Nyima manchmal zum Schaf. Und wenn Amala dann tröstete, konnte man sich gut fühlen. Jetzt war es Zeit zum Trösten, und Amala drückte Lenjams Kopf an sich, bis die Tränen versiegten.

Erst viele Monde später brachte sie es über sich, Ani-la die drängende Frage zu stellen, ob Amala wirklich ihre Amala und Pala wirklich ihr Pala sei. Ani-la war Amalas Schwester und im Haus fast ebenso wichtig. Doch sah sie zu Lenjams Bedauern mit ihrem Nonnengewand und dem kurzen Fell von Haaren auf dem Kopf nicht so schön aus wie Amala.

»Selbstverständlich haben dich nicht die Nagas gebracht«, sagte Ani-la. »Du gehörst zu uns. Hör nicht auf das dumme Gerede von Nyima.«

»Aber Tante Dön, ich meine, Tante Tamdzin hat das gesagt.«

»Du sollst Tante Tamdzin nicht Dön nennen, sie ist kein böser Geist.« Trotz der Rüge lag in Ani-las Stimme ein verstecktes Lächeln.

»Wenn etwas geschieht, das dir wehtut«, fuhr Ani-la fort, »kannst du ruhig ein bisschen jammern, aber andere fühlen Schmerz genauso wie du. Es ist wichtig, dass du das nicht vergisst. Denk einfach immer wieder daran. Fühle mit anderen. Dadurch wirst du ein ganz wunderbarer Mensch werden.«

Wieder einmal nahm Lenjam sich vor, brav daran zu denken, denn sie wollte ein ganz wunderbarer Mensch werden, um Ani-la zu gefallen. Doch es dauerte nie lange, bis sie es wieder vergaß.

Dem Vater stellte Lenjam die Frage nach den Nagas nicht, das kam ihr gar nicht in den Sinn. Pala war groß und breit und mächtig, und alle richteten sich nach seinem Wort. Er hatte ihr die kleine, stämmige Stute Drala als ihr ganz eigenes Pferd gegeben, und einer der Pferdejungen wurde damit beauftragt, ihr das Reiten beizubringen und aufzupassen, dass sie nicht herunterfiel. Lenjam hatte vor allem deshalb reiten wollen, weil Nyima wenig Neigung dazu zeigte. Nyima wollte lieber lesen lernen, und sie lernte ungewöhnlich schnell. Alle sagten, das sei ein Wunder. Schon nach einem Jahr des Lernens unter Lama Samtens strenger Aufsicht hatte sie Lenjam weit überholt. Wenn Besuch kam, wurde eines der heiligen Bücher aus dem Schreinraum geholt, und Nyima durfte ihre Lesekünste vorführen und wurde ehrfurchtsvoll gelobt.

Lenjam wollte zeigen, dass sie ebenfalls etwas gut konnte. Sie mochte den Geruch der Pferde und ihre großen, aufmerksam geweiteten Augen. Nyima war die Besondere, und Lenjam war die Unbesondere, so war es immer gewesen, aber es sollte nicht so bleiben.

»Eine feine kleine Reiterin«, lobte Pala sie. »Unsere Lenjam hat Pferdeverstand.«

Eine wundervolle Erinnerung, jener Augenblick, an dem sie im Stall Nase an Nase mit Drala stand und ihr zuflüsterte: »Du bist jetzt mein Pferd, wir gehören zusammen.«

Drala hielt ganz still und schnaubte leise. Der Pakt war geschlossen. Mochte Nyima auch unübertroffen lesen können und bei der Geburt den Kuckuck auf dem Dach gehabt haben, Lenjam hatte von nun an Drala.

Der würzige Geruch von Lhasang, dem heiligen Rauch, den Ani-la jeden Morgen im Opferofen vor dem Haus entzündete, kroch durch alle Fenster ins Haus, wenn Lenjam und Nyima in den oberen Stock zum Schreinraum mit den kostbaren Statuen und Rollbildern hinaufstiegen. Dort setzten sie sich auf die Matten vor den Kästchen, in denen die Texte lagen, holten das Buch mit den »Anleitungen auf dem Weg zur Glückseligkeit« hervor und wickelten es aus seinem Tuch. Erst dann kam Lama Samten aus seinem kleinen Zimmer nebenan und setzte sich auf das Polster neben dem Schrein. Lama Samten hielt viel von strengen Regeln.

Dann lasen sie, so laut sie konnten, damit es im ganzen Haus zu hören war, damit alle, vor allem Pala und Amala, mit ihrem hörbaren Fleiß zufrieden waren.

Lange Zeit lernten sie immer nur Lesen. Lenjam verstand nicht viel von alledem, was sie lesen musste. Es war ein kunstvolles Tibetisch mit vielen unbegreiflichen Inhalten.

Aber man musste lesen lernen, Pala wollte es so.

»Das versteht kein Mensch«, sagte sie einmal vor der Lernstunde.

»Der Lama erklärt es doch«, entgegnete Nyima mit ihrem Blick von oben herab.

»Und du verstehst es?«

Nyima nickte. »Natürlich!«

»Du lügst«, sagte Lenjam.

»Ich lüge nie!«

»Aber jetzt lügst du!«

Lenjam schubste Nyima von ihrem Polster. Nyima wehrte sich wütend und riss an Lenjams Zöpfen.

Plötzlich stand Lama Samten vor ihnen.

»Schluss damit! Ich darf euch das nicht durchgehen lassen. Wenn ihr nicht sofort aufhört, müsst ihr bestraft werden.«

Sie setzten sich eilig auf ihren Plätzen zurecht und senkten die Köpfe über die Texte. Natürlich würde nicht Lama Samten sie bestrafen, doch Pala, das wussten sie, war es seinem hohen Stand als Distrikthauptmann schuldig, dass er sie nicht schonte. Sie wurden unterrichtet wie Söhne, also galten für sie dieselben Regeln wie für Jungen. Stoßen und Hauen im Schreinraum, wo sie unterrichtet wurden, war verboten.

»Ihr werdet euch von jetzt an gut benehmen«, sagte Lama Samten, und es klang nicht ganz so streng, wie es klingen sollte, denn die Khampa-Aussprache wollte ihm nie recht gelingen.

»Ja, Lama-la«, sagten die Mädchen und machten brave Mienen.

Als sie in den Hof hinunterliefen, erklärte Nyima: »Wenn du es unbedingt wissen willst, ich gebe zu, ich verstehe nicht alles genau. Aber ich verstehe es ein bisschen. Also hab ich auch nur ein bisschen gelogen.«

Lenjam vermutete, dass an dieser Logik etwas nicht stimmte. Doch wozu darüber nachdenken? Lieber überließ sie Nyima das letzte Wort, denn das hatte sie ja letztlich immer.

Ihre Gedanken kreisten stattdessen um Lama Samten, über dessen Herkunft man wenig zu wissen schien, obwohl doch alle immer so gern tratschten und Lenjam dafür stets ein offenes Ohr hatte. Den Lama mit dem steifen Bein habe Pala einmal irgendwo auf seiner Lhasa-Reise aufgelesen, so hatte sie eine der Tanten sagen hören. Er müsse aus Zentraltibet stammen, das habe man gleich bemerkt an seiner hochnäsigen Sprache, und er könne sich ja ruhig bemühen, die Khampa-Sprache besser zu lernen.

Doch gerade wegen dieser hochnäsigen Sprache, so erkannte Lenjam, als sie älter war, konnte Pala den Lama gut gebrauchen, denn so erhielten seine Mädchen den ordentlichen Unterricht, den sonst nur Jungen im Kloster bekamen. Die Tanten hatten einmal davon gesprochen, dass er den Lama ursprünglich für den zukünftigen Sohn mit nach Hause genommen hatte, der ihm dann jedoch versagt blieb. Wäre es nach Lenjam gegangen, hätten sie auch ganz gut ohne Lama Samten auskommen können. Aber, wie Amala sagte, es war eben eine große Ehre und sehr gut für das Wohl des Hauses, einen eigenen Lama zu haben für all die Rituale und Schutzgebete.

Nach dem Mittagessen durften die Mädchen spielen. Doch seit sie von Lama Samten unterrichtet wurden, spielten sie nicht mehr so häufig mit den übrigen Kindern des Anwesens, die zum größten Teil im zweiten Haus bei den anderen Tanten und Onkeln wohnten. Die meisten Kinder mochten Nyimas Spiele nicht mehr, denn ständig wollte sie den Lama spielen, und die Kinder sollten ihre Schüler sein und still sitzen.

Palas Haus war groß, und im weiten Vorhof war immer etwas los. Oft kamen Besucher, denn Pala genoss große Hochachtung. Er war, so viel wusste Lenjam, der Oberste der Sippe und besaß große Yak- und Schafherden, und er war der Herr über die Region. Nur dem Gyalpo, ihrem König, hatte er zu gehorchen, der schätzte ihn sehr, das wusste jeder.

Amala und Ani-la herrschten über den Haushalt. Für Lenjam war Ani-la fast ebenso wichtig wie Amala, vielleicht insgeheim noch wichtiger, denn sie glaubte, dass sie in Anilas Herz den allerersten Platz einnahm. Zumindest hatte sie diese hoffnungsvolle Überzeugung. Andererseits war Ani-la eher auf der dienenden Seite im Haus, obwohl niemand so etwas gesagt hätte. Sie war eine Nonne, und deshalb hatte sie gut und dienend zu sein.

Neben Mola, der Großmutter, war Tante Puntsog die wichtigste der Tanten und wohnte in Palas Haus wie auch die boshafte Tante Tamdzin, vor der alle fast ebenso viel Respekt hatten wie vor Amala. Und auch Onkel Dokar, die kleine Pema und deren drei kleine Buben wohnten mit im Haus, denn Onkel Dokar war der Bruder von Pala, auch wenn man sich das nur schwer vorstellen konnte.

»Onkel Dokar war im letzten Leben ein Stein«, sagte Nyima, »darum mag er nur herumsitzen und nichts tun.«

Die anderen Onkel, die alle »Palas Männer« nannten, wohnten mit weiteren Großmüttern, Tanten und Kindern im zweiten Haus, das ebenso groß war wie das vordere Haus des Anwesens, aber nicht so gut ausgestattete Räume hatte.

Am Abend, wenn die Pferde versorgt waren, vollzog Lama Samten die Rituale für die Schutzgottheit des Hauses und die örtlichen Geistwesen, und alle gesellten sich dazu, denn es war überaus wichtig, in guter Beziehung zu den mächtigen unsichtbaren Wesen zu stehen. Lenjam und Nyima mochten das gemeinsame Singen und Rezitieren, zumal sich, wie Lama Samten sagte, die hohen Gottheiten Chenresig und Arya Tara darüber freuten und darum besonders gut auf Lenjam und Nyima aufpassten und sie dabei unterstützten, gute Menschen zu werden, Verdienste zu sammeln und eine gute Wiedergeburt zu bekommen.

Nach und nach erklärte der Lama die Begriffe der Texte, die sie lesen konnten, und ihr Verständnis für die Inhalte wuchs, wenn auch Lenjam sich unter dem Ziel, »den Erleuchtungsgeist zu entwickeln«, nicht viel vorstellen konnte. Doch dieses tägliche Studium führte dazu, dass eine Kluft zwischen den Mädchen und den anderen Kindern des Anwesens entstand. »Sie sind dumm und kindisch«, pflegte Lenjam zu sagen, »sie wissen ja gar nichts.«

»Das war ein Sommer, wie er sein sollte, die Ernte wird gut sein«, hörte Lenjam Pala sagen. »Ich denke, Ten-Dorje ist jetzt groß genug, um zu helfen. Wir sollten ihn nach der Sommerklausur aus dem Kloster holen.«

»Aber er war doch immer so ein Winzling«, erwiderte Amala, »da wird er jetzt auch nicht sonderlich groß sein. So viel älter als Nyima und Lenjam ist er ja nicht. Ob der eine große Hilfe sein wird?«

Pala brummte. Er gab Amala oft recht und machte das mit einem Brummen deutlich.

»Aber einen Versuch ist es wert«, erklärte er nach kurzem Nachdenken. »Wir können ein paar Hände mehr gut gebrauchen. Und ich gebe dem Kloster schließlich genug für ihn.«

Dieses Gespräch, das sie zufällig mitgehört hatte, fand Lenjam sehr aufregend. Den entfernten Cousin kannte sie kaum. Pala hatte Ten-Dorje, das älteste Kind jener Verwandten, die eine seiner Herden hüteten, als kleinen Jungen ins Kloster gegeben, nachdem Amala mehrmals nur Mädchen geboren hatte, von denen lediglich Nyima überlebt hatte. Schließlich musste jemand von Palas Stand einen Sohn oder Neffen im Kloster haben, das gehörte sich so.

Am Abend im Schlafraum der Frauen besprach sie mit Nyima flüsternd, um die Tanten und Mägde nicht zu stören, wie es wohl sein würde mit Ten-Dorje als Spielkameraden.

»Gut, dass Pala nicht eine von uns in ein Kloster gesteckt hat«, flüsterte Lenjam.

Nyima prustete verächtlich. »Puh, eine Nonne. Aber die Jungen dürfen im Kloster viel lernen, mehr als wir.«

Lenjam fand die Vorstellung, mehr lernen zu müssen, nicht erfreulich.

»Er kann bestimmt nicht so gut lesen wie ich«, flüsterte Nyima, »auch wenn er älter ist.«

Lenjam lächelte zufrieden in der Dunkelheit. »Und so gut reiten wie ich kann er erst recht nicht.«

»Wenigstens hat er was gelernt und ist nicht dumm«, sagte Nyima und drehte sich zur Seite. »Hoffentlich«, fügte sie hinzu.

Der Cousin würde eine willkommene Abwechslung bieten. Als Klosterzögling hatte er gewiss kein Interesse an den wilden Spielen der Jungen. Man könnte Wortspiele mit ihm machen oder Rätselspiele, solche Dinge. Oder das Spiel mit der Leiche.

Es war eine echte Leiche, die den Anlass zu diesem Spiel gegeben hatte.

Männer aus der Gegend flussabwärts waren eines Tages auf dampfenden Pferden und in höchster Eile mit einem Toten über dem Sattel in den großen Hof geritten. Der Mann, ein Nomade, war von seinem Bruder auf einer Almweide gefunden worden, bewacht von seinem Hund und die Schafe in alle Richtungen verstreut.

»Er lag einfach da«, sagten die Männer, »mit weit aufgerissenen Augen ohne irgendeine Verletzung und kein Mensch weit und breit.«

Es war Palas Aufgabe, solche Vorfälle zu untersuchen und dem Gyalpo zu melden. Die Familie hatte den Toten nicht behalten wollen. Möglicherweise hatte ein Geist seine Lebenskraft geraubt. Die Leiche brachte alle in Gefahr, denn jederzeit konnte ein Dämon von dem Toten Besitz ergreifen, und dann würde er als Rolang aufstehen und die Gegend unsicher machen. Man wusste, wie gefährlich Rolangs waren. Berührten sie einen Menschen, fiel dieser augenblicklich tot um. Unverzüglich hatten sich die Verwandten mit ihrer beunruhigenden Last auf den Weg gemacht.

Zum Glück lebte ein Bönpa in den Bergen über dem Tal. Er kannte die nötigen Rituale und hatte die Zauberkräfte, um solch ein Unheil zu verhindern. Pala schickte zwei seiner Männer los, um den mächtigen Zauberer aus seiner Einsiedelei zu holen, und befragte die Leute, die den Toten gebracht hatten. Zuerst hatten sie gedacht, er sei das Opfer von Räubern geworden. Es gab ein Gerücht, dass sich im Norden eine Horde räuberischer Krieger aus dem Golok-Land herumtrieb. Doch obwohl diese Räuber stahlen wie die Raben, wusste man, dass sie nach Möglichkeit vermieden, ihre Opfer zu töten. Und es gab ja auch keinerlei Anzeichen einer Verletzung.

Pala trug für den offiziellen Anlass seine prachtvolle, mit Leopardenfell besetzte Chuba und sah sehr beeindruckend aus. Das ist unser Pala, dachte Lenjam stolz. Alle haben Achtung vor ihm, manche fürchten ihn sogar. Er ist der wichtigste Mann weit und breit. Nyimas böse Behauptung, Pala sei nicht ihr richtiger Pala, lag lange zurück, lange genug, um ein beruhigendes Dunkel darüberzubreiten.

Die Leiche wurde in eine Kammer neben den Ställen gebracht, aus der man eilig einiges Gerümpel entfernt hatte, und der Lama richtete im Hof einen Schrein mit Butterlampen und allen nötigen Ritualgegenständen her. Mit Trommel, Glocke und Rezitationen vollzog er ein Ritual, das machtvolle Beschützer herbeirufen sollte. Lenjam fürchtete sich, doch Nyima behauptete, keine Angst zu haben.

»Und wenn ein böser Geist sich an Lama Samten vorbeimogelt und in die Leiche fährt?«, fragte Lenjam leise.

»Unsinn«, antwortete Nyima. »Der Lama hat unsere Beschützer gerufen, und heute Abend kommt der Bönpa und sorgt dafür, dass sich hier kein böser Geist blicken lässt.«

Lenjam seufzte. »Na ja, man sieht sie ja nicht.«

»Onkel Dokar hat einen gesehen«, sagte Nyima.

»Behauptet Mola. Onkel Dokar redet ja nie darüber.«

»Weil er danach so krank war.«

»Hast du ihn gefragt?«

Nyima verdrehte die Augen. »So was fragt man doch nicht. Aber er hat es Mola erzählt.«

Am Nachmittag kamen die Männer mit dem Bönpa.

Kaum wagte Lenjam das dunkle, faltige Gesicht anzusehen, das fast im langen, filzigen Haar verschwand, und sie vermied den Blick in die wilden Augen. Nichts außer einer alten, knielangen Chuba, die ein Strick zusammenhielt, bedeckte ihn. Seine Beine und sein freier Arm waren sehnig und muskulös und ließen viel Kraft vermuten. Wie war das möglich, überlegte Lenjam, wenn er doch ständig in seiner Einsiedelei hockte?

Die Mädchen hatten den Bönpa seit Jahren nicht gesehen. Er kam selten herunter in die Welt, und dies nur, wenn ein mächtiger Zauber gebraucht wurde. Er sei gar kein Mann aus Osttibet, sagten die Leute, aber Genaueres wusste niemand. Jeder im Dorf steuerte etwas zur Versorgung des geschätzten und gefürchteten Zauberers bei, und ein paar mutige Männer brachten jeden Mond einmal Tee, Tsampa, Trockenobst, getrocknetes Fleisch und Chang zu ihm hinauf.

Der Bönpa warf einen Blick auf die Leiche in der Kammer, ohne irgendjemanden zu begrüßen. »Putzt ihm den Hintern«, brummte er. »Der Kerl stinkt.«

Die Mitglieder der Familie, das Gesinde, die Verwandten des Toten und die wichtigeren Bewohner des Tals drängten sich hinter Pala an die Mauer, die tapfersten in der ersten Reihe. Dorthin hatte Nyima auch die widerstrebende Lenjam mit sich gezerrt.

»Wir müssen näher ran«, flüsterte Nyima. »Von hier sieht man ja nichts.«

Lenjam hielt die Schwester am Ärmel fest. »Bist du verrückt? Viel zu gefährlich!«

Doch nach wenigen Worten mit Pala verschwand der Bönpa in der Kammer, und Lama Samten postierte sich in einigem Abstand vor der geschlossenen Tür. Auf keinen Fall durfte jemand diesen Raum betreten, hieß es, bevor der Bönpa herauskam.

In der Kammer war es sehr still. Die Sonne verschwand hinter dem Bergrücken, und ein großer Schatten warf sich über das Dorf. Obwohl dies immer so war, wenn die Sonne unterging, schien es heute ein besonders finsterer Schatten zu sein, und die Dunkelheit, die sich um das Dorf zu schließen begann, ließ alle erschauern. Viele der Nachbarn eilten davon, um vor der Nacht ihre Häuser zu erreichen.

Mit dem Schatten kam die Kälte, eine ganz besondere Kälte, die unter Lenjams Kleider und sogar unter ihre Haut kroch. Sie fürchtete sich so sehr, dass ihre Zähne klapperten und sie beide Hände an die Wangen legen musste, um ihre Kiefer festzuhalten. Es fiel ihr ein, dass man in Gefahr das Mani-Mantra sagen solle, dann würde man beschützt. Sie flüsterte das Mantra fast unhörbar, in der Hoffnung, dass es dadurch nicht weniger wirkte. Mola murmelte immer das Mani-Mantra für das Wohl aller Wesen, dadurch wurde man auch ein guter Mensch, doch Lenjam war es in diesem Augenblick nicht wichtig, ein guter Mensch zu werden. Sie wollte beschützt sein.

Plötzlich erklangen aus der Kammer ein monotoner Gesang und das spitze Anschlagen der Glocke, die dumpfen Schläge der Trommel, dann der schaurige, durchdringende Ton der Knochentrompete und schließlich seltsame stampfende Geräusche. Das alles dauerte lang.

Amala und die Bewohner der beiden Häuser zogen sich zurück, nur der Lama, Pala mit seinen Männern und die Verwandten des Toten blieben im Hof. Nyima zog Lenjam in ein Versteck bei den Ställen und trippelte dabei wie ein unruhiges Pferdchen.

»Ich würde so gern zuschauen. Bestimmt kämpft der Bönpa mit Dämonen.«

Mit leuchtenden Augen ballte sie die Fäuste. »Ein Zauberkampf. Und er wird siegen. Er siegt immer. Es heißt, er ist der beste Zauberer weit und breit.«

Lenjam versuchte, sich einen Zauberkampf vorzustellen. Es musste sehr grässlich sein. »Steht nichts in unseren Büchern darüber?«

Mit verächtlichem Schnauben stieß Nyima sie in die Seite. »Dummkopf, in den Büchern stehen nur Sutras und heilige Verse. Wenn du fleißiger wärst, wüsstest du das. Nichts übers Zaubern.«

Bald hatte sich die Nacht fest in alle Winkel gesetzt, nur ein paar Fackeln erhellten den Hof. In der Kammer war es still geworden. Totenstill, dachte Lenjam mit Schaudern. Vielleicht hatten die Dämonen den Bönpa besiegt?

Pala und Lama Samten berieten sich beunruhigt. Lenjam zitterte und wollte nach oben, doch Nyima bestand darauf zu bleiben. Endlich schienen sich Pala und der Lama geeinigt zu haben. Zögernd ging der Lama zur Tür und öffnete sie einen Spalt. In der Kammer war kaum Licht, und er trat einen Schritt nach innen. Plötzlich fuhr ein greller Lichtstrahl aus der Öffnung, begleitet von einem gewaltigen Grollen wie der Schrei eines Tigers. Zumindest dachte Lenjam, so müsse der Schrei eines Tigers klingen.

Entsetzt sprang der Lama zurück und warf die Tür zu. Schritt für Schritt wich er zurück, als würde er bedrängt, seine Augen rollten, und seine Hände vor dem Mund zitterten. Lenjam hätte sich nicht vorstellen können, dass der gestrenge Lama jemals so verstört aussehen könnte.

Pala eilte auf ihn zu und hielt ihn am Arm. »Lama-la, was ist mit Euch?«

»Der ... der ... der ... Khilkor«, stotterte der Lama atemlos, »der Zauberkreis, man darf nicht über den Rand treten. Aber ich wollte doch gar nicht, ich hab nicht gesehen ...«

Entschlossen schob Pala den Lama zur Seite und rief den Torwächter herbei. Doch der Wächter trat erschrocken zurück und wedelte mit den Händen. Nein, nein, diese Tür würde er nicht bewachen, das würde er keinesfalls tun.

Mit unbewegtem Gesicht stellte sich Pala selbst vor die Tür. Nyima folgte ihm, und obwohl er sie wegscheuchte, blieb sie nicht allzu weit entfernt von der Kammer stehen. Lenjam rührte sich nicht. Um nichts in der Welt hätte sie sich der gefährlichen Tür nähern wollen, hinter der Unsägliches geschah.

Aber es geschah gar nichts mehr. In der Kammer wurde es still, und die Kälte der Nacht senkte sich über den Hof. Die Verwandten des Toten hatten sich längst wieder auf den Heimweg gemacht. Pala lud die Familien beider Häuser zur Tukpa ein, der abendlichen dicken Suppe, und alle versammelten sich im großen Hauptraum über den Ställen. Um der allgemeinen Aufregung entgegenzuwirken, bat Amala den Lama um eine Geschichte. Ja, ja, eine Geschichte, stimmten alle freudig zu, am besten eine Geschichte mit einer Leiche. Der Lama war einverstanden, denn er erzählte gern eine seiner lehrreichen Geschichten. Amala winkte Nyima herbei, sie solle den Buttertee in der noch fast vollen Schale des Lamas auffüllen, und wiederholte die Bitte in besonders höflicher Formulierung, wie es von ihr erwartet wurde.

Also erzählte Lama Samten beim schwachen Schein der Butterlampen:

»Vor langer, langer Zeit lebten in einem schönen Tal in den Bergen Indiens drei Jungen. Einer war der Sohn eines Königs, der zweite war der Sohn eines reichen Händlers, und der dritte war der Sohn eines armen Bauern. Eines Tages beschlossen die drei, auf einen sehr steilen Berg zu klettern und dort dem Berggott zu opfern. Nach einem Drittel des Wegs gab der Sohn des Königs auf, denn er hatte keine Lust, sich so sehr anzustrengen. Nach dem zweiten Drittel gab der Sohn des reichen Händlers auf, denn es gab nichts zu gewinnen. Nur der Sohn des armen Bauern gab nicht auf, denn er wollte vollenden, was er sich vorgenommen hatte, zumal das Opfer für den Berggott für die ganze Region Schutz vor Naturkatastrophen bedeutete. Auf der Spitze des Berges lebte in einer Höhle ein Asket mit langem, grauem Haar. Was willst denn du hier oben, fragte der Einsiedler, und der Junge sagte, dass es ihm wichtig sei zu vollenden, was er sich vorgenommen habe, und er wolle dem Berggeist opfern, damit er die Region schütze. Da nahm der Asket den Jungen als Schüler an.

Damals gab es auf der anderen Seite des Berges einen großen Friedhof, wo eine alte Leiche mit dem Namen ›Ozean des Vollendens‹ lag, die berühmt war für ihre Unbesiegbarkeit in Debatten. Der Meister wusste, dass jemand, der die alte Leiche besiegen konnte, indem er keine der Fragen beantwortete, die sie stellte, zu einer Goldmine an Weisheit zum Wohle aller Wesen werden würde. Also beschloss er eines Tages, den mittellosen Jungen mit dieser Mission zu betrauen. Er gab ihm einen neuen Namen, dazu ein Schwert, einen großen Sack und ein Lasso und warnte ihn, auf keinen Fall irgendeine Frage der Leiche zu beantworten, sonst sei er verloren. Der Junge befolgte des Meisters Worte und ließ sich von der Leiche nicht in eine Debatte ziehen. Kein Wunder, denn er wurde später der berühmte Philosoph Chandrakirti, und der Einsiedler war niemand anderer als der berühmte Weise Nagarjuna.

Der Bauernjunge widerstand also dem Drang, auf irgendeine Frage der Leiche zu antworten, so raffiniert und provozierend sie die Fragen auch stellte. Da wurde die Leiche schließlich ganz kleinlaut und wollte davonlaufen. Doch der Bauernjunge fing sie mit einem Lasso ein und steckte sie in den Sack. So konnte die Leiche niemanden mehr mit ihren giftigen Fragen überwältigen, und Chandrakirti wurde der Meisterschüler der großen Nagarjuna.«

Dass der Bönpa irgendwann am Ende der Nacht verschwand, bemerkte nur der Torwächter, der ihn hinausließ. Und er erzählte am nächsten Morgen, noch immer ein wenig außer sich, wie der Bönpa, in der einen Hand den Sack mit den großzügigen Geschenken, den man ihm vor die Tür gelegt hatte, in der anderen den großen, schwarzen Purba, den dreischneidigen Ritualdolch, eine Weile vor dem Tor gestanden hatte und dann plötzlich mit weiten, wunderlich federnden Schritten davongeschnellt war.

»Er berührte die Erde nicht, ich schwöre es«, sagte der Mann noch immer fassungslos. Keiner im Haus hatte je einen Lung-gompa gesehen, wie man die magischen Schnellläufer nannte.

Nyima ärgerte sich. »Warum war ich nicht dabei? So was möchte ich auch mal lernen. Und Tummo, die innere Hitze. Ich will eine richtige Yogini werden mit all diesen richtig tollen Fähigkeiten.«

Sobald am nächsten Tag der Unterricht beim Lama beendet war, spielten die beiden Mädchen voller Eifer die Geschichte von der Leiche »Ozean des Vollendens« nach. Der Berg war eine Stelle in der Mauer, die das Anwesen umgab, wo einige große Steine heruntergefallen waren, sodass man hinaufklettern konnte. Lenjam trug den entscheidenden Sieg davon, als sie in der Rolle der Leiche auf dem Boden lag und sagte: »Du hattest gar keinen Kuckuck auf dem Dach, oder?«

»Doch, hatte ich!«, entfuhr es Nyima erbost.

Lenjam sprang auf und jubelte. »Gewonnen! Gewonnen! Du hast verloren!«

»Das war keine Frage, das war eine Behauptung«, kreischte Nyima. »Du hast nicht gewonnen!«

Aber diesmal ließ Lenjam ihr nicht das letzte Wort. »Ich habe ›oder?‹ gefragt. Das ist eine Frage.«

»Es ist eine Behauptung, du blöde Nuss!«, schrie Nyima. »Du bist dumm, dumm, dumm. Mit dir spiele ich das Spiel nie wieder. Du bist einfach viel zu dumm dazu.«

Sie drehte sich um und ging zum Haus. Lenjam griff nach einem Stein und warf ihn, so fest sie konnte. Sie hatte treffen wollen und war erstaunt, wie gut sie traf. Als Palas harte Hand sie strafte, war das sehr unangenehm, aber nicht gar so schlimm, denn sie hatte ja treffen wollen. Allerdings nicht ganz so heftig, dachte sie am nächsten Tag, als Nyima Schmerzen in der Schulter hatte und den Arm nicht gut bewegen konnte. Am dritten Tag überwand sie sich.

»Es tut mir leid, Nyima. Wirklich. Ich sag eine Stunde lang Mantras für deine Schulter.«

Nyima war nicht nachtragend, doch es dauerte noch einige Zeit, bis sie das Spiel wieder spielten. Darauf verzichten wollten sie nicht, denn es war ein gutes Spiel, bei dem man schlau sein musste, und das gefiel ihnen.

Als die Sommerklausur im Kloster schließlich beendet war, durften Lenjam und Nyima ihren Onkel Dokar und zwei Männer ihres Vaters begleiten, die Ten-Dorje abholen sollten. Bei strahlendem Frühherbstwetter machten sie sich in der Morgendämmerung auf den Weg, ritten am Fluss entlang, durch das weite, von reifen Feldern bedeckte Tal und über einen Höhenzug, in den der Fluss eine unpassierbare Schlucht geschnitten hatte. Es war fast Mittag, als sie das Kloster erreichten.

Als Töchter des Bezirksaufsehers durften die Mädchen im Vorzimmer des jungen Rinpoches speisen, zusammen mit Onkel Dokar und mehreren Besuchern, die darauf warteten, vorgelassen zu werden. Nachdem sie ihre Schalen geleert hatten, wurden sie in den Empfangsraum des Rinpoches gebracht, vollzogen die drei Niederwerfungen, wie es von ihnen erwartet wurde, und durften ihre Glücksschals überreichen, in deren Enden kleine Goldbrocken und kostbare Türkise geknüpft waren.

Buttertee wurde gereicht, und nachdem höfliche Worte mit Onkel Dokar gewechselt worden waren, beugte sich die jugendliche Wiedergeburt vor und wies auf Nyima.

»Man sagt, du kannst gut vorlesen. Gib uns eine Kostprobe deiner Kunst. Was kannst du denn lesen?«

Nyima warf den Kopf zurück und sagte stolz: »Alles, den ganzen Kanjur. Den habe ich schon in einigen Häusern in unserem Tal vorgelesen.«

Deutlich sah Lenjam den Schatten des Unmuts im Gesicht des strengen Tutors, von dem es hieß, er zwinge den jungen Rinpoche, ununterbrochen zu lernen. Sie ahnte seine Gedanken. Ein Mädchen las den Kanjur vor? Das war den Mönchen vorbehalten, ein Mädchen sollte nicht vorlesen. Und möglicherweise bekam sie sogar Geschenke dafür wie die Mönche. Das störte die Ordnung der Dinge.

Sie zupfte Nyima warnend am Ärmel, doch Nyima beachtete sie nicht. Eifrig ergriff sie das Buch, das einer der Mönche ihr reichte, wickelte es ehrerbietig aus seinem goldgelben Stoff, hob den kunstvoll geschnitzten und bemalten Holzdeckel ab und hielt das Blatt nah vor die Augen.

»Lankavatara-Sutra«, las sie, »Selbstverwirklichung des edlen Wissens.«

Lenjam erschrak. Diesen Text hatte Nyima noch nie laut gelesen, er gehörte nicht zu ihrem Lernmaterial. Doch Nyima wandte das Blatt um und begann zügig vorzulesen.

»So habe ich gehört. Der Erhabene erschien einst im Schloss von Lanka, dem Gipfel des Berges Malaya inmitten des großen Ozeans. Eine große Zahl der Boddhisattva-Mahasattvas hatte sich in wunderbarer Weise aus allen Buddha-Ländern dort versammelt.«

»Blättere weiter«, unterbrach sie der Rinpoche mit einer ungeduldigen Handbewegung. »Lass sehen, eine andere Seite.«

Der Mönch nahm vorsichtig das Buch aus Nyimas Händen und reichte es dem Rinpoche, der eifrig darin blätterte. Lenjam verkrampfte die Hände. War der Rinpoche nicht zufrieden? Nyima hatte so wunderbar schnell gelesen, daran gab es doch nichts auszusetzen. Doch Nyima war nicht im Geringsten beunruhigt, und ihre Stimme war unverändert hell und klar, als sie weiterlas.

Mahamati sagte: »Ehrwürdiger, zu welcher Art von Unterscheidung und zu welcher Art von Gedanken sollte der Begriff ›falsche Vorstellungen‹ angewendet werden?« Der Erhabene antwortete: »Solange die Menschen nicht die wahre Natur der objektiven Welt verstehen, verfallen sie der dualistischen Ansicht über die Dinge. Sie stellen sich vor, dass die Vielheit äußerer Objekte real ist. Sie haften an ihnen und stehen unter dem Einfluss der Macht der Gewohnheitsmuster des Denkens und Fühlens. Aus diesem Grunde wird ein System des Meinens – Geist und was zu ihm gehört – aufgebaut und als real aufgefasst. Dies führt zur Annahme eines bleibenden Selbst und was zu ihm gehört, und so wird die Aktivität des Geistsystems unterhalten. Durch Abhängigkeit und Anhaften an der dualistischen Geistesgewohnheit nehmen sie die Ansichten der Philosophen an, die auf diesen falschen Ansichten aufgebaut sind, wie Sein und Nichtsein, Existenz und Nichtexistenz, und so entsteht das, was wir falsche Vorstellungen nennen.«

»Gut, gut, das reicht!«, sagte der Rinpoche und lächelte anerkennend. »Du liest wirklich sehr schnell.«

Lenjam schielte nach dem Tutor, der vergeblich versuchte, sein Missfallen zu verbergen. Mögen die Dämonen dich jagen, dachte sie, damit du den armen jungen Rinpoche in Ruhe lässt.

»Würdest du es wagen, dich einmal mit unserem schnellsten Leser zu messen?«, fragte der Rinpoche vergnügt.

»O ja, bitte!«, erwiderte Nyima begeistert. »Ich werde gewinnen.«

»Auf keinen Fall«, sagte der Tutor scharf. »Das ist unmöglich. Sie ist ein Mädchen.«

Mit leiser Stimme, aber deutlichem Nachdruck erwiderte der Rinpoche: »Mäßigt Euch, verehrter Khenpo-la!«

Lenjam spürte das Gezerre um Macht zwischen dem jungen und dem älteren Mann und zog den Kopf ein.

»Am besten lassen wir den Höchstehrwürdigen Lama Döndup entscheiden«, sagte der Rinpoche nach einem Augenblick des Nachdenkens und gab, ohne einen Einwand des Tutors abzuwarten, dem Mönch an der Tür den Auftrag, den Höchstehrwürdigen Lama zu holen.

Mit höflich gesenktem Kopf versuchte Lenjam, aus den Augenwinkeln so viel wie möglich zu sehen. Offenbar hatte der Rinpoche im Spiel der Macht gewonnen, so viel konnte sie dem eisernen Gesichtsausdruck des Tutors entnehmen. Sie wunderte sich. Galt der Rinpoche nicht als lebender Buddha? Wie konnte der Tutor sich ihm gegenüber so anmaßend verhalten? Aber nun ja, sie mussten ja wieder ganz vorn anfangen, diese Buddhas, neu geboren werden, an der Brust ihrer Mutter nuckeln wie kleine Lämmchen, sie mussten gesäubert werden und sprechen lernen und all das. So war es doch. Lenjam unterdrückte ein Lächeln, als sie sich den Rinpoche als Kleinkind vorstellte, dem der Kot an den Beinchen herunterlief.

Das schweigende Warten auf den alten Meister, der in einem eigenen Häuschen über dem Kloster wohnte, wurde lang und begann zu beißen. Der Rinpoche schlürfte nachdenklich seinen Tee. Nyima hielt ihren Kopf stolz und siegessicher erhoben. Lenjam, in das zähe Schweigen gebannt, konnte nichts anderes tun, als sich weit weg zu wünschen.

Als der Höchstehrwürdige Lama Döndup schließlich hereingeführt wurde, gebärdete er sich wenig ehrwürdig. Schon an der Tür lachte er laut. »Streit, meine Lieben?«

Er war ein kleiner Mann mit feinen, zerknitterten Zügen. Wie ein Babyköpfchen, dachte Lenjam angesichts des runden, kahl geschorenen Schädels, und sie empfand eine wunderliche Mischung von Ehrfurcht und Zuneigung.

Mit einem Satz sprang der junge Rinpoche von seinen Polstern und vollzog in Demut drei Niederwerfungen vor dem kleinen Lama. Mit offenem Mund schauten die Mädchen zu. Sollte dieses Männchen tatsächlich über dem Rinpoche stehen?

Tutor und Rinpoche sagten die passenden Höflichkeitsworte. Der Rinpoche schob den diensteifrigen Mönch beiseite und half dem Hohen Lama eigenhändig auf einen erhöhten Polstersitz, fast so hoch wie der Thron des jungen Rinpoches.

»Wir bitten Euch um Verzeihung, Höchstehrwürdiger Lama-la, dass wir Euch aus Euren Meditationen gerissen haben«, sagte der Rinpoche in der feinsten Hochsprache. »Aber wir möchten ehrerbietigst um Euren Rat bitten. Diese hier«, dabei wies er auf Nyima, »kann unglaublich schnell lesen. Es wäre doch ein guter Ansporn für unsere Jungen, wenn sich der schnellste Leser unter ihnen mit ihr messen würde.«

Dies sagte er so geschwind, dass der Tutor ihm nicht zuvorkommen konnte.

Doch dieser fiel ihm sogleich ins Wort: »Das geht nicht! Auf keinen Fall! Ein Mädchen! Es ist gegen die Regeln.«

Der Höchstehrwürdige Lama schmunzelte und strich in heiterer Ruhe über sein Kinn. »Aber, aber. Ein Kind, mein Lieber, ein Kind! Vielleicht elf Jahre, nicht wahr?«

Nyima bejahte und senkte den Kopf, um ihr triumphierendes Lächeln zu verbergen. Lenjam stieß sie an, und Nyima hob den langen Ärmel ihrer Bluse vor den Mund.

»Nicht in diesem Kloster!«, stieß der Tutor hervor und verbreitete sich mit kalter Leidenschaft über die Bedeutung der Regeln.

Der Höchstehrwürdige Lama schloss während der Tirade die Augen, wedelte dann beschwichtigend mit den Händen und erklärte, dann solle man das Ganze doch einfach auf dem großen Hof vor dem Kloster abwickeln, da gäbe es Raum für viele Zuhörer, und es wäre ja schließlich für alle und jeden gut und verdienstvoll, heilige Texte zu hören.

Das ernste Gesicht des Rinpoches erhellte sich, und Lenjam genoss einen Augenblick lang den überaus ungehörigen Gedanken, wie schön es wäre, ihm um den Hals fallen zu dürfen. Dann verlief alles augenblicklich wieder wohlgeordnet, und Onkel Dokar wurde mit der Aussicht verabschiedet, man werde die Familie wegen des Lesewettbewerbs benachrichtigen, sobald es passend sei.

»Es hat geklappt!«, jubelten die Mädchen, kaum dass sie wieder im Klosterhof waren, hielten einander an den Händen und kicherten aufgeregt. Sie konnten gar nicht aufhören, zu hüpfen und zu zappeln, bis sie bemerkten, dass Ten-Dorje bei Palas Männern stand und seine Cousinen mit unbewegtem Gesicht beobachtete. Er war ein gutes Stück größer geworden, seitdem sie ihn zum letzten Mal gesehen hatten, und Lenjam kamen Zweifel, ob er sich für ihre Spiele würde erwärmen können. Ein Hauch von Enttäuschung mischte sich in das Hochgefühl des Sieges, das sie mit Nyima teilte. Die Schwestern warfen einander einen Blick zu, mit dem eine die andere zu beruhigen suchte. So viel älter war Ten-Dorje ja nicht. Zwei Jahre vielleicht, mehr nicht.

Kaum hatten sie den Cousin begrüßt, konnte Nyima die Neuigkeit nicht mehr bei sich behalten. »Wer ist euer bester Leser?«, fragte sie. »Er soll nämlich gegen mich antreten.«

Ten-Dorje schüttelte verwundert den Kopf. »Du? Hier? Im Kloster?«

Nyima lächelte hoheitsvoll in einer Weise, die Lenjam nicht einmal versuchen würde nachzuahmen. »Hier! Ja! Mit ganz vielen Zuschauern.«

Lenjam stieß die Schwester anerkennend mit dem Ellenbogen an. Heute war sie zufrieden damit, die Schwester dieser schlauen Nyima zu sein. Ten-Dorje war selbstverständlich tief beeindruckt, auch wenn er versuchte, eine gleichgültige Miene beizubehalten.

Der Junge war ein Klosterzögling und hatte wenig Erfahrung als Reiter. Lenjam gab ihm großherzig ein paar Hinweise, wie er mit der sanften, aber schreckhaften Stute, die man für ihn mitgebracht hatte, zurechtkommen könne, und genoss ihre Überlegenheit. Sie gönnte Drala und sich selbst das Vergnügen eines ungestümen Rittes am Fluss entlang.

Wenn Lenjam später an das Ende ihrer Kindheit dachte, war es dieser Ritt, bei dem sie in der Erinnerung noch einmal die Zeitlosigkeit, dieses ungebrochene, nahezu vollkommene Jetzt empfand, das sich in der grandiosen Lücke zwischen Vergangenheit und Zukunft entfaltete. Natürlich war dieses Jetzt ein wenig gewürzt mit dem Erfolg im Kloster und der Vorfreude auf gemeinsame Spiele mit Ten-Dorje, doch vor allem war es das köstliche, satte Jetzt in einem freien Raum außerhalb der Stürme von Hoffnung und Furcht. Doch dessen war sie sich damals noch nicht bewusst, während sich ihr späteres Wissen sie allzu oft an dieser Art der

Erfahrung hinderte. Und doch kamen manchmal beide, Wissen und Erfahrung, zusammen wie Liebende.

Das Tal besaß fruchtbares Land, und es gab eine reichliche Ernte. Pala hatte glänzende Augen vor Zufriedenheit, und Lama Samten bekam viel zu tun, weil jeden Abend den örtlichen Naturgeistern und den Beschützern ausführliche Dankopfer dargebracht wurde. Alle Männer, Frauen, Mädchen und Jungen des Tals arbeiteten zusammen. Ten-Dorje musste den ganzen Tag mitarbeiten, auch Lenjam und Nyima wurden herangezogen, denn wer älter als zehn Jahre war, wurde eingespannt. Als endlich Gerste, Erbsen, Rüben und all die guten Dinge, die freundliche Geister des Tals und die Wettergötter ihnen gespendet hatten, in den Speicherräumen verstaut waren, der Anteil an das Kloster geliefert und die kleine Karawane mit den Abgaben des Bezirks an den Gyalpo losgezogen war, atmeten alle auf.

Das erste gemeinsame Vergnügen nach der anstrengenden Arbeit war ein großes Fest, das wie immer mehrere Tage lang am Fluss gefeiert wurde, mit viel Singen und Tanzen, köstlichem Essen und reichlich Chang.

Lenjam glühte. Wie lange tanzte und sang sie schon in der Reihe der Mädchen und Frauen, ihnen gegenüber die Reihe der Jungen und Männer? Sie vergaß die Zeit in dem schwingenden Rhythmus, wurde zur Welle, die mit den anderen Wellen dahinrollte, zur Seite und vor und zurück unter dem mächtigen, in tiefem Blau strahlenden Himmel. Mit Mühe löste sie sich schließlich aus der Reihe und suchte Ten-Dorje, entdeckte ihn inmitten ihrer großen Familie und setzte sich neben ihn.

»Zu dumm, dass du nicht tanzen darfst«, sagte sie. »Es macht so viel Spaß.«

Ten-Dorje lächelte schief. »Mönche sollen keinen Spaß haben. Novizen auch nicht.«

»Aber es ist doch nur ein bisschen Spaß, ganz harmlos. Damit tut man doch keinem weh.«

Ten-Dorjes kleine wegwerfende Handbewegung schien ohne Bedeutung, doch Lenjam ahnte sehr wohl, was sie besagte: Woher willst du wissen, wozu Klosterregeln da sind? Du wirst nie ein Mönch sein können wie ich. Du bist ja nur ein Mädchen.

Sie wollte sich nicht abweisen lassen. Noch nie hatte sie Gelegenheit gehabt, allein mit ihm zu sprechen, wollte ihren großen Cousin kennenlernen.

»Sag, bist du gern im Kloster? Oder hast du manchmal Heimweh?«

Er zögerte, sagte dann: »Es ist gut im Kloster. Aber daheim wäre ich auch gern. Ich weiß nicht. Es ist eine große Ehre, Mönch zu sein. Und ein gutes Karma.«

»Besser als meines?«, fragte Lenjam.

Lachend drehte Ten-Dorje sich zur Seite, als wolle er aufstehen. »Du willst mich reinlegen.«

»Ja, natürlich will ich dich reinlegen«, antwortete Lenjam mit einem frechen Grinsen. »Aber schau, es gibt feine Sachen zum Essen. Diesen Spaß darfst du doch haben, oder?«

Er lachte laut und stieß sie ein wenig in die Seite. Von diesem Augenblick an glaubte sie, ein größeres Anrecht auf Ten-Dorjes Freundschaft zu haben als Nyima.

Eine Nachricht kam vom Kloster, der Lesewettbewerb solle am nächsten Guru-Rinpoche-Tag stattfinden, und bei dieser Gelegenheit würde Ten-Dorje zum Kloster zurückgebracht werden. Bis dahin gab es noch einige freie Nachmittage. Endlich würden sie nun Zeit für das Spiel mit der Leiche haben.

Gemeinsam erklärten die Schwestern dem Cousin die Rollen und den Ablauf des Spiels.

»Ein dummes Spiel«, sagte Ten-Dorje. »Kindisch.«

Einen Augenblick lang schwieg Nyima. Ihre Fäuste ballten sich, ihr Gesicht wurde dunkel, und sie sagte sehr laut und scharf: »Wenn hier irgendetwas oder irgendjemand dumm ist, dann bist du es! Es ist ein Spiel, bei dem man denken muss, aber das kannst du wohl nicht. Du bist nichts anderes als ein eingebildeter, unhöflicher kleiner Novize! Wir haben hier zu Hause mehr gelernt als du im Kloster. Du bist der Erste, den die Leiche fressen würde. Wir brauchen dich nicht!«

Achselzuckend machte sich Ten-Dorje davon und murmelte etwas von albernen Mädchen.

Es war dies einer von Nyimas eisigen Zornesausbrüchen, gegen die weder Amalas Ohrfeigen noch Palas wohlüberlegte Schläge etwas ausrichten konnten. Wie nach jeder Strafe wurde Nyima danach freundlich ermutigt, ein gutes Mädchen zu sein und sich zu zügeln. Doch bei solchen Belehrungen zeigte sie keine Unterwerfung, hielt vielmehr den Kopf erhoben und presste die Lippen zusammen. Dann zog Ani-la die Augenbrauen hoch und lächelte auf eine seltsame Weise, die Lenjam nicht zu deuten wusste.

»Sie ist hochnäsig, die Nyima«, sagte Ten-Dorje später zu Lenjam. »Ich mag sie nicht. Dich mag ich lieber.«

Das wiederholte sich in Lenjams Kopf immer wieder, vor allem am Abend, als sie vor lauter Denken nicht einschlafen konnte. Ja, Nyima war anders! Wegen des Kuckucks und der Zeichen. Ja, sie war ihre Schwester, aber …

Sie verbot sich, über das Aber nachzudenken. Sie war Lenjam und gehörte zu Amalas und Palas bedeutender Familie. Genügte es nicht, dass Ten-Dorje sie, Lenjam, lieber mochte? Dass Nyima eine Begeisterung fürs Weben entwickelt hatte und dazu gern bei den Frauen saß, kam Lenjams Plänen mit dem Cousin entgegen. Er sollte ihr Kamerad sein. Ein Freund.

Am nächsten Morgen blieb sie kurz bei Ten-Dorje stehen und sagte wie beiläufig: »Ich geh zum Schrein unseres Berggeists, willst du mitkommen?« Er bejahte eifrig.

Der Weg zum Schrein führte hinter dem Haus den Berg hinauf bis zu einer Stelle, an der sich ein großer Fels über das Tal erhob. Das Gestein bildete die Form eines Gesichts, schwere Brauen über einer weit vorragenden Nase, darunter ein mundloses Kinn. So zumindest sahen es die Mädchen, und Nyima hatte beschlossen, dort einen Schrein für ihrer beider persönlichen Berggeist einzurichten, den Kleinen Berggeist. Denn der Große Berggeist hatte seinen großen Schrein ganz oben auf dem höchsten Gipfel des Bergzugs, dort, wo sich ein heiliger kleiner See befand wie ein Auge der Erde, das in den Himmel schaute. Dort wurde dem Großen Berggeist jedes Jahr ein großartiges Opfer dargebracht. Nur die Männer durften hinauf, Frauen war es nicht erlaubt.

Bisher hatten die Mädchen niemandem von ihrem Schrein erzählt. Ihren Cousin einzuweihen, war vielleicht ein bisschen Verrat, dachte Lenjam, doch nichts erschien ihr geeigneter, um Ten-Dorje zu locken.

»Man muss aufpassen, dass man ihn nicht ärgert«, sagte Lenjam, während sie hinaufkletterten. »Einmal war er wütend und hat ein Stück vom Felsen herunterbrechen lassen. Aber das ist schon lange her.«

Viele Male hatte sie mit Nyima besondere Steine vom

Fluss heraufgetragen, um am Fuß des Felsens einen würdigen Schrein für den Kleinen Berggeist aufzuschichten. In der Mitte prangte ein fein gehämmerter Mani-Stein, den sie vom Chörten vor dem Anwesen entführt hatten.

Vor dem Schrein angekommen sagte Lenjam ehrerbietig ihr Sprüchlein auf, mit dem man lokale Geister zu begrüßen hatte, und häufte ihre Opfergaben auf die Steine – einen besonders schönen Flusskiesel, ein wenig Tsampa, ein paar kostbare getrocknete Aprikosen.

»Komm, setzen wir uns hin«, flüsterte sie. »Wenn du genau aufpasst, kannst du ihn atmen hören.«

Ah, wie es ihr gefiel, ganz nah bei Ten-Dorje zu sitzen. Sie schauten hinauf in das Gesicht des Kleinen Berggeists und horchten auf seinen Atem. Die Stille wurde verdichtet durch den blauen Klang des Himmels und das zarte Summen von Insekten.

»Du musst innen ganz ruhig werden, dann hörst du es«, sagte Lenjam.

»Ja, jetzt höre ich es auch«, flüsterte Ten-Dorje nach einer Weile.

Lenjam war glücklich. Weil sie dies mit Ten-Dorje teilte. Weil er es mit ihr teilte. Weil es nichts Trennendes gab. Weil es einer jener Augenblicke war, die insgeheim ein ganzes Leben lang Gültigkeit behalten, auch wenn Lenjam das damals noch nicht wusste.

»Bist du nicht aufgeregt?«, fragte Lenjam ihre Schwester am Tag des Lesewettbewerbs, als sie frühmorgens mit Pala, Amala, Ani-la, Ten-Dorje und einigen Onkeln und Tanten zum Kloster ritten. Die Diener mit Zelten und Proviant hatten sie schon vorausgeschickt.

»Weshalb sollte ich aufgeregt sein?«, antwortete Nyima gelassen. »Ich weiß ja, dass ich siegen werde.«

»So etwas kann man doch nicht wissen«, wandte Lenjam ein. »Ich kann wirklich gut reiten, aber bei einem Rennen könnte ich nicht sicher sein, dass ich auch gewinne.«

»Ich weiß, dass ich siegen werde«, wiederholte Nyima.

Lenjam enthielt sich weiterer Einwände. Es wurde immer deutlicher, dass Nyima anders war als sie, ganz anders. Sie trugen dieselben Kleider, denselben Schmuck, denn was Nyima bekam, bekam auch Lenjam. Ihre langen, schwarzen Haare waren zu gleich vielen Zöpfen geflochten, und Amala hatte darauf bestanden, beide Mädchen herauszuputzen, als wären sie keine Kinder mehr. Sie waren die Töchter der wichtigsten Familie weit und breit, und nur das Schönste und Beste war, wie jeder sehen sollte, gerade gut genug für sie.

Dennoch, Nyima war anders. Wegen des Kuckucks im Winter, der nur bei besonderen Geburten auftrat. Irgendwann, dachte Lenjam, würde sie erfahren, was das genau bedeutete …

Viele Besucher aus der Umgebung hatten von dem Wettbewerb gehört und wollten sich die Abwechslung nicht entgehen lassen. Dicht gedrängt saßen die Familien an der Klostermauer, plauderten und riefen die Kinder zurück, die auf dem weitläufigen Vorhof des Klosters Fangen spielten. Nach und nach versammelten sich auch sämtliche Mönche und alle Würdenträger, bis schließlich der Rinpoche und der kleine Höchstehrwürdige Lama, begleitet vom Tutor und eilfertigen Mönchen, erschienen, die Familie der Gäste begrüßten und auf hohen Polstern Platz nahmen.

Lenjam hörte Pala dem Lama zuflüstern: »Ihr wisst, Höchstehrwürdiger Lama, wir haben lange um einen Sohn gebetet, wie Ihr es uns geraten habt. Aber es wurde uns diese Tochter geschenkt. Ich denke, sie ist ebenso gut wie ein Sohn.«

»Gut gedacht, gut gedacht«, sagte der hohe Lama lächelnd und hielt Palas Hand länger als nur ein paar Augenblicke.

Nyima und ihr Konkurrent wurden zu einem Teppich innerhalb des Kreises der Mönche geführt, wo sie sich nach drei Niederwerfungen vor dem Rinpoche in einigem Abstand voneinander niederließen. Die assistierenden Mönche stellten vor jeden der beiden ein Bänkchen mit einem Buch darauf.

Der beste Vorleser der Klosterschule war ein großer Junge, fast schon erwachsen, mit einem leichten Anflug von Bart auf der Oberlippe. Das ist nicht in Ordnung, dachte Lenjam, sie können doch nicht so einen Großen nehmen! Und ganz kurz flammte der böse Gedanke in ihr auf, Nyima könnte nicht gewinnen und wäre dann nicht mehr so sehr die Besondere. Sie ließ diesen Gedanken augenblicklich fallen, denn Amala und Pala würden traurig darüber sein, und das wollte sie nicht. Nein, das wollte sie auf keinen Fall.

Beide Vorleser wickelten ihr Buch aus, hoben den Holzdeckel ab und ergriffen das erste Blatt. Sie hatten den gleichen Text, so hatte Pala es zuvor erklärt.

Der Rinpoche hob die Hand, und in das plötzliche Schweigen hinein begannen beide zugleich mit dem Vorlesen. Nyimas klare, helle Stimme und die tiefere Stimme des Novizen klangen gleichermaßen selbstsicher. In den ersten Minuten wagte Lenjam kaum zu atmen, doch bald ließ ihre Aufmerksamkeit nach, und ihr Blick wanderte umher. Mehr denn je empfand sie das Wohlgefühl des Eingebettetseins in die Gemeinschaft des Tals und des Klosters, mit dem Amalas Familie seit Generationen verbunden war, die Selbstverständlichkeit ihres richtigen, guten Platzes im Leben.

Das Lesen dauerte ziemlich lang. Nyima war als Erste fertig und hielt ihre Blätter in die Höhe. Der Junge las noch, bemerkte plötzlich, dass er nun allein las, und brach ab. Die Zuschauer aus den Dörfern stießen einander an und lachten. Nyima und der Novize ordneten ihre Blätter unter den fröhlichen Rufen der Besucher, wickelten sorgfältig die Bücher ein und wurden sodann von den Mönchen eilig zum Rinpoche geführt.

»Sehr gut gelesen«, sagte der Rinpoche zu beiden und legte zuerst Nyima und dann dem Novizen einen besonders feinen, langen Glücksschal um den Hals. Nyima wurde von ihrer Familie mit aufgeregtem Flüstern in Empfang genommen. Es wäre unpassend gewesen, der Freude über den Erfolg der Tochter vor den Würdenträgern und den Mönchen laut Ausdruck zu verleihen. Lenjam stieß Nyima an und flüsterte: »Toll, du hast gesiegt!«

Mit der Andeutung eines stolzen Lächelns flüsterte Nyima zurück: »Natürlich, sagte ich doch.«

2

Es dauerte lang, bis Lenjam sich überwinden konnte, die alte Mola nach dem Geheimnis um ihre Eltern zu fragen. Fantastische Geschichten von hoher Geburt und Entführung und Rettung durch himmlische Dakinis, mit denen sie immer wieder vor dem Einschlafen ihre Unsicherheit beruhigt hatte, genügten nicht mehr. Natürlich hatten nicht die Nagas sie gebracht, das hatte Amala bestätigt. Nagas waren mächtige Wassergeister der Tiefe und herrschten über Reichtümer, aber sie brachten keine Kinder. Zumindest hatte sie nie davon gehört.

Als es Winter wurde, saß die Großmutter immer häufiger auf ihrem Polster an der Wand in der Winterküche, ihre Katze Shimi auf dem Schoß, in der rechten Hand die Gebetsmühle, während sie die Perlen der Mala durch ihre Finger gleiten ließ und das Mani-Mantra für das Glück aller Wesen murmelte, OM MANI PEME HUNG. Das Gehen fiel ihr zunehmend schwer, und so stieg sie nicht mehr jeden Morgen und Abend die Treppe hinunter, um den Chörten vor der Mauer zu umkreisen. Man hörte sie nun öfter sagen: »Ach ja, das Alter! Ach ja, das Alter!«

»Mola, ich will dich was fragen«, flüsterte Lenjam und hockte sich ganz nah zur Großmutter. Ruhig wiederholte

Mola das Mantra bis zum Ende der Mala, legte die Gebetsmühle zur Seite und schloss dann die Hände um den runden Rücken der Katze.

»Was willst du fragen, mein Kind?« Es zischte immer ein wenig, wenn Mola zwischen ihren wenigen Zähnen hindurch sprach.

»Meine Eltern«, flüsterte Lenjam. Ein Schauer huschte über ihren Rücken, und unter ihren vielen Zöpfen wurde es heiß. Wollte sie es wirklich hören? Es könnte traurig sein, enttäuschend. Doch sie wollte sich nichts vormachen. Die Leute sahen sie als Nyimas Schwester, Palas Tochter, ein Kind der großen Sippe, deren Führer Pala war.

Die Mola strich mit ihren knochigen Fingern über den Bronzerahmen ihrer Gebetsmühle und schaute blicklos in ihren Schoß.

Lenjam musste ein paar Mal ganz tief Atem holen. Es war etwas nicht in Ordnung, war noch nie in Ordnung gewesen. Und sie wünschte sich doch so sehr, dass alles in Ordnung sein möge.

»Nyima hat gesagt, Amala und Pala seien nicht meine Eltern«, flüsterte sie. »Und Nyima hatte einen Kuckuck und Zeichen bei ihrer Geburt, ich aber nicht. Was für Zeichen? Und warum sagt sie das? Sie weiß es von Tante Dön, ich meine Tante Tamdzin, und ich finde, es ist schlimm, dass Tante Tamdzin rumerzählt, meine Eltern seien nicht meine Eltern. Ich weiß nicht, was ich denken soll.«

Lenjams Stimme zitterte. Die Mola legte ihr die Hand auf den Kopf, eine raue, faltige Hand mit Knoten an den Gelenken.

»Eins nach dem anderen«, sagte sie, und Lenjam fühlte etwas in Molas Stimme, das nach Umarmung klang, ganz warm und beruhigend. »Du bist unser Kind, das ist dein Karma. So ist das. Hör nicht darauf, was dumme Leute reden.«

»Aber wenn die Tante so etwas sagt?«

Mola schüttelte den Kopf. »Hör nicht auf sie.« Doch dann seufzte sie und räusperte sich. »Nun gut, ich erzähl es dir. Es ist nicht so wichtig, aber du sollst es wissen.«

Sie streichelte die Katze und seufzte noch einmal, bevor sie begann: »Als meine Tsültrim, eure Amala, noch ein Mädchen war, hatte sie eine Freundin, Dölma. Immer waren die beiden zusammen, so wie du und Nyima. Ich erinnere mich, wie Dölma zu uns kam, ein junges Ding, eine entfernte Verwandte aus der Familie deines Pala. Wir konnten noch jemanden für den Haushalt brauchen. Ein gutes Mädchen, die Dölma, und unsere Tsültrim mochte sie vom ersten Augenblick an. Dann heiratete Tsültrim deinen Pala und seinen Bruder Dokar wegen der Felder. Damals hatte Dokar übrigens schon die längste Zeit seine Pema unter der Decke, diese halbe Portion Frau. Aber was geht's mich an.«

Lenjam schubste die Katze an, um Molas Gedanken wieder in eine gerade Richtung zu lenken. Nur milde gestört streckte die Katze eine Pfote von sich, fuhr kurz die Krallen aus und gähnte. Doch niemand konnte die alte Mola drängen. Selbst Pala musste immer geduldig ihre Pausen absitzen.

»Ich weiß noch, es war bei einem Klosterfest. Dölma hatte eine neue Chuba an, hübsch war sie. Damals sah sie Ajung, diesen jungen Nichtsnutz von Mönch, zum ersten Mal. Und dann war sie nicht mehr zu halten und er auch nicht.«

Mola betrachtete nachdenklich ihre Mala.

»Wie sie einander anschauten, einander umschlichen wie die Katzen! Pass auf die Dölma auf, sagte ich zu Tsültrim. Aber was nützt das, wenn sie in der Hitze sind, die jungen Dinger. Sie hatten das Karma miteinander. Nun ja, und als sie dann schwanger war, hat Ajung eilig die Gelübde zurückgegeben, seine Haare wachsen lassen und so getan, als würde er jetzt zu unseren Männern gehören, und er hat bei uns gewohnt und gearbeitet. Er hatte genau genommen gar nicht in unser Kloster gehört, war nur auf Besuch da als einer der Assistenten eines Rinpoches aus dem Norden. Dölmas Bauch wurde immer dicker, und plötzlich war kein Ajung mehr da. Wahrscheinlich ging er zurück nach Hause im Norden. Unsere Dölma heulte ihm nach, und wir sagten, das ist nicht so schlimm, der Junge taugt eben nichts, du bist eine gute Frau, da findest du bald einen besseren Mann. Schließlich hörte sie auf zu heulen und freute sich auf dich. Ja, so war das. Ich sehe sie vor mir, wie sie stolz über ihren großen Bauch strich und sagte, es sei ein Mädchen und es sei ihre Prinzessin. Und dann starb sie kurz nach deiner Geburt. Wie glücklich sie war, als sie dich hielt. Ganz tief glücklich war sie, und so glücklich ging sie in die Zwischenwelt.«

Lenjam wagte kaum zu atmen. Sie wusste nicht, was sie fühlen sollte. Mutter. Vater. Nichts zum Erinnern.

»Warum hat mir niemand was gesagt?«

»Wozu? Man antwortet nicht, wenn keine Fragen da sind.«

»Ich habe Amala gefragt«, wandte Lenjam ein.

Wieder strich die alte Mola über Lenjams Kopf. »Und sie hat dir die Antwort gegeben, mein Kind, die du gebraucht hast damals.«

Lenjam schwieg. Der alten Mola widersprach man nicht. Selbst Pala beherzigte das. Sonst konnte es geschehen, dass

Mola kein Wort mehr sagte, beharrlich sich zurückzog in ihr Inneres und dort blieb, solange es ihr gefiel.

»Und das mit dem Kuckuck und den Zeichen bei Nyimas Geburt, wie war das, Mola?«

Mola nahm ihre Mala auf und ließ ein paar Perlen durch ihre Finger gleiten, bevor sie antwortete.

»Tsültrim und Dölma waren etwa zur gleichen Zeit schwanger, aber Nyima wurde einen halben Mond vor dir geboren«, sagte sie. »Ihr seid Winterkinder, und im Winter hört man nie einen Kuckuck. Wenn aber, wie bei Nyimas Geburt, ein Kuckuck im Winter auf dem Dach erscheint und ruft, dann heißt das, hier kommt ein besonderes Kind zur Welt. Und zudem roch es nach Blumen im Haus und im Hof, überall. Also wussten wir, es musste sich um ein Wesen aus einem Buddha-Feld handeln. Auch wenn es nur ein Mädchen ist, muss man in diesem Fall dafür sorgen, dass es eine religiöse Ausbildung bekommt. Deshalb unterrichtet euch Lama Samten.«

»Aber bei mir gab es keinen Kuckuck auf dem Dach und auch keinen Blumenduft«, flüsterte Lenjam. »Ich habe ein schlechteres Karma.«

»Dann hab ich das auch«, sagte Mola und kicherte. »Bei mir gab es auch keinen Kuckuck und keine Blumen. Aber hast du nicht gelernt, je mehr gutes Karma, desto mehr Verantwortung? Schau dir deinen Pala an. Er ist der Herr, alle müssen auf ihn hören, und er hat das größte Anwesen und die meisten Felder und Tiere. Aber er ist auch für alle in der Region verantwortlich, in jedem Augenblick. Dass alle zusammenarbeiten, dass niemand hungern muss, und wenn es Streit gibt, muss er für Ruhe sorgen. Gutes Karma, viel Verantwortung. Denk darüber nach.«

»Lest das nächste Kapitel vor«, sagte Lama Samten und sackte ein bisschen in sich zusammen, bereit zum Dösen. Das kann er wirklich am besten, dachte Lenjam heiter. Ihr war fast leichtfertig zumute, vielleicht weil es so warm geworden war und alles blühte, was nur blühen konnte. Da musste man einfach mitblühen.

Sie las ordentlich, hatte in den Jahren des Unterrichts gelernt, selbst unbekannte Wörter schnell in die richtigen Laute umzusetzen, doch sie achtete kaum auf den Inhalt, sah sich vielmehr auf Drala am Fluss entlangreiten, durch die Furt, mit fliegenden Zöpfen, glücklich.

Doch dann fing das, was sie las, ihre Gedanken ein:

»Wie ein ausgebrochener Elefant, so ist mein Geist,
in die tiefsten Höllen bringt er mich,
und schlimmer sind die Qualen
als wilder Elefanten blindes Wüten.

Doch bind ich diesen Elefanten, meinen Geist,
schön fest mit meiner steten Achtsamkeit,
dann habe ich keine Ängste mehr,
und was immer ich erlebe, ist gut.«

Höllen und Qualen? Lenjam wollte nichts davon wissen. Es war schlimm genug, dass man manchmal Angst haben musste. Vor Rolangs und Dämonen und lokalen Geistwesen, die sich so leicht gestört fühlten, und natürlich vor dem Großen Berggeist. Und manchmal vor Tante Dön. Auch vor den Wolkendrachen musste man sich fürchten, wenn sie Feuer spuckten und grollten und Hagelkörner über die Felder schütteten. Während sie weiterlas, kreisten ihre Gedanken im Hintergrund um alle möglichen Gründe, sich zu fürchten, und zugleich versuchte sie, Nyima einzuholen, die ihr mit ihrer klangvollen Stimme schon wieder weit voraus war.

»Denn alle Ängste,
alle« – oh, ein Wort, das sie erst entziffern musste –
»unermesslichen Leiden
sind vom Geist geschaffen,
so hat es der Vollendete gelehrt.«

Von störenden Emotionen war die Rede und von sinnlosen Absichten, vom standhaften Geist und dem mitfühlenden Streben, anderen zu helfen, und dass man Türen nicht zuschlagen und keinen unnötigen Lärm machen solle. Und dann musste sie lachen.

»Reiher, Katze und Dieb
sind ganz leise und voller Vorsicht,
so kommen sie zu dem, was sie wollen.
Die Weisen machen es ebenso.«

»Nimm dich zusammen!«, schimpfte der Lama, der aus seinem leichten Schlummer aufgeschreckt war. »Wenn du die heiligen Schriften nicht mit Ehrfurcht behandelst, verlierst du alle Verdienste.«

»Hab sowieso nicht viele«, murmelte Lenjam. Lama Samtens Augen funkelten ärgerlich in seinem breiten Gesicht.

»Aber es ist doch wirklich zum Lachen, dieser Vergleich von Weisen mit Katzen und Dieben«, mischte Nyima sich ein. »Und wahrscheinlich hat Shantideva sich das absichtlich so lustig ausgedacht. Man muss lachen, und das weckt den Geist auf. Ihr habt selbst gesagt, Lama-la, dass man die Worte des Meisters gut verstehen können muss und wir sie uns zu Herzen nehmen sollen.«

Ho, wie geschickt Nyima dem Lama entgegenzutreten wusste! Immer so, dass er nicht behaupten konnte, sie sei frech. Aber sie war frech, das war sie! Lenjam war stolz auf ihre Schwester.

Lama Samtens Mundwinkel bewegten sich nicht. Manchmal fielen sie nach unten, doch meistens passte er gut auf, dass dies nicht geschah. Sein Blick war es, der ihn verriet. Wie ein Huhn, bevor es auf einen Wurm herabstößt, dachte Lenjam und hielt ein Grinsen mit Mühe zurück.

»Ihr werdet alle Kapitel so lange lesen, bis ihr sie gut und schnell vorlesen könnt, und dann werdet ihr alle Verse auswendig lernen«, sagte der Lama und erhob sich von seinem brokatbezogenen Polster, das mit den Jahren ein wenig schäbig geworden war.

Nyima hob die Hand. »Verehrter Lama-la, bei allem Respekt, dazu möchte ich etwas sagen. In den Versen sind so viele Wiederholungen. Das alles auswendig zu lernen ist doch nicht sinnvoll. Wir sollen uns die richtige Geisteshaltung einprägen, darum geht es doch, nicht wahr? Aber das geschieht nicht, wenn man sich langweilt und nur auswendig lernt, weil man muss. Also könnte man doch die essenziellen Verse zusammenstellen und sich im Übrigen die Anweisungen merken, wie etwa, dass man nicht mit offenem Mund kauen oder nicht in Gewässer und auf bearbeitete Erde pinkeln soll. Das würde doch eh niemand tun wegen der Nagas.«

Lenjams unterdrücktes Lachen drängte sich in kleinen Blasen hervor. Breitbeinig stand der Lama da, und seine Mundwinkel zuckten empört nach allen Richtungen.

»Ihr werdet tun, was ich anordne. Habt ihr denn keine Achtung vor den heiligen Lehren? Euer Vater besteht darauf, dass ihr den kostbaren Dharma lernt. Also seid dankbar für dieses Privileg!« Seine Stimme war von Satz zu Satz lauter geworden. Im Weggehen konnten sie ihn zornig murmeln hören: »Das kommt davon, wenn man Mädchen an die Lehren lässt.«

Mit betonter Gelassenheit ordnete Nyima die Seiten des Buchs, packte sie zwischen die Holzdeckel und schlug sie in das Tuch ein.

»Du traust dich was«, sagte Lenjam. »Ob wir Ärger kriegen?«

Vielleicht würde der Lama bei Pala petzen. Pala mochte es nicht, wenn seine Töchter sich ungehörig benahmen, vor allem nicht im religiösen Unterricht. Vielleicht würde es eine Strafe geben, vielleicht gar Schläge. Alles Mögliche konnte geschehen.

Nyima stand auf, verbeugte sich gebührlich vor dem Schrein und murmelte: »Denn alle Ängste sind vom Geist geschaffen, erinnerst du dich nicht? Man sollte dem weisen Meister gut zuhören.«

Lenjam kicherte. »Dann sag dem Lama, er soll nicht versuchen, uns Angst zu machen. Ist doch alles nur – puh – vom Geist geschaffen.« Dennoch hoffte sie, der Lama würde sie nicht bei Pala verpetzen.

Am nächsten Vormittag hielt Lama Samten seinen Unterricht, als wäre nichts gewesen.

»Das nächste Kapitel«, sagte er, und wieder begann das Vorlesen. Doch schon beim ersten Vers blieben Lenjams Gedanken hängen.

»Tausend Äonen lang gesammelte Verdienste
durch Großzügigkeit und Gaben an die Buddhas
– all dieses gute Handeln wird zerstört
in nur einem Augenblick der Wut.«

Das ist ja schrecklich, dachte sie, während sie weiterhin laut
Wörter aneinanderreihte. Ich kann doch nicht auf Befehl
damit aufhören, wütend zu sein. Gestern war ich wütend auf
Lama Samten. Er ist so ein sturer Mensch. Und er war auch
wütend, das habe ich gesehen. Alle Verdienste dahin, verehrter Lama. Alles beginnt wieder von vorn. Nicht nur bei mir.
Eine köstliche Vorstellung. Doch schon hakte sich ein weiterer Vers in ihren Gedanken fest:

»Ganz gegen unseren Willen erscheinen Krankheiten.
Und gleichermaßen, obwohl unerwünscht,
steigen negative Emotionen
beharrlich in uns auf.«

Bei den folgenden Versen hatte Lenjam reichlich Mühe, im
Fluss des Lesens zu bleiben, denn dieser letzte Vers warf nun
alles zuvor Gedachte wieder durcheinander. Wenn die Wut
wie eine Krankheit ist, müsste man entweder für beides verantwortlich gemacht werden oder für beides nicht, dachte
sie und wollte dringend in dieser Richtung weiterdenken.
Doch das Vorlesen musste schnell vorangehen.

»Nicht gut gelesen«, tadelte der Lama am Ende des Kapi-
tels und schoss seine harten Blicke auf Lenjam ab. Den Kopf
zwischen die Schultern ziehen, dachte Lenjam, Buckel
machen, zerknirscht aussehen. Es ist ein Spiel, pflegte Nyima
zu sagen. Spiele es einfach.

Wenn die Schwestern nicht zu einer Arbeit gerufen wurden, ritten sie an manchen Nachmittagen zum Fluss und setzten sich an ihre Lieblingsstelle am Ufer auf das grobe Geröll, nicht ohne für den Opferstein der Nagas kleine Opfergaben mitzubringen. Früher waren sie oft bis zum Abend dort geblieben, in der Hoffnung, die Nagas dabei zu beobachten, wie sie das Opfer abholten, doch ohne Erfolg. Die Wassergötter seien meistens unsichtbar, hatte Mola erklärt, wie alle Götter der Natur, und machten sich nur bei besonderen Gelegenheiten sichtbar. Lediglich die großen Yogis und Zauberer könnten sie nach Belieben sehen.

In letzter Zeit waren sie jedoch eher damit beschäftigt, die Fragen zu besprechen, die sie dem Lama nicht stellen durften. Die alte Mola, so weise sie war, eignete sich nicht für Dispute.

»Ach, Mädchen«, sagte sie zu ihren Überlegungen, »was ihr nicht alles im Kopf habt. Warum euer Pala das nur für so wichtig hält. Ihr solltet nicht so viel denken. Kommt, sagt lieber das Mani-Mantra für das Glück aller Wesen auf, dann ist alles gut. OM MANI PEME HUNG.« Und sie drehte nachdrücklich die Gebetstrommel weiter.

»Warum meinen nur alle, Mädchen könnten die Lehren nicht verstehen«, murrte Lenjam bei solchen Gesprächen am Flussufer. »Und niemand erklärt, warum das so sein soll.«

Doch die kleinen Dramen in Lenjams Kopf mussten bald einem großen Drama im Dorf weichen, das wochenlang alle Gespräche beherrschte. Ein Mann, der Hirte Lobsang, hatte im Streit seinen Verwandten Jinpa erschlagen.

Lobsang war kein schlechter Kerl, sagten alle, nur jähzornig war er. Als er zu Pala gebracht wurde, heulte er, das habe er nicht gewollt und es tue ihm schrecklich leid. Um das

Erbe von ein paar wertvollen Türkisen war es gegangen. Sie hätten sich an Pala wenden sollen, der im Namen des Gyalpo als Schlichter wirkte. Stattdessen hatten die beiden mit ihren Hirtenstöcken aufeinander eingeschlagen, und Lobsang hatte Jinpa so unglücklich am Kopf getroffen, dass der jüngere Mann starb.

Pala machte sich mit einigen seiner Männer auf den Weg, um Lobsang zum Dzong des Königs zu bringen. Über solch eine Tat zu Gericht zu sitzen, war Sache des Königs. Wahrscheinlich würde den Hirten die Todesstrafe erwarten.

Dies war Lama Samtens große Stunde beim Abendessen. Wohin würde Lobsang kommen, wenn er nach seinem Tod die Zwischenwelt betrat? Wahrscheinlich in die Hölle des Wiederbelebens, erklärte der Lama abends, als alle zusammensaßen, denn dies sei die Hölle der Totschläger. Dort würden sich die Leute ständig gegenseitig erschlagen. Also würde Lobsang dort erleben müssen, wie er erschlagen wurde, dann würde ihn ein kühlendes Windchen zum Leben erwecken, worauf er seinerseits erneut einen Angreifer erschlagen würde, und dann würde auch er wieder erschlagen und immer so weiter. Angst, der verzweifelte und nutzlose Versuch zu überleben und die Wut auf den, der ihm dieses Überleben streitig machen wollte, würden ihn beherrschen. Und all dies so lange, bis er sein schlechtes Karma abgetragen hatte und er in der Welt der Hungergeister oder als ein niederes Tier wiedergeboren würde.

Es gab auch eine spezielle Hölle für jene, die Tiere jagten oder Vögel und Fische fingen, um sich davon zu ernähren. In dieser Hölle wurden die Übeltäter dazu gezwungen, Dung zu essen. Und nicht nur das, erklärte der Lama mit bedrohlicher Miene, in diesem Dung lebten Würmer mit diamantenen Mäulern, sodass die Übeltäter von innen aufgefressen wurden. Ein erschrecktes »Oh!« und »Uh!« ging durch die Familie, und manche krümmten sich unter dem Eindruck dieser grässlichen Vorstellung.

Das führte dazu, dass Lama Samten gebeten wurde, nun auch alle übrigen Höllen genauestens zu beschreiben. Lenjam stellte fest, dass der Lama es genoss, von diesen grässlichen Orten zu erzählen, aber sie hörte wie alle anderen mit fasziniertem Grausen zu. Nur Amala sagte einmal, jetzt sei es wirklich genug, doch sie wurde überstimmt.

Da gab es die Unaufhörliche Hölle, von der Lama Samten sagte, es sei die heißeste und tiefste aller Höllen. Nun ja, völlig unaufhörlich sei sie nicht, aber zumindest dauerte es unvorstellbar lang, bis das schlimme Karma abgetragen war, das man auf sich geladen hatte. Denn in diese Hölle kamen die Bösesten der Bösen – Muttermörder, Vatermörder, Mörder von spirituellen Lehrern oder heiligen Yogis und die Zerstörer des Dharma oder Sangha. In dieser Hölle stecke man kopfüber in riesigen Kesseln mit kochender Bronze, und die Foltern, die dort angewendet würden, könne man sich gar nicht vorstellen. Alle schauderten, und unruhige Blicke trafen den großen Topf mit Tee auf dem Herdfeuer. Auch mit den Heißen Höllen, in denen man von schwarzen Dämonen auf den Grund von Feuerseen gezerrt und dort mit spitzen Eisenstangen durchbohrt würde, erntete Lama Samten erneut erschrecktes Stöhnen und Seufzen. In diese Hölle konnte jemand allein schon dadurch kommen, dass er Yogis bestahl oder schädliche Quacksalberei betrieb. Auch das Vergewaltigen von Nonnen stand auf der Liste der schlimmen Taten, die in die Heißen Höllen führten. In den Kalten Höllen ging es nicht ganz so grausig zu, obwohl des Lamas anschauliche Schilderungen von zugefrorenen Mündern und von Haut, die in der furchtbaren Kälte aufplatzte, Lenjam Gänsehaut bescherten. Plötzlich empfand sie eine tiefe Abneigung gegen die kommenden eisigen Winternächte.

»Alle sagen, dass Lobsang eigentlich kein böser Mensch ist«, flüsterte Lenjam später Nyima zu, als sie warm in ihr Schlaffell eingehüllt neben ihr lag. »Es tut mir leid, dass er jetzt in diese Hölle kommt, in der es ständig weitergeht mit dem Totschlagen. Aber vielleicht dauert es ja nicht so lang.«

»Pala könnte ihn laufen lassen«, antwortete Nyima nachdenklich. »Dann wäre er ein Geächteter und müsste sich irgendwo in der Einsamkeit verstecken. Dann könnte er als Eremit leben und das Mani-Mantra beten und sein Karma verbessern.«

Lenjam stellte sich vor, wie der große, schwerfällige Lobsang als Geächteter durchs Land zog, von Höhle zu Höhle, hungrig und ständig in Gefahr, eingefangen zu werden.

»Lobsang ein frommer Einsiedler? Kann ich mir nicht vorstellen. Es könnte auch sein, dass er stiehlt und räubert und vielleicht vor Angst noch jemanden erschlägt. Dann würde sein Karma noch viel schlechter.«

Als Lenjam schon am Einschlafen war, hörte sie Nyimas leise Stimme: »Vielleicht, ja. Aber man weiß es eben nicht. Und wenn man es nicht weiß …«

Nach drei Tagen musste der Körper des Erschlagenen zur Himmelsbestattung an den Bestattungsplatz am Ende des Tals gebracht werden. In der Familie wurde darüber geredet, dass der alte Mann und sein Sohn, die das Geschäft der Himmelsbestattung betrieben, gut bedient werden mussten. Das war man dem toten Hirten schuldig.

»Wir haben noch nie eine Himmelsbestattung gesehen«, sagte Nyima. »Da müssen wir hin.«

Lenjam wand sich zwischen Grausen und Neugier. »Aber das ist gefährlich.«

»Gar nicht gefährlich. Es ist Tag, und wir gucken nur zu.«

»Aber das dürfen wir nicht.«

»Hab ich gesagt, dass das jemand bemerken soll? Wir reiten vorher hin, verstecken die Pferde und suchen uns einen Platz, wo uns niemand sieht. Ich weiß, wo es ist. Ich hab die Männer darüber reden gehört.«

Es war zu verlockend. Vor Geistern musste man sich nur nachts fürchten, und Nyimas Plan war gut wie immer. Sie würden behaupten, dass sie ganz früh am Morgen auf den Berg gehen wollten, um eine Heilpflanze zu suchen, die man früh pflücken musste, und der Mond war voll. Nyima hatte vor einiger Zeit angefangen, Mola, Amala und die Tanten nach ihrem Wissen über Heilpflanzen auszufragen. Vielleicht würde sie einmal eine berühmte Amchi werden, auch wenn sie nicht in einem Kloster Medizin studieren könnte. Oder vielleicht würde sie die Schülerin einer berühmten Heilerin werden. Nyima hatte immer wieder neue Ideen, wohin sich ihr Leben entwickeln sollte. Es gab Möglichkeiten.

Am Tag der Bestattung führten sie, während alle noch schliefen, die Pferde zu dem Weg durch die Felder und ritten flussaufwärts. Dichter Dunst lag über dem Fluss, Nebelschwaden krochen an den Hängen empor. Es war nicht viel von der Landschaft zu sehen, nur schwache Konturen. Das gefiel Lenjam nicht, es ließ dieses Unterfangen zunehmend gefährlich erscheinen. Doch nun blieb ihr nichts anderes übrig, als Nyima über felsigen und gerölligen Boden aufwärts zu folgen, bis Bäume aus dem Nebel auftauchten.

»Hier lassen wir die Pferde, da sieht und hört sie niemand«, sagte Nyima.

»Woher willst du das wissen? Wo sind wir überhaupt?«

»An der Seite des Bergs. Noch ein steiles Stück rauf und dann ein Stück runter, dort muss es sein.«

Sie banden die Pferde an, und Lenjam folgte Nyima weiter den Berg hinauf.

»Man muss doch auf dem Weg zum Kloster immer hier rüber«, erklärte Nyima, »und da haben wir mal die Geier kreisen gesehen, und jemand sagte, da oben ist eine Himmelsbestattung. Da wäre ich gern dabei gewesen. Den Weg hinauf konnte man gut sehen. Und ich dachte, man könnte ja auch von der Seite rauf, aber das wäre zu steil für die Pferde. Daran hab ich mich erinnert. Es wird schon richtig sein.«

Lenjam war sich nicht sicher, ob sie wünschen sollte, dass es der richtige Weg war. »Und wenn nicht?«

»Dann gehen wir eben wieder runter.« Nyima klang nicht so, als wäre das wahrscheinlich.

Es wurde heller, und der Nebel lag wie Haufen dicker Schafwolle unter ihnen. Hinter dem Berg ging die Sonne auf und legte ein zartes Glitzern über Steine und Büsche. Das war schön, und Lenjam vergaß fast ihre Beunruhigung über das Ziel dieser Wanderung. Vielleicht würden sie es ja auch gar nicht finden.

»Da, unter uns, siehst du?« Nyimas Stimme zitterte vor aufgeregter Erwartung. »Das ist der Platz. Sie sind noch nicht da, das ist gut.«

Eine kleine, ebene Fläche, auf der kein Gras wuchs, am Rand ein abgestorbener Baum. Ein unfreundlicher Ort. Sie kletterten das kurze, steile Stück hinunter, das sie vom

Bestattungsplatz trennte, bis in die Deckung eines stachligen Gebüschs. Überall lag großer Vogelkot. Geier.

Ein Schaudern zog über Lenjams Rücken. Sie ahnte, wozu die in den Boden eingerammten Stöcke mit den schmutzigen Seilen dienten und woher die dunklen Flecken auf dem Boden stammten.

»Gerade rechtzeitig«, flüsterte Nyima. »Sie kommen.«

Zwei Männer, die Himmelsbestatter, trugen zwischen sich an einer Stange den in ein Tuch gewickelten Toten. Ein weiterer Mann hatte ein Bündel unter dem Arm, und in einigem Abstand folgte ein kleiner, dicker Lama, der, wie Lenjam wusste, auch zur weitläufigen Verwandtschaft gehörte. Irgendwie waren ja alle im Tal verwandt.

Die Geier ahnten, was die Ankunft der Männer an diesem Ort bedeutete. Schon kamen die ersten mit ihren großen, rauschenden Schwingen angesegelt und ließen sich auf dem Baumgerippe nieder. Andere reihten sich manierlich am Rand des Platzes auf. Sie ordneten ihre Flügel und hielten dann still, bewegten kaum ihre kahlen Köpfe. Man konnte sehen, dass sie sich auskannten mit der Zubereitung ihrer Mahlzeit.

Beim größten der Pflöcke öffneten die beiden Männer das Tuch, streckten den nackten Körper aus und banden ihn fest. Der dritte Mann legte einige Werkzeuge bereit und machte sich dann daran, ein Feuer aus Zweigen, die er aus seinem Bündel zog, anzufachen. Gewiss Wacholderzweige, dachte Lenjam. Lhasang, heiliger Rauch. Tsampa und Butter wurden dazugegeben. Der dicke, würzige Rauch legte sich über den Platz und zog träge davon.

Der Lama hatte ein Stück Fell aufgerollt, sich darauf niedergelassen, ein Buch geöffnet und mit einer langen Rezitation begonnen. Auch die Männer setzten sich und füllten vier Schalen aus einem Schlauch mit Chang. Eine davon bekam der Lama.

Lenjam wunderte sich. Sie hatte nicht gedacht, dass an diesem Ort Chang getrunken würde. Aber nun ja, Männer tranken bei jeder Gelegenheit Chang. Onkel Dokar sagtc, Chang sei gesund. Pala rümpfte dazu die Nase und erwiderte, auch Heilpflanzensaft saufe man nicht bis zum Umfallen.

Während der Rezitation des Lamas leerten die Männer ihre Becher und gingen dann gut gelaunt an die Arbeit. Als das große Messer in die Seite des Toten hineinschnitt und ein Bein abtrennte, tastete Lenjam nach Nyimas Hand. Sie konnte nicht wegschauen, aber ohne Nyima hätte sie den Anblick nicht ausgehalten.

»Die machen das gut«, flüsterte Nyima. Es klang ruhig, weitaus ruhiger, als Lenjam sich fühlte.

Das ist nicht mehr Jinpa, dachte sie angestrengt. Jinpa ist nicht mehr da, es ist nur seine Hülle, die er zurückgelassen hat. Wie seine Kleider. Die Kleider haben jetzt seine Verwandten. Die Hülle bekommen die Geier. Jeder hat etwas davon. Das ist gut. Man muss einfach daran denken, dass es gut ist.

Und doch war es grausig, als das Bein an einen der Pflöcke gebunden wurde und die Geier sich daranmachten, das Fleisch abzureißen. Sie flatterten und stritten, aber einige andere blieben gelassen sitzen und beäugten die Arbeit der Männer. Sie wussten wohl, dass an so einer Leiche noch mehr dran war. An jeden Pflock wurde ein Stück von Jinpas Körper gebunden. Krähenvögel trippelten ungeduldig um die Geier und stießen, gierig nach den Resten, ihre durchdringenden Schreie aus.

Immer mehr Geier rauschten herab, es war ein gewaltiges Geschwirre und Gekreisch. Lenjam sah eine festgebundene Hand, die einer der Männer mit einem Hammer flach klopfte. Sie sah den offenen Brustkorb, aus dem die Geier die Innereien rissen. Sie sah, wie die Knochen auf dem großen Stein zertrümmert wurden, bis sie Pulver waren und mit Tsampa und Wasser vermischt zu kleinen Happen geformt wurden. Die Krähenhorde stürzte sich darauf. Die Männer lachten.

Der Lama war längst gegangen, als die Männer Asche über die Blutlachen streuten, ihre Sachen zusammenpackten und den Platz verließen. In unglaublicher Geschwindigkeit hatten die Geier alles Fleisch und die Innereien verzehrt und sich mit vollen Bäuchen in den Aufwind geworfen. Schließlich waren nur noch die Krähen da und pickten die letzten Reste auf. Es roch nach Asche und Blut.

Schweigend kletterten Lenjam und Nyima in der grellen Vormittagssonne den Hang hinauf und zurück zu den Pferden. Plötzlich blieb Nyima stehen und drehte sich um.

»Da kommt jemand.«

Es war keiner der drei Männer.

Der Mann lief mit seltsamer Leichtigkeit. Er holte die Mädchen ein, sagte jedoch nichts, schaute sie nur an und erhob die Hände in einer flehenden Geste. Lenjam erstarrte. Sie kannte diesen Mann, hatte ihn bei der Ernte und bei Festen gesehen. Hätten ihre Beine gehorcht, wäre sie weggerannt, doch sie konnte nur dastehen in ungeheurem, lähmendem Erschrecken.

»Bist du Jinpa?«, hörte sie Nyima fragen. »Wenn du Jinpa bist, können wir dir nicht helfen. Du bist tot.«

Er ließ die Arme fallen. In seinem Blick lag tiefe Verwirrung. Er wandte sich um und ging zurück, den Berg hinauf.

»Bleib nicht hier!«, rief Nyima ihm nach. »Du sollst nicht hierbleiben. Du bist tot.«

Lenjam wandte sich um und zwang sich weiterzugehen. Hätte sie sich nur nie auf dieses Abenteuer eingelassen. Ihre Knie zitterten, und in ihren Ohren tosten die Schläge ihres Herzens.

»Er ist weg«, sagte Nyima mit ruhiger Stimme, aber Lenjam spürte ihre unterdrückte Aufregung. »Er war plötzlich nicht mehr da.«

Lenjam rannte gehetzt den steilen Hang hinunter zu Drala, der guten, vertrauten Drala. Die würde sie nach Hause bringen, wo viele freundliche Geister, denen jeden Tag geopfert wurde, sie schützten.

»Pass auf!«, schrie Nyima ihr nach. »Wenn du hinfällst und dir ein Bein brichst, schlepp ich dich nicht runter.«

Lenjam wollte nichts von einem Bein hören. Augenblicklich sah sie das Bein des Toten, wie es für die Geier abgeschnitten, abgehackt und aufgeschlitzt wurde. Wie sollte sie das je vergessen können?

Doch so schnell konnten sie nicht heim. Sie müssten wenigstens ein paar der Kräuter mitbringen, erklärte Nyima eindringlich, auch wenn sie, mitten am Tag gepflückt, nicht viel taugten. Niemand würde glauben, dass sie gar nichts gefunden hätten, und dann würde das Gefrage losgehen.

In diesem Jahr dachte Lenjam zum ersten Mal, dass es ein Schmerz sei, nicht Kind bleiben zu können. Plötzlich hatte die Zeit sie erfasst, und das hörte gar nicht mehr auf. Ununterbrochen war Zeit. Zuvor hatte es große, runde Zeiten gegeben, etwa wenn der Regen kam oder wenn es jeden Tag trocken war, strahlend schön am Tag und eiskalt in der

Nacht. So rund waren diese Zeiten, dass man Anfang und Ende aus den Augen verlieren konnte. Doch nun kam immer mehr Unruhe auf, Veränderung häufte sich auf Veränderung. Es gab Wolken von Einsamkeit, während rundum jeder so tat, als ginge alles weiter wie eh und je.

Außer Nyima.

Nyima schien sich in die Zeit zu werfen wie in einen reißenden Fluss. »Ich wollte, ich wäre erwachsen«, sagte sie. »Dann könnte ich losziehen und mir einen guten Lehrer suchen, der Yoginis ausbildet.«

Das schien ihr wichtiger geworden zu sein, als eine berühmte Amchi zu werden. Lenjams Einwand, sie würden gewiss wie alle Mädchen heiraten und Kinder bekommen, wies Nyima mit einer ungeduldigen Geste zurück. »Du vielleicht. Ich nicht.«

Es war nicht nötig, dass Nyima auf den Kuckuck und den Blumenduft hinwies. Sie würde durchsetzen, was sie wollte, sie war nun einmal die Besondere.

Lenjam dagegen fürchtete sich vor den Veränderungen, die so viel Neues in ihr Leben bringen könnte, und hoffte, dass es möglichst langsam gehen möge mit dem Erwachsenwerden.

Auch den Cousin Ten-Dorje riss die Zeit mit. Es gab nach der Erntearbeit kein Zusammensein mehr mit ihm, im nächsten Jahr nicht und auch nicht im darauf folgenden. Seine Stimme veränderte sich, und er schaute Lenjam nicht in die Augen. Er lachte mit den Männern, aber nicht mit ihr. Und von Nyima wandte er sich nachdrücklich, auf eine fast zornige Weise, ab.

Zu Lenjams Bedauern strebte Nyimas Körper in die Länge, denn das bedeutete, dass sie zur Schwester aufschauen musste. Noch mehr störte sie, dass sie selbst plötzlich mit schnell wachsenden Brüsten belastet wurde. Die Einsamkeit hatte keinen Namen. Doch sie war hinter ihr her, hängte sich an sie an, ungreifbar, wortlos.

Dass Ten-Dorje dann eines Tages am Ende der Ernte, als er noch nicht ins Kloster zurückmusste und es gelegentlich freie Nachmittage gab, plötzlich zu ihr ins Gehege der Pferde kam, ließ eine Verwirrung in ihr Herz kriechen, die neu war.

»Kann ich mitreiten?«, fragte er.

Und schon hatte sie geantwortet: »Ja, natürlich.«

Widersprüchliche Gedanken fielen übereinander her. So lange hatte er sie nicht beachtet. Warum glaubte er, jetzt plötzlich einfach mitreiten zu können? Ein böser kleiner Zorn regte sich in ihr. Drala ließ beunruhigt die Ohren kreisen.

»Ist nicht ernst, meine Gute«, flüsterte Lenjam ihr zu. »Alles in Ordnung.« Sie schwang sich ohne Sattel auf Dralas Rücken und ließ sie laufen, kümmerte sich nicht um Ten-Dorje, der wieder die freundliche Stute nahm, die Pala ihm zur Verfügung gestellt hatte. Hätte Pala ihm doch den Hengst gegeben, der hätte ihn abgeworfen. Und sie hätte ihn ausgelacht, ho, hätte sie gelacht!

Seit Tagen hatte sie keine Zeit zum Reiten gehabt. Drala war glücklich, streckte sich, ließ ihre Hufe fliegen, und Lenjam wurde von dieser Freude ergriffen, war ein Stück von Drala, starker Rücken, fliegende Beine, hoher Schweif. Es war gleichgültig, ob Ten-Dorje ihr folgte, es ging nicht um ihn, sie brauchte ihn nicht. Sie hatte Drala und die Erde und den Himmel, und alle kleineren und größeren Götter applaudierten ihr.

Schnell war der Fluss erreicht. Sie galoppierte flussabwärts bis hinter die Biegung, wo das Wasser eine tiefe

Kuhle gewaschen hatte. Schon hatte Ten-Dorje sie eingeholt, rutschte von der kleinen Stute, warf seine Kleider ab und rannte ins Wasser, all dies in einem einzigen Schwung. »Hu, kalt, wunderbar!«, rief er. »Komm!«

Und Lenjam folgte. Filzschuhe, Chuba und Bluse flogen auf die Steine. Sie stürmte voran, hielt ihre Zöpfe hoch und tauchte bis zum Hals ein in den eisigen Rausch. Köstlich benommen vom Schock der Kälte, spürte sie das sanfte Ziehen der Strömung, und schon rannte sie fröhlich kreischend zurück zum Ufer.

Sie hatte Ten-Dorje kaum wahrgenommen, bis sie seine Stimme hörte: »He, warte!«

Er war zu weit in den Fluss gerannt, und die Strömung hatte ihn ein Stück mitgetragen, bis er wieder Boden unter den Füßen fand und sich ans Ufer heranarbeiten konnte.

Sie schaute sich um mit dem plötzlichen Gedanken, er könne sich verletzt haben. Doch er stand nur da, bis zu den Schenkeln im Wasser, und sein Blick war gefangen von ihrer Nacktheit. Ein paar Augenblicke nur, aber doch lang genug, um Lenjam ein neues, völlig unerwartetes Gefühl der Macht zu geben, der Macht ihrer bereits großzügigen Brüste, des dunklen Dreiecks unter ihrem Bauch. Das war so genussvoll, dass sie nur zögernd nach ihren Kleidern griff. Ein kurzer Blick zurück zeigte ihr, welche Veränderung ihr Anblick an Ten-Dorjes Körper bewirkt hatte. Der Gedanke an brunftige Schafböcke und Hengste und Yaks brachte sie zum Lachen.

Lange wollte das rote Schutzbändchen an ihrem Hals, das sie beim letzten Neujahrsfest vom jungen Rinpoche erhalten hatte, nicht trocknen, als wolle es sie daran erinnern, dass etwas nicht in Ordnung war. Schnell hatte sich das köstliche

Gefühl der Macht in ein beunruhigendes Gefühl der Verschlechterung ihres Karmas verwandelt. Das Verführen von Mönchen erzeugte schlechtes Karma, das wusste jeder. Galt dieser Augenblick, als sie sich bereitwillig hatte betrachten lassen, als Verführung? Ten-Dorje war überstürzt davongeritten. Auf der Flucht vor ihr? Vor der Macht, die sie hatte? Wollte sie die denn haben? Ein kleines bisschen vielleicht, gab sie zu, doch nur gerade genug, dass er sich ihr wieder zuwandte.

Aber was auch immer geschehen sein mochte, Gutes brachte es nicht. Ten-Dorje ging ihr seitdem nachdrücklicher aus dem Weg als je zuvor. War es ihre Schuld? Das Schicksal ihrer Mutter lauerte im Schatten ihrer Gedanken.

Tagelang zögerte sie, ihr Geheimnis mit Nyima zu teilen. Würde die Schwester sie verurteilen? Sie war unberechenbar. Man konnte nie wissen, was von ihr zu erwarten war. Doch es hatte wenig Sinn, Geheimnisse vor ihr hüten zu wollen. Früher oder später würde sie bemerken, dass etwas nicht stimmte.

»Nyima, ich muss etwas mit dir besprechen«, sagte Lenjam schließlich und zog die Schwester mit zu dem noch immer nicht ausgebesserten Stück der Mauer, wo sie früher ihr Spiel mit der schlauen Leiche gespielt hatten und auf das sie sich gern setzten, um über die Felder hinwegzuschauen und ungestört miteinander zu reden.

»Du erinnerst dich doch an die Verse über Begierde und Körper und Kopulation und wie unrein das alles ist und einen in die Höllen bringt.«

Mit tiefer Stimme deklamierte Nyima: »Das Begehrte wird mit Sicherheit zerstört, und danach werden wir in die Höllen fallen. Und?«

Zögernd berichtete Lenjam von dem Ereignis am Fluss. »Es hat mir irgendwie Spaß gemacht«, bekannte sie. »Meinst du, das ist schlecht? Schließlich ist er fast ein Mönch. Habe ich jetzt meine Verdienste verloren?«

Nyima stülpte die Lippen vor. »Er hat angefangen, so ist es doch, oder?«

Stimmt, dachte Lenjam erleichtert, es war seine Idee gewesen, nicht meine. »Aber es gibt doch diesen Vers, dass die Jungfrauen sogar vor dem Bräutigam schüchtern und züchtig zu Boden schauen sollen. Ich meine, ich hab überhaupt nicht zu Boden geschaut, nicht ein bisschen.«

»Vergiss es!«, sagte Nyima mit einem Schulterzucken. »Er hat angefangen und passiert ist gar nichts. Er hat ein bisschen geguckt. Du hast ein bisschen geguckt. Nichts weiter. Gedanken. Alles ist im Geist geschaffen. Denk an die letzten Verse, die wir gelernt haben.«

»Als ob ich die verstehen würde«, seufzte Lenjam. «Die Welt ist wie ein Traum und so weiter. Siehst du, ich kann sie mir nicht mal merken. Verstehst du sie denn?«

Mit einem sanften Wiegen des Kopfes schaute Nyima in die Ferne. »Irgendwie schon. Vermute ich. Wenn wir nur einen guten Lehrer hätten.«

»So einen wie Marpa, der Milarepa ständig Häuser bauen und wieder einreißen ließ und ihn dann in die Wildnis schickte, wo es nur Brennnesseln zu essen gab? Also wirklich!«

Sie stießen einander an und lachten, und Lenjam legte Ten-Dorje beiseite, zumindest so lange, bis sie einen guten Lehrer finden würden und sie das Problem mit ihm besprechen könnte.

Dann war wieder Neujahr, das Leben im Tal erwachte, und das Warten auf das große, tagelange Fest hatte ein Ende. Besucher von weit her kamen zusammen, viele Zelte wurden unterhalb des Klosters aufgestellt, und Lenjam war stolz auf die festlichen Zelte ihrer Sippe.

Nach den prächtigen Klostertänzen der Mönche kam das große Feiern. Wie glücklich Lenjam war beim Tanzen in der Reihe der Frauen, gegenläufig zur Reihe der Männer ihnen gegenüber. Ho, so viele junge Männer, welche Herrlichkeit! Singen, Lachen und immer wieder ein wenig Chang trinken hinter Palas Rücken. So viele Menschen! Man konnte ganz berauscht sein von Menschen, jungen, alten und Kindern, und berauscht auch von den bunten Farben der Kleider und all dem bunten Schmuck.

Lenjam sah anderes als früher. Sie sah den heimlichen Hunger im Blick der Männer und die Macht in dem der jungen Frauen. Sie sah die vielen Arten von Lächeln, lockend, herausfordernd, einladend, frech, verständnisinnig. Ein Vergnügen war es, dieses und jenes Lächeln zu deuten. Sie sah die lauten Blicke zwischen dem Dorfmädchen, das wenig älter war als sie selbst, und dem jungen Mann mit der Narbe an der Stirn. Sah, wie sie einander umschlichen und meinten, niemand nähme es wahr. Das Mädchen warf den Köder seiner Macht nach ihm aus, und er biss zu.

Sie sah es, als sie zum Pinkeln auf die Wiese ging, sah die Verfolgung, den rohen Akt an der hinteren Klostermauer, das Winden des Mädchens, das wollte und nicht wollte. Es war schnell vorbei. Dann ging er weg. Das Mädchen lehnte an der Mauer mit hängendem Kopf.

Lenjam lief über die Wiese zu den Zelten zurück, zum Feuer, wo ihre Familie Tee kochte. Nein! So nicht! Nein!

Sie würde mit Nyima darüber reden, wenn sie wieder zu Hause waren, doch jetzt wollte sie nicht darüber nachdenken, das Nein genügte. Das Fest ging weiter, es gab Schauspielaufführungen und Pferderennen am Fluss, bald war die Angelegenheit vergessen, nicht mehr der Rede wert. Und wenn sie später den Bock auf dem Schaf sah oder den Hund auf der Hündin, hatte das nicht das Geringste mit ihr zu tun.

Das sorglose Leben war endgültig vorbei, als Amala starb.

Welches Wesen mochte da zu ihnen kommen, hatte sich Lenjam gefragt, als Amala damals voller Freude ihre Schwangerschaft verkündet hatte, dieses späte Kind, das niemand mehr erwartet hatte? Man sprach nicht davon, dass es ein Junge sein könnte, obwohl natürlich alle wussten, wie sehr Pala sich einen Sohn wünschte. Vielleicht noch einmal ein besonderes Wesen mit einem Kuckuck auf dem Dach und Blumendüften? Lenjam gestand sich ein, dass diese Vorstellung sie ärgerlich machte, obwohl man ja wusste, dass solche Kinder ein Segen für die Familie waren.

Reichliche Gaben wurden zu den Opferplätzen der lokalen Gottheit des Dorfes und zum Schrein des Berggeists gebracht und ebenso an den Fluss für die mächtigen Nagas, damit sie das Glück der Familie nicht störten. Jeden Tag wurden die feinsten Opfergaben auf den Küchenschrein gelegt. Aber Lenjam, anstatt sich dadurch beruhigt zu fühlen, fürchtete eher, dass all die glückliche Erwartung im Haus die bösen Geister anzog. Das hatte sie einmal gehört. Doch Molas unentwegte Mani-Mantras und Lama Samtens Pujas würden gewiss dafür sorgen, dass die Geister nicht zu nahe kamen.

Nur Nyima hatte einen wiederkehrenden Traum von einem Vogel, der tot vom Himmel fiel. Flüsternd erzählte sie

Lenjam davon, damit die bösen Geister es nicht hören sollten. Doch nun hatten sie beide den angsterfüllten Gedanken im Herzen, und er stieg immer wieder auf, so oft sie ihn auch mit Mantras zu bannen versuchten.

Zwei Tage und zwei Nächte lang lag Amala in den Wehen. Immer wieder setzten sich Lenjam und Nyima im Winkel des Hofs vor den kleinen Geburtsraum, der schon lang nicht mehr benützt worden war, und wiederholten das Tara-Mantra. Sie weinten, als Amalas Schreien und Stöhnen nicht aufhören wollte und die Frauen, die ihr halfen, mit verzweifelten Mienen aus der Geburtskammer traten.

Frauen konnten beim Gebären sterben, das wusste jeder, aber doch nicht Amala. Lenjam und Nyima hielten einander umklammert und bestätigten sich gegenseitig, dass alles gut werden würde. Mola, die hin und wieder herauskam, strich ihnen über den Kopf und erklärte, es sei eben manchmal nicht so leicht, das Kleine wolle sich nicht drehen.

Das Kind war tot, als es endlich geboren wurde, und Amala hörte nicht auf zu bluten. Das Leben lief aus ihr heraus, bis nichts mehr davon übrig war. Und Lenjam war es, als verlöre dabei auch sie ein großes Stück Leben, ein ganz wichtiges Stück, jenes, an dem man sich festhalten kann, wenn die mächtige Strömung der Zeit einen fortzutragen droht. Nun griff sie ins Leere und fand weder Tränen noch Worte.

Eine Gruppe von Mönchen kam mit dem jungen Rinpoche, sogar der Höchstehrwürdige Lama hatte die Mühe des Wegs auf sich genommen, um die Riten für Amala zu zelebrieren. Zwei prachtvolle Zelte wurden im Hof für die Gäste aufgestellt und ein großer Schrein mit einem Baldachin davor für den jungen Rinpoche und den Höchstehrwürdigen

Lama. Bald erklangen die Rezitationen und Gesänge, begleitet vom Klack-klack der Handtrommeln und dem schrillen Ton der kleinen Glocken.

Lenjam erlebte dies alles wie aus großer Ferne.

»Bitte, hör auf, wie ein Geist herumzulaufen«, sagte Nyima.

Doch darauf wusste Lenjam nichts zu sagen. Ihr Herz war leer wie ein ausgeräumtes Zimmer, in dem man auf dem Boden nur die Umrisse der Dinge sah, die einmal darin gestanden hatten. Erst an dem Morgen, nachdem die Rituale beendet, die Zelte abgebaut und die Mönche wieder abgereist waren, kehrte Leben in Lenjam zurück. Es brannte wie das große Feuer an Neujahr im Kloster.

Noch bevor Ani-la vor dem Haus am Morgen die Zweige des Lhasang anzündete, rannte Lenjam hinaus in die kalte Dämmerung, legte Drala die Zügel an und jagte zwischen den Feldern hindurch zum Fluss, dorthin, wo die Gaben für die Nagas auf ihrem Opferstein bereitgelegt wurden.

»Warum habt ihr das zugelassen, ihr Nagas?«, rief sie kniend über den Fluss. »Ihr seid doch so mächtig. Niemand hat ihr geholfen. Niemand!«

Ihre Stimme war schrill vor Schmerz. Niemand hatte den Fluss des Blutes aufgehalten. Warum nicht sie, die Nagas, die Macht über die Flüsse der Erde hatten?

Der Fluss gurgelte gleichmütig dahin.

Mit einem verzweifelten Aufheulen schwang Lenjam sich wieder auf die unruhig tänzelnde Drala und galoppierte weiter, dem Berg zu. Auch den Kleinen Berggott musste sie anklagen, auch er hatte es versäumt zu helfen. Hatten sie ihm nicht immer gute Opfergaben gebracht? Warum hatte er Amalas Leben nicht festgehalten?

Doch der Berg ragte still und unerschütterlich vor ihr auf, taub für ihre Schreie.

Irgendwo am Talrand hielt sie an, völlig erschöpft vom Rasen und Schreien und Weinen. Mit einer Handvoll harter Grasbüschel rieb sie die schwitzende Drala ab, warf sich zu Boden und krallte keuchend die Hände in die Erde.

Aus dem Gedächtnis sickerte ein Vers hervor:

»Dem Herrn des Todes ist nicht zu trauen.
Was immer getan oder nicht getan worden ist,
er zögert nicht.
Ungeachtet ob krank oder gesund,
das vergängliche Leben zieht vorbei.«

Wie konnte das einfach so gesagt werden? Wie sollte man es für möglich halten können, dass einem der kostbarste Mensch genommen würde? Amala, die da war wie die Luft zum Atmen, so selbstverständlich und so unverzichtbar. Wie sollten sie nun alle weiterleben?

An diesem Abend setzte sich Lenjam neben die alte Mola und legte den Kopf in ihren Schoß. Sie konnte jetzt weinen ohne das Würgen und Schütteln, die Tränen liefen direkt aus ihrem wunden Herzen. Sie würde nun mit diesem Schmerz leben müssen, denn er würde niemals vergehen. Nyima schien es nicht so schwer zu nehmen wie sie, aber Nyima war eben anders.

Mola strich über Lenjams Kopf und murmelte ihr Mantra. Es war nicht nötig, dass sie etwas sagte, es gab nichts zu sagen. Amala war tot und würde nie wieder in ihrer eindrucksvollen Haltung durch die Küche und über den Hof gehen. Sie würde nie mehr am Webstuhl sitzen und fröhlich mitlachen, wenn die Frauen ihre anzüglichen Scherze machten und wieherten wie junge Pferde.

»Gewiss hat Buddha Amitabha sie in sein Reines Land geführt«, sagte Mola plötzlich. »Sie war eine so gute Tochter, und euch war sie eine gute Mutter. Sie wird gewiss als Tochter eines edlen Königs in einem prächtigen Dzong wiedergeboren. Bete das Mantra der mitfühlenden Tara für ihre gute Wiedergeburt, mein Kind. Wir wollen ihr helfen, dass alles gut geht.«

Lenjam stimmte ein in das Mantra, murmelte es im Rhythmus mit dem Klicken der Mala.

Am nächsten Morgen öffnete sich die Welt, hatte ihre Farben wieder, satte, strahlende Farben, und unwillkürlich dankte Lenjam mit dem Mantra, mit dem sie in der Nacht eingeschlafen war. Dazwischen lag ein gewaltiger Traum, der zu jenen Träumen gehörte, die man ein ganzes Leben lang nicht vergaß.

»Ich war in einem Fluss«, erzählte sie Nyima, »es war ein riesiger, wilder Fluss. Ich bin hineingefallen, und die Strömung riss mich mit, und ich hatte schreckliche Angst. Dann war plötzlich Tara da, und das Wasser wurde ganz still und seicht, und ich konnte einfach an Land gehen. Es war Tara, so wie auf unserem Thangka oben im Schreinraum, aber sie hatte auch Amalas Gesicht, und, ja, so seltsam es ist, auch das Gesicht des Höchstehrwürdigen, obwohl er ja ganz anders aussieht als Amala. Es wundert mich jetzt, aber im Traum hat es mich nicht gewundert, da war es ganz selbstverständlich.«

Langsam kehrte der Haushalt wieder in die vertrauten Bahnen zurück. Lenjam hatte den Nagas und dem Berggeist reichliche Gaben gebracht und sich für ihren Ausbruch entschuldigt. Somit war kein Unheil zu befürchten. Pala begann wieder mit seinen Männern zu lachen. Mola saß abends in ihrer Ecke, drehte ihre Gebetsmühle und murmelte Mantras. Nichts war verändert außer dem unsichtbaren Loch voller Stille, das Amala hinterlassen hatte.

Nun hätte alles wieder in Ordnung sein können, wäre nicht Tante Dön immer häufiger in der Küche erschienen, zu Zeiten, in denen sie nichts dort zu suchen hatte. Sie mischte sich immer öfter in Küchenangelegenheiten ein und begann, Ani-la und Tante Puntsog herauszufordern, als wolle sie Amalas Platz einnehmen. Ani-la und Tante Puntsog brachten es nicht fertig, sie zurückzuweisen.

»Du musst etwas dagegen tun«, sagte Nyima zur alten Mola. »Warum ist sie nicht bei ihrer Nomadenfamilie?«

»Sie hört nicht auf mich, Kind«, sagte Mola sanft. »Und euer Pala kann sie nicht wegschicken. Eure Tante Tamdzin war nun einmal die Gefährtin seines älteren Bruders und ist die Mutter seiner beiden Söhne, obwohl er wie seine Brüder ja eigentlich der Mann eurer Amala war. Aber wenn einer eben wild ist nach einer Frau … Und als er dann verunglückte und im Sterben lag, musste Pala ihm versprechen, dass er Tamdzin aufnehmen würde. Sein Vater, euer Großvater, wollte sie nicht haben und ihre eigene Nomadensippe auch nicht. Nur der Respekt vor eurer Amala hat sie so lang zahm gehalten.«

Wie gut dies Amala mit kleinen Bemerkungen und dem kühlen Lächeln, das sie nur für Tante Dön bereithielt, zustande gebracht hatte! Die Schwestern berieten vergebens, was sie unternehmen könnten. Pala würde nichts sagen, denn um die Küche hatten sich die Frauen zu kümmern, und er legte Wert darauf, Streit zu vermeiden. Aber alle spürten die Veränderung im Haus, als habe sich ein Schatten über ihrer aller Leben gelegt. Lenjam sagte oft laut in der Küche: »Wenn Amala noch da wäre…« oder »Als Amala noch da war…« und fing mit wütender Befriedigung Tante Döns harte Blicke auf. Nach und nach riss Tante Dön die Herrschaft über den Haushalt an sich, und niemand konnte es verhindern.

Der Regen kam in diesem Jahr zu spät und nicht reichlich genug, die Ernte war unbefriedigend. Ein Leopard hatte auf den Hochweiden kostbare Schafe gerissen. Eines der Pferde hatte einen verletzten Fuß, der nicht heilen wollte. All dies waren schlechte Omen. Pala ritt mit einer Ladung Schaffelle zum Kloster und bat den Höchstehrwürdigen Lama um ein Mo. Der Lama befragte das Orakel und sagte, es gebe gewichtige Hindernisse und es wäre am besten, die Familie würde sich auf eine Pilgerreise zur heiligen Stadt Lhasa begeben. Pala entschied, dass sie die Reise im kommenden Jahr einen Mond nach dem Neujahrsfest antreten würden, denn dies, so habe der Höchstehrwürdige gesagt, sei ein glückverheißendes Datum.

»Wir werden die Welt sehen«, jubelte Lenjam, »und so viel Neues erleben!«

Ein Sommer in Lhasa! Das klang so wunderbar, so voller Zauber, dass sie augenblicklich in die Zukunft hineinzuleben begann.

»In Lhasa gibt es gewiss Bücher«, sagte Nyima begeistert, »und vielleicht begegnen wir einem großen Lehrer.«

Nyima bestimmte, dass sie jetzt gut schreiben lernen sollten. In der Hauptstadt müsse man schreiben können, wenn man nicht als dumme Hinterwäldlerin gelten wolle, denn es hieß, dass die Leute in Lhasa sich gern über Besucher aus dem »Wilden Osten« lustig machten. Lama Samten hatte nicht viel davon gehalten, dass die Mädchen schreiben lernten, das brauchten schließlich nur die Gelehrten. Außerdem waren Reispapier und Tusche, die Karawanen weither aus China mitbrachten, unglaublich teuer. Doch Nyima hatte sich das Schreiben der Druckschrift längst angeeignet. Wie die jungen Mönche im Kloster hatte sie Brettchen mit Ruß bestrichen und darauf geschrieben.

Als sie einmal das Mani-Mantra in ein Holzstück geschnitzt und es Pala geschenkt hatte, konnte sie ihn damit überzeugen, beim Händler, der in der trockenen Zeit durch die Dörfer zog, Reispapier, Tusche und Pinsel zu bestellen. Nyima weinte vor Glück und kratzte ein spontanes Gedicht in die festgestampfte Erde des Hofs:

»Die großen Lehrer seien gepriesen.
Sie sind wie die Sonne.
Ich werde aus dem Schatten treten
und Strahlen einfangen.«

Nun sollte auch Lenjam ein Gedicht schreiben, verlangte Nyima. Doch Lenjams halbherzige Versuche, die schwierigen Buchstaben in die Erde zu ritzen, waren eher entmutigend.

»Wenn du es nicht schreiben kannst, dann sprich es eben«, sagte Nyima. »Es ist ja nicht so, dass man schreiben können muss, um zu dichten.«

»Aber ich kann das nicht«, wandte Lenjam missmutig ein und fügte unbedacht hinzu: »Dazu braucht man wahrscheinlich einen Kuckuck auf dem Dach.«

»Wie gemein du bist!«

»Ich meine doch nur, weil du eben besonders bist und ich nicht«, sagte Lenjam und hörte selbst, wie dünn es klang. Dennoch schien es irgendwie richtig zu sein, denn Nyima wurde ganz still, umarmte sie dann plötzlich und drehte sich heftig im Kreis mit ihr. »Das denkst du nur! Das denkst du nur!«, rief sie.

3

»Eine Pilgerreise ist etwas ganz Wunderbares«, hatte Lama Samten gesagt. »Bei jedem Heiligtum, das ihr umrundet, tragt ihr schlechtes Karma ab und am allermeisten mit Niederwerfungen vor dem Jovo-Buddha in Lhasa. Bitte, sagt Mantras für alle Wesen vor dem Jovo-Buddha, auch für mich.«

Schlechtes Karma abtragen, das war gut, dachte Lenjam. Zum alten, mitgebrachten Karma hatte sie ja leider einiges dazugetan mit Steinwürfen und nacktem Baden und anderen Unarten.

Sie war sich nicht sicher, ob sie das Reisen wirklich mochte. Wenn sie während der schönen Zeit nach der Ernte die Nomadenverwandten auf den Hochweiden besuchten, war dies nicht zu vergleichen mit dem wilden Weg nach Lhasa, der über schneebedeckte Pässe und durch eisige Flüsse führte und sie immer wieder zwang, die Pferde und Yaks auf schmalen und steilen Wegen zu führen, anstatt gemütlich zu reiten.

Gern hätte sie an diesem Abend mit Nyima über den Lama gesprochen, doch Nyima war bereits tief in ihrem Bärenfell vergraben eingeschlafen, und selbst ein Flüstern hätte wahrscheinlich die anderen gestört, Pala, Onkel Dokar, seine

Pema, Tante Puntsog und ihren Mann Onkel Lobsang, mit denen sie das Zelt teilten. Palas sieben bewaffnete Männer und die beiden Yaktreiber schliefen im zweiten Zelt. Allein schon die Reise über die hohen Berge zum Karawanenweg war weit. Sobald sie ihn erreichten, konnten sie sich einer Karawane anschließen und vor Räuberbanden sicherer sein, doch jetzt mussten die Männer jede Nacht abwechselnd Wache halten.

Dass Lama Samten darum gebeten hatte, seine unbotmäßigen Schülerinnen sollten ihm Mantras widmen, sorgte für Unruhe in Lenjams Gedanken. Zudem war es ihr so erschienen, als bedauere er es, sie abreisen zu sehen. Würde er sie gar vermissen? Vielleicht graute ihm ein wenig, für lange Zeit – ein Jahr oder mehr – Tante Dön ausgeliefert zu sein. Zwar war er ein Lama, und Tante Dön erwies ihm den gebührenden Respekt, aber Falschheit lauerte in jedem ihrer Worte.

Vor der Reise hatten sie den jungen Rinpoche und den Höchstehrwürdigen Lama um ihren Segen gebeten. Nyima hatte sich mutig von der Seite her an den Ehrwürdigen herangewagt, in gebeugter Haltung, wie es sich gehörte, aber den Blick eher ungehörig erhoben. Und sie hatte ihm die Frage gestellt, die sie und Lenjam den ganzen Vormittag, während sie nebeneinander ritten, bewegt hatte: »Höchstehrwürdiger Lama-la, warum tragen wir schlechtes Karma ab, wenn wir Heiligtümer umrunden und all das?«

Der alte Ehrwürdige hatte sie mit einem durchdringenden Lächeln angeschaut, als wolle er es tief in ihr Herz hineinlegen, und schließlich gesagt: »Das Karma wird verbrannt. Es verbrennt im Feuer deiner Hingabe.«

Lenjam hatte Nyimas Zögern gesehen und sich auf die Lippen gebissen. Zieh dich zurück, hatte sie gedacht, du hast doch deine Antwort, und alle werden schon aufmerksam auf dich. Doch Nyima hatte sich, während sie ihren Dank murmelte, lediglich noch ein bisschen tiefer gebückt und gefragt: »Und wie ist es ohne Hingabe?«

Der Ehrwürdige hatte gelacht und noch mehr gelacht, so sehr, dass er eine Lachträne aus dem Auge hatte wischen müssen. »Dann«, hatte er schnaufend gesagt, »hilft es wenigstens ein bisschen.«

Pala hatte sein Lächeln kaum zurückzuhalten vermocht, und auch die Männer hatten breit gegrinst. Bei Nyima musste man sich auf alles gefasst machen, und das war gut so. Etwas dieser Art mochten sie gedacht haben, und Lenjam war wieder einmal ein wenig berauscht vom Stolz auf ihre besondere Schwester.

Das glückverheißende Abreisedatum hatte dem Orakel alle Ehre gemacht. Die Frauen hatten sich zum Schutz vor der kräftigen Sonne Joghurt auf Stirn und Wangen geschmiert, und auf dem ersten Pass, einem lang gezogenen, von hartem Schnee bedeckten Bergsattel, hatten sie dünne Tücher vor die Augen binden müssen, um nicht schneeblind zu werden.

Alles dauerte sehr lang. Die Yaks mit den Zelten, Vorräten und Geschenken bestimmten die Geschwindigkeit, stapften gleichmütig bergauf, ließen sich Zeit für die angemessene Vorsicht bergab. In den ersten Tagen war es noch ein Spaß, gemütlich zu reiten, vor allem die Frauen plauderten und lachten, doch bald unterwarfen sie sich der Stille und der Gleichmäßigkeit der Yaks.

Lenjam dachte über ihr Karma nach. Als ihre letzte Inkarnation gestorben war – was für eine Person mochte sie wohl gewesen sein? –, war sie als Geistwesen in der Zwischenwelt des Todes herumgeirrt, so wurde es erklärt. Und dann hatte sie so dringend wieder einen festen Körper in der Welt der Dinge haben wollen, dass sie sich von einem kopulierenden Paar unwiderstehlich angezogen gefühlt hatte, Dölma und Ajung. In dieser Weise hatte sie noch nie an ihre Eltern gedacht, als leidenschaftliches Paar unter der Felldecke. Es war euer Karma, dass ihr zusammengekommen seid, dachte sie, und es war auch mein Karma, weil ihr meine Eltern wart. Und euer Karma und mein Karma sind wiederum Teil von Amalas Karma und Nyimas Karma und ... Es war verwirrend, den Fäden dieses Netzes nach allen Richtungen zu folgen. Sie würde unbedingt mit Nyima darüber sprechen müssen. Die Verse der »Anleitungen«, die sie gelernt hatten, gaben dazu keine Auskunft. Wenn man doch einen Lehrer fragen könnte!

Sie dachte auch am Abend im Zelt beim Einschlafen darüber nach, als ein Satz aus der Tiefe ihrer verschwimmenden Gedanken an die Oberfläche trieb:

Manche kommen in diese Welt,
die alle Ursachen sehen.

Guru Rinpoche, war ihr letzter Gedanke, er ist einer, der alle Ursachen sehen kann. Könnte ich doch ihn fragen ...

Sie eilte die Treppe hinunter in den Hof, wo Guru Rinpoche auf einem Lotosthron saß, in die kostbarsten Brokate gekleidet wie auf dem großen Bild im Kloster, und er lächelte ihr zu mit demselben Lächeln, das der Höchstehrwürdige Lama ihrer Schwester ins Herz gelegt hatte. Wozu sollte sie Fragen stellen? Das Lächeln beantwortete alles. Am Morgen, als sie erwachte, war sie noch immer von diesem Lächeln erfüllt.

Als sie dann wie alle anderen Tsampa in ihrer Schale mit dem Buttertee verrührte, es zu einem festen Ball knetete und Pala wie immer in die Runde fragte: »Hat jemand etwas Gutes geträumt?«, verschwieg sie ihren Traum, als würde sie ihn verlieren, wenn sie davon erzählte. Sie war sich nicht einmal sicher, ob sie ihn mit Nyima teilen würde. Aber später am Tag, während sie durch ein lang gezogenes Tal mit steilen Bergen zu beiden Seiten ritten, konnte sie das Geheimnis nicht länger bei sich behalten.

»Oh, das ist ein wunderbarer Traum«, sagte Nyima begeistert. »Es ist gewiss ein gutes Omen.«

Die Eisränder des kleinen Flusses glänzten sanft im frühen Licht. Die Nächte waren bitterkalt, und die Pferde drängten sich zusammen wie die Menschen. Nur die drei Yaks standen gleichmütig und von der Kälte unbeeindruckt herum und ließen sich bepacken.

Lenjam und Nyima begannen sich ans Reisen zu gewöhnen.

»Ich hab mir die Pilgerreise aufregender vorgestellt«, sagte Lenjam. »Es ist ja nicht viel los.«

»Lass das nicht Pala hören«, kicherte Nyima. »Er ist um jeden Tag froh, an dem alles ganz gewöhnlich ist. Und wir sind noch nicht mal einen halben Mond unterwegs.«

Schon einen Tag später wurde Lenjams Wunsch nach Abwechslung erhört.

Ein Fallen, Rutschen, ein Druck, etwas lag auf ihr, drückte sie nieder, nahm ihr die Luft. Sie wollte schreien, doch das ging nicht, etwas drückte auf ihr Gesicht, auf ihren Mund, auf ihre Nase. Um sich schlagend rang sie nach Atem, versuchte es mit Händen und Füßen von sich zu stoßen. Dabei wurde sie des unheimlichen Röhrens gewahr, das aus der Erde kam. Schreie! Pemas und Tante Puntsogs Schreie, dann an ihrem Ohr Nyimas Stimme: »Hör schon auf zu zappeln! Erdbeben!«

Lenjam erkannte, dass sie gegen die Zeltwand gerutscht war und Nyima und Pema halb auf ihr lagen. Einer der kleinen Pfosten, der die Zeltwand festhielt, bohrte sich in ihren Rücken. Und schon bewegte sich die Erde wieder. Nyima rollte zur anderen Seite, eine Zeltstange brach mit lautem Krachen.

Draußen wieherten die Pferde in Panik.

Plötzlich schwieg die Erde. Lenjam setzte sich auf. In der Dunkelheit konnte sie den Tumult nur hören, der im Zelt herrschte.

»Ist es vorbei?«, fragte sie.

»Die Tiere sind schon wieder ruhig«, antwortete Nyima. »Dann kommt wohl erst mal nichts mehr.«

Im schwachen Schein des untergehenden Mondes richteten die Männer den eingestürzten Teil des Zeltes wieder auf und banden die gebrochene Stange zusammen. Nyima nahm ihre Mala vom Hals und begann das Mani-Mantra für alle Wesen zu murmeln, die vielleicht durch das Beben zu Schaden gekommen waren. Lenjam, Pema und Tante Puntsog schlossen sich an.

Die weite Landschaft am Fuß des Gebirgszugs, wo sie ihre Zelte aufgestellt hatten, schien im matten Licht der Dämmerung nicht anders auszusehen als am Tag zuvor. Die Pferde und die Yaks rupften bereits am trockenen Gras, als sei nichts geschehen. Lenjam sprach mit Drala, streichelte ihre weiche Nase und klopfte sie, mehr um sich selbst zu beruhigen als ihr Pferd.

»Wie gut, dass wir noch nicht in den Bergen waren«, sagte der alte Mann, den Pala im letzten Dorf als Führer über den vor ihnen liegenden unwegsamen Bergzug gefunden hatte. Er habe als Kind ein Beben erlebt, bei dem ein Stück des Berges abgebrochen sei und einen weiten Teil des Pfads unter sich begraben habe. Danach habe man einen ganz neuen Weg suchen müssen. Es wohne eine mächtige Dämonin in diesen Bergen, sie sei unberechenbar, doch würde sie die Erde nur selten beben lassen. Man solle ihr heiligen Rauch opfern und Opfergaben auf einen bestimmten Felsen legen, das würde sie gewiss besänftigen. Leider sei der Wunder wirkende Yogi, der nicht weit entfernt in einer Höhle gelebt hatte, schon vor langer Zeit gestorben. Er habe die Dämonin gut im Zaum gehalten.

»Er war ein großartiger Yogi«, sagte der Führer. »Er mochte keine Besucher, deshalb fanden wir ihn erst, als er schon tot war. Wie lange, konnte niemand sagen. Er saß in seiner Meditationskiste, und er war ganz klein geworden, so klein wie ein neugeborenes Kindchen. Sie haben ihn dann ins große Kloster geholt und in einen goldenen Schrein gesetzt.«

Pala überlegte ernsthaft, ob sie nicht dieses Kloster besuchen und den Wunderyogi im Schrein um Segnungen bitte sollten. Doch das wäre, wie der Führer sagte, ein allzu großer Umweg gewesen, und die Karawane aus China, auf die sie jenseits der Berge treffen wollten, wäre unerreichbar geworden.

Tante Puntsog und Pema hatten Wasser für den Tee geholt und waren voller Aufregung, denn den Bach, der am Abend zuvor noch da gewesen war, gab es nicht mehr. Das Quellwasser lief zwar noch aus dem Felsen, doch dann verschwand es einfach in der Erde.

»Ach ja«, seufzte der Führer, »daran ist sicher die Dämonin schuld. Unser Togden hätte den Bach wieder herausgeholt.«

Lenjam fürchtete sich, als sie sich dem Einschnitt im Berg näherten, wo der kaum erkennbare Pfad begann. Die Berge wirkten fremd und bedrohlich, und wer wusste schon, was die Dämonin mit ihnen vorhatte. Der Gott ihres heimischen Berges beschützte ihre Familie, die ihm Opfergaben brachte, aber mit Dämoninnen kannte sie sich nicht aus.

Das enge Tal zog sich langsam ansteigend zwischen waldigen Steilhängen aufwärts. Ein großer Raubvogel kreiste hoch am Himmel. Lenjam fühlte sich plötzlich sehr klein und ausgeliefert. Bis zu diesem Morgen hatte die Hoffnung auf die Abwechslungen der Reise überwogen, nun aber hatte sich das Bewusstsein der Gefahr durchgesetzt.

Als sie sich gegen Mittag an einer Stelle, wo die Tiere grasen konnten, zur Rast niederließen, fragte Nyima: »He, Lenjam, was ist? Tut dir der Hintern weh?«

»Nein, nicht der Hintern«, sagte Lenjam, »die Gedanken tun mir weh.«

Nyima kicherte. »Ach ja, die Gedanken. Sie sind wie Läuse.«

»Ich meine die Dämonin!«

»Wo? Hier?«

Lenjam war nicht zum Spaßen zumute. »Wir wissen nicht, was sie tun wird. Du siehst doch, wie viel Macht sie hat. Ich jedenfalls gebe zu, dass ich mich fürchte.«

»Uns wird schon nichts geschehen«, entgegnete Nyima. »Wozu sich Sorgen über etwas machen, das vielleicht geschehen wird, aber viel wahrscheinlicher nicht.«

»Das sagst du so«, knurrte Lenjam ärgerlich. »Aber ich fürchte mich eben.«

Nyima steckte sich ein Stück Yakkäse in den Mund und deklamierte ungerührt: »*Die Gedanken der Vergangenheit und der Zukunft können nicht das Ich sein, weil sie ja nicht da sind.* Also, wer fürchtet sich?«

»Lass mich in Ruhe«, sagte Lenjam und stand auf, um sich einen anderen Platz zu suchen.

»*Ist jedoch der gerade entstandene Gedanke das Ich*«, rief Nyima ihr lachend nach, »*dann gibt es kein Ich mehr, wenn er wieder vergangen ist.*«

Wieder einmal war Lenjam uneins mit sich, ob sie ihrem Ärger auf Nyima nachgeben und erfolglos mit ihr streiten oder sich von ihr belehren lassen sollte. Nyima war vorlaut und anmaßend und triumphierte schamlos mit ihrem unerträglich guten Gedächtnis. Aber sie war auch furchtlos und scharfsinnig und hatte meistens recht. Und sie war stets eine loyale Schwester. Doch wenn sie Überlegenheit zur Schau stellte, machte sie Lenjam noch immer hilflos. Dann presste Lenjam die Lippen zusammen wie ein zorniges Kind. Als habe es gar nichts genützt, älter zu werden.

Sie war froh, dass Pala zum Aufbruch rief.

An einer Stelle des langen Aufstiegs zum nächsten Pass, wo sich eine steile Felswand erhob, blieb der Führer stehen und wies nach oben. »Dort an der Südseite des Berges liegt die Höhle, in der unser Togden gelebt hat.«

Pala entschied augenblicklich, dass er diese Höhle besuchen wolle, denn man wisse ja, dass der subtile Geist eines Meisters nach seinem Tod noch lange an seinem Ort wirke. Der Führer warnte, es sei ein schwieriger und langer Weg dort hinauf, vor dem Abend würden sie sicher nicht zurück sein, aber Pala ließ sich nicht von seinem Vorhaben abbringen.

Der Platz unterhalb des Felsens war abschüssig und nicht geeignet, um die Zelte aufzustellen. Sie würden im Freien schlafen müssen, doch alle waren froh um eine längere Ruhepause. Wenigstens gab es Gras für die Tiere.

Nyima wollte Pala begleiten, aber Lenjam ließ sich auf den Boden fallen und streckte die Beine von sich. Sie war müde, eine Sohle ihres Stiefels löste sich und musste angenäht werden, und eine leere Höhle war das Letzte, was sie in diesem Augenblick beeindrucken konnte.

»Komm mit!«, flüsterte Nyima nachdrücklich. »Ich brauche dich!«

Da Nyima dies nur sehr selten sagte, stand Lenjam seufzend auf. Auch Onkel Lobsang schloss sich auf seine unauffällige Weise an. Er war, das wusste Lenjam, ein frommer Mann. Oft sah sie, wie er auf dem Pferd seine Mala aus Lotossamen durch die Finger gleiten ließ, und nahm dann ebenfalls ihre Mala vom Hals. Das Mantra-Sagen war gut, auch wenn es sie nur teilweise von ihren Gedanken befreite.

Das Tosen eines Wasserfalls ließ sie aufschauen. Beim eifrigen Nachdenken war das Klettern fast mühelos gewesen. Doch nun mussten sie dem Führer auf einem unsichtbaren Pfad durch den Sprühnebel der gewaltigen Wassermassen folgen, die unmittelbar neben ihnen aus großer Höhe herunterstürzten. Struppiges Dickicht und glatter, nackter Fels machten den weiteren Aufstieg immer anstrengender. Lenjam murrte in Gedanken, dass es dumm sei, eine Reise, die mühselig genug war, durch die Kletterei zu einer leeren Höhle noch mühseliger zu machen. Wenn es dort wenigstens einen richtigen Zauberer gegeben hätte oder einen Weisen wie Milarepa.

Der beschwerliche Weg erschien Lenjam endlos, doch plötzlich, ganz unvermutet, waren sie am Ziel. Vor der Höhle fiel der Berg steil ab und gab einen großartigen Ausblick über zerklüftete Berge und Täler auf eine majestätische, schneebedeckte Bergkuppe frei. Am Eingang waren Steine mit dem eingravierten Mani-Mantra aufgeschichtet.

Nach drei Niederwerfungen legte Pala eine große weiße Kata in den hintersten Winkel der Höhle. Nyima fügte dem Steinhaufen einen ihrer kleinen, selbst gefertigten Mantra-Steine hinzu, die sie als Opfergaben mit auf die Reise genommen hatte. Mit gefalteten Händen knieten sie vor der Höhle und schickten Mantras zum Segensgeist des Togden mit der Bitte um seinen Schutz.

Plötzlich erhob sich ein wilder Wind, heulte um den Felsen, schüttelte die Bäume unter der Höhle. Schwarze Wolken ballten sich zusammen, Blitze zuckten nach allen Richtungen, Donnerschläge erschütterten den Berg.

So schnell, wie sie gekommen waren, zerstreuten sich die Wolken wieder. Mit einem Mal war es sehr still.

Die Kata war verschwunden.

»Was war das?«, fragte Lenjam.

Alle erhoben sich und starrten einander wortlos an. Wo war die Kata?

Eilig kletterten sie den steilen Weg hinab. Lenjam machte sich Sorgen um die anderen unten auf dem Lagerplatz, und man sah Palas und Lobsangs gefurchten Gesichtern an, dass es ihnen ähnlich ging. Nyima hingegen wirkte vollkommen gelassen.

Die kleine Gruppe saß zufrieden im goldenen Licht der Abendsonne zwischen den kleinen Bäumen, die Tiere grasten, und alles war so, wie sie es verlassen hatten. Ja, sie hätten in der Ferne eine dunkle Wolke und ein paar Blitze gesehen, auch ein leises Donnergrollen gehört, aber sie hätten sich keine Gedanken darüber gemacht.

Nyima war sogleich nach der Rückkehr zu dem Bündel mit ihren Sachen gelaufen und hatte sich dann am Feuer zu schaffen gemacht. Sie legte einen befeuchteten Kiefernzweig darauf und streute ein wenig von dem Lhasang-Pulver darüber, das sie mitgebracht hatte. Der duftende Rauch stieg auf, neigte sich zur Seite, wand sich in einer Spirale um die ganze Gruppe und hüllte sie ein, sodass sie einander kaum mehr sehen konnten. Schnell zerstreute er sich wieder, und in diesem Augenblick flammte die untergehende Sonne auf wie eine riesige Fackel und setzte Berge und Himmel in Brand.

Der Führer fiel auf die Knie. »Unser Togden«, flüsterte er mit Tränen in den Augen. »Das ist unser Togden.«

Alle verneigten sich voller Dankbarkeit und Ehrfurcht vor dem erleuchteten Geist des Yogis, dessen Anwesenheit sie fühlten. In dieser Nacht schliefen sie trotz der Unbequemlichkeit, kein Zeltdach über sich zu haben, höchst unbekümmert im Wissen um den besonderen Schutz, der ihnen gewährt wurde.

Es waren schöne, klare Tage. Nachts bildeten sich filigrane Eisränder an den Wildbächen, am Tag schmolzen sie wieder. Die Hochweiden zeigten sich in der Pracht gelber Blumen unter dem tiefblauen Himmel. Freundliche Nomaden bewirteten sie mit dicker Sauermilch und beschenkten sie mit hartem Yakkäse. Lenjam beklagte sich nicht mehr über die Ereignislosigkeit der Reise. Die Schönheit dieser Bergwelt hatte sich so tief in ihr Herz geschlichen, dass sie jeden Morgen mit köstlicher Vorfreude auf die nächste Etappe des

Weges erwachte. Oft blieb sie zurück, um all das Schöne ganz für sich zu haben, ihren Geist in aller Stille damit anzufüllen. Nun konnte sie mit Nyima wieder einig sein. Sie freuten sich miteinander, lachten und sangen alle Lieder, die sie kannten. Das Leben, dachte Lenjam, war einfach gut.

Die Landschaft wurde trockener. Der Bergführer hatte sich verabschiedet, als Nomaden berichteten, eine Reisegruppe, die am Karawanenweg auf eine große Karawane aus China warten wolle, sei kürzlich durch ihr Tal gekommen. Sie sprachen auch von Gerüchten, Räuber seien dort unterwegs. Lenjam fürchtete sich nicht. Nach dem wundersamen Geschehnis vor der Höhle des Togden, das sie sich nicht erklären konnte, dies aber auch gar nicht versuchen wollte, beharrte sie insgeheim darauf, dass sie nun vor allem Unheil sicher wären.

Während der Überquerung des Bergzugs war ihnen niemand begegnet, doch kaum waren sie auf dem Pfad, der zur Karawanenstraße führte, fanden sich schon die ersten Begleiter ein. Zwei Gestalten erhoben sich vom Wegrand, Männer mit struppigen Haaren und in abgetragenen Chubas, kleine Bündel mit ihren Habseligkeiten neben sich. Yogis seien sie, Pilger auf dem Weg zur heiligen Stadt Lhasa, und sie suchten Schutz bei einer Reisegruppe. Pala hatte nichts gegen ihre Gesellschaft, und so schlossen sich die beiden an. Die Yaks gingen gemächlich, und es war leicht für die beiden, Schritt zu halten.

Nyima ritt neben den Pilgern her und begann ein Gespräch mit ihnen. Dass sie aus dem großen Königreich Derge kämen, sagten sie, und dass sie das Gelübde abgelegt hätten, nach ihrem Besuch in Lhasa weiter nach Westen zu ziehen und den heiligen Berg Kailash zu umrunden. Um viele Verdienste zu erwerben und es dem Glück aller Wesen zu widmen, fügte der Wortführer hinzu. Lenjam sah, dass weder ihre Hände noch die Stirn Schwielen aufwiesen, jenes Zeichen, dass sie jedes Heiligtum mit Niederwerfungen umrundeten, wie es frommen Pilgern entsprach.

»Da ihr Yogis seid«, sagte Nyima, »kennt ihr sicher Rezitationen zum heiligen Rauch. Sagt, wie lauten sie?«

Die Männer warfen einander Blicke zu und schwiegen.

»Ihr seid Yogis, da müsst ihr die Rezitationen doch kennen«, beharrte Nyima.

»Wir sind noch nicht so lange Yogis«, antwortete der Jüngere keck.

»So? Dann sagt ihr mir sicher, wer euer Meister ist.«

Wieder schwiegen die Männer.

Nyima lachte. »Ho, Yogis seid ihr also nicht. Aber Lügner seid ihr ganz sicher.«

Sie trieb ihr Pferdchen an und ritt zu Pala an die Spitze ihrer Gruppe.

»Das sind keine Yogis«, sagte sie heiter. »Ich glaube eher, sie sind Diebe. Warum sollten sie sonst lügen?«

Pala schaute sich nach den beiden um. Sie waren bereits zurückgeblieben und hatten sich wieder am Wegrand niedergelassen. Unter fröhlichem Gelächter ritt die Gruppe weiter.

Wie können sie so dumm sein und sich schlechtes Karma bereiten, dachte Lenjam. Sich als Yogis, heilige Männer, auszugeben und dann womöglich noch wohlmeinende Leute zu bestehlen!

»Die werden als Hungergeister enden«, sagte sie zu Nyima.

Doch diese wiegte nur den Kopf. »Wer weiß. Vielleicht sind sie einfach nur arme Kerle. Du kannst ja schon mal für sie beten.«

»Warum ich? Du hast sie doch vertrieben!«

Nyima lachte lauthals, und Lenjam fiel mit ein. Alles war gut, wenn Nyima lachte. Amala hatte gesagt, Nyimas Lachen würde selbst Tote anstecken.

In einer breiten Senke zwischen den Ausläufern der Berge machten sie Rast. Die Tiere hatten Zeit zum Grasen, die Pferde hatten zusätzlich ihre Ration getrockneter Erbsen bekommen, und bald dampfte die dicke Abendsuppe im Kessel auf dem kleinen Feuer in der Zeltmitte. Es war gemütlich im Zelt. Von den Schlaffellen vor der Kälte der schnell hereinbrechenden Nacht geschützt und während die anderen plauderten, dachte Lenjam tatsächlich daran, zum Ausklang des Tages für die beiden Männer das Mantra des Mitgefühls zu murmeln. Damit konnte sie Verdienste erwerben.

»Es schneit!«, rief Pema am Zelteingang. »Und wie!«

Sie hatten Glück gehabt. Bisher waren sie nur einmal vom Schnee überrascht worden, einem kurzen Schauer, den die Sonne am nächsten Tag schnell weggetaut hatte. Doch diesmal fiel der Schnee so ausdauernd, dass er immer wieder von den Zelten geklopft werden musste. Wie mochte es den beiden falschen Yogis ergehen? Weit und breit gab es keine Höhlen oder überhängende Felsen, und das verstreute Gebüsch gewährte keinen Schutz.

Sie sah die beiden Männer am Wegrand sitzen, dicht beisammen, in ihre alten Chubas gehüllt, die Köpfe mit Tüchern umwickelt. Ein erbarmungswürdiges menschliches Häufchen. Vielleicht waren sie keine Diebe, sondern nur arme Leute, wie Nyima vermutet hatte. Und vielleicht schämten sie sich, weil sie sich als Yogis ausgegeben hatten.

Hat jemand Falsches getan,
sei's Freund oder Feind –
Ursachen und Umstände haben's bewirkt.
Denk immer daran!

Der Vers, der längst vergessen schien, hatte auf seine Gelegenheit gewartet und war hervorgehüpft wie Molas Katze Shimi, wenn sie einen guten Bissen roch. Lenjam fühlte sich ertappt. Doch, so fragte sie sich, wie sollte man sich zurechtfinden, ohne zu urteilen? Auch Nyima hatte geurteilt. Aber wenn die Kerle nun wirklich Diebe waren und wenn sie Palas kostbare Geschenke für seinen hohen Freund in Lhasa gestohlen hätten? Was kaum denkbar war, denn auch nachts wechselten sich Palas Männer mit Wachdienst ab. Immerhin, es hätte einer einschlafen können. Dann hätten die Diebe sich schlechtes Karma bereitet, und dazu sollte man niemandem die Gelegenheit geben.

Wenn ich etwas Falsches getan habe mit meiner Urteilerei, dachte Lenjam, dann eben auch durch Umstände.

Immerhin entschloss sie sich, eine Mala lang Mantras für die zwei Männer zu murmeln. Aber sie schlief ein, bevor sie damit fertig war.

4

Von einer Anhöhe aus sah sie die Karawane wie eine lange, mehrfach unterbrochene Schlange durch ein weitläufiges Tal ziehen. In der Ferne erhob sich ein bedrohliches Felsenmassiv, kahl und lebensfeindlich, anders als die mächtigen bewaldeten Hänge, die hinter ihr lagen.

»Müssen wir da drüber?«, fragte Lenjam kleinlaut. Ihr Hochgefühl war längst vergangen, das Pilgern erschien ihr inzwischen nur noch lang und mühselig. Das war es wohl, was es so verdienstvoll machte. Wenigstens würden sie jetzt mit der Karawane ziehen, das versprach ein wenig Abwechslung.

»Der Pass ist nicht so schlimm«, antwortete Pala. Das war wieder einer jener Augenblicke, in denen sie das wunderliche Gefühl hatte, Pala gerade erst kennenzulernen, einen Pala, der nicht mehr nur der große Mann war, in dessen Schatten die Familie und sie selbst Sicherheit fanden, sondern auch ein Freund, der ganz nah war wie die Wärme der Pelze in den eisigen Nächten. Es mochte daran liegen, wie er ihr gelegentlich einen langen Blick schenkte, der ihr allein gehörte. Dieses kleine, vergnügte Lächeln in den Augenwinkeln – es galt nur wenigen.

Die letzte Gruppe der Karawane, der sie nun folgten – ein paar Mönche und eine Schar von Laien –, wurde von einem hohen geistlichen Würdenträger auf einem großen Amdo-Pferd angeführt. Schon vor fern war er erkennbar an seinem leuchtend gelben, mit Fell gefütterten Mantel und dem Schirmträger, der neben ihm ritt. Pala hielt höflichen Abstand. Man würde den hohen Herrn erst begrüßen, wenn die Karawane rastete.

Die Mädchen und Frauen durften nun ihren kostbaren Schmuck wieder anlegen und die mit Leopardenfell besetzten Chubas tragen, denn nun, da sie in Sicherheit waren, sollte jeder ihren Stand erkennen. Zu Hause wurden die Türkisketten und Silbergürtel und der Kopfschmuck aus Silber, Türkisen und Korallen, der lang und schwer über den Rücken fiel und den Kopf nach hinten zog, nur an Festtagen und bei Besuchen getragen. Während sie als kleine Gruppe reisten, waren sie so unscheinbar wie möglich aufgetreten, die Frauen schmucklos, ihre vielen Zöpfe im Nacken zusammengebunden, die Männer in unscheinbaren Chubas, lediglich die roten Schnüre der Khampas ins lange Haar geflochten, aber mit langen Messern, Bogen und Pfeilköchern gut bewaffnet.

Doch nun müssten sie zeigen, wer sie seien, sagte Pala, sonst würde man ihnen nicht den gebührenden Respekt zollen.

Lenjam klagte über die Unbequemlichkeit des schweren Kopfschmucks, doch Nyima sagte mit ihrem unnachahmlich frechen Lächeln: »Gewöhne dich schon mal daran, dass du im nächsten Leben eine Königin sein wirst. Dann wird es erst richtig unbequem.«

Nie und nimmer würde sie eine Königin sein, wollte Lenjam erwidern, doch sie musste sich eingestehen, dass sie sich recht gern vorstellte, eine Königin zu sein, und es wäre nicht gut, das zu leugnen, denn das käme ja einer Lüge gleich. Also schwieg sie und trug ihren Schmuck aufrecht und, wie sie hoffte, auf einigermaßen königliche Weise.

Es war ein gemütliches Dahinzuckeln dort am letzten Ende der Karawanenschlange, viel langsamer als zuvor, doch Pala war offensichtlich erleichtert, sie alle in Sicherheit zu wissen. Er hatte mit dem Karawanenführer besprochen, dass sie sich bis Lhasa der Karawane anschließen würden. Dem Führer war es recht, er verlangte nicht viel dafür. Bewaffnete Begleiter, zumal kämpferische Khampas, waren höchst willkommen.

Lange vor Einbruch der Dunkelheit hielt die Karawane an. Nachdem die Zelte aufgestellt waren und jeder die erste Schale Buttertee getrunken hatte, musste Onkel Dokar als Palas Abgesandter die Assistenten des Würdenträgers aufsuchen und um eine Audienz bitten. Mit der Botschaft, der Ehrwürdige Rinpoche lasse bitten, kam Onkel Dokar zurück, und Pala führte die Familie vor das prächtige Zelt des Ehrwürdigen.

Um den Zelteingang saßen Nomaden aus dem Norden, Khampas, Händler in Mänteln aus bestem Tuch, ein paar Frauen mit verschiedenen Arten von Kopfputz – ein Fest für Lenjams begierige Augen. Die Welt! Wunderbar Fremdes! Sie stieß Nyima an und deutete mit dem Kinn hierhin und dorthin, doch Nyima hatte nur den Eingang des Zeltes im Blick. Pflichtschuldig richtete auch Lenjam ihre Aufmerksamkeit darauf, während sie sich hinter Pala und Onkel Dokar den Weg zwischen den dicht gedrängten Besuchern hindurch suchten, die freundlich grüßend auswichen.

Der hohe Rinpoche thronte, an beiden Seiten von Mönchen umgeben, in seinem Zelt auf einem dicken Polster. Vor ihm knieten Männer, die wichtig aussahen und nur widerwillig auseinanderrückten, um für die tief gebeugten Neuankömmlinge eine Gasse zu bilden. Lenjam sah vor sich Nyimas Rücken, dann das Tischchen vor dem Rinpoche, auf dem sich weiße Katas häuften. Im Kloster ihres Tals hatte sie nur den jungen Rinpoche kennengelernt und manche hohe Besucher von fern gesehen, doch nun wollte sie die Gelegenheit nicht versäumen, genau hinzuschauen, wie Nyima es tat, anstatt brav den Blick zu senken.

Der Blick des Würdenträgers war ein blinder Spiegel. Sie wurde nicht gesehen. Doch eines sah, fühlte, wusste Lenjam: Macht! Nicht im Geringsten vergleichbar mit ihrer eigenen winzigen Macht. Dies war eine Macht, welche die Welt betraf, Macht der Worte und Gedanken, der Urteile und Geheimnisse. Schnell schaute sie weg, wandte sich ab, ließ sich an den Zelteingang drängen, wo man ihr mit ihrer Familie einen Platz zuwies, während der hohe Herr lange mit Pala sprach.

»Kein Lehrer«, flüsterte sie Nyima zu.

»Nein, kein Lehrer«, antwortete Nyima, »aber ein ungeheuer einflussreicher Abt.«

Ein Mann neben ihr hatte mitgehört und bestätigte die Bedeutung des hohen Herrn, der nach Lhasa zurückkehrte. Und natürlich wollte er wissen, woher Pala und seine Familie kamen, denn auch sie mussten von gewisser Bedeutung sein, wenn der hohe Herr geruhte, sie zu empfangen. Bald drängten sich neugierige Köpfe zwischen sie, wollten mithören, um danach anderen davon berichten zu können. Lenjam erzählte von zu Hause, vom Königreich ihres Gyalpo, hatte Vergnügen am Palaver, doch Nyima beschränkte sich auf freundliches Lächeln und ein paar bestätigende Worte.

Tiefer waren die Furchen in Palas Gesicht, als sie zu ihren Zelten zurückkehrten. Um einen falschen und einen richtigen Dalai Lama gehe es, berichtete er, und um Auseinandersetzungen zwischen dem mongolischen Khan, der Lhasa regierte, und dem Herrscher eines mächtigen Mongolenstammes im Norden, der die Unterstützung der einflussreichen Großklöster in Zentraltibet hatte. Sehr unruhig sei die Lage, habe der hohe Rinpoche gesagt, nicht gut für einen Besuch in Lhasa. Doch nun hatten sie schon mehr als die Hälfte der schwierigen Reise hinter sich, also wäre es unsinnig, jetzt umzukehren. Und die Verdienste einer Pilgerreise zum Jovo-Buddha waren unübertrefflich. Es würde ihnen nichts geschehen, beschloss Pala, und seine Männer stimmten siegessicher zu und klopften auf die Amulette an ihrem Hals.

Lenjam und Nyima steckten die Köpfe zusammen und versuchten sich auszumalen, auf welche Gefahren sie zugingen. Manchmal hatten die Männer am Abend in der Küche vom großen Krieg mit den Mongolen gesprochen, der schon einige Zeit zurücklag, und von dem derzeitigen Gerangel um die Macht, bei dem der Kaiser von China immer das letzte Wort hatte. Doch das alles betraf sie nicht, ihr kleines Königreich im Osten hatte nichts zu befürchten. Die Männer mochten das anders sehen. Männer! Sie redeten gar so gern davon, wie mutig und unbezwingbar sie dem Feind gegenübertreten würden.

Schon am nächsten Tag sah es so aus, als könnten sie bald Gelegenheit bekommen, ihren Mut zu beweisen. In der Karawanenschlange wurde eilig die Botschaft weitergegeben, die einzelnen Gruppen sollten keinen Abstand mehr voneinander halten wie bisher, sondern dicht zusammenrücken, und alle Bewaffneten sollten sich kampfbereit halten, denn man habe eine große Horde von räuberischen Kriegern gesichtet.

Sofort befahl Pala den Frauen, ihren Schmuck abzunehmen und Tücher um den Kopf zu wickeln, und er ließ sie unmittelbar hinter den Begleitern des Würdenträgers reiten, umgeben von den Yaks mit den Lasten und dem Ring der Männer.

»Was für ein Riesenglück, dass wir die Karawane noch erreicht haben«, sagte Lenjam. »Aber zu dumm, dass wir die Letzten sind.«

»Meint ihr, wir sind in Gefahr?« Die kleine Pema, die mehr denn je aussah wie eine Maus mit Falten, riss ängstlich die Augen auf.

Tante Puntsog, die jetzt wie seit dem Aufbruch bei jeder Gelegenheit das Mani-Mantra gemurmelt hatte, hob ein wenig ihre Stimme, um Pema auf diese Weise zu belehren. Sie hat recht, dachte Lenjam, ein Mantra ist immer und gegen alles gut, wie die Mola sagt. Und während sie ebenfalls das Mantra murmelte, dachte sie über die kleine Pema nach, Onkel Dokars Gefährtin, die auch nach Amalas Tod nur geduldete Zweitfrau geblieben war und sich zu bescheiden hatte. Lenjam hatte nie zuvor über Pema nachgedacht, diese kleine Frau mit der hohen, atemlosen Stimme. Sie stammte aus dem Dorf nahe dem Kloster, und als Onkel Dokar zusammen mit Pala und seinem ältesten Bruder die reiche Amala zur Frau bekam, vor der er sich fürchtete, hatte er sich seine eigene Lösung gesucht.

Mehr wusste Lenjam nicht, auch nicht, wie Pema sich fühlen mochte als unbedeutende Randperson mit ihren drei fast erwachsenen Jungen, die Mola immer »die Bälger« nannte und die »Cousins« waren wie alle anderen Jungen auf dem Anwesen. Onkel Dokar war gut zu Pema, wenn auch nicht so, wie Pala sich gegenüber Amala verhalten hatte. Pala war stolz auf Amala gewesen, hatte sie vielleicht sogar verehrt, obwohl man das nicht sicher sagen konnte bei seiner gleichmütigen Art. Maulfaul hatte Mola ihn einmal genannt, aber so waren die Männer ja meistens.

Als in der Ferne Reiter auf einer Anhöhe zwischen verstreuten kleinen Kiefern erschienen, rief Pala: »Alle nah zusammenbleiben!«

In einem weiten Halbkreis umritten die Fremden das Ende der Karawane, dann waren sie wieder verschwunden. Zwei bewaffnete junge Männer, Wächter der Kaufleute vom vorderen Teil der Karawane, kamen herbeigeritten, um strategische Informationen zu geben. Wenn es nötig sei, würden sie mit weiteren Männern zur Verstärkung kommen, erklärten sie in dialektgefärbtem Lhasa-Tibetisch.

Lenjam dachte in den nächsten Stunden nicht mehr an Räuber oder Pema. Lenjam dachte an Blitze aus schmalen Augen über hohen Backenknochen und ein schnelles, beredtes Lächeln, das ihr gegolten hatte, an die Schönheit einer kräftigen Hand mit langen Fingern, die den Hals des unruhig tänzelnden Pferdes klopfte.

»Hübsche Buben!«, sagte Tante Puntsog mit einem Blick zu Lenjam und lachte.

Die Karawane schob sich langsam voran, wurde ständig von bewaffneten Reitern gesichert. Die Räuber schienen vor ihrer Zahl zurückzuschrecken, man sah sie bald nicht mehr, und im Lauf des Tages verlor sich die Anspannung. Die Aufmerksamkeit richtete sich nun eher auf die bevorstehende

Überquerung eines großen Flusses. Gerüchte liefen wie Wellen durch die Karawane, von den Begleitern der Kaufleute ausgesendet, die den Weg kannten, und manchmal kamen sie am Ende mit einiger Verzerrung an. So hieß es, der Fluss sei gefährlich, reißend und tief, und schon so manches Mal seien Mensch und Tier darin ertrunken. Sie sollten nicht alles glauben, sagte Pala mit einem breiten Lächeln, das alle überzeugte.

Fast hatte die Dämmerung schon begonnen, als sich die Karawane am Flussufer ausbreitete. In großer Eile wurden die Tiere abgeladen, die Zelte aufgestellt und Feuer entfacht, denn die Nacht kam schnell und mit ihr die Kälte. Länger als sonst saßen die in ihre Fellchubas gehüllten Leute an den Feuern, besuchten einander, boten Buttertee an und luden Fremde ein, die Mahlzeit zu teilen. Die beiden Wächter kamen wie zufällig vorbei und sprachen kurz mit Pala, und es war selbstverständlich, dass er sie ans Feuer bat. Er ließ sogar einen Sack mit getrockneten Aprikosen öffnen, um den Gästen etwas Gutes zu bieten, denn Wächter konnten von unterschiedlichem Stand sein, man sah es ihnen nicht ohne Weiteres an. Die Qualität des Schwerts oder des Bogens oder eine besondere Satteldecke konnten Hinweise geben, aber sicher sein konnte man sich nicht.

Lenjam fing einen funkensprühenden Blick ein, Lachen, das Sieg versprach, und Lenjam wollte besiegt werden – ho, des Siegers auserwähltes Opfer zu sein, das war ihre Macht. Ihr Bauch wusste es, ihre kribbelnde Haut wusste es, alles, was Lenjam war, wusste es ohne Worte, und das Wissen teilte sie mit ihm, dem Sieger.

Er saß am Feuer, redete, fragte, lachte, doch sie hörte nicht hin. Jetzt hätte sie gern ihren schweren Schmuck getragen, den Pala angesichts der Räuber ins Gepäck verbannt hatte, doch das war ja nicht nötig gewesen, die Feuerblicke hatten auch so stattgefunden. Wir haben das Karma miteinander, dachte sie, deshalb muss das so sein. Es war ein befriedigender Gedanke, der sie gut schlafen ließ in dieser Nacht vor der Überquerung des großen Flusses.

Noch vor der Morgendämmerung, gleich nach dem Frühstück mit Buttertee und harten Kapsi-Waffeln, wurden die Boote aus Yakhaut auseinandergefaltet. Von den Booten aus trieben die Männer ihre Tiere in wilder Unordnung durch das schnell strömende, eiskalte Wasser. Mancher Yak wurde mitgerissen und strampelte verzweifelt zum anderen Ufer hin. Lenjam kauerte in einem der Boote, hielt Drala und Pemas freundliches Pferdchen an den Zügeln und rief ihnen aufmunternde Worte zu. Pema klammerte sich an den Bootsrand, betete atemlos das Mantra der schützenden, helfenden, bewahrenden Tara vor sich hin, OM TARE TUTARE TURE SVAHA, und schluchzte dazwischen vor ängstlicher Aufregung.

Pala und Onkel Lobsang ruderten mit aller Kraft, um nicht abgetrieben zu werden, doch Lenjam dachte nicht an Gefahr. Ihr Blick huschte über die Männer, die von den Booten aus mit lauten Schreien die Tiere anfeuerten, und suchte nur das eine Gesicht. An mehr konnte und wollte sie nicht denken.

Den ganzen Tag lang dauerte die Flussüberquerung. Sie war glimpflich verlaufen. Nur ein einziger Yak war verloren gegangen, ein Boot war vollgelaufen, hatte jedoch das andere Ufer mit seinen triefenden, vor Kälte zitternden Insassen erreicht. Zelte wurden wieder aufgebaut, Feuer entzündet, die Boote zusammengefaltet, Dankopfer zelebriert. Lenjam taten die Augen weh vom vielen Umherschauen, doch ihn mit dem besonderen Blick sah sie nicht unter all den Menschen und Tieren. Sie fütterte Drala und Pemas Pferd, half beim Wasserholen und Teekochen, beim Teigschneiden für die Nudeln und Zerhacken des Trockenfleischs, aß die Tukpa, ohne sie zu schmecken. Sie wartete, bestand ganz aus Warten, denn vielleicht würde er noch vorbeikommen, und es würde ihr genügen, ihn zu sehen, wenn er sich zu den Männern setzte. Ein Blick nur, dachte sie, ja, ein einziger dieser funkensprühenden Blicke würde ihr genügen.

Kaum war die Sonne untergegangen, wurde es kalt. Noch immer summte das große Lager vor Geschäftigkeit. Die Pferde waren unruhig nach dem Abenteuer im Fluss, nur die Yaks standen geruhsam am Rand des riesigen Lagers und fraßen unter den müden Augen der Yaktreiber. Die Rauchfahnen von Zweigen kleiner Büsche und dem Dung der Yaks und der Pferde genährter Feuer hingen im scharfen Wind, der den Fluss entlangstrich.

Lenjam wartete. Vielleicht fand er sie nicht zwischen den unzähligen Zelten. Vielleicht konnte er nicht weg von seinen Leuten. Vielleicht täuschte sie sich in ihm, und er wollte sie gar nicht sehen. Hoffnung und Furcht feuerten sich gegenseitig an, steigerten sich, tobten in ihrem Puls, ließen ihren Mund austrocknen. Sie hörte die Männer an den Feuern singen. Vielleicht war er dabei, genoss den Abend mit anderen und dachte nicht an das Mädchen aus dem wilden Osten. Ach, wie hätte es ihr gefallen, einfach neben ihm am Feuer zu sitzen.

Ärger stieg in ihr auf, dass er sie warten ließ, Ärger, der sie die halbe Nacht wach hielt, vermischt mit ungewisser Sehnsucht. Im Traum kletterte sie durch eine enge Schlucht, auf der einen Seite ein reißendes Wildwasser, auf der anderen steiler Fels, und der Pfad war so schmal, dass sie gerade einen Fuß vor den anderen setzen konnte. Nyima war ihr weit voraus und winkte. Sie hörte jemanden singen. War es Nyima, die sang?

»Woran er sich klammert, der verwirrte Geist,
und was er deshalb tut – das Leben beweist:
Es tut nicht gut.
Endloses Leid wird entstehn,
nicht hilft's, dass er jammert.«

Noch im Aufwachen hörte sie das Lied. Aber dann war da nur noch der Wind, der am Zelt zerrte, ein stürmischer Wind, der durch das Flusstal sauste und alles zum Flattern brachte, was nicht fest genug angebunden war.

Nyima war krank. Ihre Augen glänzten fiebrig, und sie konnte sich kaum im Sattel halten.

»Bald haben wir die Karawanenstation erreicht«, sagte Pala, »vielleicht morgen schon. Dann kannst du dich ausruhen.«

Doch in der Nacht wurde es schlimmer. Nyima warf sich stöhnend hin und her, schob Lenjam, die sie in die Arme nehmen wollte, von sich, murmelte und schrie manchmal auf.

Am Morgen bauten die Männer für Nyima eine Trage, die sie zwischen zwei Yaks spannten. Der hohe Würdenträger, der von dem Unheil gehört hatte, denn bald wusste die halbe Karawane davon, schickte seinen Amchi, der Nyimas Pulse fühlte und Pala ein paar dicke, braune Pillen für sie gab.

Mit Krankheit kannte sich Lenjam nicht aus. Im Winter lief manchmal die Nase, und die Mola hatte immer wieder mal ihre Hustenzeit. Nur die Alten wurden krank und starben, doch das war nichts Besonderes. Alter, Krankheit und Tod sind unausweichlich, hatte der Buddha gesagt. Werden und Vergehen, das ist so. Menschen starben, weil sie alt waren, und wenn sie jung starben, dann an einem Unfall. Oder Frauen starben beim Gebären. Aber man wurde nicht einfach krank. Die Ungewissheit, in die Nyimas Krankheit sie stürzte, war kaum zu ertragen. In welcher Welt mochte sie sich aufhalten, wenn sie Unverständliches murmelte oder mit den Händen nach etwas zu greifen versuchte? Manchmal erkannte sie Lenjam und flüsterte: »Du bist da. Gut.« Es sei eine Lung-Krankheit, hatte der Amchi gesagt, also eine Krankheit der inneren Energien. Was bedeutete das?

Selbst die aufregenden Blitze aus den dunklen Augenschlitzen vergaß Lenjam in ihrer Sorge um Nyima. Ohne Nyima würde sie nicht leben können. Nyima war ihre Schwester und gehörte zu ihr.

Aber auch Amala war eine Selbstverständlichkeit gewesen, und diesen Verlust trug sie immer noch in sich. Doch ohne Nyima würde auch Lenjam sterben, wie Pflanzen starben, wenn sie kein Wasser bekamen. Ich weine, um Nyimas Leben zu gießen, dachte Lenjam. Vielleicht ist es dumm, wenn ich so etwas denke. Doch da sie während all dieser Gedanken ununterbrochen das Tara-Mantra wiederholte, war sie sicher, dass die Gottheit sie verstand.

In einem weit ausgedehnten Tal näherten sie sich der Mauer, hinter der die Karawanenstation lag. Pala hatte einen Mann vorausgeschickt, der dort nach einem Arzt fragen sollte. Tatsächlich wurden sie am Tor von der abenteuerlichen Gestalt eines wandernden Heilers erwartet. Ein Mann in unbestimmbarem Alter, die Züge vom Wetter zerfurcht, mit vielen Amuletten behängt, neben sich sein gesamter Besitz – ein dicker Reisesack, der Wasserschlauch und ein kleiner hölzerner Zylinder zum Bereiten von Buttertee. Jemand sagte, er sei taubstumm.

In der Karawanenstation wurde Nyima an einen ruhigen Platz innerhalb der Mauer gebracht. Der Heiler fühlte ihre Pulse und setzte sich dann still neben sie, während alle mit dem Abladen der Tiere, dem Aufbauen der Zelte und dem Einrichten des Haushalts beschäftigt waren. Lenjam hatte ihm zugeschaut und sich dann bei ihm niedergelassen. Ohne sie anzusehen, ergriff er plötzlich ihre Hand und hielt sie fest. Unerwartet fein und weich waren seine Finger, passten so gar nicht zu dem rauen Gesicht, und ihr Griff war sanft. Lenjam wurde ruhig. Was geschah, durfte geschehen. Nichts änderte sich dadurch, dass sie sich Sorgen machte. Man trieb in einem Fluss von Veränderungen, das war Leben. Nyima war krank. Sie würde wieder gesund werden. Lenjam war sich plötzlich ganz sicher, dass Nyimas Krankheit notwendig war und nicht lange dauern würde.

Der Heiler richtete seine goldfleckigen Augen auf sie. Der unbewegte Blick hielt lange den ihren, dann ließ er ihre Hand los. Nyima wurde ins Zelt getragen. Der Heiler nickte kurz und stand auf, um ihr zu folgen. Die Frauen, Pala und die Männer drängten hinter dem Heiler her, schoben Lenjam ins Zelt, Zuschauer schlossen sich an, bis niemand mehr hineinpasste, und draußen scharten sich noch mehr Neugierige zusammen.

Nach einiger Zeit zog sich die Menge zurück, denn das Schauspiel, das der Heiler bot, war schnell beendet. In einem

Mörser zerrieb er ein paar braune Pillen zu Pulver und verrührte es mit warmem Wasser. Er murmelte Mantras darüber und gab Nyima davon zu trinken. Sie wehrte sich, doch er klemmte ihren Kopf unter seinen Arm und packte ihr Kinn mit einem Griff langer Erfahrung, sodass sie trinken musste. Dabei brummte er sanft, es klang eher nach Tier als nach Mensch. Nyima fiel erschöpft zurück, keuchte ein wenig und schlief dann ein. Eine kurze Zeit wartete der Heiler noch, dann erhob er sich, steckte das große Stück Yakkäse, das Pala ihm gab, in seinen Sack und schlurfte davon.

Tante Puntsog und Pema brachten Wasser vom Brunnen und kochten Tee, Pala schimpfte über die Preise für das Tierfutter, die Männer redeten und lachten mit anderen Männern der Karawane. In der zunehmenden Dunkelheit bildete sich um Nyima ein Kreis der Ruhe, den der Trubel der Karawanenstation nicht durchdrang. Gewiss hatte der Heiler Dämonen vertrieben, dachte Lenjam. Doch was hatten Dämonen bei Nyima zu suchen? Und wo waren die Dämonen jetzt?

Alle Dämonen waren vergessen, als Lenjam das Zelt verließ und nicht weit entfernt im matten Schein der Lagerfeuer den jungen Wächter mit seinem siegessicheren Lächeln an der Mauer lehnen sah, die Hand locker am Knauf des kurzen Khampa-Schwerts in einer reich ziselierten silbernen Scheide. Lenjam vergaß zu atmen. Mit aller Wucht setzte die Aufregung ein, eine köstliche Besinnungslosigkeit, die alle Überlegungen auslöschte. Selbst Nyima war vergessen.

»*Tsu scho!*«, flüsterte er, komm her! Es war eine sehr familiäre, formlose Anrede, doch das störte Lenjam nicht, sagte es doch aus, dass er sie so nah empfand wie sie ihn. Sie schaute sich nicht um, ob sie beobachtet würde, nahm nicht wahr, dass ihre Schritte sie zu ihm hinführten, ließ sich von ihm am Ärmel mitziehen in den tieferen Schatten, als wäre alles schon entschieden.

»Ich heiße Lenjam«, sagte sie, »und du?«

»Jampal«, antwortete er und zog sie nah an sich heran.

Es schien ihr bedeutsam, dass er Jampal hieß, Freude. Ein Zeichen. Jampal roch wunderbar nach Schaffell und Pferd und Buttertee und etwas anderem, Eigenem, in das sie ihr Gesicht hineintauchte an der weichen Stelle zwischen Hals und Schulter. Es gab nichts anderes mehr als dieses Fühlen, Spüren, Riechen, eins vom anderen nicht zu unterscheiden, ein Untergehen in der gewaltigen Woge des Entzückens. Hände unter ihrer Chuba. Feuer in ihr. Die Zeit zerfloss in diesem herrlichen Rausch.

Erst als sie sich voneinander lösten, drängte sich Fremdheit zwischen sie. Die Nähe schlug um in Befangenheit.

»Ich muss gehen«, flüsterte Lenjam. Ohne zurückzuschauen, rannte sie zurück zum Zelt, schlüpfte unbemerkt hinein, kroch neben der immer noch schlafenden Nyima unter ihre Felldecke und kniff die Augen zu, als könne sie so ihr donnerndes Herz beruhigen.

»Oh, hier bist du«, hörte sie Pema sagen. »Ich habe dich gesucht. Du hast ja nichts gegessen. Schläft Nyima noch immer?«

Lenjam wollte nichts von Essen hören.

»Du wirst doch nicht auch noch krank werden?« Pemas Stimme klang besorgt.

»Ich bin müde«, antwortete Lenjam und wühlte sich tiefer in die Felle. Jampal! Sie gab dem Namen Raum in ihrem Geist, und sein Klang erfüllte sie mit satter Süße.

Als die Sonne aufging, war Nyimas Fieber gesunken. Ihre Augen waren klarer, sie trank ein wenig Tee und viel Wasser.

Ihr Blick kam aus großer Tiefe und verlor sich in einer Ferne ohne Horizont.

Lenjam strich sanft über das blasse Gesicht der Schwester. »Nyima, bitte, sag mir, was mit dir ist!«

Ganz langsam fing Nyimas Blick sie ein. »Gib acht!«, flüsterte sie. Dann fielen ihre Augen zu, als wäre die Anstrengung schon zu groß gewesen.

Beim Frühstück berichtete Pala, dass die Karawane sich ein paar Tage in der Station aufhalten werde, damit sich die Tiere erholen könnten. Lenjam, Tante Puntsog und Pema sollten abwechselnd bei Nyima bleiben. Lobsang würde beim Kochen helfen, während die anderen Männer für die Pferde und die Yaks sorgten und Futter und Proviant einkauften. Pala mochte es, wenn jeder wusste, wo sein Platz war.

Tante Puntsog und Pema waren voller Anerkennung, dass Lenjam sich mehr als genug um Nyima gekümmert habe. Da es Nyima jetzt besser gehe, könne sie sich nun Zeit nehmen, sich in der Station umzusehen und den Basar zu besuchen.

Ho, wie sie sich umsehen wollte! Sie würde ihn finden! Wie würde es sein ohne den Schutz der Dunkelheit? Gib acht, hatte Nyima gesagt. Was hatte sie damit gemeint? Ein kleiner Schauer überlief Lenjam. Bei dieser seltsamen Schwester musste man auf alles gefasst sein. Manchmal hatte Nyima das innere Sehen. Was wusste sie?

Eine kleine Beunruhigung begleitete Lenjam auf ihrer heimlichen Suche, die ihr niemand anmerken sollte. Hierhin schauen und dorthin wie von ungefähr, alles sehen und doch nichts. Was scherten sie all die Leute und Tiere, die Zelte, der Markt, die Säcke mit Tsampa, Reis, Gewürzen, getrockneten Aprikosen, die Stoffe, der Schmuck.

»Möchtest du ein Armband?«

Seine Stimme an ihrem Ohr. Schauer liefen über ihre Haut, Flammen der Aufregung.

»Jampal!«, sagte sie, nur um seinen Namen zu formen mit Zunge und Lippen, ihn zu schmecken, den Klang zu hören.

Er nahm einen Silberreif von seinem Gelenk und streifte ihn wie selbstverständlich über ihre Hand. Lenjam schaute sich um. Niemand achtete auf sie.

Gib acht, hatte Nyima gesagt. Ho, Lenjam wollte alles andere als achtgeben. Sie wollte ihm nachgehen an ein entferntes Ende der Station hinter ein Gebäude, wohin er sie führte, ja, das wollte sie. Wollte festgehalten werden und seine Haut riechen und seine Lippen spüren.

Gib acht!

Ein kurzer Rausch der Nähe, dann kehrten sie zum Basar zurück. Dort konnten sie ein wenig reden, ohne aufzufallen. Viele Leute standen und saßen herum, plauderten und lachten, man konnte sich sicher fühlen in all dem Gesumme. Er solle von sich erzählen, bat sie Jampal. Doch dann war sie es, die erzählte, von der kranken Schwester, der Besonderen, die so schnell lesen konnte, von Amalas Tod und dem großen Haus, von der weisen Mola und von ihrem Pferd Drala. Jampal sprach wenig, lächelte lieber und hörte zu, die Hand am Schwertknauf. Ein Wächter zu sein sei ihm lieber, als daheim mühsam auf dem Feld zu arbeiten, sagte er. Zweimal sei er schon in Lhasa gewesen, einmal mit einer kleineren Karawane. Da seien sie von Räubern überfallen worden, aber er und seine Kumpel seien die Sieger gewesen. Er war noch immer stolz darauf, das konnte Lenjam ihm ansehen an den blitzenden Augen und Zähnen. Ein Schneelöwe, dachte sie und glühte.

Nyima war wach, brachte sogar ein schwaches Lächeln zustande, als Lenjam sich zu ihr setzte.

»Sie hat Tee getrunken«, berichtete Pema, »aber essen mag sie nicht. Sie sollte essen.«

Lenjam verdrehte die Augen. »Lass sie in Ruhe, Pema«, sagte sie ungeduldig. »Wenn sie Hunger hat, wird sie schon etwas sagen.«

»Sei nicht so streng mit ihr«, flüsterte Nyima. »Sie meint es gut.«

»Ich bin doch gar nicht streng«, entfuhr es Lenjam. Nyimas belustigtes Blinzeln brachte sie zum Lachen. Warum hielt sie sich mit Unwichtigem auf? Viel wichtiger war es zu erfahren, was Nyima wusste. Oder sollte sie es ihr gleich sagen? Sie hatten nie Geheimnisse voreinander gehabt.

Nyimas Hand legte sich auf Lenjams Knie. »Du willst mir etwas sagen, ja?«

»Oh, will ich das?«

»Alle sind draußen«, flüsterte Nyima. »Gute Gelegenheit.«

Lenjam schaute weg. »Du weißt doch immer schon alles.«

Mit einem Finger klopfte Nyima auf das Knie der Schwester. »Weiß nichts, ahne nur.«

Lenjams Überlegungen, was und wie sie erzählen solle, überschlugen sich. Als ob sich dieser Aufruhr ausdrücken ließe! Schließlich fand sie nichts anderes zu sagen als: »Ich will ihn haben. Du weißt schon.«

In Nyimas »Ja?« hörte sie nicht eine unschuldige Frage, sondern: Bist du dir sicher? Ist er der Richtige, nur weil du gerade vernarrt in ihn bist? Und weil es das erste Mal ist, dass dir das geschieht?

»Er gefällt mir so gut«, sagte sie.

»Ah!«, flüsterte Nyima.

»Er ist besonders wie ein Prinz. Nicht so wie die anderen.« Lenjam hörte selbst, wie übertrieben dies klang. Aber Nyima sollte verstehen, dass ihr niemand dieses Glück ausreden konnte und durfte.

»Mhm!«, hauchte Nyima, und das konnte alles heißen. Lenjam beschloss, es derart zu deuten, dass Nyima sie verstand. Nyima verstand sie immer. Was natürlich nicht heißen musste, dass sie auch einverstanden war.

»Ich bin glücklich, glaub mir«, erklärte Lenjam flüsternd, jedoch mit Nachdruck. »Es ist wunderbar.«

Dass Nyima schwieg, sie nur ansah, gab Lenjams unterdrückter Beunruhigung allzu viel Raum. Sie wollte nicht nachdenken. Doch die ungebetenen Gedanken drängten sich vor. Und wie weiter?, fragten sie. Man würde sie bald entdecken. Und dann? Sie hörte Molas Stimme: Sie schlichen umeinander herum wie die Katzen, Dölma und Ajung. Was würde Pala sagen? Einen Habenichts von irgendwo würde er ihn nennen.

Zunächst ging es nur darum, dass niemand sie mit Jampal sehen durfte. Doch bald würde die Karawane weiterziehen. Und danach? Wohin würde er gehen? Wie sollte sie leben ohne ihn, ohne seine Umarmung, ohne den herrlichen Abgrund der Begierde?

»Ah ja, glücklich?« Nyimas Stimme war schwach, enthielt aber ein großes Fragezeichen.

Obwohl Lenjam mit einem trotzigen Ja antworten wollte, flüsterte sie schließlich: »Es ist schwierig.« Sie sah das Paar an der Klostermauer, den jungen Mann, der wegging, das verlassene Mädchen. Sah in ihnen auch Dölma und Ajung, mit denen sie Mutter und Vater kaum verbinden konnte.

Nyimas Augen waren wieder zugefallen. »Gib acht!«, murmelte sie.

Draußen vor dem Zelt ging es geschäftig zu, doch Lenjam saß bei Nyima und drehte den schmalen Silberreif an ihrem Handgelenk. Ein einfaches Muster zierte ihn, doch sie stellte sich vor, dass sich für Jampal ein ganz besonderer Wert damit verband. Vielleicht hatte er den Reif von seiner Mutter bekommen. Sein Zeichen, wie wichtig sie ihm war. Dass er nicht ohne sie leben konnte, wie sie nicht ohne ihn leben konnte.

Doch da war noch ein anderer Gedanke, der sagte: Hatten Dölma und Ajung auch so gedacht? Und doch hatte Ajung Dölma verlassen. Dies war die Stimme, die Lenjam nicht hören wollte, und sie fand andere, angenehmere Gedanken, um sie zu übertönen. Gegen Abend wurden diese anderen Gedanken so mächtig wie Seile, die sie hinauszogen zum dunklen Teil der Mauer, wo Jampal wartete, dessen Name so süß schmeckte, der sie aufflammen ließ wie ein Feuer aus trockenen Kiefernzweigen.

Er war da. Sie brauchte keine Gedanken mehr. Nur den Geruch seiner heißen Haut, seine Lippen, seine Hände.

»Lenjaaaam?«

Jemand rief nach ihr, hatte schon länger gerufen durch den wunderbaren Nebel hindurch, der sie und Jampal einhüllte.

Lenjam schreckte auf, fiel aus dem Feuer, erlöschte in der Kälte des Schreckens, riss sich los, lief in Richtung der Stimme, zu Pemas Rufen.

»Lenjaaaaaaaaam!«

Was hatte Pema gesehen? Nicht viel in der beginnenden Dunkelheit, nein, gewiss nicht viel. Nicht den Mund, den sie nicht loslassen wollte, nicht die Hand, die sich tief unter ihre Kleider gewühlt hatte.

»Pema! Was ist los?«

»Pala sucht dich.«

Lenjam fürchtete sich, nahm aber dennoch all ihren Trotz zusammen.

Die Männer saßen zwischen den beiden Zelten um das Feuer, redeten und lachten. Es roch nach würzigem Rauch. Alles war vertraut. Und doch nicht ganz. Etwas war zwischen Lenjam und diese Vertrautheit gekommen. Jampal mit seinem Siegeslachen und der verzaubernden Hitze seines Körpers. Pala zog Lenjam mit sich neben das Zelt, in dem Nyima schlief.

»Man hat dich gesehen«, sagte er, »mit diesem jungen Khampa.« Seine Stimme klang unerwartet ruhig. »Ich habe mich nach ihm erkundigt. Er ist nichts für dich, Tochter. Du gehörst zu einer angesehenen Familie. Ich werde einen geeigneten Mann für dich finden, genauso wie für Nyima. Ihr seid sehr jung. Zuerst sollt ihr noch einiges über das Leben lernen.«

»Aber …«, warf Lenjam ein.

Pala hob die Hand. »Kein Aber, meine Tochter. Ich habe dir gesagt, was zu sagen war. Du wirst diesen jungen Mann nicht mehr treffen. Er wird darüber unterrichtet. Du wirst ihn vergessen, und er wird dich vergessen.«

»Ich werde ihn nicht vergessen! Ich will ihn!«

Laut und wütend war es aus Lenjam herausgefahren, ohne einen Gedanken daran, was Pala sagen oder tun würde. Niemand durfte ihn ihr wegnehmen, nicht einmal Pala.

Der Schlag war so heftig, dass sie gegen das Zelt taumelte und zu Boden fiel. In ihrem Kopf hallte ein dumpfes Dröhnen nach.

Sie wurde sanft hochgezogen. »Wie konntest du Pala nur so herausfordern«, sagte Tante Puntsogs sanfte Stimme.

Lenjam drückte beide Hände gegen den Kopf.

»Das ist der Junge nicht wert. Und dein Pala hat recht, so einer ist nichts für dich. Denk nicht mehr an ihn. Du wirst sehen, es ist nicht so schlimm.«

Wie konnte sie so etwas sagen? Es war schlimm, furchtbar schlimm!

»Lenjam!« Nyimas schwache Stimme drang aus dem Zelt zu ihr, als käme sie vom fernsten Horizont.

Entmutigt schlich Lenjam zum Lager der Schwester. Palas wenige Worte hatten die Welt verändert.

»Ich sagte doch, gib acht«, flüsterte Nyima. Auf ihrem glatten Gesicht glänzte Schweiß. »Pala hat recht, und wenn er nicht recht hätte, würde das auch nichts ändern.«

»Er hat mein Herz zerbrochen«, erwiderte Lenjam.

Nyima streckte den Arm aus der Felldecke und griff nach Lenjams Hand. »Er hat deine Illusion zerbrochen. Wie hätte es denn weitergehen sollen?«

Lenjam sah Nyimas Gedanken. Nein, Jampal ist nicht so, wollte sie sagen, es ist nicht nur eine Laune, er will mich, er wird mich nicht verlassen. Doch was wusste sie von ihm? Wie sind die Siegesgewohnten, wenn sie gesiegt haben?

Darüber wollte sie nicht nachdenken, schlüpfte lieber zu Nyima unter die Felldecke. So war die bedrückende Welt ein Stück entfernt. Nyimas schwacher Körper schützte sie.

»Was soll ich tun?«, fragte sie.

»Nichts«, antwortete Nyima. »Lass ihn.«

»Kann ich nicht«, sagte Lenjam. »Noch nie wollte ich irgendetwas so sehr haben wie ihn. Nicht einmal Drala. Du kannst dir das nicht vorstellen.«

»Lenjam, das ist wie Chang. Ein Rausch. Verwirrung. Nur ein Traum.«

Lenjam kniff die Augen zu und dachte an Jampals Geruch.

»Meinetwegen. Dann träume ich eben. Es ist der schönste Traum, den es gibt.«

Nyima seufzte. »Ein bisschen Spaß und danach ganz viel Ärger.«

»Was weißt du denn schon davon«, sagte Lenjam.

Nyimas Schweigen warf die Worte zurück, mitten hinein in ihren Trotz.

»Du bist nicht auf meiner Seite«, sagte sie. »Gerade jetzt, wo ich dich brauche.«

»Ich bin auf deiner Seite«, sagte Nyima. »Denk an die Verse. Erinnerst du dich nicht?«

Lenjam mochte nicht bekennen, dass sie selten Lust hatte, sich an die Verse zu erinnern.

»Nein, tu ich nicht. Das wurde doch alles für Mönche geschrieben. Wir sind keine Mönche, nicht mal Nonnen.«

Nyima kicherte. »Natürlich nicht. Aber verwirrt können wir sein, genau so wie sie.

Um meinen Geist von Verdunkelungen zu befrei'n,
lass ich mich nicht mehr auf Verwirrung ein,
richte ihn auf das vollkommene Objekt,
so werd ich frei und ausgeglichen sein.«

»Ja, schon recht«, brummte Lenjam. »Verdunkelungen. Ja, weiß schon. Begierde, Wut und Dummheit. Und ja, ich bin gierig nach ihm, und ich bin wütend, weil ich ihn nicht haben darf, und dumm bin ich sowieso. Und warum weißt du immer alles besser?«

»Tu ich das?«

Die Tage in der Karawanenstation flossen trübe dahin. Lenjam versteckte den Armreif in ihrem Bündel und ging Pala aus dem Weg. Nyima konnte bald aufstehen, und niemand hinderte Lenjam, mit ihr durch die Station zu schlendern. Einmal sah sie Jampal von fern. Er blieb ein paar Augenblicke lang stehen, ihre Blicke verglühten ineinander, dann wandte er sich um und verschwand hinter einem Zelt.

Ein sanfter Stoß in Lenjams Seite. »Ist er das?«

»Ja. Jampal, der Feigling.«

»Sieht gut aus«, sagte Nyima anerkennend. »Aber das vergeht.«

»Ich wollte ihn ja auch nicht später, sondern jetzt.«

Ganz sicher war sich Lenjam nicht, was es darüber zu lachen gab, doch Nyima kicherte, prustete, musste immer mehr lachen, sodass auch Lenjam nicht ernst bleiben konnte. Dann lachte auch eine Frau mit, die ihnen entgegenkam. Und ein paar Männer, die vor einem Zelt Stiefelsohlen annähten, ließen sich bereitwillig mitreißen. Es war ein herrliches, grundloses, unbändiges Lachen, das Kreise zog.

»*Ätsi*, so jung wie ihr Mädchen möchte ich noch mal sein«, keuchte die Frau vergnügt, und die Männer riefen ihr zu: »Was willst du, ist doch noch alles dran an dir!«

Dann zog die Karawane weiter, Pala mit seiner Gruppe nun nicht mehr am hinteren Ende, sondern mittendrin, wie es sich gerade ergeben hatte beim Aufbruch. Die Reise war nun weniger anstrengend, es gab nicht mehr so viele eisige Pässe zu überqueren, und die Nächte waren nicht mehr so kalt. Lenjam verbot es sich vergebens, nach Jampal Ausschau zu halten. Aber sie sah ihn nie, er war wohl ganz vorn bei den Kaufleuten, unendlich fern in dem weit auseinandergezogenen Band der Karawane.

An den Abenden gab es viele Gespräche mit der Gruppe von Pilgern, die sich unmittelbar hinter ihnen befand. Man besuchte einander, und es wurde alles ausgetauscht, was es an Gerüchten gab. Wieder war viel Gerede von den beiden Dalai Lamas und vom Ärger, der vom mächtigsten Mongolenstamm zu erwarten war, auch davon, ob der chinesische Manchu-Kaiser zu Tibet oder zu den Mongolen halten würde, und von den verschiedenen Meinungen über den derzeitigen Herrscher über Tibet, Lajang Khan. Einige sprachen für ihn, nannten ihn einen guten Herrscher, andere mochten ihm nicht verzeihen, dass er den Tod des Regenten Sangye Gyatso, der auch ein großer Arzt und Gelehrter gewesen war, zu verantworten hatte, wenn dies auch schon viele Jahre zurücklag.

Die Frauen beteiligten sich nicht an diesen Gesprächen, doch Lenjam setzte sich nah zu den Männern und hörte gut zu. Die Zeit in Lhasa versprach aufregend zu werden. Dort fand das richtige Leben statt, und das würde ihr über den Verlust des Liebsten hinweghelfen. Der Schmerz schrumpfte, war wie ein Steinchen im Stiefel, nicht riesengroß, doch ständig vorhanden, manchmal mehr, manchmal weniger schmerzhaft. Zumindest wusste sie nun, wie es war, einen Liebsten zu haben. Und, *kye ho*, es gefiel ihr sehr.

5

Lhasa war nur noch einige Tage entfernt. Teile der Karawane waren abgedriftet, je näher sie der Hauptstadt kamen. Eine Pilgergruppe, mit der sie vertraut geworden waren, hatte sich nach Süden gewandt, um das ehrwürdige, tausend Jahre alte Kloster Samye, das älteste Kloster Tibets, zu besuchen. Lenjam bedauerte, dass die Pilger nicht mehr mit ihnen zogen. Sie waren unterhaltsam gewesen, und selbst Nyima hatte Vergnügen an ihrer Gesellschaft gehabt.

Seit der Krankheit war Nyima verändert. Als wäre sie tiefer in sich selbst hineingerutscht, weniger leicht zu erreichen. Zugleich war die anmaßende Art der Kindheit von ihr gewichen und hatte einem stillen Lauschen Platz gemacht, als lebe sie in mehr als nur einer Welt. Es gehe ihr gut, sagte sie, alles sei in Ordnung, nur sei sie manchmal müde wegen der vielen Träume. Wenn Lenjam nach diesen Träumen fragte, winkte Nyima ab, wich aus, sie würde vielleicht später davon erzählen, wenn sie in Lhasa wären und Ruhe hätten.

Völlig unerwartet tobte ein Sandsturm durch das Seitental, das zum Kyichu-Fluss führte. Zuerst war die Sonne trüb geworden und Pala hatte geschrien: »Sandsturm! Ein Zelt aufstellen, schnell!«

In solcher Eile hatten die Männer noch nie ein Zelt aufgebaut, im Wettkampf mit dem aufkommenden Sturm, der immer mehr den Himmel verhüllte. Jetzt hatten sich alle Tücher um das Gesicht gewickelt, drängten sich schweigend zusammen im immer wilder werdenden Getöse. Die Tiere standen im Windschatten des Zelts und ließen die Köpfe hängen. Lenjam machte sich Sorgen um Drala. Wie anders war doch dieses Land als ihre Heimat im Osten. Warum waren die Geister so wütend?

Plötzlich erklang ein donnerndes Getrampel wie von unzähligen Hufen und kriegerischen Rufen. Einer der Männer versuchte, durch die Zeltklappe hinauszuschauen, doch dort war nicht mehr zu sehen als eine undurchdringliche Sandwand, die in das Zelt hereindrückte, und er schloss den Spalt schnell wieder. Die Reiter schienen direkt am Zelt vorbeizurasen.

»Das kann doch nicht sein!«, sagte Pala. »Der Boden ist völlig ruhig.«

Lenjam legte die Hand auf die Erde, die hätte zittern müssen unter den Schlägen der vielen Hufe, aber keine, noch so kleine Erschütterung war zu spüren.

Dann war die Horde vorbeigezogen, und das Geräusch verlor sich in der Ferne.

Pema murmelte mit hysterischem Wimmern ein Beschützer-Mantra. Die Männer schauten einander erschreckt an. Sie schlossen die Finger um ihre Amulette und Schutzbänder, und es wurde von Dämonen und bösen Geistern gemurmelt.

»Mongolen«, flüsterte Nyima. »Die andere Zeit hat uns berührt.«

Nur Lenjam konnte sie hören und fröstelte in ihrem dicken Lammpelz. »Welche Zeit?«, fragte sie leise.

»Die andere«, flüsterte Nyima. »Vielleicht Vergangenheit, vielleicht Zukunft.«

Lenjam fragte nicht weiter. Sie mochte solche Antworten nicht. Es war gefährlich, so schien es ihr, zu viel zu wissen.

In dieser Nacht schlief Nyima so unruhig, dass Lenjam immer wieder aufschreckte und den Arm schützend um sie legte. Etwas geschah mit Nyima, und Lenjam wünschte, sie könnte mit Mola oder Ani-la darüber sprechen. Mit wem sonst? Tante Puntsog war freundlich, aber fantasielos, und Pema war einfach zu dumm. Blieb Pala, doch ihn behelligte man nicht mit etwas, das für ihn wahrscheinlich zu »Frauensachen« gehörte.

Das Anderssein der Schwester schien deutlicher zu werden, und Lenjam wurde immer mehr bewusst, dass es nicht etwas war, auf das man neidisch sein musste. Nein, Lenjam hätte nicht mit Nyima tauschen wollen. Sie hätte nicht auf ihre Freude am Reiten, auf ihren Trotz, auf ihren Hunger nach dem Leben in der Stadt verzichten wollen. Und auch nicht auf ihre Erinnerung an Jampal, selbst wenn sie ein wenig schmerzte.

»Was ist nur los mit dir, Nyima?«, fragte sie am Morgen.

»Weiß ich nicht«, antwortete Nyima so unbeteiligt, als wäre von jemand anderem, einer Fremden, die Rede. »Was soll denn los sein?«

Vielleicht, dachte Lenjam, war Nyima nun nicht mehr die Schwester und Vertraute, mit der sie aufgewachsen war, würde es nie mehr sein. Doch schnell schob sie diesen Gedanken weg. Es hatte nur mit der Krankheit zu tun, Nyima würde wieder ganz gesund werden und alles würde sein wie früher.

Lhasa aus der Ferne zu sehen, hatte Pala gesagt, sei, als sähe man das Paradies. Dabei hatte schon der Türkissee, in dem sich die rostroten Berge so klar spiegelten, dass man kaum mehr wusste, ob man nach oben oder nach unten in den Himmel schaute, wie der Eintritt in eine andere Welt gewirkt. Und dazu die Sanddünen am Fuß des mächtigen Passes und die Berge so strahlend in ihrer Kargheit. Drala übernahm Lenjams Hochstimmung und ließ aufgeregt die Ohren kreisen.

Die Karawane hatte sich in einiger Entfernung von Lhasa aufgelöst. So waren sie unter sich, als sie die goldenen Dächer des Potala im Tal des Kyichu aufleuchten sahen wie schwebend über der Stadt. So hieß es in der Anrufung an die Edle Tara, die Gottheit des unendlichen Mitgefühls: Sie möge herbeikommen aus ihrem himmlischen Palast, dem Potala. Ja, das war er, Taras himmlischer Palast in funkelnder Pracht. Das war so vollkommen, so ganz und gar aus einer anderen Welt, dass Lenjam Tränen in die Augen traten.

Keiner konnte sich diesem überwältigenden Anblick entziehen. Die Männer mussten einfach nach Khampa-Art ihre wilden Schreie ausstoßen, *»Lha gyel lo!«*, die Götter siegen, wie sie es immer auf den Pässen taten, und die Frauen rezitierten laut Mantras vor Glück.

»Wir sind da!«, sagte Lenjam ein ums andere Mal. »Nyima, wir sind da!«

Der Kusho, Palas Freund, war ein großer Mann mit einer ungewöhnlich schmalen Nase im wenig bewegten Gesicht. Ein Mann der Macht, das konnte Lenjam spüren. Ob sie sich vor ihm fürchten sollte, mochte sie noch nicht entscheiden. Freundlich neigte er den Kopf angesichts der höflichen tiefen Verbeugungen der Mädchen und bot ihnen an, ihn Onkel Tsewang zu nennen, denn sie gehörten zu seiner Familie, nachdem er nur dank Pala noch am Leben sei. Lenjam wunderte sich, warum Pala diese Geschichte nie erzählt hatte.

Kusho Tsewangs Haus war mehr als stattlich. Drei Stockwerke ragten über den Ställen auf, ein langer Seitenflügel für die Dienerschaft, davor der große Hof mit einem Brunnen in der Mitte. Eine doppelte Treppe führte zum Eingang im ersten Stock, wo mit Reispapier bezogene Fenster in hölzerne Alkoven eingelassen waren. Lenjam zupfte Nyima beeindruckt am Ärmel. »Unglaublich, dieses Haus ist ja ein Palast.«

Die Chemkusho Palmo, die Frau des Kusho, trug eine kostbare Chuba aus feinem Wollstoff und feinsten Schmuck. Sie zeigte Pala ihre Dankbarkeit, indem sie seine Töchter und die beiden Tanten mit heiterer Würde begrüßte und den Mädchen anbot, sie Tante Palmo zu nennen. Ihre Tochter Wangmo, hochgewachsen wie ihr Vater, war eine zurückhaltende junge Frau. Mit ihr, dachte Lenjam, würde es wohl nicht besonders lustig werden.

Die drei Söhne seien nicht da, erklärte der Kusho, zwei lebten im Kloster und der älteste sei in kaufmännischen Angelegenheiten nach Nepal unterwegs. Eine Reihe von nahen Verwandten drängten herbei, die ebenfalls begrüßt werden mussten, und ein paar Mönche, die sich im Hintergrund hielten. Zum Schluss wurden Pala und seine Angehörigen zum Großvater geführt, der krank war und trotz des milden Wetters zwischen Fellen lag und erklärte, dass er nicht die geringste Absicht habe, schon zu sterben. Die kleine, unscheinbare Großmutter saß mit einer Nonne in einer Ecke des Zimmers, und beide ließen verlegen die Begrüßung über sich ergehen.

»Mola ist sehr froh, ihre Schwester bei sich zu haben«, erklärte die Chemkusho.

Lenjam dachte, dass die Schwester vielleicht auch froh war, in einem so schönen Haus leben zu dürfen anstatt in einer kahlen Nonnenzelle. So wie Ani-la. War Ani-la froh? Wäre sie vielleicht auch gern mit auf die Pilgerreise gegangen? Niemand hatte sie gefragt. Für alle war es einfach selbstverständlich gewesen, dass sie dem Haushalt vorstand, solange die Familie unterwegs war. Eine Nonne war zum Dienen da.

Im Hauptraum trugen Diener den Tee auf. Lenjam war überwältigt von dem großen, prächtigen Zimmer mit seinen bemalten Säulen und großen Gitterfenstern, deren Bespannung aus feinstem chinesischem Reispapier viel Licht durchließ. Die Teppiche und Polster waren weich und die kleinen Tischchen kunstvoll geschnitzt und bemalt.

An den Teeschalen konnte man erkennen, wie Gäste eingestuft wurden, das wusste jedes Kind. Doch hier wurden nicht nur Teeschalen mit Untertassen und Deckeln gereicht, wie es hohen Gästen zukam, sondern die Schalen waren aus zarter Jade und die Untertassen und Deckel aus fein ziseliertem Silber mit einem Korallenkopf darauf. Sie wurden also als sehr hohe Gäste betrachtet, dachte Lenjam und versuchte, entsprechend würdig auszusehen.

Suppe wurde in chinesischen Porzellanschalen aufgetragen, Fleischstücke auf großen Platten aus poliertem Holz herumgereicht. Die schweigenden Diener benahmen sich ehrerbietig und zogen sich schnell zurück. All dies gefiel Lenjam ungemein.

»Ihr habt ein wunderschönes Haus, verehrter Onkel«, sagte Nyima plötzlich in bester Höflichkeitsform, als eine Pause im Gespräch zwischen Pala und dem Kusho eintrat, obwohl gut erzogene Mädchen in solch einer Situation schweigen sollten, solange sie nicht angesprochen wurden. »Es ist eine große Ehre, dass wir hier sein dürfen. Habt Ihr auch Bücher?«

Der Kusho lachte verwundert. »Wenn das nicht die erstaunlichste Frage ist, die mir je ein Mädchen gestellt hat! Ja, junge Dame, es gibt Bücher in unserem Schreinraum. Sherab-la«, er wies auf den Mönch, der ihm am nächsten saß, »wird sie dir zeigen. Und bitte, lasst uns hier ganz unförmlich als Familie miteinander sprechen.«

Dies, dachte Lenjam, hätte sie ohnehin tun müssen, denn sie konnte sich beim besten Willen nicht mehr an alles erinnern, was Lama Samten ihnen an höfischen Umgangsformen beigebracht hatte. Damals war es ihr über alle Maßen unnötig erschienen.

Vom Dach des herrschaftlichen Hauptbaus konnte man zu den goldenen Dächern des Jokhang, des heiligen Tempels, schauen, zart wirkende Gebilde, an den Enden sanft geschwungen und harmonisch ineinandergefügt. In der Ferne ragte der gewaltige Potala-Palast in den Himmel, ebenfalls mit vergoldeten Dächern geschmückt, und durch die Talmitte zog sich in silberner Majestät der Kyichu-Fluss. Es war ein Bild von überwältigender Pracht.

Lenjam war atemlos vor Begeisterung. Onkel Tsewangs Haus war riesig, die Stadt war riesig, alles war so groß, als wolle sich das von Menschen Gemachte an Größe mit der Natur messen. Das war ein wenig beunruhigend und ungeheuer aufregend.

Tante Palmo hatte Pala und seine nächsten Angehörigen in einem großen, reich ausgestatteten Zimmer untergebracht, mit weichen Teppichen und vielen Polstern, die man zum Schlafen zusammenschieben konnte. Palas Männer bekamen ebenfalls einen eigenen Raum. Pema konnte wie immer ihren Mund nicht halten, ihre Bewunderung lief über, und sie musste immer wieder sagen: »Oh, ist das alles vom Feinsten, ist das prächtig!« Bis Nyima ärgerlich ihren Wortfluss durchschnitt: »Hör endlich auf, Pema, sonst binde ich dir den Mund zu.«

Mit großem Vergnügen sah Lenjam ein erheitertes Zucken in Palas Mundwinkeln.

Der erste Tag begann ganz im Sinne ihrer Pilgerschaft mit der Khora, der rituellen Umrundung der heiligen Stadt auf dem Lingkhor, dem äußeren Pilgerweg um die ganze Stadt. Er führte am Kyichu entlang, über den Fuß des Hügels mit der Medizinhochschule Chakpori, dann um den alles überragenden Palast des Dalai-Lama, den Potala herum. Eine weitere Khora, erklärte Pala, der Barkhor, führte um die große Anlage des Jokhang und die dritte um das zentrale Tempelgebäude im Inneren der Anlage.

Früh am Morgen bei Sonnenaufgang verließ die Familie den großen Hof, der sich um den Brunnen herum bald mit Geschäftigkeit füllen würde, wie Pala erklärte. Bittsteller begannen sich bereits auf der kleinen Straße vor dem Tor zu sammeln, denn der Kusho war ein wichtiger Mann in der Regierung.

Lenjam und Nyima hielten einander fest an den Händen. Gar zu viele Menschen liefen den Pilgerweg entlang, dazwischen die besonders hingebungsvollen mit Lederschürzen und Holzklötzen in den Händen, die den Weg mit Niederwerfungen abmaßen. Nomaden mit rot gefrorenen Backen, stolze Krieger aus dem Osten mit dem langen Messer in der Schärpe, arme Bauern und wohlhabende Edelleute, Bettler in Lumpen, Leprakranke, fröhlich lachende Mädchen, stattliche Frauen mit riesigem Kopfputz, stille alte Männer. Manche führten ein Schaf oder mehrere an einem Strick mit sich, die ausgewählt waren, nicht geschlachtet zu werden und ein Leben in Frieden bis zum natürlichen Ende leben zu dürfen, denn damit erwarb man reichlich Verdienste und verbesserte das Karma. Selbst die Traurigen, fiel Lenjam auf, schwenkten ihre Malas und murmelten die Mantras mit einem zarten Beiklang von Hoffnung.

»Wir könnten uns Lederschürzen besorgen für Niederwerfungen«, sagte Lenjam mit halbem Ernst, »dann sammeln wir mehr Verdienste.«

Nyima lächelte. »Warte ab, bis wir diese Khora beendet haben. Ich glaube, das dauert schon zu Fuß ganz schön lang.«

Als sie schließlich wieder im Haus des Kusho ankamen, wo Buttertee und Köstlichkeiten auf sie warteten, wirbelten all die großartigen Eindrücke durch Lenjams Kopf und Herz, durch den ganzen Körper, ein Sturm von Farben und Vielfalt und Schönheit, berauschend und verwirrend. Die mächtigen Buddha-Gestalten, die sich am steilen Weg entlang dem felsigen Fuß des Medizinklosterbergs über sie geneigt hatten. Der Potala, der viel größer war als alle Klöster und Dzongs, die Lenjam auf der Reise gesehen hatte. Der zauberhafte kleine Höhlentempel, der tief im alterslosen Fels ruhte. Der Lukang, ein geheimnisvoller Naga-Tempel auf der Insel in dem kleinen See hinter dem Potala. Die vielen Menschen aus allen Regionen Tibets mit ihren unterschiedlichen Chubas, Mützen und Hüten. Und Gespräche, die sie nicht verstehen konnte, so fremdartig klangen sie. Diese Fülle war verwirrend und über alle Maßen befriedigend.

»Du schnurrst wie eine Katze«, sagte Nyima.

Es war einiges anders in diesem Haushalt als zu Hause im Osten. Gewöhnt an Lama Samtens lange Rezitationen vor den Mahlzeiten, warfen Lenjam und Nyima einander verwunderte Blicke zu, als nach kurzem Gemurmel der Mönche, während die Diener auftrugen, sogleich unbekümmert gegessen wurde. An den Gesprächen der Männer beteiligten sich die Herrin des Hauses und Tochter Wangmo ohne Scheu und sagten laut ihre Meinung. Die nahen Verwandten, die mitaßen, hielten sich zurück. Sie nahmen dem Kusho gegenüber eine zwar vertrauliche, doch zugleich auch respektvolle Haltung ein. Lenjam wünschte sich, zu Hause wäre es ebenso. Dann würde Tante Dön sich nicht so anmaßend aufführen und Ärger verbreiten.

Als Wangmo verkündete, sie habe kürzlich »den Fremden« auf dem Barkhor-Rundweg gesehen mit seinen schnellen, langen Schritten, wie niemals ein Tibeter gehen würde, war das Interesse groß. Der Kusho berichtete, etwa einen Mond nach Losar, dem großen Neujahrsfest, sei dieser Fremde mit der Karawane der Witwe des mongolischen Gesandten in Westtibet angekommen. Nicht der erste Besucher aus einer fernen Welt in Lhasa sei er, aber einer, der mit großem Eifer Tibetisch lernte und bereits, wie man hörte, gute Fortschritte machte. Der Mönch aus dem Kloster Drepung, der den Fremden unterrichte, sei dem Kusho bekannt, und von diesem wisse er, dass es sich um einen ganz besonders klugen Schüler handle, der in seinem eigenen Land gewiss einen Namen als Gelehrter habe.

»Ich werde den Onkel bitten, den Fremden einzuladen«, flüsterte Nyima Lenjam am Abend zu, als sie sich in dem schönen, großen Zimmer zum Schlafen einrichteten. »Stell dir vor, ein Gelehrter aus einem fernen Land! Er hat sicher besondere Bücher.«

Lenjam kicherte. »Denkst du auch mal an was anderes als an Bücher?«

Die Begeisterung Nyimas für Bücher würde sie nie verstehen können. Sie selbst interessierte sich auch für den Fremden, doch vor allem, weil er fremd war und, nun ja, ein Mann, und wie es hieß, noch ziemlich jung. Jampal hatte ihr Interesse für junge Männer geweckt, und obwohl sie dem treulosen Liebsten noch immer ein wenig nachtrauerte und gelegentlich ein paar Mantras für ihn rezitierte, hielt sie dies nicht davon ab, mit wachen Augen in die Welt und insbesondere auf junge Männer zu schauen.

Über die Fenster huschte der Schein der Fackeln im Hof, wo Pala und der Hausherr mit den Männern und einige der Verwandten noch saßen und Chang tranken. Das Wetter in diesem Sommer war sehr mild in Lhasa.

»Du hast mir noch immer nicht von deinen Träumen erzählt«, sagte Lenjam leise. Tante Puntsog und Pema schienen nach dem anstrengenden Tag bereits zu schlafen, und so konnte sie endlich ungestört mit Nyima sprechen.

»Da ist nicht viel zu erzählen«, erwiderte Nyima. »Einmal sprach eine Dakini mit mir. Sie sagte, ich solle mich nicht fürchten. Ein Fluss lief über mit riesigen Wellen und riss viele Menschen mit sich. Ich hatte ein Netz und sollte sie fangen wie Fische, aber sie waren viel zu schwer. Ich war sehr traurig.«

»Der Amchi sagte, es war eine Krankheit in deinem Geist. Aber es war nicht nur dein Geist – dein Körper war fürchterlich heiß.«

Nyima lachte leise. »Deiner auch.«

»Ich war doch nicht krank.«

»Wie soll man es sonst nennen?«

»Dann möchte ich noch öfter krank werden«, seufzte Lenjam. »Es war so aufregend.«

An diesem Morgen führte Wangmo sie zur Khora auf dem Barkhor, dem inneren Rundweg, auf dem bereits viele Bürger Lhasas und Pilger unterwegs waren. Es war nicht nur ein heiliger Weg, es war auch zugleich ein Basar, und es würde Tage dauern, bis sie all die feilgebotenen Wunder ausgiebig betrachtet hätten. Allein die Vorfreude darauf war für Lenjam höchstes Vergnügen.

Vor dem Jokhang quoll duftender Wacholderrauch in dicken Schwaden aus den großen Lhasang-Öfen. Viele Frauen, Männer und sogar Kinder vollzogen auf den Steinplatten vor dem offenen Tor ununterbrochen Niederwerfungen. Pala und die anderen schlossen sich an, dreimal war das Mindeste, das war man dem Heiligtum schuldig. Nyima hatte auf dem Weg erklärt, es heiße, dass man die Niederwerfungen vor der Buddha-Natur in allen Wesen mache, auch in sich selbst. Lenjam lachte. »Das gefällt mir. Dann werfe ich mich also auch vor mir selbst nieder.«

Nyima hatte berichtigt: »He, vor deiner Buddha-Natur, vor Weisheit und Mitgefühl, wenn ich bitten darf. Nicht vor deinen schlechten Eigenschaften.«

Benommen ließ Lenjam sich in den großen Hof und durch den innersten Rundweg mit der endlosen Reihe bronzener Gebetsmühlen schieben, drehte an jeder, murmelte das Mani-Mantra wie alle anderen Besucher. Atemlos näherte sie sich im Dämmerlicht der Butterlampen dem Jovo-Buddha, der uralten, magischen Statue des Buddha als Herrscher aller Welten, und legte ihm ihre Kata zu Füßen. Sich vor ihm niederzuwerfen, sicherte unendlich viele Verdienste. Es war fast unmöglich, in den unteren Bereichen – in den Höllen, der Welt der Hungergeister oder im Bereich der Tiere – wiedergeboren zu werden, wenn man den Jovo-Buddha besucht hatte. Sie ließ sich nieder, beugte sich zum Boden, streckte sich aus, erhob sich wieder, weiter und weiter, gar nicht mehr aufhören wollte sie, glühend vor Dankbarkeit für ihr gutes Karma, für Pala, der ihr diese Pilgerschaft ermöglichte, für Tara, die gütige Gottheit, die sie beschützte und an die sie sich immer wenden konnte.

Von nun an, dachte sie, würde ihr dank all dieser gewaltigen Segnungen nichts mehr geschehen können.

Als sie den inneren Jokhang, diesen abgründigen heiligen Bauch voller Gottheiten, Mönchen und Pilgern im duftenden Nebel des heiligen Rauchs verlassen hatte, sah sie im großen Brunnenhof des Tempels den Yogi. Zuvor war er ihr nicht aufgefallen in dem Gedränge. Dort saß er an einem Pfeiler, ein Gesicht wie grob aus Holz geschnitzt, das grau durchzogene filzige Haar wie einen riesigen Turban um den Kopf geschlungen, in abgenutzter Kleidung, den Wandersack neben sich. Auf dem Schoß hatte er ein Brokattuch ausgebreitet, das zum Umwickeln seines Textbuchs diente, in den Händen hielte er Vajra und Glocke, und er sang Rezitationen, die aus der Ferne kaum hörbar waren in der lauten Geschäftigkeit des Hofs. Nur der klare, durchdringende Ton der Glocke wob sich durch die vielen Stimmen.

Nach einem Blick des Einverständnisses setzten sich Lenjam und Nyima nach einer tiefen Verbeugung an seine Seite. Nyima las, ohne den Kopf unhöflich zu recken, seinen Text mit und blätterte um, wenn es nötig war. Ein erstaunter und misstrauischer Blick traf sie, doch natürlich unterbrach der Yogi seine Rezitation nicht. Wangmo, Tante Puntsog und Pema warteten in einiger Entfernung. Pema winkte ungeduldig, bis Lenjam aufstand und den dreien erklärte, Nyima wolle noch bleiben, man müsse auf sie Rücksicht nehmen, sie sei eben besonders. Inwieweit Wangmo von Nyimas Besonderheit beeindruckt war, ließ sich an ihrem wie üblich unbewegten Gesicht nicht ablesen.

Lenjam versuchte zu verfolgen, was der Yogi mit seiner tiefen Stimme sang, doch sie verstand kaum etwas. Nur die Lobpreisung des Guru Rinpoche Padmasambhava, des Lotosgeborenen, konnte sie erkennen. Als er schließlich seine Andacht beendet und die Textblätter zwischen den Holzdeckeln geordnet hatte, wagte Nyima ihn anzusprechen.

»Darf ich fragen, edler Lama-la, woher Ihr kommt?«

Ohne den Blick zu heben, brummte der Yogi: »Wozu willst du das wissen?«

Lenjam sah mit Vergnügen, wie Nyima ein wenig abrückte und das Kinn vorschob.

»Ich wollte nur höflich sein«, sagte sie kurz. »Und ich will den Dharma lernen.«

»Blödsinn«, antwortete der Yogi. »Heirate und gib Ruhe.«

Nyima sprang wütend auf. Lenjam packte sie am Ärmel und zog sie mit sich.

»Er ist dumm«, sagte Nyima laut. »Er ist dumm, dumm, dumm.«

Einige Leute waren auf sie aufmerksam geworden und blieben stehen.

»Komm! Schnell!«, drängte Lenjam. »Vielleicht ist er ein Zauberer und kann dich verfluchen.«

Für sie war das Wunder des Jokhang innerhalb weniger Augenblicke in sich zusammengefallen. Dies war Lhasa, die heilige Stadt, Traum aller Pilger. Doch sie waren Fremde, man kannte sie nicht, man achtete sie nicht, auch wenn sie ihren Schmuck und Kopfputz und schöne Kleider trugen. Zu Hause hätte niemand in dieser Weise mit einer von Palas Töchtern zu sprechen gewagt.

»Er meint, ein Mädchen sei dumm, aber er ist dumm, der Trottel, und ein unhöflicher Lümmel dazu«, murrte Nyima, während sie Lenjam hinaus auf den Barkhor folgte. »Wer glaubt er denn, wer er ist? Ein dummer Herumtreiber, das ist er.«

Lenjam musste lachen. Es gefiel ihr, wie Nyima sich aufregte. Sie dachte an das Bild der löwenköpfigen Senge Döngma im Flammenkranz, deren Bild sie zu Hause im Kloster des jungen Rinpoche gesehen hatte.

»Dieser Trottel-Yogi hat keine Ahnung«, schimpfte Nyima. »Form ist Leerheit und Leerheit ist Form. So ist das. Der sieht nicht weiter als seine Nase. Ho, nicht weiter als seine Rute.«

Onkel Lobsang, der vor dem Eingang zum Jokhang auf sie gewartet hatte, konnte nicht umhin, dies zu hören, und grinste. Pala ließ seine Mädchen nie ohne die Begleitung des treuesten seiner Männer aus dem Haus gehen. Es seien unruhige Zeiten, sagten alle, obwohl Lenjam nichts Auffälliges feststellen konnte. Viele Menschen drängten sich durch die Gassen, Pilger aus allen Richtungen Tibets, denn es war der Monat Sagadawa mit den großen Festen von Buddhas Erleuchtung und Parinirvana.

Nach der Enttäuschung mit dem Yogi stürzte sich Nyima auf die Bücher im Schreinraum, die der Mönch ihr vorlegte. Es seien wichtige Teile aus der Sammlung von Buddhas Lehrreden vorhanden, berichtete sie Lenjam, und noch einiges andere mehr. Und der Mönch sei gebildet und könne ihr manches erklären. Die Mönche wohnten neben dem Schreinraum im obersten Stockwerk und zelebrierten die täglichen Rituale für die Familie. Sie behandelten Nyima respektvoll, und vielleicht genossen sie die Abwechslung eines Gastes mit Interesse für die hohen Lehren im Haus des Kusho.

Lenjam zog es vor, in Haus und Hof herumzustreunen, mit den Verwandten des Kusho zu plaudern, Drala und die übrigen Pferde unten im Stall zu besuchen und mithilfe des Stallmeisters die Hunde kennenzulernen. Vor allem horchte sie mit Eifer auf alles, was im Haus geredet wurde.

An einem der sonnigen Nachmittage geleitete Tante Palmo eine Besucherin durch den Hof, um ihr die Webarbeiten der Frauen zu zeigen – wunderschöne Stoffe aus weichem Garn, die hübschen gestreiften Schürzen der verheirateten Frauen und das Prunkstück, einen reich ausgestatteten Wandbehang mit den acht Glückssymbolen. Solch einen großen Webstuhl hatte Lenjam noch nie gesehen, und sie schaute genau zu, wie die Frauen arbeiteten, um Anregungen mit nach Hause zu nehmen.

Die Tante sprach ungeniert mit ihrer Besucherin, ohne die Stimme zu dämpfen. Lenjam horchte auf. Sie musste sich nicht anstrengen, dem Gespräch zu folgen.

»Gut, dass es warm genug ist und man draußen arbeiten kann«, sagte die Tante. »Natürlich hat mich Lajangs Frau eingeladen, einen Besuch bei ihr zu machen, sie soll ja die besten Weberinnen der Stadt zu sich geholt haben. Aber da gehe ich nicht hin. Ich ließ ihr ausrichten, dass wir Gäste haben und es einfach zu viel zu tun gibt.«

Dem familiären, entspannten Ton nach musste es eine gute Freundin sein, mit der die Tante sprach. Niemand anderem gegenüber würde sie so respektlos über den Herrscher Tibets und die Herrscherin sprechen.

»Ich werde nicht vergessen«, fuhr die Tante etwas leiser fort, während sie zum Brunnen trat und sich mit einer einladenden Geste an den Rand setzte, »dass sie unseren Regenten ermorden ließ, aber sie tut so, als wäre nichts geschehen oder als wären zwölf Jahre genug, um ihr Verbrechen zu vergessen.«

In die sanfte Stimme der Tante mischte sich die stumpfe Schneide alten Grolls. »Seine Eminenz Sangye Gyatso war unser Freund, das weißt du. Ein Gelehrter, ein Künstler, ein spiritueller Meister und ein hervorragender Regent. Es war ein großer Verlust. Ein solch großer Verlust!«

Die Besucherin legte ihre Hand auf die Hand der Tante.

»Palmo-la, überlege gut, was du tust. Auch wenn Lajang Khan deinen Mann sehr schätzt, darfst du nicht vergessen, wie viel freie Hand er diesem Weib lässt.«

»Und die ganze verfluchte Regierung kuscht vor ihr.«

Das alles hatte Lenjam auf der anderen Seite des Brunnens gut verfolgen können. Die Tante bemerkte sie nicht, so gefangen war sie in ihren eigenen dunklen Gedanken.

So also ging es zu in der heiligen Stadt. Oder war es dort, wo die Mächtigen lebten, immer so? Nie war sie auf den Gedanken gekommen zu fragen, was Pala erlebte, wenn er zum Dzong des Königs gerufen wurde. Warum wusste sie so wenig? Warum hatte Pala mit ihr und Nyima nie über seine Aufgaben gesprochen? Weil sie Mädchen waren? In Lenjam stieg eine große Empörung hoch. Mit einem Sohn wäre Pala anders umgegangen. Er hätte ihn eingeweiht in seine Position, hätte seine Entscheidungen mit ihm besprochen, hätte ihn zu seinem Nachfolger erzogen. Doch Mädchen brauchten nichts zu wissen von der Welt der Männer.

Sie suchte Nyima, fand jedoch stattdessen Wangmo, die still für sich an einem offenen Fenster des Hauptraums an der Einfassung eines Webstücks nähte. Die starke Nachmittagssonne ließ das kostbare Blau ihrer Chuba strahlen wie ein Stückchen Himmel und zeichnete die schönen Linien ihrer Züge nach. Warum saß sie nicht unten bei den Frauen? Lenjam ergriff die günstige Gelegenheit. Ihre Neugier riss sie mit und ließ sie alle Scheu vor der ernsten Kusho-Tochter überwinden.

»Wangmo, darf ich dich etwas fragen?«

Wangmo lächelte einladend. »Keine Höflichkeiten, Lenjam-la, wir sind doch jetzt ein bisschen wie Schwestern. Ich hätte sehr gern Schwestern gehabt. Aber meine kleine Schwester starb schon, bevor sie laufen konnte.«

»Das ist traurig«, sagte Lenjam. Keine Schwester zu haben, musste sein wie ein stets bewölkter Himmel. »Ich könnte mir gar nicht vorstellen, ohne Nyima zu leben. Wir sind zusammen, seitdem ich denken kann.«

»Setz dich zu mir.« Mit einem Nicken zu einem der Polster legte Wangmo ihre Näharbeit in den Schoß. »Was möchtest du fragen?«

Lenjam setzte sich und hielt einen Augenblick inne, unsicher, wie sie vorgehen sollte. Es gehörte sich nicht, ohne Einleitung ein Thema anzuschneiden, das hatte Amala sie eindrücklich gelehrt. Man musste zuerst Allgemeines voranschicken, wie etwa Fragen nach dem Befinden und Bemerkungen über das Wetter, und so einen Teppich an Artigkeiten ausbreiten, bevor man auf das eigentliche Anliegen zu sprechen kam.

»Ähm, es gefällt mir sehr gut bei euch«, sagte sie in Wangmos unverändertes Lächeln hinein. Mehr fiel ihr nicht ein.

Es musste genügen. »Aber ich weiß fast gar nichts über eure Familie. Nur dass unsere Väter Freunde sind. Zum Beispiel weiß ich gar nicht, was dein Vater macht.«

»Er ist bei der Regierung«, erwiderte Wangmo.

»Und was tut er da?« Lenjam fühlte sich unbehaglich, hätte sich lieber weniger direkt ausgedrückt. Doch wie sollte man fragen, ohne zu fragen? Nyima hätte es vielleicht gekonnt.

Eine kleine Bewegung der Hände und ein leichtes Schulterzucken machten deutlich, dass Wangmo die Angelegenheiten ihres Vaters entweder gleichgültig waren oder sie nicht offenbart werden durften.

»Er ist einer der Sekretäre des zweiten Ministers. Manchmal haben sie Sitzungen mit dem Herrscher, Lajang Khan. Er spricht nicht darüber.«

»Aber wenn du ein Sohn wärst, dann würde er mit dir darüber sprechen?«

Wangmo hob überrascht die Augenbrauen. »Nun ja, das würde er wohl.«

Obwohl Lenjam nur zu gern gefragt hätte, wie viel Wangmos Mutter über die Arbeit des Kusho wusste, hielt sie sich zurück. Sie durfte nicht aufdringlich wirken. Wangmo sollte ihre Freundin werden, das ließ sich nicht mit bohrenden Fragen erreichen. Stattdessen begann sie von Nyima und ihrer Familie zu erzählen und vor allem von Amalas Tod. Wie leid ihr das tue, sagte Wangmo, das müsse gewiss sehr wehtun, und ihr Mund wurde ganz weich vor Mitgefühl. Lenjam erwärmte sich zusehends für die Tochter des Kusho. Es gefiel ihr, mit einem so feinen Mädchen zusammen zu sein, das so ganz anders war als die Mädchen zu Hause in ihrem Dorf.

Nach einem heiteren Bericht über Lama Samten und die kleinen Streiche, die sie ihm mit Nyima als Kinder gespielt hatten, hielt sie es für unbedenklich, Wangmo zu fragen, ob sie lesen könne.

»Ein bisschen«, antwortete Wangmo. »Unser Erster Mönch hat mir das Lesen mit Geschichten vom Buddha beigebracht. Ich lese sie immer mal wieder, damit ich es nicht wieder verlerne.«

Sehr wichtig schien ihr das Lesen nicht zu sein. Dafür hatte Lenjam Verständnis. Doch leider äußerte Wangmo auch wenig Interesse an Pferden, obwohl im Stall des Kusho gute Pferde standen. Das sei Sache der Männer, erklärte Wangmo. War sie wirklich zufrieden mit dem Platz, den man ihr zugewiesen hatte – zusammen mit ihrer Mutter die Küche und die Bediensteten zu beaufsichtigen, zu weben und zu nähen? Ihre Amala kümmere sich auch um die Geschäfte der Familie, sagte sie, wie viel Pacht sie bekommen mussten und natürlich von allem möglichen Handel. Das müsse sie auch lernen. Leider.

»Ich werde bald mit einem Sohn eines Regierungsmitglieds verheiratet«, sagte sie. »Dann muss ich solche Dinge können.«

Ein Schatten von Unglück huschte über Wangmos Gesicht. Nein, Wangmo wollte all dies nicht.

»Ich mag Pferde, Nyima mag Bücher«, sagte Lenjam leichthin. »Was magst du?«

Nach einem langen Blick auf ihre Hände sagte Wangmo leise: »Das kann ich nicht …«

Lenjam fühlte sich entlassen und gab vor, nach Nyima suchen zu wollen.

Innerhalb von zwei Tagen wurde es sehr warm, gerade rechtzeitig zum Naga-Fest, das ganz Lhasa auf der weiten Wiese hinter dem Potala am Naga-See feierte, im Schatten der kleinen Weiden, deren Stämme sich wanden und drehten wie die Schlangenkörper der mächtigen Wassergeister. Schon vor Sonnenaufgang musste die Dienerschaft die großen Zelte und Stellwände auf bevorzugten Plätzen aufstellen und Körbe voller Esswaren und Schläuchen mit Chang und Arrak heranschleppen, während in den Tempeln und vor den Hausschreinen der Vormittag mit Ritualen zum Befrieden der Nagas verbracht wurde. Das war lebenswichtig, denn Missachtung wurde von den Nagas mit Überschwemmungen und schlechten Ernten bestraft.

Mittags ritt der Kusho mit seiner Familie und den Gästen zur Festwiese, um sich bei einem gewaltigen Picknick und reichlich fließendem Chang zu entspannen. Alle Edlen hatten sich auf den Ehrenplätzen um den See mit seinem geheimnisvollen kleinen Tempel niedergelassen, und jeden Augenblick kam eine neue edle Familie herbei, ließ sich im oder vor dem Prunkzelt der Familie des Kusho nieder, aß und trank ein wenig, um wieder aufzubrechen und neuen Besuchern Platz zu machen. Dann erhob sich auch der Kusho und führte seine wichtigsten Familienmitglieder zu anderen hohen Familien, gefolgt von Pala und seinen Töchtern. Lenjam flüsterte Nyima zufrieden zu, dass sie sich, was die Kostbarkeit der Kleider und des Schmucks betraf, mit den Hochwohlgeborenen messen konnten. Wie gut, dass Pala in seiner Jugend in Lhasa gewesen war und wusste, wie man hier aufzutreten hatte. Und sehr manierlich verbeugten sie sich und sagten die notwendigen Höflichkeiten in bester Lhasa-Aussprache, was ihnen anerkennende Blicke des Kusho und der Chemkusho eintrug.

Bald schallten Singen und Lachen an den gewaltigen Rückwänden des Potala hoch. Unter Wangmos Führung schlenderten die Schwestern durch das fröhliche Gewühl. Jedes Jahr feiere man dieses Fest, erklärte Wangmo, und es sei natürlich eine gute Gelegenheit, Leute kennenzulernen, denen man sonst nur selten begegnen würde. Kurz darauf ging sie ein wenig schneller, winkte ihnen zu und rief kurz, man sehe sich dann wieder beim Zelt, und schon war ihre smaragdfarbene, golddurchwirkte Chuba mit der Vielfalt der Farben zwischen den Bäumen und Zelten verschmolzen.

»Das war jetzt aber plötzlich«, sagte Lenjam. »Gar nicht ihre Art.«

Nyima lachte. »Eine gute Gelegenheit, Leute kennenzulernen, denen man sonst nicht begegnen würde. Was denkst du wohl, was sie damit sagen wollte?«

»Du meinst …?«

»Ich meine!«, antwortete Nyima. Sie hielt einen Finger hoch. »Hörst du die Musik? Ein Spielmann! Komm!«

Die zarten Saitentöne der Pferdekopfgeige wehten durch die Bäume, dazu die kehlige Stimme des Sängers, der nicht weit entfernt am See entlangzog. Ein Spielmann hoffte auf eine Einladung in eines der Zelte der Reichen und eine deftige Entlohnung mit Chang und gutem Essen und vielleicht einem Türkis, den er in reichliche Vorräte oder einen Packesel würde eintauschen können. Das war überall so. Doch dieser Spielmann war keine abgerissene Gestalt, wie man sie auf den Wegen durchs Land zu sehen bekam. Er gehörte in diese Stadt.

»He, Spielmann!«, rief Nyima. »Sing uns was Nettes, vielleicht bekommst du dann einen edlen Stein aus meinem Kopfschmuck.«

»Bist du verrückt?«, flüsterte Lenjam entsetzt. »Das gibt man doch nicht so einem Kerl.«

»Ich hab aber Lust zu geben«, erwiderte Nyima und stieß Lenjam spielerisch in die Seite. »Das erfreut die Götter.«

Der Spielmann war nicht mehr jung, doch sein dicker Zopf glänzte ebenso prächtig wie das silberne Amulett auf seiner Brust.

»Ho, ihr Schönen«, antwortete er mit einer tiefen Verbeugung. »Was für eine Freude! Ich wusste doch, dass diesem Fest etwas fehlt. Aber jetzt ist es vollkommen.

Lasst mich nachdenken, was für ein Lied euch gerecht werden könnte.«

Er zupfte ein kleines Vorspiel und sang dann auf eine Weise, in der sich Sehnsucht mit Würde mischte:

»Schöne Geliebte, meine Gedanken wandern
zu dir, nur zu dir, zu nichts anderm.
Wär's stattdessen der Dharma,
überwänd ich mein Karma
und würd noch in diesem Leben
ein vollkommen erleuchteter Buddha sein.«

Er wiederholte das Lied, und beim dritten Mal sang Nyima mit, dann auch Lenjam, und dann sangen sie es noch ein weiteres Mal. Doch nun begannen sich Leute um sie zu scharen, und der Spielmann hielt inne und führte sie zu einer ruhigeren Stelle des Sees.

»Woher hast du dieses Lied, Spielmann?«, fragte Nyima. »Es ist so schön.«

Das Lächeln des Spielmanns hatte eine Spur von Trauer.

»Unser zauberhafter junger Dalai-Lama hat es gesungen, und wir haben es wie alle seine Lieder in unserem Herzen bewahrt.«

Mit verhaltener Stimme fügte er hinzu: »Jeder Spielmann kennt sie, aber es ist nicht gut, sie öffentlich zu singen. Es gibt mächtige Leute, denen das nicht gefällt.«

Nyima löste einen kostbaren Türkis aus ihrem Kopfschmuck und reichte ihn dem Spielmann in höflicher Geste mit beiden Händen. »Vielen Dank, dass du es für uns gesungen hast. Und noch mehr Dank, wenn du uns mehr darüber erzählst. Ich frage nicht aus kindischer Neugier. Es sind die Worte des Lieds. Die Dalai-Lamas sind doch Buddhas, nicht wahr? Also hat er seine Lieder für uns gesungen, für alle fühlenden Wesen. Wir sollen sie verstehen. Sein Mädchen ist in seinem Herzen, und das Herz ist der Ort der Buddhaschaft, und das Herz des Herzens ist Shunyata, die vollkommene Leerheit. Denn wie es heißt: *Die große Mutter absoluten Verstehens ist der Ursprung des Lebensrads und seines Verlöschens.*«

Die Augen des Spielmanns blitzten. »*Ätsi!* Wen haben wir denn da? Eine gelehrte Schöne. Was für ein Wunder in dieser eitlen Stadt. Gebt mir die Ehre und setzt euch ein wenig zu mir.«

Überall auf der Wiese spritzten die Feiernden ein wenig Chang in die zehn Himmelsrichtungen und tranken einander und den Nagas zu. Man hörte schon die ersten Würfelbecher auf die Spielbretter knallen.

»Wir sind nicht gelehrt«, sagte Nyima ernsthaft. »Wir haben lediglich Shantidevas großes Werk auswendig gelernt, und ich habe Teile des Kanjur einige Male vorgelesen. Aber wir möchten ernsthaft den Dharma lernen. Wir sehnen uns nach Wissen. Männer meinen, Wissen sei für Frauen nicht wichtig. Für uns schon. Also, bitte, erzähle uns vom sechsten Dalai-Lama. Ich glaube, ich habe einmal gehört, dass er auf seiner Reise nach China verschwunden ist.«

Der Spielmann schüttelte den Kopf. »Ha, verschwunden! Da möchte man doch wissen, wie einer einfach so verschwinden kann. Die hohen Herren könnten es wohl sagen.«

Er hielt einige Augenblicke in wütender Trauer inne.

»Hier im Park habe ich ihn gesehen, als er seine Prüfungen ablegte. Ah, schön war er, strahlend wie die Sonne. Hierher in den Park hat er sie befohlen, die hohen Professoren und Holzköpfe, und hat gesagt, die Erde solle sein Zeuge sein, nicht die Klostermauern oder die Wände des pompösen Potala-Palasts. Und er hat sie in Grund und Boden geredet, die eingebildeten Geshes, ha! Alles wusste er, jede Frage hat er in der Luft aufgespießt, das konnte man von Weitem sehen. Hören konnte ich es nicht und hätte es wohl auch nicht verstanden, aber ich sah ihn, und ich sah die Buddhas und Bodhisattvas über ihm und zu seinen Füßen die Nagas, die sich vor ihm verneigten.«

Er lächelte. »So etwas sieht man, wenn man Töne sehen kann.«

Lenjam ertappte sich dabei, dass sie den Atem anhielt. Sie griff nach Nyimas Hand, ein heftiger Druck antwortete ihr. Ja, nun war sie in dem Lhasa angekommen, nach dem sie sich gesehnt hatte. Wo das Leben rauschte wie ein Wildwasser und sie mitriss.

»Ho, ihr Mädchen, wir Musikanten liebten ihn, unseren Jamyang Gyatso. Wir zogen mit ihm durch die Tavernen und sangen seine Lieder mit ihm. Ihr könnt euch nicht vorstellen, wie bezaubernd er war. Das Gesicht eines Kriegers und die

Hände eines Mädchens. Die langen Haare eines Yogis und seine berühmten hellblauen, golddurchwirkten Seidengewänder eines Prinzen. Kein Wunder, dass die Mädchen reihum außer sich waren, sobald sie ihn sahen. In diesem hübschen kleinen Tempel der Nagas hat er seine Angebeteten empfangen.«

Er hielt die Hand vor den Mund. »Sogar die Tochter des, ähm, ihr wisst schon.«

Lenjam beugte sich vor. »Oh, du meinst …?«, flüsterte sie.

»Um wen geht es?«, fragte Nyima.

»Pst, um Lajang Khan, den Herrscher«, flüsterte Lenjam.

»Kündün Jamyang Gyatso war ein ganz außerordentlicher Yogi«, fuhr der Spielmann fort, »und er wusste alles über die geheimen Energien. Einer seiner Lehrer war der große Sangye Gyatso, unser Regent, einer der größten Gelehrten und Weisen unseres Landes.«

Er senkte seine Stimme zu einem Flüstern. »Zwölf Jahre ist es her, da hat der, hm, unseren schönen jungen Dalai-Lama – grade mal dreiundzwanzig Jahre war er alt – von seinen Handlangern ergreifen und einsperren lassen. Dann haben sie ihn nach China mitgenommen, und unterwegs ist er verschwunden. So hieß es, verschwunden. Ich sage ermordet. Alles spricht dafür. Das geschah kurz nach dem Mord am Regenten. Den hat das verfluchte Weib auf dem Gewissen, dieses Dämonenweib des … hm.«

So war das also. Lenjam zitterte vor begeisterter Aufregung. Das war die Frau, deren Einladung die Tante nicht annehmen wollte. Die Mörderin. Und der Kusho als ein Mann der Regierung musste Bescheid wissen. Gutheißen konnte er es sicher nicht. Hätte er sonst Palas Freund sein können? Wie mochte es sein, unter Mördern zu leben und zu tun, als gehe es einen nichts an?

»Aber haltet den Mund, Mädchen«, sagte der Spielmann. »Ich habe schon viel zu viel gesagt. Doch ihr scheint einen klugen Geist zu haben. Nehmt das Wissen mit heim. Man soll im Osten wissen, was hier vor sich geht.«

Mit einiger Empörung fragte Lenjam: »Wieso Osten? Wie kommst du darauf?«

Hatten sie nicht jahrelang üben müssen, wie die Lhasa-Leute zu sprechen? Lachte man vielleicht hinter ihrem Rücken über sie, weil sie den Klang ihrer Heimat nicht verstecken konnten?

Der Spielmann zwinkerte ihr zu. »Man hört es, Verehrte. Mein Ohr kann Töne deuten.«

Ungeduldig wedelte Nyima mit der Hand. Sie hatte eine Art, die Richtung der Gespräche zu bestimmen, die Lenjam immer wieder ärgerlich machte.

»Was ist denn nun mit dem siebten?«, fragte sie. »Wenn es so ist, wie du sagst, muss er doch schon längst geboren worden sein.«

»Es geht das Gerücht«, antwortete der Spielmann, »dass er schon acht Jahre alt ist. Man weiß nichts Genaues. Es gibt Verhandlungen mit dem chinesischen Kaiser, habe ich gehört. Hoffentlich lassen sie ihn am Leben. Man weiß ja nie, was geschehen kann. Aber jetzt Schluss. Ich rede mich noch um Kopf und Kragen. Der Spielmann Gelek sagt euch schönen Mädchen vielen Dank für den Türkis. Und für eure klugen Augen.«

Der Kusho, seine Frau, Pala und Onkel Dokar hatten sich inzwischen zu einem benachbarten Zelt begeben, wo der Erste Minister mit den Seinen residierte. Dort saßen die vier

Männer auf erhöhten Polstersitzen und sangen, vom Chang beschwingt, Gesar-Lieder. Die beiden klösterlichen Kusho-Söhne, die ebenfalls am Fest teilnahmen, waren nirgends zu sehen, ebenso wenig wie Wangmo. Tante Puntsog und Pema hockten mit einigen Frauen des Kusho-Haushalts zusammen und aßen ununterbrochen, denn das gehörte zu einem richtigen Fest.

Pema sprang auf, als sie die Schwestern sah. »Gut, dass ihr da seid. Kommt mit, da drüben tanzen sie!«

Einen Augenblick lang sah Lenjam die kleine Pema, als wäre sie eine Fremde. Ein früh gealtertes Mädchen, das seine Mutlosigkeit mit gelegentlichen Anfällen von Geschwätzigkeit zu verdecken suchte, nie genau wusste, wo ihr Platz in der Familie war, und sich nun mit ungewohntem Eifer auf eine Möglichkeit stürzte, ein wenig Vergnügen zu finden.

»Gut, auf zum Tanz!«, sagte Lenjam. »Aber erst mal Durst löschen.«

Dieser Anregung kamen alle gern nach, und es wurden eifrig einige Schalen Chang geleert. Gefolgt von Nyima, Pema und den jüngeren der Frauen lief Lenjam über die Wiese zu einer tanzenden Gruppe und schloss sich der Reihe der Frauen an. Was für eine Freude, sich in den Tanzschritt fallen zu lassen und in den Wechselgesang mit der Reihe der Männer einzustimmen. Zwei Musikanten mit Pferdegeige und Schnabelflöte unterstützten die köstlich frechen Trinklieder, die offenbar jeder kannte.

Lenjam war glücklich. Der ganze Park war ein Wirbeln und Funkensprühen, ein Spiel der Farben und Töne, eine Freude für alle Sinne. Sie setzte ihre Schritte leicht und schnell, wiegte sich im Rhythmus mit den Mädchen und

Frauen, streute ihre Blicke großzügig über die Reihe der tanzenden Männer. Die junge Frau neben ihr, deren feste Hand sie beim Tanzen hielt und deren Stimme sich mit der ihren mischte, war ihr für diese glücklichen Augenblicke ganz nah, ebenso wie Pema auf ihrer anderen Seite oder die Männer gegenüber, die alten und die jungen, und alle anderen, alle, alle. Die Fröhlichen und die Traurigen, die Bettler am Rand der Wiese und die Langfinger, die sich im Park auf der Suche nach unbeaufsichtigten Schätzen herumtrieben. Es war eine solch überwältigende Freude am Leben.

Als die Musikanten schließlich ihre Instrumente beiseitelegten, lösten sich die Tanzreihen auf. Nyima war nirgends zu sehen. Benommen von Chang und Glück trollte sich Lenjam mit Pema zum Zelt zurück, doch dort hielten inzwischen der Kusho und seine Frau wieder Hof und empfingen augenscheinlich hohe Gäste. Erst nach längerem Suchen sah sie Nyima und Wangmo unter der Weide am See sitzen, zu der sie zuvor der Spielmann geführt hatte. Nyimas Arm lag um Wangmos Rücken, und sie hatten die Köpfe zusammengesteckt. Es war eine Trauer um Wangmo, das hatte Lenjam längst bemerkt, doch eine sehr zarte Trauer wie ein schwacher Duft, dem man keinen Namen geben kann. In dem warmen, goldenen Licht des späten Tags, vom flüchtigen Glück eines Feiertags umgeben, erfuhr Lenjam nun den geheimen Grund dieser Trauer, und sie fragte sich, was sie damit anfangen sollten.

Wangmo liebte einen jungen Thangka-Maler, einen früheren Klosterzögling, der sich sein Leben mit Wandmalereien in den Häusern reicher Edelleute verdiente. Mit ihm hatte sie den Nachmittag verbracht, mit ihm traf sie sich, wann immer sie einen Vorwand fand, das Haus zu verlassen. Ihr

Vater wollte sie mit dem Sohn eines Ministers verheiraten, um seinen Posten und damit die Stellung der Familie zu stärken. Das sei wichtig, sagte Wangmo, es herrsche Unruhe in der Regierung, die ihren Vater gefährden könne. Darum hatte sie geschwiegen und war bereit, sich zu unterwerfen. Wie hätte sie sein und ihrer Mutter Wohl, die klösterlichen Karrieren ihrer Brüder, das Wohl der ganzen Familie aufs Spiel setzen können, nur um ihren eigenen Wunsch zu erfüllen? Damit würde sie sehr schlechtes Karma ernten. Aber ein Leben ohne ihren Yeshe? Sie würde gern auf alle Reichtümer verzichten, sagte sie, und Yeshes bescheidenes Leben teilen. Aber darum ging es natürlich nicht. Es ging wie immer um die Familie, um eine der großen, bedeutenden Familien Lhasas. Die beiden Tränen, die über Wangmos mühsam gefasste Züge rollten, waren eindrucksvoller, als ein ungezügelter Ausbruch des Schmerzes hätte sein können, dachte Lenjam und schämte sich einen Augenblick lang ihres Gezeters, weil sie Jampal nicht hatte haben dürfen.

Als alles gesagt war, schwiegen sie. Wangmo zupfte im Gras, erschöpft von der Offenbarung ihres stillen Dramas. Lenjam schob müßige Gedanken über heimliche Aktionen, die nicht sinnvoll waren, vor sich her. Nyima starrte blicklos über den See und saß in so tiefer Stille da, dass Lenjam schließlich aufmerksam wurde. Es war eine jener Gelegenheiten, die ihr das Gefühl gaben, ihre Schwester nicht zu kennen. Fast fürchtete sie sich ein wenig vor dem, was in ihr vorgehen mochte.

»Dein geeignetes Mittel ist Verzögerung, Wangmo«, sagte Nyima plötzlich in das schmerzliche Schweigen hinein. »Wie du sagst, es herrscht Unruhe in der Regierung. Warte bis zum Ende des Sommers. Werde notfalls krank. Zögere die Hochzeit mit allen Mitteln hinaus. Es wird bald große Veränderungen geben.«

»Was für Veränderungen?« Wangmos Hände krampften sich ineinander.

»Das weiß ich nicht, liebe Schwester. Aber unsere kleinen Angelegenheiten werden wie Steinchen in einem großen, wilden Fluss sein. Schau zu, dass du deinen Yeshe siehst, so oft du kannst. Er ist gut für dich.«

Ein Schatten schien über den festlichen Park, über die Fröhlichkeit, die Sorglosigkeit zu fallen. Veränderungen. Wie Nyima dies gesagt hatte. Mit flacher Stimme und doch unantastbarer Autorität. Lenjam rieb die Gänsehaut auf ihren Armen und nahm sich vor, keinen Augenblick lang mehr zu vergessen, dass Nyima seit ihrer Krankheit nicht mehr die frühere Nyima war, auch wenn es manchmal so scheinen wollte. Gewiss, sie konnte tanzen und lachen und Chang trinken, als wäre sie wie alle anderen. Selbst Pala ahnte nichts von der Verwandlung seiner Tochter. Doch Amala hätte es bemerkt. Auch Ani-la – ihr würde es gewiss auffallen, dass eine veränderte Nyima nach Hause kam. Nach Hause! Im nächsten Frühjahr würden sie zurückkehren. Was würde bis dahin geschehen? Wohin würde der gewaltige Fluss, von dem Nyima sprach, die Steinchen rollen lassen? Lenjam hatte, seitdem sie in Lhasa war, kaum je an den Ort ihrer Kindheit und Jugend gedacht. Als habe sie ihn vor langer Zeit verlassen. Die paar Monde hatten ihre Welt umgestülpt.

»Werde ich ihn bekommen? Werde ich ihn verlieren?«, fragte Wangmo mit der Stimme eines verängstigten Kindes. Das war nicht die gefasste junge Frau, die älter erschien, als sie war, die ernste Tochter des Kusho, die sich stets ein bisschen zu gerade hielt. Lenjams Mitgefühl lief über.

»Ich weiß es nicht, Wangmo«, antwortete Nyima.

Sie legte ihre Hand auf Wangmos kalte Hände und schwieg mit einer sanften Offenheit, die sich ausdehnte bis in den Himmel. Lenjam dachte nicht mehr an sich.

6

Nach dem Naga-Fest wurden die Tage in Lhasa länger.
Lenjam und Nyima fanden großes Vergnügen daran, unauffällig gekleidet mit Pilgern von einem heiligen Ort zum
nächsten durch die Stadt zu ziehen und jede Pilgerstätte mit
Niederwerfungen zu ehren, stets bewacht von Lobsang, der
ihnen in einigem Abstand folgte. Schon bald trafen sie den
Spielmann Gelek wieder, der viel über die Tempel, die sie
besuchten, zu erzählen wusste. Er führte sie auch in Tavernen, in denen die wohlhabenderen unter den Pilgern zum
Essen und Feiern gingen, und lehrte sie, immer den schlichten Pilgerbecher bei sich zu tragen. Er zeigte ihnen, wo sie
edle Steine in Münzen aus Nepal tauschen konnten und wo
es auf kleinen Märkten hübsche Dinge aus China zu kaufen
gab. Wangmo, die oft vorgab, als ihre Führerin zu dienen,
machte sich nach kurzer Zeit davon, begleitet vom wissen-
den Lächeln und den aufrichtigen guten Wünschen der
Schwestern.

An anderen Tagen hielt sich Lenjam gern bei den Pferden
auf, und Nyimas liebster Ort wurde der Schreinraum, in dem
sie die Bücher durchforschte. Der Kusho, von Nyimas Interesse an Büchern beeindruckt, erzählte, dass er seine Kind-

heit in einem entfernten Kloster verbracht habe und traurig gewesen sei, als seine Eltern ihn von dort wegholten und einer reichen Familie in Lhasa übergaben. Aber er lese noch immer gern in den heiligen Büchern.

Täglich ging Palas gesamte Familie am frühen Morgen zur dreifachen Khora auf den Barkhor, denn jede Umrundung des Jokhang verbesserte das Karma. Bei diesen Gelegenheiten konnten Lenjam und Nyima unbemerkt ein wenig zurückbleiben und ungestört ihre ganz persönlichen Gespräche miteinander führen, was im Haus des Kusho mit all den Verwandten und Bediensteten kaum möglich war.

»Wo mag die Wiedergeburt sein, der kleine siebte Kündün?«, flüsterte Nyima unvermittelt. »Ich fürchte um ihn. Es liegt so viel Unheil in der Luft.«

Es fiel Lenjam schwer, Nyimas plötzlichen Stimmungswechseln zu folgen, die immer häufiger wurden. Als risse von Zeit zu Zeit ganz unvermutet die Erde auf.

»Du machst mir Angst«, sagte sie.

Nyima ergriff ihre Hand. »Hör nicht auf mich. Ich weiß ja nichts. Nur manchmal … Stell dir vor, dass es nach Verbranntem riecht, dann schnuppert man und denkt, da brennt doch was. So etwa ist es.«

Häufig kamen Besucher ins Haus des Kusho, einige aus offiziellen Gründen, doch meistens waren es Freunde und entfernte Verwandte. Dann saßen alle zusammen, und es wurde viel Chang getrunken, geplaudert und erzählt, oft auch gesungen. Gelegentlich wurde von Gerüchten über die Mongolen im Nordosten und den chinesischen Kaiser geredet, doch Genaues schien niemand zu wissen. Der Kusho schwieg. Selbst Nyima, die es gewohnt war, unbekümmert Fragen zu stellen, hielt sich zurück.

An einem Nachmittag, an dem ein sanfter Regen fiel, hatten die Schwestern sich in eine Taverne voller fröhlicher Pilger geflüchtet. Es war ein besonders heiliger Tag, alle hatten eifrig die Pilgerstätten besucht und mit Niederwerfungen und Mantras ihr Karma verbessert. Danach wurde die angeregte Stimmung durch ein paar Becher Chang gekrönt.

»Ich bin von Lithang, Freunde«, rief ein beschwingter Pilger in östlichem Dialekt über all die eifrigen Stimmen hinweg. »Lasst uns auf Lithang singen.« Und er schaute einladend um sich und begann mit nicht mehr ganz sicherer Stimme:

»Weißer Kranich, leih mir deine Flügel,
nicht weit werd ich fliegen,
bald komm ich zurück von Lithang.«

Lenjam sah, wie ein anderer Pilger heftig am Gewand des Sängers zog. »Sei still, du Dummkopf!«, sagte er. »Doch nicht hier!«

Immer noch dröhnten Reden und Lachen in dem kleinen, niedrigen Raum. Nicht allzu viele Gäste hatten auf das Lied gehört.

»Was soll's«, erwiderte der sangesfreudige Pilger. »Er wird schon zurückkommen, früher oder später. Da kann man's doch schon mal ein bisschen besingen.«

Der andere schüttelte den Kopf. »Sing's zu Hause, Alter, aber um Himmels willen nicht hier. Hör auf meinen Rat! Man weiß nie, wer zuhört.«

Der Pilger brummte vor sich hin, erhob sich auf unsicheren Beinen und wankte dem Ausgang zu. »Man muss doch singen dürfen«, lamentierte er halbherzig und trollte sich auf die Gasse hinaus.

Lenjam und Nyima tauschten einen Blick und näherten sich dem Fremden, durch dessen wettergegerbte Züge noch ein Rest von Jugend schien. Er machte den Eindruck eines klugen Mannes. Sein Becher war leer.

»Pilger, dürfen wir dich zu einem Becher Buttertee oder Chang einladen?«, fragte Nyima. »Und dafür erzählst du uns was aus der Welt. Willst du?«

Der Pilger lachte zustimmend. »Da kann man doch nicht Nein sagen, nicht zum Chang und nicht zu so erfreulicher Gesellschaft.«

Aus Amdo komme er, ließ er sie wissen, und dort gebe es die schönsten Lieder im ganzen Land. Er selbst sei der Erste, der gern mitsinge, aber, nun ja, nicht gerade solch heikle Lieder. Er halte sich schon lang genug in Lhasa auf, um zu wissen, dass man nicht über alles laut reden solle. »Aber das«, sagte er, »ist nichts für hübsche Mädchen wie euch.«

Die Schankwirtin brachte Tee für die Schwestern und Chang für den Pilger. Nyima lehnte sich vor. »Und warum, glaubst du, habe ich gesagt, du sollst uns was aus der Welt erzählen? Das ist genau das, was wir hören möchten. Was ist also mit Lithang?«

Der Fremde grinste. »Das liegt weit im Osten«, sagte er.

Nyima verzog das Gesicht. »Tu nicht dümmer, als du bist. Warum darf man nicht darüber singen?«

»He, Chemkusho Neugier«, antwortete der Fremde, »davon versteht ihr nichts. Und ich rate euch, Mädchen, steckt eure Nasen nicht in Dinge, die euch nichts angehen.«

»Du hast Angst«, sagte Nyima sanft, als beruhige sie ein aufgeregtes Kind. »Das verstehe ich. Komm, rück mit uns in die Ecke. Ich spendiere dir noch einen Becher Chang. Oder zwei. Niemand wird es verdächtig finden, wenn du mit zwei Mädchen plauderst. Man wird dich eher für einen tollen Kerl halten.«

Und tatsächlich, der Fremde rückte mit ihnen in die Ecke, während Nyima die Schankwirtin herbeiwinkte. Lenjam begegnete Lobsangs beunruhigtem Blick von der Tür her und zwinkerte ihm zu.

Mit zwei kräftigen Zügen leerte der Pilger die neu gefüllte Schale und schien sich damit in die geeignete Stimmung zu bringen. Er wäre kein Kind dieses gesegneten Landes gewesen, hätte er nicht sein Vergnügen an Tratsch und Gerüchten gehabt.

»Also, Lithang«, sagte er leise. »Ihr müsst wissen, es war ein Lied unseres verschwundenen Sechsten, das dieser dumme Mann sang. Darin verkündete unser junger Kündün, dass er von Lithang zurückkehren werde. Und das wird er auch tun, denn man hat ihn gefunden. Vor acht Jahren wurde er in Lithang wiedergeboren und im Kloster Lithang erzogen. Bis zum letzten Sommer. Aber dann wurde es dort zu gefährlich, denn hier hat der Khan doch den anderen Siebten eingesetzt, den falschen. Man hört, der soll ein Verwandter des Khan sein, vielleicht sogar ein Sohn. Würde mich nicht wundern. In der tiefsten Hölle mögen alle aufgespießt werden, die den jungen Dalai Lama ermordet haben. Doch unser echter siebter Kündün ist jetzt in Sicherheit. Mehr sage ich nicht. Und ihr solltet es auch nicht tun. Vor allem nicht, wenn ein Mönch in der Nähe ist. Die spitzeln gern herum. Man weiß nie, zu welcher Seite sie gehören. Es gibt ganz seltsame Gerüchte. Und gar nicht gut sind sie auf Leute aus dem Osten mit zu lockerer Zunge zu sprechen.«

Ein Mönch hatte die Taverne betreten. Mit einer schnellen Bewegung trank der Mann seinen Becher aus, leckte ihn ordentlich ab, steckte ihn in seine Chuba und stand auf.

»Habt einen schönen Tag, ihr wissbegierigen Mädchen«, sagte er. »Dank für den Chang. Gebt gut acht, wen ihr mit Fragen überfallt.«

Und schon hatte er sich hinausgedrängt.

Lobsang winkte nachdrücklich von der Tür her. Der Regen hatte aufgehört, und er wollte diesen Ort, den er ganz offensichtlich als nicht schicklich empfand, unbedingt verlassen.

Auf dem Heimweg durch die Gassen versuchte Lenjam, die Bruchstücke ihres Wissens über die Angelegenheiten der Regierung zu einem überschaubaren Bild zusammenzufügen. Doch es gab noch allzu viele Lücken.

»Wir müssen den Spielmann Gelek suchen«, sagte Nyima. »Er kann uns sicher noch mehr sagen. Meine Ahnungen nützen nichts, wenn ich nicht weiß, worauf sie sich beziehen.«

Lenjam schaute über die Schulter hinter sich und das nicht zum ersten Mal.

»Ich glaube, ich hab auch so was wie Ahnungen«, flüsterte sie. »An der Ecke stand eine alte Frau. Immer wieder sehe ich sie an einer Ecke, aber jedes Mal, wenn ich genau hinschaue, ist sie weg.«

»Sie ist keine Gefahr«, sagte Nyima und wollte mit ihren Überlegungen fortfahren. »Der Spielmann hat …«

»Warum sagst du das?«, fiel Lenjam ihr ins Wort.

Nyimas Blick war verwundert. »Was?«

»Dass sie keine Gefahr ist.«

»Hab ich das gesagt?«

»Jawohl, hast du gesagt. Woher willst du das wissen?«

»Weiß ich nicht«, antwortete Nyima. »Es ist eben so.«

Lenjam wandte sich um und begann zurückzulaufen. »Jetzt reicht's! Sie muss irgendwo sein.«

»Ist doch nicht wichtig!«, rief Nyima ihr nach.

Die alte Frau war nirgends zu sehen. Lobsang, der ihnen in einigem Abstand gefolgt war, konnte sich an keine alte Frau an irgendwelchen Ecken erinnern. Auch jetzt habe er nichts dergleichen wahrgenommen.

»Aber sie war da«, sagte Lenjam. »Ich hab sie gesehen, ganz bestimmt.«

Diese alte Frau verfolgte sie, dessen war sie sicher. Eine Bettlerin? Eine Spionin? Oder eher eine Dämonin? Der Geist einer Verstorbenen? Sie konnte so vieles sein. Wie konnte Nyima behaupten, sie sei nicht wichtig? War sie in dieser Stadt, in der es so viel Unbekanntes gab, zu sorglos geworden, weil Lobsang sie stets beschützte?

Doch bald darauf gab es ein neues Ereignis, das Lenjam die Alte vergessen ließ. An einem der vielen heiligen Feiertage, zu denen auch die Abend-Khora auf dem Barkhor mit dem Kusho und seiner Familie gehörte, machte Wangmo die Schwestern auf einen Fremden in einem ungewöhnlichen dunklen Gewand aufmerksam.

»Das ist der Kusho Desi-Di aus dem Land Ita«, sagte sie. »Den wolltet ihr doch sehen.«

Außer bei ein paar Pilgern erregte der große Fremde kein besonderes Aufsehen. Man kannte ihn in Lhasa. Nachdem sich bei seinem Erscheinen die erste Welle der Aufregung gelegt hatte, erklärte Wangmo, respektiere man ihn als ausländischen Gelehrten, der sogar das Wohlwollen des Herrschers gewonnen habe. Lenjam und Nyima verrenkten die Köpfe, blieben zurück, um ihn besser sehen zu können. Sein noch junges, hageres Gesicht umrahmte ein dicht gekräuselter Bart, und die Haltung war ein wenig gebückt, um weniger groß zu wirken. Er war in ein eifriges Gespräch mit seinem Begleiter, einem jungen Mönch in der schlichten roten Mönchskleidung, vertieft. Gemessenen Schritts ließ er sich im Strom der Pilger mittreiben.

»Wie können wir deinen Vater dazu bringen, dass er ihn einlädt?«, fragte Nyima. »Ich möchte so gern mit ihm reden.«

Wangmo war, das konnte Lenjam deutlich sehen, nicht glücklich über dieses Ansinnen. Sie hatte mit ihrem Vater einen weit weniger vertrauten Umgang als Lenjam und Nyima mit Pala. Gewiss, auch Pala war der Herr und Meister der großen Familie, sogar der ganzen Sippe, doch er war auch ihr liebevoller Pala und zudem ein Vater, dem Töchter nicht weniger galten als Söhne. Dies allerdings war ein seltenes Glück, wie Lenjam wusste.

»Yeshe sagt, der Desi-Di hat gute Verbindungen zum Abt von Sera«, flüsterte Wangmo schließlich. »Das wäre vielleicht ein guter Grund für eine Einladung. Solche Verbindungen sind immer nützlich.«

Ohne einen Augenblick zu zögern, näherte sich Nyima dem Kusho.

»Verehrter Onkel, ist es erlaubt, dass ich eine Bitte äußere?«

Der Kusho lächelte freundlich. »Nun ja, lass hören.«

In seiner Stimme lag keinerlei Ungeduld. Es war offensichtlich, dass die kluge Tochter des Freundes seine Zuneigung und Achtung gewonnen hatte.

»Ich habe gehört, dass dieser Fremde hinter uns, Desi-Di, ein großer Gelehrter ist, den sogar der Abt von Sera schätzt«, sagte sie in entspanntem Plauderton. »Ich verstehe natürlich nichts von Regierungsangelegenheiten, aber ich dachte, es wäre vielleicht eine geschickte Geste, ihn einmal einzuladen.«

Der Kusho und Pala wechselten einen Blick.

Pala hob die Schultern. »Meine Tochter hat manchmal wunderliche Eingebungen.«

Der Kusho ging nachdenklich weiter. Die Lapislazuliperlen seiner kostbaren Mala bewegten sich nicht. Plötzlich rief er einen seiner Wächter herbei, gab ihm mit gedämpfter Stimme einen Auftrag und schickte ihn zu dem Fremden.

»Schau«, flüsterte Lenjam aufgeregt, »du hast es geschafft.«

Und so geschah es, dass am nächsten Tag der Fremde mit dem Kusho, seiner Frau, seiner Tochter und Palas Familie im prunkvollen Empfangszimmer des Kusho saß, Buttertee trank und unterstützt von dem jungen Mönch, der in seltsam klingendem Tibetisch von seiner langen Reise aus dem fernen Land Ita-Li über Indien und Ladakh nach Lhasa berichtete. Der Kusho, der als wichtiger Mann der Regierung erhöht saß, hatte dem Gast einen ebenfalls erhöhten Polstersitz zugewiesen, eine große Ehre, die der Fremde offenbar zu würdigen wusste.

Von Schneeblindheit in Ladakh erzählte er und von einem riesigen Eisblock, der auf eine Stelle heruntergekracht war, wo er sich noch Augenblicke zuvor befunden hatte. Der junge Mönch, der ihn begleitete, warf ein, dieses sei nur eines von mehreren Wundern gewesen, die zeigten, wie wichtig den Beschützern das Leben dieses Mönchs aus dem fernen Land sei. Denn auf dem Weg über das wüstenhafte Hochland zum Dzong von Tashigong hatte sich die kleine Gruppe verirrt, und das Pferd des Fremden, geschwächt von

Wassermangel und der extremen Trockenheit, war zusammengebrochen und hatte seinen Reiter unter sich begraben.

»Doch der Kusho Desi-Di stand auf ohne die kleinste Verletzung«, rief der junge Mönch begeistert.

Er berichtete von weiteren wundersamen Ereignissen, bis der Fremde ihn unterbrach: »Die Witwe des Gouverneurs, eine ganz außergewöhnlich freundliche und kluge Dame, hat mir erlaubt, mich ihrer Karawane anzuschließen. Ich bin ihr zu größtem Dank verpflichtet.«

Es war eine große Karawane gewesen mit hochgestellten Regierungsbeamten, Offizieren, schwer bepackten Yaks und bewaffnetem Fußvolk. Fünf Monde lang war sie durch das riesige Land gezogen – zum heiligen Berg Kailash, durch das alte Königreich Guge, über die endlose Hochlandwüste, bis sie schließlich im Frühjahr Lhasa erreichte.

»Eine höchst ungewohnte Reise«, fasste der Fremde trocken zusammen. Als seine Zuhörer darüber lauthals lachten, schaute er verwundert um sich, entschloss sich dann jedoch mitzulachen.

Lenjam erschien der Bericht des Fremden viel abenteuerlicher und aufregender als die Pilgerreise, die sie selbst erlebt hatte. Doch vielleicht, dachte sie, könnte sie nach ihrer Rückkehr allen, die zu Hause geblieben waren, ein ähnlich köstliches Gefühl bescheren, wenn sie von der Höhle des Yogis, von den eisigen Pässen, den Schneestürmen, den Nächten in tiefster Einsamkeit und den Reitern im Sandsturm erzählen würde. Wie angenehm es war zuzuhören, ohne es erdulden zu müssen. Selbst die Ungeduld, wenn der Fremde nach Worten suchte und die anderen auszuhelfen versuchten, war vergnüglich. Doch Nyima, das verrieten ihre unruhigen Hände, war nicht zufrieden. Sie hatte Fragen, doch dafür ergab sich keine geeignete Gelegenheit. Kleinigkeiten zu essen wurden gereicht, kleine Fladen, kalte Momos, gebackener Käse, getrocknete Aprikosen und eine süße Reisspeise, die Desi hieß, worüber wieder schallend gelacht wurde, weil der Gast, dessen fremdländischen Namen niemand aussprechen konnte, Herr Desi genannt wurde.

Der Fremde aß geschickt mit den chinesischen Essstäbchen, an die sich die Elite in Lhasa gewöhnt hatte, doch er erzählte, in seiner Heimat verwende man anderes Essbesteck und alle säßen dort auf hohen Sitzmöbeln um einen großen, hohen Tisch herum.

Die Pause, auf die Nyima wartete, wollte sich nicht einstellen. Der Gast sprach über Lajang Khan, den er eine sehr freundliche Persönlichkeit nannte, und er berichtete von den Audienzen, die ihm gewährt wurden. Der ehrwürdige Herrscher habe sich mit ihm über ihrer beider Religionen ausgetauscht und erlaubt, dass Desi-Di im Haus eines Bürgers von Lhasa eine Mission einrichtete. Denn er wolle nicht nur die Religion seines verehrten Gastlandes studieren, sondern auch Gelegenheit geben, seine eigene Religion vorzustellen.

Schließlich begann er ein Gespräch über die beiden sechsten Dalai-Lamas und wollte wissen, welcher denn nun der richtige sei. Nyima nutzte das sichtbare Unbehagen des Kusho, um sich einzumischen.

»Der erste der beiden sechsten Heiligkeiten ist ein Dichter gewesen«, sagte sie, »und der ehrenwerte Kusho hat berühmte Schriften des zweiten Dalai-Lama unter seinen Büchern. Da ich höre, dass unser ehrenwerter Gast unsere Sprache und unser Schrifttum studiert, möchte ich fragen, ob Ihr diesen berühmten Schriften des Zweiten schon begegnet seid. Er hat als Urheber mit dem Namen ›Der verrückte Bettler Gendün Gyatso‹ gezeichnet.«

Lenjam unterdrückte ein Lächeln über dieses Manöver, das der Kusho mit einem zufriedenen Blick anerkannte.

Der Fremde strich seinen bemerkenswerten Bart und gab seinem Erstaunen Ausdruck, im Haus seines Gastgebers eine so gebildete junge Frau zu finden, denn das sei seiner Erfahrung nach wohl nicht üblich.

»Nein, üblich ist das nicht«, sagte Nyima schnell, um den Männern keine Gelegenheit zu geben, ein neues Gespräch zu beginnen. »Doch unser Vater hier, einer der vier Distrikthauptmänner unseres Landes im Osten, hat einen Lama ins Haus genommen, der uns Schwestern das Lesen beibrachte. Wir haben viele bedeutende Schriften gelesen. Doch bitte, sagt, wie ist das in eurem Land, dürfen die Frauen dort lernen? Denkt man dort nicht, dass sie dümmer sind als Männer? Welche Stellung haben sie in der Religion?«

Nyima schien den unwirschen Blick des Kusho nicht wahrzunehmen. Der Fremde zog unschlüssig an seinem Bart. »Viele unserer Nonnen lernen lesen und schreiben«, sagte er, »und auch viele Frauen von hohem Stand.«

Nyima lächelte. »Das ist gut. Das ist sehr gut. Dann stehen also die Nonnen auf derselben Stufe mit den Mönchen?«

Der Fremde antwortete zögernd: »Ja … nein … nun …«

Die Chemkusho erhob sich. »Ihr Mädchen, unser Gast möchte gewiss etwas trinken. Holt die Changmas herbei.«

Umsichtig wie immer wählte die Gastgeberin diesen Augenblick, um die Mädchen mit der Aufgabe, die Einschenkerinnen zu holen, aus dem Gespräch zu ziehen.

Nyima war wütend. »Ich will mit ihm reden«, knurrte sie in der Küche und stampfte mit dem Fuß auf. »Es ist wichtig.

Kein Mann würde ihm meine Fragen stellen, denn keiner interessiert sich dafür. Also muss ich es tun.«

»Nun gib schon Ruhe«, mahnte die Chemkusho, die ihnen gefolgt war, und zog Nyima eilends vorbei an den erschreckten Changmas hinaus in einen Vorratsraum.

»Mach deinen Pala nicht ärgerlich«, hörte Lenjam sie sagen, »sonst kommt er noch auf den Gedanken, dass er euch zu viel Freiheit lässt.«

Doch Nyima ließ sich nicht beruhigen. »Zu viel Freiheit? Was ist Freiheit? Lernen ist Freiheit! Fragen ist Freiheit! Aber wenn ich etwas wissen will, werde ich weggeschickt. Was für eine Freiheit soll das sein?« Wieder stampfte sie auf. »Das ist scheiße!«

Mit der vertrauten Mischung aus Erschrecken, Faszination und Bewunderung sah Lenjam der Verwandlung ihrer sonst so ruhigen Schwester zu.

Die Tante war einen Augenblick lang fassungslos. So mochte unten in den Ställen geflucht werden, aber oben in ihrem Herrschaftsbereich war es undenkbar. Doch anstatt mit einer Ohrfeige zu antworten, wie Amala es getan hätte, packte sie Nyima fest am Arm und sagte leise: »Lass dich nicht gehen, Tochter! Vielleicht hast du recht, aber das bedeutet nicht, dass du sagen und machen kannst, was du willst. Andere bestimmen über dich. So ist es nun mal. Du tust besser daran, auf den rechten Augenblick zu warten, als loszupreschen wie ein wilder Yak, denn so wirst du nur Widerstand ernten.«

Dies war nicht die Chemkusho, die Lenjam kannte. Streng war sie ihr erschienen, die hochgeachtete Herrin dieses Hauses, stets über alles unterrichtet, was vor sich ging, im Umgang mit der zahlreichen Verwandtschaft nicht allzu vertraulich und unerbittlich loyal dem Kusho gegenüber.

»Ja, Tante, gewiss«, sagte Nyima ruhig, als habe es den Ausbruch nie gegeben. Brav kehrte sie in die Küche zurück, half den jungen Changmas und blieb danach gesittet im Hintergrund.

Am Abend ergab es sich, dass Lenjam ein Gespräch zwischen Pala und dem Kusho belauschen konnte. Sie hatte auf dem Dach dem rot und golden glühenden Sonnenuntergang zugeschaut, kein seltenes Ereignis im Mittsommer, und genoß die Dämmerung, die eilig den Mantel der Dunkelheit über die Stadt und die Berge am Talrand fallen ließ. Das Fenster unter ihr musste zum Zimmer des Kusho gehören, wohin er und Pala sich gelegentlich zurückzogen.

»Der fremde Mönch ist klug«, sagte der Kusho, »aber er weiß nicht, wie unklug es zurzeit ist, so viel wissen zu wollen. Allzu Neugierige verschwinden, wenn sie nicht hohe Protektion haben. Ich bin sehr besorgt. Es wird immer mehr Stimmung gegen eure alte Traditionslinie gemacht. Man hört sogar schon unangenehme Bemerkungen, dass meine Vorfahren aus dem Osten stammen. Da du aus dem Osten kommst, musst du besonders vorsichtig sein. Und sag auch deiner vorlauten Tochter, sie soll sich vorsehen. Übrigens hat sie mich daran erinnert, wieder in den Schriften unseres Zweiten zu lesen. Wie aktuell sie sind! Wenn es so weitergeht, haben wir bald wieder ähnlich schlimme Verhältnisse wie vor zweihundert Jahren. Wenn ich nur für mich selbst entscheiden müsste, mein Freund, würde ich mit dir nach Osten reisen und mich in ein kleines, abgelegenes Kloster zurückziehen. Irgendwann. Doch meine Familie braucht mich, wie die deine dich braucht. Wangmo wird bald in eine wichtige Familie einheiraten. Mein Neffe Sherab macht gerade seine ersten Gehversuche in der Regierung, es wird gut über ihn gesprochen. Unser Handel mit Nepal läuft ausgezeichnet. Um all das muss ich mich kümmern. Wie könnte ich da weggehen?«

Pala hatte sich offenbar vom Fenster abgewandt, denn Lenjam konnte seine Antwort nicht verstehen. Auch der Kusho ging ins Innere des Zimmers, und Lenjam hörte nur noch vereinzelte Worte, sosehr sie sich auch über die Brüstung beugte und angestrengt horchte.

Die Nacht, die sich so sanft und samtig ausgebreitet hatte, war nicht mehr freundlich. Unheilvolle Wesen bewegten sich in ihr, zogen als Schatten an den vielen, von Butterlampen schwach beleuchteten Fenstern des Potala vorbei und schickten ihre lautlosen Drohungen in die Behausungen der Menschen. Ich höre euch, dachte Lenjam, ja, jetzt höre und spüre ich euch genauso gut wie Nyima, aber ihr könnt uns nichts antun, denn Nyima ist eine Besondere, ein Kuckuck rief im Schnee, und es duftete nach Blumen.

Sie nahm ihre Mala vom Hals und murmelte ganz schnell das Mantra der mütterlichen Tara, der Beschützerin vor allen Übeln. Sie hilft immer, sagte die Mola, ihr müsst sie nur aus tiefstem Herzen rufen.

Sobald sie eine Möglichkeit fand, mit Nyima allein zu sein, gab sie wieder, was sie auf dem Dach erlauscht hatte.

»Hier weiß man nie, was man denken soll«, sagte sie. »Der Fremde sagt, Lajang ist ein guter, freundlicher Mann. Der Spielmann Gelek sagt, er ist ein Mörder. Und der Kusho hat Angst, weil Pala, sein Freund, ein Khampa ist. Wem soll man denn da noch trauen? Und sag jetzt nicht, du weißt es nicht. Immer sagst du, du weißt es nicht.«

Nyima lachte. »Du weißt es doch auch nicht. Die Gedanken drehen und drehen sich, und dann denkt man, so ist es, und dann denkt man, so ist es nicht. Das ist immer nur eine Meinung, sagt der Buddha.«

»Aber man muss doch wissen, was los ist.«

»Und dann?«

Lenjam ärgerte sich über die Belustigung in Nyimas Stimme. »Dann kann man Entscheidungen treffen.«

»Sei vernünftig«, sagte Nyima. »Welche Entscheidung willst du denn treffen? Denk daran, was die Tante sagte: Andere bestimmen über dich. Ich weiß nicht, ob dieser mongolische Herrscher Lajang ein guter oder ein schlechter Mensch ist. Es heißt, er sei ein frommer Buddhist. Vielleicht sieht man viele Seiten an ihm, wenn man um ihn herumgeht. Hier ist alles so. Viele Seiten, nicht ehrlich und geradeheraus. Je länger ich in Lhasa bin, desto weniger möchte ich hierbleiben. Das, was ich brauche, was wir brauchen, werden wir hier gewiss nicht finden.«

Das berühmte Shötön-Fest begann in der großen Küche schon zwei Tage vorher. Alles wurde vorbereitet für die Speisen, die dem Kloster Drepung zu Beginn des Festes für ein großes Bankett geliefert werden sollten, bei dem die unzähligen Mönche aller Fakultäten der riesigen klösterlichen Hochschule das Ende ihrer Sommerklausur feiern durften. Doch der wichtigste Teil des Festes war das Entrollen des gewaltigen Buddha-Bildes am Berghang neben dem Kloster am Morgen des Fests.

Lange vor Sonnenaufgang ritten der Kusho mit seinem gesamten Gefolge – Gäste, Familie, Dienerschaft und nicht wenige Maultiere mit den Speisen und Gaben – hinaus aus der Stadt, dem großen Kloster zu, eine von vielen Gruppen von Besuchern. Wie Lenjam den Gesprächen im Haus hatte entnehmen können, war dieses Kloster nicht nur ein überaus bedeutendes Zentrum der Religion, sondern auch der Politik. Inzwischen wusste jeder, wie wichtig es für den Kusho war, sich mit dem mächtigen Abt gut zu stellen.

Es war kalt. Ein feiner Schneeregen rieselte durch die schwache Morgendämmerung, und als der Tag voranschritt, hingen schwere Wolken am Himmel. Niemand wagte, von schlechtem Omen zu reden, doch die bestürzten Mienen waren vielsagend genug. Die Pferde waren unruhig, und Lenjam war sicher, wieder die Schattenwesen zu sehen.

Es wollte nicht heller werden. Der Kusho hatte, wie andere der hohen Besucher, auf dem freien Platz unter dem Berghang ein Zelt aufstellen lassen, und dort saßen sie alle eng zusammengedrängt, aßen und tranken und warteten Stunde um Stunde auf die Sonne. Der Himmel blieb dunkel, ließ wieder kleine Schauer von Schneeregen fallen. Das Bambusgerüst, das den gesamten Berghang bedeckte, um dem Rollbild Halt zu geben, blieb leer. Mönche hatten die endlos lange Bildrolle auf dem kleinen Trampelpfad vom Kloster zum Berghang herübergeschleppt – ein monströser Tausendfüßler – und sie schließlich oben auf dem Berg am Gerüst befestigt. Man könne das Bild nicht ausrollen, bevor die Sonne schien, erklärte der Kusho, denn es dürfe natürlich nicht nass werden. Doch man könne noch hoffen, denn gegen Mittag klare es meistens auf.

Lenjam hörte Mantra-Gemurmel vor dem Zelt, das immer lauter wurde. Ganz Lhasa samt all seinen pilgernden Besuchern schien sich auf dem großen Platz vor dem Gerüst und auf den Seiten des Hangs versammelt zu haben. Doch auch das Mani-Mantra vermochte die Sonne nicht hervorzulocken. Am späten Nachmittag beschloss der Kusho, unter dem finsteren Himmel wieder heimzukehren. Der Buddha wurde nicht gezeigt, erst im nächsten Jahr würde er wieder ausgerollt werden. Nichts konnte mehr die Beunruhigung verbergen, die dieses schlechte Omen bei der Bevölkerung Lhasas auslöste.

An den nächsten Tagen wurden sie durch warmen Sonnenschein entschädigt, mit Picknick im großen Park hinter dem Potala, mit Akrobaten, Theateraufführungen im Freien und viel Tanzen und Singen. Und natürlich mit reichlich Chang und Branntwein. Und es schien, dass lauter und heftiger gefeiert wurde als je zuvor.

Spielleute durften nicht fehlen, einige kamen aus der Stadt, doch da waren vor allem viele wandernde Musikanten, sodass man fast an jeder Ecke Lieder hören konnte. Und so viele Lieder des sechsten Kündün wurden gesungen, dass die Obrigkeit sich zurückhielt, denn man hätte unmöglich alle Sänger und Mitsänger einsperren können.

»Halt mal!«, sagte Nyima. »Dieses Lied hab ich noch nie gehört.«

Sie hatten den äußeren Rand des Parks erreicht und hätten den kleinen, abgerissenen Musikanten, der zwischen seinen Bündeln unter einem Baum saß, leicht übersehen können, wäre nicht seine Stimme so klar und das Spiel auf seinem dreisaitigen Damiyan so bezaubernd sehnsüchtig gewesen.

»Mein Gruß, Musikant, bitte, sing das noch mal«, sagte Nyima, zog ein Säckchen mit Momos aus ihrer Chuba, setzte sich, öffnete es und bot es dem Spielmann höflich mit beiden Händen an. »Dieses Lied kenne ich nicht.«

Er dankte lachend, steckte ein Momo in den Mund, kaute genussvoll und spülte mit einem Schluck aus einem

Schlauch, der, wie Lenjam annahm, Chang enthielt, gründlich nach.

»Soso, das Lied gefällt dir? Nun ja, es ist ja auch von unserem geliebten Jamyang Gyatso.«

Mit ein paar zarten, wie rufenden Tönen auf seinem Instrument leitete er das Lied ein und sang dann:

»Der Kuckuck, der Kuckuck,
zurück kehrt er
aus dem Lande Mon,
für die trockenen Felder bringt er Regen.
Ah, welch ein Segen,
meine Geliebte hab ich gefunden.
Nun kann ich beruhigt sein,
glückselig und ungebunden.«

Noch einmal sang er es und fragte dann: »Versteht ihr es?«

Nyima beugte sich mit verschwörerischem Lächeln vor.

»Halte uns nicht für dumm, Musikant. Der Kuckuck ist natürlich Seine Heiligkeit, und Mon ist wahrscheinlich der Ort seiner Geburt. Er ist heimgekehrt und bringt den so lang entbehrten Regen seines Segens. Seine Geliebte ist seine heilige Stadt, sein Land. Sehr lang hat's nicht gedauert, das Glückselig- und Ungebundensein. Und wenn du willst, geb ich dir auch gleich noch einen Vers dazu, den du singen könntest:

Die Menschen dieses negativen Zeitalters
betreiben ihr Streben nach Reichtum, Macht und Besitz
mit Doppelzüngigkeit und Schlauheit.

Würden sie diese Energie den geistigen Zielen widmen,
wären sie glücklicher in diesem und im nächsten Leben.«

Die Augen in dem kleinen, gefurchten Gesicht blitzten auf.

»*Ätsi!* Da sind mir wohl zwei gelehrte Himmelstänzerinnen über den Weg gelaufen. Meine Verehrung, ihr hohen
Damen. Woher habt ihr den Vers?«

»Zweiter Kündün«, antwortete Nyima. »Und jetzt sing
noch ein Lied vom wundervollen Jamyang Gyatso.«

Der Spielmann dachte ein wenig nach, zupfte eine kleine
Einleitung und sang:

»Sie flocht ihr Haar,
bedeckte es, nahm Abschied.
Ich sagte: ›Wie traurig es ist, das Lebewohl.‹
Doch sie: ›Nein, sei nicht traurig, mein Liebster,
denn nach jeder Trennung
gibt es ein Wiedersehn.‹«

Er endete mit einem kleinen Nachspiel, indem er den
wehmütigen Klängen ein paar helle, energische Töne folgen
ließ.

»Er wusste also schon, dass er bald sterben würde«, sagte
Nyima nachdenklich. »Ebenso, wie er wusste, dass Lithang
der Ort seiner Wiedergeburt sein würde. Er hat sein Wissen
in seinen Liedern versteckt, damit die Klarsichtigen ihn verstehen würden. Wie geschickt.«

Der Spielmann wiegte den Kopf. »Und doch wird geschehen, was geschehen muss.«

»Was soll das heißen?«, fragte Lenjam und dachte an die
Schattenwesen. »Weißt du denn, was geschehen wird?«

Der wunderliche Musikant schaute ihr so lange mit dem Blick eines wiederkäuenden Yaks in die Augen, bis ihr entfuhr: »Über der Stadt habe ich schwarze Wesen gesehen …«

»Du auch?«, murmelte Nyima.

»Woher weißt du …?« Lenjam fuhr ein Schauer über den Rücken, und sie dachte, es sei nicht gut, von den Unheilwesen zu sprechen, weil sie vielleicht dadurch herbeigelockt würden.

Der Spielmann nickte. »Döns.«

»Döns!«, wiederholte Lenjam mit zitternden Lippen und zog den Kopf ein.

Nachdenklich zupfte der Spielmann die Melodie des Achtzeilengebets an Padmasambhava, das Lenjam aus dem Kloster zu Hause wohlbekannt war. Er zögerte.

»Der faule geistige Geruch der Mächtigen und Gierigen zieht sie an«, sagte er schließlich, und Lenjam zog den Kopf noch ein bisschen mehr ein. Vielleicht sollte man gar nicht so viel wissen wollen.

»Also, weißt du, was geschehen wird?«, fragte Nyima. »Ich habe noch Momos.«

»Immer her damit!« Der Spielmann streckte lachend die Hand aus.

Lenjam fand dieses Lachen sehr unpassend, doch Nyima lachte mit und zog ein weiteres Bündelchen aus ihrer Chuba. Sie hielt es über den Kopf und sagte: »Du zuerst!«

»Hör zu«, flüsterte der Spielmann und schlug tiefe, lang vibrierende Töne an. Schaurige Töne, erst langsam, dann immer schneller. Abrupt brach er ab und sagte: »RA PA. Dämon der Zerstörung.«

Lenjam schlug die Hände vor den Mund. Doch Nyima beugte sich lediglich voller Interesse vor. »Ist das einer der Orakelsprüche? Bist du ein Mo-Weiser?«

Mit leisem Kichern antwortete er: »Ein bisschen orakeln kann ich schon. Aber nur manchmal. Mit ein bisschen Chang ...«

»Du bist nicht nur ein Spielmann«, stellte Nyima fest. »Du bist ein Yogi. Warum trittst du nicht als Orakelmeister auf? Damit könntest du viel mehr Gaben bekommen als ein Musikant.«

»Uuuuuuuh!«, stieß er hervor. »Orakeln? Hier und heute? Ich werde mich hüten. Viel zu gefährlich.«

»Aber du bist jedenfalls ein Yogi. Dann kennst du sicher glückbringende Formeln?«

Der Spielmann lachte lauthals. »Welche? Brauchst du Glück, Mädchen?«

Nyima nickte nachdrücklich. »Natürlich. Jeder braucht Glück.«

»Gut«, sagte der Spielmann, »also hört gut zu. Das ist eine Anrufung des Buddha Padmasambhava, der alle Hindernisse beseitigt.«

Er setzte zu einer Melodie an und sang den Text in so tiefen, schwingenden Tönen, dass sich Lenjams Haare aufstellten.

»Urgyen Rinpoche, ich rufe dich an:
Lass widrige Bedingungen und Hindernisse fernbleiben,
lass günstige Umstände eintreten, erfülle alle Wünsche,
und gewähre die erhabenen und die allgemeinen
vollkommenen Fähigkeiten!«

»Oh, das ist wunderbar!«, sagte Nyima. »Ich habe es schon in unserem Kloster gehört. Kannst du die Fähigkeiten erklären? Wir suchen einen Lehrer. Wir wollen den Dharma lernen und befreit werden.«

»Aha!« Er nickte. »Ja, natürlich.« Und fügte hinzu: »Deine Schwester auch?«

Da war er wieder, der lange, durchdringende Blick, der Lenjam so unsicher machte, dass sie nicht wusste, wohin sie schauen sollte. Doch dann kam ihr der Gedanke, dass es zu Hause, ohne die Feste, die Pilger, mit denen man umherziehen konnte, ohne die Khora auf dem Barkhor und Lingkhor und all die Ablenkungen der Stadt wohl das Beste sein würde, einen Lehrer zu haben.

»Ja«, sagte sie mit dem Gefühl, einen mutigen Sprung in sehr kaltes Wasser zu wagen.

Mit hurtigen Fingern zupfte der Spielmann ein paar Kuckucksrufe. Dann erklärte er, dass er lange genug in Lhasa gewesen sei und nun wieder heim in den Osten ziehen werde, erst zum großen Königreich Derge, denn der dortige König schätze seine Lieder und würde sich über die neuen freuen, und dann nach Amdo, von wo er stamme.

»Wenn euch in Kham ein Ngakpa Rinchen begegnen sollte«, sagte er und stand auf, »dann grüßt ihn vom Spielmann Dorje. Ja, Dorje heiße ich wie mein Hund.«

Unversehens stand zu Lenjams Schrecken ein riesiger, struppiger Mastif neben ihm. War er die ganze Zeit hinter dem Baum gewesen? Doch wie konnte dieses Ungeheuer hinter dem bisschen Baumstamm Platz gehabt haben?

Lenjam drängte es plötzlich, von dem beunruhigenden Paar wegzukommen. Der Spielmann wühlte in einem Bündel, zog ein kleines Säckchen heraus und reichte es Nyima.

»Besucht auf dem Rückweg die Höhle, ihr wisst schon, in der früher der Togden lebte, und legt dieses Säckchen dort hinein. Nicht verlieren, es ist kostbar. Und fangt schon mal an, den Dharma zu lernen. Das geht so: Denkt immer an Vergänglichkeit! Das hält den Geist frisch. Alles verändert sich. Alles. Ständig. Ich wünsche euch eine gute Heimreise. Seid schön unbrav.«

Kaum hatte er sich, gefolgt von seinem geisterhaften Hund, mit seinen Bündeln und der Laute entfernt, überschlugen sich Lenjams Gedanken. Also hatte Nyima die schwarzen Wesen, die Döns, auch gesehen, ihr das jedoch verschwiegen. Der Spielmann war ein echter Yogi. Ein Orakelmann. Vielleicht sogar ein großer Weiser, getarnt als gewöhnlicher Mensch, wie es die alten Geschichten berichteten. War der Hund ein Geist? Warum schmerzte es sie, dass dieser Spielmann wegging?

»Was meinte er mit dem Dämon der Zerstörung?«, fragte sie schließlich. »Glaubst du, dass etwas Schlimmes geschieht?«

Nyima seufzte. »Warum fragst du mich? Ich weiß auch nicht mehr als du. Frag dich selbst. Horch nach innen.«

In weitem Bogen kehrten sie zum Zelt des Kusho zurück, aßen und tranken ein wenig, und Lenjam horchte noch immer.

Nachts vor dem Einschlafen flüsterte sie Nyima zu, sie habe in sich etwas gefunden. »Ich glaube jetzt auch, dass ich einen richtigen Lehrer brauche. Als hätte der Spielmann Dorje es mir erklärt, obwohl er das ja nicht getan hat. Mir ist ein Vers eingefallen, den wir gelernt haben:

Die einzige Arznei für die Leiden
der fühlenden Wesen,
die Quelle des Glücks und des Wohlergehens aller
ist die Lehre.

Das hat mir damals nichts bedeutet, als ich es auswendig lernen musste. Aber jetzt wurde mir plötzlich klar, wie wichtig es ist. Dass ich es weiß – irgendwie. Und ich glaube, es lag an diesem Spielmann Dorje.«

Nyima kicherte. »Ja, irgendwie. Verstehst du jetzt, weshalb ich oft nicht erklären kann, warum ich etwas weiß?«

Damit musste sich Lenjam zufriedengeben. Sie dachte an die alte Frau in den Gassen der Stadt und versuchte, nach innen zu horchen, um zu wissen, was Nyima wusste. Doch sie vernahm nichts außer vielen krausen Gedanken und schlief schließlich ein.

Als sie die Augen öffnete, saß die alte Frau vor ihr, erhöht auf mehreren Polstern wie ganz hohe Lamas, und schaute auf sie herab. Doch sie war nicht wirklich alt, und ihr Blick war liebevoll und herausfordernd zugleich.

»Ich passe auf euch auf«, sagte sie.

Lenjam überlegte, ob dies ein Traum sei.

»Das spielt keine Rolle«, sagte die Frau.

Die nächtliche Besucherin war für Nyima keine Fremde, wie Lenjam am Morgen erfuhr.

»Sie ist natürlich eine Dakini. Ich weiß, dass sie über uns wacht. Sie kam während meiner Krankheit.«

Seit dieser Nacht sah Lenjam, wenn sie in der Stadt unterwegs waren, die Frau nicht mehr, doch sie spürte ihre Gegenwart und fühlte sich beschützt.

7

Eine Begegnung mit dem Spielmann Gelek in einem Weidenhain am Ufer des Kyichu, wo sich eine kleine Gruppe von Akrobaten niedergelassen hatte, machte alle Ruhe zunichte. Tiefe Sorge verdunkelte sein Gesicht.

»Was ist mit dir, Gelek-la?«, fragte Nyima. »Es ist schön, dich zu sehen, aber es macht traurig, dich anzuschauen.«

Gelek lachte ohne Fröhlichkeit. »Ich bin einfach ein Dummkopf, lasse mir von Gerüchten den Schlaf rauben.«

»Ich mag Gerüchte«, sagte Lenjam unbedacht.

»Diese nicht«, erwiderte Gelek.

Lobsang hatte sich zu den Akrobaten gesetzt. Nyima lockte Gelek mit einem Beutelchen Momos ans Flussufer, wo niemand sie belauschen konnte.

»Bitte, sag uns, was du weißt«, bat Nyima. »Ich gebe dir zwei Nepal-Geldstücke, davon kannst du dir einen ganzen Krug Arrak kaufen.«

Gelek lehnte sich an einen Baumstamm und zupfte unentschieden an einem Grashalm.

»Wie gesagt, es sind nur Gerüchte«, sagte er. »Aber Gerüchte kommen nicht von ungefähr. Man kann sich einiges zusammenreimen.«

»Es geht um die Dalai Lamas, nicht wahr?« In Nyimas Stimme lag mehr Gewissheit als Frage.

Gelek nickte. »Eine schlimme Geschichte. Und sie wird wohl noch schlimmer. Es gibt Streit um den kleinen Kündün von Lithang. Die verrückten Mongolen gehen wieder einmal aufeinander los, und die Äbte der Klosteruniversitäten mischen auch mit. Da spitzt sich etwas zu. Das zieht böse Geister an. Ich spüre es im Bauch.«

»Aber die Dalai Lamas sind doch Bodhisattvas«, sagte Lenjam mit kleiner Stimme.

Gelek schüttelte den Kopf. »Als würden sich die Männer der Macht darum kümmern.« Dann fuhr er fort: »Ich mache mir Sorgen um euch, ihr Mädchen. Ihr kommt aus dem Osten, und das ist zurzeit nicht gut. Eure Könige dort gehören alle zur alten Linie. Vielleicht wisst ihr, dass es Gewalttaten gab gegen die Klöster der Alten. Und ich glaube, euer Kusho Tsewang sitzt nicht so fest auf seinen Polstern, wie er möchte. Dass euer Pala sein Freund ist, macht es nicht besser.«

»Meinst du, es wird gefährlich?«, fragte Lenjam. Der ernste Ton des Spielmanns machte ihr Angst. »Der Kusho wollte nach der Ernte mit uns auf sein Landgut in Richtung Gyantse reisen. Vielleicht wären wir dort sicherer.«

Nachdenklich schob Gelek ein Momo in den Mund. Er schaute über den Fluss und murmelte schließlich: »Ich frage mich, ob das Gewitter nicht schon zu nahe ist.«

Es war tatsächlich so, als habe sich der Tag verdunkelt, und die Schwestern verließen den Park früher als beabsichtigt.

Am nächsten Tag wurde Nyima wieder krank.

Diesmal konnte nichts Lenjam abhalten, bei ihr zu sitzen und ihr das Gesicht, die Hände und die Füße zu kühlen. Sie rezitierte die Anrufung an die einundzwanzig Taras und an den Beschützer ihrer Familie und murmelte immer wieder das Tara-Mantra, bis ihre Finger schmerzten vom Abzählen der Jadeperlen ihrer Mala.

»Rede mit mir«, bat sie Nyima, doch diese war weit weg in einer anderen Welt, und was sie von dorther zu sagen hatte, konnte niemand verstehen. Eines Tages kam ein Besucher mit dem topfartigen Hut der Westtibeter in den Hof. Der persönliche Diener des Kusho führte ihn schnell und ohne Aufsehen hinauf in die privaten Räume. Der vermeintliche Pilger war, wie Lenjam von Wangmo erfuhr, ein Ngakpa und Heiler aus dem Osten, der nicht erkannt werden wollte.

»Es ist gefährlich für Ngakpas, in der Stadt zu sein. Vor Kurzem wurde einer wegen schwarzer Magie angeklagt und zum Tode verurteilt. Pala ist ein Risiko eingegangen, ihn einzuladen.«

Er blieb lange an Nyimas Lager. Nur Pala durfte im Zimmer bleiben. Der Kusho hatte die Tanten und seine neugierigen Familienmitglieder in die Küche und den Hauptraum gescheucht. Lenjam stahl sich zu Onkel Lobsang, der vor der Tür Wache hielt. Durch den Türspalt hörte sie murmeln, und der Duft von besonderem Räucherwerk drang heraus. Ob dieser Zauberer Zugang zu Nyimas anderer Welt hatte?

Plötzlich holte Pala sie in den Raum. Der Zauberheiler gab ihr schwarze Pillen, die sie zerstampfen, mit Wasser vermischen und Nyima einflößen solle, unterschiedlich große Pillen für morgens, mittags und abends. Und sie solle möglichst immer bei Nyima bleiben, Räucherwerk abbrennen und weiterhin Tara anrufen. Zudem gab er ihr das Mantra einer weiblichen Schutzgottheit, die sie immer in der Abenddämmerung anrufen solle.

Obwohl Lenjam sich vor dem Ngakpa fürchtete, wagte sie zu fragen: »Was fehlt meiner Schwester? Sie hatte diese Krankheit schon einmal, und danach war sie verändert.«

Ein leichtes Lächeln flimmerte über das strenge, tief gefurchte Gesicht des Heilers. »Es ist gut, wenn sie sich verändert. Bleibe bei ihr. Sie braucht dich. Wenn es ihr besser geht, wird sie sehr schwach sein. Sie soll wenig reden.«

Er legte ihr ein kleines Amulett mit der Abbildung des Guru Rinpoche in die Hand und schloss ihre Finger darum. »Trage es, aber unter den Kleidern, dass es niemand sieht.«

Auch Nyima hatte er solch ein Amulett um den Hals gelegt. Die Schwester war blass, aber der Geist der Krankheit schien von ihr gewichen. Eine Welle schmerzhafter Zärtlichkeit durchlief Lenjam beim Anblick der Stille in Nyimas Gesicht. Als wäre sie weit weg. Als müsse man sie festhalten, damit sie nicht zu weit weg ginge.

Lass sie hierbleiben, Tara!, betete Lenjam. Wie sollte ich leben ohne sie?

Sie nahm sich vor, nie mehr mit Nyima zu streiten.

Da sie in den folgenden Tagen das Lager ihrer Schwester nur selten verließ und die Tanten und Wangmo ihr nur schweigend oder flüsternd Gesellschaft leisteten, um Nyima nicht zu stören, hörte sie wenig von den Gesprächen im Haus. Ein Zufall führte sie jedoch am Zimmer des Kusho vorbei, und sie hörte Pala laut sagen: »Dann bleiben wir und kämpfen. Meine Männer sind tapfer, sie können dieses Haus verteidigen.«

»Wenn das wahr ist, was ich hörte«, antwortete der Kusho, »würde das nicht helfen. Sollten sie wirklich kommen, wären es viele. Und dann diese Unruhe in den großen Klosteruniversitäten. Die Überfälle auf Klöster der Alten im

Süden und im Osten. Das alles ist sehr beunruhigend. Es ist besser, wir reisen so bald wie möglich zum Landgut.«

Lenjam fragte Wangmo und die Tanten nach den Gerüchten. Wangmo wusste, dass es um Politik mit den Mongolen ging. Und um eine Spaltung in den großen Klosteruniversitäten.

»Warum dieser Streit mit der alten Traditionslinie?«, fragte Lenjam. »Warum redet niemand darüber?«

Aber auch Wangmo hatte keine Antworten. Vielleicht wusste die Chemkusho mehr, aber sie sagte nichts.

Schließlich beschloss Lenjam, Pala zu fragen. Das überließ sie gewöhnlich Nyima, weil sie geschickter war im Fragen. Doch Besorgnis und Neugier plagten sie diesmal allzu sehr.

»Es ist besser, nicht darüber zu reden, mein Kind«, antwortete Pala unerwartet sanft. »Schweigen kann ein Schutz sein.«

»Aber es macht Angst, wenn man nichts weiß«, begehrte Lenjam auf. »Das ist wie im Dunkeln, wenn man nichts sieht.«

Pala wiegte unschlüssig seinen großen Kopf. »Wo viel Macht und Besitz ist, gibt es Streit. Dann wird behauptet, es gehe um die Wahrheit, aber das ist Verblendung. Sie sagen, die alte Linie sei schlecht, sie sei bösem Zauber und untugendhaftem Leben verfallen. Hast du irgendwo einen Ngakpa in der Stadt gesehen? Nein, natürlich nicht. Es ist zu gefährlich. Sie tragen nicht ihr weißes Gewand, und sie verstecken ihre Haarknoten. Unser König unterstützt die Linie der Alten. Das macht mich verdächtig und damit auch meinen Freund Tsewang.«

»Wer sind ›sie‹?«, fragte Lenjam.

»Einige der Mächtigen in den Klöstern und in der Regierung, vor allem die Kleriker. Nicht alle, aber viele. Sobald Nyima dazu in der Lage ist, werden wir zum Landgut reisen, wie der Kusho es vorhatte.«

Sein Seufzen sagte: Warum musste meine Tochter gerade jetzt krank werden?

Mit dem Besuch des Heilers hatte Nyima den Höhepunkt der Krankheit überwunden, aber sie war, wie er vorhergesagt hatte, sehr schwach.

»Die Dakinis haben mir geholfen«, sagte sie. »Ich wäre gern bei ihnen geblieben, aber das erlaubten sie nicht.«

Lenjam hatte viel Zeit zum Nachdenken, und weil ihre einzige Ablenkung in der Pflege ihrer kranken Schwester bestand, stiegen aus den Tiefen der Erinnerung manche der Verse aus den »Anleitungen« auf. Und da es verdienstvoll war, sie zu rezitieren, war sie oft mit einem leisen Singsang beschäftigt, der sich an ihre kreisenden Gedanken hängte.

»Wer hat mit voller Absicht all die Waffen
für die Höllenbewohner geschaffen,
und den glühenden Eisenboden?
Sagte nicht der Buddha,
nur der negative Geist schaffe all dies?
In den drei Sphären der Welt, das ist gewiss,
hab ich nichts anderes zu fürchten
als meine Gedanken.«

Sie zerstampfte Nyimas Medizin, goss sie mit Wasser auf und sang vor sich hin:

»Mögen sich durch all mein Handeln
und durch alle meine Verdienste
die Leiden aller Wesen verwandeln
in nichts.«

Nyima schloss sich mit dünner Stimme an:

»Solange die fühlenden Wesen
an Krankheit leiden,
möge ich ihre Medizin, ihr Heiler und Pfleger sein,
bis alle genesen.«

Lenjam lächelte und sagte: »Werde du erst selbst mal gesund!«

Wangmo kam nun öfter zu den Schwestern und erzählte den neuesten Klatsch. Die Chemkusho sei einer Einladung der Frau des Herrschers Lajang Khan gefolgt, eine große Ehre.

»Amala wollte absagen«, berichtete Wangmo. »Sie hatte sogar Streit mit meinem Pala. Aber man kann natürlich so eine Einladung nicht zurückweisen, das wäre schlecht für Pala und uns alle.« Unvermittelt fügte sie hinzu: »Wenn ich nur nicht diesen Regierungsmann heiraten müsste. Aber es ist so wichtig für die Familie. Mein Pala hat schon den Astrologen beauftragt, ein günstiges Datum für die Hochzeit zu suchen.«

Lenjam ergriff Wangmos Hand. »Kannst du ihn nicht doch noch umstimmen?«

»Mein Pala ist ein guter Mann«, erwiderte Wangmo. »Aber es ist mein Karma. Pala braucht jede Unterstützung, die er bekommen kann. Und es geht ja um unsere ganze Familie.«

Nyima bewunderte Wangmos Gefasstheit. Würde ihr eigener Pala eine seiner beiden Töchter opfern, wenn seine Stellung beim König unsicher war? Hätte sie die Kraft, sich dagegen zu stellen? Es hieß, man müsse dankbar sein, wenn man eine Gelegenheit zur Selbstlosigkeit habe. Aber so dankbar, fürchtete sie, könnte sie nicht sein.

»Ich bete für dich«, sagte sie und rezitierte an diesem Tag mehrere Malas lang das Tara-Mantra mit der Bitte um Hilfe für Wangmo. Wie gut ihre Familie es doch hatte im Osten in ihrer abgelegenen Region, dachte sie beim Einschlafen. Das aufregende Leben in der Stadt, einst so ersehnt, erschien ihr immer weniger wünschenswert. Und zum ersten Mal empfand sie Heimweh nach der rauchigen Küche mit der alten Momo und Ani-la und den Tanten und Mägden, nach den Tieren und dem Fluss und dem majestätischen Berg mit dem Kiefernwald am Talrand.

Während Nyima sich langsam erholte, verdichteten sich die Gerüchte um den Streit mit den Mongolen. Aber Lhasa, so sagten alle, sei gut befestigt und von der Beschützerin Palden Lhamo bewacht, dagegen könne auch eine wilde Mongolenhorde nichts ausrichten.

Doch eines Tages kam der Kusho zutiefst beunruhigt heim und ordnete an, seine Besucher sollten die Stadt früh am nächsten Morgen durch das westliche Stadttor verlassen und sich auf den Weg zum Landsitz machen. Nur zur Vorsicht, sagte er, man könne ja bald zurückkehren, wenn die Lage wieder ruhig sei. Die Mongolen, so besagte ein Gerücht, brächten den kleinen Siebten Dalai Lama mit, um ihn im Potala auf den Thron zu setzen. Auf diesem saß jedoch der falsche Sechste, Lajangs Sohn, vom Vater ernannt und unterstützt von einer Fraktion der Klöster. Es sei abzusehen, sagte der Kusho, dass es großen Ärger geben werde. Er wollte seine Gäste begleiten und Frau und Tochter mitnehmen, denn dies gebot die Höflichkeit.

In aller Eile wurden Bündel geschnürt, Vorräte auf Mulis gepackt, die Pferde gesattelt, und kaum waren am nächsten Morgen die Tore geöffnet, verließen sie die Stadt. Herbstlicher Dunst lag im Tal des Kyichu und hüllte sie schützend ein. Unter anderen Umständen hätte es eine schöne Reise sein können. Nachdem sie den Fluss in Fährbooten überquert hatten, verzog sich nach und nach der Dunst, und in einem weit ausgedehnten Tal breiteten sich reife Felder und Baumgärten aus, in der Ferne überragt von mächtigen weißen Bergen. Da vergaß Lenjam hin und wieder den bedrohlichen Grund dieses plötzlichen Ausflugs und war erfüllt vom Glück über all die Schönheit. Der Weg war trocken, man konnte gut vorankommen. Bauern trugen in dicken Bündeln ihre Ernten heim. Eine friedliche Stimmung lag über allem.

Am Nachmittag suchten sie nach einem kleinen Seitental, wo sie die Zelte aufstellen, die Pferde und Mulis weiden lassen und endlich Tee und Tukpa kochen konnten. Obwohl sie langsam geritten waren, fiel Nyima vor Erschöpfung fast vom Pferd. Lenjam breitete Felle für sie aus und versorgte sie, es war ihr zur Gewohnheit geworden. Plötzlich wurde sie sich ihrer neuen mütterlichen Gefühle bewusst und stellte fest, dass sie viel Freude mit sich brachten. Ein wenig beschämt erinnerte sie sich an die Tage in der Karawanenstation, als sie, von Jampal berauscht, sich von Nyimas Leiden viel weniger hatte berühren lassen. So lustvoll die Begierde auch gewesen war, dachte sie, hinterließ sie doch einen unangenehmen Geschmack. Von nun an würde sie vorsichtiger sein.

Lenjam war zu sehr mit Nyima beschäftigt, um auf Wangmo zu achten. Erst als Nyima schlief, setzte sie sich mit ihrem Becher Cha neben Wangmo auf einen großen Stein, den ein Wildwasser vom Berg gerollt hatte.

»Alles gut?«, fragte sie.

Wangmo wandte ihr eine zutiefst traurige Miene zu. »Ich könnte Nonne werden«, sagte sie mit einer kleinen, flachen Stimme. »Ich denke ständig daran. Nach der Ordinierung könnte ich nach Hause kommen und für die Großeltern sorgen. Das wäre eine Lösung.«

»Es wäre nur dann eine Lösung«, erwiderte Lenjam, »wenn du es wirklich wolltest. Aber du willst nicht den Buddha, du willst deinen Yeshe.«

Wangmo drehte ihren Becher, drehte und drehte. Die Dämmerung legte einen sanften Schatten über ihr Gesicht.

»Es ist hoffnungslos. Es gab eine Zeit, da dachte ich, wir sollten einfach davonlaufen. Wie dumm ich war. Ich würde sein Leben zerstören und das meiner Familie. Aber wozu darüber nachdenken? Es ist ja schon alles abgemacht. Ich werde die Frau des Regierungsmannes. Verstehst du nicht? Mein Karma.«

Eine Träne rollte über Wangmos Wange, ihre sonst so gefassten Mundwinkel zitterten.

»Ich frage mich, was ich in meinem früheren Leben getan habe, um jetzt so leiden zu müssen«, sagte sie leise.

Lenjam ergriff Wangmos Hand. Kein Trost fiel ihr ein. Sie würde über Karma nachdenken müssen. Wangmo war die Tochter einer hohen und sehr wohlhabenden Persönlichkeit der Regierung – gutes Karma. Sie sollte einen Mann nehmen, den sie nicht wollte – schlechtes Karma. Sie konnte sich selbstlos für die Familie opfern, das würde wiederum gutes Karma erzeugen. Dies nicht zu tun würde schlechtes Karma erzeugen. Aber beides würde zu Leiden führen. Wo blieb Wangmos Glück? Sollte sie doch lieber Nonne werden? Doch vielleicht kam alles anders. Vielleicht würden die Ereignisse eine Entscheidung für sie treffen. Würde es der Dämon der Zerstörung sein, von dem der Orakelspruch des Spielmanns Dorje gesprochen hatte?

Die praktischen Gefahren der Reise lenkten von der Bedrohung durch die Mongolen ab. Sie führte durch Sanddünen, an steilen Berghängen entlang und schließlich in endlosen Serpentinen zu einem hohen Pass hinauf. Dieser lange Aufstieg hatte sie nicht auf den Anblick vorbereitet, der sich vom Pass aus bot. Tief unten lag ein See in überirdisch strahlenden Farbtönen von Blau bis Grün, dahinter glühte ein sanft geschwungener Bergzug in Ocker und Rot unter der starken Sonne. Dies war der heilige Türkissee, in dem, wie es hieß, Guru Rinpoche Padmasambhava den Abdruck seiner Hand hinterlassen hatte. Anders, dachte Lenjam, wäre diese überwältigende Schönheit auch gar nicht möglich gewesen.

Alle begrüßten die Götter wie auf Pässen üblich mit begeistertem »Lha gyel lo!«, suchten Steine, um sie dem Steinhaufen, dem Wahrzeichen aller Pässe, hinzuzufügen, und hängten Gebetsfähnchen auf. Selbst Nyima in ihrer Erschöpfung brachte ein Lächeln zustande, ein selbstvergessenes Kinderlächeln, das Lenjams Glück des Augenblicks verdoppelte.

»Ich glaube, jetzt ist alles gut«, sagte sie. Die es hörten, nickten zustimmend. Gute Götter waren hier, nichts Böses würde diesen Pass überschreiten.

Doch die Götter des nächsten Passes waren weniger freundlich. Mit dem eisigen Hauch naher Gletscher stürzten schwere Wolken auf sie nieder, ein Hagelsturm trieb die beiden Gruppen voran, nirgendwo gab es Schutz. Und der Pass zog sich hin, direkt in den dunklen Himmel hinein.

Nyima schwankte auf ihrem Pferd, sank nach vorne, versuchte sich an der Mähne zu halten.

»Pala, warte«, rief Lenjam, »Nyima kann nicht mehr!«

»Sie muss können!«, rief er zurück.

Die Gruppe hielt an, und die Männer banden Nyima auf ihrem Pferd fest, sodass sie nicht herunterfallen konnte.

»Wir sind bald da«, sagte der Kusho, der Lenjams unglückliche Miene bemerkte. »Bald wird sie sich erholen können.«

Lenjam machte sich so große Sorgen um die Schwester, dass ihr Herz schmerzte. Hätten sie doch nie diese Pilgerreise unternommen. Warum hatte der Ehrwürdige Lama dazu geraten? Hätten sie nicht auch zu Hause an Schwierigkeiten leiden und schlechtes Karma abarbeiten können? Tante Dön hätte schon dafür gesorgt. Als sie an diesem Abend, fest in ihr Schlaffell gehüllt, Nyima fragte, ob sie es gut finde, dass der Ehrwürdige Lama diese Pilgerreise empfohlen hatte, bekam sie ein trockenes »Ja« zur Antwort.

»Und warum?«, fragte sie.

Mit einem Lächeln in der Stimme sagte Nyima: »Wir haben so viel Gelegenheit zum Lernen, weit mehr als zu Hause. Und ich habe die Verse des Zweiten Kündün im Gepäck.«

Das Anwesen des Kusho lag in einem breiten, von Senffeldern gelb leuchtenden Tal. Ein geräumiges Haupthaus ragte über den Lehmhäusern der Pächter auf, und die schützende Mauer war hoch und in gutem Zustand. Im Hof des Haupthauses ließ Pala ihre beiden Zelte aufstellen.

Schnell hatten sich die Familien dem neuen Rhythmus angepasst. Nach ein paar ruhigen Tagen begann Lenjam fast zu vergessen, dass sie aus Lhasa geflohen waren. Es hätte ein Picknick auf dem Land sein können, wie die Stadtbewohner es liebten. Nyima wurde täglich kräftiger, nur das unbekümmerte Lachen, das Lenjam so gern mochte, wollte sich nicht einstellen.

Dann fiel der große Schrecken über alle her.

Es war ein gewittriger Nachmittag, als zwei Reiter auf dampfenden Pferden in den Hof ritten und sich keuchend auf den Boden fallen ließen. Diener stürzten auf die beiden zu und versuchten, sie aufzurichten, während der Kusho und Pala, gefolgt von den anderen, aus dem Haus liefen.

Lenjam hörte Pala rufen: »Tsewang-la, ist das nicht dein Stallbursche?«

Und zugleich sagte der Kusho: »Und Yeshe, der Thangka-Maler. Wie kommt der denn hierher?«

In diesem Augenblick rannte Wangmo aus dem Haus, rief außer sich: »Yeshe, Yeshe!« und »So helft ihm doch!« und stürzte zu dem taumelnden Mann. In dem Durcheinander von Männern, Pferden, aufgeregten Frauen versuchte Lenjam vergebens, etwas Sinnvolles zu tun. Sie zog sich zu Nyima zurück, die regungslos an der Hauswand stand.

»Es musste geschehen«, sagte Nyima. »Wer hätte es aufhalten können? Ursache und Wirkung.«

»Was aufhalten?«, fragte Lenjam.

Nyimas Blick schien sie kaum wahrzunehmen. »Den Dämon der Zerstörung.«

Wie zur Bestätigung schoss eine heftige Windbö in den Hof und wirbelte Schwaden von Staub auf.

Der Maler und der Stallbursche wurden im Gemeinschaftsraum des Hauses mit Buttertee gestärkt, doch beide waren nicht in der Lage, einen verständlichen Bericht zu geben. Der Stallbursche zitterte am ganzen Leib und klammerte die Hände um den warmen Becher, öffnete den Mund und schloss ihn wieder, aber kein Wort kam heraus. Yeshe trank ein wenig, dann sank er in sich zusammen und schloss die Augen.

»Lasst ihn!«, sagte Wangmo. »Seht ihr nicht, dass er nicht mehr kann?«

Yeshe schlief ein wenig, während die Bewohner des Hauses aufgeregt durcheinanderredeten. Später, als er ein wenig Suppe gegessen hatte, begann er zu erzählen, stockend und manchmal von Schluchzen unterbrochen.

Es war tiefe Nacht gewesen, als ihn ein wilder Tumult in der Gasse vor dem Haus, in dem er zwei Zimmer bewohnte, aus dem Schlaf gerissen hatte. Unter seinem Fenster drängten sich im Licht einer Fackel mongolische Reiter, brüllten und schlugen mit ihren Streitäxten auf die Haustür ein, bis sie zersplitterte. Er hörte Getrampel auf den Treppen und versteckte sich hinter einigen großen, bereits in Brokat gerahmten Rollbildern, die er übereinander an die Wand gehängt hatte. Verzweifeltes Schreien im Haus, Frauenstimmen, das Brüllen der Mongolen, dann flog die Tür auf, Schritte eines Mannes, Knurren, Poltern, dann wieder ein Trampeln auf den Treppen. Er wagte sein Versteck erst zu verlassen, als der Aufruhr sich zum Ende der Gasse hin entfernte. Zwei der Bilder, Thangkas in besonders kostbaren Brokatumrandungen, waren verschwunden. Er rief nach seiner Hauswirtin, bekam jedoch keine Antwort. Mit einer Butterlampe ging er vorsichtig die Treppe hinauf.

Es fiel Yeshe schwer, von dem Schrecken zu sprechen, von der Hauswirtin und ihrem Mann, die erschlagen auf der Treppe lagen, von der Tochter der beiden und dem kleinen Hausmädchen, die er in der Küche fand, mit zerrissenen Kleidern, heulend zusammengekauert, von den Großeltern in einem Vorratsraum hinter Säcken, zitternd, aber unbeschadet.

Die Mongolen waren in der Stadt! Wie waren sie hereingekommen? Yeshe wollte zu Wangmo, hatte nur den einen Gedanken, sie zu sehen. Mit dem höllischen Klang des Terrors in den Ohren, der durch die Stadt zog, machte er sich durch dunkle Gassen auf den Weg zum Haus des Kusho. Wie in einem Albtraum folgte Yeshe einer Spur des Mordens und Plünderns. Brennende Häuser erhellten die Stadt. Leichen und schwer Verwundete lagen in den Gassen, beiseitegeschleudert im besessenen Wüten der Angreifer. Im Rausch des Mordens und Plünderns verlorene Wertgegenstände lagen im Staub, aus den Häusern drang Geschrei. Einige Male musste er schnelle Fluchtwege oder Verstecke finden, um Gruppen grölender Reiter auszuweichen, die ihre Äxte und Lanzen schwangen und durch die Stadt rasten, als wären alle Dämonen aus den Unterwelten ausgebrochen.

Das Tor zum Besitz des Kusho stand offen. Er wagte sich in den Hof, doch schnell musste er sich in die Dunkelheit der Mauer drücken.

»Was ich dann sah«, berichtete er, »konnte ich nicht glauben: Eine Rotte von Mönchen rannte aus dem Haus, beladen mit Thangkas, Wandbehängen, chinesischen Vasen und allem Möglichen, das sie in ihre großen Tücher eingeschlagen hatten.«

Der Torhüter und der Verwalter lagen erschlagen im Hof, ebenso der Stallmeister. Yeshe wartete, bis niemand mehr zu sehen war, dann rannte er die Außentreppe hoch und stürmte ins Haus. Stockwerk um Stockwerk rannte er hinauf, rief Wangmos Namen und fand verängstigte Familienmitglieder des Kusho im Hauptraum. Der Großvater war verletzt, ein Mongole hatte ihn die Treppe hinabgestoßen, als der alte Mann ihm schlaftrunken entgegengetreten war. Alle anderen waren unversehrt. Ein Mönch sei dazwischengegangen, berichtete man ihm, und habe geschrien: »Die nicht, lasst sie!« Danach sei die Bande wieder abgezogen. Doch sie hätten den Schreinraum gestürmt, Bücher aus dem Schrein gezerrt, alle Wertgegenstände eingesteckt und zusammengerafft, was ihnen gerade in die Hände kam. Das Gesindehaus hätten sie unbeachtet gelassen.

Zuerst wollte ihm niemand sagen, wo der Kusho mit Frau und Tochter sei, doch Yeshe erklärte ihnen, dass der Kusho Nachricht über die Ereignisse erhalten müsse und die wolle er ihm überbringen. Also erfuhr er den Aufenthaltsort, und es wurde beschlossen, dass der Stalljunge, der aus seinem Versteck im Stall gekrochen und hinter Yeshe ins Haus gelaufen war, mitgehen solle, er kannte den Weg, denn er hatte den Kusho und seine Familie einmal zu seinem Landsitz begleitet.

Diesen grauenvollen Tag, sagte Yeshe, werde er nie vergessen. Die Horden hörten nicht auf, durch die Stadt zu toben. Er half, das Tor zum Haus des Kusho einigermaßen zu befestigen, blieb mit der Familie im Hauptraum und wartete darauf, dass es ruhiger würde. Zu Beginn der Dämmerung schlich er mit dem vor Angst willenlosen Stalljungen zum nächstgelegenen Stadttor. Es stand weit offen, und viele

Bürger der Stadt rannten in Panik hinaus. Niemand war da, der sie aufhielt.

Auch Yeshe und der Junge liefen zum Fluss. Dort lagen die Leichen der Fährleute, die Boote aus Yakhaut waren aufgeschlitzt, eine Gruppe von Männern mit Frauen und Kindern saß apathisch an der Fährstelle, als hätten sie nur so weit denken können und nicht weiter.

Der Stalljunge wusste, wo sie flussabwärts Pferde finden könnten. Im grauen Dämmerlicht stahlen sie zwei Pferde und ritten, so schnell sie konnten, in Richtung Gyantse. Gelegentlich baten sie Bauern um Nahrung und um ein paar Handvoll Erbsen für die Pferde, die sie auch bereitwillig erhielten für die Nachricht, die sie mitbrachten. Sie schliefen wenig und ließen die Pferde kaum grasen und ruhen.

Der Maler bekam einen Platz bei der Familie des Verwalters. Wangmo wollte bei ihm sein, musste es aber ertragen, dass er am Abend im Haus verschwand, und suchte Zuflucht bei Nyima und Lenjam.

Die Familien saßen mit dem Verwalter und den Bewohnern des Anwesens im Hauptraum, tranken Cha und Chang gegen die Aufregung und versuchten, mit dem Entsetzen fertigzuwerden.

»Unsere Eltern sind gerettet«, sagte die Chemkusho und ließ ihre Mala durch die Finger gleiten, murmelte Mantras und wiederholte immer wieder: »Es ist ihnen nichts geschehen, Palden Lhamo sei Dank, es ist ihnen nichts geschehen.«

Lenjam sah, dass sich der Kusho mit Pala beriet. Sie war beeindruckt von der gefassten Haltung des städtischen Onkels, im Gegensatz zu Pala, der aufgeregt gestikulierte und laut schnaufte. Nichts hätte Lenjam mehr beunruhigen können. Sie brauchten Pala, brauchten seine Ruhe und Tatkraft. Kurz streifte sie der Gedanke, dass es möglich, ja, tatsächlich möglich sein könnte, nach Amala auch Pala zu verlieren, doch diese Vorstellung durfte sie nicht zulassen. Ungewollt, unerwünscht stieg wieder einmal einer der Verse in ihr auf, denen sie wohl nie würde entkommen können.

Meine Feinde werden nicht mehr sein,
meine Freunde werden nicht mehr sein,
ich selbst werde nicht mehr sein,
und genau so wird alles nicht mehr sein.

Ich will nicht daran denken, dachte sie, die Familie des Kusho lebt noch, und mein Pala lebt, und Nyima lebt, und alles ist gut. Doch zwischen diese Gedanken drängten sich die Bilder des Grauens, die Yeshes Bericht heraufbeschworen hatten. Die vergewaltigten Mädchen, die Leichen der Hausleute, der Verwalter des Kusho-Hauses und der Stallmeister, die sie beide kannte, tot, brutal erschlagen. So viel Leiden! Und wie mochte es dem Spielmann Gelek und seiner Familie ergehen? Sie waren unbedeutend, lebten sicher in einem der zusammengedrängten einfachen Häuser hinter dem Jokhang, wo es nichts zu plündern gab. Mit aller Kraft wünschte sie, dass sie entkommen waren, sich verstecken konnten, vielleicht sogar rechtzeitig die Stadt verlassen hatten. Der Spielmann erfuhr doch immer als Erster die Gerüchte, gewiss war er mit den Seinen rechtzeitig geflohen.

Die Stimme des Kusho riss sie aus ihren Überlegungen. Er erklärte, dass Pala mit seiner Familie am nächsten Morgen aufbrechen und den südlichen Weg nach Osten nehmen solle. Man müsse damit rechnen, dass die ganze Region um

Lhasa gefährdet sei. Pala nickte und sagte, man werde sofort mit dem Packen beginnen.

Es gab nur eine einzige Person in dieser Runde, die nicht unglücklich war – Wangmo. Lenjam entdeckte ein winziges Lächeln in ihren Augen.

»Siehst du, Nyima hatte recht«, flüsterte sie Wangmo zu. »Sie hat gesagt, du sollst warten und hinauszögern, und dass sich alles verändert.«

Wangmo drückte ihre Hand. »Er ist hier. Nur das ist wichtig. Was auch immer geschehen mag, er ist bei mir.«

Es war das einzige Gute in all diesem Grauen, das in diesem Augenblick von Lhasa her nach Süden ziehen mochte, dachte Lenjam.

In der Ferne zuckten lautlose Blitze über den Himmel. Niemand hielt dies für ein gutes Omen.

8

Am vierten Tag fiel Nyima vom Pferd.

Entsetzt und verwirrt hatten sie sich auf den Weg gemacht, besorgt nicht nur um sich selbst, sondern auch um den Kusho und seine Familie. Sie hatten lediglich ihre Pferde und ein paar Mulis dabei, die Yaks und alle Geschenke und besonderen Dinge, die Pala besorgt hatte, waren in Lhasa zurückgeblieben und wahrscheinlich in die Hände der Plünderer gefallen.

Ihre hastige Abreise fand zwar den Sternen nach nicht am besten Tag statt, aber das Sommerwetter war ruhig.

Nyima hielt mit, so gut sie konnte, doch Lenjams Sorge wuchs. Sie fragte: »Schaffst du es?« und bekam zur Antwort: »Als ob ich eine Wahl hätte.«

Wenn es steil bergauf ging und die Pferde am Zügel geführt werden mussten, setzte Pala seine geschwächte Tochter, wann immer es möglich war, auf sein Pferd, das stärkste von allen. Der Weg wurde immer schwieriger, doch die Hoffnung trieb sie voran. Ein Bauer hatte gesagt, mehrere Tage zuvor sei eine kleine Karawane vorbeigekommen.

Sie hatten einen steilen Abstieg bewältigt, waren wieder aufgesessen und ritten nun zügig weiter. Lenjam blieb wie immer nah bei Nyima, gerade so weit entfernt, dass sich die beiden Stuten nicht aufregten. Was sie dann sah, schien ihr in diesem Augenblick ganz natürlich, doch wenig später fragte sie sich, ob sie es nicht vielleicht nur geträumt hatte.

Ganz deutlich sah sie, wie Nyima ins Rutschen kam. Die Zeit dehnte sich aus, das Hinterbein der Stute machte eine unendlich verzögerte Bewegung nach vorn, Nyima neigte sich langsam zur Seite, und dann war die alte und doch nicht alte Frau da, in deren erhobene Arme Nyima hineinglitt. Ganz weich, geradezu zärtlich wurde sie auf den Boden gelegt. Lenjam hatte zu einem warnenden Aufschrei angesetzt, der während dieses langen Augenblicks in ihrer Kehle verharrte und danach nur noch als ein Seufzer zu hören war.

Hatten die anderen das gesehen? Alle hatten angehalten, und Pala wandte eilends sein Pferd.

»Was war denn das?«, fragte Pema. »Dieser helle Schein? Habt ihr das gesehen?«

Tante Puntsog nickte.

Die Männer hingegen sagten, sie hätten ein Klingeln gehört wie von einer Gebetsglocke. Auch Pala meinte, so etwas gehört zu haben.

Nyima schaute in den Kreis der besorgten, über sie gebeugten Gesichter.

»Wo ist sie?«, fragte sie.

Alle betrachteten sie verwirrt, niemand vermochte zu antworten. Auch Lenjam schwieg.

Nyima setzte sich auf und sah sich um. »Nicht mehr da? Auch gut.«

Sie stand auf, wankte und ging in die Knie. »Könnte mich vielleicht jemand festbinden?«

Die Männer hoben sie auf die kleine Stute und gaben ihr mit Bändern und Tüchern Halt.

»Geht's?«, fragte Lenjam.

»Die Dakini hält mich«, murmelte Nyima und fügte mit dem Versuch eines Kicherns hinzu: »Sie wird ja wohl nicht runterfallen.«

Diese Rückreise hatte keinen Anschein mehr von Pilgerschaft, sie war Flucht. Auf die Tiere wurde nur die allernötigste Rücksicht genommen. Einmal sahen sie abseits des ausgetretenen Karawanenwegs einen Schnellläufer vorbeieilen.

Gebannt verfolgten alle den Lung-gom-pa. Er war so schnell wie ein galoppierendes Pferd, seine Füße schienen den Boden nicht zu berühren. Seine Arme schwangen weit aus, fast als seien es Flügel.

»Ich habe gehört, sie können zwei Tage und zwei Nächte ununterbrochen laufen«, sagte Nyima andächtig. »So möchte ich auch laufen können.«

Lenjam lachte. »Wir sind schon froh, wenn du reiten kannst.« Sie war glücklich, dass Nyima sich ein wenig erholt hatte. Dass diese seltsame Schwester immer wieder zurückschaute, obwohl es dort nichts zu sehen gab, und manchmal murmelte: »RA PA«, das Orakelzeichen für den Dämon der Zerstörung, beunruhigte sie zwar, doch Nyima war bei Kräften und hielt die täglichen Ritte ohne Klage durch.

Auf einer kahlen Ebene, wo ein stetiger Wind die harten Gräser kämmte, holten sie die Karawane ein, und die beiden Führer, die der Kusho zur Verfügung gestellt hatte, durften wieder heimkehren. Die Karawane war nicht sehr groß, viel kleiner als die Frühjahrskarawane, aber sie wurde von einer besonders starken Truppe gut bewaffneter Wächter beschützt.

Dass Pala sie mit seinen Männern ergänzte, wurde freudig begrüßt.

Endlos schien die Reise durch die karge Landschaft zu dauern. Schneestürme auf Pässen, gefährliche Abstiege, wobei den Pferden immer wieder der Schnee von den Hufen gekratzt werden musste, damit sich nicht gefährliche Eispolster bildeten, mühseliges Überqueren der Flüsse in schwankenden Booten, Stürme, die an den Zelten zerrten, steinige Ebenen, Sonne, die jede freie Hautstelle verbrannte, und Nächte weit unter dem Gefrierpunkt. Durchdringend war die Stimmung der Mutlosigkeit, die alle ergriffen hatte. Einmal hatte eine Gruppe von Reitern die Karawane überholt und erklärt, Lhasa sei zerstört, in der Stadt habe es Brände gegeben, Lajang Khan sei ermordet worden, die Leute fürchteten sich sogar vor plündernden Mönchen, es herrsche Chaos. Es hieß, Mönche seien es gewesen, die den Mongolen die Stadttore geöffnet hätten, wie anders hätten die Mongolenhorden die schlafende Stadt mitten in der Nacht überfallen können? Und die Raserei der Mongolen dehne sich nach Süden aus und mache auch vor Klöstern nicht Halt.

Lenjams Gedanken kreisten erbarmungslos. Was hatten die Mongolen vor? Konnte die Familie des Kusho nach Lhasa zurückkehren? Stand ihr schönes Haus noch? Vielleicht war der junge Mann, den der Kusho für seine Tochter vorgesehen hatte, nicht mehr am Leben. Lenjam verbot sich, dies zu wünschen, doch der Gedanke kehrte wieder. Schließlich bemühte sie sich, mit dem Mantra des Mitgefühls, das Tante Puntsog unermüdlich vor sich hin sang, die Gedanken zurückzudrängen. Tante Puntsog war während der Reise in Lenjams Achtung beträchtlich gestiegen. Wenn es schwierig wurde, dachte Tante Puntsog immer an das Mantra, den Geisteszähmer. Wie viel besser es doch war, allen Wesen Glück zu wünschen, anstatt sich mit unerfreulichen Gedanken zu plagen.

In der gesamten Karawane war die Stimmung gedrückt. Dennoch luden die einzelnen Gruppen einander ein, und zur Ablenkung wurden Geschichten erzählt, aufmunternde Lieder gesungen und vielleicht ein wenig mehr Chang getrunken als gewöhnlich. Lenjam hatte sich auf einige lange Blicke mit hübschen jungen Khampa-Kämpfern beschränkt. Die schönsten Augen habe sie im ganzen Land, flüsterte ihr einer dieser wilden Jungen zu, und sie fühlte diese Worte in ihrem Leib tanzen. Sie antwortete mit einem Lächeln und drehte sich wortlos weg, ohne zu wissen, dass man in der Karawane von diesem Lächeln sprach und es geheimnisvoll nannte.

Endlich veränderte sich die Landschaft, sie wurde grüner, es gab wieder Wälder. Bald trennten sie sich von der Karawane und fanden mit einem einheimischen Führer den Weg, auf dem sie im Frühjahr zur Karawanenstraße gereist waren. Nyima lebte in der vertrauteren Umgebung sichtbar auf, begann mehr zu essen und schlief ruhiger. Überall wurden sie als heimkehrende Pilger beglückwünscht. Pala hatte angeordnet, sie sollten Fragen nach den Ereignissen in Lhasa abwehren. Ihre Gruppe sei schon vor dem Überfall abgereist, sie wüssten nichts, hätten nur Gerüchte gehört, sollten sie sagen.

»Eine Schande, dieser Streit in den großen Klöstern und das Gezerre um das Oberhaupt ihrer Linie, zwei Fünfte, zwei Sechste und ein entführter Siebter«, hörte Lenjam den Abt eines Klosters schimpfen. »Sie verfolgen uns und gehen aufeinander los. Sie müssen wahrlich von bösen Geistern besessen sein.«

Der Gedanke, dass es Mönche waren, die stritten, bespitzelten, intrigierten, bedrohten, sogar unter dem Schutz der Mongolen in Lhasa plünderten, ängstigte Lenjam. Es musste wohl so sein, dass die Mönche von bösen Geistern besessen waren. Doch wie konnte das möglich sein? Hatten sie nicht mächtige Weisheitsbeschützer wie Mahakala, denen sie jeden Tag Opfergaben brachten? Beteten sie nicht zu den Weisheitsgottheiten um Erleuchtung? Hatten sie nicht das Gelübde abgelegt, alle Arten von Hass, Gier und Verblendung zu meiden? Hatten sie nicht alle dieselben Verse gelernt wie Nyima und sie selbst?

Wenn ich mir Glück wünsche,
aber schlecht handle,
wird mich, wohin ich auch gehe,
dank meiner üblen Neigungen
das Leiden einholen.

Fürchteten sie sich nicht davor?

»Vielleicht sind sie alle so verrückt, dass sie meinen, sie tun das Richtige«, sagte Nyima.

Lenjam dachte ein wenig nach und kam zu dem Schluss: »Das kann ich mir nicht vorstellen.«

»Dann fängst du am besten gleich damit an, es zu üben. Bald sind wir daheim. Denk an Tante Dön.«

Daheim. Das bedeutete für Lenjam die Mola und Ani-la, an Tante Dön hatte sie kaum je gedacht. Doch bald würde dieser böse Geist wieder ein Teil ihres Lebens sein wie piksendes Stroh in der Kleidung oder ein Kiesel im Schuh.

Während Lenjam die immer kälter werdenden Nächte verwünschte und sich nur noch nach ihrem Zuhause sehnte, wurde Nyima von Tag zu Tag lebhafter. Ob er den Weg zur Höhle des Yogis finden würde, fragte sie Pala immer wieder und sagte, es bringe Verdienste, diese Höhle zu besuchen. Woher sie das wisse, fragte Pala. Der lange, stille Blick seiner außergewöhnlichen Tochter schien ihn zu überzeugen.

Doch zunächst mussten sie weiterhin Tag für Tag den mühsamen Weg bewältigen, sich mit den Tieren an Abgründen entlangtasten, auf eisigen Pässen den Pferden und Mulis raue Lappen um die Hufen binden, damit sie nicht ausglitten. Immer wieder mussten frische Ledersohlen an die Stiefel genäht werden. Wenn sie nicht bei Bauern oder Nomaden frische Lebensmittel erwerben konnten, bestanden die Mahlzeiten meistens nur aus Buttertee, Tsampa und ein wenig hartem Käse. Immer genügend Futter für die Tiere zu transportieren, war wichtiger.

Lenjam gab sich alle Mühe, nicht zu jammern. Diesmal ohne die Hoffnung auf einen abwechslungsreichen Besuch in Lhasa erschien ihr das Pilgern weniger anziehend denn je. Natürlich war es gut für ihr Karma, aber, so fand sie, schlecht für ihre Laune. Beim morgendlichen heiligen Rauch, mit dem alle guten Geister um Glück für ihre Gruppe und für alle Wesen gebeten wurden, reduzierte sich ihr Gebet manchmal nur noch auf den Wunsch: »Lasst uns ganz schnell zu Hause ankommen!«

Die Nomaden und Bauern, denen sie begegneten, warnten nachdrücklich vor Räubern. Wenn sie nicht im Schutz eines Klosters oder einer Nomadenfamilie übernachten konnten, musste stets einer der Männer Wache halten. Wer müde wurde, weckte den nächsten, der eingeteilt war. Lenjam bedauerte die Wächter, die in den eisigen, klaren Nächten am Zelteingang saßen und lauschend hinaus in die Weite spähten. Gelegentlich näherte sich ein neugieriger Bär und schreckte die Pferde auf, oder ein paar wilde Yaks verharrten in der Nähe.

Der Überfall kam am grauen Ende der Nacht. Lenjam erwachte von einem kurzen, abgehackten Schrei und dem Stampfen und Wiehern der angebundenen Pferde. Kampfgeschrei, Trampeln, ein Teil des Zeltes wurde weggerissen. Sie verkroch sich zitternd in ihre Felle. Plötzlich war es wieder ruhig, der Klang galoppierender Hufe entfernte sich.

Palas Männer, die mit ihren langen Messern neben sich zu schlafen pflegten, waren augenblicklich kampfbereit gewesen und hatten die Räuber schnell verjagt. Doch der Wächter, Onkel Lobsang, war tot. Ein Messer steckte in seiner Kehle. Er hatte seine Angreifer gerade rechtzeitig genug entdeckt, um noch einen Warnschrei ausstoßen zu können.

Einer der Männer deutete befriedigt auf einen großen Blutfleck nah bei Onkel Lobsang. »Ho, den habe ich erwischt!«, rief er.

»OM MANI PEME HUM«, sagte Tante Puntsog mit Tränen in der Stimme. »Freu dich nicht. Das tut dir nicht gut.«

Im Zelt legten sie Lobsang in ihre Mitte und hüllten ihn in Mantra-Rezitationen ein, sodass kein böser Geist sich seiner bemächtigen konnte. Lenjam bemühte sich, ihre Tränen zurückzuhalten. Es war nicht gut, den Geist des Toten durch Tränen zu verstören. Man musste ihm ganz fest wünschen, dass Amitabha, der Buddha des Mitgefühls, ihn empfing und in das Reine Land brachte oder dass er zumindest im Bardo, der Zwischenwelt, nicht leiden musste und eine gute Wiedergeburt haben würde. Aber trotz aller Bemühung musste sie weinen um den freundlichen Onkel Lobsang, den sie ihr ganzes Leben lang gekannt hatte, der zur innersten Familie gehört und Palas besonderes Vertrauen gehabt hatte. Er hatte ihr die Pferdesprache beigebracht, und unter seinen aufmerksamen Augen hatte sie reiten gelernt. Der Verlust tat so weh in der Brust.

»Wenn doch nicht gerade er Wache gehabt hätte«, flüsterte sie Nyima zu. »Ich mochte ihn so gern.«

»Er war ein guter Mann«, erwiderte Nyima. Auch sie hatte Tränen in den Augen. »Aber es ist sein Karma. Er hat uns bewacht, dafür ist er gestorben. Sobald wir zum nächsten Kloster kommen, wird seinem Geist geholfen.«

Es war gut, wie Nyima die Dinge so nüchtern zurechtrückte. Seit der Pilgerreise fühlte sich Lenjam angesichts der Überlegenheit ihrer Schwester nicht mehr unterlegen. Sie hatte erkannt, dass es eine völlig unbeabsichtigte Überlegenheit war, die mit Nyimas früheren Leben zu tun hatte.

Onkel Lobsangs Tod rief die Erinnerung an den Verlust der Mutter wach, den die Reise nach Lhasa überdeckt hatte. Doch jetzt, stellte sie fest, konnte sie mit diesem Verlust viel besser leben. Diese Pilgerschaft, so viel Mühsal sie auch mit sich gebracht hatte, war doch ein guter Rat des Höchstehrwürdigen Lamas gewesen. Diese Einsicht erschien ihr so wichtig, dass sie kaum die nächste Rast erwarten konnte, um sie Nyima mitzuteilen.

»Natürlich war es ein guter Rat«, sagte Nyima. »Sonst hättest du Jampal nicht kennenlernen können. Allein das war es doch wert, oder nicht?«

Manchmal hatte Nyimas Weisheit die Wirkung, einen Tritt gegen ihr Knie herauszufordern. Doch Nyima war auf der Hut und wich aus, lachend ohne die geringste Schadenfreude.

Bald hatten sie ein Kloster erreicht, das die Riten für Onkel Lobsang ausführte, und die Himmelbestattung wurde in Auftrag gegeben. Dort hatte sich auch ein Führer gefunden, um sie über die Berge zur heiligen Höhle des Yogis, der von Sternenlicht gelebt hatte, zu bringen.

»Manchmal ist die Höhle nicht da«, warnte der Mann. »Ich kenne den Weg, aber einmal ist sie da, einmal nicht.« Und mit einem kaum merklichen Zwinkern fügte er hinzu: »Kommt wohl darauf an, wer sie sucht.«

Zumindest fanden sie einen geeigneten Lagerplatz, um die Zelte aufzustellen. Der Weg zur Quelle war von hier aus viel weiter, doch Nyima bot sich an, Wasser zu holen, und es war selbstverständlich, dass Lenjam sie begleitete. Die Felsen begannen bereits lange Schatten zu werfen, und es war Lenjam, als stießen diese Schatten einen kalten Atem aus. Den Atem der Dämonin.

»Meinst du, sie ist wieder da?«, fragte sie.

Nyima winkte ab. »Ich spüre sie nicht.«

Die Quelle floss reichlich und sprudelte über Felsen in ein enges Bachbett. Nachdem sie die Töpfe gefüllt hatten, schrieb Nyima in Erinnerung an das plötzliche Versiegen der Quelle das Mani-Mantra in den Bach. »Ich wüsste gern genau, was man da tun muss«, sagte sie. »Aber es wird schon richtig sein.«

Trotz der Beschwichtigung wachten in Lenjam die alten Geschichten auf über die Dämonen der Berge, die Mola erzählt hatte, und über die Bannsprüche, die man kennen musste, um sie zu fesseln, bis man den Berg verlassen hatte. Aber die Mola konnte die Bannsprüche nicht aufsagen, denn nur die Zauberer kannten sie. Es dauerte lange, bis Lenjam einschlief.

Die Dämonin lauerte vor dem Zelt und schaute mit bösen Augen durch den Spalt am Eingang. Feurige Augen, die wild in ihren Höhlen rollten, die suchten, sich durch die Felle fraßen. Nach Lenjam suchten sie, würden sie entdecken. Lenjam wollte um Hilfe rufen, riss den Mund auf, doch sie hatte keine Stimme. Sie ertrank in der Flut von Angst.

Plötzlich wurde die Dämonin weggerissen. Jemand hatte sie an den Haaren gepackt und zog sie zwischen den verstreuten Bäumen davon.

Die Dämonin heulte wütend.

Oder war es nur der Wind?

So sehr fürchtete sich Lenjam, dass sie am Morgen nicht davon sprach. Sie wollte niemandem von der Dämonin berichten, wollte nicht von ihr sprechen, wollte sie totschweigen. Nicht an sie denken. Gedanken hätten sie herbeirufen können. Sie murmelte Taras Mantra, denn eine der einundzwanzig Taras schützte gewiss auch vor Dämonen.

Die frühe Sonne wärmte den Fels, und Nyima drängte darauf, schnell zur Höhle aufzubrechen. Pala, der seit dem Überfall der Räuber wachsamer war denn je, hatte sich mit seinem kurzen Schwert bewaffnet.

Lenjam richtete ihre Aufmerksamkeit auf den steilen Weg, Schritt um Schritt, Mantra um Mantra. Doch die Dämonin lauerte. Wie ihr mörderischer Blick durch die Dunkelheit ins Zelt geschossen war. Wie ihre entsetzlichen Augen rollten, als sie weggerissen worden war. Wer hatte sie weggerissen? Nein, sie wollte nicht daran denken! Taras Mantra musste sie beschützen. OM TARA TUTTARE TURE SVAHA!

Nyima blieb stehen, ein wenig außer Atem. »Was machst du für ein Gesicht, Lenjam? Ist was?«

Lenjam schüttelte den Kopf. »Ich denke nach. Wie war das mit dem Erleuchtungsgeist? Der soll ja alles Leiden beenden.«

Nyima lachte. »Das haben wir doch ständig auswendig gelernt: *Denk an andere anstatt an dich selbst.*«

»Dann fürchte ich mich eben für andere«, murrte Lenjam. »Macht's das besser?«

»Nicht fürchten – Gutes wünschen!«

Lenjam seufzte. »Dann fang du bitte mit mir an.«

Bald würden sie die Höhle erreicht haben, dachte Lenjam, und dann würden sie wieder zum Lager hinunterklettern, und weil es zu spät war zum Weiterziehen, würden sie noch eine weitere Nacht auf dem Berg der Dämonin verbringen müssen. Diese Aussicht ließ ihre Knie zittern. Nicht daran denken! Den anderen Gutes wünschen! Ihnen allen wünschen, dass die Dämonin schlief oder von demjenigen, der sie weggeschleift hatte, eingesperrt worden war. Oder dass er sie gezähmt und bekehrt hatte wie Guru Rinpoche die Dämonen von Samye. Ja, das wäre die beste Lösung.

Ein Ausruf Nyimas ließ alle aufschauen. Im noch weit entfernten Höhleneingang saß eine in ein weißes Gewand gehüllte Gestalt. Der Führer hielt inne und murmelte voller Verwirrung: »Der Yogi! Das kann doch nicht sein!«

Sie blieben unschlüssig stehen.

»Vielleicht ist es ein Geist«, sagte der Führer.

»Das ist kein Geist. Weitergehen!«, sagte Pala. Wieder einmal fühlte Lenjam tiefe Bewunderung für Pala, der mutig und entschlossen war und Entscheidungen treffen konnte.

Der Yogi war nicht allein. Ein junger Schüler saß ebenfalls in der Höhle, auch er in das weiße Gewand der Yogis gekleidet und wie der Meister mit dem vielfarbigen Band schräg über dem Leib. Ngakpas, dachte Lenjam aufgeregt und war sich nicht sicher, ob sie sich fürchten sollte.

Nach den drei erforderlichen Niederwerfungen trat Pala vor und legte eine Kata mit den Opfergaben an den Höhleneingang. »Verehrter Togden-la«, sagte er, »mein Name ist Tubten, ich bin der Distrikthauptmann aus dem Tal des Klosters Rigdzin Gompa, und dies sind meine Töchter Nyima und Lenjam. Verzeiht, dass wir euch keine angemessenen Gaben bringen. Wir wussten nicht, dass jemand in dieser Höhle lebt – wir haben nur mit dem Segen des früheren Togden-la gerechnet.«

Kein Lächeln nahm dem straffen Gesicht des Yogis die Strenge. »Schon gut, schon gut. Ich habe euch erwartet.«

Lenjam entfuhr ein kleiner Laut der Überraschung. Sie duckte sich unter dem langen, forschenden Blick des Yogis. Das musste ein richtiger Lehrer sein, dachte sie. Vielleicht würde er Fragen beantworten. Erkannte man daran einen richtigen Lehrer? Ihr fiel keine einzige Frage ein.

Inzwischen hatte Nyima das Säckchen des Spielmanns Dorje mit beiden Händen wie eine Kostbarkeit am Höhlenrand niedergelegt.

»Verehrter Ngakpa, dies sollte ich hierher zur Höhle bringen«, sagte sie. »Ein Spielmann mit dem Namen Dorje hat mir in Lhasa den Auftrag gegeben.«

Mit einem lauten »*Ätsi!*« nahm der Yogi das Säckchen auf. In seinem Mundwinkel zuckte es. »Mein alter Freund Lama Dorje! Ist er immer noch so ein wandernder Läusesack? Sieht ihm ähnlich, euch auf diese Weise seinen Schutz in die Tasche zu schmuggeln.«

Während der Schüler, vom Ngakpa als »dies ist der eifrige Yakschädel Yongdu« vorgestellt, aus einem Topf über einem kleinen Feuer Buttertee in die Becher der Gäste schenkte, schnupperte der Yogi an dem Säckchen, hielt es ans Ohr, nickte und gab es Nyima zurück.

»Sagt, was ist los in Lhasa?«, fragte er.

Pala berichtete vom Streit in den Klöstern und in der Regierung, von der Verfolgung der Ngakpas und Angehörigen der Alten Linie und dem Überfall der Mongolen. Der Yogi nickte, murmelte »*La so, la so!*« und schaute in die Weite.

Dann griff sein Blick nach Nyima. »Und was hast du gesehen, Mädchen?«

Lenjam fühlte, dass sie keine Verbindung zu ihrer Schwester mehr hatte, grade so wie während Nyimas Krankheit. Doch sie spürte etwas zwischen Nyima und dem Ngakpa, das sie nicht hätte beschreiben können, und sie fragte sich, ob Pala es ebenfalls wahrnahm.

»Ich sah schwarze Döns über Lhasa«, sagte Nyima, »und Lenjam sah sie auch. Und es gibt da ein mächtiges Geistwesen, das verwirrt die Mönche.«

Der Ngakpa hob die Hand und fiel Nyima ins Wort. »Darüber wollen wir nicht reden.«

»Ich war krank«, fuhr Nyima fort, »und Dakinis waren bei mir und sagten, ich dürfe nicht bei ihnen bleiben. Als die Mongolen kamen, waren wir schon weg. Ich habe im letzten Augenblick das Buch des zweiten Dalai-Lama mitgenommen, ich hatte Angst darum, es ist so kostbar. Und dann habe ich vergessen, es dem Kusho zu sagen, und jetzt habe ich es immer noch und kann es ihm nicht zurückgeben. Das ist schlimm. Aber vielleicht wäre es bei der Plünderung zerstört worden, und darum ist es vielleicht doch nicht so schlimm. Aber ich brauche einen Lehrer, sonst verstehe ich nicht wirklich, was darin steht. Wir haben auch das Buch der Anleitungen, Bodhicharyavatara, auswendig gelernt, aber nicht alles verstanden.«

Der Ngakpa schwieg lange. Immer wieder schenkte der Schüler Tee nach. Der Sonnenstreifen am Höhleneingang wich nach und nach dem Schatten. Lenjam erinnerte sich später, dass sie keinerlei Unruhe empfand. Sie hatte sich in der Zeit ohne Ränder niedergelassen. Die Höhle war ein Palast und der Ngakpa ein König.

Plötzlich sagte der Ngakpa: »Ich danke euch für euren Besuch. Mein Segen begleitet euch nach Hause.«

Er gab seinem Schüler einen Wink, bekam ein Säckchen, griff hinein und reichte jedem seiner drei Besucher ein kleines Amulett aus Silber mit einer Abbildung des Guru Rinpoche Padmasambhava.

Zu Pala sagte er: »Rezitiere jeden Tag das Mani-Mantra, wann immer es möglich ist, bei jeder Gelegenheit. Es soll so selbstverständlich werden wie atmen. Das ist sehr wichtig für dich.«

Als Nyima vor ihm niederkniete, beugte er sich vor und fragte: »Hat mein alter Freund vielleicht einen Ngakpa Rinchen erwähnt?«

Nyima bejahte verwundert.

»Das bin ich«, sagte er.

»Also seid Ihr mein verehrter Lehrer«, flüsterte Nyima. »Ihr müsst es sein.«

Meiner bitte auch!, wollte Lenjam rufen. Warum tat sie es nicht? War dies nicht der richtige Augenblick? Woran erkannte man den richtigen Augenblick?

»Wir werden sehen«, sagte der Ngakpa.

»Was soll ich tun?« Nyima flüsterte kaum hörbar.

Ngakpa Rinchen wiegte den Kopf. »Denke gründlich über die Verse nach, die du gelernt hast, und wende sie an. Verstehen, Erfahrung, Verwirklichung. Und denke daran, dass du nicht nur nachts träumst. Tags träumst du auch. Alles ist Traum. Alles ist vergänglich, nichts bleibt, wie es war. So ist es doch im Traum, nicht wahr? Also, alles ist Traum. Denk ständig daran. Wenn du dich aufregst – ein Traum. Wenn du dich fürchtest – ein Traum. Wenn du dich freust – ein Traum.«

»O ja«, erwiderte Nyima eifrig. »Ich werde daran denken.«

»Gut! Yongdu wird mit euch zum Kloster hinuntergehen und dir aus der Klosterbibliothek Bücher mitgeben. Du magst Bücher, hm? Und du wirst die Arya-Tara-Meditation praktizieren. Yongdu wird dir den Text dafür geben. Ich gebe dir die Übertragung.«

Er unterbrach sich und wandte sich an Lenjam. »Das gilt auch für dich!«

Zu Nyima sagte er noch: »Zu Losar kommst du ins Kloster unten im Tal zu meinen Unterweisungen.«

Dann faltete er die Hände und sprach die Rezitation der einundzwanzig Taras mit so großer Geschwindigkeit, dass Lenjam nur hin und wieder einzelne Worte verstand. Immerhin, das Mantra verstand sie. Dann gab er noch ein paar Erläuterungen und verabschiedete sie mit einer Handbewegung. Im letzten Augenblick winkte er Lenjam zu sich.

»Keine Angst«, raunte er ihr zu, »sie ist nur neugierig. Abgesehen davon – nur ein Traum!«

Dann ging es wieder steil bergab, vorbei am Wasserfall, mit großer Vorsicht über die nassen, rutschigen Steine. Ein ungeeigneter Weg für ein Gespräch, doch Lenjam wollte reden, war randvoll angefüllt mit sprudelnden Gedanken, die sie dringend mit Nyima besprechen musste. Doch da war Yongdu. Er hatte sein weißes Gewand durch eine gewöhnliche Chuba, Hose und Stiefel ersetzt, und außer dem Haarknoten auf seinem Scheitel erinnerte nichts an den Schüler eines Ngakpas. Was mochte er wohl lernen in der Höhle?

Während der ganzen Zeit, bis sie endlich am nächsten Tag das Kloster erreichten, in dem Yangsi Rinpoche, die kleine Wiedergeburt des früheren Abts und Herrn der Höhle residierte, ergab sich keine Gelegenheit zum Gespräch mit Nyima. Pala und die Schwestern mussten den Tanten und Onkeln ausführlich Auskunft über den Besuch der Höhle geben, und Yongdu ließ sich bestaunen und berichtete vom Ngakpa, dem Kloster und der kleinen Wiedergeburt. Der verehrte Ngakpa stamme aus dem Norden, erklärte er, und er sei der Vater des kleinen Tulkus. Seit kurzer Zeit lebe er in der Höhle und werde nur von Menschen gefunden, die er erwarte. Yongdu beantwortete nicht nur bereitwillig alle Fragen, sondern schien die Aufmerksamkeit ungeniert zu genießen. Lenjam war enttäuscht. Sollte der Schüler eines Ngakpas nicht geheimnisvoll sein, vielleicht sogar ein bisschen zaubern können? Doch dieser Schüler war offenbar ein ganz gewöhnlicher junger Mann, abgesehen von dem Haarknoten, der auf seinem Kopf thronte wie das Ushnisha des Buddha. Es war eine Herausforderung, der sie nicht widerstehen konnte. Kaum dass sie selbst bemerkte, wie sie ihn von der Seite ansah, ihre Zöpfe zurückwarf, ihre Armringe drehte, ihm ein übermütiges Lächeln in den Weg warf. Und er fand augenscheinliches Vergnügen daran.

»Ist er nicht nett?«, flüsterte Lenjam vor dem Einschlafen unter den Fellen hervor

»Ein alberner Gockel«, antwortete Nyima.

Lenjam verzog das Gesicht. Vielleicht war er irgendwie gockelartig, aber nur ein kleines bisschen. In erster Linie nett.

»So, und wer hat jetzt recht? Gockel oder nett?«

Nun war es an Nyima nachzudenken. »Ich glaube, wir beide«, flüsterte sie schließlich.

Am Morgen war Yongdu vergessen in der fröhlichen Aufregung, die das Erscheinen der kleinen Wiedergeburt im Vorhof des Klosters auslöste. Der Ruf eines Mönchs kündigte das Ereignis an, alle liefen zusammen und stellten sich mit weißen Glücksschleifen in den Händen und gebeugtem Rücken auf. Der kleine Würdenträger wurde von einem Mönch auf dem Arm durch die Reihe getragen, und das Kind legte jedem Gast die hingereichte Glücksschleife um den Hals. Manchmal blieb sie quer über einem dicken Khampa-Schädel hängen, und der Mönch, der den Kleinen trug, musste nachhelfen. Bei Nyima angekommen, legte die kleine Wiedergeburt unerwartet beide Hände auf ihren Kopf.

»Yangsi Rinpoche freut sich, dass ihr oben in der Höhle bei seinem Vater wart«, sagte der Mönch zu Pala.

Nyima richtete sich auf, sodass sie dem Kind in die Augen schauen konnte. »Erinnert sich Rinpoche-la an früher?«

Der kleine Junge nickte. »Meine Höhle.«

Der Mönch ging weiter, und das Kind warf Lenjam die Kata über den Kopf. Mit einem verschmitzten Lächeln sagte es: »Und meine Dämonin.« Dabei ergriff er einen von Lenjams Zöpfen, zog daran und kicherte.

Später erzählten ein paar junge Mönche, die Dämonin würde sich, wenn man die kleine Wiedergeburt zur Höhle hinaufbrächte, stets mit aufgeregten Windstößen bemerkbar machen. Dann hebe das Kind beide Hände und sie sei wieder ruhig.

9

»Endlich seid ihr wieder da, das ist gut«, sagte die Mola. Sie war mit ihren steifen Beinen aus dem Haus geschlurft und ließ den Blick auf dem Grüppchen ruhen, das von den Hausbewohnern umdrängt wurde.

»Wo ist Lobsang?«, fragte die Mola. Sie hatte sofort bemerkt, dass einer fehlte, und in all der Aufregung und dem Gerede zog Tante Puntsog sie beiseite und tröstete sie.

Lenjam genoss es tief, wieder in die vertraute Welt einzutauchen. Welch ein Glück war es gewesen, von Weitem in das Tal hinunterzuschauen, als sie sich vom Pass herab ihrem Kloster näherten, um dann in der Glorie heimgekehrter Pilger vom jungen Rinpoche und dem Höchstehrwürdigen Lama mit Segenswünschen empfangen zu werden. Ein bisschen wichtiger schien die Familie geworden zu sein durch die Reise zur heiligen Stadt, die, so dachte Lenjam mit Frösteln im Herzen, inzwischen grausam entheiligt worden war. Doch blieb die heilige Stadt im Innern, im Herzen der Göttin des Lhasa-Tals, nicht immer heilig, unzerstörbar? Das würde sie dringend mit Nyima besprechen müssen. Jedenfalls war es herrlich, mit Würden empfangen zu werden, und sie durften, angefüllt mit so viel Segensenergie, ganz ungeniert stolz sein.

Und da war es wieder, das Land ihrer Sippe mit den Feldern und den sanften Schleifen des Flusses mittendurch, in dem die Nagas herrschten, und der mächtige Bergzug, den der große Berggeist behütete. Wie ein Bäumchen fühlte sich Lenjam, das man wieder dorthin setzte, wo es hingehörte, wo seine Wurzeln sich wieder mit dem tiefen, alten Wurzelstock verbinden konnten. Und so ging es ihr auch mit dem Anwesen ihrer Familie und mit den Menschen, die sie immer schon gekannt hatte.

Außer einigen. Da waren fremde Gesichter, gerötete Nomadenwangen, das sah sie mit schnellem Blick. Sie klebten an Tante Dön, als fürchteten sie sich. Oder lauerten. Das war nicht gut.

Doch Ani-la war da, hielt sie fest, sagte: »Meine kleine Prinzessin, mein Kindchen!«, und es war ein so unbändiges Lachen und Weinen in diesem sonst so gefassten Nonnengesicht, dass sich plötzlich in die Freude, Ani-la wiederzuhaben, Lenjams versteckte Trauer über Amalas Verlust mischte und in ungestümen Schluchzern aus ihr herausbrach. Denn Amala hätte neben Ani-la stehen sollen, so hätte es sein müssen, dann wäre es richtig gewesen. Dann hätte Ani-la sie nicht so schnell losgelassen, um auch Nyima in die Arme zu nehmen.

Die Mola schien älter und kleiner geworden. Lag es daran, dass sie nicht mehr in ihrer Küchenecke saß, sondern im Wohnraum, der größer war und von den beiden Säulen mit der bunten Bemalung zerteilt wurde? Nach der Begrüßung hatte sich Lenjam beiseitegehalten, bis Pala die Geschenke überreicht hatte, die Mola unweigerlich später an Ani-la und die Mädchen und andere verteilen würde, und sie mit Mola allein sprechen konnte. Um Tante Dön auszuweichen, ging sie in den Stall und drückte ihr Gesicht an Dralas Hals, erleichtert, dass die Pilgerreise zu Ende war, und zugleich beunruhigt, ohne den Grund zu wissen.

Nur einen Tag währte das kleine Glück des unaufgeregten Alltagslebens mit seiner vertrauten Gleichmäßigkeit, nach dem sich Lenjam auf der Heimreise immer mehr gesehnt hatte. Dann ließ Pala die Mädchen in sein Zimmer rufen, wo Ani-la, Onkel Dokar und Tante Puntsog bereits warteten.

»Ani-la wird uns verlassen«, sagte er. »Sie kehrt in ihr Kloster zurück.«

Lenjam und Nyima sahen einander fassungslos an. Es war undenkbar, dass Ani-la nicht mehr da sein würde.

»Ani-la, nein, bitte nicht!«, flehte Nyima mit einer kleinen, zitternden Stimme, die Lenjam noch nie bei ihrer eigenwilligen Schwester vernommen hatte. So kleinmütig durfte Nyima nicht sein, das war Verrat. In diesem Augenblick wusste Lenjam nicht, wen sie mehr des Verrats bezichtigen sollte, Ani-la oder Nyima.

»Bitte, versteht mich«, sagte Ani-la mit gesenktem Kopf. »Ich bin eine Nonne. Eine Nonne gehört zu ihrem Kloster. Ich kam hierher, als eure Mutter schwanger war, um ihr zu helfen, und ich blieb wegen euch Kindern, aber jetzt seid ihr keine Kinder mehr, und ich sehne mich nach meinem Kloster und einem Leben im Retreat. Ich habe so viel versäumt. Und ihr wisst doch, ich will das nicht nur für mich tun. Es ist für euch. Für alle Wesen. Bitte, versteht mich.«

Aber wir sind deine Kinder, wollte Lenjam sagen, du bist unsere zweite Mutter, du darfst uns nicht auch noch verlassen. Doch so selbstsüchtig durfte sie nicht sein. Die vollkommene Befreiung aller Wesen sollte man anstreben, so hieß es doch, im Wachen und Schlafen, dann »wird die

Macht des Verdienstes hervorquellen, grenzenlos wie der Himmel«. Man konnte den *Anleitungen* nicht widersprechen.

»Aber wenigstens noch nicht so bald!«, warf sie ein.

Ani-las Blick war voller Mitgefühl und Entschlossenheit. »Der nächste volle Mond ist ein günstiger Tag für die Reise. Dann könnt ihr euch gleich an ein Leben ohne mich gewöhnen. Ich habe lediglich bis zu eurer Rückkehr gewartet.«

Es wurde festgelegt, dass Pala sie bis zum Dzong begleiten würde, denn er musste dem Gyalpo seine Aufwartung machen und Befehle entgegennehmen. Zwei seiner Männer würden sie dann zu ihrem Kloster bringen. Lenjam vermutete, dass Ani-la und Pala alles schon vor der Pilgerreise beschlossen hatten.

Die Schwestern hielten einander an den Händen, als sie Palas Zimmer verließen. Es musste nicht ausgesprochen werden, wie sehr sie einander nun brauchten, mehr als während der Pilgerreise. Unterwegs hatte es nur schmerzende Hinterteile von den langen Ritten und unangenehme Stürme gegeben. Hier gab es Tante Dön.

Sie setzten sich zu Mola in ihre Ecke im Hauptraum, die bei Weitem nicht so gemütlich war wie der alte Platz in der großen Küche. Warum sie nicht mehr in der Küche sein wolle, fragten sie, doch Mola gab keine Antwort, verzog das Gesicht nur zu einem winzigen Lächeln.

»Aber jetzt sind wir doch wieder da«, sagte Lenjam und Nyima fügte hinzu: »Wenn Ani-la weg ist, übernehmen wir die Aufsicht in der Küche. Dann wird alles wieder wie zuvor.«

»Das ist gut«, erklärte Mola und drehte ihre Gebetsmühle ein bisschen schneller. Sie sollten von der Pilgerreise erzählen, verlangte sie, doch darüber, was während dieser Zeit im Haus geschehen war, wollte sie nicht berichten. »Hier geht doch alles immer seinen gleichen Gang«, sagte sie, »was soll man da erzählen? Alles lief, wie es sollte. Als der Regen kam, drohte der Fluss überzulaufen, aber unsere Opfergaben für die Nagas und die Lokapalas und unsere Bitten an Tara haben es verhindert.«

Am nächsten Morgen waren Nyima und Lenjam sehr früh in der Küche. Nyima wies die Mägde an, was zu tun war, und als Tante Dön die Küche betrat, war sie schon dabei, mit Ani-la ausführlich zu besprechen, welche Vorräte vorhanden waren und wie sie eingeteilt werden sollten.

Tante Dön fuhr dazwischen: »Mach dir darum keine Gedanken, Nyima. Ich kümmere mich um die Küche.«

Nyima wandte sich ihr zu und sagte ruhig, ohne besondere Betonung: »Nein, das ist nicht nötig, Tante. Vielen Dank, dass du während unserer Pilgerreise ausgeholfen hast. Doch selbstverständlich nehme ich jetzt den Platz meiner Mutter ein, und meine Schwester übernimmt die Stellung von Ani-la, die uns leider verlässt. So verlangt es die Ordnung in diesem Haus.« Und sie wandte sich wieder Ani-la zu.

Wütend stampfte Tante Dön aus der Küche. Sie wusste nichts dagegen zu sagen, denn Pala würde jedes Wort seiner Tochter bestätigen. Er war das Oberhaupt, und niemand hätte Nyima vorwerfen können, sie habe etwas Ungehöriges gesagt. So war die Ordnung. Dagegen konnte man nichts einwenden, es sei denn, man wollte Palas Zorn herausfordern.

Die Mägde gaben sich kaum Mühe, ihr Grinsen zu verbergen. Schnell sprach es sich herum, dass Tante Döns Herrschaft in der Küche beendet war. Niemand bedauerte es. Die Mola kehrte in ihre Ecke in der Küche zurück.

Dennoch war alles ganz anders als zuvor. Vor allem spürte Lenjam, dass Krieg im Haus schwelte. Tante Döns Söhne, zwei raue Kerle, eine Schwiegertochter und deren kleines Kind wohnten jetzt im hinteren Haus. Der Großvater, das Haupt der Nomadenfamilie, habe die Söhne schlecht behandelt, man habe sich entzweit, behauptete die Tante. Pala duldete seine nicht anerkannten Neffen und ließ sie von seinem Verwalter zu gelegentlichen Arbeiten einteilen.

»Sie sehen aus wie streunende Hunde«, sagte Nyima mit hochgezogenen Augenbrauen. »Man möchte ihnen nicht im Dunkeln begegnen. Sie sind nicht gut für den Ruf unseres Tals.«

Palas Anwesen und Ländereien gediehen gut unter seiner Aufsicht, und seine Pächter waren zufrieden. Einmal hatte sogar der Höchstehrwürdige Lama ihn öffentlich gelobt. Der König könne dankbar sein, sagte er, einen so guten Mann in dieser Region zu haben, den alle achteten und wertschätzten.

Ganz unerwartet war die Freude, mit der Lama Samten sie empfangen hatte. Man musste ihm wohl berichtet haben, wie wohlwollend die Kenntnisse seiner Schülerinnen von Palas Freund, dem hohen Regierungsmitglied in Lhasa, gewürdigt worden waren, und dass ein Kloster auf den Rat eines hoch geachteten Ngakpas sogar seine Bibliothek für sie geöffnet hatte. Zu den Büchern, die Nyima mitgebracht hatte, sagte er: »Wunderbare Texte, wirklich kostbare Schätze. Erstaunlich, dass du sie mitnehmen durftest.« Sie sollten bis zum nächsten Neujahrsfest so viel davon abschreiben wie möglich, schlug er vor. Man könne vielleicht im Kloster Papier und Tusche erwerben.

»Ihr wünschtet nicht, dass Mädchen schreiben lernen, nicht wahr, Lama-la?«, erwiderte Nyima spitz. »Aber wir haben es trotzdem gelernt, allein, ohne Hilfe, wie Ihr wisst. Und wir haben viel Papier und Tusche mitgebracht.«

»Oh!«, sagte Lama Samten. »Aha!«

Schnell hatte das neue Leben seine Form gefunden. Lenjam und Nyima erinnerten einander daran, dass alles ein Traum war – der Verlust von Amala und Ani-la, Tante Döns böse Blicke, das Glück, wieder daheim zu sein.

»Ob ich im Sterben auch daran denken werde, dass ich träume?«, murmelte Lenjam, während sie mühsam die Buchstaben aneinanderreihte. »Wenn ich in diesem blöden Traum hier eine steife Hand vom Schreiben bekomme, und ich sag mir, du träumst ja nur, dann wird meine Hand trotzdem steif.«

Nyima lachte. »Lies mal vor, was du gerade schreibst.«

Lenjam las:

»Es kommt uns so vor, als sei das ›Ich‹ im Körper
oder im Geist,
doch schau genauer hin: In Wirklichkeit hat es keine
Existenz. Es besteht nur aus Gedanken.

Hm. Und was hilft mir das? Meine Hand wird trotzdem steif werden.«

Nyima wandte sich wieder ihrem Text zu. »Na ja, du könntest über diesen Vers nachdenken anstatt über deine Hand, die noch gar nicht wirklich steif ist und es vielleicht nie sein wird.«

»Du hast eine unglaublich aufmunternde Art«, knurrte Lenjam und schrieb weiter. Doch sie wusste, dass sie an diesem wie an jedem Abend zufrieden sein würde, wieder ein gutes Stück der kostbaren Texte festgehalten zu haben. Sie hatte ja noch ein ganzes Leben vor sich, um über all dieses kostbare Wissen nachzudenken und es zu verstehen. Schließlich ging es um den Weg zum wahren Glück, so viel hatte sie nun tatsächlich verstanden.

Wie schnell der Winter verging mit all diesem Schreiben! Das Feuer in einer großen Eisenschale und die kleinen Feuertöpfchen unter den Schreibpulten sorgten dafür, dass Füße und Finger nicht zu kalt wurden. Lama Samten verbrachte nun viel Zeit in dem kleinen Schreinraum, vorgeblich, um Texte zu studieren, doch oft nickte er ein in der angenehmen Wärme.

Lenjam begann, sich zum ersten Mal Gedanken über Lama Samten zu machen.

»Warum wissen wir eigentlich nichts über den Lama?«, dachte sie laut beim Schreiben einer Zeile, deren Inhalt sie nicht verstand. »Pala hat nie erzählt, wie er ihn gefunden hat.«

»Und wir haben nie danach gefragt«, sagte Nyima. »Mal sehen, was er sagt.«

Lama Samten gab entgegen seiner Gewohnheit nur einen sehr kurzen Bericht. Er sei auf der Pilgerschaft gewesen, als er Pala bei dessen erster Reise nach Lhasa begegnete. Er sei damals gestürzt und habe sich ein Bein gebrochen.

»Euer Pala ist ein sehr guter Mann«, sagte er, und Lenjam sah, dass seine Lippen dabei ein wenig zitterten. »Er hat mich auf einem seiner Maultiere mitgenommen. Ihr wart noch klein, aber er bot mir an, mitzukommen und euch zu unterrichten, wenn ihr das nötige Alter erreicht haben würdet. So war das. Ein edler Mann. Ich werde ihm bis an mein Lebensende zutiefst dankbar sein.«

Lenjam bemerkte den eindringlichen Blick, den Nyima auf Lama Samten richtete, und auch, wie schnell er wegschaute und sich an seinen Textblättern zu schaffen machte. Als ob seine Geschichte sich nicht für ein langes, dramatisches Erzählen eignete, wie Lama Samten es liebte. Lag es daran, dass seine beiden Schülerinnen ihm als Zuhörerschaft nicht genügten? Sah er sie noch immer als Kinder, denen man sich in guter alter Tradition als Lehrer nicht allzu viel zuwenden sollte, es sei denn, um zu tadeln?

Das Herannahen des Neujahrsfestes ließ bald alles andere nebensächlich erscheinen.

»Wir werden den Ngakpa sehen«, sagte Nyima und legte unwillkürlich die Hände auf die Brust. »Ich habe so viele Fragen.«

»Nicht wir – du«, wandte Lenjam vorsichtig ein. »Ich muss doch den Haushalt bewachen. Stell dir vor, wie schnell Tante Dön alles wieder an sich reißt, wenn keine von uns beiden da ist. Du glaubst doch nicht, dass Tante Puntsog gegen sie ankommt? Beim ersten Ansturm knickt sie ein.«

Nyima hatte zwar manchmal noch Wutanfälle, groß und spektakulär wie Gewitterstürme, alltägliche Aufregungen hingegen, wie sie Lenjam allzu oft ergriffen, kannte sie kaum. Doch diesmal regte Nyima sich auf. Sie zog die Stirn heftig in Falten, schob die Unterlippe vor, machte krampfhafte Gesten mit den Händen und sagte unnötig laut: »Aber du musst mitkommen. Du musst! Ngakpa Rinchen! Ich bitte dich! Er ist doch auch dein Lama!«

Ist er das?, fragte Lenjam sich. Sie hatte ihn nicht darum gebeten. Irgendwie hatte sie es versäumt. Vielleicht war das nicht gut. Oder war ein anderer Lehrer ihr Karma? Woher sollte sie es wissen?

»Also, ich weiß nicht sicher«, antwortete sie. »Aber auf jeden Fall muss ich hierbleiben und aufpassen. Denk an die Mola, wie sie sich aus der Küche vertreiben ließ. Das geht doch nicht.«

Und es ging auch nicht, dass sie das Neujahrsfest im Kloster versäumte, denn dann musste sie da sein, um Kunga wiederzusehen. Kunga! Ha, davon wusste Nyima nichts. Der war nicht etwa ein armseliger Karawanenwächter, nein, ein Mann von Stand war er, einer der wichtigen Männer des Gyalpo.

Nicht lang nach der Rückkehr von Lhasa war es gewesen, als sie mit Drala von einem langen Ritt zurückkam und von Weitem die Reitergruppe vor dem Anwesen sah. Den feinen Zelten nach zu schließen waren es wichtige Leute auf dem Weg zum Kloster. Sie hatte sich nicht genähert, wollte die Mauer umreiten und Drala gleich in ihren Stall bringen. Doch da kam er, wie vom Himmel gefallen, auf seinem geschmückten Pferd und begleitete sie unaufgefordert, redete, fragte, lachte, wollte von Lhasa hören, alle wollten ja immer von Lhasa hören, und Lenjam erzählte, weil es so leicht war, ihm zu erzählen, in seine schmalen, aufregenden Augen hinein. »Schöne Blume« hatte er sie genannt, bedauert, dass er nicht bleiben konnte, aber dass sie einander gewiss im nächsten Jahr beim Losar-Fest im Kloster sehen würden. Oh, wie köstlich, daran zu denken. Nein, davon hatte sie Nyima nichts erzählt, hatte es ganz tief in sich verschlossen. Eine so kunstvoll gleichmütige Miene hatte sie den anderen hingehalten, dass Tante Puntsog einmal sagte: »Schaut nur, unsere Lenjam ist erwachsen geworden.«

Nyima beugte sich vor mit dem misstrauischen Blick, dem Lenjam so schwer ausweichen konnte. Unbehaglich rüstete sie sich für einen ihrer leisen Kämpfe, in denen Nyima fast immer siegte. Die Schwester hatte eine Art, Macht zu sammeln, gegen die sie nicht ankam. Sogar Pala wurde davon beeinflusst, ob er es nun wusste oder nicht.

»Du musst mitkommen«, sagte Nyima. »Du musst! Ist dir nicht klar, was du versäumen könntest? Einen Lama zu haben ist das Allerwichtigste auf der Welt, es ist wie Luft zum Atmen.«

»Dann werde ich eben ein Fisch«, entgegnete Lenjam und war sich der Kläglichkeit dieses Versuchs bewusst. »Der atmet Wasser.«

Nyima hob aufgeregt die Hände. »Du weißt genau, worum es geht. Der Ngakpa kann deinen Buddha-Geist wecken. Wie willst du das allein schaffen? Dazu braucht man einen Meister. Bitte komm mit! Wir haben doch immer alles gemeinsam gemacht. Und Pala wird ja hier sein und auf Mola aufpassen.«

»Pala lässt dich nie und nimmer mehr allein gehen«, sagte Lenjam. Ah, es war befriedigend, schlagende Argumente zu haben. Obwohl es irgendwo in ihr ein bisschen wehtat. Wir haben doch immer alles gemeinsam gemacht. Ja, fast alles. Aber, du meine liebe, besondere Schwester mit dem Kuckuck auf dem Dach, Jampals Umarmungen, die gehörten mir ganz allein. Und Kunga ebenfalls. Kunga ist mein Geheimnis.

Nyimas ungeduldige Stimme wischte ihre erfreulichen Erinnerungen beiseite. »Dann kommt er eben mit. Es ist ja nicht für lang. Das werden Mola und Tante Puntsog schon durchstehen.«

Schließlich war es Pala, der entschied, dass Lenjam daheim bleiben solle, denn es ging um den Hausfrieden, der fragil genug geworden war und ihm Sorgen machte. Selbstverständlich hätte er seine kostbare Tochter nicht allein den Gefahren der Reise ausgesetzt, so verlässlich seine Männer auch sein mochten. Aber es war auch undenkbar, sie daran hindern zu wollen, ihren Meister zu besuchen. Er hatte dieses Kleinod nach vielen Gebeten an Guru Rinpoche erhalten, in Blumenduft gehüllt, von den verheißungsvollen Rufen des Kuckucks begrüßt, und es war ebenso sehr sein Wunsch wie seine Aufgabe, ihre geistige Entwicklung zu unterstützen. Dafür hatte sogar der Höchstehrwürdige Lama ihm und seiner Familie den Segen gegeben. Und zudem konnte er die Reise für diesen oder jenen guten Handel nutzen.

Als Nyima, Pala und die Männer in der frostigen Morgendämmerung schon am Losreiten waren, gab es einen kleinen Augenblick, in dem sich Lenjam fragte, ob es sich lohnte, einen Dharma-Lehrer und damit die Entwicklung des Erleuchtungsgeistes für ihre Begierde aufzugeben. »*Wie das Feuer am Ende eines Zeitalters, so verzehrt der Erleuchtungsgeist alles vom Ego bestimmte Handeln*«, kitzelte eine Erinnerung den Rand ihres Bewusstseins. Doch die Vorstellung von Kunga mit seinen edlen, kantigen Zügen, seinem herrischen Auftreten und der lockenden Sanftheit in seiner Stimme war bei Weitem mächtiger. Wie hieß es doch im Lied des Sechsten Dalai Lama:

Meditierte ich über die heiligen Lehren,
so voller Eifer, wie ich an meine Geliebte denke,
würde ich gewiss erleuchtet werden,
jetzt, hier, in diesem Leben.

Mit einem Lächeln ging Lenjam zurück in die Küche, um Mola ihre Frühstückssuppe zu geben. Die Großmutter hatte sich verändert. Viel geredet hatte sie nie, doch nun war es, als habe sie die Worte in sich zurückgenommen, um sie aufzubewahren für ein anderes Leben.

»Wie ging es dir, als du einen Mann bekommen hast, Mola? Warst du glücklich?«

Lenjam hatte nicht nachgedacht, die Frage war plötzlich aus ihr herausgefallen wie eine Zusammenfassung aller widersprüchlichen Gefühle dieses frühen Tages. Es war ganz undenkbar, Nyima und die Familie zu verlassen, und doch wollte sie zugleich diesen Mann, den sie nur ein einziges Mal getroffen hatte. Und sie wollte ihn ganz und für immer, diesen stolzen Mann aus dem Tross des Königs, ein Khampa-Edelmann aus einem alten Klan, der wusste, wie man eine Frau ansprach. Für immer?

»Glücklich«, sagte Mola und machte eine lange Pause, um Suppe zu schlürfen. »Was ist glücklich? Du willst etwas, du bekommst es. Ich wollte einen guten Mann. Pola war ein guter Mann. Viel älter als ich. Er hat gegen die Mongolen gekämpft, damals, bevor er eine Frau suchte. Das hat ihn traurig gemacht. Er war ein trauriger Mann. Dann starben mir zwei Kinder weg, bevor deine Amala kam. So ein schönes Kind. Ich glaube, da war ich wirklich glücklich.«

Lenjams Blick verlor sich im kleinen Feuer des Herdes. Tote Säuglinge. Auch das gehörte zum Leben mit einem Mann. Man bekam Kinder und wusste nicht, ob sie überleben würden. Man wusste nicht einmal, ob man selbst überleben würde. Amala hatte geschrien und geschrien, und dann war sie gestorben, und niemand hatte es verhindern können.

»Als deine Kinder starben ...«, sagte sie und wusste nicht weiter.

Die Mola leckte ihre Schale aus und stellte sie beiseite. »Es ist eben so. Manche sterben. Auch wenn man alles richtig macht, den lokalen Geistern opfert, Mantras spricht, ein guter Mensch ist.«

»Wie Amala«, sagte Lenjam.

»Ja, wie eure Amala«, bestätigte Mola. Ihr Blick war klar, ruhig und so mitfühlend, dass Lenjam ein wenig weinen musste. Ob sie über Amalas zu frühen Tod weinen musste oder nur wegen der Vorstellung einer Trennung von Nyima und Pala und der Familie, die irgendwann stattfinden würde, war nicht klar.

Endlich Neujahr! Alle waren so voller Vorfreude und Aufregung, dass Lenjams Unruhe niemandem auffiel.

Losar war das Fest der Feste. Natürlich gab es viele andere Feste, doch keines war so lang und prächtig wie dieses. Das ganze Tal vor dem Kloster war voller Zelte, die Mädchen und Frauen trugen ihre prächtigsten Kleider aus Seide und Brokat, ihre kostbaren Steine in dem langen Kopfschmuck, die prunkvollen Ketten am Hals und über den Röcken, den aufwändig gearbeiteten Silbergürtel. Die Männer sahen stark und wild aus mit ihren roten Kordeln im Haar und den kunstvoll ziselierten Scheiden ihrer langen Messer.

Lenjam wartete mit Onkel Dokar und Tante Puntsog und vielen anderen Höhergestellten darauf, als Erste dem jungen Rinpoche die Geschenke der Familie zu überreichen. An den Neujahrstagen kamen alle wichtigen Persönlichkeiten aus der Region und darüber hinaus zusammen, um den Segen des Rinpoches zu erhalten. Lenjam und Onkel Dokar grüßten stellvertretend für Pala nach allen Seiten. Wie unwichtig Onkel Dokar wirkte, dachte Lenjam mit einem kleinen ärgerlichen Gefühl, so ganz und gar kein Ersatz für Pala. Also hob sie den Kopf so hoch wie möglich unter der Last des Schmucks. Zumindest diese Pracht repräsentierte die Familie angemessen.

Sie tat alles, was von ihr erwartet wurde, machte das richtige Gesicht, sagte die passenden Worte, lächelte, wenn es nötig war, machte ihre Niederwerfungen vor dem jungen Rinpoche und dem Höchstehrwürdigen Lama. Wo war Kunga?

Endlich, endlich sah sie ihn. Ein kurzes Winken aus der Ferne. Sie stand in Flammen, konnte den Blick nicht losreißen, bis fremde Köpfe sein Bild löschten. Er war da! Es schien ihr, als hätte sie tagelang bis zu diesem Augenblick den Atem angehalten, und nun war sie ganz berauscht von frischem, sprudelndem Leben. Allein das Wissen um seine Nähe verwandelte die Welt. Sieh alles als Traum, sagte der Ngakpa. Aber ja, und wie sie träumte! Den köstlichsten aller Träume. Lachen wollte sie und weinen und jubeln, und sie versuchte, dies alles hinter einer ausdruckslosen Miene zu verstecken. Wie gut, dass keine Nyima da war mit ihrem forschenden Blick.

Beim großen Umzug der Mönche mit dem Mönchsorchester um das Klostergelände und hinaus auf den weiten Platz vor dem Kloster konnte sich Lenjam unbemerkt von der Familie entfernen. Sie hielt in ihrer Suche inne, als ein fremder Rinpoche im kostbaren Brokatgewand, den zeremoniellen Hut der Schwarzhutmagier auf dem Kopf, mit seinem großen Bogen auf den Platz trat. Das Mönchsorchester schwieg, eine mächtige, erwartungsvolle Stille spannte sich über die Menge. Das Orakel würde sagen, was im kommenden Jahr zu erwarten war. Würden die Mamos, die mächtigen Wächterinnen der Natur, ruhig bleiben? Hatten die Mönche sie genügend befriedet? Waren die Götter der Planeten und der Elemente dem König und seinen Untertanen wohlgesinnt? Lenjam war plötzlich Teil dieser halb bangen, halb hoffnungsvollen Erwartung, und schnell besann sie sich auf das Mani-Mantra für alle Wesen. Man sollte ja nicht zu sehr auf sich selbst bezogen sein.

In das gespannte Schweigen hinein hob der fremde Rinpoche seinen großen Bogen, ließ sich einen brennenden Pfeil geben und schoss ihn in das hoch aufgerichtete Zelt aus Heubündeln in der Mitte des Platzes. Laut knackend und knisternd brauste das Orakel-Feuer durch das Bündel, ein wildes Wesen, das sich dem Himmel entgegenreckte.

Lenjam wusste, dass die Funken Worte waren, auf die sie hören sollte, doch sie war abgelenkt, konnte nicht aufhören, nach Kunga Ausschau zu halten. Und so flogen die feurigen Worte in den weiten Raum hinaus und verschwanden ungehört.

Dann sah sie ihn auf der anderen Seite des Kreises. Es war unmöglich, in dem Gedränge zu ihm zu gelangen, ohne aufzufallen. Wie die Funken hatte auch dies ihr etwas zu sagen. Sie ahnte es. Wollte sie es nicht hören? Diesen Gedanken wies sie, kaum war er aufgetaucht, empört von sich. Alles war gut, er wollte sie, das hatte er deutlich gemacht, sie waren verabredet. Bald, bald, bald würde sie ihn treffen.

Noch vor dem Abend kam ein Bote und lud Onkel Dokar und Lenjam als die Vertreter des Distrikthauptmanns zu den Zelten des fremden Rinpoches und seiner Begleiter ein. Sie durften ihre Niederwerfungen vor dem großen Meister vollziehen und sich dann zur großen Runde der Honoratioren und ihrer Familien setzen, die bereits nachdrücklich am Feiern waren. Chang und Gebranntes wurde reichlich ausgeschenkt, und auf großen Holztellern lagen gebratene Momos, Yakkäse und andere Köstlichkeiten.

Und Kunga war da, setzte sich neben Lenjam, flüsterte »da ist sie ja, meine schöne Blume« in ihr Ohr, bewunderte ihren Schmuck, reichte ihr Chang, pflückte die leckersten Bissen für sie von den Holztellern. Ganz nah war er neben ihr, hüllte sie ein in seinen Geruch von Pferd und Schweiß und heiligem Rauch, berauschender, als aller Chang je sein konnte. Er lachte mit Onkel Dokar und erheiterte Tante Puntsog mit netten kleinen Anzüglichkeiten, während sein Knie gegen das ihre drückte. Wie hätte sie da nicht glücklich sein sollen? Irgendwo in der geheimen Landschaft ihres Inneren sprühten noch immer Botschaften aus den Funken, doch als der volle, klare Mond es übernahm, das Fest zu beleuchten, hatte Lenjam sie vollkommen vergessen.

»Komm morgen vor dem Pferderennen an den Waldrand hinter der Flussbiegung«, flüsterte er ihr beim Abschied zu.

So war es also, das erwachsene Leben. Nicht das kleine Leben der kleinen Lenjam, die im Haus ein bisschen erwachsen sein durfte, sondern ein großes Leben mit großen Geheimnissen, das mächtig, fast bedrohlich über ihre Tagträume hinausragte. So musste Leben sein, wie schnelle Hufe, die Stücke aus der Erde rissen und in Brocken durch die Luft fliegen ließen. Genauso wild trommelte ihr Herz die halbe Nacht. Erwartungen kochten hoch im Halbschlaf. Ein Leben im Dzong, Reisen mit Prachtzelten, Kleider aus feinstem Brokat. Ein Mann, um den sie jede beneiden musste. Wie würde sie Nyima und Pala überraschen!

Der Boden begann sich in Wellen aufzubäumen. Lenjam versuchte, von ihren Schlafpolstern aufzustehen, doch sie konnte sich nicht bewegen. Als wäre sie verpackt wie ein Säugling, herumgeworfen von einem gewaltigen Beben. Träumte sie? Halb wach im Traum erkannte sie, dass sie vollkommen hilflos war, Kräften ausgeliefert, auf die sie keinen Einfluss hatte. Kaum dass sie atmen konnte. Alle Hoffnung und Furcht hatten sich verdichtet zum verzweifelten Drang zu überleben.

Als sie früh am kalten Morgen in der Geborgenheit des Zeltes aufwachte, schien eine lange, schlimme Zeit im Abgrund des Traums vergangen zu sein. Lenjam flüchtete sich in Taras Mantra, versuchte, die hässliche Erinnerung damit zuzudecken. Waren es Döns, die sie in den Schlaf verfolgt hatten?

Die morgendliche Betriebsamkeit ließ die Nacht immer mehr verblassen, bis das herrliche Gift der Erwartung jeden anderen Gedanken verdrängte.

Schon strebten die Reiter auf ihren prächtig geschmückten Pferden zur Wiese unterhalb des Klosters. Lenjams Herz schlug wild und köstlich. Sie schaute hinüber zum Wald, der sich vom Kloster aus über den Steilhang des Berges erstreckte, in eine Bergfalte über der Flussbiegung hinein, dorthin hatte Kunga mit einer unauffälligen Bewegung seiner Hand gedeutet.

Als sie Drala zwischen die Bäume drängte, um nicht gesehen zu werden, glühten ihre Wangen, und die Hände waren schmerzhaft kalt. Sie wollte nicht als Erste am Waldrand hinter der Biegung sein, lieber ritt sie noch ein wenig weiter hinauf in den lichten Wald. Wie würde es sein? Er wusste, wie man schöne Worte sagte, würde nicht so ungeschickt sein wie der Bauernjunge Jampal. Er wusste um ihren Stand als Tochter des Distrikthauptmanns. Sanft würde er sie von Drala heben, sie an sich ziehen, sie liebkosen – ah, wie ihr Herz schlug in der Hoffnung der Ungewissheit.

Da hörte sie sein Pferd, wendete Drala und ritt ihm entgegen.

Sie stürzte in seine Arme, in seinen Geruch, lachend, glücklich, ließ sich auf den duftenden Waldboden mit ihm gleiten, wartete auf die süßen Worte und das zärtliche Schnuppern und Küssen, so, wie sie es sich ausgemalt hatte. Doch kein Wort, das Gewicht seines großen Körpers drückte sie nieder, seine Hände waren überall, schoben ihre Chuba hoch, eilig, ungeduldig, sie wühlten und zerrten, etwas stimmte nicht. So sollte es nicht sein! Die Hände packten fest zu, allzu fest. Sie begann sich zu wehren, die Umarmung war keine Umarmung mehr, es war Kampf, in dem sie unterliegen musste. Sie wand sich unter ihm, da war Schmerz, wo kein Schmerz sein sollte, ein Keuchen an ihrem Ohr, und plötzlich war sie frei.

Lenjam setzte sich auf, fassungslos, sprachlos, zog an ihrem Kleid, wollte schreien, wüten, anklagen, fand kein Wort, keine Stimme. Kunga war bereits auf den Beinen, gab ihr einen Klaps auf die Wange, band mit einem schnellen Handgriff sein Pferd vom Baum und ritt los mit einem beiläufigen »Bis später!«. Nach wenigen Augenblicken war er zwischen den Bäumen nicht mehr zu sehen.

Sie schlug wild mit den Fäusten auf den Boden, riss Grasbüschel aus, zerrte in hilfloser Wut an ihrer Chuba. Doch sie konnte nichts anderes tun, als zum Fluss zu reiten, sich die eklige, klebrige Flüssigkeit im eiskalten Wasser wegzuwaschen, weiterzureiten, bis Drala müde wurde, zu ihren

Leuten zurückzukehren und so zu tun, als wäre alles wie zuvor.

Am nächsten Morgen waren die Zelte des hohen Lamas und seiner Begleiter verschwunden.

Diesen Nachmittag am Waldrand hatte es nicht gegeben. Sie wollte ihn auslöschen, vergrub das Geheimnis tief in sich unter dicken Schichten von Wut, die verhärten sollten wie alter, trockener Yakdung. Doch auf Rache wollte sie nicht verzichten. Sie würde zum Zauberer auf den Berg gehen und um einen Zerstörungszauber bitten. Sie würde das Scheusal vernichten. Jawohl, vernichten! Und dann nie, nie mehr daran denken!

Im Speicher fehlten zwei kleine Säcke Tsampa und ein Sack getrocknete Erbsen. Man konnte es nicht auf den ersten Blick sehen, die Säcke waren geschickt zurechtgestellt. Doch Lenjam hatte nach ihrer Rückkehr von der Pilgerreise eine ungeklärte Abnahme der Vorräte entdeckt und hatte begonnen, heimlich eine Liste zu führen, sodass sie genau wusste, wie viel für den Haushalt gebraucht wurde. Tante Dön hatte die Aufsicht über den Vorratsspeicher an sich gerissen, sie hätte den Verlust bemerken und berichten müssen.

Lenjam sehnte sich nach Nyima. Mit ihr hätte sie besprechen können, was zu unternehmen sei. Ohne Nyima und Pala hatte sie kein Recht auf Entscheidungen. Sie verdächtigte Tante Dön und ihre Söhne. Wer sonst innerhalb der Familie würde die eigenen Vorräte stehlen? Sie könnte den Zauberer fragen, er könnte es von den Geistern erfahren. Die Geister wissen so etwas. Und es gab ihr einen guten Grund, den Zauberer aufzusuchen.

Obwohl sie sich vor dem Bönpa fürchtete, wuchs ihr Entschluss, zu ihm zu gehen. Doch wie sollte sie ihn finden?

Wer kannte den Weg zu ihm hinauf, würde aber ihre Frage nicht ausplaudern? Ein alter Hirte fiel ihr schließlich ein, der am Ende des Tals lebte. Es hieß, der Zauberer habe diesen Hirten einmal in den Bergen vor Geistern gerettet und seitdem sei er »nicht mehr ganz richtig«. Aber vielleicht war er noch richtig genug, um sich an den Weg zu erinnern.

Also nahm Lenjam ein Säckchen getrockneter Aprikosen und ritt zu dem Hirten. Er schien ihr keineswegs verwirrt zu sein, im Gegenteil. Sein Blick musterte Lenjam mit heiterer Aufmerksamkeit. Nach einigen einleitenden Höflichkeiten, wie sie von der Tochter des Distrikthauptmanns zu erwarten waren, schickte Lenjam seine Frau, ein kleines, dürres Wesen, vor die Tür.

»Ich brauche deine Hilfe, Onkel«, sagte sie leise. »In unserem Haus geht etwas nicht mit rechten Dingen zu. Sachen verschwinden, niemand weiß, wohin. Es muss etwas geschehen. Wir brauchen Hilfe vom Zauberer. Du kannst mir doch sicher sagen, wo man ihn findet.«

So leicht, wie Lenjam gehofft hatte, schien der Hirte sein Wissen nicht preiszugeben. Der Zauberer wolle ungestört bleiben, erklärte er, und wer ihn ohne guten Grund aufsuche, begebe sich in ernsthafte Gefahr. Doch nach einigem Kauen auf den kostbaren Aprikosen zog er sie nah zu sich heran und flüsterte ihr eine Beschreibung aller markanten Punkte des Wegs ins Ohr. Es sei weit, sie müsse sehr früh aufbrechen, um am Abend wieder daheim zu sein. Und keinesfalls dürfe sie allein gehen.

»Du musst wissen, Töchterchen, da oben treiben sich viele Geister herum und versuchen, einen in die Irre zu führen. Man sieht es ihnen nicht an. Sie tarnen sich als Tiere oder Bäume. Dein Pala und seine Männer, die kennen sich aus. Und sie nehmen immer eine geheime Medizin ein, wenn sie raufgehen.«

Mehr wusste der Hirte nicht. Er jedenfalls, flüsterte er beschwörend, würde jedem raten, diesen Teil des Berges zu meiden.

Lenjam dachte tagelang darüber nach, wen sie um Begleitung bitten könnte. Es gab niemanden. Sie musste bald gehen, bevor die anderen heimkommen und sie davon abhalten konnten. Es würde nicht allzu sehr auffallen, wenn sie unter dem Vorwand, heilende Wurzeln zu suchen, einen Tag lang verschwunden wäre.

Noch vor der Morgendämmerung verließ sie das Haus. Die Hunde wurden wach, schliefen aber augenblicklich weiter. Sie kannten Lenjams Schritte. Bald fand sie den Anstieg, der zu den Hochweiden führte. Bei Sonnenaufgang hatte sie das Dorf bereits weit unter sich gelassen.

Es gefiel ihr, so allein unterwegs zu sein in der zarten Stille des Morgens, in die sich die Stimmen der Vögel woben. Dieser einsame Ausflug vergnügte sie so sehr, dass sie für eine gute Weile Grund und Ziel ihres Vorhabens fast vergaß. Die Anweisungen des Hirten waren gut, so genau, dass sie kaum einmal zögerte. Sie verließ das Gebiet der Weiden, fand die Bergfalte mit dem Wasserlauf und den Einstieg in einen felsigen Steilhang, den er beschrieben hatte. So hoch oben war sie nie zuvor gewesen. Der Berg wirkte wild und bedrohlich.

Plötzlich hielt sie inne. Hatte ein Windstoß sie aufgeschreckt, der an ihr vorbeistrich? Oder war es nicht eher ein Etwas, das sie berührt hatte und an den Zöpfen zog? Angst stieg in ihr auf und verwandelte die Landschaft, nahm allem die Helligkeit, obwohl die Sonne schon bald auf Mittag stand.

Warum nur hatten sie nichts über den Umgang mit Geistern auswendig gelernt? Oder doch? Es gab Verse über Wirklichkeit und Illusionen.

Aus allen möglichen Umständen entstehen entsprechende Illusionen.

Nur daran erinnerte sie sich. Und daran, dass Nyima herausfordernd Lama Samten gefragt hatte: »Also seid Ihr dank der Umstände, deretwegen Pala Euch gerettet und zu uns gebracht hat, meine Illusion?«

Lama Samten hatte mürrisch geantwortet: »Dann denk mal gut darüber nach, wer ich bin und wer ihr seid. Und lernt die nächsten vier Seiten auswendig.«

Lama Samten hatte immer das letzte Wort.

Trotzig kletterte sie den Hang hinauf. Sie mochte unwissend sein, aber einschüchtern ließ sie sich nicht. Ganz laut sang sie das Mantra der Tara, der Beschützerin, die gewiss mächtiger war als alle Geister dieses Berges. Hieß es doch in der Rezitation: »Tara, die alle Dämonen bezwingt.« Sie gab sich Mühe, klangvoll zu singen, trotz der Anstrengung des Kletterns, denn Tara würde das gewiss zu schätzen wissen.

Ein schräger Baum, zwei weiße Felsbrocken. Die Beschreibung des Hirten war verlässlich. Links davon hinauf.

Auf dem Kamm des steilen Hangs angekommen, sah sie nichts als ein Tal unter sich und weitere Berge dahinter. Hatte sie, abgelenkt durch ihre Beschäftigung mit den Geistern und Tara, den Weg verfehlt? Weit und breit war keine der Landmarken zu sehen, die der Hirte genannt hatte. Ein gespaltener Fels sollte es sein, eine Quelle, ein Rinnsal. Aber da war nirgendwo ein gespaltener Fels. Gar nichts Auffallendes. Nur ein Falke zog seine Kreise über ihr.

Plötzlich schoss der große Vogel vom Himmel und strich an ihrem Kopf vorbei, fast berührten seine Flügel ihr Gesicht. Er flog ein Stück weit, stieß einen Schrei aus, ließ sich auf einem großen Stein nieder, drehte eine Schleife und flog wieder zurück zum Stein. Lenjam hoffte, dies sei ein Bote Taras, der ihr den Weg wies, und folgte ihm.

Die Einsiedelei des Zauberers, ein ansehnliches Haus aus Steinen mit einer Holzveranda zwischen ein paar niedrigen Kiefern, war nicht sehr weit entfernt, doch ohne die Hilfe des Vogels, dessen war sie sich sicher, hätte sie den Weg dorthin nicht gefunden. Zu ihrer Verwunderung hantierte eine Frau an der Feuerstelle unter dem vorgezogenen Dach. Niemand hatte je ein Wort davon gesagt, dass der Zauberer eine Frau hatte. War sie neu? Woher mochte sie kommen? Welche Frau hatte den Mut, sich mit einem gefürchteten Zauberer zusammenzutun? In Lenjam regte sich erfrischende Neugier, die ihre Furcht vor dem mächtigen Mann milderte.

»Einen schönen Tag wünsche ich!«, rief sie der Frau zu. »Ist der Zauberer da?«

Wie aus Stein gehauen war das Gesicht der Frau, und ihr Blick war abweisend. »Der verehrte Bönpa-la empfängt keine Gäste.«

Lenjam nahm ihre Tasche mit den Geschenken von der Schulter. »Ich bitte um wichtigen Rat, und ich habe Geschenke mitgebracht, über die er sich freuen wird, getrocknete Früchte und Käse und einen dicken Teeziegel.«

Die Frau verschwand hinter dem Yakfell an der Tür. Auf einem hohen Pfosten saß der Falke, äugte auf Lenjam herunter und putzte dann beiläufig seine Federn. Vielleicht war er nicht wirklich ein Falke.

»He, du, Falke, vielen Dank!«, rief sie hinauf. »Das war sehr freundlich von dir.«

Der Falke kümmerte sich nicht um sie. Wahrscheinlich war er doch nur ein gewöhnlicher Vogel.

Als sich das Yakfell schließlich bewegte, war es der Zauberer, der heraustrat. Mit einem kleinen Schaudern erkannte sie ihn wieder, dieses Gesicht wie zerknautschtes Leder zwischen einer Masse wirrer Haare.

»Was willst du?« Des Zauberers Stimme war ein raues Scharren in seiner Kehle. »Willst du hierbleiben? Ja, bleib hier! Die Alte gefällt mir sowieso nicht mehr.«

Er lachte tief im Bauch über Lenjams Verwirrung, ging in die Hocke und begutachtete die Geschenke. »Ganz nett«, sagte er. »Kein Schnaps? Hm! Setz dich!«

Er rief nach der Frau, sie solle Tee bringen.

»Steingesicht, hm?«, flüsterte er laut und neigte sich Lenjam zu. »Ich schicke sie weg, und du bleibst bei mir und lernst zaubern. Ist das ein Handel?« Sein Grinsen zeigte wenige Zähne.

Lenjam schüttelte verwirrt den Kopf und verwünschte ihr Unterfangen. Hatte sie wirklich gedacht, der Zauberer würde für ein bisschen getrocknete Früchte, Käse und einen Teeziegel ihr die Hände mit Zaubereien füllen? Nyima war schlagfertig, ihr wäre eine gute Bemerkung eingefallen. Warum fiel ihr selbst nie etwas ein?

»Uhhh«, grunzte der Zauberer. »Wahrscheinlich bist du zu dumm dazu. Lassen wir das.«

Lenjam fand vor Empörung ihre Stimme wieder. »Ich bin nicht dumm. Ich habe Shantidevas Anleitungen auswendig gelernt. Alle.«

Der Zauberer prustete ein wenig vor sich hin. »Und sie nicht verstanden. Auswendig lernen kann jeder. Jetzt sag schon, was du willst. Wozu kommt die Tochter des Distrikthauptmanns allein den ganzen Berg heraufgekrochen?«

Lenjam stotterte ihr Anliegen herunter. Eine böse Tante überführen, die Vorräte stahl. Einen bösen Mann bestrafen, der über sie hergefallen war. Schwer bestrafen. Der Zauberer hörte schweigend zu. Je länger Lenjam sprach, desto mehr rang sie um die richtigen Worte. Was sie sagte, schien nicht überzeugend zu klingen, streifte nur das, was sie ausdrücken wollte, fasste es jedoch nicht.

»Schon gut«, brummte der Zauberer und stand auf. »Ich geb dir was. Doch du weißt hoffentlich, dass du dein Karma damit verschlechterst.«

Er gab ihr keine Zeit zu antworten. Oh, sie hätte so viel zu sagen gehabt. Dass sie im Recht war und man ihr Unrecht getan hatte. Dass man niemandem erlauben durfte, die Familie zu bestehlen, und vor allem, dass sich kein Mann ungestraft so verhalten durfte wie dieser abscheuliche Rüpel.

Während des ganzen langen Wegs über den Berg und hinunter in ihr Tal hämmerte der hingeworfene Satz des Zauberers auf sie ein. Ihr Karma verschlechtern. Würden dann schlimme Dinge geschehen? Sofort? Irgendwann in diesem oder erst im nächsten Leben?

So beschäftigt war sie mit ihren aufgeregten Gedanken, dass sie völlig die Orientierung verlor. Eine Felswand neben ihr, ein steil abfallender Geröllhang vor ihr, die Schatten schon zu lang, auf keinen Fall der Weg, der sie zum Zauberer geführt hatte. Sie kehrte um, lief zurück, falls es zurück war und nicht nur irgendwohin, mitten in den Schrecken hinein. Die Nacht würde kommen und die Geister.

Könnte der Kleine Berggeist ihr helfen?

Sie blieb stehen und schrie mit aller Kraft zu den Wänden und Tälern hin: »Kleiner Berggeist, bitte, bitte, hilf mir! Ich habe dir immer Opfer gebracht! Hilf mir!«

Die Stille verschlang ihre Worte. Nicht einmal ein Echo antwortete.

Da setzte Lenjam sich auf den steinigen Boden und heulte laut, aus Verwirrung, Wut, Verzweiflung. Sie weinte wütende Tränen über Demütigung und Verrat, und dann wurde es ein wimmerndes Weinen um Amala, ohne die das Leben keine Mitte mehr hatte, über den Verlust ihrer Ani-la und über Nyimas Abwesenheit, über alles, was in der kurzen Zeit, seitdem sie kein Kind mehr war, über sie hereingebrochen war.

Ein Windstoß, ein Flügelschlag – ganz nah an ihrem Kopf war etwas wie ein Pfeil vorbeigeschossen, hatte sich mit einem mächtigen Flügelschlag in den Himmel geschwungen und sich in einiger Entfernung auf dem bleichen Gerippe eines toten Baums niedergelassen. Der Falke des Zauberers. Es musste der Falke des Zauberers sein. Er hatte diesen Blick, scharf und ein bisschen verächtlich.

Unentschlossen erhob sie sich und ging auf ihn zu. Er flog auf, lockte sie weiter, zeigte ihr den Weg, dann endlich unter ihr der gespaltene Fels, die Quelle, das Rinnsal, Zeichen, die sie wiedererkannte. Dann rannte sie los, lief unbesonnen einen steilen Abstieg hinunter, fiel und schrammte sich die Handflächen auf, doch nichts konnte sie aufhalten, so besinnungslos drängte es sie nach Hause.

Die Dämmerung hatte schon begonnen, als sie in die Gasse entlang der Mauer einbog, die das Anwesen umgab. Das hintere Tor war offen, es wurde selten geschlossen. Ein Augenblick des Glücks, daheim und beschützt zu sein, in Palas Haus, bei ihrer Familie. In ihrer Erleichterung dachte sie nicht einmal an Tante Dön.

»Wo warst du denn nur, Kind?«, fragte die Mola, als Lenjam sich niederwarf und den Kopf in ihren Schoß legte. Lenjam fand keine Antwort, wollte nur Molas Hand auf ihrem Kopf spüren und den schweren, warmen Großmuttergeruch der Geborgenheit ganz tief einatmen.

Im Nachhinein war sie doch ein wenig stolz auf ihren mutigen Besuch beim Zauberer, wenn auch voller Fragen, die sie niemandem stellen konnte. Gewiss, das Pulver für Tante Bön und ihre mit Gewissheit diebischen Neffen würde sie verwenden, sobald Pala und Nyima wieder da waren, und alle würden sehen, wie die Diebeshände Geschwüre bekamen, die erst heilen würden, wenn das Diebesgut zurückgegeben würde. So hatte es der Zauberer gesagt. Doch das andere, die krumme Wurzel? Bei Neumond solle sie diese dort eingraben, wo die Untat geschehen war, ein paar Steine darauflegen und den Zauberspruch darüber sprechen. Dann würde der Übeltäter keine weiteren Gelegenheiten zu weiterem schlimmem Verhalten mehr haben. Auf Lenjams fragenden Blick hatte der Zauberer gegrinst und gesagt: »Er kriegt ihn nicht mehr hoch, du Dummling. Bleib bei mir, dann zeig ich dir mal, wie es richtig geht. Es macht Spaß, glaub mir.« Sein Gelächter hatte sie noch ein gutes Stück Weg verfolgt.

Sie würde ihr Karma verschlechtern. Diese Aussicht war schon schlimm genug, solange der Zorn frisch und rot in ihr tobte. Doch nun begann sie zu zögern, wollte auf Nyima warten, in aller Unvernunft, denn sie hatte sich ja geschworen, dass niemals irgendjemand von diesem peinvollen Geschehnis erfahren solle. Als wüsste sie nicht, was Nyima sagen würde: Das hast du davon.

Gelegentlich brachte sie der plötzliche Gedanke, dieser Rüpel würde von nun an mit einem kläglichen Zipfelchen zwischen seinen Beinen durchs Leben gehen, zu hysterischem Lachen. Sie sah sich ihm ins Ohr flüstern: Das ist mein Zauber, mein unvergessliches Geschenk für dich.

Der Spaß verging allzu schnell angesichts der dunklen Last eines so tiefen Eingriffs in ein Leben. So weit hatte sie bisher nicht gedacht. Eine Strafe, ja, etwas, das wehtat. Aber für immer?

Was wäre, wenn sie nur ein kleines Stück der Wurzel vergrub? Den Rest könnte sie beseitigen. Was würde dann geschehen? Es war unvorhersehbar. Sie würde gründlich darüber nachdenken müssen.

Im Schreinraum bemühte sie sich, besonders wohlklingend zu rezitieren und zu singen, das mochte, so hoffte sie, ihre dunklen Gedanken ausgleichen. Lama Samten lobte ihren Eifer. Die Pilgerreise habe ihr gutgetan, sagte er, und wie dankbar sie sein könne, diese gute Gelegenheit zur Verbesserung ihres Karmas gehabt zu haben. Es ginge nichts über eine Pilgerreise. Fast klang es wie eine versteckte Anklage, dass man ihn nicht mitgenommen hatte.

Endlich waren Pala und Nyima und die anderen wieder da. Lenjam beeilte sich, über die Diebstähle zu berichten und über ihren Besuch beim Zauberer, der ihr das Pulver zur Entdeckung gegeben hatte. Pala zog heftig die Augenbrauen zusammen über dieses leichtfertige Unternehmen, wie er es nannte, doch er war einverstanden, dass das Pulver in den Vorratsräumen verstreut würde.

Als kurz darauf wieder etwas von den Vorräten fehlte, schickte Pala augenblicklich nach Tante Bön und den Neffen. Er ließ sie in das Zimmer bringen, in dem er offizielle Gäste empfing, sowohl der einschüchternden Wirkung des prächtigen Raumes wegen als auch, um nicht beobachtet zu werden. Nur Lenjam und Nyima durften zugegen sein.

»Zeigt mir eure Hände«, sagte Pala ohne Einleitung.

Die Tante empörte sich und wickelte ihre Hände in die langen Ärmel ihrer Bluse. »Was soll das? Was gehen dich unsere Hände an?«

Mit leiser Stimme, fast flüsternd, wiederholte er: »Zeigt sie mir!«

Die Neffen fürchteten sich vor Pala und schüttelten ihre Ärmel zurück. Der ältere der beiden hatte Geschwüre an beiden Händen.

»Da du deine Hände nicht zeigst«, sagte Pala zu Tante Bön, »bin ich sicher, dass auch du Geschwüre hast. Ihr habt wieder einmal Vorräte gestohlen, doch diesmal habt ihr einen Zauber als Zugabe bekommen. Die Geschwüre werden erst verschwinden, wenn ihr alles Gestohlene zurückgegeben habt. Alles, was noch da ist, bis zum letzten Krümel.«

»Ich bin nicht schuld«, jammerte der Jüngere und wedelte heftig mit seinen heilen Händen, als könne dies helfen, den bösen Zauber im Nachhinein von ihm fernzuhalten.

»Ihr gebt alles heute noch zurück«, ordnete Pala mit mühsam unterdrücktem Zorn an. »Und morgen verschwindet ihr aus diesem Haus.«

Die Vorräte wurden zurückgegeben, und die Tante zog mit den Söhnen, der Schwiegertochter und dem kleinen Kind davon. Pala verordnete Schweigen über die Angelegenheit. Nur Onkel Dokar und Tante Puntsog wurden eingeweiht. Es solle keine bösen Gerüchte geben, sagte er. Der Friede in der Familie hatte immer an erster Stelle zu stehen.

»Die Deki und das Kleine tun mir leid«, sagte Nyima. »Wo gehen sie jetzt hin? Niemand will sie haben.«

Die Wurzel verursachte Lenjam heftiges Unbehagen. Sie fragte sich, ob es möglich wäre, die Wurzel einfach zu vernichten. Vielleicht würde es genügen, sie in ganz kleine Stücke zu zerschneiden und irgendwo zu verstreuen. Doch es ließ sich nicht ausschließen, dass der Geist der Wurzel sich wehren und sie bestrafen könnte. Schließlich entschied sie, nur ein Stück der Wurzel zu vergraben und die Zauberformel darüber zu sprechen, dann wäre der Wurzelgeist gewiss zufrieden, und der Zauber würde vielleicht nicht so stark sein.

Dieser Gedanke beruhigte sie. Zum Glück ergab sich zu Beginn des Sommers ein Klosterbesuch, weil einer der kleinen Jungen im hinteren Haus zum Höchst Ehrwürdigen Lama gebracht werden musste. Das Kind sah Geister und hatte seltsame Träume und sollte ein Klosterzögling werden.

Es war nicht schwierig, den Platz zu finden, wo sie die Wurzel vergraben musste. Sie würde ihn nie vergessen, sosehr sie sich das auch wünschte. Entschlossen schnitt sie die Wurzel auseinander. In diesem Augenblick wand sich das schrumpelige Ding unter ihren Fingern, und sie ließ Wurzel und Messer mit einem Aufschrei fallen. War es ein Stöhnen, das sie gehört hatte? Ein Wimmern? Sie wollte aufspringen, weglaufen, zu Nyima flüchten. Doch sie wusste, jetzt gab es niemanden, der ihr half. Sie musste es allein zu Ende bringen.

Mit zitternden Händen scharrte sie ein Loch und bat die Nagas, ihr diese Störung zu verzeihen. Sie vergrub das kleinere Stück, trat die Erde darauf fest, sprach in großer Eile den Zauberspruch darüber und ritt hastig davon.

Dann wurde ihr bewusst, dass sie noch nicht überlegt hatte, was mit dem Rest der Wurzel geschehen sollte. Das unheilvolle Ding schien in ihrer Hand zu brennen. Panik verdunkelte den Himmel, ihr Herzschlag donnerte. Sie galoppierte am Fluss entlang und wusste nicht, wohin sie sich wenden sollte. In den Fluss werfen durfte sie das Wurzelstück nicht, die Nagas würden das sicher als Beleidigung auffassen. Sie waren unberechenbar und leicht zu erzürnen. Verbrennen war ebenfalls undenkbar, die örtlichen Geister wären empört über den Rauch eines solch üblen Gegenstandes. Schließlich durfte man ja nicht einmal das Fleisch braten, das man aß, da der Rauch von Fleisch ein Ärgernis für die Duftesser war. Aber wohin damit? Ratlos nahm sie das Stück Unheil wieder mit nach Hause.

»Bist du krank?«, fragte Nyima.

»Ja, ich bin wohl krank«, antwortete Lenjam. Wie anders sollte sie es nennen? Ihr Geist tat weh.

Die Wurzel musste weg. Im Spalt in der Mauer, wo sie das Stück versteckt hatte, konnte es nicht bleiben. Ein Kind könnte es finden. Eine Maus könnte es herauszerren. Es war völlig unvorhersehbar, was für ein Unheil es bewirken würde. Warum hatte sie den Zauberer nicht gefragt?

Früh am Morgen, noch bevor Tante Puntsog den heiligen Rauch entzündet hatte, holte sie das Wurzelstück und schlich aus dem Anwesen. Sie hatte eine Stimme in sich gehört, die vom Berg gekommen war. Der Kleine Berggeist hatte sie gerufen. Er war bereit, ihr zu helfen.

Keuchend und mit Schmerzen in der Seite vom hastigen Klettern erreichte sie den kleinen Schrein. Sie fiel auf die Knie, hielt die Wurzel hoch und rief: »Darf ich Euch dies geben, Kleiner Berggeist? Bitte, nehmt es in Euch auf! Ihr habt so viel Platz im Berg, da kommt es doch darauf nicht an.«

Ihr Blick fiel unversehens auf einen Riss im Fels, nur wenige Schritte vom Schrein entfernt. Dort schob sie das Wurzelstück hinein, und es war, als würde es ihr aus der Hand gezogen, tief hinein in das dunkle Innere, wo niemand es erreichen konnte. Sie füllte die Öffnung mit kleinen Steinchen, bis sie nicht mehr erkennbar war.

Sie dankte dem Kleinen Berggeist für seine Hilfe, versprach eine besonders reiche Opfergabe und machte sich auf den Heimweg, noch zitternd, jedoch einigermaßen beruhigt. Die Wurzel hatte sie los. Eine Ahnung, dass die Angelegenheit damit nicht beendet war, tauchte kurz auf und wurde schnell zurückgedrängt.

Nyima war viel zu erfüllt von ihrer Begegnung mit dem Ngakpa, als dass sie Lenjams innere Unruhe bemerkt hätte. Seine richtige Schülerin sei sie jetzt, berichtete sie, und das sei sie schon in früheren Leben gewesen, habe der Ngakpa gesagt. Lenjam schwankte zwischen Freude für die Schwester und Anflügen von Neid.

»Du hast eben das bessere Karma«, entfuhr es ihr. Nyima lachte und schüttelte den Kopf. »Willst du wissen, was der Ngakpa gesagt hat? Gutes Karma ist kein gutes Karma, schlechtes Karma ist kein schlechtes Karma. Was unwissende Menschen ein schlechtes Karma nennen, ist in Wirklichkeit ein viel besserer Ansporn, den Dharma zu lernen und zu praktizieren, denn der Dharma ist der Weg des Glücks. Das hat er gesagt.«

Täglich wurde Lenjam eingehüllt in Nyimas Erzählungen, wurde angefüllt mit Lehren des Buddha, die Nyima gelernt hatte, und atmete die Freude ein, die ihre Schwester um sich ausstreute. So hatte sie ihr schlimmes Geheimnis nach einiger Zeit so tief in ein inneres Verlies eingeschlossen, dass es sich nicht mehr rührte. Das Leben erhielt wieder den alten, vertrauten Rhythmus, gleichmäßig wie das sanfte Quietschen von Molas Gebetsmühle und das Klicken ihrer Mala, die sie den ganzen Tag lang durch ihre Finger gleiten ließ. Tante Dön und ihre diebischen Söhne blieben verschwunden, und ihre Abwesenheit festigte einen dankbaren Frieden im Haus.

Selbst die skandalöse Herkunft ihres Haus-Lamas, die Nyima der Schwester in einer übermütigen Laune unter dem Siegel der Verschwiegenheit preisgab, ließ Lenjam nur milde kichern. Sie habe Onkel Aduk während der Reise so lange geplagt, bis er nachgab und ihr das gut gehütete Geheimnis zuflüsterte, berichtete Nyima. Onkel Aduk war der älteste von Palas Männern und hatte ihn schon auf der ersten Pilgerreise nach Lhasa begleitet. Er war dabei gewesen, als Pala den Lama fand.

»Genau genommen ist unser Lama gar kein richtiger Lama«, berichtete Nyima. »Er ist nur ein ganz einfacher Mönch, und er gehörte nicht gerade zu den tugendhaftesten. Stell dir vor, er zog mit einer Bande von Mönchen herum, und die Kerle stahlen alles, was sie kriegen konnten. Pala und seine Leute kamen auf der Rückreise von Lhasa in ein Dorf, in dem die Mönche kurz vorher gewesen waren. Man hatte sie erwischt, es hatte einen Kampf gegeben, und die Dorfleute hatten die Bande davongejagt. So fanden Pala und die anderen einen der Diebe, der auf der Flucht den Berg hinuntergestürzt war und sich ein Bein gebrochen hatte. Seine Kumpane hatten ihn zurückgelassen, und da lag er, verletzt und hilflos, und heulte vor sich hin. Du kennst Pala, er hat ein gutes Herz, also hat er ihn auf eines der Mulis gepackt und zum nächsten Nomadenlager mitgenommen. Es endete damit, dass unser Samten darum flehte, Pala begleiten zu dürfen, und so nahm Pala ihn eben mit. Onkel Aduk und die anderen lachten ungläubig, als Pala sagte, er wolle den Mönch zu Hause als Lama einführen, und sie sollten über die Umstände unbedingt Schweigen bewahren und sich nicht verplappern. Und wie du weißt, haben sie sich die ganze Zeit daran gehalten. Ich denke, Lama Samten hat sich in all den Jahren Mühe gegeben, ein anständiger Mönch und für uns ein Lehrer zu sein, so gut er eben konnte. Vielleicht glaubt er inzwischen selbst, dass er ein Lama ist.«

Es gab nun keine Lektionen bei Lama Samten mehr. Stattdessen saßen sie oft mit ihm zusammen, und Nyima gab wieder, was sie beim Ngakpa gelernt hatte. Nach einigen Monden hatte Lenjam ihre dunklen Erlebnisse fast vergessen. In der Geborgenheit des Schreinraums, umgeben von Bildern der Arya Tara, des Guru Rinpoche Padmasambhava, des großen Milarepa und des Buddha Manjushri, des Meisters des Lernens und des Wissens, hatte sie wieder Raum für die alten Verse:

»Von Euch beschützt,
will ich eine Hilfe sein für alle,
ganz ohne Furcht vor der Welt;
die Falle übler Taten werd ich meiden
und nur noch tun, was Euch gefällt.«

10

»Tochter, ich habe einen Mann für dich«, sagte Pala zu Nyima nach der Ernte, als er vom königlichen Dzong zurückgekehrt war. »Der engste Berater des Königs. Ein guter, frommer Mann. Er wird nichts gegen deine Dharma-Studien haben.« Mit einem kleinen Seitenblick zu Lenjam fügte er hinzu: »Und für dich findet sich bestimmt auch jemand am Hof. Meine Töchter sind berühmt für ihre Schönheit und Klugheit.«

Nyima sprang auf. »Ich will keinen Mann, Pala! Lasst mich damit in Ruhe!«

»Jedes Mädchen braucht einen Mann«, sagte Pala ärgerlich. »Setz dich! Das sind doch Launen.«

Schnell füllte Lenjam seine Schale mit einem weiteren Löffel dicker Suppe. Es war ihr wie immer ein heimliches Vergnügen, wenn Nyima auffuhr wie ein reizbarer Yak und sich ihrem Vater entgegenstellte, als wäre sie ein Sohn. Kein anderes Familienmitglied wagte es, Pala entgegenzutreten. Amala hatte es auf ihre leise Art fertiggebracht, dass er ihren Rat annahm, ja, sogar danach verlangte. Doch schon immer hatte Nyima ihn herausgefordert. Und wie als kleines Mädchen ballte Nyima auch jetzt die Fäuste. Es war wieder einmal so weit, dachte Lenjam und hielt den Atem an.

»Hört Ihr mir denn nicht zu, Pala? Ich – will – keinen – Mann!«

Tante Puntsog hob beschwichtigend die Hände. »Aber Kind, schrei nicht so! Dein Pala will doch nur das Beste für dich.«

»Setz dich sofort wieder hin und benehme dich anständig, Tochter!« In Palas Stimme lag nun eine unmissverständliche Schärfe.

Nyima war nicht im Geringsten bereit, sich zu setzen.

»Ich wähle mein eigenes Leben, Pala. Ihr wart immer ein guter Vater, einen besseren hätte ich mir nicht wünschen können. Aber Ihr könnt nicht mehr über mich bestimmen.«

Nun sprang auch Pala auf und donnerte seine Tochter an: »Jawohl, ich bin dein Vater, und es wird so gemacht, wie es in dieser Familie immer gemacht wurde. Ich trage die Verantwortung für dein Wohl. Ist das klar?«

Da standen sie, der große, breite Mann und seine nicht eben kleine Tochter, und versuchten, einander niederzustarren. Lenjam hielt den Atem an. Wie weit wollte Nyima noch gehen?

»Ich bin kein Kind mehr«, erklärte Nyima ein wenig atemlos, aber mit dem klaren Ausdruck, nicht nachgeben zu wollen. »Ich bin erwachsen und werde jetzt selbst entscheiden, was richtig für mich ist. Das können sich alle hier merken!«

Onkel Dokar, die Tanten und Palas Männer, die gern abends noch ein wenig beisammensaßen, rissen die Augen auf. Eine Frau sprach nicht so. Das war unerhört. Schimpfen, Keifen, gewiss, doch nicht mit diesem klaren Zorn wie ein Mann.

Pala hob die Hand. Mancher Kopf duckte sich ein wenig. Das Oberhaupt der Familie war nicht einer, der oft zuschlug wie sonst die meisten anderen Männer. Er galt als besonders besonnen und gerecht. Doch wer ihm nicht genügend Respekt erwies, bekam seine Kraft zu spüren.

Seine Nasenflügel zitterten, als er hervorstieß: »Tochter, deine Frechheit ist unverzeihlich.«

Langsam senkte er die Hand mit geballter Faust. Nyima hatte sich nicht gerührt. Hoch aufgerichtet, die Lippen zusammengepresst, schwieg sie in die atemlose Stille der Familie hinein. Plötzlich ließ Pala ein Grollen hören, das nicht unähnlich dem Brummen war, mit dem er oft auf Amalas Vorschläge und Einwände geantwortet hatte, wenn ihm seine Position als Mann kein deutlicheres Einverständnis erlaubte.

»Deine Worte sind unverschämt«, sagte er, »aber nicht völlig falsch, deshalb werde ich dich nicht bestrafen. Ich habe dich fast wie einen Sohn erzogen. Also wirst du wie ein Sohn deinen eigenen Weg wählen. Das gilt auch für deine Schwester. Wenn sie es kann.«

Damit verließ er mit schweren, wütenden Schritten die Küche. Die Onkel leckten eilig ihre Schalen leer und folgten ihm einer nach dem anderen. Sie mieden Nyimas Blick und sahen zu, dass sie in ihr Haus kamen, zu ihren Familien, wo die Frauen höchstens einmal Streit anfingen, wenn die Männer zu viel Chang tranken.

In die bedrückte Stille hinein murmelte Tante Puntsog: »So was sollte man sich aber doch gut überlegen.«

Mit lautem Scheppern ließ Mola ihre Gebetsmühle fallen und sagte laut: »Unsinn! Es ist alles gesagt, was gesagt werden musste. Wer dem Kuckuck bei ihrer Geburt zugehört hätte, würde sich jetzt nicht wundern.«

»Du hast ihm also zugehört, Mola?«, fragte Nyima, noch ein wenig zitternd vor unterdrückter Aufregung.

Die Großmutter nahm ihre Gebetsmühle wieder auf. »Ebenso wie dein Pala«, erwiderte sie und kniff heiter die Augen zusammen. »Er hat es nur inzwischen ein bisschen vergessen. Jetzt weiß er es wieder. Du hast ihn laut genug daran erinnert.«

Während Nyima an diesem Abend schnell einschlief, drehte Lenjam Palas Aussage »Wenn sie es kann« in ihrem Kopf um und um. Er glaubte also, dass Nyima ihr eigenes Leben bestimmen konnte, aber bei Lenjam hatte er Zweifel. Es war unmöglich, dass er von Kunga wusste. Oder wollte er sie nur an ihre kindische Leidenschaft für Jampal, den Karawanenwächter, erinnern?

Ein wütender Schmerz schoss in ihr hoch. Sie war nicht Palas und Amalas Tochter. Ihre Mutter Dölma hatte sich bedenkenlos mit einem Mönch eingelassen, und das hatte ein böses Ende genommen. Kein Kuckuck hatte bei ihrer Geburt gesungen. Pala hatte davon gesprochen, dass seine Töchter berühmt seien für ihre Schönheit und Klugheit. Doch sie war die schlechte Tochter. Sie hatte ein Stück der Wurzel vergraben und einen bösen Zauber freigesetzt, den sie nicht mehr zurücknehmen konnte. Die schlimme Tat lastete auf ihrem Karma. Würde sie nun damit leben müssen, oder konnte man etwas dagegen tun?

In den Versen hieß es:

Jetzt, da ich meine Fehler einsehe,
bekenne ich sie den Buddhas aus tiefstem Herzen.

Ich sehe sie ein, dachte Lenjam, bitte, glaubt mir, ihr Buddhas, glaub mir, Guru Rinpoche, glaub mir, Arya Tara. Ich bereue meine Dummheit. Ich will nie wieder an Rache denken. Ich will nie wieder hinter einem Mann her sein. Oder vielleicht werde ich es wollen, aber ich werde es nicht tun. Ihr Buddhas und Bodhisattvas und alle Weisheitsbeschützer, hört mir zu! Ich gelobe es.

Am nächsten Morgen im Schreinraum würde sie heimlich dieses Gelöbnis ablegen, vor Tara und allen Buddhas und Bodhisattvas. Dann würde ihr Karma wieder in Ordnung kommen, und sie würde den Tod nicht fürchten müssen. Bevor der Schlaf sie in die Geborgenheit ihrer guten Vorsätze sinken ließ, stieg noch ein letzter Vers aus der Erinnerung empor:

Möge all jenen, die Schlechtes über mich sagen
oder mir sonstigen Schaden zufügen,
und all jenen, die mich beleidigen und erniedrigen,
das Glück des vollkommenen Erwachens zuteilwerden.

Nach einigem inneren Zögern dachte sie: Nun ja, wenn sie alle erwacht sind, alle die Kungas und bösen Tanten und das ganze Pack, dann bedeutet es, dass sie glücklich sind, und dann tun sie niemandem mehr etwas an, und die Welt ist in Ordnung.

Doch kurze Zeit später geriet Lenjams und Nyimas Welt mehr in Unordnung denn je. Als fiele schwarzer Schnee vom Himmel.

Eines Abends kam Pala von einem Ritt um die abgeernteten Felder nicht nach Hause. Gelegentlich gefiel es ihm, allein das ganze Tal abzureiten, Bewässerungsgräben zu überprüfen, sich an seinen Feldern zu erfreuen und die Ernte des Jahres abzuschätzen. Dabei versäumte er es nie, Opfergaben auf dem Schrein der Nagas niederzulegen. Die mächtigen Wesen hatten es ihm immer gedankt und das Tal beschützt.

Die Familie versuchte sich zuerst damit zu beruhigen, dass Pala vielleicht im entfernten Dorf weit unten am Talende geblieben war, um den Morgen abzuwarten. Doch das konnte niemanden überzeugen. Pala war ein genauer Mensch, er plante stets voraus und folgte nicht plötzlichen Entschlüssen. Mit großer Beunruhigung schickte Onkel Dokar frühmorgens einige der Onkel auf den Weg flussabwärts, andere in die Berge zu den verwandten Nomaden auf den Hochweiden.

Die Tage der Suche waren unendlich lang. Immer wieder liefen Lenjam, Nyima und die anderen Frauen vors Tor, beschwichtigten einander, erfanden harmlose Erklärungen für Palas Abwesenheit, an die sie nicht glaubten. Die gemächliche Strömung ihres Lebens war zum Stillstand gekommen, staute sich, wurde zum unerträglichen Gewicht.

Die Männer kamen zurück, ohne eine Spur von Pala gefunden zu haben. In keinem Dorf, in keinem Nomadenlager hatte man ihn gesehen. Niemand konnte sich eine Vorstellung davon machen, was geschehen war. Es wurde beschlossen, sich zum Kloster zu begeben und den Höchstehrwürdigen Lama um ein Mo-Orakel zu bitten.

Pala sei nicht mehr am Leben, war das Ergebnis der Befragung. Mehr hatte der Höchstehrwürdige Lama nicht zu sagen. Doch die Phowa-Praxis vollzog er für ihn, um ihm den Weg durch den Zwischenzustand zu erleichtern, denn der Höchstehrwürdige Lama war ein Phowa-Meister, und diese Hilfe bedeutete viel. Dann wurde im Kloster mit der Lesung des Totenbuchs begonnen. Drei Tage lang blieben die Mädchen, Onkel Dokar und Onkel Aduk bei den Lesungen dabei.

Lenjam machte all dies mit, ohne mehr als nur die äußerste Oberfläche des Geschehens wahrzunehmen, ständig begleitet von einem Gefühl des Fallens. Manchmal wurde ihr übel davon, vor allem, wenn für einen Augenblick die Dumpfheit aufriss und den Gedanken durchließ: »Pala kommt nie wieder heim.« Dann begann sie ganz schnell zu atmen, bis Nyima sie in die Seite stieß oder ihre Hand so fest drückte, dass es wehtat. Glücklicherweise war Nyima immer da.

Im dämmrigen Lhakang gab es Augenblicke, in denen die Rituale ihr ein Gefühl von Geborgenheit gaben. Dann war Pala noch gegenwärtig, selbst Amala war nicht Vergangenheit. Doch diese kleinen Befreiungen hielten nicht lange an, allzu schnell sank Lenjam wieder zurück in den Nebel, in dem das Atmen schwerfiel.

Von einigen Mönchen begleitet, die sie bis zum Ablauf der neunundvierzig Tage bei den Ritualen für Pala unterstützen sollten, ritten sie heim. Im Haus lauerte Bedrückung in allen Ecken. Ohne Pala war es leer. Lenjam konnte sich nicht darin aufhalten, rannte hinaus, hinunter zum Fluss. Hier konnte sie weinen, schreien, heulen, sich fallen lassen, mit den Fäusten auf die Erde schlagen.

»Warum?«, schluchzte sie. »Pala war gut. Er war so gut. Alle mochten ihn.«

Das Weinen würgte sie, schüttelte sie, zerriss ihre Brust. Er war tot, ihr Pala, der beste Mann der Welt. Er hatte sie zu seiner Tochter gemacht, hatte sie nie spüren lassen, dass sie das Kind einer Dienerin war. Es brach ihr das Herz.

Nyima war neben ihr, nahm sie in die Arme, hielt sie wortlos fest. Dieser Trost war kostbar.

Palas Verschwinden blieb ein Rätsel. Niemand hatte etwas von einer Räuberbande gehört, die man hätte verantwortlich machen können. Als eine Gruppe von fremden Mönchen auf dem Weg zum Kloster beim Haus Halt machten, saß Onkel Dokar lang mit ihnen zusammen und erhoffte sich irgendeinen Hinweis. Das Einzige, wovon sie berichten konnten, war ein Streit zwischen zwei Nomadengruppen um ein Pferd, bei dem, so hieß es, ein Mann schwer verletzt wurde. Mit einer der beiden Gruppen war Tante Dön entfernt verwandt. Nyima und Lenjam, die sich mit den anderen Frauen im Hintergrund gehalten hatten, schauten einander an. Tante Dön!

»Wenn irgendjemand etwas wissen kann, ist es der Zauberer«, flüsterte Nyima abends im Bett. »Du kennst doch den Weg. Wir fragen ihn.«

Lenjam zog den Kopf ein. Sie wollte nicht zum Zauberer, mochte nicht erinnert werden an ihr verschlechtertes Karma. Obwohl Monate vergangen waren, seit sie das unheilvolle Wurzelstück vergraben hatte – was mochte es inzwischen angerichtet haben? –, ließ sich die Erinnerung daran nicht völlig verbannen.

»Ich glaube nicht, dass ich den Weg noch mal finde«, wehrte sie ab. »Ich hab mich schon damals verirrt, und es ist schon so lange her.«

Unvermutet griff Nyima unter die Decke und zwickte sie fest in den Arm. »He, du hast es allein gewagt. Jetzt sind wir zu zweit.«

»Ich musste ja etwas unternehmen wegen Tante Dön. Ihr wart nicht da. Ich war ganz allein und wusste nicht, was tun.« Warum schwieg sie nicht einfach, anstatt zu lügen? »Ich will nicht mehr auf den Berg. Und ich fürchte mich vor dem Zauberer. Bei ihm weiß man nie …«

Doch sie war zu betäubt vom Schmerz über Palas Verlust, um Nyima ernsthaft Widerstand zu leisten. Nichts war quälender als die ständig kreisenden Gedanken, was geschehen sein könnte. Da kam es auf eine weitere Begegnung mit dem lüsternen Zauberer nicht mehr an. Sollte er doch seine Zunge nach Nyima heraushängen.

In frühester Dämmerung machten sie sich mit reichlichen Geschenken auf den Weg.

»Erzähl mir vom Ngakpa«, sagte Lenjam. »Bisher hast du immer nur von den Lehren erzählt. Natürlich höre ich das gern. Er ist dein Meister, aber er ist doch auch ein Mensch.«

Nyima zuckte mit den Schultern und lächelte ein wenig. Lenjam stieß sie an, wie sie es als Kinder getan hatten. »Du hast bestimmt nicht die ganze Zeit nur hinten bei den Frauen gesessen und dir still und brav seine Belehrungen angehört.«

»Meistens schon«, erwiderte Nyima.

Es war schon immer so gewesen, fiel Lenjam auf, dass Nyima kleine Pausen machte, wenn man ihr eine Frage stellte, als gäbe sie etwas mit einiger Überwindung her oder als wäre es zu kostbar, um einfach gesagt zu werden.

»Einmal hat er mich zu sich gerufen«, sagte Nyima schließlich, »als einige seiner wichtigsten Schüler bei ihm saßen. Du hättest ihre Mienen sehen sollen. Als hätte er einen der Mastifs oder einen Yak in ihren kostbaren Kreis eingeladen. Und dann fing er an, Geschichten von weiblichen Bodhisattvas in Indien zu erzählen. Früher, in Indien, gab es viele erleuchtete Frauen, natürlich meistens Königstöchter oder Adlige, aber manchmal auch ganz einfache Frauen vom Land. Dann erzählte er die Geschichte von der Pfeilmacherin, das war damals in Indien die unterste Kaste. Der Meister Saraha begegnete ihr auf dem Markt und erkannte gleich, dass sie eine Dakini war. Gewöhnliche Menschen konnten das natürlich nicht sehen. Er lebte mit ihr zusammen, aber da er aus der hohen Kaste der Brahmanen stammte, war das ein so schrecklicher Skandal, dass der König ihn verbannen musste. Saraha nahm es hin und lebte weiterhin glücklich mit seiner Pfeilmacherin. Eines Tages wünschte er sich Rettichcurry. Seine Frau ging auf den Markt und kaufte Rettich, aber als sie heimkam, war er in der Meditation in Samadhi gefallen, und in diesem Zustand blieb er monatelang. Schließlich kam er wieder zu sich und wollte seinen Rettichcurry haben. Seine Frau, die Dakini, schimpfte: ›Im Winter gibt es keinen Rettich. Erst machst du dich monatelang ins Samadhi davon, und wenn du endlich wieder bei Sinnen bist, denkst du an nichts anderes als an Rettichcurry. Zu mehr hat also deine Meditation nicht getaugt.‹ In diesem Augenblick erwachte Sarahas Geist zu seiner wahren Natur.«

»Tolle Geschichte, erzähl noch eine«, bat Lenjam. Es war schön, von solch großartigen Frauen zu hören, und es lenkte von den quälenden Gedanken an Pala ab.

Nyima erzählte noch eine Geschichte von einer indischen Kurtisane, die als spirituelle Lehrerin wirkte, doch bald ließ der anstrengende Aufstieg kein Gespräch mehr zu. Die Mittagssonne brannte heiß, nur verstreute Baumgrüppchen gaben ein wenig Schatten. Lenjam sah die Wegzeichen wie im Traum – die zwei weißen Felsen, die Spalte im Felsen mit der Quelle, das Hochtal, in dem man in ein Seitental abbiegen musste. Immer unwirklicher erschien ihr der riesige Berg mit seinen Falten, Schluchten, Buckeln, ständig neuen Hängen und Aufstiegen, als arbeiteten sie sich tiefer und tiefer in den dunkelblauen Himmel hinein.

»Jetzt weiß ich nicht mehr, wo wir sind«, sagte sie und blieb stehen. Drehte sich der Himmel? Oder der Berg? Oder sie selbst?

Nyima legte die Hände an den Mund und rief: »He, verehrter Bönpa-la! Wir suchen Euch! Führt uns!«

In diesem Augenblick entdeckte Lenjam den Falken. Unbeweglich und mit schräg geneigtem Kopf saß er auf einem Fels, den Blick des einen Auges starr auf sie gerichtet.

»Da – da – da ist er«, stotterte sie und streckte die Hand aus. »Sein Vogel! Das ist sein Vogel!«

Nyima machte eine kleine Verbeugung zum Falken hin. »Seid gegrüßt, Kusho Vogel. Würdet Ihr uns bitte den Weg zeigen?«

Der Falke hob ein wenig die Flügel, putzte dann einige seiner Brustfedern und schüttelte sich.

»Ich nehme an, das heißt Ja«, rief Nyima und stieß aufbruchsbereit mit ihrem Stock auf den Boden. »Komm schon! Los geht's!«

Der Falke erhob sich anmutig und flog so weit, dass sie ihn sehen und ihm folgen konnten. Es dauerte nicht lang, bis Lenjam aufatmete. Da war das Haus des Zauberers mit dem Yakhorn auf dem Dachfirst und dem zottigen Yakfell vor dem Eingang. Die Frau war nicht zu sehen.

In gebührender Entfernung blieb Lenjam stehen.

»Verehrter Zauberer!«, rief sie. »Lenjam und Nyima sind da, die Töchter des Distrikthauptmanns. Ich war schon mal hier. Dürfen wir näher kommen? Wir haben Geschenke dabei.«

»Ihr stört!«, erklang es aus dem Haus. »Lasst die Geschenke da, dann könnt ihr wieder gehen.«

Nyimas Brust und Bauch begannen zu zittern von unterdrücktem Lachen. Sie kicherte, prustete los, lachte lauthals, ihr Gelächter stob weit hinaus über die Täler und Bergkuppen. Der Falke äugte misstrauisch von seinem Pfosten herüber. So unwiderstehlich war dieses Lachen, dass Lenjam trotz ihres Unbehagens angesteckt wurde und ihre Spannung sich in einem hilflosen Anfall von Lachen und Weinen zugleich entlud.

Nyima deklarierte schließlich laut die Geschenke, wie man es in den Klöstern tat, und legte sie auf den freien Platz vor der Tür.

»Ein Säckchen Tsampa, frisch gemahlen. Ein Säckchen Aprikosen, mmm, lecker. Ein großes Stück Trockenfleisch. Und – ho! – ein Krug Schnaps. Puh, der war schwer.«

Dies war das Zauberwort, das den Einsiedler aus seinem Haus lockte.

»Schnaps? Gut! Hat das Mädel also was gelernt.«

Nyima steckte das Lachen noch in den Mundwinkeln, als der Zauberer hinter dem Yakfell hervorkam. Er trug nur ein Lendentuch und viele seltsame Talismane um den Hals. Sein Körper war hager und dunkel und wirkte wie gegerbtes Leder.

»Ihr dürft euch setzen«, sagte er und ließ sich vor den Geschenken nieder. Mit heiterer Gier griff er nach dem Krug mit Schnaps. Die Mädchen sahen einander an und blieben stehen.

»Wir wollen nicht lang stören, Bönpa-la«, erklärte Nyima. »Unser Pala ist spurlos verschwunden. Er lebt nicht mehr, und wir wollten fragen, ob Ihr hellsehen könnt, wo wir nach ihm suchen sollen.«

Der Zauberer nahm einen tiefen Schluck aus dem Krug und leckte sich die Lippen.

»Nun setzt euch schon. Ich verrenke mir doch nicht den Hals und schaue zu euch auf.«

Nyima blieb stehen und hinderte Lenjam daran, sich zu setzen.

»Wie gesagt, wir wollen nicht stören. Wisst Ihr, wo unser Pala ist?«

Der Zauberer stülpte die Lippen vor wie ein Affe und pulte eine Aprikose aus einem der beiden Säckchen.

»Sie spricht höflich, aber ihre Augen sind frech«, knurrte er vor sich hin.

Lenjam schrie auf. Unter Nyimas Filzstiefeln schossen Flammen hervor, und Nyima machte erschreckt einen Satz rückwärts. Der Zauberer kicherte und schlug sich aufs Knie. Er nahm einen weiteren Schluck aus dem Krug.

»Wir wissen, dass Ihr ein großer Bönpa seid«, fauchte Nyima ärgerlich, »das müsst Ihr uns nicht mit solchen Tricks beweisen. Beantwortet einfach nur unsere Frage.«

Offensichtlich vergnügt lachte der Zauberer in sich hinein. »He, ihr könntet beide dableiben. Eine Ängstliche und eine Freche, das macht Spaß.«

In Lenjam kroch nun auch der Ärger hoch. Mochte er auch ein Bönpa mit magischen Kräften sein, doch sie als die Ängstliche zu bezeichnen, war eine Beleidigung. Sie war nicht ängstlich. Ganz allein hatte sie sich hier herauf gewagt.

»Was habt Ihr mit Eurer Frau gemacht?«, fragte sie herausfordernd. »Habt Ihr sie etwa gekocht und aufgegessen? Ich habe gehört, Zauberer tun so was.«

Das schien dem Bönpa über alle Maßen zu gefallen. Er lachte schallend und trommelte auf seine Knie.

»Ha, das ist gut! Aufgegessen! Das ist gut. Du hast sie für wirklich gehalten, was? Hu, die ist verschwunden, sie war ungenießbar. Da weiß man ja nie so genau, was man kriegt. Ihr wärt mir lieber. Bleibt doch hier, ihr seid eingeladen! Das wäre ein Spaß.«

Nyima blieb unbeirrt. »Wo ist unser Pala?«

Der Blick des Zauberers unter dem Faltenwurf seiner Lider funkelte vor Vergnügen.

»Hat man euch nicht beigebracht, dass man sich hinsetzt und erst mal ein höfliches Gespräch führt, bevor man zu seinem Anliegen kommt?«

»Wenn es sich um höfliche Leute handelt, ja«, antwortete Nyima mit unüberhörbarer Ungeduld. »Aber Ihr lenkt ab, verehrter Meister. Wenn Ihr nicht wisst, wo unser Pala ist, dann gebt es einfach zu, und wir lassen Euch in Ruhe.«

»Ätsi, schöön!«, rief der Zauberer begeistert. »Ich mag freche Mädchen. Ha, wie das Spaß macht! Natürlich weiß ich es.« Das bekräftigte er mit einem großen Schluck aus dem Krug.

Da Nyima abwartend schwieg, hielt sich auch Lenjam zurück, doch ihre Augen füllten sich mit wütenden Tränen. Es ging um ihren Pala. Wie konnte der Zauberer es wagen, sich ohne Rücksicht auf ihre Trauer über sie lustig zu machen? Er spielte seine magische Macht gegen sie aus, dieser Rüpel. Er hatte kein Mitgefühl und würde in den niederen Bereichen enden. Dieser Gedanke beruhigte sie ein wenig.

Nyima wandte sich zum Gehen. Lenjam folgte ihr unschlüssig.

»Ihr wisst es offenbar nicht, sonst hättet Ihr es gesagt«, rief Nyima über die Schulter zurück. »Lebt wohl. Möge Euer Geist klar sein und Euer Herz offen. Der Segen aller Buddhas und Bodhisattvas möge mit Euch sein.«

Kaum zwei Schritte waren sie weitergegangen, als die raue Stimme des Zauberers sie einholte.

»He, ich sag es euch!«

Nyima lächelte, bevor sie sich mit herausfordernder Miene umdrehte und zurückging. Lenjam trottete hinterher. Es ärgerte sie, dass sie nicht verstand, was zwischen Nyima und dem Zauberer vor sich ging.

»Setzt euch endlich«, brummte der Bönpa und verschwand im Haus.

Lenjam und Nyima ließen sich nieder, wo sie standen.

»Komischer Kerl«, sagte Nyima. »Was war das mit der Frau? Warum solltest du sie nicht für wirklich halten? Ob er Tulpas machen kann?«

Lenjam schüttelte sich. Ihre Hände zitterten. Sie hätte nicht nachgeben sollen. Wie hatte sie so verrückt sein können, noch einmal zu diesem Zauberer zu gehen? Er wusste viel mehr und war viel mächtiger, als sie gedacht hatte. Sie hatte seinen Zauber angenommen und sich ihm damit ausgeliefert. Angst kroch durch alle Glieder bis ins Herz. Sie atmete ein, so tief es ging, doch die Luft reichte nicht aus, sie würde bald in Ohnmacht fallen. Oder sterben.

Endlich kam der Bönpa mit einer Mala in den Händen wieder heraus. Nyima sprang auf und zerrte Lenjam mit hoch.

»Bleibt doch sitzen«, sagte der Bönpa. »Ihr seid ungemütlich.«

Murmelnd zählte er an den klobigen Perlen herum. Er zählte, dachte nach, zählte. Laut räuspernd und grunzend rollte er schließlich die Mala zusammen.

»Er wurde erschlagen«, sagte er. »Irgendwo in diesen Bergen liegt er in einer tiefen Felsspalte. Sehr tief. Da haben sie ihn hinuntergeworfen.«

Lenjam schluchzte auf und schlug die Hände vors Gesicht.

Über Nyimas Wangen liefen Tränen. »Einfach hinuntergeworfen«, flüsterte sie.

Der Bönpa trat auf sie zu, den Krug, den sie ihm mitgebracht hatten, in der Hand.

»Los, trinkt, alle beide!«

Folgsam nahmen beide Mädchen einen Schluck. Chang war ihnen vertraut, doch Schnaps hatte es für die Frauen in Palas Haus nie gegeben. Lenjams Weinen erstarb in erschrecktem Husten und Ringen nach Luft. Aus diesem Aufruhr erhob sich etwas überaus Wundersames. Der brennende Feuerstrom, der bis in ihre Füße fuhr, ließ sie plötzlich zu einem Baum werden, dessen Wurzeln sie tief in der Erde fühlen konnte.

»Wisst Ihr, wer die Mörder sind?«, fragte Nyima mit leiser, enger Stimme.

Lange schaute der Bönpa zum Falken hin, der immer noch auf dem Pfosten saß, und antwortete dann: »Zwei Männer.«

Lenjam, der Baum, wollte nichts von diesen Männern wissen. Leben floss aus der Erde hervor und in die Erde zurück und wieder hervor, das war immer so, das musste so sein, immer. Nyima sollte das verstehen. Es war so leicht zu verstehen.

»Jetzt geht heim«, sagte der Bönpa unerwartet freundlich. »Gebt gut auf euch acht. Die Tante ist gefährlich.«

Lenjam, der Baum, löste ihre Wurzeln aus der Erde und ließ sich von Nyima mitziehen, weg von der Einsiedelei und dem rätselhaften Zauberer. Mit Bedauern hörte sie auf, ein Baum zu sein, stolperte den langen Weg bergab, durch sanfte Senken, über steile Felsen und fiel nach und nach zurück in ihre kleine, erschütterte Welt.

Der Falke führte sie, bis das Gelände wieder vertraut war. Lenjams Gedanken liefen über.

»Die Tante ist gefährlich, hat er gesagt. Also sind wir in Gefahr, Nyima. Wo waren Tante Dön und ihre Söhne, als Pala erschlagen wurde? Und ging nicht ein Gerücht um, dass es bei den Nomaden Streit um ein Pferd gab? Ich bin sicher, es war Palas Pferd. Wir sollten mit ein paar Onkeln dorthin reiten und nachsehen. Ich würde es sofort wiedererkennen.«

Nyima hob beschwichtigend die Hände. »Stell dir das nicht so einfach vor. Selbst wenn wir das Pferd finden und dann auch noch erkennen sollten, was dann? Nur die Männer des Gyalpo können in solch einem Fall eingreifen. Und so viel ich weiß, tun sie es selten. Das läuft dann auf Klanfehden hinaus ohne Ende.«

Lenjam ereiferte sich. »Aber wir müssen doch etwas tun! Der Zauberer hat gesagt, die Tante ist gefährlich. Das Pack will unseren Besitz. Pala ist tot, Onkel Dokar ist schwach, und nur noch wir zwei sind im Weg. So ist das! Ich habe Angst.«

Lenjams Stimme wurde von den Bergwänden zurückgeworfen.

Schweigend ergriff Nyima Lenjams Hand und zog sie mit sich. Eilig liefen sie heim, wie hinein in einen tiefen Schatten.

Nyima hatte den Kern der Familie, zu dem auch Lama Samten zählte, zusammen mit Palas Männern in Palas Zimmer versammelt, in ihrer Mitte die Mola, die ausnahmsweise ihre Gebetsmühle im Schoß ruhen ließ. Die Morgensonne schien warm durch die geöffneten Fenster und ließ Palas Lieblingsthanka, eine Darstellung von Guru Rinpoche Padmasam-bhava, golden aufleuchten.

»Wir wissen jetzt, wo ungefähr Pala ist, aber wir werden ihn nicht finden«, sagte Nyima und berichtete vom Besuch beim Zauberer. »Unser Pala wurde ermordet.« Ihre Stimme wurde dünn, und sie musste zweimal ansetzen, um weiter-sprechen zu können. »Zwei Männer haben ihn erschlagen und in eine tiefe Felsspalte geworfen. Das war alles, was wir erfahren konnten.«

»Wie schrecklich!«, rief Tante Puntsog und schlug die Hände vor den Mund. »Wer könnte ...?«

»Wer wohl!«, entfuhr es Lenjam.

»Ihr wollt doch nicht sagen ...« Onkel Dokar ließ den Satz unbeendet, wie es seine Gewohnheit war. Bisher waren seine Sätze von Pala beendet worden. Nun tat es niemand mehr. Doch blieb keinem verborgen, dass Onkel Dokar wie alle anderen an die Neffen dachte.

»Das Einzige, was wir mit Sicherheit wissen«, sagte Nyima, »ist die Tatsache, dass wir ohne Pala weiterleben müssen. Onkel Dokar, du weißt, jetzt bist du der Familien-vorstand.«

Palas Bruder zuckte unter der Schärfe in ihrer Stimme zusammen.

»Darauf solltest du dich besinnen, anstatt ständig Chang zu trinken und mit den Würfelbechern zu knallen.«

»Das geht dich nichts an«, murrte Onkel Dokar ärgerlich. »Ich kann machen, was ich will.«

»Das geht uns alle etwas an!« Die alte Mola hatte die Stimme erhoben, ein so seltenes Ereignis, dass alle den Atem anhielten. »Wir können keinen Säufer und Spieler als Familienvorstand gebrauchen. Du hängst mit den dümmsten und faulsten Kerlen im Tal herum, und seit dein Bruder verschwunden ist, fangt ihr schon morgens an, den Jungen ein schlechtes Beispiel zu geben.«

Palas Männer nickten. Untereinander hatten sie schon seit einiger Zeit hinter vorgehaltener Hand darüber gesprochen, doch ihre Loyalität zu Palas Familie hatte sie gehindert, ihre Missbilligung sichtbar werden zu lassen.

»Es ist eine Schande«, sagte Tante Puntsog ein wenig atemlos, weil sie es nicht gewohnt war, ihre Zurückhaltung aufzugeben. »Wie soll es denn nur weitergehen mit unserer Familie? Darüber müssen wir nachdenken. Wer soll jetzt Distrikthauptmann werden? Dokar muss nach den Totenfeiern unbedingt zum König reisen und die Sache klären.«

Obwohl dazu nicht mehr viel gesagt werden konnte, wurde noch eine ganze Weile herumgeredet. Von Tante Dön und den Neffen sprach niemand.

Sie fürchten sich, daran zu rühren, dachte Lenjam. Wir alle fürchten uns. Palas Tod hat uns verletzlich gemacht.

Nyima schloss das Treffen damit, dass sie Tante Puntsog die Aufsicht über den Haushalt übertrug, denn sie und Lenjam hätten die Absicht, mit Lama Samten die neunundvierzig Tage dauernden rituellen Totenfeiern für Pala zu zelebrieren und sich danach mehr ihren Dharma-Studien und Meditationen zu widmen. So hatte sie es mit Lenjam am Abend zuvor besprochen. Lama Samten nickte schweigend. Seit Palas Verschwinden hatte er kaum ein Wort gesprochen. Als wäre er in sich hineingefallen und fände nicht mehr heraus.

»Lama-la, was geschieht wohl mit Palas Mördern? Mit ihrem Karma?«

Lama Samten hielt beim Füllen der silbernen Butterlämpchen auf dem Schrein inne und wandte sich Lenjam zu. Ein Tropfen flüssiger Butter lief langsam vom Schnabel der Kanne herunter, und Lenjam streckte unwillkürlich die Hand aus, um ihn aufzuhalten. Dies und ein aufgeschreckter Blick des Lamas flossen zusammen zu einem Augenblick großer Intimität, in dem sie die Ungeheuerlichkeit des Mordes teilten.

»Schlimm«, sagte Lama Samten. »Sehr schlimmes Karma.«

»Ich meine, wir wissen doch, wer es war.«

Der Lama schüttelte den Kopf. »Wissen wir das?«

»Ich habe Angst«, flüsterte Lenjam. Wäre Nyima da gewesen, hätte sie es nicht ausgesprochen. Doch es drängte heraus, musste gesagt werden, zu irgendjemandem, den sie damit nicht verstörte. Und ihr schien, dass Lama Samtens Vergangenheit derart war, dass sie ihm ihre Wahrheit zumuten konnte.

Während er die restlichen Lämpchen füllte, erwiderte er: »Euer Pala wollte, dass seine Töchter stark sind. Lass dich nicht von Angst verwirren. Wir wissen nicht, was genau geschehen ist, und wir wissen nicht, was geschehen wird. Aber wir brauchen die Zuversicht, dass wir mit allem umgehen können. Das hat euer Pala gesagt, als es mir einmal sehr schlecht ging. Ich habe es nie vergessen.«

Wochenlang versenkten sich die Schwestern mit Lama Samten und ein paar Mönchen, die das Kloster geschickt hatte, in die Totenfeiern. Sie rezitierten die Texte, stellten sich die Auftritte der verschiedenen friedvollen und zornvollen Gottheiten vor, denen Pala im Zwischenzustand begegnete. Doch das Unheil, das dem Haus drohen mochte, vergaßen sie nicht.

Eines Tages kam Tante Dön mit ihren Söhnen, der Schwiegertochter und dem Kind wieder ins Haus. Sie legte ein Schreiben des Gyalpo vor, in dem ihr erstgeborener Sohn zur Unterstützung Onkel Dokars und als der neue Distrikthauptmann der Region bestätigt wurde.

Alle waren fassungslos.

Nyima sammelte die Familie um sich.

»Es ist klar, was geschehen ist«, sagte sie. »Tante Dön und die Söhne haben die neunundvierzig Tage abgewartet, sind dann sofort zum Gyalpo gegangen und haben behauptet, Pala habe den Wunsch gehabt, der erstgeborene Sohn seines ältesten Bruders möge der Nachfolger in seinem Haus sein. Es war ja so einfach. Sie konnten sagen, Palas Bruder Dokar sei von schwacher Gesundheit.« Sie warf Onkel Dokar einen wütenden Blick zu. »Vielleicht haben sie sogar gesagt, er sei ein Säufer, und das zumindest wäre keine Lüge gewesen. Jedenfalls könne er nicht allein mit der Verantwortung für das Anwesen belastet werden. Und dann haben sie auch gleich vorgeschlagen, dass Palas Neffe den Posten des Distrikthauptmanns übernehmen solle. Warum nicht? Sie konnten sagen, er habe ja lang genug an Palas Seite gelebt, um mit diesem Amt vertraut zu sein. Für den Gyalpo sah das gewiss alles überzeugend aus. Und Lenjam und ich sind ja nur Mädchen. Wir haben keine Männer an der Seite. Wir zählen nicht.«

Siegessicher übernahm Tante Dön die Aufsicht über den Haushalt und der Sohn die Führung der Männer. So schnell und selbstverständlich geschah dies, dass sich niemand widersetzte. »Der König hat es beschlossen«, lautete die Zauberformel.

»Was soll ich denn tun?«, sagte Onkel Dokar. »Wenn ich jetzt zum König ginge, wie würde ich dastehen?«

Zu aller Überraschung war es Tante Puntsog, die nicht aufhörte, auf Dokar einzureden. Als habe sie ihr frommes, leises, blasses Leben lang gewartet, einmal aus dem Schatten hervorzutreten und eine sichtbare Rolle in der Familie zu spielen. Es sei seine Pflicht Pala und der Familie gegenüber, zum Gyalpo zu gehen und die Angelegenheit klarzustellen. Der Eifer ihrer Loyalität ließ ihre Augen funkeln, doch Onkel Dokar ließ sich nicht umstimmen. Er war jetzt der Freund des jüngeren Dön-Sohnes, nannte ihn Neffe und trank und würfelte mit ihm. Er musste keinerlei Verantwortung übernehmen und war mit der Situation zufrieden.

Tante Puntsog wurde ganz plötzlich krank.

»Sie muss etwas Verdorbenes gegessen haben«, sagte Pema. Doch im ganzen Haushalt gab es nichts Verdorbenes. Tante Puntsog war sicher, dass Tante Dön ihr einen bösen Zauber angehängt hatte, wagte diese Vermutung jedoch nur Nyima und Lenjam ins Ohr zu flüstern. Nyima war nicht überzeugt. Sie selbst und Lenjam müssten doch viel eher das Ziel von Tante Döns bösem Zauber sein. Stattdessen ließ sie den Mönchsarzt aus dem Kloster bitten, nach der kranken Tante zu schauen.

Der Amchi machte eine bedenkliche Miene, empfahl, für Tante Puntsog eine Puja gegen bösen Zauber im Kloster in Auftrag zu geben, und gab ihr gesegnete Kügelchen zur Stärkung ihres Lha, der Lebenskräfte. Nach der Puja war Tante Punsog wieder gesund.

Eines Morgens flüsterte Nyima: »Ich hatte einen Traum von einem bösen Wesen, das durch unser Zimmer schlich und sich über mich beugte. Jetzt glaube ich wirklich, wir sollten hier weg. Wir gehen zum Ngakpa, er kann uns helfen. Der Gyalpo hört auf ihn.«

»Ganz allein?«

Lenjam hatte so weit nicht zu denken gewagt. Es war, als lebe sie neben sich her. Palas Tod war ein böser Traum, die Vergangenheit war eine Aneinanderreihung von bösen Träumen, und ein Aufwachen schien es nicht zu geben. Manchmal erwartete sie, Amalas klare Stimme im Haus zu hören, um sich dann erschreckt zu sagen, ach nein, Amala ist ja nicht mehr da. Sie ist gestorben und wurde mit allen hilfreichen Ritualen begleitet, und ihr Geist ist jetzt in der Zwischenwelt unterwegs und sucht sich eine Möglichkeit, erneut geboren zu werden.

Doch Pala hatten sie nicht gesehen, nicht seinen Körper, nicht seine Einäscherung, es hatte nur die Gebete für ihn gegeben. Ein großes Loch klaffte in der Familie, wo er gewesen war, seine große Gestalt, seine starke, beruhigende Stimme, die Sicherheit, die er allen gegeben hatte. Lenjam wollte nicht an dieses Loch denken, in das man hineinfallen konnte, denn wer holte einen dann wieder heraus?

»Wir müssen gehen«, sagte Nyima. »Hier wird es jetzt zu gefährlich für uns. Der Traum hat es mir deutlich gemacht.«

»Aber wer soll uns begleiten?«, fragte Nyima. »Wir können doch nicht einfach allein losziehen.«

»Es wird sich schon ergeben«, erklärte Nyima. »Aber wir müssen zuerst unseren Schmuck verstecken, Tante Dön ist mit Sicherheit dahinter her. Auf die Reise sollten wir nur ganz wenig davon mitnehmen.«

Zu Lenjams Entsetzen kam Nyima auf die Idee, den Schmuck dem Kleinen Berggeist anzuvertrauen.

»Da gibt es Spalten in den Felsen«, sagte Nyima. »Im Haus geht es nicht, und ich weiß sonst keinen besseren Platz.«

Wie hätte Lenjam gestehen können, dass sie selbst schon ein Versteck beim Kleinen Berggeist hatte? Und darin war alles andere als ein Schatz.

Also machten sie sich heimlich auf den Weg. Nyima fand in einiger Entfernung von dem Schrein, auf den sie reiche Opfergaben gehäuft hatte, eine geeignete Höhlung, die groß genug war für den Sack mit ihrer beider Kopfschmuck, den silberbeschlagenen Gürteln, den Ketten und Anhängern und sich gut mit Steinen auffüllen ließ. Ein Versteck, das gewiss niemand entdecken würde. Lenjam dachte mit Schaudern an Palas Grab, tief in einer Felsspalte.

Die Wahl ihres möglichen Begleiters fiel auf den jüngsten von Palas Männern, Wangchuk. Seine junge Nomadenfrau hatte ihn verlassen, weil sie sich nicht an das Leben im Dorf gewöhnen konnte, und seitdem war Wangchuk allein, ein Umstand, der ihn zu einem geeigneten Kandidaten für die Reise machte.

»Er hat Pala wie einen Vater verehrt«, sagte Nyima. »Ich glaube, er wird sich nicht zweimal bitten lassen. Es ist nicht gar so weit zum Ngakpa, und dann darf er gleich wieder nach Hause. Und es wird niemand auffällig finden, wenn wir nach dem Verlust unseres Palas meinen Meister sehen möchten.«

II

Der Abstieg hinter dem Bergsattel war steil. Die Pferde und das Muli mit den Geschenken für den Ngakpa mussten vorsichtig den Geröllhang hinabgeführt werden. Danach, sagte Wangchuk, würden sie Tälern folgen können und auf ihrem Weg genügend Nomadenlager finden, um die Nächte nicht im Freien verbringen zu müssen.

Lenjam hatte vergessen, wie sehr sie sich seit der Pilgerreise vor Nächten in den Bergen gefürchtet hatte. Noch mehr als mit bedrohlichen Dämoninnen war sie mit der auf ganz andere Weise bedrohlichen Anwesenheit des jungen Tubden beschäftigt, nach dem umzuwenden sie sich verbot. Wangchuk hatte ihn vom Ende des Tals zur Verstärkung geholt. Winkend und lachend war Tubden zu ihnen gestoßen, hatte die langen Haare mit den roten Schnüren verwegen über die Schulter geworfen. Ein fröhlicher Junge mit breiten Schultern und großen Händen war er, sein Lachen so tief in seinem Mund und den Augenwinkeln verankert, dass es nie ganz zu weichen schien. So groß war er, dass seine Beine weit unter dem Bauch seines struppigen Pferdchens hingen. Genau genommen Wangchuks Pferd, denn Nyima und Lenjam hatte Wangchuks Bereitschaft, ihr Reisebegleiter zu

280

sein, mit dem Geschenk eines von Palas größeren Pferden unterstützt.

»Tubden hat Lust auf ein bisschen Abenteuer«, hatte Wangchuk mit blitzenden Augen erklärt, die verrieten, dass auch er selbst die Aussicht auf diese Reise zu schätzen wusste. Nyimas Erklärung, sie würden das Kloster ihres Meisters besuchen, leuchtete Wangchuk ein, und auch, dass sie nicht den ganzen Haushalt mit diesem Vorhaben durcheinanderbringen wollten und deshalb ihre Absicht verschwiegen. Nur Mola und Tante Puntsog waren eingeweiht, Palas Männer würden später dieselbe Auskunft wie Wangchuk bekommen. Die Onkel waren loyal und ahnten, was sich in der Familie abspielte, doch sie waren an Haus und Grund gebunden und würden sich notgedrungen mit Onkel Dokar und dem Neffen als Aufseher von Tante Döns Gnaden abfinden.

Lenjam seufzte. Nicht über Tubden nachdenken! Auf keinen Fall sich umschauen! Sie würde nicht zulassen, dass er ihr gefiel.

Von Unwissenheit verblendet
ließ ich mich willig auf Schädliches ein,
doch jetzt erkenne ich meine Fehler
und bekenne sie den Buddhas aus tiefstem Herzen.

Solches Bekennen sei wichtig, hatte Lama Samten betont, sonst könne man sich nicht ändern. O ja, da wusste einer, wovon er sprach. Lenjams Gedanken glitten ab, blieben an dem jungen Mönch Samten hängen, der mit gebrochenem Bein hilflos auf dem Boden lag und die Rache der Dorfbewohner fürchten musste, sobald sie ihn fänden. War er als

Hauslehrer so streng gewesen, weil er es besonders gut machen wollte? Zumindest hatte er dafür gesorgt, dass sie diese Hunderte von Strophen auswendig gelernt hatten, die jetzt wie ein Bienenschwarm in ihrem Herzen herumsausten und ihr so manchen Stich versetzten.

Nein, sie wollte nicht an Tubden denken. Auch nicht an Pala. Auch nicht an die Familie, an ihr verlorenes Heim, an die ungewisse Zukunft. Und ganz gewiss nicht an die Zauberwurzel, die sie vergraben hatte. Woran mochte wohl Nyima denken? Die einst so vertraute Nyima, die fast zugleich geborene Schwester, war Vergangenheit. Hatte auch Nyima Geheimnisse? Gewiss nicht die Art von Geheimnissen, die einen verfolgen und einem ständig über die Schulter schauen. Irgendwann würde sie Nyima davon erzählen.

»Schaut mal!«, rief Wangchuk und zeigte zum Bergsattel hinauf. »Ein Tiger!«

Deutlich war der dunkle Umriss eines großen Tieres gegen den tiefblauen Himmel zu sehen. Lenjam tauchte aus dem tiefen Fluss ihrer Gedanken auf. Ach ja, nur ein Tiger, dachte sie und kehrte mit mäßigem Eifer zum Bekennen zurück.

Von Unwissenheit verblendet
ließ ich mich willig auf Schädliches ein.

Ja, gewiss, unwissend war sie, ein unwissendes junges Ding. Hätte Kunga sich nicht an sie herangemacht mit seinen Lockungen wie »schöne Blume« und seinen langen Blicken, die ihre Knie zittern ließen, dann wäre sie nicht zum Waldrand gekommen, und nichts wäre geschehen, und sie hätte nicht beim Zauberer die Wurzel geholt und … Doch die Verse ließen keine Rechtfertigung gelten. Sie lauerten, schossen hervor und ließen einen nicht entkommen.

Kein Feind ist in der Lage,
derart lang zu leben
wie meine Leidenschaften.
Sie haben weder Anfang noch Ende.

Sie würde sich auf keinen Fall nach Tubden umschauen. Kein Blick. Kein Wort. Sie genoss ihren guten Vorsatz. Ha, sie würde es allen zeigen!

Wem, außer sich selbst?

Von ihren kreisenden Gedanken gequält, folgte sie Nyimas Beispiel, die mit der linken Hand ihr Pferd führte und mit der rechten, vom leisen Murmeln des Mani-Mantras begleitet, ihre Mala drehte.

»Mantras beschützen den Geist«, hatte Nyima die Belehrung des Meisters wiedergegeben. »Dann denkt man nicht so viel dummes Zeug.«

Zwar hatte Lenjam festgestellt, dass sie durchaus neben dem Mantra her dummes Zeug denken konnte, doch hatten diese Gedanken weniger Gewicht, und selbst wenn sie das Mantra fast schon verdrängt hatte, vergaß sie es nicht völlig und konnte wieder dazu zurückkehren. Lama Samten hatte einmal von einem weisen Einsiedlermönch erzählt, der auf die Frage, ob er nicht einsam sei in seiner Höhle, geantwortet habe, er bitte häufig Tara mittels ihres Mantras herbei, und dann komme nicht nur eine Tara, sondern ganz viele Taras.

Lenjam war bereit, sich mit einer einzigen Tara zufriedenzugeben, vor allem nachts, wenn sie sich fürchtete, und dann würde sie sich auf Taras Schoß zusammenrollen wie die Katze Shimi auf Molas Schoß.

Als sie endlich im Tal ankamen, hatte Lenjam dank des Mantras ihre dunklen Gedanken vergessen. Wangchuk bewährte sich mit seiner weit tragenden Stimme als Vorsänger, und er kannte Lieder, die Lenjam noch nie gehört hatte. Auf der Pilgerreise hatten sie zwar viel gesungen, doch Pala hatte vor allem religiöse Gesänge angestimmt, wie es sich für die Pilgerschaft geziemte. Die hatte Lenjam auch gern mitgesungen, doch Wangchuks Lieder waren neu und anders.

Eines trieb Lenjam Tränen in die Augen:

»Um den Gipfel der Berge
zieht der Nebel,
ich rieche den sanften Regen.
Auf die Kiefern fällt er
auf meinen Wegen.
Ich denke an euch, meine gütigen Eltern,
meine Onkel, meine Tanten,
und Trauer ergreift mich.
So traurig bin ich.«

Sie sangen es oft. Die weiche Melodie mit den langgezogenen Tönen rührte immer mehr die tiefe Sehnsucht in Lenjam auf, es möge zu Hause wieder alles so werden, wie es einmal war, und sie klammerte sich an die Hoffnung, der Ngakpa würde ihr Leben wieder in Ordnung bringen. Schließlich war er ein großer Meister und verfügte über Siddhis, Wunderkräfte. Er würde den Gyalpo vom Betrug der Verwandten überzeugen und Tante Dön aus dem Haus jagen. Sie und

Nyima würden wieder in Ruhe leben können, den Haushalt beaufsichtigen, die Feldarbeiten überwachen und Feste feiern. Sie, Lenjam, war bereit zu arbeiten. Jawohl, sie hatte bewiesen, dass sie dem Haushalt vorstehen konnte. Vielleicht würde sich Ani-la überreden lassen, wieder heimzukommen. Dann wäre es wieder fast so wie zu Amalas Zeiten.

Die Mola würde in ihrem Eck in der Küche sitzen, auf dem Schoß die Katze, in der rechten Hand die Gebetsmühle, in der anderen die Mala. Ani-la knetete mit Tante Puntsogs Hilfe Momos auf der großen Holzplatte. Auf dem Herd kochte der große Topf mit Trockenfleisch, und es würde herrlich nach Suppe riechen. Im hinteren Hof würde man die kleinen Buben der Onkel und Tanten mit den Hunden spielen hören. Wenn hohe Gäste vorbeikamen, würde Lenjam eine schöne Chuba anziehen aus dem feinen Stoff, den sie selbst webten, dazu eine der herrlichen Blusen aus chinesischer Seide und ihre fein bestickten Filzstiefelchen. Sie würde ihren Schmuck anlegen, zum Tor gehen und sich vom Pförtner die Besucher vorstellen lassen. So würde es sein.

Wangchuk hatte ein neues Lied angestimmt. »He, Lenjam, sing mit!«, rief er.

Doch noch wollte Lenjam ihre kleine innere Welt gegen die große äußere Wirklichkeit dieser Flucht verteidigen, als handle es sich um ein Missverständnis. Mochte das Vagabundenlied, das Wangchuk angestimmt hatte, auch fröhlich klingen, so riss es sie doch aus ihrer kläglichen Hoffnung, an der sie sich festzuhalten versuchte.

»Vertrau auf den Ngakpa«, sagte Nyima. Manchmal konnte Nyima Gedanken lesen.

So still lag das Kloster über dem kleinen Dorf am breiten, kahlen Rücken des Bergs, als wäre es verlassen. Es war ein warmer Tag gewesen, doch nun warf die untergehende Sonne bereits kalte Schatten ins Tal und deckte alles Leben zu.

Plötzlich rollten die tiefen Töne der Langhörner vom Berg herab, begleitet vom Herzschlag der großen Trommeln, dem Scheppern der Becken, dem Aufschrei der Knochentrompeten. Da war es wieder, das starke, beruhigende Leben im Kloster, und die Geister, die in den Schatten gelauert hatten, stoben in alle Richtungen davon.

Wangchuk und Tubden schrien aus vollem Hals »*Lha gyel lo!*« – die Götter siegen – und trieben die Pferde an. Eine gute Reise war es gewesen, diese vier Tage und Nächte. Keine Räuber weit und breit, und das Wetter hatte gehalten. Von den Nomaden, bei denen sie übernachtet hatten, waren sie freundlich aufgenommen worden, umso mehr, als sich das unglückselige Verschwinden des Bezirkshauptmanns herumgesprochen hatte.

Den jungen Mönch, der das Tor öffnete, überfiel Nyima augenblicklich mit der Frage nach dem Ngakpa, ob er im Kloster oder in der Höhle sei.

»Der verehrte Ngakpa ist nicht da«, antwortete der Mönch. »Er ist vor einiger Zeit nach Norden abgereist, zu seinem Vajra-Bruder, den alle den Spielmann-Lama nennen.«

»Nein!«, flüsterte Nyima, und dieses Flüstern war durchdringender als ein lauter Schrei. Sie konnte gar nicht mehr aufhören damit. »Nein, nein, nein, nein, nein!« All die quälende Not, die sie in sich festgehalten hatte, quoll aus ihr heraus dem hilflosen jungen Mönch entgegen, der nicht wusste, was er sagen sollte.

In diesem Augenblick, anstatt vom Impuls lähmender Enttäuschung ergriffen zu werden, begriff Lenjam, dass es um Aushalten und Geschehenlassen ging. Was immer sie hoffen oder fürchten mochte, es ging doch immer nur darum anzunehmen, was kam. Sie hätte es nicht aussprechen und noch viel weniger erklären können, doch sie wusste ganz zutiefst, dass sie dem Netz von Hoffnung und Furcht entkommen mussten und dass dies möglich war. Darum nahm sie Nyima einfach in die Arme, hinein in dieses unaussprechliche Aushalten, das sich über Vergangenheit und Zukunft hinwegsetzte, und flüsterte ihr zu: »Dann gehen wir eben nach Norden.«

Nyimas Kopf lag schwer auf Lenjams Schulter. Vielleicht war dies der kostbarste Augenblick, den Lenjam jemals erlebt hatte. Zumindest kam es ihr später so vor. Denn diesen Augenblick lang war sie zum ersten Mal nicht die Unbesondere. So einfach und außerordentlich war das.

Sie wurden zur Begrüßung ins Empfangszimmer des Yangsi, der kleinen Wiedergeburt, geführt. Man hatte das Kind auf seinen Thron aus mehreren brokatbezogenen Polstern gesetzt, die Geschenke für das Kloster wurden vor ihm ausgebreitet und die Katas überreicht. Der Kleine legte seine Hand auf Nyimas und Lenjams Kopf, wie es von ihm erwartet wurde. Das runde Gesichtchen war unbewegt wie die Züge der Statuen im großen, kunstvoll geschnitzten Schrein an der Wand.

Lenjam und Nyima wechselten einen Blick und zogen geschwind ihre besonderen Geschenke aus ihren Chubas. Zu Hause hatten sie tagelang heimlich daran gearbeitet, Lenjam an einem handgroßen Pferdchen aus fest umwickeltem Stroh und Nyima an ihrem Reiter aus Yakhaar mit einem hübschen Stückchen Brokat als Umhang und einem kunstvoll geschnitzten Kurzschwert.

Die kleine Wiedergeburt jauchzte laut auf, setzte den Reiter aufs Pferd, sprang von seinem Thron und rannte durch das Zimmer. Erst jetzt entdeckte Lenjam die Frau im Hintergrund des Raums, fast verschmolzen mit der Wand in bescheidener Unsichtbarkeit. Es war die junge Mutter des kleinen Tulku, die Sangyum des Ngakpas. Glücklich strahlte sie über die Freude des Kindes, das Pferdchen und Reiter über ihren Schoß und ihre Arme hüpfen ließ. Allzu schnell stürzten Mönche herbei, die Betreuer, und scheuchten den kleinen Rinpoche auf seinen Thron zurück.

Die Audienz war vorbei, die Mädchen machten ihre Niederwerfungen vor dem Kleinen, verbeugten sich vor der Sangyum und verließen rückwärts den Raum. Ein fröhliches »Hopp, hopp!« folgte ihnen.

»Ob sie ihm das Spielzeug lassen?«, flüsterte Lenjam, eingeschüchtert von der Etikette, in die das Kloster sie hineinzwang. Vielleicht würde der Junge ein bisschen spielen dürfen, er war ja noch so klein. Amala hatte einmal erzählt, dem jungen Rinpoche ihres Klosters am Talende sei Spielen nie erlaubt gewesen, er habe immer nur lernen müssen. Wahrscheinlich hatte sie das gesagt, um Nyima und Lenjam klarzumachen, wie gut es ihnen ging. Lenjam hatte daraufhin, wenn sie den jungen Rinpoche sah, immer einen kleinen Stich des Mitleids in ihrem Herzen gespürt.

Am nächsten Morgen machte sich Wangchuk mit Tubden auf den Weg zurück nach Hause. Er sollte ausrichten, Nyima und Lenjam würden noch einige Zeit im Kloster bleiben und auf die Rückkehr des Ngakpas warten. Das klang unverfänglich, doch stattdessen würden sie, so hatten sie es in der

Nacht besprochen, dem Ngakpa nach Norden folgen. Unterwegs wollten sie ihre Ani-la besuchen, die inzwischen nicht mehr in ihrem Kloster lebte, sondern bei einer Gruppe von Nonnen auf einem heiligen Berg mit mehreren Höhlen und Einsiedeleien.

Als sie im Kloster nach diesem Berg fragten, erfuhren sie eine erstaunliche Geschichte. Vor langer Zeit war einer Einsiedlerin in der Haupthöhle dieses Berges Guru Rinpoche in der Gestalt des Kindes in der Lotosblüte erschienen und hatte ihr aufgetragen, eine bestimmte Meditation zu praktizieren und an geeignete Nonnen weiterzugeben. Dann würde viel Segen von diesem Ort ausstrahlen und den Menschen in schweren Zeiten Inspiration geben. Nach und nach hatten sich Nonnen jeden Alters eingefunden, die dem geistigen Ruf der Einsiedlerin gefolgt waren, und es hieß, dass sich mit jeder Ankunft einer Nonne eine weitere Höhle auftat. Es kamen jedoch nur Nonnen, die den geistigen Ruf hören konnten, und so blieb ihre Zahl klein.

»Unsere Ani-la ist eine dieser außergewöhnlichen Nonnen, die den Ruf gehört haben«, sagte Nyima ehrfürchtig. »Und sie hat nichts davon gesagt.«

Kaum hatten Lenjam und Nyima dem Klosterleiter ihren Entschluss mitgeteilt, Ani-la zu besuchen, verbreitete sich diese Nachricht im Dorf und darüber hinaus, und einen Tag später scharten sich Frauen und Mädchen aus der Umgebung vor dem Kloster zusammen, zum Schutz von einigen Ehemännern, Onkeln und Brüdern begleitet, um mit zu diesem heiligen Berg zu pilgern und Segenswasser heimzubringen, eine Pilgerreise, die viel gutes Karma versprach.

Lenjams und Nyimas Pferde blieben unter der Obhut des Klosters im Dorf. Sie nahmen ebenso wie alle anderen Pilger nur ein Bündel mit dem Nötigsten und Gaben für die Nonnen mit, und sie hießen die Frauen und Mädchen als Pilgerschwestern willkommen. Dass die beiden Mädchen sich, obgleich zum Landadel gehörig, auf eine Stufe mit den einfachen Leuten stellten, brachte ihnen Respekt und Bewunderung ein. Aber keine vergaß, den Ärmel vor den Mund zu halten, wenn sie Lenjam oder Nyima ansprachen, wie es sich gegenüber Personen von Rang gehörte.

Ein Yak trug die Stangen und Decken des großen Zeltes, in dem sie alle gemeinsam am Rand von Nomadenlagern oder im Schutz eines Klosters oder eines Dorfes übernachten würden. Es war eine vergnügte Pilgerschaft mit viel Rast und sowohl frommen als auch frechen Liedern, und abends am Herdfeuer im Zelt, auf dem die dicke Suppe im Kessel blubberte, wurden so manche Geschichten erzählt, die Lenjam und Nyima noch nie gehört hatten.

»Kennt ihr die Geschichte von den Fischottern und den Eulen?«, fragte eine Frau, die stets am lautesten sang und am lautesten lachte und von allen Klößchen genannt wurde, weil sie klein und ein wenig rundlich war. Eine Nomadenfamilie hatte die Pilger eingeladen, im Windschatten ihrer Zelte zu übernachten, und natürlich wollten alle die Geschichte hören.

»Ihr müsst wissen«, erzählte Klößchen, »dass es weit im Norden einen besonderen See gibt, wo jeden Monat bei Vollmond etwas ganz Ungewöhnliches geschieht. Da kommen nämlich viele Eulen zusammen und sitzen auf Zweigen, die bis zum Wasser hinunterreichen, und Fischotter eilen herbei und bringen ihnen Fische. Die Eulen sind gierig und fressen und fressen, aber gleichzeitig jammern sie und beklagen sich, dass sie nicht genug bekämen. Die Fischotter geben sich alle

Mühe, noch mehr Fische zu fangen, obwohl niemand weiß, warum eigentlich, denn sie haben nichts davon, außer Gejammer und Geschimpfe. Und so geht es die ganze Nacht. Die Fischotter mühen sich ab, und die Eulen lassen sich bedienen und beklagen sich. Ist das nicht eine seltsame Geschichte?«

»Vielleicht gar nicht so seltsam«, sagte einer der Nomaden. »Bei einer meiner Töchter, die in eine andere Sippe eingeheiratet hat, ist es genauso. Sie arbeitet viel und bedient ihren Mann gut, aber er ist nie zufrieden. Ich hab ihr gesagt, sie soll ihn verlassen und zu uns zurückkommen, aber das will sie nicht. ›Er ist doch mein Mann‹, sagt sie, ›und ich hab ihn selbst gewählt, jetzt kann ich ihn doch nicht einfach verlassen.‹ Und dabei hat der Kerl es noch nicht mal fertiggebracht, ihr ein Kind zu machen. Ich sag euch, eine richtige Eule ist der.«

Während einige voller Vergnügen anzügliche Vorschläge machten, wie die junge Frau zu einem Kind kommen könnte, wandte sich Nyima ernsthaft an den Nomaden: »Weißt du, diese karmische Neigung hat sie mitgebracht. Du solltest ihr helfen, sie durchzuschneiden. Vielleicht denkt sie, dass sie aus Mitgefühl so handelt, aber das stimmt nicht. Es ist der Zwang der karmischen Neigung, und es ist nicht gut für ihren Mann und für sie selbst auch nicht. Sag ihr das.«

Lenjam schlief mit der festen Überzeugung ein, dass dies nicht Nyima war, die sie gehört hatte, sondern eine andere, welche Nyima im früheren Leben gewesen war. Selbst die Stimme hatte anders geklungen, eher wie die Stimme einer älteren Frau. Am nächsten Morgen jedoch löste sich diese Gewissheit auf wie die zarten, weißen Nebelwesen, die an den Berghängen hinauftrieben und im tiefen, weiten Sommerhimmel vergingen.

Dem heiligen Berg mit den Höhlen der Nonnen müsse man sich mit reinem Gemüt nähern, sagten die Frauen, aber das ging natürlich vor allem die Männer an, die Nonnen gering-zuschätzen pflegten. Also wurde zuerst in einiger Entfer-nung auf einem Bergsattel, von dem aus der heilige Berg jenseits kahler, zerklüfteter Anhöhen mit mageren Ziegen-weiden zu sehen war, ein Rauchopfer aus Wacholder zur Reinigung entzündet. Alle gingen Mantras murmelnd durch den Rauch, und Lenjam gelobte wieder einmal, für alle Zeit auf Rachezauber zu verzichten.

Alle waren müde, als sie schließlich im goldenen Licht des späten Nachmittags den heiligen Berg erreichten. Eine junge Nonne kam herabgeklettert und bat die Gruppe, ihr Lager in einiger Entfernung im Tal an einem Flüsschen auf-zuschlagen.

»Es ist schön, dass ihr gekommen seid und uns wertvolle Lebensmittel mitgebracht habt«, sagte sie. »Und ihr könnt euch mit uns freuen, denn wir erwarten einen hohen Rinpo-che. Er gibt eine große Einweihung, und dabei werdet ihr auch die Nonnen sehen können. Denn ihr wisst ja, sie sind im Retreat und unterbrechen es nur für diese Gelegenheit.«

Die Gäste jubelten und beglückwünschten einander. Denn auf diese Weise würde ihre Pilgerschaft noch viel verdienst-voller werden.

Lenjam und Nyima überreichten der Nonne ihre persönli-chen Gaben für Ani-la und setzten sich in der milden Nach-mittagssonne an den Fluss. Die Stimmen der Männer, die das große Zelt aufbauten, waren kaum zu hören. Von weit oben am Berg, wo die Höhlen und Einsiedeleien lagen, wehte das feine Klingeln der Handglocken und das Klappern der Hand-trommeln herunter und ließ die besondere Stille, die den heiligen Berg umgab, noch dichter wirken. Die blaue Tiefe des gewaltigen Himmels darüber schien über alle Welten, die sichtbaren und die unsichtbaren, hinauszureichen.

»Wie gut, dass wir hierhergekommen sind«, sagte Lenjam. »Es ist so schön hier. Als gäbe es nur Gutes.«

Nyima antwortete nicht. So war es seit der Ankunft im Kloster gewesen. Es gab kein Miteinanderreden mehr, eher ein Hinausreden in den Raum, wo sich dann ihre Worte begegneten oder auch nicht. Nicht mehr so, wie es früher war, wie einander einfach an den Händen zu halten. Das machte Lenjam traurig, und sie wusste nicht, wie sie es Nyima mitteilen sollte.

So fiel ihr nur ein, Nyima sanft mit der Schulter anzustoßen und zu sagen: »Ich freu mich auf Ani-la. Meinst du, wir könnten sie sehen, bevor dieser Rinpoche kommt?«

Nyima machte eine kleine verneinende Geste mit der Hand. »Sie ist doch im Retreat.«

Lenjam war überzeugt, dass Ani-la, ihre Ani-la, ihre beiden Mädchen würde sehen wollen, wüsste sie nur, dass sie da waren. Jemand sollte es sie wissen lassen.

»Man darf so ein Retreat nicht unterbrechen«, sagte Nyima. »Es würde ihr nicht guttun.«

»Woher willst du das wissen?«

»Der Ngakpa hat es gesagt. Man öffnet so ein großes Retreat nur, wenn der Meister kommt.«

Die Ankunft des Rinpoche mit seinen Mönchen brachte große Aufregung und Begeisterung in die Pilgergruppe. Als die Muschelhörner oben auf dem Berg erklangen, liefen alle zum Pfad am Fluss und stellten sich, die Katas zur Begrüßung in den Händen, in einer Reihe auf.

Der Rinpoche war sehr alt. Er habe, so hieß es, viele Jahre im Retreat verbracht und könne deshalb kaum mehr laufen. Langsam näherte sich die Gruppe der Mönche mit dem Rinpoche in seiner sonnengelben Sänfte. Lenjam atmete auf. Es war herrlich, dass endlich etwas geschah und sie von den Tagen dumpfer Ungeduld erlöste. Sie wollte Ani-la sehen, wollte ihr von all dem Schrecken berichten, wollte gehört und getröstet werden. Dann würde der Druck von ihr weichen, und sie würde ihr richtiges, zu ihr gehöriges Leben wiederhaben. Dessen war sie sicher. Mütter konnten das, und Ani-la war immer eine Mutter für sie gewesen. Ani-la hatte Lenjam gehört. Alle waren sich unausgesprochen darüber einig gewesen, dass Amala die Wichtigere war, die Herrin des Hauses. Doch Ani-la, so hatte Lenjam gelernt, sie zu sehen, besaß das reichere Herz.

Die ausgestreckte Hand des alten Rinpoche strich über die gebeugten Köpfe der aufgereihten Pilger. Aus den Augenwinkeln konnte Lenjam erkennen, dass er sich bemühte, jeden einzelnen Kopf zu berühren, und sie war froh, als Pilgerin keinerlei Kopfschmuck zu tragen, so dringend wollte sie diese Berührung spüren. Es gehörte sich nicht aufzuschauen, doch Lenjam mochte sich den Augenblick seiner Nähe nicht entgehen lassen. So kam es, dass sein Blick den ihren traf, unerwartet, sie irgendwo ganz tief in ihrem Inneren, wo sie sich selbst nicht kannte, traf und sie zum Zittern brachte. Sie zitterte noch, als sie im Gedränge hinter der Sänfte hergeschoben wurde, und wusste nicht, was geschehen war.

Ein großes Zelt wurde für den Rinpoche und seine Mönche aufgebaut, und das ganze Tal war von heiterem Eifer erfüllt. Lenjam konnte die Nonnen mit ihren weißen Katas oben am Berg stehen sehen. Der Rinpoche wurde mühsam hinaufgetragen und nach einiger Zeit wieder heruntergebracht.

»Wo ist unsere Ani-la?«, rief Lenjam der jungen Nonne zu, die dem Rinpoche folgte. »Sie heißt Chöying Dölma.«

»Ich muss sie erst fragen«, war die Antwort.

Ohne Eile stapfte die Nonne den Berg hinauf. Lenjam folgte ihr unaufgefordert. Dass Nyima nicht zu sehen war, kümmerte sie nicht, ja, es war ihr gerade recht.

Nach dem steilen Aufstieg erreichten sie die ersten Höhlen und ummauerte, überhängende Felsen. Eine Nonne sah sie tief in einer Felsspalte sitzen, davor eine kleine Feuerstelle aus aufgeschichteten Steinen.

»Warte hier!«, sagte die junge Nonne und kletterte weiter. Lenjam hatte nicht die Absicht zu gehorchen. Sie folgte ihr nach, lachend beobachtet von einigen Nonnen, die im Freien saßen. Einmal warf die Nonne einen tadelnden Blick zurück, doch wagte sie wohl nicht, die Ruhe auf dem Berg zu stören.

Vor einem teilweise ummauerten Höhleneingang hielt die Nonne schließlich an. Lenjam beeilte sich und stürzte außer Atem auf die Höhle zu.

»Ani-la!«, rief sie. »Ich bin's, Lenjam!«

Und da war sie, ihre Ani-la, kam gebückt aus der Höhle hervor, öffnete die Arme, wie sie es so oft getan hatte, und Lenjam warf sich hinein, lachte, schluchzte, konnte keine Worte finden, sich nur festhalten an der kleinen Ewigkeit dieser Geborgenheit. Das war ihre Ani-la, und sie roch, wie sie immer gerochen hatte, nach heiligem Rauch und Buttertee und nun auch ein wenig nach Höhle.

»Ich hab gespürt, dass ihr kommen würdet«, sagte Ani-la.

Dass wenig später auch Nyima kam, störte Lenjam nicht. Es genügte ihr, dass sie die ersten Augenblicke mit Ani-la für sich allein gehabt hatte.

Nun musste das Unheil erzählt werden, die ganze schreckliche Geschichte, und dies konnte Lenjam großzügig Nyima überlassen.

Ani-la nickte bekümmert mit feuchten Augen.

»So etwas Schlimmes musste wohl geschehen«, sagte sie, »weil ihr so besonders seid. Leiden zehrt schlechtes Karma auf. Und es ist euer kostbares Material, vergesst das nicht.«

Lenjam wagte kaum daran zu denken, wie viel schlechtes Karma sie zu ihrem alten schlechten Karma in diesem Leben noch hinzugefügt hatte, und dass das alles aufgezehrt werden musste.

»Jetzt müssen wir den Ngakpa suchen und ihn bitten, beim Gyalpo für uns zu sprechen«, sagte Nyima. »Dafür hätten wir gern deinen Segen.«

Ani-la nickte. »Besorgt euch im Dorf Bauerngewänder«, sagte sie, »und näht das Gold und die wertvollen Steine, die ihr dabeihabt, in die Säume ein.« Ani-la hatte in der Höhle die Dinge der Welt und ihren Sinn fürs Praktische offenbar nicht vergessen. »Und fragt herum, wer von den Leuten in der Gegend nach Norden reist. Geht nie allein und immer von einem Kloster oder Dorf oder Lager zum nächsten. Das ist am sichersten.«

Lenjam hätte gern von der Zeit zu Hause gesprochen, von der guten Zeit, von Erinnerungen, die schmerzlich und schön waren. Doch Ani-la war dazu nicht bereit. Sie war nicht mehr die Mutter. Sie war eine Yogini. Schon stand sie auf, klopfte ihre dicke, filzige Robe ab und legte beiden lange die Hand auf den Kopf.

»Wir wollen die anderen Nonnen nicht länger stören«, sagte sie. »Man empfängt hier keine Besuche. Ich werde euch mit meinen Gebeten begleiten. Denkt daran, jeden Morgen und Abend Tara anzurufen, sie um Schutz zu bitten und ihr zu danken. Sie hilft immer, man muss sie nur rufen. Vergesst es nicht. Man vergisst so leicht.«

Noch einmal durfte Lenjam sich an sie drücken, in ihren vertrauten Geruch eintauchen, dann verschwand Ani-la wieder in ihrer Höhle, die so klein war, dass sie nicht darin stehen konnte.

Während des Abstiegs schwiegen die beiden Schwestern. Für Lenjam schien die Reise erst an diesem Punkt wirklich zu beginnen, an dem es keine festlegbaren Ziele mehr gab auf ihrem abenteuerlichen Weg, nur die Suche, nur Hoffnung und Furcht. Sie gestand sich ein, dass die Furcht größer war als die Hoffnung, doch hätte sie dies Nyima gegenüber auf keinen Fall zugegeben.

Es war ein kleines, einsames Nonnenkloster, vor dem sie sich von der großen Familie trennten, mit der sie ins Land der Golok gereist waren. Sie hatten die Tage nicht gezählt. Es waren viele gewesen. Drei noch recht kleine Kinder hatte die Familie dabeigehabt, die häufig auf die Yaks gesetzt wurden, ganz oben auf die Lasten. Eine der Frauen war hochschwanger und hatte öfter nach Rast verlangt. Das hatte die Reise erträglich gemacht. Auch das Wetter war gnädig gewesen. Nur ein einziger Schneesturm war ihnen begegnet, doch da hatten sie den Pass schon überquert.

»Ich möchte nie mehr laufen müssen«, ächzte Lenjam, als sie sich im Hof des Nonnenklosters niederließen. »Ich muss schon wieder neue Sohlen an die Stiefel nähen.«

Bald waren sie von Nonnen umgeben, die ihnen die Näpfe mit Buttertee füllten und ein Säckchen mit Tsampa in die Mitte stellten, aus denen sie sich bedienen konnten. Nyima wich geschickt den Fragen nach ihrer Herkunft aus, indem sie von ihrem Besuch bei den Höhlennonnen und dem alten Rinpoche erzählte. Dass eine dieser ganz besonderen Nonnen, von denen man sich im Kloster Wunderdinge erzählte, ihre Tante war, genügte, um sie zu willkommenen Gästen zu machen.

»Ich habe gehört«, erzählte eine der Alten, »dass es dort eine Nonne gab, die fliegen konnte. Zuerst erhob sie sich nur ein bisschen, und sie musste sich Mühe geben, wieder auf den Boden zu kommen. Doch dann lernte sie, über den ganzen Berg zu fliegen. Ihre Schwestern sagten, sie solle das nicht tun, es sei völlig überflüssig, aber sie wandte ein, sie könne nicht anders, weil die Dakinis kämen und wollten, dass sie mit ihnen mitfliege.« Die alte Nonne kicherte. »Zu uns kommen die Dakinis auch, aber fliegen kann keine von uns.«

Die Nonnen lachten. Sie waren sehr fröhlich, diese Nonnen, und Lenjam dachte, dass das Klosterleben vielleicht anders sein könnte, als sie es sich vorgestellt hatte.

Eingedenk der Worte ihrer Ani-la beschlossen Lenjam und Nyima, auf Reisende zu warten, denen sie sich anschließen könnten, zumal die Nonnen sagten, dass sie um diese Zeit eine Gruppe von Händlern mit einer bewaffneten Eskorte erwarteten. Die Mädchen durften im Lhakang schlafen und an den gemeinsamen Ritualen der Nonnen teilnehmen. Auch ihre Mahlzeiten teilten die Nonnen mit ihnen, Buttertee, Tsampa, harten Käse, Kabzi, das brettharte Schmalzgebäck, das zu Neujahr für das ganze Jahr gebacken wurde, und auch das Geschenk, das die Familie dagelassen hatte, kostbare getrocknete Aprikosen.

Die Händler kamen nicht. Die Nächte wurden kälter, und Nyima drängte darauf weiterzuziehen, trotz der Warnungen der Nonnen.

»Die Golok sind wild«, sagte die Klosterverwalterin. »Weit und breit sind sie als Räuber bekannt.«

»Wir haben ja nichts«, erklärte Nyima und warf den Kopf zurück, ein Zeichen, dass ihr Entschluss feststand.

»O doch«, erwiderte die Nonne, »für die Männer auf jeden Fall.«

Nyima blieb unbeirrbar. »Ich will zu meinem Lama. Tara wird uns beschützen. Wir gehen.«

Besorgt gaben die Nonnen ihnen ein wenig Proviant von ihren geringen Vorräten mit. Sie stellten sich vor dem Klostertor auf und schickten den Mädchen Mantras nach. Lenjam wandte sich immer wieder nach ihnen um. Die rotbraunen Flecken vor der Klostermauer blieben lange sichtbar, bis sie im klaren Morgen nur noch Punkte waren.

»Schau doch nicht immer zurück«, sagte Nyima ärgerlich. »Wenn es nach dir ginge, würden wir noch im Winter bei den Nonnen hocken.«

Lenjam ließ keine der Antworten hören, die ihr einfielen. Nyima würde das letzte Wort haben wie immer. Und aller Streit würde nichts daran ändern, dass sie jetzt im wilden Golok-Land unterwegs waren und weiß der Himmel welche Gefahren auf sie warteten.

Es ist mir nicht möglich,
den äußeren Lauf der Dinge zu ändern.
Doch wenn ich meinen Geist bändige,
wozu sollte ich dann irgendetwas anderes
bändigen wollen?

Wieder einmal tauchte ungerufen ein Vers auf, und wie so oft hatte sie Mühe, mit ihm einverstanden zu sein. Es mochte ja geschehen, was geschehen sollte, sie wollte nur nicht dabei sein.

Den Händlerweg könne man gut erkennen, hatten die Nonnen gesagt. Doch ganz sicher war das nicht. Es ging hoch hinauf, wo es nur noch Fels und Steine gab. Jederzeit konnte Schnee fallen, dann würden sie kaum mehr Anhaltspunkte haben. Lenjam fürchtete sich. Ich möchte den Schnee bändigen, dachte sie, und wie ich das will! Aber vielleicht kam er ja gar nicht, dann hätte sie sich umsonst gefürchtet.

Es wäre besser, nicht an Schnee zu denken.

Aber wenn er nun kam?

Mehr als den halben Tag lang waren sie schweigend aufgestiegen, immer weiter in das Gebirge hinein, und Lenjam hatte, Nyimas Beispiel folgend, das Tara-Mantra gemurmelt, um Schneegedanken zu vertreiben. Es nützte wenig. Alle Erinnerungen an gefährliche Schneestürme während ihrer Pilgerreise mit Pala fielen ihr ein. Doch Pala und seine Männer waren dabei gewesen. Damals hatte sich Lenjam nie so entsetzlich klein und ausgeliefert gefühlt wie jetzt, erdrückt von der Wucht der nackten Berge und des unmäßig tiefen Himmels.

Am Nachmittag entdeckten sie zwei Nomadenzelte in einer weiten Senke vor ihnen, geduckte schwarze Häufchen der Zuflucht. Lenjam rief aus vollem Hals ein ums andere Mal: »*Hoh! Lha gyel lo!*« Ganz außer sich war sie, als die schreckliche Anspannung wich. Selbst Nyima sah erleichtert aus.

»Jetzt noch die Hunde«, sagte Nyima, »dann haben wir's geschafft.«

Die Hunde waren riesig, bellten mit röhrenden, tiefen Stimmen, hatten die Lefzen über die Zähne hochgezogen. Ein paar Kinder rannten ihnen nach, doch das kümmerte die Hunde nicht. Es musste erst die Mutter kommen und die Hunde an festen Stricken zu den Zelten zerren. Die Kinder waren begeistert von den Besuchern, warfen sich auf sie, zupften an ihren Kleidern und wollten in ihren Bündeln wühlen.

Am Abend kamen der Vater und die großen Jungen mit den Yaks und den Ziegen. Ganz selbstverständlich halfen Lenjam und Nyima beim Melken wie als Kinder bei den Verwandten auf den Hochweiden, obwohl sie sich als Yoginis auf der Suche nach ihrem Meister vorgestellt hatten und die Hilfe nicht von ihnen erwartet wurde.

»Ihr müsst nicht helfen, aber rezitiert etwas für uns«, sagten die Eltern. »Das bringt Verdienste.« Einmal, so berichteten sie, seien Mönche bei ihnen gewesen und hätten einen Tag lang aus einem heiligen Buch vorgelesen. So viele Verdienste auf einmal! Das war ein großes Glück.

Die Schwestern beschlossen, nach dem Abendessen Verse aus den »Anleitungen zum Bodhisattva-Weg« zu rezitieren.

»Nehmen wir die Verse aus dem Kapitel ›Geduld‹«, schlug Nyima vor. Lenjam mochte die Verse nicht, wenngleich sie die Weisheit darin nicht leugnen konnte. *Niemand lebt glücklich mit Ärger im Sinn* – als ob sie das nicht wüsste! Und: *Was auch immer geschehen mag, ich will die Freude in meinem Geist nicht zerstören.* Aber ich tu es, Mist, Mist, Mist! Ich tu es immer wieder.

Mit guten Vorsätzen und dem Tara-Mantra schlüpfte sie schließlich todmüde auf der Frauenseite des Zelts neben Nyima unter die Felle, dankbar, ein Dach über dem Kopf und schützende Menschen und Hunde um sich zu haben. So gut fühlte es sich an, dass sie voller Großzügigkeit allen Wesen wünschte, sich ebenso geborgen zu fühlen, jetzt und immer. Tante Dön und ihre Söhne bezog sie jedoch nicht mit ein. Es hätte ihr die Freude verdorben.

Im nächsten Kloster, in dem sie bald danach Aufnahme fanden, kannte man den Ngakpa, hatte ihn sogar beherbergt auf seinem Weg in den Norden.

»Ein sehr großer Meister ist er«, erklärte der Pförtner, ein krummbeiniger, alter Mann, der sich zu einem Schwätzchen zu den beiden Pilgerinnen an die äußere Klostermauer gesetzt hatte. »Sogar einen Besessenen hat er geheilt. Ein Mann in einer nahe gelegenen Ortschaft war ein Geizhals, selbst wandernde Yogis und Pilger jagte er schimpfend weg, und deshalb ist schließlich der Küchengeist seines Hauses in ihn gefahren. Das hättet ihr sehen müssen. Der Mann ist ganz wild geworden und hat Leute gebissen, und man hat ihn anbinden und einsperren müssen. Seine Verwandten haben ihm nur wenig zu essen gegeben, weil er doch so geizig war. Das geschah ihm recht, nicht wahr? Nun ja, sie sagten, sie wollten den Küchengeist aushungern. Aber es half nicht. Dann kam der Ngakpa und hat den Mann befreit. Fragt mich nicht, wie. Jeder erzählt etwas anderes. Die Leute reden so viel.«

»Geht es dem Mann wieder gut?«, fragte Lenjam.

Der Pförtner nickte vor sich hin. »Schwer zu sagen. Er ist bald darauf gestorben. Zuvor soll er alle Kostbarkeiten, die er gehortet hatte, an die Ärmsten verschenkt haben. Stellt euch vor, wie wütend seine Söhne waren.«

Lenjam und Nyima waren erleichtert, dass man den Ngakpa wenigstens gesehen hatte. Also stimmte die Richtung, wenn auch immer weniger von einem Weg die Rede sein konnte. Der Pförtner hatte sie beruhigt. Dies sei die Route der Händler. Sie sollten nur immer dem Tal folgen, dann den Bergsattel am Ende überqueren, und wenn sie sich beeilten, könnten sie am Abend den kleinen Marktflecken im nächsten Tal erreichen. Es klang nicht allzu schwierig.

Tatsächlich war der Trampelpfad in dem Tal gut zu erkennen, und den Bergsattel hatten sie schon am Mittag erreicht. Dennoch fühlte sich Lenjam nicht wohl, dachte an die Dämonin, und als ein Schwarm Dohlen tief über ihre Köpfe hinwegflog, riss sie entsetzt den Mund auf und konnte ihn nicht mehr schließen.

»Mach doch den Mund zu«, sagte Nyima. »Es sind nur Vögel.«

Hatte Nyima nicht schon seit einer Weile ständig um sich geschaut? Die Vögel waren ein schlechtes Omen, und etwas war nicht gut an dieser Landschaft.

»Du weißt, dass etwas nicht gut ist«, sagte Lenjam. »Du willst es nur nicht zugeben.«

Nyima ging schweigend weiter.

Der Bergsattel lag hinter ihnen, auch der steile Pfad ins Tal hinunter. Die Spuren des Händlerwegs waren gut zu sehen, aber weit und breit kein Dorf.

Hufschläge durchschnitten die Stille. Lenjam hielt den Atem an. Sie hatte etwas kommen gefühlt, und jetzt war es da.

Drei Männer, wilde Kerle, kleiner als Pala, kleiner als Wangchuk, aber strotzend vor Wildheit, ebenso wie die struppigen Pferde. Sie ritten um die beiden Mädchen herum, lachten, riefen sich Unverständliches zu. Plötzlich fühlte Lenjam sich gepackt, wurde hochgerissen und samt ihrem

Bündel auf dem Rücken in einem eisernen Griff quer über das Pferd geworfen. Alles ging so schnell, unter ihr raste die Erde vorbei, vor ihren Augen flogen Hufe, kein Gedanke blieb haften. Dann ging es bergauf, langsamer, sie begann zu strampeln und zu schreien. Der Griff wurde noch fester und nahm ihr den Atem. Plötzlich wurde sie abgeworfen, fiel, ein scharfer Schmerz flammte auf in ihrem Arm. Sie trat um sich, an ihrer Chuba wurde gezerrt, sie versuchte aufzustehen. Ein Schlag auf ihren Kopf löschte alles aus.

Durch eine Wolke von Schmerz hörte sie das Geschrei der Männer, sie stritten. Einer hatte Lenjams raue, bäuerliche Chuba in der Hand. Warum hat er meine Chuba?, fragte sich Lenjam, ihre Gedanken waren langsam. Warum stieß der Mann den anderen? Der dritte lachte hässlich und zerrte am Strick seiner Hose.

»Wir sind Yoginis, ihr Höllenhunde!«

Sie hörte Nyima neben sich, deren grelle, schneidende Stimme die Männer überschrie. »Unser Ngakpa ist ein großer Zauberer! Wagt es nicht, uns etwas anzutun!«

Es gelang Lenjam, sich an der Felswand hochzuschieben. Nyimas Drohung hatte die Kerle beeindruckt. Sie wichen irritiert zurück und berieten sich laut schreiend.

»Ihr Dialekt ist fürchterlich«, flüsterte Nyima zwischen den Zähnen. »Aber ich glaube, sie verhandeln, ob sie es wagen sollen und welcher sich als Erster traut.«

Nyima schrie: »Wagt es nicht! Wisst ihr denn nicht, dass der Totengott Yama euch in die grauenvollste aller Höllen wirft? Dort werden euch Maden mit messerscharfen Krallen und Zähnen von innen her zerreißen und auffressen, und ihr werdet glauben, dass ihr an den schrecklichen Schmerzen sterbt, aber ihr könnt nicht sterben, und alles geht immer und immer weiter, bis all euer schwarzes Karma aufgebraucht ist. Und das wird lang dauern, das schwöre ich euch.«

»Die redet zu viel«, brüllte der größte der Kerle, trat vor und riss Nyimas Chuba auf, sodass ihr Essnapf herausfiel und ein Ärmel herabrutschte.

Nyima schlug mit der geballten Wucht ihrer Wut seine Hand beiseite und stieß schrill hervor: »Gut, ich werde die Dämonen rufen, ihr wollt es nicht anders.«

Während die Männer zögernd, aber bedrohlich näher rückten und einander mit Stößen in die Seiten Mut machten, streckte Nyima die Arme gegen Himmel und schrie mit einer Stimmkraft, die Lenjam nie von ihr gehört hatte, die Anrufung, die zwar von den Männern nicht verstanden wurde, aber sehr dramatisch klang:

»OM TARA! NAMO! Ich grüße Dich,
die alle dämonischen Verdunkelungen
mit dem großen, furchterregenden TU RE zerstört,
die mit einem finsteren Blick aus ihrem Blumengesicht
jeden Gegner in die Flucht schlägt.«

Ermutigt zog sich Lenjam am Fels hoch, streckte dramatisch die Arme aus und stimmte mit ein:

»NAMO! Ich grüße Dich,
die mit aufstampfendem Fuß
mit dem Klang des HUM
und einem Zornesblick die sieben Welten besiegt!«

Während sie unter den verwirrten Blicken der Männer unbeirrt die Anrufung wiederholten, zogen sich mit rasender

Geschwindigkeit Wolken zusammen, eine tiefdunkle Wolkenwand schob sich über den gesamten Himmel, und Nyima rief siegesgewiss den Männern zu: »Ho, ihr Höllenanwärter! Da, schaut, jetzt kommen sie!«

Ein plötzlicher Sturm raste heran, Blitze zuckten, Donner krachte, die Berge schienen zu wanken. Die Pferde scheuten und wieherten, den Männern gelang es kaum, sie festzuhalten. Und schon schossen Hagelkörner wie ein Steinschlag vom Himmel.

»Scheiße, schnell weg von hier!«, schrie einer der Männer. »Das sind Zauberinnen!« In Panik warfen sie sich auf die Pferde und stoben davon. Lenjam und Nyima zogen ihre Chubas über die Köpfe und drückten sich gegen die Felswand, wo die Hagelkörner sie nicht trafen.

Lenjam zitterte unkontrolliert. Es beruhigte sie zu sehen, dass es Nyima nicht anders erging.

»Wie hast du das gemacht?«, schrie sie gegen den Lärm von Sturm und Regen an.

»Ich habe gar nichts gemacht«, rief Nyima. »Es ist einfach passiert.«

Unvermittelt begann sie im Überschwang der Erleichterung zu lachen, bog sich vor Lachen, und Lenjam lachte mit, hielt sich den schmerzenden Kopf, spürte den salzigen Geschmack der Lachtränen im Mund.

Der Hagel wurde von Regen abgelöst, das Wasser spritzte, sprudelte in jede Vertiefung hinein, durchnässte ihre Stiefel, zeichnete dunkle Striemen auf ihre Lederchubas.

»Segen-Regen!«, sagte Nyima. Wild lachend und immer noch zitternd fielen sie einander in die Arme.

Ebenso plötzlich, wie alles begonnen hatte, hörte der Regen auf. Die Wolken zerstreuten sich, die Sonne ließ den

Boden dampfen, die Welt durfte neu erstehen. Die beiden Mädchen rannten los, immer an der Bergflanke entlang in der Hoffnung, den Handelsweg wiederzufinden, dankten im Laufen Tara und allen Buddhas und Dakinis für ihre Hilfe. Die Sonne würde bald hinter dem Berg verschwinden. Sie fürchteten sich vor einer Nacht allein im Freien. Weniger vor Bären und Schneeleoparden als vor Männern.

Es war noch kein Ende der Wunder. Eine Gruppe von Nomadenfamilien war auf dem Weg durchs Tal, um Yakfleisch und Käse zum Markt zu bringen. Sie waren bereit, die beiden zerzausten Yoginis mitzunehmen, die sich verlaufen hatten. Die Nomaden kannten einen Unterschlupf am Berg, einen breiten Felsüberhang, unter dem sie zusammengedrängt die Nacht verbringen konnten. Natürlich mussten die Yoginis Gebete rezitieren, um die Verdienste der Familien aufzustocken, und die Schwestern waren mehr als bereit dazu, galt es doch, sich in angemessener Weise bei der Gottheit zu bedanken.

»Wie war das? Hast du wirklich nichts gemacht?«, fragte Lenjam flüsternd, als sich alle zum Schlafen in ihre Felle gewickelt hatten.

»Irgendetwas musste ich doch tun«, sagte Nyima. »Ich hab nur Tara in ihrer wilden Erscheinungsform gerufen. Genau wie du.«

Mein Verdienst war es gewiss nicht, dachte Lenjam. Zu viel schlechtes Karma. Ob der Ngakpa sie davon würde befreien können? Sie korrigierte sich selbst: Ob sie je die Gelegenheit und vor allem den Mut haben würde, ihm diese Tat zu gestehen?

12

Der Himmel strahlte sein überirdisch klares Blau über ein breit geschwungenes Tal, in dem verstreut Yaks und Schafe grasten. Ein Nomadenlager mit mehreren Jurten breitete sich auf der großen Weide neben einem freundlichen Flüsschen aus. Lenjam seufzte. Wie oft schon hatten sie ähnliche Szenerien gesehen. Der Mond war fast voll, also war es schon mehr als anderthalb Monde her, seitdem sie ihr Heim verlassen hatten. Würde es irgendwann einmal ein Ankommen geben?

»Schaut, dort am Berg ist das Kloster. Dort können wir übernachten.«

Der Lama hatte weniger zu den Mädchen als zu seinen beiden Gehilfen gesprochen. Lenjam und Nyima waren den drei Reisenden in dem großen Kloster begegnet, in dem sie zuletzt auf Begleiter Richtung Norden gewartet hatten. Denn allein weiterzuziehen war ihnen seit dem Überfall nicht mehr geheuer gewesen. Manchmal verlangte es ihnen viel Geduld ab, auf Reisegefährten zu warten, doch zumindest waren sie in Klöstern als wandernde Schülerinnen eines bekannten Meisters willkommen, und vor allem Nyimas Lesekünste verschafften ihnen einigen Respekt.

Die kleinen Klostergebäude an einem spärlich mit Kiefern bestandenen Hang sahen aus, als habe der Berg in einer Laune Steinblöcke von der Höhe heruntergeworfen.

»Und seht ihr das Haus ein Stück weiter oberhalb des Nomadenlagers? Es heißt, dort leben wunderliche Fremde, Mönche einer anderen Religion von sehr weit her. Sie studieren den Dharma. Manchmal lassen sie sich sogar zu Disputen einladen.«

»Wir haben auch einmal einen fremdländischen Mönch in Lhasa getroffen«, erklärte Lenjam stolz. »Wir waren nämlich dort auf Pilgerschaft.«

Nyimas Stoß in die Seite kam zu spät. Schon hatte der Lama die Gelegenheit für eine Sturzflut von Fragen ergriffen, wann sie in Lhasa gewesen seien und wann sie den fremden Mönch getroffen hätten. Das müsse wohl im Jahr des Überfalls gewesen sein. Der Fremde habe berichtet, dass er damals in Lhasa gewesen sei.

»Der Überfall war ja eine ganz furchtbare Geschichte«, sagte der Lama. »Es sollen auch Mönche beteiligt gewesen sei. Wisst ihr etwas darüber?«

Nyima hob eilig die Hände. »Den Überfall haben wir nicht miterlebt, da hatten wir Lhasa schon verlassen.«

Der Lama, ein rundlicher, freundlicher Mann, mit dem es sich gut reisen ließ, weil er häufig rasten und essen wollte und großzügig seine Vorräte mit den Mädchen teilte, schüttelte den Kopf und murmelte: »Schlimme Sache, sehr schlimme Sache!«

Das kleine Kloster, auf das der Lama gezeigt hatte, konnte zwar den Lama und seine Begleiter unterbringen, doch für die beiden »Yoginis« gab es nur den offenen Winterstall der Pferde, wo Reisenden üblicherweise Obdach gewährt wurde.

»Lass uns einen Besuch machen«, flüsterte Nyima Lenjam zu. »Wenn das der Desi-Di ist ...« Und schon eilte sie über den Hang dem abseits liegenden Haus zu. Lenjam ergriff ihr Bündel und rannte hinterher. Wie entschlossen und sicher sie ausschritt, diese besondere Schwester, als würde allein diese Sicherheit alle Hindernisse aus dem Weg räumen.

Auf Nyimas Klopfen öffnete ein ganz gewöhnlicher Tibeter das Tor und beäugte misstrauisch die beiden Mädchen in ihren einfachen Chubas.

»Möge dieses Haus gesegnet sein«, sagte Nyima geschwind, bevor der Mann ein Wort äußern konnte. »Wir sind Yoginis des großen Ngakpas Lama Rinchen und möchten den verehrten fremden Mönchen unsere Aufwartung machen.«

Angesichts der gewählten Worte und des höflichen Tons, Zeichen edler Geburt und Bildung, machte der Diener unwillkürlich einen devoten Buckel. Sie sollten ihm folgen, nuschelte er, führte sie in einen kleinen Hof und wies sie an zu warten. Ein Hund an einem kurzen Strick erhob sich mit Mühe, ließ sich jedoch gleich wieder fallen und döste in der Abendsonne weiter. Ein paar Hühner scharrten im trockenen Boden. Während der Mann langsam und laut schnaufend die Treppe erklomm, beugte sich Lenjam zu dem Hund nieder und legte ihm die Hand auf den Kopf. Unwillkürlich murmelte sie ein paar Mani-Mantras über das matte Tier und wurde mit einem Heben des Kopfes belohnt. Sein Blick, plötzlich wach, begegnete ihr, fiel in sich zurück und nahm sie mit.

»He, pass auf!«, warnte Nyima. Oft genug waren sie von den bissigen Hunden der Nomaden bedroht worden. Man näherte sich keinem Hund, den man nicht kannte.

»Er lebt nicht mehr lang«, sagte Lenjam. Es kam ohne Absicht aus ihr heraus, und sie wunderte sich ein wenig, woher sie das wissen konnte.

Schon rief der Mann nach ihnen, und sie kletterten schnell nach oben. Im dachlosen Vorraum wurden sie von zwei Männern in langen, dunklen Gewändern empfangen. Lenjam konnte einen kleinen Aufschrei nicht unterdrücken.

»Kusho Desi-Di! Ihr seid es wirklich!«

Unverkennbar war das schmale, blasse Gesicht mit den runden Augen und der langen Nase. Und auch der andere erschien ihr nicht unbekannt, trotz der großen, roten Narbe, die sich über seine Wange zog. Sie hatte auch ihn auf dem Barkhor in Lhasa gesehen.

Nyima stieß sie in die Seite. Sie verbeugte sich in angemessener Weise, gefolgt von Lenjam, und auch die beiden ausländischen Mönche verbeugten sich, bevor Nyima ihr Sprüchlein aufsagte: »Verehrte Fremde, verehrter Gelong-la Desi-Di, wir befinden uns auf dem Weg zu unserem Meister, dem Ngakpa Lama Rinchen, und wir freuen uns sehr, Euch hier zu treffen. Verzeiht unsere Verkleidung, aber wir reisen ohne Begleitung, einfach nur als Pilgerinnen.«

Der Mönch Desi-Di war sichtlich erfreut, dass Nyima ihn mit dem ehrenvollen Titel für Mönche angesprochen hatte.

»Wie wundersam und welche Freude, verehrte Damen von hoher Geburt, dass wir uns so weit entfernt von Lhasa begegnen«, entgegnete er. »Und es macht mich glücklich zu sehen, dass Ihr Euch rechtzeitig in Sicherheit bringen konntet. Ich hoffe, dass dies auch auf Euren Herrn Vater und den Kusho Tsewang und seine Familie zutrifft.«

Mit unmissverständlicher Geste legte Nyima ihr Bündel ab. »Wir werden Euch gern darüber berichten, Gelong-la.«

Bald saßen sie mit den beiden fremden Mönchen in einem schlichten Raum auf Sitzpolstern vor kleinen Tischchen. Der Diener brachte Buttertee, ganz wie es üblich war. Sie hörten Stimmen im Haus, bekamen jedoch niemand anderen als die beiden Mönche und den Diener zu sehen.

Nach dem längeren unumgänglichen Austausch von Höflichkeiten, die der Mönch Desi-Di in bestem Lhasa-Tibetisch beherrschte, konnten sie endlich Erinnerungen an die Umstände ihrer letzten Begegnung austauschen.

»Wir waren sehr glücklich, Euch bei unserem verehrten Gastgeber kennenlernen zu dürfen«, eröffnete Nyima das Thema, »und es wäre gewiss zu einer weiteren Einladung gekommen, denn Ihr müsst wissen, Kusho Tsewang und unser Vater waren sehr interessiert, noch mehr über Euer Land und Eure Religion zu erfahren. Aber der Kusho konnte uns rechtzeitig vor dem Überfall aus der Stadt bringen. Dürfen wir wissen, wie Ihr entkommen seid?«

Der Mönch Desi-Di ergriff diese Gelegenheit allzu gern, war er wohl der Meinung, dass keine Gefahr darin lag, sich zwei jungen Mädchen gegenüber vorbehaltlos zu äußern.

»Nun, wie Ihr vielleicht wissen mögt, war ich mit Lajang Khan sehr freundschaftlich verbunden, und ich darf behaupten, dass sein freundliches und vertrauensvolles Wesen ihn nicht ahnen ließ, was ihn erwartete. Als ich hörte, dass die Zungaren ihn ermordet hatten, vergoss ich Tränen.«

Lenjam verbot es sich, Nyima einen Blick zuzuwerfen. Ein Mann sprach doch nicht von Tränen. Oder glaubte er als Fremder, zu Frauen könne man eher so etwas sagen? Und Lajang Khan, den unrechtmäßigen Herrscher, den Mörder, seinen Freund zu nennen! Wusste er denn gar nichts? Nun ja, er war ein Fremder.

»Ich hielt mich damals häufig im Kloster Drepung auf«, fuhr Desi-Di fort, »dort durfte ich meine Studien vertiefen. Da ihr, verehrte Damen, selbst Studien betreibt, könnt ihr ermessen, welch großes Glück das für mich war.«

Der Diener goss höflich ein paar Tropfen Tee in den vollen Becher des Fremden, dessen Blick sich in der Vergangenheit verlor.

»Ich hatte bemerkt, dass etwas im Kloster vor sich ging«, sagte Desi-Di plötzlich. »Eine Spaltung, heftige Dispute und mehr als das. Wut. Sie zügelten sich nicht. Es war sehr beunruhigend. Und dann dieser furchtbare Überfall, das Wüten und Plündern und Morden in der Stadt. Das Schrecklichste war, dass ich sehen musste, wie eine Gruppe der Drepung-Mönche beim Plündern mitmachte. Auch Mönche von den anderen Klosteruniversitäten waren dabei. Sie ließen die Zungaren sogar in die Stadt. Um Mitternacht öffneten sie die Tore und ließen überall Leitern an der Stadtmauer herunter. Ich hatte großes Glück. Unter dem Haus meines Gönners gab es tiefe Höhlungen, wo er seine Kostbarkeiten heimlich gelagert hatte. Dort versteckte ich mich mit seiner Familie zwei Tage lang, während das Rauben und Morden andauerte. Dann floh ich nach Osten und traf mit meinen Freunden zusammen« – er wies mit einer kleinen Handbewegung auf seinen Begleiter. »Ich musste erfahren, dass sie all ihrer Habe beraubt worden waren und sich bettelarm auf den Weg nach Osten gemacht hatten. Einem davon – man kann es kaum aussprechen – hatte man alle Kleider vom Leib gerissen und ihn, weil er nichts besaß, halb totgeprügelt. Furchtbar. Furchtbar.«

Seine Hand griff blind nach dem Teebecher, der Blick nahm die Gäste nicht wahr, vollkommen gefangen vom

Schrecken, der ihn nicht verlassen hatte. Nyima hüstelte ein wenig, bis er ihr erneut seine Aufmerksamkeit zuwandte.

»Man sagt, auch Lamas unserer alten Traditionslinie wurden getötet und Klöster zerstört. Habt Ihr davon gehört?«, fragte sie

Der Mönch nickte. »Ja, in der ganzen Gegend entlang des Tsangpo-Flusses bis weit nach Süden. Große, reiche Klöster. Plünderung, Mord, Zerstörung der Statuen und Schriften. Grauenvoll. Kusho Tsewang tat gut daran zu fliehen. Wie geht es ihm?«

»Wir wissen nichts«, flüsterte Lenjam. Pala hatte seit damals nicht mehr über den Kusho und seine Familie gesprochen. Er hatte im Kloster für reichliche Spenden Gebete für sie bestellt, und er hatte Nyima und Lenjam gelegentlich daran erinnert, Mantras für den Kusho und seine Familie zu sprechen. Lenjam wollte sich nicht vorstellen, was mit ihnen geschehen war, als die Mongolen über das Landgut hereinbrachen. Sie hatte die Erinnerung an Lhasa verbannt, und allmählich waren Gedanken an die Freunde von den Aufregungen ihres Lebens überdeckt worden. Doch irgendwie, dachte sie schuldbewusst, war das nicht richtig.

Glücklicherweise hielt sich der Mönch Desi-Di nicht bei diesem Thema auf, sondern fragte nach den Lehren, die sie von ihrem Meister empfingen. Denn er habe, sagte er, in Drepung sehr eifrig studiert und kenne viele bedeutende Schriften der tibetischen Religion. Ja, er habe sogar selbst bescheidene Kommentare verfasst.

Ernsthaft erwiderte Nyima: »Es wäre sehr anmaßend von uns, vor einem so gelehrten Herrn unsere geringen Kenntnisse auszubreiten. Eher sollte es doch umgekehrt sein – Ihr solltet uns belehren.«

Doch der Fremde erklärte, so viel Bescheidenheit nicht zulassen zu können, zumal er kaum je Gelegenheit habe, Yoginis zu begegnen.

Nyima lächelte höflich. »Nun gut, wie Ihr wünscht, verehrter Gelong-la. Hier ein paar Worte der Weisheit, die wir uns tief zu Herzen nahmen:

Da Tugend wankend ist,
Laster hingegen äußerst mächtig,
welch andre Tugend könnte siegen
als ein voll erwachter Geist?«

Mit einem schnellen Nicken wandte sie sich Lenjam zu, die augenblicklich, ohne nachdenken zu müssen, die nächste Strophe übernahm:

»Alle Buddhas, die dies äonenlang bedacht,
haben es als wahr erkannt.
Denn dadurch werden alle Wesen ohne Zahl
den Zustand höchsten Glücks gar schnell erlangen.«

Wieder schloss Nyima sich an, in Lenjams Stimmlage und Rhythmus:

»Wer das Leiden der bedingten Existenz überwinden will,
wer allen Wesen Glück und Freude wünscht
und reine Glückseligkeit erfahren will,
der wende sich nie ab vom Erleuchtungsgeist.«

Dieses Wechselspiel begann Lenjam Vergnügen zu bereiten, und sie zitierte mit Eifer:

»Sobald sich der Erwachte Geist erhebt
in jenen, die gefangen sind im Kreislauf der Existenzen,
wird man sie Kind der Buddhas nennen,
geehrt von den Menschen und den Göttern der Welt.«

Als Nyima zu einer weiteren Strophe ansetzte, fiel Lenjam mit ein, und ihre Stimmen vermischten sich, als wären sie eins:

»Da der grenzenlose Geist des Führers der Wesen
nach tiefer Betrachtung diesen äußersten Wert
erkannt hat,
sollten jene, die frei sein wollen von der Verwirrung
der Welt,
festhalten an Bodhicitta, dem Erleuchtungsgeist.«

Plötzlich, in die danach entstehende Stille hinein, begann Nyima zu lachen, laut, mit weit offenem Mund, und Lenjam wurde hineingezogen in dieses fröhliche Lachen, das ihre Augen tränen ließ. Selbst das lange, besonnene Gesicht des Mönchs verlor seine Form, sein Mund klaffte auf, sodass man seine großen, eine wenig gelben Zähne sah. Die unaufhaltsamen Wellen des Gelächters, die auch den schweigsamen Begleiter ergriffen hatten, erfüllten den ganzen Raum.

Schließlich holte Nyima tief Luft und rezitierte mit ein wenig schwankender Stimme:

»Ich werfe mich nieder vor jenen,
in denen der heilige kostbare Geist geboren wurde.
Ich nehme Zuflucht zu dieser Quelle der Freude,
die Glückseligkeit selbst Übeltätern bringt.«

Ein wenig verlegen wischte der Mönch über sein Gesicht und sagte: »Nun, ich sehe, dass wir hier ganz besondere Gäste haben. Erlaubt uns, euch zu einer kleinen Abendmahlzeit einzuladen.«

Die kleine Abendmahlzeit erwies sich als überaus reichlich und von besonderem Geschmack, denn den Koch hatten die Kabuchi-Mönche, die mit ihm in diesem Haus wohnten, aus China mitgebracht, wie Desi-Di erklärte. Nachdem durch Nyima der Geist der Heiterkeit Einzug gefunden hatte, bekam das Gespräch bald persönlicheren Charakter. Die Mädchen berichteten von ihrem Zuhause, ohne die schwierigen Umstände zu erwähnen, und schließlich erzählte der Fremde gar von seiner Mutter, offenbar einer Dame von hohem Stand, die sich barmherzigen Werken widmete. Ob sie vielleicht ein Bodhisattva war, fragte sich Lenjam. Doch überließ sie das Reden lieber Nyima, die immer zu wissen schien, welche Fragen man stellen konnte und welche nicht.

Da es dunkel geworden war, bestanden Desi-Di und der andere Fremde darauf, ihre Gäste mit Fackeln zum Kloster zu begleiten.

»Nette Mönche«, sagte Lenjam, als sie sich im Heu in ihre Felle gewickelt hatten, »so gar nicht hochnäsig. Und sag, warum hast du so gelacht?«

»Weiß ich nicht«, antwortete Nyima.

Ein Gewittersturm mit Hagel und Regen fegte über das weit geschwungene Grasland, als sich die kleine Gruppe – Lenjam, Nyima, der rundliche Lama mit seinen beiden Mönchen und eine Handvoll Nomaden, die sich ihnen angeschlossen hatten – dem Zeltlager näherte, in dem sie den Ngakpa und seine Begleiter zu finden hofften. Lenjam hatte tagelang darauf verzichtet, Nyima zu fragen, ob sie wirklich ganz sicher sei, ihren Meister zu finden. Wie sicher konnte man sein in diesem riesengroßen Land, das immer größer wurde, je weiter sie wanderten? Nicht die kleinste Spur der glückseligen Gelassenheit des Geschehenlassens fand sie mehr in sich, zermürbt war sie vom endlosen Klettern über oft vergletscherte Pässe, vom Durchqueren von Flüssen, vom müßigen Warten auf Reisebegleiter in irgendeiner Unterkunft, immer auf der Hut vor Räubern und Frauenschändern. Sie lächelte nur noch gelangweilt, wenn sie vor Bären, Schneelöwen und wilden Yaks gewarnt wurden. Wovor man sich fürchten musste, waren Männer und das Wetter, beide unberechenbar.

Wenn sie den Ngakpa nicht fanden, was dann? Sie könnten ihn verpassen, immer und immer wieder. Er könnte nur Tage zuvor an einem Ort gewesen sein, den sie zu spät erreichten, immer zu spät. Es könnte den ganzen Herbst lang so weitergehen und den ganzen Winter lang, tags von der Sonne verbrannt und nachts von Kälte zerbissen, ständig auf der Suche nach einem Dach über dem Kopf und warmem Essen. Und zu Hause in den Bergen verweste Palas Körper in irgendeiner Felsspalte, und vielleicht hockte sein armer Geist noch dort und hoffte, dass jemand von den Seinen käme. Oder er streifte im Haus herum und fand seine geliebten Töchter nicht mehr. Wenn ihr bei solchen Gedanken zum Weinen zumute war, dachte sie schnell daran, dass er als Geist von Tante Döns Untaten wusste und sie vielleicht im Traum heimsuchte oder nachts Sachen nach ihr warf.

Es war gefährlich, sich auf solche Gedanken einzulassen, denn jederzeit konnten Verse voller unerfreulicher Anspielungen, die irgendwo in ihrem Gedächtnis auf der Lauer lagen, aus ihrem Versteck hervorschießen und sie bitter ins Unrecht setzen. So war es ihr ergangen, als der Lama einen falschen Weg eingeschlagen hatte und sie anstatt bei einem Kloster in einem Talende zwischen unüberwindbaren Felswänden landeten. Dort mussten sie eine lange Nacht verbringen, in der ein eisiger Wind an den Zeltwänden rüttelte und Lenjam ärgerlichen Gedanken nachhing. Die Verse krochen hervor, überfluteten ihr Herz, drangen in die letzten Winkel, ließen sie nicht entkommen.

Nicht zu trauen ist dem Herrn des Todes,
er wartet nicht, ob dies oder das getan wurde
oder nicht.
Möge ich gesund sein oder krank,
dies Leben ist vergänglich.

Nichts bleibt mir und gehen werd ich ganz allein.
Doch war mir dies nicht klar,
drum hab ich Freund und Feinden
viel Schlimmes angetan.

Meine Feinde werden zu nichts,
meine Freunde werden zu nichts.
Auch ich werde zu nichts.
Alles wird zu nichts.

Grad wie in einem Traum
wird alles, das mich freut,
nur noch Erinnerung sein.
Ja, was vorbei ist, werd ich nie mehr sehn.

Schon in diesem kurzen Leben
ist mancher Freund und Feind gegangen.
Doch Schlimmes, das ich ihnen antat,
es bleibt, es steht vor mir.

Unweigerlich hatten diese Verse die Erinnerung an die vergrabene Wurzel geweckt, ließen sie wachsen und wachsen, bis sie zum unerträglichen Gewicht wurde, prall gefüllt mit all ihrem schlechten Karma. In welcher der Höllen würde sie enden?

Und dann hatte sich der Kreis erneut geschlossen. Würden sie den Ngakpa finden? Würde sie den Mut haben, ihm die Tat zu gestehen und ihn um Hilfe zu bitten? Doch zuerst musste er gefunden werden. Und es blieb die Frage offen, ob ein Reisen mit Hoffnung nicht besser wäre als ein Ankommen, das Hoffnungen zerstörte.

Der Sturm flaute in dem Augenblick ab, als die erschöpfte Gruppe das erste große Zelt des Nomadenlagers fast erreicht hatte. Jederzeit konnten Hunde aus den Windschatten der Zelte hervorstürzen. Im Sturm hatte gewiss niemand die Rufe hören können, mit denen die Gruppe sich angekündigt hatte. Sie hörten Hunde bellen, doch sie waren nicht zu sehen. Nur eine Gestalt trat aus dem Zelt und sagte: »Da seid ihr ja endlich!«

Es war der Ngakpa.

Nyima ließ ihr Bündel fallen und machte sogleich ihre drei Niederwerfungen, wie es sich für Schüler gehörte. Lenjam hielt einen Augenblick inne, aber alle anderen taten es Nyima gleich. Also drückte auch Lenjam brav ihre Stirn ins regennasse Gras.

»Lasst das«, sagte der Ngakpa. »Kommt ins Zelt.«

Die Schwestern wurden mit dem Lama und dessen beiden Mönchen ins Zelt geschoben, während ein Nomade den Rest der Gruppe zum nächsten Zelt führte. Eine vollzählige Familie saß in der großen Jurte, Alte, Junge und Kinder, es war warm und roch nach Menschen und Tieren. In der Mitte tanzte ein kleines Feuer. Unversehens kullerte aus Lenjams Auge eine kleine Träne des Glücks, und ihre Nase lief, sodass sie kaum mehr nachkam mit Schniefen in den Ärmel. Solch ein seliges Ankommen war es, ein warmes Glücklichsein, das Lenjam wie in ihre Kindheit zurückversetzte. Die Familie rückte zusammen, Lenjam wurde auf einen freien Platz gezogen, ein kleines Mädchen half ihr, die Arme aus der Fellchuba zu ziehen und sie wie ein Nest um sich anzuordnen. Und kaum hatte sie ihren Becher hervorgeholt, wurde er auch schon mit dampfendem Buttertee gefüllt, wonnevoll warm und fett und salzig.

Das kleine Mädchen legte ein kostbares Stück Hartkäse in ihren Schoß. »Ich heiße Sirmo«, flüsterte es.

Es war rauchig im Zelt, man hatte die Klappe in der Mitte über dem Herd gegen den Regen schließen müssen. Nun, da sie wieder offen war, zog der Rauch nur langsam ab. Doch Lenjam war völlig zufrieden.

Plötzlich hörte sie Nyima zwischen all dem heiteren Geplauder singen, mit einem Lachen in der Stimme:

»Der Kuckuck, der Kuckuck,
zurück kehrt er
aus dem Lande Mon.«

Dem folgte eine jubelnde Begrüßung. »Ho, der Spielmann! Lama-la, wie gut ist es, auch Euch wiederzusehen!«

Da saß er tatsächlich, der fröhliche Spielmann-Lama, hob seinen Becher, prostete erst Nyima, dann Lenjam zu und sagte: »Segen über euch, ihr Mädchen! Was für eine Freude!«

Dann griff er nach seinem Instrument neben ihm und sang den Vers zu Ende:

»Ah, welch ein Segen,
meine Geliebte hab ich gefunden.
Nun kann ich beruhigt sein,
glückselig und ungebunden.«

»*Oh, la, la, ho!*«, riefen die Männer, die jungen Mädchen kicherten, die Frauen lachten und riefen durcheinander. Bei allen löste diese unerwartete Begegnung großes Vergnügen aus, durch das Zelt wogten Wellen ausgelassener Freude. Lenjam überließ sich dem Wohlbehagen, das sie erfüllte, trank noch ein paar Becher Buttertee und versank angenehm müde in der lang entbehrten Geborgenheit. Und dass der Spielmann-Lama da war, erschien ihr als Gipfel des Glücks.

Nachts erwachte sie in tiefer Dunkelheit, die der zarte Schein eines Butterlämpchens auf dem Schrein kaum zu durchdringen vermochte. Sie spürte, dass sie reichlich Tee getrunken hatte. So gut es ging, tastete sie sich zwischen den Schlafenden hindurch und griff nach den nächstbesten Stiefeln am Zelteingang. Doch da waren die Hunde.

»Geh nur, die Hunde schlafen.«

Lenjam erstarrte. Die Stimme kam von dem kleinen weißen Zelt nebenan, das der Ngakpa mit dem Spielmann-Lama teilte. Eine dunkle Figur stand im Eingang. Kein Zweifel, es war die Stimme des Ngakpas. Er las ihre Gedanken. Wie sollte sie daran zweifeln, er hatte es schon bei ihrer ersten

Begegnung vor seiner Höhle getan. Damals hatte er vom nächtlichen Besuch der Dämonin gewusst und von Lenjams Furcht.

In den viel zu großen geliehenen Stiefeln stapfte sie über das knisternde gefrorene Gras in ausreichende Entfernung von den Zelten. Sie würde auf ihre Gedanken aufpassen müssen, dachte sie. Wann immer Gedanken an die Zauberwurzel und alles, was mit ihr zusammenhing, aufstiegen, würde sie sofort Taras Mantra dagegen einsetzen. Am besten fing sie sofort damit an.

Wieder in ihr Schlaffell gehüllt und bemüht, mit Taras Mantra einzuschlafen, erkannte sie, dass zwischen den Mantras Lücken aufklafften und Teile der bösen Geschichte freigaben. Also würde sie lernen müssen, ihren Geist an die Zügel zu nehmen. So, wie sie von Pala gelernt hatte, Dralas Zügel mit ihrem Denken und Fühlen zu ergänzen. Du musst eins mit ihr sein, hatte Pala gesagt. Ob man lernen konnte, eins mit Taras Mantra zu sein?

Am nächsten Morgen waren die Sorgen der Nacht bis auf Weiteres vergessen. Lenjam hatte nun nur einen Gedanken – als Erstes sollte der Ngakpa von dem Mord an Pala und dem ganzen Unheil erfahren und versprechen, die Schwestern zum König zu begleiten. Doch zunächst war der Ngakpa mit einem ausführlichen Rauchopfer beschäftigt, und nachdem die Sonne den Reif von den Gräsern getaut hatte, wurde ein großes Sonnensegel aufgespannt, unter dem die beiden Lamas ein Segensritual für die vielen Nomaden zelebrierten, die schon am frühen Morgen herbeigeströmt waren.

Es wurde Mittag, bis der Ngakpa schließlich die beiden Mädchen heranwinkte. Neben ihm saß der Spielmann-Lama, ebenso wie der Ngakpa erhöht auf drei aufeinandergeschichteten, mit Brokat bedeckten Polstern, ein Zeichen für alle, dass er dem Ngakpa an spirituellem Rang gleichkam. Tatsächlich hatte der Ngakpa ihn zu dieser Ehre überreden müssen, wie Lenjams lange Ohren erlauscht hatten. Die Leute würden es erwarten, hatte der Ngakpa gesagt, und es sei doch wichtig, sie glücklich zu machen.

Wie konnte jemand, fragte sich Lenjam, nicht auf dem hohen Ehrenplatz sitzen wollen?

»Ihr habt einen weiten Weg auf euch genommen«, sagte der Ngakpa zu den Schwestern. »Das war sehr mutig.«

»Es gab ja nur diesen Weg«, platzte Lenjam heraus. »Wir haben kein Zuhause mehr.«

»So ist es«, bestätigte Nyima ruhig. »Wir wussten nicht, an wen wir uns sonst hätten wenden können.« Und sie berichtete von Palas Tod, von Tante Döns hinterhältigen Ränken und von der Befürchtung, möglicherweise selbst Opfer zu werden. Lenjam hätte gern kräftigere Worte benützt, doch sah sie ein, dass Nyima ihr wie immer an Klarheit überlegen war. Aber an Nyimas weißen Fingerknöcheln konnte man ihre Wut ablesen.

»Wir möchten Euch bitten, mit uns zum Gyalpo zu gehen«, sagte Nyima. »Auf Euch wird er hören, und dann wird er einsehen, wie er selbst belogen und betrogen wurde. Lama-la, Ihr seid unsere einzige Hoffnung.«

Lang ruhte der Blick des Ngakpas auf den beiden Mädchen. Lenjam krümmte sich ein wenig und erinnerte sich sofort daran, das Tara-Mantra gegen unerwünschte Erinnerungen einzusetzen. Man konnte nie wissen.

»Gut, wir gehen zu Guru Rinpoche«, sagte der Ngakpa.

Lenjam und Nyima warfen einander ratlose Blicke zu. Wohin wollte der Ngakpa gehen? Was bedeutete das vergnügte Lächeln des Spielmann-Lamas? Gab es etwas, das sie wissen sollten, aber nicht wussten?

Lenjam nahm allen Mut zusammen. »Verehrter Meister«, wandte sie mit kleiner Stimme ein, »wir haben kein Zuhause mehr. Wenn wir nicht darum kämpfen ...«

»Jetzt seid ihr hier«, entgegnete der Ngakpa. »Macht euch keine Sorgen. Manchmal muss man kämpfen, manchmal nicht. Wir werden sehen.«

»Wann gehen wir wohl zu Guru Rinpoche?«, fragte sie Nyima am nächsten Morgen beim Dungeinsammeln.

Nyima warf einen frischen Dunghaufen in ihren Korb. Später würden sie die Körbe zu den Zelten tragen und dort Hände voller Dung auf den Boden klatschen und glatt streichen, damit er in der Sonne trocknen konnte.

»Woher soll ich das wissen? Vielleicht sind wir schon da.«

Doch zunächst geschah gar nichts. Der Spielmann-Lama war oft unterwegs, während der Ngakpa gelegentlich Rituale zelebrierte und sich im Übrigen meistens in seinem eigenen kleinen Zelt aufhielt, Gäste empfing und täglich seinen Schülern, die mit ihm reisten, Belehrungen gab. Dann durfte Nyima hinter den Schülern am Zelteingang sitzen und zuhören.

Lenjam und Nyima waren ohne Umstände in die Nomadenfamilie aufgenommen worden. Schnell hatten sie sich mit dem fremden Dialekt vertraut gemacht. Sie schliefen im Zelt in gemütlichem Gedränge auf der Frauenseite und bekamen als Gäste die Ehrenplätze nahe dem warmen Herd. Sie wurden mit einbezogen in das fröhliche Ritual des Haarölens mit einem besonderen Öl gegen Läuse und ins gegenseitige Flechten der vielen Zöpfe. Wie die Frauen und Mädchen der Familie verbrachten sie die Tage mit Dungsammeln,

Wasserholen am Fluss, Essenbringen zu den Männern bei den Herden, Melken, Buttern, Käsen und viel Plaudern und Lachen und abendlichem Geschichtenerzählen. Eine heitere Stimmung herrschte im Lager, und in Lenjams tobende Gedanken kam langsam Ruhe. Sie freundete sich mit den Töchtern der Familie an, vor allem mit den zwei älteren, Gurra und Dölma, die kaum jünger waren als sie selbst. Ihr Pala sage immer, erzählten sie lachend, die Göttin Lhamo habe ihm sechs Töchter geschickt, damit er nicht aufhörte, zu ihr zu beten, denn das würde er ja nur tun, solange er sie um einen Sohn bitten musste.

»Amala will, dass ich bald einen Mann nehme«, sagte Gurra, »aber ich bin noch keinem begegnet, den ich wirklich haben möchte.«

»Und ich will, dass sie auf keinen Fall bald einen Mann findet«, warf Dölma ein, »sonst muss ich allein auf die Kleinen aufpassen. Die sind wie ein Sack Flöhe.«

Beim Wäschewaschen am Fluss im eiskalten Wasser ergriffen die Mädchen Lenjams Hände und hielten die ihren dagegen, harte Hände mit rauer, rissiger Haut.

»Ui, Hände wie ein Mönch!«, riefen sie und kicherten. »Müssen bei euch zu Hause die Frauen nicht arbeiten?«

Lenjam verteidigte sich. Die Aufsicht über Küche und Vorräte, am Abend das Zählen der Tiere, die von der Weide kamen, Spinnen und Weben und all die häuslichen Tätigkeiten, war das etwa keine Arbeit? Aber sie erzählte nichts vom Unterricht bei Lama Samten, wurde doch Nyima zur Genüge mit großen Augen betrachtet, wenn sie bei den Schülern des Ngakpas saß. Doch vor Lenjams Ohren wurde nicht über sie geredet. Nur Dölma fragte einmal: »Will deine Schwester eine Ngakmo werden, eine Zauberin?«

Lenjam hatte nur mit den Schultern gezuckt. In der Spanne des halben Monds, seitdem sie zum Lager gekommen waren, hatte sie sich zunehmend zugehörig zur Familie gefühlt. Gewiss, auch sie hätte außerhalb des Zelts an den Belehrungen des Ngakpas teilnehmen können, aber sie wollte ihr kleines Glück der Geborgenheit nicht gefährden. Das Zusammensein mit Gurra und Dölma war ihr wichtiger. Gurra war eine wilde Reiterin, konnte beim Reiten im hohen Gras mit den Zähnen Blumen pflücken und wurde von den Jungen bewundert. Hier konnte Lenjam mitmachen, manchmal sogar sich hervortun. Dann bekam sie von den Schwestern ein buntes Band, und alle konnten die Auszeichnung sehen. Ein herrliches Leben, dachte Lenjam. Wäre doch dies ihre Familie, ihre Sippe, ihr Heim. Doch die Mola würde ihr fehlen und Tante Puntsog und die kleine Pema mit ihren Bälgern, die Tanten, Onkel und Kinder im hinteren Haus, Lama Samten und Molas alte Katze. Auch Drala, ihre vertraute, struppige Drala, die jedes Jahr ein gesundes Fohlen warf, und der Schrein des Kleinen Berggeists und der Nagaschrein am Fluss.

Plötzlich brach der Ngakpa auf. Die Sterne standen jetzt gut für die Weiterreise. Nyima entschied, dass sie einen Teil ihrer Goldkörner opfern wollten, um zwei Pferde und neue Stiefel zu erwerben. Von nun an würden sie reiten, da sie von genügend schützender Begleitung umgeben waren – dem Ngakpa, dem Spielmann-Lama, den Schülern und einer Gruppe gut bewaffneter, fröhlicher, ständig singender Männer aus den Nomadenlagern, die sich noch nicht vom segnenden Einfluss der beiden heiligen Männer trennen wollten.

»Ho, sorglos bin ich«,

stimmte der Spielmann an, und die ganze Horde sang begeistert mit:

> »Brauche keine Habe, brauche keine Herde,
> denn ich hab die Gabe, ein Vagabund zu sein.
> Ho, sorglos bin ich, brauche keine Tiere.
> Der Gott des Reichtums ist mein Freund,
> so lass ich einfach grad sein alle viere.
> Ich sorg mich nicht, wie lang ich leben werde.
> Der Buddha des unendlichen Lebens
> schützt mich auf jedem Wege.«

Lenjam hatte aufgehört, sich vor den Gedanken lesenden Fähigkeiten des Ngakpas zu fürchten. Er hatte nichts gesagt, hatte sie kaum beachtet, war auf eine eher angenehme Weise einfach da. In manchen Augenblicken erinnerte sie sich an das überwältigende Gefühl der Gelassenheit, das sie erlebt hatte, als sie den Ngakpa nicht wie erwartet im Kloster vorgefunden hatten. Diese kleine Erinnerung half gelegentlich, die Unsicherheit, die Ungeduld, das Heimweh als etwas hinzunehmen, das nun einmal zum Leben gehörte.

> Wenn nichts im Geist mehr ist,
> das existiert und nicht existent ist
> oder weder existiert noch nicht nicht existent ist,
> dann bleibt keine andere Möglichkeit,
> als dass der Geist zur Ruhe kommt.

Dieser Vers wehte durch Lenjams Gedanken, während sie auf dem Rücken des fremden Pferdes dahinschaukelte, das brav seinen Weg über den felsigen Anstieg auf den Pass suchte, den sie von den Zelten aus in der Ferne gesehen hatte. Plötzlich lachte sie. War dieses wendige Pferdchen ein Pferdchen oder kein Pferdchen? Oder weder ein Pferdchen noch ein Nicht-Pferdchen? Wenn sie an Drala dachte, konnte sie den Vers verstehen, denn Drala war zwar ein Pferd, aber auch ihr Freund und insofern ein Nicht-Pferd. Und was war Drala, wenn sie tot war? Der Gedanke, dass Drala etwas zugestoßen sein könnte, beunruhigte sie. Wie mochte es ihr gehen im Dorf unter dem Kloster bei fremden Menschen?

Doch der alte Text ließ sich nicht so leicht zurückdrängen.

Selbst wenn man weiß, dass alles nur Illusion ist,
wie soll dies gegen störende Emotionen helfen?

Die Antwort hatte sie vergessen. Diese Fragen und Antworten im letzten Kapitel, von denen Lama Samten behauptete, sie seien logisch, hatte Lenjam sich nie merken können. Sie schüttelte den Kopf. Ihr wurde heiß bei solchen Überlegungen. Das war seltsam, denn ein sehr kalter Wind strich um den Berg.

Es war zu früh im Jahr für eisige Winde.

»Bleibt beieinander«, rief der Ngakpa, »und sprecht das Beschützermantra. Der Dämon dieses Passes kann unangenehm sein.«

Der Weg wurde steiler, sie mussten absteigen und die Pferde führen. Der Yak, der die Geschenke der Nomaden für den Ngakpa trug, war unruhig und wollte nicht weiter. Erst ein paar Worte des Ngakpas in sein Ohr brachten ihn wieder in Bewegung.

Lenjam fürchtete sich. Das Leben ist ein Traum, dachte sie, alles ist Illusion. Meine Angst ist Illusion. Der Dämon ist Illusion. Ich träume.

Sie murmelte das Mantra und bemühte sich währenddessen, den Berg, den Dämon des Passes, den unruhigen Yak und den eiskalten Wind einen Traum sein zu lassen. Ich kann aufwachen, sagte sie sich. Keine Angst mehr, und dann ist nur noch Tara da.

Ihr Pferd warf den Kopf hoch und riss am Riemen, an dem sie es führte. Traum oder Nicht-Traum, sie musste das Pferd festhalten, ihm gut zureden, auf den felsigen Weg achten und dabei das Mantra nicht vergessen. Wie es wohl wäre aufzuwachen?

Oben auf dem Pass legten die Männer in der Mitte des Passes Steine auf einen der Steinhaufen und fügten den vielen Reihen der Windpferd-Fähnchen weitere Fähnchen hinzu. Sie hätten gewiss gern ihr wildes *Ho,ho!*-Geschrei ausgestoßen und mit *Lha gyel lo!* den Sieg der Götter bejubelt, wie es auf Pässen üblich war, doch auf Befehl des Ngakpas verhielten sie sich leise und blieben beim Mantra-Murmeln. Lenjam konnte sehen, wie schwer ihnen das fiel.

Der Himmel war dunkel, Schneegestöber wirbelte über den Pass. Der Ngakpa trieb zur Eile an. Die unruhigen Pferde mussten fest am Zügel geführt werden. Langsam tastete sich die Gruppe auf dem kaum sichtbaren Pfad den Berg hinunter. Der Schnee schien sie zu verfolgen, fegte bergab wie ein eisiger, wütender Atem. Lenjam wandte sich um, sah den Ngakpa zurückbleiben, bis er hinter dem Schneevorhang verschwand. Konnte er den Dämon sehen? Sprach er mit ihm? Ngakpas waren auch Zauberer und konnten Dämonen zähmen, hieß es. Könnte der Ngakpa vielleicht auch den Dämon der Wurzel besiegen? Aber nein, daran sollte sie nicht denken, der Ngakpa durfte ihre Gedanken nicht wissen, niemand durfte wissen, was sie getan hatte. Wie sie schlechtes Karma angehäuft hatte. Sehr, sehr schlechtes Karma.

Später, als sie das Tal erreichten, ritt der Ngakpa an ihr vorbei zur Spitze der Gruppe. So lange hatte er die Nachhut gebildet, hatte sie, wie Lenjam dankbar dachte, beschützt vor dem Missmut des Dämons.

»Achtes Kapitel!«, rief der Ngakpa ihr zu. »Der Vers über den Dämon!«

Lenjam erinnerte sich.

Wenn alle Wunden,
alle Angst und Not in dieser Welt
nur vom Festhalten an einem Ich herrühren,
wozu soll er dann gut sein, dieser große Dämon?

Hieß das nun, dass der Ngakpa ihre Gedanken lesen konnte oder nicht?

13

»Was ist los mit dir?«, fragte Nyima.

Lenjam schaute um sich. Eine kleine Kammer in einem Seitengebäude des Klosters, ein nackter, gestampfter Boden, gut gestopfte Polster, auf denen sie schlafen konnten. Noch immer weit weg von zu Hause. Wann würden sie wieder ein Zuhause haben, mit den vertrauten Menschen zusammen sein, nicht mehr weiterziehen müssen?

»Seit wann kümmert dich das?«, brummte sie.

»Immer. Also, was ist?«

Das werde ich dir nie sagen, dachte Lenjam. Als könnte ich das jemals jemandem sagen. »Ich möchte endlich einmal ankommen.«

Nyima schüttelte den Kopf. »Aber wir sind doch angekommen.«

»Ich nicht.«

»Wir haben den Ngakpa gesucht, und wir haben ihn gefunden. Das ist doch wunderbar.«

Deinen Ngakpa, dachte Lenjam. Er ist nicht meiner. Er ist zum Fürchten. Jedenfalls wenn man eine Lenjam ist und ein Lenjam-Karma hat.

»Er wird uns helfen«, sagte Nyima.

Lenjam warf wortlos ihr Bündel auf die Polster und schaute durch die Fensterluke in den Klosterhof. Ein paar Mönche, offenbar erfreut über die Abwechslung, unterhielten sich eifrig mit den Schülern des Ngakpas. Die Nomaden, die sie bis hierher begleitet hatten, saßen an der Klostermauer, packten ihren Proviant aus und schwatzten. Ein Teil von Lenjam war bei den Zelten geblieben, bei Gurra und Dölma, bei den vielen kleinen Pflichten, die jeden Tag von Anfang bis Ende ausfüllten, sodass jeder Tag für sich ein Ganzes war, ohne weitere Tage zum Ganzsein zu brauchen. Selbst zu Hause war es nicht so gewesen. Dort gab es so viele unterschiedliche Ereignisse, wie sollte da ein Tag ganz sein können? Beim Herumreisen war es noch schlimmer, ein vorläufiges Ziel nach dem anderen und nichts absehbar.

»Was sollte das eigentlich heißen, wir gehen zu Guru Rinpoche? Wo kann er denn sein, wenn nicht im Geist?«

Sie hörte selbst, wie anklagend ihre Stimme klang, als wäre Nyima dafür verantwortlich, dass sie noch immer nicht auf dem Weg zum Gyalpo waren.

»Wir sind doch bei ihm«, erklärte Nyima. »Sein Schüler, der junge Tulku dieses Klosters, ist die fünfte Wiedergeburt eines großen Meisters und zugleich eine Ausstrahlung von Guru Rinpoche Padmasambhava. Und der Ngakpa ist einer seiner Lehrer, weil er sein Onkel ist und ein sehr berühmter Gelehrter und Meditationsmeister der Linie.«

Lenjam schwankte zwischen Ehrfurcht vor dieser geistigen Hierarchie und ihrem Ärger, noch immer nicht auf dem Weg zum König zu sein. Für Nyima war alles so einfach.

»Kommt, ihr Mädchen«, rief Sanjay, einer der Schüler des Ngakpas, zur Tür herein. »Wir sind zur rechten Zeit angekommen. In der Klosterküche gibt's Gutes zu essen.«

Lenjam beschäftigte sich mit ihrem Bündel, um erst nach Nyima und Sanjay zur Küche zu gehen. Während des ganzen Weges hatte sie den Blick von Sanjay ferngehalten, hatte sich bemüht, alles zu übersehen, was ihr an ihm gefiel – die schmalen, frechen Augen, den munteren Mund, die breiten Schultern, den leichten Sprung, mit dem er sich auf sein Pferd schwang. Doch wenn er sang mit seiner klaren, weit tragenden Stimme, konnte sie ihr Herz nicht daran hindern, schneller zu schlagen.

Sie beschloss, dass es so nicht weitergehen konnte. Immer noch war sie Lenjam, Palas Tochter, die lesen und schreiben und all die weisen Verse aufsagen konnte. Mit hoch erhobenem Kopf trat sie in die Küche und konnte nun auf alles ein bisschen heruntersehen, auf den Mönchskoch und seine Gehilfen in der rauchigen Küche, auf die riesigen Töpfe, ja, auch auf den hübschen Sanjay, der sich mit solch köstlicher Anmut bewegte.

Schon hatte er nach Lenjams Schale gegriffen und ein paar dicke, heiße Momos aus einer Schüssel gefischt, dann auch Nyimas Schale gefüllt. Und dabei lachte er, als wäre es ein Riesenspaß.

»Ho, das schmeckt«, erklärte er, nachdem er sich selbst bedient hatte. »Vielleicht hätte ich mich doch fürs Kloster entscheiden sollen, wie meine liebe Mutter es wünschte. Aber, wisst ihr, ich konnte mein Pferd nicht verlassen. Ja, so geht das im Leben. Und warum seid ihr nicht im Kloster?«

Nyima lachte. »Warum sollten wir im Kloster sein? Der Ngakpa hat uns nicht ins Kloster geschickt.«

»Aber dann müsst ihr euch nach einem Mann umsehen«, sagte Sanjay grinsend. »Selbst Ngakmos müssen einen Mann haben.«

Lenjam reckte den Kopf noch ein bisschen höher. »Und warum, meinst du, muss jede Frau unbedingt einen Mann haben?«

Sanjays Blick war so unverhüllt einladend, dass Lenjam den Blick abwandte.

»Weil eine Frau sonst keine Kinder bekommen kann. Wozu ist sie denn sonst da?«

Ein kurzer Blick überzeugte Lenjam, dass auch Nyima ihren Kopf nachdrücklich erhoben hatte. Fast hörte sie das Grollen in Nyimas Geist.

»Oje, dieser Junge ist unsäglich dumm«, sagte Nyima mit sanfter Stimme. »Wozu Frauen sonst da sind? Du willst ein Schüler des Ngakpas sein? Weißt du Äffchen denn gar nichts vom Erleuchtungsgeist?« Sie hob die Hand, um einer Antwort zuvorzukommen.

»Wie das Wunderelixier, aus welchem Gold entsteht,
verwandelt er das von Klesas verdunkelte Sein«,

und Lenjam fiel sofort vergnügt mit ein:

»in das unschätzbare Juwel des Buddha-Seins.
Drum halte stets fest an Bodhicitta, dem
Erleuchtungsgeist.«

»Hast du gehört?«, fuhr Nyima mit erhobener Stimme fort. »Ist hier irgendwo von Frauen die Rede, die nur dazu da sind, Kinder zu bekommen? Ist hier überhaupt irgendwo von irgendeinem Unterschied zwischen Männern und Frauen die Rede? Heißt es hier nicht, dass Mein und Dein – ich sagte: Mein und Dein – von Klesas verdunkeltem Sein durch den

Erleuchtungsgeist in das unschätzbare Juwel des Buddha-Seins verwandelt wird? Und sind wir nicht deshalb Schüler des Ngakpas? Hm? Vielleicht solltest du den Ngakpa ganz schnell wieder gegen einen Stall voller Pferde eintauschen. Dazu brauchst du die Lehren nicht.«

Es war mit einem Schlag sehr still geworden in der Küche. Der Koch und seine Gehilfen standen wie festgefroren, gebannt von Nyimas heller, bestimmter Stimme. Und Sanjay, der große, selbstbewusste Sanjay, schien kleiner geworden zu sein.

»Na ja, ich meinte ja nur«, sagte er.

»Nachdenken wäre besser«, erwiderte Nyima.

Sanjay griff noch einmal kurz in die Schüssel mit Momos und verließ die Küche, nicht ohne im Gehen vernehmlich zu murmeln: »Du lieber Himmel, Frauen!«, beeilte sich jedoch, wegzukommen und jeglicher Erwiderung zu entgehen.

Der Koch lachte schallend. »Ho, dem habt Ihr's gegeben!« Lenjam war stolz auf Nyima, fast so stolz, wie sie auf sich selbst gewesen wäre, hätte sie sich nur im richtigen Augenblick an diesen Vers erinnert.

Lenjam beschloss, dass Sanjay ihr nicht mehr gefiel. Ein wenig fehlte ihr danach diese angenehme kleine Aufregung, seinem Blick auszuweichen und heimlich aus den Augenwinkeln nach ihm zu schauen. Doch schnell war er vergessen, denn am späten Nachmittag ergab sich eine Begegnung, für die, so erkannte Lenjam augenblicklich, sich diese ganze mühselige Reise gelohnt hatte.

Den Schülern des Ngakpas wurde eine Audienz bei dem jungen Tulku gewährt, der das Oberhaupt mehrerer wichtiger Klöster war. Sie drängten sich im Vorraum vor dem Empfangszimmer, jeder wollte der Erste sein. Sie wurden von zwei Mönchen zurückgehalten, bis sie schließlich durch den Vorhang vor der Tür stürmen durften, und warfen sich ebenso stürmisch in die drei Niederwerfungen. Nyima und Lenjam, die sich, ohne zu fragen, angeschlossen hatten, blieben im Hintergrund, was zu ihrem Vorteil war, denn so konnten sie den Blick heben, was zu Füßen des Rinpoches äußerst unhöflich gewesen wäre.

Lenjam hielt den Atem an. Dort saß auf dem Thron von Polstern der schönste Mann, den sie jemals gesehen hatte. Machtvoll in seiner schlichten Robe, strahlend – ja, sie sah das goldene Strahlen, das ihn umgab, sah seine königliche Würde, deren Vollkommenheit sie nur ahnen konnte. Die Bezauberung ließ keinen Raum mehr für Gedanken, sie wusste nur, dass in ihrer Brust ein Feuer glühte und in ihren Augen aufsteigende Tränen brannten, die zu fließen begannen, als sie den Glücksschal überreichte und sein Blick den ihren traf. Er warf den Schal um ihren Hals, hielt die beiden Enden und ihren Blick einen Augenblick lang fest. Für Lenjam, die in eine andere Art von Zeit gefallen war, ein sehr langer Augenblick, in dem ihr ganzes Leben Platz hatte, und er reichte noch viel, viel weiter zurück in eine unendliche Bodenlosigkeit, in der sich alle vordergründigen Belange verloren.

Das Ende des Tags löste sich auf in eine Nacht zwischen Schlaf und Wachen, und Lenjam war es sehr wunderlich zumute. Nichts wollte sie denken, nur den Anblick des wunderschönen Tulkus festhalten, ihn vor sich sehen und im Herzen fühlen mit all seinem beglückenden Strahlen. Am nächsten Tag, wenn sie Worte dafür finden könnte, würde sie Nyima davon erzählen, doch jetzt gab es keine Worte, keine Verse, nichts, wofür sie noch Raum gehabt hätte außer seinem Bild, seiner unbeschreiblichen, erschütternden Anwesenheit.

Plötzlich schreckte sie ein Geräusch in der dunklen Kammer auf. Ein flackernder Lichtschein an der Tür, ein Flüstern, Schatten. Dann war die Kammer leer. Lenjam spürte diese kühle Leere, erkannte, dass Nyima gegangen war, wohin in der Nacht? Doch dann wandte sie sich wieder dem strahlenden Bild zu, dieser wundersamen Gegenwart mit ihrer anderen Zeit und ihrem anderen Raum.

In der dunklen, eisigen Frühe des Morgens, als die Muschelhörner vom Dach des Klosters erklangen, war Nyima wieder da. Lenjam war froh, beim Aufwachen nicht allein zu sein, denn der Schlaf hatte bereits ein wenig von dem Wunder verschlungen, hatte einen Hauch Vergänglichkeit darübergelegt, und das tat weh.

»Wo warst du?«, flüsterte Lenjam.

Nyima schlief. Oder wollte sie nicht antworten?

Das hätte früher nie geschehen können, dass auch nur der Gedanke auftauchte, Nyima würde etwas geheim halten wollen. Aber sie selbst, Lenjam, hatte ja damit angefangen, sie war es, die eine dunkle Ecke in sich geschaffen hatte, in die sie niemanden schauen ließ. Nicht einmal Nyima, ihre Schwester, mit der sie Amala und Ani-la und Pala geteilt hatte, die zu ihr gehört hatte wie ihre eigenen Hände und Füße.

Also würde sie nicht mehr fragen. Was Nyima ihr sagen wollte, würde sie sagen.

Doch Nyima hielt nicht zurück, wo sie in der Nacht gewesen war.

»Heute Nacht hat der Ngakpa mich rufen lassen«, sagte sie heiter nach dem Aufwachen. »Er hat mich gefragt, ob ich seine Gefährtin sein wolle. Natürlich hab ich Ja gesagt.«

Dieser Gedanke war Lenjam gekommen, doch da es vielleicht ein ungehöriger Gedanke war, hatte sie ihn nicht weiterverfolgt. Nun ja, hohe Meister hatten Gefährtinnen.

»Aber er ist doch ziemlich alt.«

Kaum hatte sie es gesagt, hätte sie es gern zurückgenommen. Sie hatte es herausgeplappert, als wäre der Ngakpa irgendein Mann, ein Irgendjemand. »Ich meine, es ist ja nicht so wichtig, wie alt er ist«, schränkte sie ein und fühlte sich sehr ungeschickt.

Nyima lächelte. »Nein, das ist nicht wichtig. Sein Geist ist wichtig.«

»Die Schüler werden eifersüchtig sein.«

»Es wäre besser für sie, es nicht zu sein.«

An diesem Tag war Guru-Rinpoche-Tag, deshalb gab es eine große Puja im Lhakang, und Lenjam konnte den Tulku aus der Ferne sehen, von ihrem Platz ganz hinten, wo sie zwischen Besuchern aus der Umgebung saß. Sie verstand nichts vom Inhalt der Puja, konnte nur die Siebenzeilenanrufung an Guru Rinpoche mitsingen, die auch in ihrem Heimatkloster gesungen wurde. Sie sang mit besonderer Freude, galt es doch dem Tulku, der den Geist des vollkommenen Meisters verkörperte, der ein Buddha war. Ganz leicht und licht wurde ihr, und die Verse der Widmung stiegen auf, als wären es ihre ganz eigenen Wunschgedanken:

Mögen alle Tiere frei sein von Furcht,
von anderen gefressen zu werden.
Mögen die hungrigen Geister so glücklich sein
wie die Bewohner des Nördlichen Kontinents der
Harmonie.

Mögen die Nackten Kleidung finden
und die Hungrigen Nahrung.
Mögen die Durstigen Wasser finden
und köstliche Getränke.

Mögen die Armen zu Reichtum gelangen
und diejenigen Freude erleben, die unglücklich sind.
Möge den Verzweifelten neue Hoffnung beschieden sein,
dauerhaftes Glück und Wohlstand.

Und besonders willkommen war ihr dieser Vers:

Mögen alle Reisenden ihr Glück finden,
wohin auch immer sie gehen,
und mögen sie ohne Mühe das erreichen,
weshalb sie sich auf den Weg gemacht haben.

Wie sehr wünschte sie allen Wesen – Menschen, Tieren, Göttern, umherirrenden Geistern, Dämonen –, glücklich zu werden, ihre Buddha-Natur zu verwirklichen, so, wie es die Lehren sagten. Ganz ernsthaft wünschte sie es.

Dann fiel ihr die Wurzel ein und mit ihr Kunga. Und Tante Dön. Es gab Ausnahmen.

In den Tagen, die sie im Kloster verbrachten, gab der Ngakpa an den Nachmittagen Belehrungen. Nyima und Lenjam saßen wie üblich hinter den Schülern. Noch immer war sich Lenjam im Unklaren darüber, ob der Ngakpa ihre Gedanken lesen konnte. Für alle Fälle gab sie sich Mühe, in seiner Nähe die dunklen Erinnerungen zu vermeiden. Das führte dazu, dass sie seinen Ausführungen mit großer Aufmerksamkeit folgte.

»Ihr wünscht Befreiung«, sagte der Ngakpa. »Gut, dann wollen wir uns weiter damit befassen, was dazu alles nötig ist. Ihr habt Zuflucht genommen. Habt ihr Klarheit darüber, was das bedeutet? Ihr habt den Buddha als Meister angenommen. Ihr habt die Dharma-Lehren als Weg angenommen. Ihr habt die Gemeinschaft der Dharma-Praktizierenden als Weggefährten angenommen. Das sind die drei kostbaren Juwelen, die helfen, von der Furcht vor dem Leiden und den Verdunkelungen des Geistes durch Begierde, Aggression und Verblendung frei zu werden.

Es kann geschehen, dass ihr in große Schwierigkeiten geratet, obwohl ihr die Zuflucht durch das laute Lesen der Schriften und durch Gebete und Opfergaben besiegelt und Verdienste erwerbt. Dann solltet ihr nicht am Dharma und der Zuflucht zweifeln, sondern erkennen, dass sich durch die Schwierigkeiten euer schlechtes Karma erschöpft und dass es euch danach besser gehen wird und ihr den Erleuchtungsgeist befreien könnt zum Wohl aller Wesen. Übt euch weiterhin im Zufluchtnehmen und rennt nicht zu Wahrsagern oder Bönpas.«

Mein schlechtes Karma wird sich erschöpfen, dachte Lenjam, aber wann?

Viel war die Rede von Vertrauen und Zuversicht und dass man sich mit dem Tod befassen müsse, um nicht in den Angelegenheiten des Lebens verstrickt zu bleiben. Lenjam beschloss, zu alledem bereit zu sein, obwohl sie nicht wusste, wie sie das anstellen sollte. Jeden Tag, wenn sie in den Pujas den Tulku sah, stärkte dies ihre Bereitschaft, und sie begann tatsächlich ein wenig Zuversicht zu entwickeln. Ja, wenn sie den Tulku als Meister hätte! Doch dies lag so weit außerhalb ihrer Reichweite, dass sie nicht wagte, diesem Gedanken nachzuhängen.

Allzu schnell kam die Abreise. Ein Glück verheißender Tag wurde gewählt, und wieder zog die nun auf die beiden Mädchen und vier Schüler geschrumpfte Gruppe um den Ngakpa los auf dem langen Weg zum Gyalpo. Der Ngakpa hatte hierfür das Orakel befragt und eine glückverheißende Auskunft bekommen.

Im ersten Dorf, in dem sie übernachteten, kannte man den Ngakpa, und die Freude war groß, ihn zu sehen. Vor allem, weil ein Mann mit einer schlimmen Bauchwunde vom Stoß eines Yakhorns hilflos in seiner Hütte lag und man zwar nach dem nächsten Amchi geschickt habe, doch der lebe in einem weit entfernten Dorf und würde nicht vor dem nächsten Abend da sein können.

Der Ngakpa ordnete an, dass sie zwar die Einladung der Dorfbewohner zum Essen annehmen wollten, aber auch ihre eigenen Vorräte hervorholen sollten. Er selbst ging mit Sanjay zur Hütte des Kranken.

»Schlimme Wunde«, berichtete Sanjay, als er nach langer Zeit ohne den Ngakpa zurückkam. »Der Ngakpa hat dem Mann reichlich Schnaps geben lassen, dann hat er seinen Bauch zusammengenäht wie eine alte Chuba. Es überrascht einen immer wieder, was er alles kann!«

Es blieb den Schülern nicht verborgen, dass der Ngakpa eine neue Gefährtin hatte. In Lenjams Anwesenheit sprachen sie nicht darüber, aber sie bemerkte es an der scheuen Art, wie sie nun Nyima begegneten. Das Verhalten des Ngakpas änderte sich in keiner Weise, und wenn der Ngakpa lehrte, saß Nyima nach wie vor neben Lenjam hinter den Schülern.

Wann immer sie zu einem Kloster kamen, wurde der Ngakpa mit Ehrerbietung empfangen, und immer fanden sich schnell Leute aus der Umgebung ein, die seinen Segen erhalten wollten. Ein kleiner Abglanz der Ehrerbietung fiel auch auf die Schüler. Lenjam und Nyima wurden kaum beachtet, in manchen Klöstern jedoch misstrauisch betrachtet.

»Wir sollten uns wenigstens eine gute Chuba mit einer hübschen Leopardenborde besorgen«, sagte Lenjam. »So, wie wir aussehen in unseren Bauernkleidern, denkt doch jeder, wir wären einfach irgendjemand.«

»Wir sind irgendjemand«, antwortete Nyima. »Wir sind fühlende Wesen mit Buddha-Natur, und wir sind Pilgerinnen auf dem Pfad des Buddha.«

Lenjam rollte ärgerlich die Augen. »Jedem Schüler strecken sie höflich die Zunge heraus, aber uns schauen sie an wie – eben wie irgendjemand. Tu doch nicht so, als würde es dir nichts ausmachen.«

»Es macht mir nichts aus.«

»Weil du weißt, dass du die Gefährtin des Ngakpas bist, auch wenn es die Leute nicht wissen. Aber ich bin niemand und zudem auch noch weniger als ein Niemand-Mann.«

Lenjam schüttelte den Kopf. »Was soll das, Lenjam? Wir sind fühlende Wesen mit Buddha-Natur und wir sind Pilgerinnen auf dem Pfad des Buddha.«

»Das hast du schon mal gesagt.«

»Und du hast nicht zugehört.«

»Pff, fängst du jetzt auch an zu lehren? Na gut, dann ist es dir eben gleichgültig, wie es mir geht. Aber ich bin immer noch ein Teil unserer Familie. Ich bin immer noch Palas und Amalas Tochter, auch wenn beide tot sind.«

»Das ist doch das Gute an der Pilgerschaft, dass das alles nicht mehr zählt. Nur die Buddha-Natur und der Erleuchtungsgeist zählen.«

»Ich lege keinen Wert auf Pilgerschaft. Ich will endlich mein Zuhause wiederhaben.«

»Und wenn du zu Hause stirbst, wirst du nichts davon mitnehmen können«, sagte Nyima leise, fast so, als wolle sie es gar nicht sagen.

Lenjam schwieg ärgerlich. Natürlich hatte Nyima recht. Doch das änderte nichts daran, dass sie sich nach ihren Kleidern und ihrem Schmuck und ihrem Zuhause sehnte. So war es nun einmal.

Endlich! Lenjam hätte gern ihr Pferdchen zu einem wilden Galopp angetrieben und laute Schreie ausgestoßen, als sie sich ihrem beeindruckenden Ziel näherten. Aber niemand außer ihr hatte Eile. Alle waren müde von der mühseligen Überquerung des großen Flusses in den wackeligen Yakbooten, und die Pferde waren noch immer unruhig von der Aufregung des Schwimmens in der starken Strömung.

Der Dzong des Königs ragte hoch auf über der breiten Bergkuppe. Es war ein stattlicher Dzong mit weltlichen und klösterlichen Gebäuden, und die Mauern sahen aus, als stünden sie hier seit dem Anfang der Welt. Unten im Dorf wurden die Schüler untergebracht, der Ngakpa ritt nur in Begleitung der beiden Mädchen die geröllige Steigung hinauf. Wie oft hatte sich Lenjam gewünscht, Pala zum Gyalpo zu begleiten. Doch dazu hätte sie ein Sohn sein müssen.

Im Dzong wurden sie als Begleiterinnen des verehrten Ngakpas empfangen, und sobald sie die inneren Räume betreten hatten, behandelte man sie ungeachtet ihrer unrühmlichen Bekleidung mit Anstand als die Töchter des Distrikthauptmanns. Hier war nun alles ganz anders als in den Klöstern, die Lenjam kennengelernt hatte. Eher war es vergleichbar mit

ihrem Zuhause, nur war alles viel größer und reicher. Im großen königlichen Empfangsraum lagen bequeme Polster, Teppiche und Felle, und ein Diener brachte Tee und Gebäck. Den
Ngakpa hatte man sofort zum Gyalpo geführt.

»Ich bin schrecklich aufgeregt«, flüsterte Lenjam. »Wie
muss man sich wohl bei einem König benehmen? Vielleicht
so wie bei den hohen Lamas?«

»Weiß ich doch auch nicht«, gab Nyima zurück. »Aber
Niederwerfungen macht man jedenfalls nicht.«

Lenjam kicherte. Die Männer, die zu Pala kamen, hatten
sich verbeugt und nach dem Wohlbefinden der Familie gefragt. Frauen hielten sich zurück und antworteten nur, wenn
sie gefragt wurden, das hatte Amala ihren wilden Töchtern
mühsam beigebracht. Bei Nyima konnte man jedoch nie
sicher sein, ob sie sich daran halten würde.

Die Besprechung des Ngakpas mit dem Gyalpo dauerte
lang. Warum nicht die kostbare Zeit nutzen, da sie einmal
allein miteinander waren?

»Bist du glücklich, Nyima?«

»Aber ja, natürlich.«

»Du sagst nie was darüber.«

Nyimas leises Lachen war neu. Es war das Lachen einer
älteren Nyima. Hatte die Verbindung mit dem Ngakpa sie
älter gemacht?

»Was soll ich sagen, Lenjam? Ich bin einfach die Gefährtin des Ngakpas. Und ich bin seine Schülerin. Ich wollte
immer lernen, und jetzt lerne ich. Der Ngakpa ist ein großer
Meister. Es ist wunderbar, so nah bei ihm zu sein. Er ist der
wichtigste Mensch in meinem Leben.«

Ja, er war der wichtigste Mensch für Nyima. Und Nyima
war der wichtigste Mensch für Lenjam. So war das.

»Und gleich nach ihm kommst natürlich du. Das wird immer so sein. Du bist meine Schwester.«

Lenjam griff nach Nyimas Hand. »Ja, das wird immer so sein.«

Dass sie das dunkle Geheimnis nicht aussprechen konnte, nicht einmal dieser wunderbaren, einmaligen Schwester gegenüber, tat weh. Nicht Zuflucht bei Zauberern suchen, hatte der Ngakpa gesagt. Doch ebendies hatte sie getan. Schlimmes, schwarzes Karma.

Als der Gyalpo den Raum betrat, sprangen die Schwestern auf und verbeugten sich tief.

»Ha!«, sagte der große, breite Mann, ein stattlicher Khampa mit Gold am Leib und einer Chuba mit besonders prächtigem Leopardenfellbesatz. »Das sind sie also, die mutigen Töchter. Ich habe euren Vater sehr geschätzt, Mädchen. Ein guter Mann. Es bestürzt mich sehr, was ich da höre.«

Er bat den Ngakpa, sich auf zwei große, mit Brokat bezogene Polster zu setzen, und ließ sich dann selbst auf seinem persönlichen Polster nieder. Den Mädchen gab er einen Wink, sich vor ihm auf den Teppich zu setzen.

»Also hat euer Pala nie etwas davon gesagt, dass er seinen Neffen als Distrikthauptmann wünscht?«

»Nie!«, sagten Lenjam und Nyima in einem Ton.

»Und der Bönpa hat gesagt, euer Vater wurde erschlagen?«

Wieder antworteten beide Mädchen gemeinsam. »Ja!«

»Euren Onkel Dokar kenne ich. Er ist natürlich nach eures Vaters Tod der Familienvorstand.«

Lange dachte der Gyalpo nach. Lenjams Ungeduld wuchs. Was gab es da noch nachzudenken? Hatte der Ngakpa die

Geschichte nicht genau genug erklärt? Warum fragte er nicht Palas Töchter, die das alles erlebt hatten?

»Und wen, glaubt ihr, hätte er als seinen Nachfolger für geeignet gehalten?«

Lenjam und Nyima schauten einander an.

»Pala hatte zwei Männer, denen er besonders vertraute«, sagte Nyima zögernd. »Ich denke, er hätte den älteren, Onkel Ngödup, einen Verwandten unserer Mutter, vorgeschlagen. Er ist klug und besonnen. Pala hat sich oft mit ihm besprochen.«

Der Gyalpo nickte und schwieg nachdenklich.

»Der Ngakpa wird eine große Befragung des Orakels vornehmen«, sagte er schließlich. »Morgen werde ich euch mitteilen, was ich beschlossen habe.«

Am nächsten Morgen wurden sie wieder in das Empfangszimmer geführt, und bald darauf betraten der Gyalpo und der Ngakpa den Raum. Wie am Tag zuvor winkte der Gyalpo die Mädchen heran.

»Das Mo hat euch recht gegeben«, sagte er. »Ich werde euren Onkel Ngödup als Distrikthauptmann einsetzen. Er ist wohl ein fähiger Mann und kann euren Onkel Dokar unterstützen. Der Neffe und eure Tante werden Rechenschaft ablegen müssen. Ihr werdet nichts mehr von ihnen zu befürchten haben.«

Nun wäre eine umfangreiche Dankesrede mit vielen höflichen Wendungen angemessen gewesen, doch Nyima neigte nur den Kopf und sagte mit leiser Stimme: »Wir sind Euch sehr dankbar, verehrter Gyalpo.«

Das schien dem Gyalpo durchaus zu genügen, denn er fuhr fort: »Gut, gut. Doch nun zu euch, ihr Mädchen. Wie ich höre, ist Nyima die Gefährtin des Ngakpas und wird ihn begleiten. Doch du, Lenjam, brauchst einen Mann, sonst wirst du zu alt. Du wirst einen Mann bekommen, einen der besten meiner Männer. Er braucht eine Frau, das trifft sich gut, und er wird dir gefallen. Ihr werdet morgen mit meinem Gesandten und einer bewaffneten Gefolgschaft aufbrechen. Der Gesandte wird darauf achten, dass alles nach meinen Wünschen verläuft.«

Lenjam gab sich Mühe, ihre Fassungslosigkeit nicht sichtbar werden zu lassen. Der Gyalpo hatte den Platz ihres Vaters eingenommen, sagte sie sich. Sie sollte dankbar dafür sein. Es bedeutete Schutz, was immer geschehen würde. Es gelang ihr, eine passende Dankesformel zu stottern. Der Gyalpo sah höchst zufrieden aus.

Später, als sie mit Nyima die Höfe des Dzong erforschten, versuchte sie, sich selbst zu beruhigen, indem sie zu Nyima sagte: »Irgendwann hätte ich ja doch einen Mann nehmen müssen. Und der Gyalpo hat recht, ich werde älter. Gewiss hat er einen guten Mann für mich ausgesucht. In unserer Gegend hätte ich keinen gefunden, die kenne ich alle. Von denen hätte ich bestimmt keinen haben wollen. Sicher ist es ein gebildeter Mann, der eine Frau zu schätzen weiß, die lesen kann und bei einem Lama gelernt hat, auch wenn er kein richtiger Lama war, aber das weiß ja niemand. Und ich denke, es ist gut, wenn ich einen Mann an meiner Seite habe, der das Anwesen verwaltet und auf Onkel Dokar aufpasst. Es wäre sonst auch alles zu viel für Onkel Ngödup. Und dann wird er ja wohl auch oft im Dzong sein. Wie gut, dass wir Tante Puntsog haben, sie kann so gut mit den Tanten in der Küche umgehen.«

Nyimas nachdenklicher Blick entging ihr nicht. Sie versuchte ein wenig zu lachen.

»Du denkst sicher, ich tu so, als wäre ich schon zu Hause. Ja, irgendwie bin ich auch schon dort. Ich sehe alles so deutlich vor mir. Unser wunderschönes Tal. Unser Haus. Unsere Famile. Unseren Schrein für den Kleinen Berggeist. Ich freu mich so sehr darauf.«

Nyima legte den Arm um ihre Schulter. »Es wird alles gut werden.«

Da der nächste Tag unter keinem schlechten Omen stand, konnten sie unbedenklich abreisen. Nachdem der Ngakpa ein ausführliches Rauchopfer zelebriert hatte, sagte der Gyalpo: »So, ihr Mädchen, macht euch keine Sorgen. Für Gerechtigkeit wird gesorgt werden.«

Mit einem wohlwollenden Lächeln neigte er sich Lenjam zu. »Und in Kürze werden mein Gesandter und meine Männer dich in allen Ehren mit deinem Brautgeschenk hierherbringen und dich ins Haus deines Mannes begleiten, wie es sich gehört.«

Im nächsten Augenblick wandte er sich um und klatschte in die Hände, um den Männern bei den Pferden die Abreise zu verkünden.

Lenjam erstarrte. Ins Haus deines Mannes, sagte er. Nicht ihr eigenes Zuhause. Ein fremder Mann mit einer fremden Familie. Keine Mola. Keine ihrer Tanten und Onkel. Kein Heimkommen.

Unversehens begegnete sie dem Blick des Ngakpas. Das Mitgefühl darin ließ ihre Augen überlaufen. Sie senkte den Kopf, versuchte sich unsichtbar zu machen mit ihren Tränen, konnte sich nur von Nyima mitziehen lassen, stieg auf ihr Pferd und wünschte, es gäbe sie nicht, es wäre eine andere, die aus dem Dzong hinunterritt. Doch es war kein Entkommen aus dem endlosen Weiterdrehen im Rad ihrer maßlosen Enttäuschung: nicht ihr Zuhause. Eine fremde Familie. Keine Mola. Keine vertrauten Tanten und Onkel. Kein Heimkommen. Nur Besuch, nur Abschied. Kein Glück.

Als sie auf einer Anhöhe unter dem erbarmungslosen Tiefblau des Himmels Rast machten, fing Nyima sie auf, als sie kraftlos vom Sattel rutschte.

»Wie geht es dir?« Nyimas Stimme war rau vor Besorgnis.

Lenjam schüttelte den Kopf. »Taub und blind«, sagte sie. »Blind und taub.«

14

Sie waren alle da: die Mola, Tante Puntsog, Pema und die
anderen Tanten, Lama Samten, Onkel Dokar, Onkel Ngödup
und Palas Männer, die Kinder, die mit offenen Mündern auf
den großen Topf starrten, in dem das herrlich duftende
Schaffleisch blubberte. Auf dem Ehrenplatz der Gesandte
des Gyalpo, ein stämmiger, gesetzter Mann mit freundlichen
Augen und einem großen, entschlossenen Mund.

Unter den Männern war noch nichts geredet worden.
Onkel Dokar hatte den Gesandten und sein Gefolge sichtlich
verwirrt und unsicher empfangen, zumal Nyima Onkel Ngödup herbeiwinkte und ihn dem Gesandten als den vom König
berufenen Distrikthauptmann vorstellte. Der Gesandte hatte
sofort nach der Ankunft nach Tante Dön und ihren Söhnen
gefragt, doch sie war zur Verwunderung aller mit ihrem
gesamten Anhang am Tag zuvor abgereist, nicht ohne eine
beträchtliche Menge an Vorräten auf zwei Mulis mitzunehmen. Da der Gesandte mit Rücksicht auf die Mädchen ein
eher gemächliches Reisen angeordnet hatte, sodass die
Gruppe jede Nacht in einer guten Unterkunft verbringen
konnte, war ihm die Nachricht von seinen Absichten offenbar vorausgeeilt. Aber keine Sorge, sagte er, die Tante und

ihre Söhne seien jetzt Gesetzlose, man würde sie suchen und finden und ihrer gerechten Strafe zuführen.

Lenjam hatte nur einen gleichgültigen Blick übrig gehabt für den Bruder ihres Vaters. Sie war lange wütend gewesen auf diesen schwachen Mann, doch jetzt hatte sie keine Kraft mehr für Wut, ebenso wenig wie für Freude. Kaum angekommen, hatte sie sich der alten Mola in der Küche in den Schoß geworfen und all die Tränen, die sich angesammelt hatten, in den vertrauten Geruch nach Rauch, Buttertee und Katze hineingeheult. Viele Monde lang festgehaltene Tränen der Angst und Enttäuschung, Tränen über das zugleich gewonnene und verlorene Heim und Tränen über sich selbst, über das schlechte Karma, das sie über sich gebracht hatte. So viele Tränen gab es zu weinen, dass sie sich vollkommen leer fühlte, als keine mehr kamen.

Die Mola hatte ihren Kopf gestreichelt und ein ums andere Mal gesagt: »Oh, kleine Prinzessin, Samsara ist schlimm, es ist schlimm, manchmal vergisst man es, aber es ist schlimm, mein Kind. Komm, sagen wir das Mantra des allzeit Mitfühlenden für dich und uns und alle Wesen.«

Dann nahm sie ihre Mala wieder auf und murmelte das Mantra, OM MANI PEME HUNG, und Lenjam murmelte mit, murmelte hinein in das tiefe Loch ihrer Erschöpfung, bis es so weit aufgefüllt war, dass sie aufstehen konnte. Sie ging hinauf in Amalas und Palas ehemaliges Zimmer, das ihr und Nyimas Zimmer geworden war und nun immer noch war, um ihr altes Pilgerzeug auszuziehen und sich frisch anzukleiden in das gute blaue Kleid aus prächtiger Seide mit den eingewebten Glücksknoten. So würde sie wenigstens wieder ein bisschen die Lenjam dieses Hauses sein.

Tante Puntsog hatte schnell und umsichtig dafür gesorgt, dass ein reichliches Mahl zubereitet worden war, gewiss nicht schlechter als im königlichen Dzong. Der Gesandte äußerte alle nötigen höflichen Worte und Scheinablehnungen, ließ sich jedoch gern immer wieder zu weiteren Portionen überreden, bis kein Restchen Fleisch mehr da war. Und als Lenjam die beiden Changmas den Chang und den Schnaps bringen ließen, brummte er in großer Zufriedenheit. Die Frauen setzten sich bescheiden abseits, wie es sich gehörte, nur Lenjam und Nyima nahmen als Hausherrinnen ihren Ehrenplatz neben Onkel Dokar und Onkel Ngödup ein.

Der Gesandte begann seine Rede damit, den Gyalpo und seine weisen Entscheidungen zu preisen. Dann fuhr er fort: »Nun hat der verehrte Gyalpo in Erfahrung gebracht, dass man ihn über die Absichten des verehrten früheren Distrikthauptmanns, der allem Anschein nach ermordet wurde, getäuscht hat. Dieser Vertraute des Verstorbenen hier, der geschätzte Ngödup-la, wurde vom verehrten Gyalpo als neuer Distrikthauptmann eingesetzt.«

Er wies auf Onkel Ngödup, der sich würdevoll verneigte.

»Der verehrte Gyalpo hat volles Vertrauen in Euch, Ngödup-la. Ihr kennt die Aufgaben des Bezirkshauptmanns und werdet sie gewiss mit Sorgfalt und Weisheit erfüllen. Ihr werdet auch ein Auge auf die Belange der Familie haben, und der Bruder des Verstorbenen, Dokar-la, wird sich gern von Euch beraten lassen. So wünscht es der verehrte Gyalpo.«

Onkel Dokar leerte erschrocken seinen Becher und ließ sich eilig Chang nachfüllen. Die Tanten warfen einander erleichterte Blicke zu. Alle Onkel und Tanten nickten nachdrücklich und murmelten zustimmend. Entspannung breitete sich aus.

Die untergehende Sonne warf flammende Lichtstrahlen durch die offenen Fenster in den Raum. Lenjam sah die Schatten weichen und atmete auf. Das Haus war wieder frei, die Ruhe in der Familie wiederhergestellt. Pala und Amala würden glücklich darüber sein.

An diesen ersten Tagen zu Hause gelang es Lenjam, Gedanken an die drohende Abreise von sich fernzuhalten. Die Ernte war gut gewesen, die Speicher waren trotz der Räuberei der Tante Dön zufriedenstellend voll. Tante Puntsog stellte fest, dass auch einige wertvolle Dinge, die Pala im Lauf der Zeit von Karawanenmärkten heimgebracht hatte, verschwunden waren. Nyima fertigte eine Liste der vermissten Gegenstände an und gab sie dem Gesandten. Vielleicht würde sich manches davon in den Zelten von Tante Döns Sippschaft finden.

»Und jetzt sollten wir nicht mehr daran denken«, sagte sie zu Tante Puntsog und den anderen Tanten. »Was geschehen ist, können wir nicht rückgängig machen. Lasst uns nach vorn schauen.«

Lenjam hätte gern harte Worte über Tante Dön gesagt. Sehr deutlich sah sie das flache Gesicht mit der vorhängenden Unterlippe vor sich, das sie eine Kindheit lang verabscheut hatte, sah den Blick, der umherhuschte, um Schwächen zu entdecken, Salz in Wunden zu streuen und vielleicht sogar bösen Zauber auszuteilen. So sehr ärgerte sie die Erinnerung, dass sie sich ausmalte, welche Strafe der Gyalpo hoffentlich über sie verhängen würde. Und der Gedanke an den Gyalpo führte unweigerlich zu dessen zweifelhaftem Geschenk eines Ehemanns und der Feststellung, dass es ohne eine Tante Dön nie dazu gekommen wäre. Und da waren sie wieder: Ursache und Wirkung. Karma. Denn natürlich lag die Ursache für alles, was ihr geschah, in ihrem Karma.

Wenn du wissen willst, wer du warst, dann schau, wer du bist. Wenn du wissen willst, wer du sein wirst, dann schau, was du tust. Auf diese Worte des Guru Rinpoche lief alles hinaus, hatte Nyima gesagt.

Diese Überlegungen hatten Lenjam hinauf in den Schreinraum geführt. Die Stille darin, das Bild der Tara mit dem liebevollen Lächeln, der Geruch des Räucherwerks und der Butterlämpchen halfen ihr immer, sich zu beruhigen.

Lama Samten lehnte am Fenster und schaute über die Felder zum Fluss. Er schien kleiner geworden zu sein, und unter seinen Augen hingen dunkle Säckchen. Schon jetzt sah er aus wie der alte Mann, der er bald sein würde.

Sie stellte sich neben ihn, und er nickte ihr zu.

»Lenjam-la! Ich habe gehört, du wirst uns schon bald wieder verlassen«, sagte er. »Und deine Schwester wird auch nicht bleiben, wie ich höre. Das ist traurig.«

»Wie geht es Eurer Gesundheit, Lama-la?«, fragte Lenjam höflich.

»Man wird schneller alt, wenn Unheil im Haus ist«, antwortete er und fügte lächelnd hinzu: »Aber jetzt ist ja alles wieder gut dank euch beiden klugen Mädchen.«

»Bedankt Euch bei Nyima, es war ihr Werk. Ich war nur dabei. Ich war schon immer gut im einfach Dabeisein.«

Lama Samten lachte leise. »Immer noch das schnelle Mundwerk. Da wirst du achtgeben müssen. Dein Mann wird das nicht mögen.«

Lenjam hob die Schultern. »Keine Wahl. Ich hab sie nicht, und er, wer immer er ist, hat sie auch nicht. Glaubt mir, wenn ich könnte, würde ich hierbleiben. Ich habe mich so sehr nach unserem Haus gesehnt.«

Mitleidig nickte er, als wisse er gut, wie sich Sehnsucht anfühlte.

»Sagt, Lama-la, wo seid Ihr eigentlich aufgewachsen?«, fragte sie unvermittelt. Warum war sie nie zuvor auf den Gedanken gekommen, dass Lama Samten ein Leben gehabt hatte, bevor Pala ihn fand und aufnahm? Lama Samten warf ihr einen überraschten Blick zu.

»Ach, Kind, daran denke ich kaum jemals. Ich war ja von klein auf im Kloster.«

»Aber Ihr hattet doch Eltern, eine Familie.«

»Ja, ich hatte eine Familie«, sagte er, und sein Blick glitt in die Ferne, zurück in eine fast vergessene Vergangenheit. »Manchmal denke ich an meine Mutter. Sie war sehr lieb. Ja, sie war sehr lieb.« Er nickte vor sich hin. »Eine kleine Frau. Sie hat viel gearbeitet. Ich sehe sie noch melken …«

Plötzlich richtete er sich auf, räusperte sich und murmelte: »Ähm, was stehe ich hier herum … ich muss noch…«, und verließ hastig den Schreinraum.

Rührung überkam Lenjam, dass sie Lama Samten unversehens an einer weichen, vielleicht sogar wunden Stelle seines Herzens berührt hatte. Wie tief musste er die Erinnerung an seine Familie in sich vergraben haben. Aus Scham? Hatte seine Mutter je erfahren, was ihr Sohn angestellt hatte?

Sie überließ sich der sanften Stimmung, in die sie die Begegnung mit Lama Samten versetzt hatte. Hatten die Lehren, die er mittels der heiligen Verse seinen Schülerinnen aufgezwungen hatte, bei ihm selbst gewirkt? Wie war es ihm unter Tante Döns Herrschaft ergangen? Hatte er ihr verzeihen können?

Möge allen, die Hässliches über mich sagen
oder mir auf andere Weise schaden,
und jenen, die mir mit Häme und Beleidigung begegnen,
das Glück des völligen Erwachens zuteilwerden.

Lenjam seufzte. Wie die Verse sie immer aus dem Hinterhalt überfielen! Musste sie diesem Dämon Gutes wünschen? Die Buddhas und Bodhisattvas taten das, ja, aber nicht die Lenjams dieser Welt. Es war zu viel verlangt. Gut, sie würde sich bemühen, ihr und dem Nichtsnutz von Sohn nichts Schlechtes zu wünschen. Der Gyalpo würde das böse Pack bestrafen, das genügte. Sie sollte nicht mehr über sie nachdenken. Obwohl sie natürlich gern wüsste, wie die Strafe ausfiel.

Nicht mehr daran denken!

Entschlossen richtete sie den Blick auf die abgeernteten Felder, das glitzernde Band des Flusses und den bergigen Horizont auf der gegenüberliegenden Seite des Tals. Ihr geliebtes Tal. Sie kannte seine Erde, seine Farben, seine Gerüche, die Töne des Flusses und des Windes, seine Tage und Nächte, den Tanz seiner Jahreszeiten. Dieses Tal wollte sie im Geist mitnehmen, wohin auch immer sie würde gehen müssen, sodass sie in ihm Ruhe finden und sich von ihm nähren lassen konnte. Zumindest dieser Gedanke war tröstlich.

Der Gesandte des Königs und die glückliche Wendung der Ereignisse boten eine gute Gelegenheit, ein tagelanges Fest am Fluss zu feiern, an dem sich sämtliche Bewohner des Tals und Nomaden von den Hochweiden beteiligten. Es wurde viel getanzt, man veranstaltete Pferderennen und Geschicklichkeitsspiele zu Pferd, die Frauen waren ständig am Kochen, und die hübschesten Mädchen durften dem

Gesandten Chang einschenken. Bald herrschte eine so durchdringende Stimmung ausgelassener Freude, dass Lenjam alle Sorgen vergaß und fröhlich war vom Aufwachen bis zum Einschlafen.

»Unser Tal lebt wieder«, sagte Nyima, »so wie früher. Ich dachte, ich würde darunter leiden, ohne den Ngakpa zu sein. Natürlich freue ich mich darauf, bald wieder bei ihm zu sein, aber hier zu leben, nun ja, das wäre auch gut.«

Noch erhitzt vom Tanzen, die Haare feucht unter dem prächtigen Kopfschmuck, erwiderte Lenjam leichthin: »Deine Wahl. Du hast eine. Ich hab keine.«

Sie fühlte sich gut mit all ihrem Schmuck, den sie mit Nyima aus seinem Versteck beim Kleinen Berggeist geholt hatte. Man respektierte sie und sagte ihr, wie schön sie sei.

»Es ist die Frage«, erwiderte Nyima, »wie viel Wahl man überhaupt hat. Der Ngakpa sagt, es geht vor allem darum, wie wir mit dem, was geschieht, umgehen.«

Lenjam verzog übermütig den Mund. »Ja, ja, ich weiß schon:

> Die Ursachen des Glücks treten nur manchmal auf,
> die Ursachen des Leidens sind häufig.«

Nyima deklamierte fröhlich mit:

> »Ohne Leiden gibt es kein Entsagen,
> deshalb, Geist, solltest du standhaft sein!«

Lenjam wusste, wie kostbar solche Augenblicke des Einverständnisses waren, und sammelte sie ein wie Vorräte für den Winter.

Während der Tage des Feierns schien niemand an Zeit zu denken. Es gab reichlich zu essen und zu trinken und heitere Unterhaltung, die Männer ließen die Würfelbecher knallen, die Frauen hatten ständig etwas zu plaudern, die Jugend tanzte und vergnügte sich bis zum Umfallen. Daran würde man sich noch lange erinnern, erklärten sich alle gegenseitig am Ende des Festes. Man hatte die Vertreibung böser Kräfte gefeiert und die Einigkeit gestärkt. Die schlimme Zeit der Familie war vorbei, als habe es sie nie gegeben.

»Unsere Leute haben doch gewusst, dass alles eine Lüge war«, sagte Lenjam, »aber niemand hat etwas dagegen unternommen, nicht mal Palas treue Männer. Ist das nicht seltsam? Ich sollte Onkel Ngödup fragen.«

Nyima schüttelte den Kopf. »Lieber nicht. Was hätten sie denn tun sollen? Der Gyalpo hatte eine Entscheidung getroffen, die er für richtig hielt, und man weiß doch, dass der Gyalpo sich nichts sagen lässt. Sonst wäre er nicht der Gyalpo. Nur ein Weiser darf ihn belehren. Wie zum Beispiel der Ngakpa. Ohne ihn hätten wir nichts ausgerichtet.«

Lenjam fiel auf, dass Nyima sich häufig in der Küche aufhielt. Manchmal tat sie gar nichts, saß einfach auf einem Fenstersims und schaute den Frauen beim Kochen zu. Schließlich setzte sich Lenjam neben sie und versuchte herauszufinden, was es Besonderes zu sehen gab. Es gab nichts Besonderes zu sehen, nur Tante Puntsog, Pema, eine der älteren Tanten und ein kleines Mädchen aus dem hinteren Haus, das auf das Herdfeuer aufpasste.

»Was machst du hier?«, fragte Lenjam.

Nyima lächelte belustigt. »Ich schaue.«

»Und was siehst du? Irgendwas, das ich nicht sehe?«

»Das Mädchen.«

»Und?«

»Die kleine Dölma ist fast so alt, wie ich beim Wettlesen im Kloster war.«

»Und so alt, wie ich beim Zuschauen beim Wettlesen im Kloster war. Und?«

»Sie sieht aus, als würde sie gern lesen lernen.«

Lenjam sah ein herzförmiges Gesicht mit flinken Augen und einer auffallend schmalen Nase. Vielleicht war das Gesicht ein bisschen zu alt für den kleinen Körper.

»Woran willst du das sehen?«

»Ich sehe es. Fragen wir sie.«

Nyima winkte die Kleine mit hinaus in den offenen Vorraum.

»Dölma, möchtest du lesen lernen?«

Das Mädchen machte große Augen und nickte.

»Kannst du sagen, warum?«

Dölma zog scheu den Kopf ein. Nyima ergriff die kleine Hand. »Nun sag schon!«

»Es ist etwas Besonderes«, flüsterte Dölma, »darum.«

»Gut. Dann wirst du jeden Morgen zu Lama Samten gehen und bei ihm lesen lernen. Ja?«

Dölma nickte heftig. Dieser Vorschlag schien ihr die Scheu zu nehmen.

»Ich kann gut lernen. Ich kann viele Lieder, und ich kann Tante Puntsogs Rauchopfergebet aufsagen. Sie lässt mich immer dabei sein.«

Nyima schickte die Kleine in die Küche zurück und lächelte zufrieden.

»Der Onkel wird nicht auf den Gedanken kommen, Nein zu sagen. Jetzt brauchen wir noch eine Zweite. Es müssen wenigstens zwei sein.«

»Willst du Lama Samten eine Beschäftigung geben?«
Lenjam war beeindruckt von Nyimas mitfühlender Idee, dem
Lama damit etwas Gutes zu tun.

»Es schadet nicht, wenn er etwas zu tun bekommt«, sagte
Nyima. »Und ich bin sicher, er wird es jetzt besser machen
als damals mit uns. Aber das ist nicht der Grund. Ich will,
dass man sich hier daran gewöhnt, dass Mädchen lesen und
schreiben und rechnen lernen. Dass sie das können. Dass sie
klug sind. Ich will, dass zwei Mädchen es beweisen, so wie
wir. Und ich glaube, ich weiß auch schon, wer die Zweite
sein wird. Pumo, Onkel Ngödups Tochter. Sie müsste etwa
in Dölmas Alter sein. Los, fragen wir ihn.«

»Ho, die Pumo?«, sagte Onkel Ngödup zweifelnd. »Sie
ist ein munteres kleines Ding, aber ich glaube nicht, dass sie
lesen lernen kann. Bei euch war das etwas ganz anderes.«

»Ich konnte es doch auch«, warf Lenjam ein. »Nyima
konnte es besser, aber ich habe es auch gelernt. Jeder kann
das, Jungen und Mädchen. Und vor allem, Pumo lernt ja den
heiligen Dharma dabei. Das ist verdienstvoll.«

Dieser Gedanke schien Onkel Ngödup zu gefallen.

Nyima fügte hinzu: »Und es ist gut, Onkel, wenn die
Tochter des Distrikthauptmanns lesen und schreiben kann.
Das wird deiner Stellung und deinem Namen Ehre machen.«

Onkel Ngödup nickte immer weniger zweifelnd und sagte,
man könne es ja versuchen. Und ja, er werde die Kleine am
nächsten Morgen zu Lama Samten schicken.

Nyima tanzte fast vor Freude durch den Hof.

»Der Ngakpa sagt, man muss denken können, um die
Dharma-Lehren zu verstehen. Einfach fromm sein und
Gutes tun ist ja recht und schön, aber es gibt so viele Gefah-
ren. Mara war unglaublich raffiniert, um den Buddha von der

Erleuchtung abzuhalten. Der Buddha hat alle Verführungen durchschaut, aber wer von uns kann das schon? Um wissend zu werden, muss man lernen.«

Lenjam schwieg. Ihre Gedanken waren umso lauter. Habe ich nicht alle Verse auswendig gelernt? Ich habe gelernt, dass nichts ohne Ursache entsteht, dass meine Vorstellungen Illusion sind, dass es keine tatsächliche Existenz der Dinge gibt und die Welt wie ein Traum ist. Was hat es genützt? Ich habe Fehler um Fehler gemacht, bin auf alle Illusionen hereingefallen und fürchte mich vor schlechten Träumen, ob Nachtträume oder Tagträume. So ist das.

Ein glückverheißender Tag wurde festgesetzt für die Abreise des Gesandten und der Schwestern. Am letzten Abend, als die ganze Familie in der Küche zusammensaß, erhob sich Nyima und wartete, bis alle schwiegen.

»Wie ihr wisst, hat der Gyalpo für meine Schwester Lenjam einen seiner Männer ausgewählt«, sagte sie. »Ich werde sie zum Dzong begleiten und für einige Zeit nicht hier sein. Doch ihr sollt nicht vergessen, dass Pala das anerkannte Oberhaupt unserer Familie war, und ich bin sein ältester Sohn.«

Damit hatte sie die Aufmerksamkeit aller gewonnen. In das erstaunte Schweigen hinein fuhr sie fort: »Ich sage Sohn, weil Pala uns wie Söhne erzogen hat. Er machte keinen Unterschied. Also sage ich noch einmal, ich bin sein ältester Sohn, und wichtige Entscheidungen, was die Familie betrifft, werden nicht ohne mich gemacht. Ich werde mit Ngödup-la und Puntsog-la in Verbindung bleiben.«

Dass sie bei diesen Worten Onkel Dokar nachdrücklich anschaute, konnte jeder sehen. Onkel Dokar griff schnell nach seinem Becher mit Chang.

»Und bedenkt auch, dass das Auge des Gyalpo über diese Familie wacht.« Sie machte eine kleine Verneigung zum Gesandten hin. »Das ist eine sehr große Ehre für uns alle.«

Sie bestätigte noch einmal Tante Puntsog als Haupt des Haushalts und dankte Lama Samten, wieder als kostbarer Lehrer tätig zu sein. Von so überzeugender Autorität war ihr Auftritt, dass auch nicht das leiseste Gemurmel von Widerspruch zu hören war. Der Gesandte hatte Nyimas Rede mit einem anerkennenden Lächeln verfolgt. Nyima widmete auch ihm eine kleine Rede, in der sie ihm für die erfüllte Aufgabe als des Königs Gesandter dankte.

So zufrieden Nyima nach diesem Abend schlafen ging, so bedrückt dachte Lenjam an ihre Zukunft.

»Denk an die Blinden und den Elefanten«, sagte Nyima. »Man muss die Sache von mehreren Seiten sehen. Du wirst einen Mann aus dem inneren Kreis um den Gyalpo haben und eine hochgestellte, wohlhabende Familie. Denk nur, wie wertvoll es ist, unter dem Schutz des Gyalpo zu stehen. Sicher sind alle nett zu dir. Hier wäre es vielleicht nicht leicht mit Onkel Dokar und Pemas heranwachsenden Söhnen. Alle drei sind langweilig wie eh und je, aber man kann ja nicht wissen. Männer drängt es nach Macht. Und du wirst Kinder haben, Lenjam. Amala sagte, es gibt nichts Schöneres als Kinder.«

Lenjam gab sich Mühe, so zu denken. Der Gyalpo hatte sicher einen guten Mann für sie gewählt, und er hatte gesagt, er würde ihr gefallen. Sie würde Freundinnen in der neuen Familie finden, eine gute Amala, Menschen, die sie für ihre Bildung achten würden. Natürlich würde sie bald einen Sohn bekommen. Sie würde zu Tara beten, dass Pala, der jetzt in der Zwischenwelt war, ihre Schoßespforte wählen solle. Jeden Tag würde sie die Anrufung an Tara rezitieren und ihr Mantra ganz oft wiederholen. Und als fromme Schwiegertochter würde sie ganz besonders respektiert werden. Mit der Vorstellung, dass ihr wunderbarer, geliebter Pala seine Wiedergeburt als ihr Sohn wählen würde, schlief sie schließlich ein.

Der Gesandte schickte einen Tag vor ihrer Ankunft zwei Männer los, um, wie es Sitte war, die Ankunft der Braut bei der neuen Familie anzukündigen. Am nächsten Mittag, noch ein paar Stunden vom Anwesen der Familie entfernt, wurde ein Zelt aufgebaut, und die Braut rüstete sich für die Begegnung mit dem Bräutigam und der Familie mit ihrem prachtvollsten Kleid, mehreren feinen Seidenblusen übereinander und allem Schmuck, den sie mitgenommen hatte.

»Wie eine Prinzessin siehst du aus«, sagte Nyima und trat einen Schritt zurück. »Sie werden beeindruckt sein.«

Dieser Gedanke war zumindest beruhigend. Sie war nicht nur irgendeine wohlhabende Braut, sondern die reich ausgestattete und ungewöhnlich gebildete Tochter des bedeutendsten der vier Bezirkshauptmänner des Königreichs, und sie stand unter dem besonderen Schutz des Gyalpo.

Sie erntete Rufe der Bewunderung, als sie aus dem Zelt trat und mit ihrem schweren Aufputz sorgfältig auf ihr Pferd gehoben wurde. Wie es ihr gefiel, bewundert und geachtet zu werden! Nie wieder würde sie als armselige Pilgerin auftreten, schmucklos, in abgetragenen Kleidern, Gesicht und Hände von der Sonne verbrannt.

Ein schwerer, dunkler Himmel hing über dem Fluss und den abgeernteten Ländereien. Kein gutes Omen, dachte Lenjam und wollte es Nyima sagen, hielt jedoch die Worte zurück. Es auszusprechen, würde es schlimmer machen.

Das Anwesen lag am Rand des weit ausgedehnten Tals, umgeben von fruchtbarem Land. Eine große Mauer umschloss mehrere Gebäude und Ställe. Alles atmete Macht, vielleicht geborgt von der Nähe des Dzong, vielleicht angehäuft in der Vergangenheit. Lenjam fühlte sich plötzlich sehr klein.

Eine kleine Gruppe von Reitern kam ihnen im Galopp entgegen, allen voraus eine einzelne Gestalt. Ihr zukünftiger Mann.

Dann kam der Augenblick, in dem sie sich wünschte, tot vom Pferd zu fallen. Sie fiel nicht, sie musste es ertragen. Jede Faser ihres Körpers schrie auf, ihr Herz raste, das Blut rauschte blindwütig, gefangene Gedanken tobten, und in all dem Aufruhr erstarrte sie zu völliger Bewegungslosigkeit.

Kunga! Das war der Mann, den der Gyalpo nichts ahnend für sie ausgesucht hatte.

Er zügelte mit unbewegter Miene sein Pferd, verneigte sich vor ihr wie vor einer Fremden, begrüßte den Gesandten, wechselte höfliche Worte mit ihm, reihte sich neben ihr ein. Sein großes, anmutiges Pferd war unruhig, riss den Kopf hoch, wurde ungeduldig gebändigt.

Die Familie stand vor dem Haupthaus: Vater, Mutter, zwei Schwestern, Onkel, Tanten, Menschen, noch mehr Menschen, verneigen, den Blick brav senken, versuchen zu lächeln, einatmen, ausatmen, zuhören. Sie tastete nach Nyimas Hand, ließ sich führen, musste essen, trinken, tastete immer wieder nach Nyimas Hand. Nein! Nein! Nein!

Die Männer des Königs brachen auf, hatten ihren Auftrag erfüllt. Nyima musste zum Dzong, zum Ngakpa, zu ihrem eigenen, anderen Leben, ließ die Schwester zurück in der Hölle, in einer der eiskalten Höllen, von denen Lama Samten erzählt hatte.

Nichts bewahrte sie vor dem furchtbaren Augenblick, in dem sie am Abend in einem Zimmer mit ihm allein gelassen wurde, dem Mann, dem sie nie, nie wieder hatte begegnen wollen und den sie nun ansehen musste, zitternd vor Widerwillen. Dennoch, es war ein anderer Kunga, den sie im flackernden Licht der Butterlampen sah. Da waren tiefe Falten um den Mund, das Blitzen war aus seinen Augen gewichen, keine Andeutung der unbekümmerten Lebendigkeit in der Haltung, an die sie sich unwillig erinnerte. Er versuchte ein Lächeln, doch es lag keine Freundlichkeit darin.

»Du siehst nicht begeistert aus«, sagte er und fügte, nachdem Lenjams Schweigen bedrückend wurde, hinzu: »Es war die Entscheidung des Gyalpo.«

Lenjam fiel in ihrer Fassungslosigkeit keine Erwiderung ein.

»Setz dich doch«, sagte er. »Du wirst müde sein.«

Sie setzte sich, fühlte sich hölzern, gefangen in Verwirrung. Nein, das war nicht der Kunga, an den sie sich erinnerte. Kaum wagte sie sich zu fragen, ob ihre Rache gewirkt hatte. Doch die Gedanken kamen, überfielen sie mit der Erkenntnis, dass sie immer nur an ihr schlechtes Karma, an ihre Schuld gedacht hatte. Was hatte sie getan?

»Gibt es einen anderen, den du jetzt nicht haben kannst?«, fragte er nach einer langen Pause.

Lenjam schüttelte den Kopf.

»Damals«, sagte er zögernd, »musste ich mit dem Gyalpo abreisen. Das verstehst du doch?«

So einfach war es für ihn. Aber war es nicht immer so einfach für die Männer? Es musste wohl so sein, wenn sie an die Frauengespräche daheim in der Küche oder im Nomadenzelt oder am Fluss dachte.

»Jede Ziege, jedes Schaf hätte es verstanden«, sagte sie schließlich. »Nur dass ich keine Ziege und kein Schaf bin, auch wenn du dich so verhalten hast, als wäre ich das.«

Kunga schüttelte schweigend seine Chuba von der Schulter, lässig, als einer, der zu Hause ist und tut, was er immer tut um diese Zeit. Als sei dies keine besondere Begebenheit. Ein Traum, sagte sich Lenjam, es ist nur ein Traum, das Leben ist ein Traum. Irgendwann werde ich aufwachen, dann ist alles vorbei, alles normal. Nur ein Traum.

Die Mutter, zwei Tanten und Kungas jüngere Schwester Gawa kamen ins Zimmer, lösten Lenjams Kopfputz, nahmen ihr die beeindruckende Menge von Schmuck ab und verwöhnten sie mit netten Worten wie »Was für eine schöne Braut du bist« und »Da hat unser Kunga aber Glück gehabt«. Eingesponnen in ihren Entschluss, diese Entsetzlichkeit als Traum zu sehen, nahm Lenjam die fremden Frauen kaum wahr. Sie träumte, dass ihr alle eine gute Nacht wünschten, dass sie ihr Kleid auszog und sich in Unterrock und Unterbluse steif ausgestreckt auf das Bettpolster legte, ohne die Felldecke über sich zu ziehen, und sie hörte sich sagen in diesem schrecklichen Traum: »Ich bin wie gesagt keine Ziege und kein Schaf, aber tu meinetwegen, was Ziegenböcke und Schafböcke tun, wie du es gewöhnt bist. Muss ja wohl sein.«

Sie kniff die Lider zusammen. Hatte der Zauber gewirkt oder nicht? Wenn nicht – es würde schnell vorbeigehen, diesmal ohne das empörte Erschrecken, ohne besondere Schmerzen, wenn auch weit entfernt vom Vergnügen, von dem in der Küche und in den Zelten der Nomaden mit so fröhlicher Anzüglichkeit die Rede gewesen war.

Kunga setzte sich an den Rand der Bettpolster. »Halt wenigstens den Mund«, murmelte er.

Mit einer schnellen, entschiedenen Geste zog sie die Decke über sich und rezitierte leise:

»Ich verneige mich ehrerbietig vor dem Buddha
und all jenen, die der Huldigung würdig sind.
In früheren Leben muss ich wohl anderen
Leid zugefügt haben.
Darum ist es richtig, dass jetzt mir Leid zugefügt wird
durch andere.«

»Halt den Mund!«, fuhr Kunga sie an, legte sich an den äußersten Rand der Polster, rollte sich mit wütenden, ausholenden Bewegungen in seine Felldecke und rührte sich nicht mehr. Lenjam wartete lange, bis sie sich sicher fühlte, dann ließ sie zu, dass sich ihre verkrampften Muskeln lösten und sie in erschöpften Schlaf floss wie tauendes Eis.

Der nächste Tag begann wortlos. Kunga verschwand eilig aus dem gemeinsamen Zimmer. Lenjam hatte sich mit der Familie bekannt zu machen, die von nun an ihre Familie sein sollte. Sie wurde freundlich aufgenommen, und es war vor allem Gawa, ein heiteres, sorgloses Mädchen, nur wenig jünger als Lenjam, die dem neuen Familienmitglied half, ihren Platz unter den anderen leitenden Frauen zu finden.

Kunga hatte sich offenbar entschlossen, ihr auszuweichen, wann immer es möglich war.

An einem der nächsten Abende, als er sich wieder wortlos neben ihr in sein Fell wickelte, fragte sie: »Redest du nicht mit mir?«

»Wozu?«, brummte er.

»Ich bin jetzt deine Frau.«

»Unfreiwillig. Na und?«

»Keine Ziege, kein Schaf, aber ein fühlendes Wesen.«

Er drehte sich zu ihr um, rückte jedoch nicht näher. »Es war die Entscheidung des Gyalpo«, knurrte er. »Nicht meine.«

Was sollte sie dazu sagen? Es war über ihre Köpfe hinweg entschieden worden. So ist Karma, dachte sie. Ursache und Wirkung. Nichts geschieht ohne Ursache, und die Wirkung wird wieder Ursache für weitere Wirkung. So hatte es Lama Samten erklärt. Die Frage ist, wie wir mit der Wirkung umgehen und wie das dann zu neuer Ursache wird. Sie würde darüber mehr nachdenken müssen.

»Aber jetzt ist es, wie es ist«, sagte sie. »Deine Eltern erwarten einen Sohn von mir.«

Sie hörte Kungas Atem schneller gehen. Plötzlich richtete er sich leise fluchend auf. »Sei einfach still! Ich kann nicht! Verstehst du? Ich! Kann! Nicht! Und wenn du das irgendjemandem verrätst, bring ich dich um.«

Also hatte der Zauber gewirkt. Eine Welle von Übelkeit stieg in Lenjam hoch. Hatte sie das wirklich gewollt? Es waren doch immer nur Gedanken gewesen. Gedanken ihrer Wut, ihrer Rache. Doch dies war etwas anderes, es war würgende Wirklichkeit. Ihre Tat schlug zurück. Sie würde kein Kind haben. Keinen Sohn, die Garantie für das Glück und Wohlergehen aller Schwiegertöchter.

Die Hälfte der Wurzel hatte genügt. Würde es helfen, die Wurzel wieder auszugraben? Aber sie wusste längst, dass es nicht um die Wurzel ging, es ging um den Fluch. Den konnte sie nicht ausgraben.

Kunga ließ sich zurückfallen. »Also, kein Wort davon!«

Der schlimme Traum hörte nicht auf. Sie war in ihm gefangen. Er würde nie aufhören.

»Ich möchte, dass du mein Pferd holen lässt«, sagte sie in die harte Kälte hinein. »Es ist noch im Kloster des Yangsi Rinpoche beim Ngakpa.«

Im Winter saß die große Familie häufig zusammen, und es wurden viele Geschichten erzählt und wieder erzählt. Gelegentlich kamen Freunde oder Besucher auf dem Weg zum Gyalpo, stets eine Gelegenheit zum Feiern. Kunga war selten zu Hause. Um den Schein vor der Familie zu wahren, sprachen sie über alles Nötige in sachlicher Weise. In den Nächten, in denen er nicht da war, schlief sie gut. Wenn er neben ihr lag, war sie oft lange wach und dachte über Karma nach. Die Vergangenheit wurde nach der ersten Nacht nicht mehr erwähnt.

Gawa betrachtete Lenjam als ältere Schwester, bewunderte sie, war ihre Gefährtin und ebnete ihr den Weg in die Zuneigung der Familie. Jetzt war Lenjam die Besondere, die lesen und schreiben konnte und über ein heiliges Wissen verfügte, mit dem sie allen anderen in der Familie überlegen war. So zumindest sah es Gawa, und sie hielt nicht zurück mit ihrer Begeisterung.

»Du könntest auch lesen lernen«, sagte Lenjam eines Tages. »Möchtest du das?«

Sie glaube nicht, dass sie das könne, wehrte Gawa ab, doch Lenjam überredete sie, es wenigstens zu versuchen. Die Mönche im Dzong, die sich um die Rituale kümmerten und gelegentlich Lesungen der heiligen Bücher veranstalteten, verfügten über eine gute Bibliothek, und bald hatte Lenjam durchgesetzt, dass einige Bücher, darunter auch das Buch der *Anleitungen,* entliehen wurden. Als Kunga mit seinem Vater und einer großen Gruppe Männer losritt, um die Frühjahrskarawane aus China zu treffen und Geschäfte zu machen, bat Lenjam, ihr anstatt anderer Kostbarkeiten lieber Reispapier, Tusche und Schreibwerkzeug mitzubringen.

Es war eine ehrenvolle Aufgabe, Gawa die Kunst des Lesens zu lehren, und es ging dabei viel heiterer zu als in Lama Samtens Unterricht. Auf einem mit Asche bestrichenen Brett lernte Gawa bald, ihren Namen zu schreiben, und es war ihr ein großes Vergnügen, nach und nach den Namen jedes Familienmitglieds aufzuschreiben und ihn dann unter großem Applaus herumzureichen. Als Gawa lernte, Kungas Namen zu kopieren, bis sie ihn frei schreiben konnte, begann sie von ihrem Bruder zu erzählen, wie freundlich er sie behandelt hatte, als sie ein Kind war. Ein lustiger und verwegener junger Mann sei er gewesen und alle Mädchen hätten ihn unwiderstehlich gefunden.

»Doch dann hat er sich plötzlich verändert«, sagte sie bekümmert. »Er wurde so gereizt und unfreundlich. Wir dachten alle, es ist doch gar nichts gewesen, es gab keine Schwierigkeiten, alles war in Ordnung. Wir haben uns große Sorgen um ihn gemacht. Unser Pala hat Ärzte geholt, aber die konnten ihm auch nicht helfen. Schließlich war sogar der Gyalpo besorgt. Es war seine Idee, dass Kunga eine Frau brauche. Aber wie du siehst, hat auch das nichts genützt. Ich glaube, ihn bedrückt etwas, aber er sagt immer, da ist nichts.«

In Lenjam brach das Gefühl einer Art von Normalität, das sich in den vergangenen Monden aufgebaut hatte, zusammen. Dass das Böse, was sie getan hatte, das Wohlergehen der gesamten Familie betraf, war ihr noch nie in den Sinn gekommen.

Gawa betrachtete seufzend ihr Werk. »So einen schönen Namen hat er. Kunga, *Allumfassende Freude*. Ich sage jeden Abend Mani-Mantras für ihn. Was kann man sonst tun?«

Einige Male kam Kungas Schwester Pema mit ihrem Mann und ihren vier kleinen Kindern zu Besuch. Dann schliefen Pema und Gawa und die Kleinen mit Lenjam im Zimmer und Kunga mit der übrigen Familie im gemeinsamen Schlafraum. Es waren wohltuende, sanfte Abende, in denen den Kindern Märchen erzählt wurden und die jungen Frauen sich vertraulich miteinander in den Schlaf plauderten.

Dann fragte Pema: »Noch kein Kind in Aussicht?«

Und Lenjam wiegte den Kopf und antwortete: »Ich war schon immer in allem langsam. Aber ich bete darum.«

15

Wieder einmal war Kunga lange unterwegs gewesen, hatte gute Geschäfte für die Familie in China gemacht. Wie immer hatte er sich schweigend auf seine Polster gelegt und Lenjam den Rücken zugekehrt.

»Ich muss dir etwas sagen«, flüsterte sie.

»Und ich will schlafen«, erwiderte er mürrisch.

»Meinst du, es macht mir Spaß, mit dir zu reden? Aber es ist wichtig.«

»Gib Ruhe!«

Der unterdrückte Zorn in seiner Stimme machte ihr Angst. Sie durfte es nicht so weit kommen lassen, dass er sie schlug.

Die Nacht war lang.

»Kunga, sie sagen, es liegt an mir, dass ich kein Kind bekomme«, waren ihre ersten Worte, nachdem er aufgewacht war. »Deine Mutter hat gesagt, nach nunmehr fast drei Jahren würde man sich schon wundern. Sie hat einen Amchi bestellt.«

Kunga sprang auf und zog seine Chuba an.

»Musst du mir unbedingt den Tag verderben?«

Sie hatte kaum geschlafen, war nur manchmal in böse Träume geglitten, in denen sie sich vor etwas fürchtete.

Man habe Gebete gesprochen und allen Geistern viele Opfer gegeben, also müsse wohl etwas mit Lenjam nicht in Ordnung sein, hatte Dölma-Ama in der Küche gesagt, und die Tanten hatten eifrig genickt. Als gehörten nicht zwei dazu, ein Kind zu machen.

»Mir wurden schon viele Tage und Nächte damit verdorben, dass ich nicht sagen darf, an wem es tatsächlich liegt, dass ich nicht schwanger werde«, sagte Lenjam wütend. »Das Beste wäre, ich würde wieder nach Hause gehen. Unfruchtbare Frauen schickt man heim, das ist doch so.«

In Kungas Zügen lag Gewitter. »Kommt nicht in Frage. Glaubst du, ich lass mir noch mal eine Frau aufdrängen? Soll der Amchi dir seine Pillen geben. Du musst sie ja nicht nehmen.«

Ohne ihr Zeit zu einer Antwort zu lassen, verließ er den Raum. Wie hatte sie dieses Zimmer hassen gelernt. Hier wurde das Geheimnis gehütet, in diesem Raum voll verrottendem Gedankenabfall. Wäre sie nur nie zum Bönpa gegangen! Hätte sie nur nie Kunga kennengelernt! Oder lag die Ursache in ihrer Begehrlichkeit? Aber es hätte sich ja alles anders entwickeln können, so, wie sie es sich vorgestellt hatte. Es lag an Kunga. Hätte er sich damals wie ein anständiger Mann verhalten. Was für ein glückliches Leben hätten sie haben können. Nun hatten sie beide ein unglückliches Leben.

Die Lehren sagten, es gehe darum, was man selbst tat, nicht was andere taten. Um die eigene Entscheidung. Was hätte sie tun sollen? Pala von Kungas schlechtem Verhalten berichten? Er hätte sie verachtet. Vielleicht hätte er Kunga gezwungen, sie zur Frau zu nehmen. Vielleicht hätte der Gyalpo davon erfahren. Doch nie wäre Kunga der Gegenstand der Verachtung gewesen. Immer nur sie, die dumme Lenjam, die hinter den Männern her war.

Die Frauen mussten den Männern mit schlaueren Mitteln als Gewalt beikommen, hatte sie die Frauen zu Hause in der Küche und bei den Nomaden sagen hören. Genau das hatte sie getan, jedoch …

Sie war wütend auf Kunga. Mit gutem Grund, jawohl, trotz allem mit gutem Grund. Er war ein schlechter Mensch. Er war der Gegenstand ihrer Verachtung.

Es wäre besser für mich, verbrannt zu werden,
besser, dass man mir den Kopf abschlüge,
als dass ich den allgegenwärtigen
negativen Neigungen nachgebe.

Oh, immer diese Verse, seufzte Lenjam. Immer wurde sie an ihr Karma erinnert.

Sie nahm sich vor, nicht wütend auf Kunga zu sein. So gut es eben ging. Es gelang ihr, sich gleichmütig zu verhalten, auch wenn sie sich nicht gleichmütig fühlte. Bis Dölma-Ama ihr verkündete, sie habe eine Zauberin eingeladen, die Lenjam zur Fruchtbarkeit verhelfen solle. Dies war der Augenblick, in dem jegliche Gelassenheit zusammenbrach.

»Warum muss es unbedingt an mir liegen?«, sagte sie. »Es gehören zwei dazu, ein Kind zu machen.«

Dölma-Ama sah sie misstrauisch an. Sollte sie sich doch ihre Gedanken machen. Ohne irgendjemanden anzuschauen, rannte Lenjam an den Tanten vorbei aus der Küche zum Pferch, wo ihre treue Drala wartete, und galoppierte mit ihr an den Feldern vorbei hinaus in die weite Ebene, den Fluss entlang auf die fernen Berge zu am Ende des Tals. Was lag hinter den Bergen? Gab es irgendwo einen Ort der Freiheit für sie?

Drala freute sich über den wilden Ritt, griff weit aus, ihre Muskeln tanzten, sprachen zu Lenjam von der Freude am Lebendigsein, vom kühlen Wind in den Nüstern, von der Lust, die Hufe in den Boden zu schlagen, vom Glück der Weite. Diese Sprache war Lenjam vertraut, sie begann ihr zuzuhören, vergaß ihre unglücklichen Gedanken, konnte lachen und fröhliche Schreie in den Wind werfen, weil sie so herrlich eins waren, sie und Drala und die verlässliche Erde und der endlose Himmel.

Der Streit zwischen Kunga und seiner Mutter tobte am frühen Morgen durch das ganze Haus, ergriff alle Tanten und den Vater und die Onkel, obwohl die Männer sich gern rausgehalten hätten, doch wer hätte dem Wortgewitter der Frauen entkommen können?

»Du schleppst keine Zauberin in dieses Haus!«, schrie Kunga, und Lenjam sah einen wilden Yak, der sich, bereit zum mörderischen Angriff, mit gesenkten Hörnern in den Boden stemmte. Es befriedigte sie, nunmehr Zuschauerin im Kampf zu sein, nicht mehr die Bekämpfte. Zu ihrer Verwunderung empfand sie zugleich ein wenig Anteilnahme, als sie Kunga auf seinem verlorenen Posten sah, so tief verstrickt in die Angst vor dem öffentlichen Verlust dessen, was er für seine Mannesehre hielt.

»Es ist noch immer kein Enkelkind in diesem Haus!«, schrie seine Mutter zurück. »Dein Bruder ist im Kloster. Du hast eine Verpflichtung deiner Familie gegenüber! Wenn die Zauberin sagt, dass deine Frau unfruchtbar ist, suchen wir eine andere.«

Kungas Vater stellte seine Schale Tee ab und schlug mit der Faust auf das Tischchen vor sich. »Schluss jetzt! Setzt euch, beide! Die Zauberin wird uns Auskunft geben. Vielleicht stehen böse Geister im Weg. Wir können von den Mönchen Rituale machen lassen. Dann werden wir weitersehen.«

Kunga stürmte davon. Lenjam ging ihm langsam nach, nicht, weil es ihr Bedürfnis war, sondern weil man es von ihr erwartete. Ein zäher Sumpf von Erwartung lauerte ständig um sie, wohin sie sich auch wandte. Die Tanten schienen kein anderes Thema mehr zu haben, die Mädchen und Jungen im Haus tuschelten angeregt. Die vermehrten Anrufungen der Schutzgottheit des Hauses und die besonders reichen Gaben für die Küchengötter waren erfolglos geblieben. Die Amala hatte einen Auftrag für Pujas an das Kloster gegeben, mit einer ausgiebigen Spende, die ihre Bitte um einen Enkelsohn unterstützen sollte.

Allen Einwänden Kungas zum Trotz bestellte Dölma-Ama, ohne jemanden davon zu unterrichten, die Zauberin einige Tage später ein. Auf einem Maultier ritt sie in den Hof, begleitet von einem riesigen Mann mit sanften, kindlichen Zügen. Geschwind baute der Mann ein großes, leichtes Zelt auf, und als der größte Teil der Familie von der Feldarbeit zurückkam, hatte sich die Zauberin, von einer der Mägde aus einem großen Krug mit reichlich Schnaps bedient, bereits mit ihrer großen Trommel und allen möglichen Ritualgegenständen darin eingerichtet und wartete.

Kunga hatte keine Möglichkeit zu entkommen. Mürrisch ließ er sich in das Zelt schieben und musste sich neben Lenjam setzen, alle Erwachsenen der Familie drängten sich ebenfalls hinein. Lenjams Herz klopfte immer heftiger. Es hieß, dass manche Zauberinnen und Zauberer böse Geister vertreiben und manchmal auch Krankheiten heilen konnten. Doch was würde dieses wilde, struppige Weib, das behängt war mit Schutzzeichen und Gegenständen der Macht, zutage fördern? Würden die Geister ihr von Lenjams Tat berichten? Sie schwitzte, versuchte von Kunga abzurücken. Doch da war überall nur Enge, neben ihr, hinter ihr, und vor ihr die über alle Maßen beunruhigende Zauberin. Gewiss würde Tara stärker sein. Rufe Tara und sie wird dich beschützen, hatte die alte Mola gesagt. Das wollte sie unbedingt glauben, und sie begann augenblicklich, im Stillen Taras Mantra zu wiederholen.

Die Zauberin ging mit stampfenden Schritten hin und her, trommelte, murmelte, trommelte, murmelte. Die Tanten schwatzten ein wenig. Jemand schnarchte. Lenjam vergaß immer wieder das Mantra, die Gedanken wanderten blind in verstörende Traumwelten hinein. Warum dauerte es nur so lange?

Niemand war darauf gefasst, als die Zauberin plötzlich auf Kunga zuschoss und die Trommel über ihm schwenkte. Lenjam duckte sich. Der Dämon ihrer bösen Tat war aus ihr herausgebrochen und bedrohte sie mit rollenden Augen und langen, gelben Zähnen. Ein Stöhnen, ein Fauchen, die Trommel hämmerte auf sie ein, riss sie in Stücke. Tara, hilf mir! Sie musste unbedingt das Mantra rufen, doch es wollte ihr nicht einfallen, wilde Gedanken rasten in Panik herum, fanden keinen Ausgang. Sie sank, sie fiel, wollte sich irgendwo festhalten, doch es gab nur noch das Fallen.

Eine energische Hand packte sie, schüttelte sie, riss sie zurück aus der Tiefe. Kungas Gesicht war ganz nah.

»He, komm schon!« Sein ungeduldiger Ausruf hallte laut in ihrem Kopf.

Die Zauberin trommelte nicht mehr. Wo war sie?

Alle waren schon aufgestanden und drängten aus dem Zelt. Gawa und die Tanten stützten sie, brachten sie hinaus. Oh, es war herrlich, die kalte, klare Luft einzuatmen.

Was war geschehen? Gar nicht schnell genug konnte sie die Tanten abschütteln, ihnen versichern, dass es ihr gut gehe. Sie wollte Gawa befragen, was sich im Zelt abgespielt hatte. Aber sie musste sich lange gedulden, bis sie mit Gawa allein sein konnte.

»Die Zauberin hat gesagt, ein Fluch liege auf Kunga«, berichtete Gawa, »aber der Fluch komme von einem mächtigen Zauberer. Gegen den könne sie nichts ausrichten. Amala ist wütend auf Kunga. Das hätte er davon, hat sie gesagt. Natürlich wissen alle, dass er ein Weiberheld ist, ich meine, war. In den letzten Jahren wohl weniger. Aber wer wäre denn auf die Idee gekommen, dass ihm jemand so etwas anhexen würde? Das hat man doch noch nie gehört.«

»War ich lange weg?«

»Wir haben es erst bemerkt, als die Zauberin fertig war. Du hättest hören sollen, wie sie herumgefaucht hat. Das konnte einem wirklich Angst machen. Amala ist auch deshalb wütend, weil alles umsonst war.«

»Es war nicht umsonst«, fuhr Lenjam auf. »Jetzt können sie wenigstens nicht mehr sagen, es liege an mir.«

Gawa kicherte ein wenig. »Sag das Amala! Die ist außer sich.«

Dölma-Ama erwähnte nie mehr ihren Wunsch nach einem Enkelkind. Doch es sprach sich herum, dass sie Erkundigungen nach mächtigen Zauberern einzog.

»Da wird sie lang suchen müssen«, sagte Gawa. »Kein Zauberer will doch seinen Ruf schädigen mit einem Fluch, der vielleicht stärker ist als er.«

Kunga war, wann immer möglich, mit den anderen Männern des Gyalpo unterwegs. Lenjam verließ das kleine Zimmer und schlief bei der Familie, und Dölma-Ama hatte nichts einzuwenden. Gleichmäßige Ruhe kehrte in den Haushalt ein.

Lenjam ließ sich vom Strom des Familienlebens mittreiben, arbeitete bereitwillig und zu Dölma-Amas Zufriedenheit, und manchmal vergaß sie sogar, unter welch unerfreulichen Umständen sie in diese unausweichliche Lage geraten war. Sie konnte lachen und sich mit Gawa und den anderen Mädchen vergnügen, die ihr schnelles Mundwerk bewunderten. Doch nachts quälte sie immer wieder die Frage, wie ihr Leben mit Kunga und dem Fluch weitergehen solle.

Es war später Frühling, die Tage waren herrlich warm, und bald würde ein hoher Meister kommen und auf Bitten des Gyalpo Einweihungen und Belehrungen geben. Viele Leute aus dem ganzen Distrikt würden herbeireisen, natürlich würde auch Kungas Familie dabei sein. Man würde viele Mantras sagen und damit Verdienste erwerben, und man würde feiern und fröhlich sein. Diese seltene Freude, beschloss Lenjam, würde sie sich durch nichts verderben lassen.

Die Überraschung hätte nicht größer sein können. Der Meister, der mit seinem Gefolge auf dem weiten Gelände zu Füßen des Dzong kampierte, war zu Lenjams unbeschreiblichem Glück der besondere Schüler des Ngakpas, der wunderschöne, strahlende junge Tulku, das lebendige Bild einer Sehnsucht, für die sie keinen Namen hatte. Mit Kungas Familie stand sie bei den Edelleuten des Gyalpo am Kopf der endlosen Reihe der Wartenden, hatte die lange, weiße

Kata aus feinster Seide in der Hand, die sie ihm entgegenhalten würde, wenn er vorbeiritt. Selbst aus der Entfernung gab es für sie keinen Zweifel, wer da kam, denn da war sein unverkennbares Strahlen, und nichts hätte die Tränen der Glückseligkeit aufhalten können, die sie unbekümmert fließen ließ.

Er ritt vorbei, und sie murmelte, von niemandem gehört im allgemeinen Jubel: »Mein Rinpoche, Rinpoche, Rinpoche!«

Es gab einen Augenblick, in dem er sie sah zwischen all den anderen, ihren Blick festhielt, ihr zulächelte, nickte.

Fast übersah sie den Ngakpa, der neben dem Tulku ritt, und Nyima, die ihm folgte. Taumelnd vor Glück winkte sie der Schwester zu, und Nyima ritt aus der Reihe, rutschte vom Pferd, drückte die Zügel einem Begleiter in die Hand und stürzte auf Lenjam zu. Sie zogen sich zurück aus der Menge der Grüßenden, fielen einander in die Arme, lachend, weinend.

Nyimas Worte überschlugen sich: »Mit jedem Schritt, den das Pferd machte, dachte ich, näher zu meiner Lenjam! Und da bist du, ist das eine Freude, da bist du!«

Bald musste Nyima wieder ihren Platz hinter dem Ngakpa einnehmen, um bei den offiziellen Begrüßungsritualen beim Gyalpo anwesend zu sein. Kungas Familie hatte ein großes, prächtiges Zelt aufgestellt, denn der Tulku würde zwar im Dzong wohnen, aber mehrere Tage Pujas halten und Belehrungen geben. Maultierladungen mit Geschenken für den Tulku hatte die Familie mitgebracht, denn es war eine günstige Gelegenheit, viele Verdienste durch großzügiges Geben zu sammeln. Zu Beginn der großen Puja wurden die Geschenke jeder Familie vorgeführt und ein jedes einzelne laut verkündet. Lenjam und Gawa drückten einander die Hände, ihre Familie stand gut da. Dölma-Ama und der Vater, die Tanten und Onkel wirkten satt von Zufriedenheit.

Großzügigkeit ist die Treppe zu den Oberen Bereichen, hatte Lama Samten gesagt, sodass man im Bereich der Halbgötter oder bei den Göttern im lustvollen Himmel wiedergeboren werden konnte. Oder gar wieder im Menschenbereich, dem einzigen, in dem man sich wirkungsvoll um die Befreiung bemühen konnte. Lenjam hatte einige ihrer Schmuckstücke gegen eine Rolle feinen Brokats getauscht und diese zu den Geschenken hinzugefügt. Dölma-Ama hatte sehr wohlwollend genickt.

Doch diese Gedanken zogen nur leise im Hintergrund ihrer Freude dahin. An beiden Seiten des riesigen, vorn offenen Zeltes waren Ehrenplätze für die Männer des Gyalpo und ihre Familien eingerichtet worden, und von dort aus konnte sie den Tulku auf seinem Thron gut sehen. Keinen der glücklichen Augenblicke wollte sie versäumen, in denen sie in sein Strahlen eintauchen, seine Schönheit trinken, seinen klaren Blick fühlen, sein Lächeln schmecken konnte. Gawas aufgeregtes Geflüster erreichte sie kaum. Selbst Kungas Anwesenheit konnte ihre Freude nicht beeinträchtigen. Kein Leiden! Gewiss, es gab die Erinnerung an Leiden, doch jetzt gab es kein Leiden, nicht, wenn der Tulku so nah war.

Wie die mitfühlenden Kinder Buddhas
werde ich geduldig annehmen, was ich zu tun habe,
denn wenn ich mich nicht Tag und Nacht anstrenge,
wie sollte mein Unglück je ein Ende haben?

Aber ich strenge mich gar nicht an, dachte Lenjam. Ich freue mich. Mein Glück ist da, wo der Tulku ist.

Nach der Puja und dem Segen, den alle von der Hand des Tulkus empfangen durften, trieb das große Glück sie weg von der Menge ins raue, steinige Gelände um die Anhöhe des Dzong. Sie wollte nachdenken, doch die Gedanken fanden keinen Halt. Es würde etwas geschehen müssen, so konnte sie nicht weiterleben. Diese Art von Leben war nutzlos. Dass der Tulku hierhergekommen war, musste ein Zeichen sein. Aber wofür?

Sie hatte die Frau nicht näher kommen sehen, war zu sehr mit sich beschäftigt gewesen. Doch da stand sie fast schon vor ihr, eine noch junge Frau in einem leuchtenden, zartgrünen Kleid. Eine Prinzessin vielleicht? Gab es im Dzong Prinzessinnen? Die langen schwarzen Haare trug sie offen und ohne Schmuck, das war ungewöhnlich.

»Es ist schwer, Entscheidungen zu treffen, nicht wahr?«, sagte die Frau und ging neben Lenjam her. Wusste diese fremde Frau, was in Lenjam vor sich ging? Wie sollte sie das wissen? Und etwas war mit diesem Gesicht, diesen Augen. Lenjam schüttelte den Kopf, denn es konnte nicht sein, dass diese Augen keine Farbe hatten. Hatte die Sonne die Farbe gelöscht und sie durch reine Sonne ersetzt? Nyimas Augen waren dunkel mit ein paar goldenen Sprenkeln darin, das war auch ungewöhnlich, doch die Augen dieser Frau hatten so gut wie keine Farbe. Stattdessen waren sie erfüllt von endloser Weite und Licht.

»Ich weiß nicht«, sagte Lenjam. »Ich glaube, es muss etwas geschehen.«

Die junge Frau lachte leise, es klang, als würde Wasser über kleine Steine springen. »Es geschieht schon, kleine Prinzessin. Werde seine Schülerin. Das ist es doch, was du willst. Ist es nicht so?«

Lenjam nickte. Es war ein ganz unglaublicher Gedanke, aber ja, das wollte sie. Was könnte sie sonst wollen? Zurückzukehren in das Haus ihrer neuen Familie war völlig undenkbar, nicht jetzt, nicht nach der Begegnung mit dem Tulku. Dort gehörte sie nicht hin. Hatte sie nicht drei Jahre lang gewartet, dass etwas geschehen möge? Jetzt geschah es, in diesem Augenblick. Diese Frau hatte es gesagt. Es geschieht.

»Kann ich das?«, fragte sie und hob den Blick. Die Frau war nicht mehr an ihrer Seite. Lenjam blieb stehen und schaute nach allen Richtungen. Die Frau war verschwunden. War sie zu den Zelten gegangen? Doch die Zelte waren viel zu weit entfernt. Verwirrt kehrte Lenjam um. So lange konnte sie doch nicht nachgedacht haben. Oder doch?

Plötzlich gaben ihre Knie nach, und sie setzte sich hart auf den Boden, in einer veränderten Welt. Alles schien aus Licht zu bestehen, ein strahlendes Ineinander von Regenbogen und darin eine Tiefe, die ihr jeden Gedanken raubte. Lange saß sie so da, aufgesogen von dem, was sie sah.

Irgendwann war sie im Zelt der Familie, wechselte ein paar Worte mit Gawa, vergaß sogleich, worüber, legte sich schlafen und nahm die Lichter mit in den Traum.

Morgens erwachte sie mit der glühenden Sehnsucht, den Tulku zu sehen. Bald begann die Guru-Rinpoche-Einweihung, und sie war eine der Ersten, die so weit wie möglich nach vorn drängten.

Und dann kam er, und sie sah ihn, die Quelle ihres Glücks.

Sie würde die Schülerin des Tulkus werden, allen Schwierigkeiten zum Trotz. Das bestätigten die durchdringenden Töne der Trompeten, das grelle Scheppern der Becken, die erschütternden Schläge der Trommeln, das tiefe Röhren der langen Tuben. Alles Leiden im jetzigen und in früheren

Leben hatte nur dazu gedient, sie zu diesem Punkt zu bringen, an dem sie den Entschluss fassen konnte, ihrem Lehrer zu folgen. Nichts und niemand würde sie davon abbringen können.

Mönche gingen durch die Reihen im Zelt und durch die Menge der Besucher, die dicht gedrängt vor dem Zelt saßen, und verteilten aus einem Kännchen Amrita, Segenströpfchen, in die hochgehaltenen Hände. Lenjam leckte ihre Handfläche ab, strich den Rest über die Haare und konnte nichts anderes denken als dass sein klarer Blick, sein mitfühlendes Lächeln, sein Strahlen der Glückseligkeit in diesem Amrita war, alles in ihrer Hand.

Vielleicht war die Zeit lang, vielleicht kurz, für Lenjam war sie das unendliche, vibrierende Jetzt, und als plötzlich alle aufstanden, erkannte sie, dass der Tulku seinen Thron verlassen hatte. Doch sein Leuchten war noch da. Sie ließ sich von der Menge nach draußen treiben, traf dabei auf Gawa, deren beunruhigter Blick sie erkennen ließ, dass sie schwankte, über Polster stolperte, in der Luft nach Halt griff, und sie lachte und hielt sich an der kleinen Schwester fest.

»Ich bin betrunken von Amrita«, sagte sie in Gawas Ohr, und kichernd drückten sie sich aus dem Zelt.

Die Zelte schwammen im Licht, weit überragt vom Dzong, der nichts anderes war als ein schwebender Berg aus Licht. Mit ein wenig Verwunderung schaute Lenjam über die wogenden leuchtenden Köpfe der Menschen, und ihre eigene durchdringende Heiterkeit war so natürlich wie der helle Tag. Wie ein Stein war sie, ruhend im Bett eines flachen, kristallhellen Flusses, von Fließen umgeben. Sie sah einen jungen Mann mit einem alten Gesicht, altes Karma hinter der Oberfläche der Jugend, trauriger alter Mann. Er lachte zu jemandem hin, doch es war ein ungeduldiges Lachen, als sitze in ihm ein großes, dunkles Warten. Worauf?

Sie war dabei, sich abzuwenden, als ihr bewusst wurde, dass es Kunga war, den sie sah. Das Licht verging zu gewöhnlichem Sonnenlicht, der Dzong erhob sich einschüchternd über der Zeltstadt, ihre Heiterkeit schmolz bis auf den Bodensatz der Gewöhnlichkeit. Bevor die Familie sich um sie schließen konnte, ließ sie Gawa stehen und schob sich zwischen all dem lachenden, grüßenden, plaudernden Leben hindurch zur Rückseite des Schreinzeltes. Denn sie musste Nyima finden, nur Nyima konnte ihr helfen, den Entschluss zu verwirklichen, den die fremde Frau in ihr freigesetzt hatte. Sie wollte, musste die Schülerin des Tulkus werden, nicht irgendwann, nein, jetzt gleich, sofort. Sie musste ihn sehen, musste ihn bitten, ihn überzeugen. Sie wollte es so sehr, dass sie nicht bereit war, sich auf eine Erwägung möglicher, wenn nicht gar wahrscheinlicher Hindernisse einzulassen. Sie wollte es. Unbedingt.

An der Rückseite des Schreinzeltes war ein verhängter Zugang, Stimmen dahinter, ein Mönch kam heraus. Schnell trat Lenjam auf ihn zu und fragte flüsternd: »Ist der verehrte Ngakpa im Zelt? Und seine Sangyum?«

»Der Ngakpa, ja, die Sangyum, nein«, war die Antwort.

Lenjam beschloss, sich in die Nähe des Eingangs zu setzen und zu warten. Irgendwann würde Nyima auftauchen. Oder der Ngakpa würde herauskommen, und sie würde ihn um Hilfe bitten, das würde sie wagen. Ja, das würde sie wagen.

Sie saß ohne Ungeduld, ruhend in ihrem Entschluss. Der Mönch kam zurück, warf ihr einen gleichgültigen Blick zu und verschwand im Zelt. Weitere Mönche gingen aus und ein, Mahlzeiten wurden aus dem Küchenzelt herbeigebracht. Wenn nötig, würde sie bis zur Nacht warten, dachte sie. Etwas würde geschehen. Das Richtige würde geschehen. Es konnte gar nicht anders sein.

Wieder bewegte sich der Zeltvorhang. Der Ngakpa trat heraus. Lenjam war, als würde sie ergriffen, hochgehoben, dem Ngakpa vor die Füße getragen. Eilig vollzog sie drei Niederwerfungen, blieb gebückt stehen und sagte in den Blusenärmel, den sie höflich vor den Mund hielt:

»Verehrter Ngakpa, Lama-la, bitte, helft mir. Ich muss die Schülerin des Tulkus werden. Ich muss!«

Sie hob ein wenig den Kopf. Es war unbedingt nötig, dass sie seine Augen sah, obwohl man das natürlich bei hohen Personen nicht tat, schon gar nicht öffentlich. Der Ngakpa schaute lange auf sie hinunter, schien in ihre Gedanken hineinzuschlüpfen, tiefer noch, in ihr Karma, in ihre Fähigkeiten, ihre Möglichkeiten. Gänsehaut überzog Lenjam in der warmen Sonne.

»Aha, du musst«, sagte er schließlich.

»Ja«, sagte Lenjam, fast stimmlos vor Aufregung. »Die fremde Frau hat es gesagt.«

»Eine fremde Frau.«

In der Stimme des Ngakpas war keine Frage. Lenjam fühlte sich ermutigt und fügte hinzu: »Sie sagte, es geschieht etwas. Und dass es jetzt geschieht.«

Warum schwieg der Ngakpa? Wie sollte sie diese Begegnung erklären? Es fielen ihr keine Worte mehr ein. Sie konnte nichts anderes tun, als dem Blick des Ngakpas standzuhalten.

»Gut«, sagte er plötzlich. Er nickte ihr zu und ging weiter.

Er hatte »gut« gesagt. Ja, das war es, gut, richtig. Was geschehen musste, war gut, weil es bereits geschah, er hatte es bestätigt, er würde ihr helfen. Er war ein Lehrer des Tulkus, sein Wort hatte Gewicht. Lenjam atmete schnell, sie war in großer Aufregung. Noch war nicht alles gesichert, doch fast, fast. Und wieder kreisten ihre Gedanken glücklich: Er hatte »gut« gesagt. Denn ihr Entschluss war gut, richtig, das hatte er bestätigt. Er würde ihr helfen. Er war ein Lehrer des Tulkus, sein Wort hatte Gewicht.

Sie setzte sich wieder, wusste nicht, wohin sie sonst gehen sollte. Sie musste auf Nyima warten, denn Nyima konnte sie es sagen, Nyima würde sie verstehen. Eine große Veränderung war geschehen. Sie war nun nicht mehr die Unbesondere, der Ngakpa schien nicht an ihr zu zweifeln, und sie würde ihm beweisen, dass er recht damit hatte. Sie würde alles tun, was der Tulku von ihr verlangte. Sie würde beharrlich sein wie Milarepa, der ständig Häuser bauen musste, die sein Meister sofort wieder zerstörte, damit sein Schüler schlechtes Karma abtragen konnte, ein noch schlechteres Karma als ihres. Denn er hatte Menschen durch bösen Zauber getötet, und dann wurde er dennoch ein ganz großer, heiliger Weiser.

»Was machst du denn da, Lenjam? Kunga und die Familie suchen dich.«

»Nyima! Setz dich her«, antwortete Lenjam. Zweimal musste sie es sagen, weil ihre Stimme schon wieder versagte. »Lass sie suchen. Sie sind nicht wichtig.«

Kaum konnte sie es erwarten, bis Nyima sich zu ihr gesetzt hatte.

»Hör zu, gerade hat sich mein Leben geändert. Ganz und gar. Ich werde die Schülerin des Tulkus.« Erwartungsvoll sah sie die Schwester an.

»Was?«

Lenjam stürzte sich in einen Bericht der Begegnung mit der fremden Frau, an die farbigen Lichter und die Gewissheit ihrer Entscheidung.

»Die Frau«, sagte Nyima, »war gewiss eine Dakini. Dakinis können das, so erscheinen und wieder verschwinden.«

»Also werde ich seine Schülerin«, stellte Lenjam fest. »Der Ngakpa wird mir helfen, das hat er gesagt. ›Gut‹, hat er gesagt. Der Tulku wird nicht ablehnen. Ich weiß es. Er wird auf keinen Fall ablehnen. Nicht, wenn sein Lehrer dafür ist.«

»Und Kunga? Die Familie?«

Ein Anflug von Unsicherheit ließ Lenjam nach der Hand der Schwester greifen.

»Sie haben gesagt, es liege an mir, dass ich noch immer kein Kind bekommen habe. Aber dann holte Dölma-Ama eine Zauberin, und die sagte, es läge an Kunga. Das wusste ich auch vorher schon.«

Ganz nah beugte sie sich zu Nyima hin und flüsterte: »Er kann nicht. Es geht nicht. Aber das darf ich niemandem verraten. Er sagt, er bringt mich um, wenn es jemand erfährt.«

»Und das war ständig so, von Anfang an?«

Lenjam wollte nicht an die Ursache denken, nicht jetzt.

»Ich wollte Kunga gar nicht haben«, sagte sie schnell, »und er mich auch nicht. Es ist auf jeden Fall besser, ich gehe weg.«

Nyima nickte nachdenklich. »Ja, das solltest du wohl.«

Plötzlich kicherte sie und drückte die Hand auf ihren Mund. »Verzeih mir, es ist natürlich schlimm, aber auch komisch. Einer der besten Männer des Gyalpo mit einem Ruf als Jäger und Draufgänger ist ein stumpfes Schwert.«

Lenjam vergaß ihr schlechtes Karma und kicherte mit. Sie hatte nun an Besseres zu denken. Bald würde sie ihr Bündel packen und das ungeliebte Heim verlassen. Einzig die Trennung von Gawa würde schmerzen. Das Mädchen hatte mit Eifer lesen gelernt und sogar am Auswendiglernen Gefallen gefunden. Um mit Gawa das Schreiben zu üben, hatte Lenjam alle Lieder aufgeschrieben, an die sie sich erinnern konnte, zu Gawas großem Vergnügen auch freche Lieder des Spielmann-Lamas. Einmal schrieben sie ein Liebeslied auf, das Lenjam bei den Nomaden gelernt hatte:

Letztes Jahr
warf mein Pferd mich ab.
Hab mir nichts gebrochen,
weder Arm noch Bein.
Dieses Jahr
stieß meine Liebste mich weg.
Da hab ich mir gebrochen
meines Herzens Knochen.

»Das würde ich nie tun!«, rief Gawa unvermittelt. Dabei bekam sie rote Backen wie die Nomadenmädchen, deren Wangen in den eisigen Nächten gefrieren.

»Was würdest du nicht tun?«, fragte Lenjam ahnungsvoll.

Gawa neigte sich vor und flüsterte: »Ich bin beim letzten Fest einem begegnet, den würde ich nicht wegstoßen.«

Lenjam lächelte. »Ist er ein guter Mann? Willst du ihn?«

Gawa nickte scheu in ihren Ärmel.

»Und er, will er dich auch?«

Gawa nickte nachdrücklich.

»Das ist gut«, sagte Lenjam. »Aber ich dachte, dein Pala und Dölma-Ama haben schon einen Mann für dich ausgesucht.«

Gawa tauchte aus ihrem Ärmel auf.

»Ja, der ist auch nicht schlecht. Aber den anderen, Tetchok, den will ich haben. Der gefällt mir besser.«

Lenjam wiegte den Kopf. »Ist er lieb, dein Tetchok?«

»Was meinst du?«

»Lieb«, sagte Lenjam. »Liebevoll. Freundlich. Mitfühlend. Es reicht nicht, dass er ein toller Kerl ist und dich haben will.«

Ob Gawa zuhörte, zuhören wollte? Hätte sie selbst zugehört, damals, als sie aus dem Zelt zu Jampal schlich, außer sich war, nichts anderes sehen, hören, fühlen, schmecken, wissen wollte als Jampal, nur Jampal? Oder als sie es nicht erwarten konnte, auf Drala zu springen und an den Waldrand zu reiten, berauscht von der prickelnden Sehnsucht nach Kunga? Und würde sie selbst sich fragen, ob der Mann, den sie wollte, der sie wollte – falls dies je wieder geschähe –, ein Freund sein könne, liebevoll, mitfühlend über alles Habenwollen hinaus? Müsste sie dann nicht zuallererst sich selbst fragen, ob sie selbst ihm mit diesen Eigenschaften begegnen könnte?

»Vergiss das nicht, Gawa«, sagte sie und streichelte die feste, rundliche Hand des Mädchens, das ihre kleine Schwester geworden war. »Nimm nur einen Mann, der wirklich lieb zu dir ist.«

Am dritten Tag des Tulku-Besuchs wurde Lenjam zum rückwärtigen Teil des großen Zeltes gerufen. Der Tulku verlange nach ihr, sagte Nyima, er sei nach der Fürsprache des Ngakpas nicht abgeneigt, sie mitzunehmen. Dies war nun ganz anders, als sich einfach in seiner strahlenden Gegenwart zu sonnen. Plötzlich war sie erschrocken und fühlte sich völlig unvorbereitet. Wie sie sich verhalten solle, fragte sie Nyima, was sagen, wie ihn fragen. Es gab gewiss bestimmte Höflichkeitsformeln dafür. Nyima beruhigte sie, der Tulku sei nicht zum Fürchten und es werde ihr schon das Richtige einfallen.

Angesichts des Tulkus verließen sie alle Bedenken. Sein Lächeln, so sanft. Neben ihm der Ngakpa mit unerwartet mildem Blick. Mönche. Das Licht des Tages weich im Zelt.

»Das ist Lenjam Sangmo, meine Schwester«, stellte Nyima sie vor.

Lenjam überreichte dem assistierenden Mönch ihr Geschenk, einen großen Teil ihres kostbaren Schmucks, vollzog die drei Niederwerfungen und überreichte die Kata. Sie wagte nicht aufzuschauen, als der Tulku sie ihr um den Hals legte, trat zurück, war klein, ganz winzig im wachen Traum des neuen Lebens, das hier, jetzt, für sie begann.

»Ich verneige mich vor allen Buddhas und Bodhisattvas«, sagte sie mit brüchiger Stimme. So begann der erste Vers der *Anleitungen*, also würde es schon richtig sein, und sie fügte hinzu: »Und ich verneige mich vor dem kostbaren Lehrer.«

Der Tulku nickte. Lenjam fasste all ihren Mut zusammen.

»Darf ich darum bitten, Eure Schülerin zu werden? Ich möchte den Weg zur Glückseligkeit lernen zum Wohl aller Wesen. Ich werde auch alles tun, was Ihr mir auftragt.«

Wieder nickte der Tulku. »Du kannst lesen, höre ich. Das ist wichtig.«

Lenjams Lippen bebten. »Schreiben kann ich auch«, flüsterte sie.

»Du möchtest also eine Nonne werden?«

»Oh!«, entfuhr es Lenjam. »Darf ich darüber noch nachdenken?«

Der Tulku lächelte erheitert. »Aber im Nonnenkloster muss ich dich unterbringen. Wir können dich ja nicht ins Mönchskloster stecken.«

»Das schon«, erwiderte Lenjam. »Es ist nur so, ich dachte, ich könnte vielleicht eine Yogini werden.«

»Sie weiß, was sie will«, sagte der Tulku heiter zum Ngakpa. »Und wenn man bedenkt, immerhin hat sich eine Dakini für sie eingesetzt.«

Lenjam sah mit Erleichterung ein Lächeln in den Mundwinkeln des Ngakpas zucken. Sie hatte also nichts falsch gemacht.

»Es wird nicht leicht für dich sein«, warnte der Tulku. »Eine Nonne zu sein ist schwierig. Eine Yogini zu sein ist noch schwieriger. Du wirst dich anstrengen müssen.«

Danke, Pala, danke, Lama Samten, dachte Lenjam. Ihr habt es möglich gemacht, dass etwas Besonderes mit mir geschieht. Obwohl ich schlechtes Karma geschaffen habe.

»Ich werde mich anstrengen«, erklärte sie. O ja, sie vertraute dem Tulku. Sie würde das Vertrauen, das er in sie setzte, nicht enttäuschen.

Und schon war alles vorbei. Der Mönch führte sie zum Zeltausgang, und sie schritt hinaus ins grelle Sonnenlicht in ihr neues Leben, zitternd, glücklich und gründlich eingeschüchtert.

Der Wind war kalt auf dem Pass, trieb winzige Eisstückchen vor sich her, die wie Nadeln in die Haut stachen. Es kümmerte Lenjam nicht. Glühend vor Dankbarkeit sang sie leise Taras Mantra. Sie würde jetzt gut sein, richtig gut, nichts würde sie mehr verführen, nichts ablenken. All das Verwirrende ließ sie hinter sich in ihrem neuen Leben.

Durch alles Gute, das ich je getan,
und alle gesammelten Verdienste
möge das Leiden eines jeden Wesens
vollständig beseitigt werden.

So sollte es sein. Sie würde nur noch Gutes tun.

Ohne einen Blick zurück hatte sie mit der Gefolgschaft des Tulkus das weite Tal verlassen. Sie wollte nicht an den Abschied von Drala denken, die gegen ein anderes, jüngeres Pferd der Familie eingetauscht wurde, nicht an Kungas dumpfen Groll und Gawas Tränen. Niemand hatte gewagt, etwas gegen ihre Entscheidung einzuwenden. Es war ihr Recht zu gehen, und dass sie sich für das Leben einer Yogini entschieden hatte, ehrte die Familie.

»Trag uns nichts nach«, hatte Dölma-Ama zum Abschied gesagt. »Behalte uns in guter Erinnerung und sprich Gebete für uns.«

Und der Vater hatte hinzugefügt: »Du warst uns eine gute Tochter, und wir sind stolz auf dich.«

Das hatte Kunga nicht mehr gehört, denn er war wie üblich verschwunden, um dem zu entgehen, was er nur als eine weitere Niederlage auffassen konnte.

All das lag hinter ihr, gelöscht durch das Wunder, das sie in ihr neues Leben führte.

Keine Reise war ihr je so unbeschwerlich erschienen wie diese. Schmale Wege entlang steiler Berghänge, beißende Kälte und Schnee, gegen dessen schreckliches Gleißen man ein Tuch vors Gesicht binden musste, um nicht blind zu werden, all diese Schrecken konnten ihrem Hochgefühl nichts anhaben. Der Tulku war da. Was auch geschehen würde, nichts konnte ihr etwas anhaben. Alles war gut. Nyima ritt neben ihr, das neue Pferdchen war aufmerksam und freundlich. Der unendlich tiefe Himmel leuchtete meist tiefblau, war aber auch herrlich mit den wuchtigen Wolken, die sich so schnell auftürmten wie Gedanken. Lenjam war glücklich, und da war keine Frage, ob sie es verdient hatte oder nicht.

Da der Tulku unterwegs noch weiteren Einladungen folgte, blieben sie jeweils ein paar Tage bei den Gastgebern. Es war ein heiliges Feiern und Singen, ganz Gegenwart, kaum dass ein Gedanke in die Zukunft drängte oder gar an der Vergangenheit festhielt.

Doch dann sagte Nyima: »Wir sind bald beim Nonnenkloster, wo du leben sollst, nicht weit vom Mönchskloster des Tulkus entfernt. Es ist klein, sagt der Ngakpa. Er meint, es wird dir dort gefallen.«

Der Ngakpa hatte wir üblich Lenjam während der ganzen Reise kaum beachtet. Für seine Hilfe war sie dankbar, aber ein wenig unheimlich war er ihr noch immer.

»Er redet nicht viel«, antwortete Nyima auf die vorsichtigen Fragen ihrer Schwester. »Außer beim Lehren.«

»Mit dir auch nicht?«

Nyima lächelte. »Mit mir auch nicht.«

»Aber du wolltest doch so viel lernen.«

»Ich lerne sehr viel. Man braucht nicht immer Worte dazu.«

Lenjam schwieg und versuchte wieder einmal, sich Nyimas Leben mit dem Ngakpa vorzustellen. Und da war noch die andere Sangyum, die Mutter des kleinen Jungen, der eine hohe Wiedergeburt war. Der Ngakpa, so erfuhr sie, verbrachte wenig Zeit im Kloster seines Sohnes. Meistens seien sie unterwegs, sagte Nyima, oder zögen sich in die Höhle über dem Kloster zurück, in der einst der Togden gelebt hatte. Nyimas Auskünfte waren recht einsilbig. Es war nicht so, als wolle Nyima ihr nichts erzählen, dachte Lenjam. Eher schien es, als mache sie sich keine Gedanken über ihr ungewöhnliches Leben mit diesem ungewöhnlichen Mann oder als spiele sich vieles jenseits von Gedanken ab und könne nicht in Worten ausgedrückt werden.

Oder wartete sie, bis Lenjam so weit sein würde, es zu verstehen?

Je weiter sie in den Norden kamen, desto kühler wurden die Tage und eisiger die Nächte.

»Der Tulku kümmert sich gut um sein Nonnenkloster«, sagte Nyima. »Der Ngakpa sagt, er kommt jeden Mond mit ein paar Mönchen und gibt den Nonnen Belehrungen, und die Nonnen dürfen oft zu den Einweihungen und zu Drubchen, den langen Pujas, ins Mönchskloster kommen. Ich glaube, der Ngakpa hat ihm das empfohlen. Er sagt, es muss Gleichgewicht herrschen zwischen der männlichen und der weiblichen Energie. Jeder Mensch braucht es, die Klöster brauchen es, alle Welten brauchen es.«

Das Nonnenkloster klebte wie ein Vogelnest am Berg, nur ein steiler Pfad führte hinauf. Der größte Teil des Gefolges wurde mit den Pferden im Tal zurückgelassen. Lenjam trug leicht an ihrem Bündel und schwer an der Notwendigkeit, dem Tulku nicht länger ihre böse Tat zu verschweigen. Sie konnte sich auch nicht länger der Einsicht verschließen, dass sie das schon längst hätte tun sollen. Der Weg schien unmäßig steil zu sein, ihr Herz schlug schnell, sie keuchte.

»Es gibt nichts, wovor du dich fürchten musst«, sagte die Stimme des Ngakpas hinter ihr.

Die Einsicht war erschreckend. Immer wieder hatte sie befürchtet und immer wieder bezweifelt, dass der Ngakpa ihre Gedanken lesen konnte. Wahrscheinlich kannte er ihr Geheimnis schon die ganze Zeit, und dennoch hatte er ihr geholfen, hatte ihren Wunsch unterstützt. Lenjam wischte verwirrte Tränen von ihren Wangen.

»Danke«, presste sie hervor, »vielmals danke.«

Als sie innehielt, um zu Atem zu kommen, sah sie den Ngakpa bereits weit oben beim Tulku nahe dem Nonnenkloster, aus dem die Nonnen mit weißen Katas herausflatterten wie rote Schmetterlinge und eine Gasse für ihren hohen Besuch bildeten. Wie war es möglich, dass sich der Ngakpa dort oben befand, da er doch soeben noch hinter ihr gegangen war? War er wirklich hinter ihr gewesen? Gesehen hatte sie ihn nicht, aber seine Stimme hatte sie gehört, daran gab es keinen Zweifel. Ein Schauer lief ihr über den Rücken.

Nein, sie würde nicht über den Ngakpa nachdenken. Jetzt ging es darum, Mut zu fassen und dem Tulku alles zu gestehen, und er würde ihr sagen, was sie zu tun hatte. Häuser würde sie nicht bauen müssen wie Milarepa, aber vielleicht jahrelang Niederwerfungen machen und Mantras wiederholen, doch das scheute sie nicht. Der Tulku würde wissen, was gut für sie war und wie sie eine Yogini werden konnte.

Im Empfangsraum des Klosters stand ein Thron aus brokatbezogenen Polstern für den Tulku bereit. Wann würde sie mit ihm sprechen können? Der Ngakpa war da, hinter ihm Nyima, die Obernonne, und weitere wichtige Nonnen, dazu die beiden Mönche des Tulkus.

Es gibt nichts, wovor du dich fürchten musst!

Gebückt schlich sie zum Tulku auf seinem erhöhten Sitz und flüsterte, höflich den Ärmel vor dem Mund und den Blick gesenkt: »Rinpoche-la, ich muss etwas sagen. Ich habe etwas getan, etwas Schlimmes.«

Der Tulku beugte sich vor. Kurz wagte sie aufzuschauen. So nah war er, so vollkommen offen, dass sie sich in diese Offenheit hineinfallen fühlte wie in den unendlichen blauen Himmel.

»Sehr schlimm?«, flüsterte der Tulku mit einem Lächeln und hielt den Assistenten, der Lenjam aufhalten wollte, mit einer kleinen Handbewegung zurück.

»Nicht so schlimm wie Milarepa«, flüsterte sie, »aber schon schlimm.«

»Wer weiß es?«

Lenjam zog den Kopf tief zwischen die Schultern. »Niemand.«

»Sag es mir später, bevor ich gehe.«

Dann richtete er sich wieder auf, und Lenjam zog sich zurück. Nyima winkte sie zu sich, und nun gab es nichts weiter zu tun, als brav still zu sitzen und zu warten und Buttertee zu trinken.

Die Nonnen wurden unterrichtet, dass sie nun eine werdende Yogini beherbergten, die gut lesen und schreiben konnte und gelegentlich auch als Vorleserin dienen würde. Die bewundernden Blicke der Nonnen nahmen Lenjam ein wenig von der Unsicherheit, die sie angesichts des Klosters befallen hatte. Puh, Nonne werden, hatte Nyima gesagt, als sie junge Mädchen waren, wer will denn so was? Sosehr sie Ani-la geliebt hatte, war doch ihre stille, bescheidene Art nicht dazu geeignet gewesen, die eigenwilligen Schwestern für den Nonnenstand einzunehmen.

Nachdem manches besprochen war, was das Nonnenkloster betraf, baten die beiden Mönche auf einen Wink des Tulkus alle Anwesenden aus dem Raum. Er nickte Lenjam zu, sie möge sprechen.

Unsicher kniete Lenjam vor seinem erhöhten Sitz nieder, in der Hoffnung, dass es so richtig war, und suchte nach Worten. Wo sollte sie beginnen?

»Den Kunga, der mein Mann ist, lernte ich kennen, als der Gyalpo einmal unser Kloster besuchte. Er gefiel mir, ich wollte ihn.«

Sie schluckte. Wie schwer es war, davon zu sprechen, zum ersten Mal Worte dafür finden zu müssen.

»Aber ich wollte nicht, was er tat, ich meine, ohne mich zu fragen, mit Gewalt. Das ist doch schlecht. Ich ging zum Bönpa und bekam eine Wurzel zum Vergraben und einen Zauberspruch, damit er das nie mehr einem Mädchen antun konnte. Aber ich dachte nicht an andere Mädchen, ich dachte nur daran, dass ich mich rächen wollte. Dann wurde unser Vater ermordet, und wir verloren unser Heim, und der verehrte Ngakpa half uns beim Gyalpo, dass wir es wiederbekamen, und der Gyalpo war so gütig und wollte mir einen guten Mann geben. Das war Kunga. Der Gyalpo konnte ja nicht wissen … Ich dachte, das ist mein schlechtes Karma, das habe ich selbst geschaffen, und dann war seine Mutter böse mit mir, weil ich nicht schwanger wurde, aber wie hätte das gehen sollen?«

Das aufmerksame Schweigen des Tulkus ließ das Zittern in ihrer Stimme allzu deutlich werden. Doch nun hatte sie es ausgesprochen, es war vorbei, und sie fühlte sich erleichtert.

»Ich weiß«, fuhr sie fort, »dass es besser wäre, verbrannt zu werden oder dass einem der Kopf abgeschlagen wird, als dass man seinen schlechten Neigungen nachgibt, wie es in den weisen Anleitungen heißt. Und dass ich mich Tag und Nacht anstrengen muss, um mein Karma zu verbessern und eine Yogini zu werden. Ich werde mich anstrengen, ich verspreche es.«

»So ist das also«, sagte der Tulku. »Gut.«

Ohne sie weiter zu beachten, rief er nach seinen Mönchen, und kurz darauf wurde sie von einer Nonne zu ihrer neuen Behausung geführt, einem kleinen Haus am Rand der bescheidenen Klosteranlage. Eine niedrige Tür führte in den einzigen Raum. Es gab ein winziges, unbespanntes Fenster mit einem Holzladen, den man gegen die Kälte in die Öffnung klemmen konnte, eine Yakhaarmatte mit einem Fell darauf und einen Kasten mit ein paar Butterlämpchen. Es wirkte wenig einladend.

Ich werde eine Yogini sein, dachte Lenjam angestrengt. Yoginis leben in Einsiedeleien. Es ist fast eine Einsiedelei.

Die Nonne deutete auf ein größeres Gebäude, dies sei der Lhakang. Später, wenn die Sonne so hoch – sie zeigte eine Handbreite – über dem westlichen Berg stehe, würden sich alle zur Nachmittags-Puja versammeln.

Dann war sie allein. Es war ein seltsames Alleinsein, aufregend, erschreckend, vielversprechend, einschüchternd. Sie hockte sich vor die Tür und schaute hinunter ins Tal, über den Fluss hinweg, auf die Anhöhen dahinter und in die Weite des klaren Himmels. Sie hörte Stimmen der Nonnen, den Schrei eines Adlers, das Plätschern des kleinen Wildwassers neben dem Kloster. Sie hätte glücklich sein müssen. Warum war sie nicht glücklich? Sie legte den Kopf auf die Knie.

Warum nur hatte sie das schlechte Karma, als Frau geboren worden zu sein und jetzt bei den Nonnen leben zu müssen anstatt im großen Kloster beim Tulku und seinen Mönchen? Würde sie den Tulku oft genug sehen? Würde sie genug Belehrungen bekommen? Würde sie die Kraft haben, negative Gedanken zurückzuweisen? Würde sie jemals eine richtige Yogini werden?

So aufgerührt waren ihre Gedanken, dass sie Nyima erst bemerkte, als sie vor ihr stand.

»Der Ngakpa schickt dir diese kleine Statue von Guru Rinpoche und einen Brokat für deinen Schrein«, sagte Nyima. »Und ich habe dir ein großes wollenes Tuch mitgebracht.«

Umsichtig legte sie alles an seinen Platz, wie es die Art dieser besonderen Schwester schon immer gewesen war.

»Bitte, setz dich«, sagte Lenjam. »Ich möchte dir etwas erzählen.« Und sie berichtete alles, was seit der ersten Begegnung mit Kunga geschehen war, und sie ließ nichts aus. Ihr Liebäugeln mit dem tollen Mann des Gyalpo, ihre Hoffnung und die schreckliche Enttäuschung, die Wut, das wilde Verlangen nach Rache. Die Angst vor den Auswirkungen des schlechten Karmas, das sie geschaffen hatte. Das Entsetzen über die Wahl des Gyalpo.

Nyima legte zärtlich den Arm um sie. »Warum hast du mir nicht vertraut? So lange hast du diese schlimme Geschichte mit dir herumgetragen.«

Lenjam schüttelte den Kopf. »Ich konnte nicht. Es war doch meine Dummheit, mit der alles anfing. Immer war ich dumm, wenn es um Männer ging. Du warst nie dumm. Und ich war rachsüchtig. Du warst nie rachsüchtig.«

Wie gut es war, mit Nyima wieder ohne Vorbehalte sprechen zu können. Es war das erste Mal, dass sie das, was sie erlebt hatte, ihre eigene, im Stillen so oft qualvoll wiederholte Geschichte, mit den Ohren einer anderen Person hörte, und es schien eine andere Geschichte daraus zu werden, mehrere, unterschiedliche Geschichten sogar.

Plötzlich lachte Nyima, ihr herrliches, sorgloses Lachen. »Oh, Lenjam, wirklich, deine Rache war so … passend.«

Sie zog Lenjam hinein in ihr Lachen, ließ die Geschichte zu einem Schwank werden, den die Frauen einander in den Küchen und Zelten mit Begeisterung erzählt hätten. Das Lachen schüttelte sie durch, sie krümmten sich und drückten die Hände vor den Mund, um nicht das ganze Nonnenkloster aus seiner Ruhe zu reißen.

»Eines frage ich mich«, sagte Lenjam schließlich. »Ich habe doch nur die halbe Wurzel vergraben. Wie hätte denn dann wohl die ganze gewirkt?«

Nyima lachte von Neuem, versuchte sich zu fassen. »Noch besser? Und wie wäre das?«

Lenjam schwankte so sehr zwischen Erheiterung und Bedrückung, dass Lachen und Weinen nicht mehr zu unterscheiden waren.

»Für mein schlechtes Karma machte es sicher keinen Unterschied.«

»Meine liebe, kostbare Schwester«, erwiderte Nyima, »man kann es doch so sehen: Vielleicht wird Kunga durch die Wirkung des Fluchs dazu gebracht, Befreiung zu suchen. Dafür solltest du beten. Dann kommen die Dinge wieder ins Gleichgewicht.«

Lenjam war bereit, darauf zu vertrauen, dass die Dinge wieder ins Gleichgewicht kämen. Nyima sprach noch eine Weile darüber, welch gutes Karma sie doch habe, ihrem Lehrer begegnet zu sein, und dass es wunderbare Meditationen gäbe, um die schlechten Neigungen zu reinigen und altes Karma zu löschen.

»Denn du weißt ja«, sagte sie, »was wir gelernt haben:

Der Vollendete selbst hat gezeigt,
dass alle Ängste,
alles grenzenlose Leiden
dem Geist entspringen.«

16

Der Schatten des Felsens wanderte, und Lenjam musste ein bisschen weiterrücken. Die Sonne strahlte angenehm warm vom tiefblauen Himmel herab, doch die Haut verbrannte schnell. Schon seit mehr als zwei Jahren lebte sie hier oben, weit weg von der Welt, umgeben von der singenden Stille der Berge.

Mit ihren eigenen Händen hatte sie den Männern aus dem Tal geholfen, in dieser unwirtlichen Höhe das winzige Haus mit dem Ausblick über unzählige Berge und Täler unter die schützende Felswand zu bauen. Ich werde darin leben, hatte sie gesagt, also soll es auch so sein, wie ich es brauche. Denn es schien ihr, als kenne sie dies alles schon, habe irgendwann in früherer Zeit bereits lange in einer Einsiedelei gelebt. Sie hatte den Platz bei einem ihrer Streifzüge in die Berge entdeckt. Die Nonnen hatten sich abgefunden mit dieser Laune des Tulkus, ein wunderliches, wildes Mädchen zu fördern, das eine Yogini werden wollte.

Sie hatte den vorbereitenden Unterricht erhalten, den die Novizenanwärterinnen zu bekommen pflegten, und danach Unterricht von einem Tutor. Man hatte sich über ihre Ausflüge gewundert und sie vor den wilden Tieren gewarnt.

Diese frommen, beschützten Frauen ahnten nicht, wie gut Lenjam die Welt der Wildnis kannte.

Die Jahre im Nonnenkloster waren immer mehr zu einem geruhsamen Fließen durch die Rhythmen der Jahre geworden. Lenjam war ihrem Versprechen treu geblieben, alles zu tun, was ihr Meister von ihr forderte – Ngöndro, die viermal hunderttausend Vorbereitenden Übungen, die umfangreichen philosophischen Studien, die Meditationen über ihre Weisheitsgottheit, die Tsa-lung-Energieübungen.

»Ich hatte nicht gedacht, dass es so schwierig sein würde, eine Yogini zu werden«, sagte sie einmal zu Nyima bei einer ihrer seltenen Begegnungen, wenn Nyima den Ngakpa zum Tulku begleitete.

Nyima lachte. »Aber du bist es doch schon. Das ist das Leben einer Yogini: lernen, verstehen, erfahren, verwirklichen.«

»Wenn ich nur den Tulku öfter sehen könnte«, sagte Lenjam seufzend. »Wenn ich ihn sehe, denke ich, dass ich eine glückliche Yogini bin. Aber wenn ich ihn lange nicht sehe, bin ich einfach nur Lenjam, die sich mit ihrem störrischen Geist abplagt und mehr oder weniger brav ihre Aufgaben macht.«

»Und die weiß, dass sie das einzig wirklich Wichtige tut.«

Lenjam musste lächeln. »Ja, einverstanden, die weiß, dass sie das einzig wirklich Wichtige tut.«

Sie hätte ebenso gut eine Nonne sein können, hatte Lenjam gedacht. Bis sie diesen geheimen Ort entdeckte, der sie rief, auf sie gewartet hatte.

Wie der große Weise Milarepa sang:

Das Vaterland, meines Palas Haus,
meines Palas Felder und alle

die samsarischen Arten von Phänomenen
ohne wirklichen Kern –
wer auch immer sie haben will,
Wesen ohne wirklichen Kern,
soll sie nehmen.
Ich, der Yogi, bin auf meinem Weg,
dessen Freiheit zu erlangen.
Wahrer Vater, mein Meister, gewähre deinen Segen
in deiner liebevollen Güte,
dass dieser Bettler
in der Bergeinsamkeit verweilen möge.

Als sie dem Tulku von ihrem Vorhaben erzählte, wollte er
den Platz sehen. Er ritt vom Kloster herüber und stieg dann,
nur von seinen beiden Assistenten begleitet, den langen,
mühseligen Weg in diese wilde Einsamkeit hinauf. In seiner
stillen, leuchtenden Art hatte er genickt und gesagt, es sei
eine sehr gute Wahl.

Der Tulku. Nie war er ihr selbstverständlich geworden,
immer war er ihr ein Wunder geblieben. Oft musste sie weinen, wenn sie ihn wiedersah, überwältigt von Freude und
Aufregung. Wenn sie mit den Nonnen zu Einweihungen und
Belehrungen des Tulkus ins Kloster der Mönche kommen
durfte, war sie manchmal mittags von einem seiner Assistenten hinauf in sein Empfangszimmer geholt worden, sodass sie ihm von der Arbeit mit ihrem Tutor und ihren geistigen Erfahrungen und Erkenntnissen berichten konnte. Das
geschah selten, aber dass es überhaupt geschah, war in den
Augen der Nonnen und Mönche ganz unerhört.

»Was ist an ihr so Besonderes, das wir nicht haben?«,
hatte Lenjam eine der Nonnen flüstern gehört.

Die leitende Nonne schien erleichtert, als Lenjam ihr eröffnete, sie wolle sich auf den Berg ins Retreat zurückziehen. Der ältliche Tutor mit dem runden Kopf, den der Tulku einige Jahre lang in unregelmäßigen Abständen geschickt hatte, um sie zu unterrichten, hatte sie schon seit längerer Zeit nicht mehr aufgesucht. Frauen müssten nicht so viel studieren, hatte der Tulku erklärt, denn ihr Herz-Geist habe einen unmittelbareren Zugang zur Weisheit, und darum hätten sie es auch leichter mit der meditativen Praxis. All dies hatte in Lenjam den Entschluss zu einem völligen Rückzug reifen lassen.

Sie hatte es lieben gelernt, dieses kleine Nest unter dem Felsen, das sich zu einem Universum der Meditationsgottheiten ausweiten konnte. Hier begann sie, die oft wiederholten Formeln »Mögen alle Wesen aus dem Ozean des Leidens befreit werden und glücklich sein« und »Möge ich allen Wesen Führung geben können« als eine tief empfundene Verbundenheit mit allen Wesen zu erfahren.

In Abständen von einem halben Mond kamen Ani Palmo, ihre Lieblingsnonne, und deren Freundin herauf und stellten wortlos einige Vorräte vor das Häuschen, wie der Tulku es angeordnet hatte. Niemand sonst verirrte sich auf diesen steilen, unwirtlichen Berg. Keines der wilden Tiere belästigte sie, denn der Vorgänger des Tulkus, ein hoher Meister, hatte die große Beschützerin Ralchigma als Wächterin über den Berg eingesetzt. In der ersten Zeit hatten ihr die vertrauten Geräusche des Klosters gefehlt. Nach drei Jahren in der Einsamkeit war ihr die Stille Gesellschaft genug.

Im Winter war sie gezwungen gewesen, Tummo, das Erzeugen innerer Hitze, zu üben, wie sie es bei den Nonnen gelernt hatte. Gern hätte sie Nyima von ihren Erfolgen erzählt. Es machte sie stolz, und sie dachte: Nun bin ich wirklich eine richtige Yogini.

Im vergangenen Winter hatte ein tagelanger Schneesturm große Mengen Schnee über den Berg geschüttet und das Häuschen völlig eingeschneit. Ani Palmo hatte nicht kommen können, und in Lenjams Tsampa-Säckchen befand sich nur noch ein sehr kleiner Rest des gerösteten Gerstenmehls. Den rührte sie mit dem letzten Flöckchen Butter und ein wenig geschmolzenem Schnee an und teilte diese winzige Mahlzeit mit der Maus, die im Sommer eines Tages in ihrem Häuschen aufgetaucht war und ihr jeden Tag das kleine Glück der Nähe schenkte.

»Irgendwann kommt Ani Palmo«, sagte sie zu der Maus, »und dann bekommst du ein riesiges Stück Yakkäse.«

Sie machte sich Sorgen um die Maus. Wie lange kamen Mäuse ohne Nahrung aus?

Dann schlug sie das Buch mit Milarepas gesammelten Liedern auf, das der Tulku ihr zum Einzug in ihr Häuschen hatte bringen lassen, und las der Maus vor, wie er seine Höhle mit Tummo, der inneren Hitze, erwärmte, das Schneegesicht der Dämonen bezwang und rief: In dieser Schlacht hat der Yogi gesiegt! Diese Gesänge wiederholte sie immer wieder, konnte sie bald auswendig und sang gegen den Hunger an.

Als Ani Palmo und zwei kräftige Nonnen sich nach vielen Tagen endlich zu ihr durchgekämpft hatten, staunten sie über Lenjams Gelassenheit und die Wärme in ihrem Häuschen, nannten sie »unsere verehrte Togdenma« und wollten gar nicht mehr gehen.

Heute schien der Schatten, den der Felsen warf, tiefer als sonst. Als warte etwas darin. Oder wartete es in ihrem Geist?

Immer wieder trat sie vor das Häuschen, schaute, wartete. Am Nachmittag sah sie eine unvertraute Gestalt den Berg heraufkommen, der kurzen Chuba nach zu schließen ein Mann. Das weiße Gewand darunter deutete auf einen Ngakpa hin. Er winkte, es sah vertraulich aus, so winkte nicht irgendein Fremder. Unschlüssig blieb sie stehen. Sie könnte ins Häuschen gehen, die Tür schließen und die Welt draußen halten. Wie viel Welt durfte sie zulassen? So lange hatte sie sich aus dem Spiel herausgehalten und stattdessen das innere Mandala entfaltet. Musste sie nicht jede Störung vermeiden?

Sie erinnerte sich an einen Gesang Milarepas:

Ich erlangte Gewissheit über die Gleichheit aller Dinge.
Das dualistische Haften an der Vorstellung
von Glück und Unglück hat sich aufgelöst,
Gefühlserfahrungen wurden als Täuschung entlarvt,
und ich hege keine Vorurteile mehr,
sodass ich nichts ablehne oder anstrebe.

Unschlüssig bedachte sie, dass die Nonnen ihm den Weg gezeigt haben mussten, anders hätte er nicht zu ihr gefunden. Und sie gestand sich ein, dass alle Erwägungen halbherzig waren angesichts ihrer unleugbaren Neugier.

»*Hey ho*, Lenjam-la!«, rief der Mann. »Hier ist Ten-Dorje. Erinnerst du dich?«

Konnte dieser Ngakpa wirklich der linkische junge Novize aus ihrer Jugendzeit sein, der das Spiel mit der Leiche als dumm bezeichnet hatte? Tatsächlich erkannte sie in den Zügen des erwachsenen Mannes die verwaschenen Spuren der jugendlichen Unfertigkeit.

»Oh, Ten-Dorje«, sagte sie. »Kein Mönch mehr? Du bist ein Ngakpa geworden?«

Vielleicht hatte ihre Stimme streng geklungen, denn keuchend legte der junge Mann, Vertrauter und Fremder, zum Gruß die Hände zusammen und näherte sich höflich gebeugt. »Verzeih mein ungehöriges Verhalten. Wie soll ich dich ansprechen? Unten im Kloster nennen sie dich die Togdenma. Ich dachte nur, weil wir doch Familie sind ... Und nein, ich bin schon lange nicht mehr im Kloster. Es war nicht der richtige Weg für mich.«

Lenjam ergriff seine Hände mit den ihren. »Ja, natürlich, wir sind Familie, Ten-Dorje. Ich freu mich, dich zu sehen.«

Mit einem schiefen Lächeln richtete er sich auf.

»Ich bin jetzt ein Schüler des Ngakpa Rinchen«, sagte er nicht ohne Stolz.

Mit dem Ngakpa sei er gekommen, er habe ihn begleiten dürfen, und einen Brief von der Ngakmo Nyima habe er für Lenjam mitgebracht. Denn er sei jetzt auch oft bei Ngakmo Nyima und Lama Kunsang im Tal. Er überreichte eine versiegelte Papierrolle und setzte sich, nachdem Lenjam ihn dazu aufgefordert hatte, neben sie an die Hauswand aus rohen Steinen.

»Meine kostbare Schwester«, schrieb Nyima in ihrer feinen, geraden Schrift, »so lange haben wir uns nicht mehr gesehen. Doch jetzt sei es gut, Dir zu schreiben, sagt der Ngakpa. Ich habe gehört, dass Du jetzt eine echte Yogini bist. Das macht mich sehr glücklich. Ich lebe jetzt wieder in unserem Haus, zusammen mit dem gelehrten Yogi Lama Kunsang, und wir haben einen kleinen Sohn. Der Ngakpa hat ihm den Namen Lekshey Namgyal gegeben. Bald werde ich noch ein Kind bekommen. Ich fühle, dass es ein Mädchen ist. Der Ngakpa reist jetzt nicht mehr so viel, meistens hält er sich im Kloster seines Sohnes, des Yangsi Rinpoche, oder oben in der Höhle auf. Als er sah, dass Kunsang mir gefiel, hat er mir geraten, ihn zum Mann zu nehmen.

Da ich gehört habe, dass der Tulku wieder seine große Reise bis zum Dzong unseres Gyalpo machen wird, möchte ich Dich fragen, ob Du ihn vielleicht begleiten willst. Dann wäre es nicht mehr sehr weit bis hierher nach Hause. Ich habe geträumt, dass Du mit einer Dakini zu uns geflogen bist. Auch Kunsang war der Meinung, das sei ein sehr Glück verheißender Traum.

Es wäre ja auch schön, wenn Du Deinen kleinen Neffen begrüßen würdest. Bei seiner Geburt rief kein Kuckuck auf dem Dach, aber er ist ein wunderbarer kleiner Mensch.

Möge der Segen aller Buddhas und Dakinis Dich stets begleiten. Deine Schwester Nyima.«

Lenjam setzte sich neben Ten-Dorje an die Hauswand.

»Wie ist er, Nyimas Mann Kunsang?«, fragte sie.

Ten-Dorjes Lächeln war voller Zuneigung. »Alle mögen ihn. Obwohl er jetzt der Herr des Hauses ist, überlässt er Onkel Ngödup die meisten Entscheidungen. Und er ist sehr glücklich über den kleinen Sohn.«

Lenjam wollte noch mehr hören von zu Hause. Sie sah den Ausblick vom Dach über die Felder zum Fluss. Sie sah Tante Puntsog mit den Frauen in der Küche, Onkel Dokar mit seinem Krug Chang im Hof mit den Männern, hörte das Knallen der Würfelbecher, das vergnügte Geschwätz, das fröhliche Kreischen der Kinderhorde.

»Und plötzlich hast du die Gelübde zurückgegeben?«

Ten-Dorje schüttelte den Kopf. »Nicht plötzlich. Ich hatte schon lang vorgehabt zu gehen.«

Er hielt inne, wollte etwas sagen, stockte, setzte noch einmal an. »Schon seit damals, als wir am Fluss waren, erinnerst du dich? Schon damals begann ich mir ein anderes Leben als im Kloster vorzustellen. Ich bin dankbar für alles, was ich im Kloster lernen durfte. Aber es war nicht mein Leben.«

Seit damals am Fluss. Die Erinnerung fiel mit Schärfe über sie her. Nur Gedanken, alles ist im Geist geschaffen, hatte Nyima sie damals beruhigt. Nichts sei geschehen. Doch so war es nicht. Es war sehr wohl etwas geschehen. Hatte ihrer Leichtfertigkeit wegen ein Mönch das Kloster verlassen?

Fällt ein guter Mann einem Mörder zum Opfer,
leidet er dadurch weniger Schaden
als durch die Nähe einer Frau.

So stand es im Kanjur. Sie konnte sich nicht vor der Wahrheit drücken. Ein Mönch war das Opfer ihrer schlechten karmischen Neigungen geworden. Und war das nicht schon das Karma ihrer Mutter gewesen? Jedermann wusste, dass es ein schweres Vergehen war, einen Mönch von seinen klösterlichen Gelübden abzubringen.

Sie schreckte auf, hatte nicht mehr zugehört, sah sich Ten-Dorjes fragendem Blick ausgesetzt. Er wiederholte, ob Lenjam ihm einen Brief für Nyima mitgeben wolle. Sie nickte, stand auf, wollte allein sein, wollte verschluckt werden vom Alleinsein.

»Ja, natürlich. Ich muss mir über eine Antwort klar werden. Ich danke dir für die Nachricht. Komm wieder, bevor ihr abreist.«

Eine winkende Geste, dann flüchtete sie in ihr Häuschen. Illusion, Traum, alles ist im Geist geboren, sie hatte es gelernt, es unendlich oft wiederholt. Doch damit hatte sie die Vergangenheit nicht ungeschehen gemacht. Sie musste den Tulku sehen, bevor er abreiste, musste es ihm gestehen und um seinen Segen bitten für weitere Jahre in der Einsiedelei, um ihr Karma zu reinigen.

In dieser Nacht bekam Lenjam Besuch von der Dakini mit den durchsichtigen Augen, hinter denen sich der unendliche Raum der Klarheit erstreckte.

»Du hattest einen wertvollen Lehrer und warst eine gute Schülerin«, sagte die Dakini, »und du hast deine Zeit in der Zurückgezogenheit gut genützt. Aber jetzt ist es an der Zeit, die Welt als dein kostbares Material zu erkennen.«

Danach war alle Last von Lenjam gewichen. Die Dakini wachte über sie, und sie würde ihren Geist beschützen. Sie würde ihr helfen, sich nicht mehr mit ihrem schlechten Karma zu befassen, sondern nur noch damit, mitfühlende Weisheit in ihr Leben zu bringen. Plötzlich fühlte sie sich sehr mutig. Kein Gedanke mehr daran, sich in der Geborgenheit ihrer Klause zu verstecken. Früher war ihr Leben schmerzhaft gewesen, gewiss. Doch nicht die Welt hatte es schmerzhaft gemacht, sondern ihr eigenes Denken und Fühlen. So hatte der Tulku es sie gelehrt. Sie würde Weisheit lernen, die Weisheit der Gleichheit, die unterscheidende Weisheit, die spiegelgleiche Weisheit, die alles vollendende Weisheit, die allumfassende Weisheit. *Kye ho*, wie entschlossen sie war, Weisheit zu lernen!

Noch bevor sie den Tulku bitten konnte, sie mitzunehmen, brachte eine Nonne seine Aufforderung, ihn in den Süden zu begleiten.

Wieder einmal war sie unterwegs, diesmal auf einem ein wenig ungebärdigen Pferdchen, das auch ihr Bündel mit den kostbaren Büchern trug. Wieder reiten unter der harten Sonne, die einen vorn heimlich verbrannte, während der Rücken fror, durch Gewitter und Schneestürme, über gefährliche Gletscher, durch eisige Furten, auf den gefahrvollen Wegen an steilen Berghängen, die unendlich tief in dunkle Täler abfielen. Doch sie fürchtete sich nicht ein einziges Mal. Ständig war sie sich des Tulkus vorn an der Spitze der Reisegruppe bewusst. Wenn sie den Blick auf ihn richtete, konnte es geschehen, dass in ebendiesem Augenblick ein Sonnenstrahl durch die Wolken brach und ihn aufleuchten ließ oder die Gruppe am frühen Morgen gerade den Schatten eines Berges verließ und die frühe Sonne mit rosigen Fingern auf ihn zeigte. Sie vermutete, dass dies ihr ganz eigenes Wunder war, denn Ten-Dorje schien nichts Besonderes zu bemerken, als sie ihn darauf aufmerksam machte. Doch als eines Tages die Mönche aufgeregt berichteten, der Tulku habe Fußabdrücke auf einem Felsen hinterlassen, und alle dorthin eilten und es tief ergriffen mit eigenen Augen sahen, war dies nicht nur ihr eigenes Wunder, sondern das aller Mitreisenden. Wie gut, dachte Lenjam, dass er ihnen allen gezeigt hat, wer er ist, jetzt haben sie viel mehr von seiner Gegenwart.

Selbst Ten-Dorje, der ständig von seinem Ngakpa-Meister sprach und wenig Interesse am Tulku zeigte, gab zu, dass dieser wohl eine ganz besonders hohe Wiedergeburt sein musste.

»Gutes Karma, ihn zum Lehrer zu haben«, sagte er großzügig.

Es war freundschaftlich zwischen ihnen geworden während der Reise. Für Ten-Dorje war sie Familie, auch wenn er, den Gelübden entsprechend, die anderen Schüler des Ngak-pas als seine Sangha-Brüder betrachtete.

»Nur einen mag ich nicht, er ist so angeberisch«, hatte er Lenjam anvertraut. »Das ist natürlich nicht gut, man soll ja seine Sangha-Geschwister lieben, aber so ist es eben. Im Kloster war es auch nicht anders. Ich liebe sie ja, aber man kann doch nicht alle mögen.«

Lenjam hatte genickt und geschwiegen und sich alt gefühlt.

Dieser Junge wusste nichts von Rache. Möge er es nie wissen.

Ihr Platz als Schülerin des Tulkus, wenn auch eine Tog-denma, war jenseits des Üblichen. Die bedeutendsten Schü-ler des Tulkus durften oft in seinem Zelt mit ihm und dem Ngakpa essen, wenn nicht gerade hohe Gäste anwesend waren, und auch Ten-Dorje und die engsten Schüler des Ngakpas wurden gelegentlich dazu eingeladen. Lenjam hin-gegen durfte nur bei Belehrungen in seiner Nähe sein, saß dabei hinter den Schülern und den assistierenden Mönchen. Sie nahm es hin, denn so war der Brauch und konnte nicht geändert werden.

Da es in dieser Reisegesellschaft keine Frauengruppe gab, saß sie oft mit den Schülern zusammen, was erleichtert wurde durch ihre Verwandtschaft mit Ten-Dorje. Er nannte sie Schwester, und als seine Schwester wurde sie in dieser Runde honorabler junger Männer als weniger befremdend empfunden.

Ten-Dorje war ein unterhaltsamer Erzähler und deshalb bei den Schülern beliebt. Zwischen den Schülern des Tulkus und den Schülern des Ngakpas war gelegentlich Rivalität spürbar, und Ten-Dorje unterstützte seine Fraktion gern mit

Geschichten von den außergewöhnlichen Fähigkeiten des Ngakpas. Und weil er so gut erzählen konnte, wurde er manchmal sogar von den Schülern des Tulkus aufgefordert, eine besonders spannende Geschichte mehrmals zu erzählen.

»Also gut«, sagte Ten-Dorje, der jetzt Sherab genannt wurde, »meine Schwester Lenjam kennt die Geschichte von den Räubern noch nicht. Also werde ich die Geschichte vom Ngakpa und den Räubern erzählen. Im Golok-Land wurden wir von Räubern überfallen. Das weiß ja jeder, dass man sich vor den Goloks hüten muss, natürlich abgesehen von denen, die jetzt bei uns dabei sind und sich als besonders weise auszeichnen.«

Daraufhin lachten alle begeistert, denn einer der Schüler des Tulkus stammte aus einer Golok-Sippe.

»Plötzlich waren wir von einer ganzen Rotte von bewaffneten Reitern umzingelt, und wir waren ja nur ein kleines Grüppchen, ein paar Pilger und wir Schüler des Ngakpas. Natürlich war es verwegen, so ohne Schutz loszuziehen, aber der Ngakpa hatte keine Bedenken gehabt. Er blieb dann auch ganz ruhig, entdeckte gleich den Anführer, ritt auf ihn zu und begrüßte ihn freundlich und gelassen. Habt ihr Sorgen, fragte er, sterben eure Tiere? Sonst würdet ihr ja nicht rauben müssen. Braucht ihr vielleicht einen Ngakpa, der euch mit Ritualen helfen kann?

Der Anführer schwang sein langes Messer und sagte, davon wolle er nichts hören und wir sollten ihnen alles geben, was Wert habe – Edelsteine, Gold, Schmuck, die Pferde. ›Los, absteigen‹, befahl er. Völlig ungerührt schüttelte unser Ngakpa den Kopf. ›Keine gute Idee‹, sagte er. ›Mit jedem Überfall verkürzt du dein Leben um viele Jahre.

Überlege, wie lange du noch leben wirst. Ich bin ein Ngakpa, ich kann es sehen, aber ich schone dich und werde es dir nicht sagen. Und wenn du dich diesmal nicht besinnst, wird dir noch weniger Lebenszeit bleiben.‹

Ihr hättet sehen müssen, wie der Anführer erschrak. Der Ngakpa sah so groß und mächtig aus, und der Anführer wurde immer kleiner, man konnte richtig sehen, wie er zusammensank. ›Reitet nach Hause‹, sagte der Ngakpa, ›kümmert euch gut um euren Haushalt und eure Tiere, betet zu den Beschützern, dann werdet ihr ein gutes Leben haben.‹ Zum Anführer sagte er: ›Und wenn du anderen Gutes tust, wird das dein Leben sogar verlängern können.‹« Ten-Dorje machte eine kunstvolle Pause und fügte dann grinsend hinzu: »Ihr glaubt nicht, wie schnell die Räuber weg waren.«

Ihr Cousin, das konnte Lenjam sehen, war sehr glücklich, ein Schüler des Ngakpas zu sein, und er war seinem Lehrer sehr ergeben. Als er einmal neben ihr ritt, bekannte er mit seinem schiefen Lächeln, dass er das Kloster wegen eines Mädchens verlassen hatte, dem er während einer Reise als einer der Begleitmönche des jungen Rinpoche begegnet war.

»Sie war so schön. Die Sonne ging auf, so schön war sie«, sagte er. »Aber ihre Eltern wollten mich nicht haben. Ich gehörte nicht zu ihrem Klan.«

Es tat ihm noch immer weh. Lenjams Herz antwortete mit einem scharfen kleinen Schmerz. So waren sie nun einmal, die acht Arten des Leidens im Menschenbereich: Geburt, Altern, Krankheit, Tod, Freunde verlieren, Feinde bekommen, nicht erhalten, was man wünscht, und das erhalten, was man nicht wünscht. Oh, wie sie das kannte! Aber sie würde auf all das nicht mehr hereinfallen. Sie hatte das große Spiel von Ursache und Wirkung erkannt.

Hatte nicht Milarepa zur Felsdämonin gesagt:

»Du kannst so schön reden
und du hast die Natur des Geistes vom Verstand
her begriffen.
Doch als Vergeltung dafür,
dass du das Gesetz von Ursache und Wirkung
missachtet hast,
wurdest du nun in dieser üblen dämonischen Form
wiedergeboren
und häufst schlechtes Karma an, indem du anderen
schadest.«

Sie würde das Gesetz von Ursache und Wirkung nie mehr missachten. Sie würde kein schlechtes Karma mehr schaffen. Sie hatte sogar für Kunga gebetet, er möge glücklich sein und sein Geist möge befreit werden. Was nicht heißen musste, dass sie freundlich sein würde, falls sie ihm je wieder begegnete. Aber das, hoffte sie, würde nie geschehen.

Sie erreichten den großen Fluss erst am Nachmittag, auf dessen anderer Seite ihr Weg zum Dzong des Gyalpo führte. Es war zu spät, um die Yakboote aufzubauen und den Fluss mit den Pferden und Maultieren zu überqueren. Das Licht reichte gerade noch, um am Rand eines Dorfes die Zelte aufzustellen und Tee und dicke Suppe zu kochen. Das Überqueren des letzten Passes im dichten Nebel hatte alle erschöpft. Die Schüler flüsterten einander Mutmaßungen zu, warum das Wetter ihnen in den letzten Tagen so sehr zugesetzt hatte. Es mussten mächtige Bergdämonen sein, dass sie es gewagt hatten, gegen den Tulku und den Ngakpa anzutreten. Lenjam lächelte vor sich hin. Seht ihr dummen Jungen denn nicht, dass sie euch ein Beispiel gegeben haben, wie man mit widrigen Umständen umgeht? Seht ihr nicht, wie gelassen sie sind?

Am nächsten Morgen waren alle Pferde weg. Diebe hatten sie offenbar unbemerkt losgebunden und waren längst auf und davon. Die beiden Wächter, die einander hätten ablösen sollen, bekannten, dass sie beide eingeschlafen waren. Sie seien sonst gute Wächter, ja, wirklich, aber der schwierige Weg über den Pass und dann noch Zelte aufbauen, da seien sie eben müde gewesen.

Der Tulku winkte ab und sagte: »Das erspart uns die Plage, die Pferde über den Fluss zu bringen. Es ist ja nicht mehr sehr weit. Wir können laufen.«

Die Schüler machten lange Gesichter. Sie hatten ihre Pferde von ihren Familien bekommen, und es wäre ihre Aufgabe gewesen, darauf aufzupassen. Und dann zu Fuß beim Dzong des Gyalpo anzukommen, als wären sie irgendwer! Lenjam fühlte die Gedanken der Schüler und lächelte. Wieder einmal verstanden sie die Lehren nicht, die ihnen geschenkt wurden. Geschehen lassen können! Ja, all die Jahre der Entsagung hatten sie stark gemacht, dachte Lenjam nicht ohne Stolz. Aber – auch dieser Gedanke stieg auf – stolz darauf zu sein, minderte die Verdienste. Warum nur musste sie ständig über sich selbst stolpern? Es war wohl so, wie der Tulku einmal bemerkt hatte: »Der Dharma-Weg beginnt jeden Tag ganz von Neuem.«

»Als wir im Dzong ankamen«, erzählte Lenjam ihrer Schwester, »waren die Pferde plötzlich wieder da. Den Dieben war mulmig geworden, denn es hatte sich schnell herumgesprochen, dass ein hoher Tulku und ein zauberkräftiger Ngakpa bestohlen worden waren.«

Nyima lachte. In Lenjam war ein stilles Jubeln. *Kye ho*, sie waren wieder zusammen und nun mit einer neuen Vertrautheit, die anders war als früher, weil nun ein gemeinsames Wissen mitschwang.

»Und dann musste ich mich vom Tulku verabschieden. Das fiel mir schrecklich schwer. Aber er sagte einfach, ich würde seinen Segen mitnehmen und den Segen seines Vorgängers, auch all seiner früheren Inkarnationen und der gesamten Traditionslinie. Da fühlte ich wie nie zuvor diesen geistigen Reichtum, dieses ganze Königreich der Linie. Und ich war eine Prinzessin in diesem Königreich, ganz eingetaucht in Reichtum, wie Fische Wasser atmen.«

Wie hatte sie es vermisst, ihr Herz Nyima zu öffnen, ohne irgendetwas zurückzuhalten. Es war das Einzige, was sie je wahrhaft vermisst hatte bei den Nonnen und in der Einsiedelei. Ihre Worte fielen aus ihrem Herzen in Nyimas Herz, als wäre da gar nichts dazwischen.

Im Übrigen bewegte sich Lenjam wie tastend in einem inneren Raum zärtlicher Ungewissheit. In diesem Raum gab es die alte Mola, die immer noch bei Sonnenaufgang und Sonnenuntergang mit mühsamen Schritten sieben Mal den Chörten vor dem Anwesen umrundete und die übrige Zeit auf ihrem Platz in der Küche oder im Hof saß wie ein Stück Ewigkeit. Da war Nyimas kleiner Sohn mit seinem zarten Kindergeruch und überall das durchdringende Gefühl von Zuhause. Und da war, ganz neu für sie, Nyimas Mann, Lama Kunsang mit dem großen, breiten Gesicht, freundlich und heiter, der gern im Hof saß und Druckblöcke schnitzte, wenn er nicht gerade las und schrieb.

»Er hat hier in unserem Kloster wertvolle alte Texte gefunden«, erklärte Nyima, »aber es gab keine Druckblöcke dafür. Jetzt schnitzt er sie. Dazu braucht man viel Geduld. Nur einmal daneben geschnitzt und man muss den ganzen Block wegwerfen. Er ist ein Bodhisattva. Er sagt, was würden wir tun ohne die Lehren? Sie sind unsere Heilmittel. Was würden wir tun ohne den Lehrer? Er ist unser guter Arzt. Was würden wir tun ohne die Meditationen? Sie sind der gute Weg der Heilung.«

Die Kinder hielten ganz still, wenn sie Kunsang beim Schnitzen zusahen, wie er das kleine, runde Messer zum Ausstechen ansetzte und es achtsam entlang der eingezeichneten Buchstaben schob. Es sind die Zwischenräume, auf die er achtet, dachte Lenjam, gar nicht so sehr auf die Buchstaben selbst. Vielleicht ist es immer so, dass man mehr auf die Zwischenräume achten sollte.

So sehr bewegte sie dieser Gedanke, dass sie oft den Berg hinauf zu jenem Platz kletterte, an dem sie mit Nyima den Schrein für den Kleinen Berggeist errichtet hatte. Sie legte ihm eine Gabe darauf, Blumen, ein Stück Yakkäse oder getrocknete Aprikosen, setzte sich auf den Felsen und ließ den Blick in der Weite über dem Tal ruhen. Manchmal hörte sie den Atem des Kleinen Berggeistes, oder sie horchte auf den Schrei des Adlers und darüber hinaus auf den tiefen, blauen Klang des Himmels. Und wenn sie danach wieder hinunterkletterte, war sie beglückt vom Erleben des Zwischenraums.

»Es ist anders als im Retreat«, sagte sie zu Nyima. »Dort hatte ich viel zu tun. Die Rezitationen, die Rituale, die Meditationen, die Tsa-lung-Übungen. Ich fürchte, ich habe die Zwischenräume verpasst.«

Nyima nickte nachdenklich. »Ja, es ist etwas mit diesen Zwischenräumen. Ich glaube, sie sind Türen. Ich sage mir, es sind die Türen zum Erwachen des Geistes, aber das sind nur Worte. Wenn ich mit dem Ngakpa darüber sprechen wollte, lächelte er und sagte, es sei ganz einfach, nur mein persönlicher Geist sei nicht einfach. Wenn ich mit Kunsang-la darüber spreche, sagt er, Worte seien sehr wichtig, man solle Worte nicht abschätzig behandeln. Sie seien wie ein Pfad, der einem den Weg zeigt, wo man sich verlaufen würde ohne diese Spuren.«

Es wurde Winter, Nyimas Bauch rundete sich deutlich. Lekshey und die anderen Kinder verbrachten mehr Zeit im Haus. Es war die Zeit zum Geschichtenerzählen und Singen, und einige der größeren Kinder wurden von Ngödups Tochter Pumo im Lesen unterrichtet. Die kleine Dölma hatte vor Kurzem einen Mann bei den Nomaden ihres Klans gefunden, und es ging ihr gut in der neuen Familie. Man war stolz auf die Schwiegertochter, die lesen konnte und aus dem Haus der berühmten Ngakmo Nyima kam.

Lama Samten unterrichtete keine Kinder mehr. Er war noch ein bisschen dicker geworden und stieg nur einmal am Tag die Treppe zum Hof hinunter, um ein paar Schritte hinter Mola den Chörten siebenmal zu umrunden. Er verhielt sich seinen früheren Schülerinnen gegenüber zurückhaltend, fast scheu. Ob er ahnte, dass sie inzwischen um seine Vergangenheit wussten, fragte sich Lenjam. Oder war es nur die Achtung vor den Titeln, die man ihnen gegeben hatte, Ngakmo die eine, Togdenma die andere? Sie hätte ihm gern gesagt, jeder könne sehen, dass er schon lange nicht mehr der gestrauchelte Mönch Samten war, sondern ein gutes, wertvolles Leben geführt hatte, und dass er hinter den einschüchternden Titeln die Frauen sehen sollte, die sie waren.

Aber möglicherweise war es auch dies – dass sie Frauen waren und er nach wie vor auf dem inneren Kontinent der Männer lebte, mehr noch, der Mönche.

»Tante Puntsog sagt, unser Lama hat sich gut um Onkel Dokar gekümmert, als er starb«, berichtete Nyima. »Er ist ständig bei ihm gesessen, hat ihm seine Medizin gegeben und mit ihm gebetet. Onkel Dokar hatte schlimme Schmerzen, sagt Tante Puntsog.«

Auch der Großvater, der schon immer im hinteren Haus gelebt hatte, war während Lenjams Abwesenheit gestorben. Kinder waren geboren worden. Schafe hatte man geschlachtet oder an Schneeleoparden verloren, es hatte neue Hundewelpen gegeben. Tode und Geburten hatten einander abgewechselt. Werden und Vergehen und Wiederwerden. Lenjam dachte an ihr Alter. Sie sehe aber doch immer noch aus wie früher, sagte Nyima, wie ein junges Mädchen. Lenjam war jedoch weit davon entfernt, sich wie ein junges Mädchen zu fühlen. Eher schien ihr, sie habe schon ein großes Stück Leben aufgebraucht, und sie fragte sich, ob sie jemals die verschlossene Tür zur Befreiung würde öffnen können. Mochte es auch im Grunde ganz einfach sein, wie der Tulku sagte. Was sie betraf, so war ihr individueller Geist gewiss noch weit weniger einfach als Nyimas Geist.

Losar, das Fest des neuen Jahrs, als die Sonne wieder stark wurde, brachte eine große Veränderung. Lenjam tanzte. Doch es war ein ganz anderes Tanzen als in jenem früheren Leben vor der Zeit im Nonnenkloster und in der Einsamkeit auf dem Berg. Gewiss, sie tanzte wie damals in der Reihe mit den anderen Mädchen und jungen Frauen, aber jetzt war sie das Fließen und Sprudeln des Wassers, sie war das Aufflammen des Feuers, das Wehen und Sausen des Windes, festgehalten nur durch die anderen, die ihre Hände hielten. Es waren die unsichtbaren Schwestern, die Dakinis der Elemente in ihr oder sie in ihnen, die tanzten, die Schwestern Wasser und Feuer, die Schwester Erde mit ihrer fruchtbaren Verlässlichkeit und die Schwester Raum mit ihrer unendlichen Weite.

Gegenüber, gegenläufig, sah und fühlte sie die tanzende Reihe der jungen Männer, das wundervolle Anderssein des Männlichen. Funken der Anziehung stoben auf, die Luft bebte vor Freude. So viel Freude! Ich opfere sie euch, sang Lenjam im Stillen, ich lade euch ein und biete sie euch an, euch Buddhas und Bodhisattvas und Weisheitsbeschützern. Und auch mit euch will ich sie teilen, ihr weltlichen Beschützer, endlichen Götter der Sterne und Planeten, Berggottheiten und Nagas, lokalen Gottheiten und Gottheiten des Herdes. Und nicht vergessen will ich euch Dämonen, Hungergeister und herumirrende Tote, alle euch unsichtbaren leidenden Wesen.

Sie tanzte mit weit geöffneten Augen, doch was sie sah, waren die unsichtbaren Gäste, die sie zu ihrem inneren Fest eingeladen hatte. Dann wie ein Blitzschlag ihr gegenüber, auf der Seite der Männer, das Bild eines Augenblicks – funkelnde, strahlende Augen, wehendes schwarzes Haar mit den roten Bändern, fröhlich stampfende Beine wie ein wildes, übermütiges Pferd, bereit zum Galopp. Ein Blick, der sich für einen Augenblick in den ihren hakte.

Lenjam schaute weg.

Nicht festhalten!

Loslassen!

Eilig schlüpfte sie aus der Reihe der Tanzenden, rannte zur Gruppe der älteren Frauen bei den großen Holztellern mit

Köstlichkeiten und setzte sich unauffällig hinter sie. Doch es gab keine Unauffälligkeit für die Togdenma mit dem scharfen Blick und den wilden, langen Haaren, die Schwester der Ngakmo, die viele Jahre lang ein heiliges Leben in Zurückgezogenheit gelebt hatte und die, so waren sich alle sicher, über besondere Kräfte verfügen musste. Sofort wurde ihr Platz gemacht, ein Ehrenpolster herbeigeschleppt, Tee und Chang angeboten, ein beladener Teller vor sie gestellt.

Sie sah Kunsang bei den Männern sitzen, wo er belustigt ihrem Würfelspiel zuschaute und gelegentlich seinen Becher mit Chang erhob. Doch er trank wenig und hielt die Hand über den Becher, wenn jemand nachschenken wollte. Lenjam winkte und trank ihm zu. Den Blick zurück zu den Tanzenden und den funkelnden Augen unter dem verwegenen roten Band im Haar verbot sie sich.

Doch das Tanzen blieb in ihr wie eine heimliche Einladung, Aufforderung, Lockung. Eine große Unruhe flatterte in ihr herum, trieb sie oft spätabends, wenn es längst dunkel war und selbst die Hunde schliefen, hinaus auf die Mauer, um tief in ihrem Leib den Gesang der Sterne zu hören.

In einer kalten Nacht sah sie in der Küche ein wenig Licht, vielleicht eine der Mägde, die nach dem Feuer sah. Doch zu ihrer Überraschung fand sie Kunsang, auf seinem Schoß das schlafende Kind. Sanft sang er hinein in die Glut im Herd. Dem kleinen Lekshey war es an diesem Tag nicht gut gegangen, er hatte geschrien und gejammert, und Kunsang hatte ihn immer wieder herumgetragen und beruhigt, während Nyima zu einem Kranken unterwegs war.

Lenjam setzte sich zu ihm. »Wie gut, dass er schläft.«

Kunsang nickte. »Er hatte einen schweren Tag. Morgen wird es besser sein.«

»Hattest du kleine Geschwister? Du kannst gut mit Kindern umgehen.«

Über Kunsangs breites Gesicht zog ein Schatten von Trauer.

»Ja, ich war der Älteste. Eine ganze Rotte von kleinen Schwestern hatte ich um mich. Erst als ein weiterer Sohn geboren wurde, gaben mich meine Eltern ins Kloster. Ich hatte oft Sehnsucht nach zu Hause und nach meinen kleinen Schwestern.«

Lenjam schwieg und wartete. Vielleicht würde er, so schützend umhüllt von der Nacht in dieser Gemeinsamkeit der Wache über das kranke Kind, ein wenig von sich erzählen.

»Wir lebten im Norden«, fuhr Kunsang schließlich mit seiner sanften, ungewöhnlich tiefen Stimme fort. »Meine Familie hatte viele Tiere, und wir wohnten in vier großen Zelten. Dann kamen die Mongolen, damals, bevor sie Lhasa zerstörten. Eine riesige Horde. Sie erschlugen alle, auch die Kinder.«

Sein Schweigen war lang.

»Ich weiß ja«, sagte er leise, als spräche er nur zu sich selbst, »dass der Tod nicht wirklich etwas bedeutet, aber meine Amala, mein Pala, die Kleinen – dieser entsetzliche Schrecken …«

»Ja«, sagte Lenjam. Ihre Kehle brannte.

Sein Schweigen dehnte sich weit hinein in die Nacht, war angefüllt mit Wehmut und dem zarten Angebot an Lenjam, sie zu teilen.

»Nur ich blieb übrig, weil ich im Kloster war, mitten im Studium. Ich war sehr unglücklich, weil ich nicht hatte bei ihnen sein können. Das war natürlich unsinnig, aber man kann nicht gut denken mit so viel Schmerz. Ich sah aber ein, wie gut es war, dass ich noch da war, denn ich konnte ja viele Pujas für sie machen und ihnen helfen im Bardo.«

Obwohl er wieder ins Schweigen glitt, fühlte Lenjam, dass noch nicht alles gesagt war. Kunsang war gewöhnlich ein Mann weniger Worte, allzu weniger, wie Nyima einmal angedeutet hatte. Und so geschah es wohl nur in besonderen Augenblicken wie in dieser zufälligen Falte der Nacht, dass er jemand anderem den dunklen Raum seiner Erinnerung öffnete.

»Als ich dann die Prüfungen abschloss und ein Khenpo war, wollte ich nicht unterrichten. Es zog mich in die Einsamkeit ins Retreat. Danach begegnete ich dem Ngakpa. Das war eine große Öffnung.«

Lenjam nickte. O ja, sie wusste, was das war, die große Öffnung. Ihre Begegnung mit dem Tulku. Wie er ihr den Weg wies. Wie durch ihn Worte zu Nahrung wurden.

»Vielleicht werde ich irgendwann in den Norden reisen«, fuhr Kunsang fort. »Es leben noch einige Leute meiner Sippe dort. Aber vielleicht auch nicht. Man sollte nicht so sehr anhaften. Nein, man sollte nicht so sehr anhaften.«

Diesen Satz nahm Lenjam mit in den Schlaf, dachte noch ein wenig hin und her, wie es war mit ihrem Anhaften an dieses Haus, an die Familie. Nicht festhalten, nicht ablehnen. So sollte es sein.

Außen erscheint die Wahrnehmung von Geburt und Tod.
Innerlich entstehen Vertrauen und die Abkehr vom Daseinskreislauf.
Und dazwischen erinnert man sich an die Lehre des Buddha.

Auf diese Weise werden Heimat und Freunde nicht zum Verhängnis.

Im Häuschen auf dem Berg waren Milarepas Verse so einfach und klar wie das Wasser der Quelle gewesen.

Nyimas Tochter wurde am frühen, noch dunklen Morgen eines glückverheißenden Tages geboren, in Nyimas eigenem Zimmer, in dem sie bereits Lekshey entbunden hatte.

»Keine zehn Yaks bringen mich nach unten in diese traurige Kammer, in der Amala gestorben ist«, hatte sie gesagt. »Und selbst wenn sie nicht dort gestorben wäre – was für ein hässlicher Raum. Es ist doch eine Freude für eine Familie, dieses neue Kind.«

Spät am Abend, als das Fruchtwasser abging, wurde die alte Yumtso geholt, noch immer die beste Geburtshelferin im Tal, die schon Lenjam und Nyima entbunden hatte.

»Jung bist du nicht mehr, Ngakmo-la«, sagte sie, »aber jung genug für eine gute Geburt. Und es liegt gut, dein Kleines, gerade richtig.«

Kunsang zelebrierte eine Puja im Schreinraum, alle Frauen murmelten Mantras und drehten Gebetsmühlen, und das Haus war erfüllt vom Duft des heiligen Rauchs. Ach ja, dachte Lenjam, Geburt, Alter, Krankheit, Tod, so ist er, der Daseinskreislauf, und doch, welches Glück, in einem menschlichen Körper geboren zu werden, die Lehren zu hören, die Natur des Geistes zu befreien.

Nyima begleitete die Geburt ihres Kindes mit Mantras, umklammerte Lenjams Hand während der Wehen, lächelte erschöpft, als sie mit Lenjam in das uralte Gesichtchen ihrer Tochter blickte. Lenjam war beglückt, verzaubert, erschüttert, wusste nicht, ob es Lachen oder Weinen war, das sie sprachlos machte. Würde sie das je erleben dürfen? Würde sie es wirklich wollen? Wohin führte ihr Leben?

Das Leben im Haus war ein satter, breiter Fluss. Lenjam sagte sich, dass es gut sei, mit ihren Menschen zu leben, gemäß den *Anweisungen* stets an das Wohl der anderen zu denken und immer mehr die Illusion des Alltags zu durchschauen, bis letztlich der Geist zu sich selbst erwachen würde.

Das Licht erleuchtet nicht sich selbst,
weil es nie in Dunkelheit war.

Das hatte sie verstehen gelernt. Aber sie hatte es nicht wirklich erfahren.

Was fehlte?

17

Als die Hunde angebunden waren und die Gruppe der Besucher durch das Tor trat, tanzte der kleine Lekshey wild durch den Hof und schrie: »Leute sind da, Leute sind da!«

Auch die anderen Kinder freuten sich über Fremde, doch nichts konnte Lekshey so glücklich machen wie Besucher.

»Ein Spielmann, schaut mal, ein Spielmann!«, rief er, ganz außer sich vor Begeisterung, denn Singen bereitete ihm großes Vergnügen.

Lenjam stieß unwillkürlich einen Schrei aus und schlug die Hände vor den Mund. Es war der Spielmann-Lama, unverkennbar mit seinen filzigen langen Haaren, dem hängenden Schnurrbart und dem dreisaitigen Damiyan auf dem Rücken, der die Besuchergruppe anführte.

Augenblicklich versammelten sich Kinder und Neugierige um die Ankömmlinge, und schon war Nyima die Treppe von der Küche heruntergeeilt und hatte den Lama und die Gruppe willkommen geheißen. Der Spielmann-Lama lachte wie immer mit seiner herrlichen, unbekümmerten Sorglosigkeit, als habe er nicht einen langen, anstrengenden Weg hinter sich. Lenjam wäre gern auf ihn zugestürzt, doch ihre Freude war so groß, dass sie still hinter den anderen stehen und ihn nur anschauen musste. Doch nachdem die offiziellen Begrüßungen beendet waren, drängte er sich durch die fröhliche Meute, die sich teilte und wieder schloss wie Wasser im Fluss. Er kam auf sie zu, beugte sich mit gefalteten Händen vor und berührte ihre Stirn mit der seinen.

»Gut, gut«, sagte er, »da bist du ja. Es ist an der Zeit.«

Lenjam nickte verwirrt. O ja, es war an der Zeit. Wofür?

Im Lauf des Sommers war sie immer unruhiger geworden, als stünde etwas Wichtiges bevor. Doch da war nichts, auf das sie hätte warten können. Warum hatte die Dakini gesagt, sie solle in die Welt gehen? War dieses Tal mit seinen Höfen und Feldern die Welt?

»Ich bin sehr froh, dass Ihr gekommen seid, Lama-la«, sagte sie, »aber Ihr seid gewiss nicht meinetwegen hier. Wollt Ihr den jungen Rinpoche und den Höchstehrwürdigen Lama besuchen?«

Lama Dorje spitzte den Mund und flüsterte: »Hm, ja, die besuch ich dann auch noch. Aber es gibt Wichtigeres. Eine Dakini hat mich zu dir geschickt. Du weißt schon. Sie sagte, es sei an der Zeit. Na, was will man machen, wenn einen die Dakini schickt? Aber es ist mir natürlich eine große Ehre, von der Dakini geschickt zu werden. Schließlich habe ich nichts anderes zu tun. Bin ja nur ein Vagabund und ziehe herum und unterhalte mich mit Dämoninnen und singe den Leuten alles Mögliche vor. Und jetzt, meine Schönen, bringt Chang. Der Spielmann ist durstig.«

Durstig waren auch seine Begleiter, das Grüppchen von Pilgern, die vom östlichsten Rand Tibets kamen und nach Lhasa wollten. Lama Dorje hatte sie so sehr beeindruckt, dass sie darum gebeten hatten, ihn ein Stück begleiten zu dürfen, auch wenn es ein Umweg für sie war. Er singe so schöne Lieder und mache sie so fröhlich, sagten sie. Außerdem, aber das sagten sie nicht, kannte man ihn in ganz Kham, und wo er hinkam, wurde er samt seinen Begleitern freudig empfangen und gut bewirtet.

In der folgenden Nacht war Lenjam in jenem überwachen Zustand, der sie hinaus auf die Mauer trieb, um sich mit Mond- und Sternenlicht erfüllen zu lassen. Es war kurz vor dem Dakini-Tag, der fast schon runde Mond trieb über die zartdunkle Weite des Tals. Es war nun weniger Unruhe, die sie umtrieb, als Sättigung. Nichts war mehr an Haus, Tal, Fluss und Berg, das sie noch satter hätte machen können. Es war an der Zeit.

Viele Ngakpas und Yogis waren auf Wanderschaft von einer Höhle zur nächsten, wurden von Gönnern eingeladen, ließen sich vielleicht sogar als Berater in königlichen Dzongs nieder. Nyima und Kunsang hatten sich auf ein häusliches Leben eingestellt. Nyima hatte in der Region bereits einen Ruf als Heilerin und Meisterin der Rituale, wurde in Haushalte gebeten, kümmerte sich um das körperliche und geistige Wohl der Menschen in der Umgebung.

Wo denn ihr Platz sein möge, fragte sich Lenjam. Oder gab es keinen festen Platz? Eine Yogini konnte nicht allein herumziehen, es war zu gefährlich. Sie hätte zumindest einen Yogi an ihrer Seite haben müssen. Aber sie hatte keinen Yogi. Sie wollte keinen Mann. Männer waren nicht gut für sie.

Schritte näherten sich. Der Spielmann-Lama. War auch er dem Mond gefolgt? Er musste sie entdeckt haben auf der Mauer, obwohl sie in der dicken Fellchuba kaum erkennbare Umrisse bot.

»Ho, Prinzessin, trinkst du Mondlicht?«

Er kletterte auf die Mauer und setzte sich so nah neben sie, dass sie seinen Chang-Atem roch.

»Du musst wissen«, sagte er, »der Meister Tsong Khapa hat lange Zeit in einer Höhle verbracht und sich nur von Sternenlicht ernährt. Er fand heraus, dass Sternenlicht noch besser ist als Mondlicht. Bekam ihm gut, er hat sehr weise Schriften hinterlassen. Wären seine Schüler und die Schüler ihrer Schüler und so weiter nur auch annähernd so weise gewesen wie er, Lhasa wäre nicht zerstört worden.«

»Ihr meint, weil sie sich stattdessen mit einem bösen Geist zusammentaten?«

»Was weißt du davon?« Die Stimme des Spielmann-Lamas war plötzlich sehr klar und klang keinesfalls nach den vielen Bechern Chang, die er getrunken haben musste, um so deutlich danach zu riechen.

»Nichts«, erwiderte Lenjam. »Es gab nur Gerüchte.«

»Werf sie raus aus deinem Kopf. Es ist besser, solche Sachen nicht mit Gedanken zu nähren. Aber lassen wir das. Es gibt Besseres zu tun.«

Er zog einen Trinkschlauch, wie die Nomaden ihn hatten, aus seiner Chuba, zog den Stöpsel heraus und reichte ihn ihr.

»Komm, trink mit mir. Ist gut gegen schlechtes Geträume. Los, du kannst es.«

Lenjam zögerte. Sie konnte was? Trinken gegen Geträume?

»*Kye ho!* Trink, Prinzessin!«

Sie mochte den säuerlichen Geschmack von Chang und das weiche, helle Gefühl, das er auslöste. Also nahm sie den Trinkschlauch an und trank reichlich.

Lama Dorje nickte ermunternd und zog seinen Schnauzbart lang. »Gut, Bomo-la. Noch einen Schluck! Du musst die richtige Stimmung haben, damit ich dir den Auftrag der Dakini berichten kann.«

Dass er sie Töchterchen nannte, wärmte noch mehr als der Chang. Er zog eine Maultrommel aus seiner Chuba und spielte eine kleine Melodie, ein weicher Klang, der Lenjam tief ins Herz sickerte. Er erinnerte sie an den zarten, dunkel nachklingenden Geschmack des Mondlichts, den zu erkennen der Tulku sie gelehrt hatte.

Mondlicht trinken.

Da war es wieder, dieses Erlebnis, an das zu denken sie sich nur selten erlaubte.

Ein Neujahrsfest, der frühe Mond voll am Himmel. Er ließ sie von seinem Assistenten in seinen Empfangsraum holen. Am offenen Fenster stand er hinter ihr, so nah, so nah, und flüsterte ihr ins Ohr: »Lass den Mond zu dir kommen, atme ihn ein. Vergiss, was er ist, atme ihn!«

Sie vergaß, was er war, der Mond; aber sie vergaß nicht, was der Tulku war. Sie fühlte sich weich werden und noch weicher, und schließlich fühlte sie sich gar nicht mehr, denn nun war sie selbst das Mondlicht, war alles durchdringendes Mondfeuer, und alles war vollkommen, über alle Maßen richtig.

Dann allerdings war es vielleicht nicht mehr ganz so richtig, denn sie hätte sich umwenden und den Tulku umarmen wollen, doch das war unmöglich, so unmöglich, dass sie es nicht in Gedanken zu fassen wagte.

Dann schlug die Zeit ein wie ein Gewitter. Der Tulku übergab sie seinem Assistenten, und sie musste sich zurück zu ihrer Gästekammer außerhalb der Mönchsquartiere führen lassen, zitternd und auf wundervolle und schmerzhafte Weise außer sich.

Sich daran zu erinnern hatte sie ganz selten gewagt. Im Häuschen auf dem Berg hatte sie sich darum bemüht, das Mondlicht trinken zu lernen. Es war nie gut gelungen, vielleicht, weil sie nicht gewagt hatte, an ihr Verlangen nach dem Tulku zu denken.

»Es gibt eine kleine Gruppe tantrischer Yoginis«, sagte Lama Dorje nach einer Weile, »die leben irgendwo versteckt in den Bergen, aber niemand weiß, wo. Es heißt, sie würden nicht altern. Nun kommt also diese Dakini zu mir und sagt, ich solle zu dir gehen und dich zu diesen Yoginis begleiten. Ein schwieriger Weg dorthin.«

Er reichte ihr den Trinkschlauch, nachdem er selbst noch einen großen Schluck daraus genommen hatte.

»Jeder Weg ist mir recht!«

So begeistert hatte Lenjam dies ausgestoßen, dass der Lama vergnügt in sich hineinkicherte.

»Los, trink!«, sagte er. »Nach dem Dakini-Tag ziehen wir los.«

Noch einmal blieb Lenjam stehen und schaute sich um, blickte hinunter in ihr Tal. Silbern und golden glänzend in der frühen Sonne, zog es sich, getränkt mit Ruhe und Fülle, weit zwischen die Berge hinein, und sie dachte, das Reine Land Dewachen könnte kaum schöner sein.

»Muss man immer etwas verlassen, um zu sehen, wie schön es ist?«, sagte sie. »In einem Verborgenen Land, so hat Lama Samten einmal erzählt, soll man angeblich immer glücklich sein und erkennen, wie unübertrefflich es ist. Gibt es so ein Verborgenes Land wirklich?«

Lama Dorjes Fältchen in den Augenwinkeln vertieften sich. »Vielleicht.«

»Und es heißt, wenn man einmal dort ist, kommt man nie mehr zurück. Stimmt das?«

Der Spielmann-Lama brummte bejahend und schlug ein paar Töne auf seiner Maultrommel an.

»Dann frage ich mich, warum nicht jeder versucht, in ein Verborgenes Land zu kommen.«

»Nicht so einfach«, sagte der Lama. »Es heißt eben auch, dass man bereitwillig alles zurücklassen muss, um dorthin zu kommen. Alles.« Und leise sang er vor sich hin:

»Die Bindung an die Heimat aufgeben ist schwierig.
Aber nur, wenn man sein Vaterland verlässt, hört
Feindseligkeit auf.
Die Sehnsucht nach Familie überwinden ist schwierig.
Aber nur, wenn man engen Beziehungen entsagt,
wird man frei von schmerzlicher Sehnsucht.«

O ja, gewiss hat Milarepa recht, dachte Lenjam, aber er ist eben der große Milarepa, und ich bin Lenjam, der viele Jahre Meditation nicht zu einem klaren Geist verholfen haben. So ist das.

Als habe der Lama ihre Gedanken gehört, ging er zu einem anderen Gesang über:

»Alle Buddhas und großen Bodhisattvas
waren einst Wesen wie ich und du.
Aber dann widmeten sie sich dem Dharma
und meditierten eifrig über den Pfad zur Erleuchtung.
So übend, überwanden sie Karma und Verblendung.

Halte den Kopf hoch, Bomo-la. Das Kopfhängen überlassen wir unserer Eselin.«

Lenjam lachte. So leicht fiel ihr das Lachen neben dem Spielmann-Lama, als hielte er ständig die Tür auf, durch die man ins Lachen eintreten konnte. Bis zu diesem Augenblick hatte sie nicht erkannt, welch großes Glück es war, dass sie mit ihm reisen durfte. Immer hatte sie ihn im Schatten des machtvollen Ngakpas gesehen. Da ging er nun neben ihr und führte Tashi, das Maultier, als wäre er ein gewöhnlicher Irgendjemand; doch er konnte Gedanken lesen und vielleicht noch viel mehr als das.

Die Tage und Nächte reihten sich in einem ständigen Abenteuer aneinander, bergauf und bergab in der Schärfe einer kälter werdenden Sonne, von eiskalten Schatten begleitet, mit ständiger Rücksicht auf Berggottheiten, Nagas und Dämonen, denen der Lama Rauchopfer bereitete und fast die Hälfte ihrer Nahrungsmittel überließ. Lenjam hatte genügend Goldstückchen in ihre Chuba genäht, um überall, wo sie nicht eingeladen wurden, Vorräte kaufen zu können.

»Das ist natürlich keine richtige Pilgerschaft«, sagte der Spielmann-Lama und lehnte sich genussvoll gegen die vom Herdfeuer gewärmte Wand in der Küche ihrer Gastgeber. »Denn das ist es nur, wenn man ohne Absicherung reist und mit zuversichtlicher Ungewissheit alles nimmt, wie es kommt oder nicht kommt. *Ah, la, la, ho!* Aber so ein netter Ausflug ist auch gut. Ich bin ein bequemer alter Mann geworden und mag es, wenn alles nett ist.«

»Der letzte Aufstieg war nicht nett«, entgegnete Lenjam, während sie wieder einmal neue Ledersohlen an ihre Stiefel nähte. »Ich bin auf dem Geröll fast in die Tiefe gerutscht und hab mir das Knie aufgeschürft. Auf dem Pass regnete es Eis, und nach dem endlosen Abstieg in dieses Tal tat mir alles so weh, dass ich keinen Schritt mehr hätte laufen können. Wie könnt Ihr das alles nett nennen.«

Es waren freundliche Leute, wo sie übernachteten, die den Besuch eines Lamas zu schätzen wussten und ihm für das Abendessen bereits ein Ritual für die Hausgottheit und ausführlichen Segen für ihre Tiere abgefordert hatten.

»Dieses Haus ist nett«, sagte er, »und die Leute sind nett. Sie haben ein gutes kleines Herz.«

Lenjam gestand sich ein, dass sie die Nettigkeit der Welt nicht genügend wertschätzen konnte, selbst dann nicht, wenn sie diese gemütliche Küche mit ihrer zugeschneiten Einsiedelei verglich. Der Buddha hat gelehrt, dass Samsara leidensvoll ist, dachte sie. Samsara besteht aus störenden Gedanken und Gefühlen, aus Habenwollen, Nichthabenwollen und Nichtwissenwollen, und er hat gelehrt, dass es ohne diese störenden Gedanken und Gefühle kein Samsara gibt. Demnach ist alles, was ist, ein strahlendes Mandala nicht bedingten Glücks, diese Küche, mein Heimattal und die zugeschneite Einsiedelei. Keine Hoffnung, keine Furcht, reine Glückseligkeit. Überall. Immer.

Wie oft hatte sie schon über die Lehren nachgedacht, über das, was der Tutor ihr beigebracht hatte, und über die tiefgründigen Belehrungen des Tulkus. Jahrelang. Wo sollte sie Nettigkeit unterbringen? Machte der Lama sich über sie lustig? Bei Lama Dorje konnte man nie wissen, woran man mit ihm war. Vor dem Ngakpa hatte sie sich fürchten können, das war zumindest etwas Greifbares, doch der Spielmann-Lama war unberechenbar. Wie wenn man auf einem Berg mit hübschen Hochweiden und sanften Hängen voller kleiner Blumen unterwegs ist und plötzlich an einer Klippe vor einem Abgrund steht, von wo kein Weg weiterführt.

»Du hast ein gutes, großes Herz, Bomo-la«, sagte der Lama und zog seine Füße unter einem Lämmchen hervor, das sich darauf niedergelassen hatte. »Das ist das Wichtigste. Und jetzt trink einen guten Schluck oder zwei von dem Chang unseres Wirts. Er ist ausgezeichnet.«

Wenn er ein richtig wirkungsvolles Rauchopfer am nächsten Morgen haben wolle, hatte er dem Wirt gesagt, müsse er noch mehr Chang bringen. Mit diesem Handel hatte sich der Wirt einverstanden erklärt. Lenjam wusste, der Lama würde den großen Krug leeren und er würde dabei Geschichten erzählen, gute Geschichten, die man nicht vergaß. Die Bewohner des Hauses hatten sich bereits in ihren großen Schlafraum nebenan zurückgezogen. Lenjam lächelte. Sie ahnten nicht, was ihnen entging.

»Ich erzähle dir von einem Mahasiddha«, begann der Lama, »du weißt ja, ein hoher Meister der verrückten Weisheit.«

Lenjam lächelte. Das musst du mir nicht erklären, Spielmann, als wüsste ich nicht, dass du selbst einer von diesen Siddhas bist.

»Dieser große Meister«, fuhr der Lama fort, »hatte kein bisschen Gold mehr in der Tasche, keinen einzigen kleinen Krümel, gar nichts. Und er hatte schon lange keinen Chang mehr gehabt. Als er schließlich auf eine Absteige für Reisende traf, bestellte er einen großen Krug Chang, der schneller leer war, als man schauen konnte. Gut sei dieser Chang, sagte er, so hervorragend, dass er noch einen Krug wolle. Den bekam er, aber als er dann einen weiteren Krug bestellte, wollte der Wirt für das, was der Meister schon getrunken hatte, entlohnt werden. Gib mir noch mehr Chang, sagte der

Meister, und ich schwöre bei meinem Glauben an die Buddhas und Bodhisattvas, dass du entlohnt wirst, bevor die Sonne untergegangen ist. Der Wirt hatte zwar keine Ahnung, was für einen großen Mahasiddha er vor sich hatte, aber er war von diesem Schwur tief beeindruckt und brachte einen dritten Krug, und weil der Meister noch immer nicht genug hatte, noch einen und noch einen.

Es war ein langer Tag. So einen langen Tag hatte es noch nie gegeben. Die Sonne ging nicht unter. Überall drohten die Felder und Wiesen in der Hitze zu verdorren. Die Leute waren verzweifelt und wandten sich schließlich an Ngakpas und weise Lamas um Hilfe. Deren Orakelbefragungen wiesen auf den Mahasiddha und den Ort hin, wo der noch immer trank. Sie gingen zu ihm und bezahlten seine Schulden beim Wirt. Da gab er die Sonne frei und ließ sie untergehen, und darauf trank er noch einen letzten großen Becher. Glaub mir, diese Geschichte ist wirklich wahr, denn Mahasiddhas gebieten sogar über Sonne und Mond.«

»Dann seht bitte zu, dass morgen früh die Sonne aufgeht, Lama-la«, sagte Lenjam übermütig von den vielen guten Schlucken, die der Lama ihr aufgedrängt hatte.

Schnell warf sie ihm einen Blick zu, um zu sehen, wie er ihre Bemerkung aufgefasst hatte. Aber er war nicht da. Sein Platz an der Wand war leer. Sie schaute sich verwirrt in der Küche um, stand auf und ging zur Tür. Wo war er?

Eine Wolke von Kälte stürzte durch die Tür in die Küche. Lenjam drückte sie eilig zu und wandte sich um. Da saß der Lama an die Wand gelehnt wie zuvor, hob seinen Becher, grinste und schob die Zunge durch eine Zahnlücke.

Lenjam ergriff ein Schwindelgefühl. Lag es am Chang, oder hatte sie gesehen, was sie gesehen hatte? Sie würde von nun an die Augen offen halten, falls er so etwas noch einmal tat. Entschlossen beugte sie sich vor und griff nach einem Gerstenfladen und einem Stück Yakkäse. Man musste reichlich essen, wenn man Chang trank. So etwas wusste man als Palas Tochter, die als ein Sohn aufwachsen durfte.

Sie wollte den Käse dem Lama reichen, doch da war nur die Wand. Lenjam entfuhr ein kleiner Schrei. Nicht schon wieder! Sie kniff die Augen zu, ganz fest, sie wollte nichts mehr sehen, das derart unverlässlich war. Oder war es ihr eigener Geist, der unverlässlich war? Um das festzustellen, musste sie die Augen doch wieder öffnen. Da saß er, der Spielmann-Lama, strich über seine Bartfäden und schob die Zunge in eine andere Zahnlücke.

»Alles geschieht im Geist, wie du weißt«, sagte er. »Die Dinge sind nicht so, wie sie scheinen, aber anders sind sie auch nicht.«

So stand es in der Diamant-Sutra. Manchmal hatte Lenjam gedacht, sie habe es irgendwie verstanden. Aber auch, dass dieses Verstehen nicht reichte, wusste sie schon lange. Verstehen, Erfahrung, Verwirklichung. Vielleicht war dies jetzt Erfahrung? Dass das Verschwinden und Erscheinen des Lamas einfach geschah. Dass beides Wirklichkeit war. Nichtdasein ist Wirklichkeit. Dasein ist Wirklichkeit. Ist das so?

»Dann wollen wir mal schlafen«, sagte der Lama und ging vors Haus. Er schlief gern im Sitzen, an einen Felsen, einen Baum oder auch an eine Hauswand gelehnt. Die Nomaden hatten gesagt, der Spielmann-Lama habe viele Jahre meditierend in einer Höhle verbracht.

Lenjam folgte ihm und rollte sich an der Hauswand in ihr Schlaffell. Auch sie hatte sich daran gewöhnt, bei trockenem

Wetter in frischer, kalter Luft zu schlafen. Vielleicht, so hoffte sie, atmete sie dabei das Licht des Mondes und der Sterne ein, ohne es zu wissen. Als sie neben dem Lama am Einschlafen war, erschien es ihr ganz natürlich, dass Dasein und Nichtdasein eines waren, und sie nahm sich vor, dies am Morgen auch noch zu wissen.

In den nächsten Tagen erschien es Lenjam, als habe sich etwas verändert. Als wären die Dinge zu nah oder zu fern, jedenfalls nicht da, wo sie hingehörten. Mehr als sonst nahm sie Zuflucht zum Tara-Mantra, damit der Rahmen der Welt nicht auseinanderfiele. Man konnte ja nie wissen. Jetzt führte sie das Maultier, obwohl Tashi den Lama vorzuziehen schien, ihm jedenfalls besser gehorchte. Seitdem Lenjam jedoch stets ein kleines Tsampa-Klößchen bereithielt, um ihn zum Weiterklettern zu verlocken, ging es ganz gut. Sie brauchte Tashis Nähe, um sich nicht zu verlieren, denn der Boden unter ihrem Geist war unsicher geworden seit jener Nacht, in der dieser unberechenbare Lama sowohl da als auch nicht da gewesen war. Tashi war verlässlicher. Er schien es zu mögen, wenn Lenjam seinen langen Kopf an sich drückte und ihre Nase an der seinen rieb.

Tiefgründige Unterweisungen haben keine Bücher, hatte der Tulku gesagt. Damals hatte sie den Hinweis nicht verstanden. Jetzt ahnte sie, was er bedeutete.

Die Anstrengungen der Reise fügten die Welt wieder zu einer scheinbaren Normalität zusammen. Lama Dorje sang lustige Lieder, unterhielt ihre Gastgeber in Zelten oder Häusern mit vergnüglichen Geschichten, und manchmal forderte er Lenjam auf, den Gastgebern kleine Dharma-Belehrungen zu geben.

Ein überwältigender Traum stürzte Lenjam in die nächste Verwirrung. Sie hatten in einem Tal Rast gemacht, denn weit und breit gab es keine Unterkunft. Das Tal war von steilen Wänden umgeben, ein Wasserfall rauschte in einen tiefen Tümpel. Die kommende Nacht zeichnete bereits tintenschwarze Schatten unter die Büsche.

»Ist es gut hier?«, fragte sie besorgt.

Der Lama lachte leise. »Warum sollte es nicht gut sein?«

Nach einem Becher Buttertee und einer dicken Linsensuppe, verfeinert mit Kräutern und Wurzeln, die der Lama unterwegs zu sammeln pflegte, fühlte sich Lenjam wohler.

Nachts kam der Traum.

Der Tulku, der Spielmann-Lama und der Ngakpa saßen in einem großen, prächtigen Zelt. Lenjam vollzog drei Niederwerfungen und setzte sich den Meistern gegenüber. Der Lama reichte ihr ein schmales Blatt, wie eine Seite aus einem Buch, und sagte: »Lies das!«

Das Blatt enthielt seltsame Zeichen, in denen Lenjam keine Bedeutung erkannte.

»Was ist das für eine Schrift?«, fragte sie. »Die kenne ich nicht.«

Die Meister sahen einander an und lächelten. Der Tulku neigte sich ein wenig vor. »Schau hin und öffne deinen Geist.«

Lenjam neigte sich über die Zeichen. Dann glitt ihr Blick von den Zeichen ab, tauchte in ein Dahinter, hinaus in eine strahlende Weite, aus der sich die Dakini mit den Regenbogenaugen näherte. In dieser Weite gab es noch weitere Wesen, gute Wesen, die Lenjam eher spürte als sah. Die Dakini winkte Lenjam zu und löste sich in der Weite auf.

»Bitte warte!«, rief Lenjam, doch schon saß sie wieder vor dem Blatt mit den Zeichen, nur dass die Zeichen jetzt zu tanzen schienen und kleine Lichtblitze von ihnen ausgingen.

Lenjam gab dem Lama das Blatt mit den Zeichen zurück.

»Gut, gut«, sagte der Tulku und nickte dem Lama zu.

»Sag ich doch«, erwiderte der Lama und strich seinem großen, schwarzen Hund über den Kopf.

Lenjam fragte sich, ob sie versagt hatte. Hätte sie der Dakini folgen sollen? Wäre das möglich gewesen?

Plötzlich wurde ihr bewusst, dass sie sich in einem Traum befand. Sie hätte der Dakini folgen können, in Träumen genügen Wünsche. Sollte sie das Blatt zurückfordern und versuchen, noch einmal in seinen Hintergrund zu gehen?

Sie schaute hinauf in den Nachthimmel mit den tanzenden Sternen.

Die Dakini war nicht da. Aber Wesen waren da, die sie mehr fühlen als sehen konnte, doch diese Wesen fühlten sich keineswegs gut an. Und eines dieser Wesen beugte sich über sie und zog plötzlich mit einem scharfen Ruck ihr Schlaffell weg. Sie lachte über diesen Traum. Die Wesen waren selbst nur Träume. Das Fell war ein Traum. Der Himmel war ein Traum.

Ihr wurde kalt. Das Frieren ließ sich nicht wegwünschen. Und dort saß ja auch das schwarze Bündel, der Lama. Wer hatte ihr Fell weggezogen? Schnell tastete sie danach und holte es zu sich heran. Doch nun wurde kräftig an ihren Haaren gezogen.

»Jetzt reicht es!«, sagte sie ärgerlich und setzte sich auf. »Verschwindet, ihr Geister. Wenn ich euch nicht träumen würde, gäbe es euch gar nicht. So ist das, verstanden?«

Brummend rollte sie sich wieder in ihr angenehm nach Schaf riechendes Fell. Die Wesen waren nicht mehr da, nur die Nacht und die Sterne.

»*Ätsi!*«, sagte der Lama kichernd. »Das war nett.«

Schon seit vielen Tagen waren zwischen den Bergen mächtige Eistürme zu sehen gewesen. Sie rückten näher, und Lenjam begann zu fürchten, dass der Weg dort hinaufführte. War es möglich, dass die Yoginis im ewigen Eis lebten? Alles war möglich.

Nach einigem Zögern fragte sie: »Lama-la, ist es noch weit zu den Yoginis?«

Der Lama zog die Augenbrauen hoch. »Yoginis?«

»Die Yoginis, zu denen wir gehen.«

»Hm, die Yoginis«, sagte der Lama und wanderte weiter.

Lenjam seufzte. Es war, als würde der Lama, je weiter sie gingen, sich immer weniger bemühen, so zu tun, als wäre er ein Mensch wie andere Menschen. Früher hatte sie ihn vergnüglich gefunden, jetzt war er eher beunruhigend. Er lachte noch immer gern, und sie zweifelte nicht daran, dass er sie mochte. Aber dieser Weg schien kein Ende zu nehmen. Gab es diese Yoginis auch sicher? Wohin ging der Lama mit ihr? Wer war er wirklich?

Sollte sie ihm den Traum erzählen? Oder wusste er auch, was sie träumte?

»Lama-la, ich hatte kürzlich einen merkwürdigen Traum«, sagte sie, als sie an einem Bach in einem hübschen, kleinen Hochtal Rast machten und Suppe kochten.

»Aha«, erwiderte der Lama.

»Mit der Dakini.«

Der Lama schlürfte zufrieden seine Suppe. »Gut«, sagte er zwischen zwei schmatzenden Schlucken.

Lenjam nahm einen mutigen Anlauf. »Ich weiß manchmal nicht mehr, ob ich träume oder wache.«

Mit seinem vertrauten Kichern stellte der Lama seinen Becher zur Seite und stand auf.

»Welchen Unterschied macht das?«, sagte er im Gehen.

Sie schaute ihm nach, wie er einen geeigneten Platz suchte, um sich zu erleichtern. Und sie sah Tashi, der sich über das Gras im Tal hermachte. Sie sah den Fels mit dem Profil eines schlafenden Gesichts, der sich am Ende des Tals erhob, zwei Adler, die am Himmel kreisten, Gräser, die sich im Wind bewegten, Nagas, die den Bach bewachten, den Berggott, der kurz das Auge öffnete und wieder schloss, und sie sah Tara, die grün leuchtend in Regenbogenlicht über dem Tal schwebte und viele Licht-Taras ausstrahlte.

Dann kam der Lama zurück. Ein Schmetterling saß auf seiner Schulter. Lenjam ruhte in ihrer Verzauberung, von Worten befreit.

»Wenn du scheißen musst, gib auf die Nagas und die lokalen Geister acht«, brummte er. »Am besten dort drüben zwischen dem Geröll. Da ist niemand.«

»Ich scheiße Gold und pisse Nektar.« Lenjam fragte sich, ob sie das wirklich gesagt hatte.

»Hoffen wir, dass die das auch wissen«, erwiderte der Lama.

Schnee. Es gab überall nur Schnee. Lenjam taumelte im Angriff des Sturms. Durch das halb durchsichtige Schneetuch, das sie um ihr Gesicht gebunden hatte, ließ sich nichts erkennen. Irgendwo dort oben musste der Pass sein. Ihre Kraft würde nicht reichen. Sie konnte viel aushalten, das hatte sie in den letzten Tagen, Wochen des immer schwierigeren Wegs durch die erbarmungslosen Berge bewiesen, aber jetzt hatte sie keine Kraft mehr. Selbst das kleine Bündel auf ihrem Rücken war zu schwer. Wie gut es wäre, einfach aufzugeben und in den Schnee zu sinken. War nicht auch der Schnee nur ein Traum? Tara würde sie auffangen und in das Klare Licht geleiten. Sie würde sich nicht fürchten, wenn die Energien ihres Körpers sich auflösten, sie wusste, wie das vor sich ging, und sie hatte gelernt, ihren Geist stillzuhalten. Die schrecklichen Erscheinungen würden ihr keine Angst machen. Sie würde nicht vergessen, dass alles Geschehen in die vollkommene Offenheit strebte, in das glückselige Leuchten des Geistes.

Oder doch?

Sie fühlte des Lamas festen Griff an ihrem Arm.

»Komm, dort rüber, zu dem Felsen!«

Ein dunkler Schatten im Weiß, ein niedriger Felsüberhang, darunter nur wenig Schnee, den der Lama wegfegte. Er packte Lenjam fest in ihr Schlaffell, das er ihr längst abgenommen und für sie getragen hatte. Nun durfte sie nachgeben. Leben oder Tod, alles war gut.

Doch nicht ganz gut. Der Lama hatte ihretwegen diese mühevolle Reise auf sich genommen, ihretwegen begab er sich in Gefahr. Dankbarkeit durchwärmte sie, sickerte in ihre Finger und Zehen.

»Lama-la, danke!«, flüsterte sie kraftlos in das Heulen des Sturms.

Der Lama hatte sich neben ihr sitzend in sein Fell gehüllt. Sein scharfes Profil schnitt in den Schnee.

»Schlaf ein bisschen, Bomo-la. Bist ein tapferes Mädchen. Nur noch über diesen Berg.«

»Ihr seid so gut zu mir, Lama-la.«

»Wir kennen uns schon lang, Lenjam-la. Schon sehr lang.«

Lenjam schloss die Augen. Halbschlaf der Erschöpfung, Wegdämmern. Hatte der Lama gesagt, die Omen könnten besser sein?

Warum waren die Omen nicht gut? Sie hatten den Berggöttern und den lokalen Wesen heiligen Lhasang geopfert, jeden Morgen und Abend hatten sie die Rituale vollzogen und die Beschützer angerufen. Es gibt keine Sicherheit in der Welt der Erscheinungen, hatte der Lama gesagt, aber man tut, was man kann.

Sie roch Rauch. Wie hatte der Lama im Sturm ein Feuer zustande gebracht? Ein warmer Becher an ihrem Mund, nahrhafter salziger Tee mit weichem, buttrigem Rand. Es lief so schön warm in sie hinein, ebenso wie Lama Dorjes sanftes Singen: »*Dusum sangye* ...«, die Anrufung an Guru Rinpoche. Sie hätte so gern mitgesungen, doch da war keine Kraft für die Stimme, nur innen konnte sie es singen, im tiefen Raum ihres Herzens.

Ein warmes Tsampa-Bällchen in ihrem Mund, es schmolz hinunter, tief in sie hinein, dann wieder Buttertee. Oh, das war gut, es war Kraft, sie würde bald wieder aufstehen können. Nur noch ein bisschen ruhen, ein kleines bisschen.

Die Dakini stand im Schnee, klar und voller Leben war ihr Regenbogenblick. Raff dich auf, geh weiter, sagte sie. Die lokalen Wächter werden leicht zornig, so sind sie eben.

Ich möchte lieber auf Arya Tara warten, wandte Lenjam ein, sie soll mich über die Schwelle zu Dewachen führen, ich bin bereit zu gehen.

Die Dakini beugte sich ganz nah zu ihr, saugte sie ein in ihren Blick voller Gewitterhimmel und Regenbogenstille. Es ist noch nicht Zeit zu gehen, sagte sie, die Yoginis warten auf dich.

Der Sturm war vorbei. Der Himmel schwamm blass über dem Schnee im frühen Morgen.

»Die Yoginis warten auf mich.«

Das war sie, Lenjam, die das gesagt hatte, Lenjam, die aufstand und ihr Fell zusammenrollte, Lenjam, die zum Lama sagte: »Lama-la, Ihr seid so gut zu mir. Ich liebe Euch, Spielmann-Lama.«

»Ich liebe dich auch, Bomo-la«, sagte der Lama. Einen Augenblick lang gab es keine Trennung mehr, keinen Unterschied zwischen du hier und du dort. Das war Glückseligkeit, dachte Lenjam, als sie wieder denken konnte und mit ihrem Bündel auf dem Rücken Schritt für Schritt voranstapfte, direkt in den Himmel. Der Pass blickte feindselig auf sie herab. Sie nahm es wahr, doch es störte sie nicht. Sie wusste, die Wächter der Berge hatten keine Macht mehr über sie.

Die Nacht war zu einem Punkt in den Augen der Dakini geschrumpft. Jetzt war alles anders. Nur noch der eine Berg. Ein neues Leben wartete auf sie. Wunderbar neu.

Es war Nachmittag, als sie den Pass endlich erreichten, eine breite, langgezogene Gletschersenke zwischen zwei Felsriesen, voller Gletscherspalten, die sich unter Eis und Schnee versteckten. Sie konnten sich nur oberhalb des Gletscherrands am steilen Hang entlangarbeiten. Der Sturm hatte zum Glück fast allen Schnee weggefegt, sonst wäre der Pass nicht passierbar gewesen.

Eine schweigende Welt. Nicht einmal der Schrei eines Adlers durchbrach die Stille. Lenjam fühlte Gefahr und gab sich Mühe, ihre Schritte vorsichtig zu setzen und im Übrigen ganz bei ihrem Mantra zu sein. Der Lama hinderte sie daran, schneller zu gehen. Sie könnte sonst Kopfschmerzen bekommen in dieser Höhe, sagte er.

Dann hatten sie das Ende des Passes erreicht. Dichter Dunst lag über dem Land unter ihnen, ein paar grüne Berge ragten hervor. Der Lama hängte bunte Glücksfähnchen zu den verblichenen, die sich wie ein Spinnennetz zwischen Felsblöcken und dem Steinhaufen mit Mani-Steinen spannten.

»Dort unten müssen die Yoginis sein«, sagte er. »Ein Tertön soll hier irgendwo in einem Felsen Hinweise auf ein Beyul gefunden haben.«

»Der Ort, von dem man nicht zurückkommen kann?«

»Wir werden sehen.«

Der Gedanke an einen geheimen Ort ohne Leiden und Tod, wie es in den Erzählungen von Verborgenen Ländern hieß, nicht so wie Tushita, das reine Land des zukünftigen Buddha Maitreya, oder Sukhavati, das Reine Land des Buddha Amitabha, sondern Länder in dieser Welt der groben Elemente, erschien Lenjam über alle Maßen herrlich. Natürlich musste jeder Mensch sterben, und natürlich war der Tod nur ein Übergang, aber er war doch immerhin so schwierig, dass man sich sehr lang und sehr gründlich darauf vorbereiten musste und großes Glück hatte, wenn man das alles lernen durfte. Denn die wackeligste Hängebrücke über den wildesten Fluss war nichts gegen diesen Übergang. Ein Ort ohne Hindernisse könnte ihr schon gefallen.

»Und so ein Verborgenes Land gibt es wirklich dort unten? Das ist das Tal der Yoginis?«

18

Ein Traum. Eine Vision, leuchtend im goldwarmen Licht, eingefangen vom Tiefblau eines unendlichen Himmels. Die Luft mild und duftend. Vollkommenheit. Höhlenöffnungen im Fels, die wie Augen in die Weite schauten.

Das war es, was Lenjam sah, als sie vom Berg herunterkamen, aus der Wolke traten, die den Pass umhüllt hatte.

Sie schien zu träumen. Alles war traumhaft. Das Labyrinth von Höhlen innerhalb des Berges, die große Lhakang-Höhle, die Lenjam für sich den »Palast« nannte. Eine Höhlenwelt mit unerwarteten Brüchen, durch die hier und dort Licht einfiel. Die Yoginis mit langen, wehenden Haaren, die in einer heißen Quelle badeten. Und überall sanfte Wärme, selbst im tiefen Schatten der Höhlen.

Unwillkürlich griff sie nach ihren eigenen Haaren, hinein in dieses Weiche, wie Fließende auf ihrem Kopf, das sich so ganz anders anfühlte als die vielen steifen Zöpfchen der alten Lenjam. Sie spürte dem befremdlich köstlichen Gefühl des heißen Quellwassers an ihrem Körper nach, dem Bad in der tiefen Kuhle im Felsen, der dampfenden Nähe von Dechen der Yogini, die sie empfangen, begrüßt, herumgeführt und vorgestellt hatte. Lhamo wurden die Yoginis genannt, Göttin, und es gefiel Lenjam, auch selbst so genannt zu werden. Schon im ersten Augenblick war sie ganz und gar angekommen, hineingeglitten in dieses Yogini-Sein, das so anders war als alles, was sie kannte.

Wie schön sie waren, diese Yoginis. Lenjam stellte fest, dass es zwei Arten des Sehens gab – das Wahrnehmen dieser durchdringenden, von innen kommenden Schönheit, das beglückend war, und eine andere, flache Art des Sehens, der die Freude fehlte, mit deren Farben und Klängen man nicht schwingen konnte. So also, dachte sie, ist das Sehen mit dem offenen Geist, und ein tiefes Mitgefühl mit all jenen ergriff sie, denen dies nicht zugänglich war.

»Ohne die Hilfe der Dakini hätten wir nicht hierhergefunden«, sagte Lenjam und lehnte sich an die sonnenwarme Felswand vor ihrer Höhle. »Ich hätte mir nie vorstellen können, wie schön es hier ist, Lhamo-la.«

Rot glühende Strahlen der Abendsonne ließen die Bergspitze hinter dem Tal wie eine riesige Fackel aufflammen. Irgendwo dort hinten mussten sie den Einstieg gefunden haben nach den mörderischen Nächten in Eis und Schnee.

»Niemand kommt hierher ohne die Hilfe der Dakini«, sagte Dechen. »Das ist schon seit der Zeit so, als Yeshe Tsogyal, Guru Rinpoches Gefährtin, hier meditiert hat.«

Lenjam berührte mit ehrfürchtigem Erstaunen die Erde. Hier hatte also die große Meisterin Yeshe Tsogyal gesessen. Hier in diesen Höhlen hatte sie den Hauch ihres erleuchteten Geistes zurückgelassen. Es konnte nicht anders sein, denn wie sonst wäre dieser machtvolle Friede möglich gewesen, der alle Yoginis umfing?

»Warum wurden wir eingelassen, der Lama und ich?«

Dechen lächelte und schob Lenjam einen Teller mit kleinen Bergbananen zu. »Frag die Dakini.«

»Und wie macht die Dakini es, dass niemand hierherkommt, der nicht von ihr geführt wird?«

»Ein Verborgenes Land ist so. Nur wenn der Geist durch das vollkommene Vertrauen geöffnet ist, kann es erkannt werden. Andere sehen den Eingang nicht. Sie sehen nur unwirtliche Felsen.«

»Lhamo-la, wenn dies ein Verborgenes Land ist, bedeutet das, dass man es nie wieder verlassen kann?«

Mit einem belustigten Zucken in den Mundwinkeln erwiderte Dechen: »O ja, das sollte man wirklich bedenken. Willst du es denn wieder verlassen?«

»Wie könnte man das wollen«, sagte Lenjam.

Sie erinnerte sich, dass der Tulku, als sie ihm vortrug, sie wolle sich auf den Berg zurückziehen, dies als einen Weg ohne Wiederkehr genannt hatte. Aber dann war die Dakini gekommen und hatte sie vom Berg hinunter in die Welt geschickt. In dieser Dakini-Welt hatten Worte wohl eine andere als die gewohnte Bedeutung.

»Wie sind die Regeln?«, fragte sie.

»Wir haben keine Regeln«, antwortete Dechen.

Das klang fast erschreckend. Lenjam war Regeln gewohnt. Sie hatte gelernt, Regeln zu verstehen und sich ihnen anzupassen. Wonach sollte man sich richten ohne Regeln?

Dechen war offenbar ihre Betreuerin. Hatte jemand sie dazu ernannt? Hatte Dechen selbst diese Rolle gewählt? Eine Leiterin oder Hauptperson gab es nicht, nur eine Älteste, Urgyen Lhamo, die, wie Dechen sagte, schon immer da gewesen war, obwohl sie für eine Älteste seltsam jung aussah.

Lenjam verzichtete bald darauf, sich über die Besonderheiten des Tals der Yoginis zu wundern. Die köstlichen Früchte, die Lenjam noch nie gesehen hatte, die fremdartigen Gewürze, das Essen, die duftenden Öle und Salben, die Gewänder aus luftigen Stoffen – das alles war einfach da. Die nie zu warmen Tage, die nie zu kalten Nächte, die Frische und jugendliche Schönheit der Yoginis, die nicht zu altern schienen – es war einfach so.

Der Klang der großen Trommel rief, und sie folgte Dechen in den Höhlentempel. Es war eine tägliche Freude, den »Palast« zu betreten, der durchwärmt war von vielen Butterlampen, lebendig im flackernden Licht. Und über dem Schrein das Bild, das ihr, als sie es zum ersten Mal sah, den Atem nahm: Tara in der Vater-Mutter-Buddha-Haltung der Vereinigung. Doch war hier die Hauptfigur nicht männlich und in der Umarmung mit der kleineren weiblichen Figur wie in den üblichen Yab-Yum-Bildern, sondern Yum-Yab, Mutter-Vater. Tara selbst war die Hauptfigur, eine anmutige, machtvolle Tara mit dem kleineren, ihr hingebungsvoll entgegengeneigten Gefährten im Schoß. Nicht der Mann der Gewalt, der Mann der Hingabe.

Seitdem sie täglich dieses Bild sah, dachte sie auf neue Weise über Einheit und Zweiheit nach: dass es in der ursprünglichen Einheit keine Trennung gibt, aber diese Einheit sich als Zweiheit manifestiert und auf diese Weise in Einheit zurückführt. So wunderbar.

Einmal hatte sie im Nonnenkloster gefragt, warum es im sakralen Orchester von jedem Instrument zwei gab. Das sei je ein männliches und ein weibliches, wurde ihr gesagt. Sie fand dies gut, hatte jedoch nicht weiter gefragt.

Mann und Frau. Frau und Mann.

Warum jedoch wurde im Leben draußen die weibliche Hälfte der Menschen als »Mindergeborene« bezeichnet und alle schienen das richtig zu finden?

Ein Vers aus den *Anleitungen* fiel ihr ein:

Würden gewöhnliche Menschen
die tatsächliche Wirklichkeit erkennen,
dann würde ihre Meinung, der weibliche Körper sei rein,
der klaren Erkenntnis des Yogis, dass er unrein ist,
widersprechen.

Und wenn Nyima aus dem Kanjur vorlas, war zu hören, dass Ananda, der doch einst der engste Schüler des Buddha war, behauptete:

Fällt ein guter Mann einem Mörder zum Opfer,
so leidet er dadurch weniger Schaden
als durch die Nähe einer Frau.

Das alles hatte ihr nicht gefallen. Aber so stand es eben geschrieben.

Einmal hatte sie Ani-la gefragt, warum Nonnen sich vor Mönchen verbeugen müssten, Mönche hingegen nicht vor Nonnen. Weil Nonnen darum beten müssten, im nächsten Leben als Mann geboren zu werden, hatte Ani-la geantwortet, denn nur ein Mann könne die Buddhaschaft verwirklichen.

In der Lotos-Sutra hingegen sagte der Buddha zu einem Bodhisattva:

Wer die Lehren des Dharma achtet,
ist ein guter Sohn, eine gute Tochter.

Er oder sie wird in Zukunft ein Tathagata, Arhat,
ein vollkommen erleuchtetes Wesen sein.

Warum hatte sie über diesen Widerspruch in den ehrwürdigen Schriften nie nachgedacht?

Gewiss war Nyimas Meinung richtig, dass Bücher sehr wichtig seien. Lenjam hatte lange gebraucht, dies zu begreifen. Dank dem Tulku. Er hatte der eigensinnigen Lenjam Bücher gegeben, obwohl er sagte, dass Frauen nicht so viel lernen müssten wie Männer, weil ihr Herz offener sei. Nun ja, wer schon oben auf dem Berg steht, kann sich in die Weite stürzen und fliegen wie Milarepa. Wer jedoch erst hinaufsteigen muss, kann nicht anders, als einen Schritt vor den anderen zu setzen. Ein Wort vor das andere. Einen Gedanken vor den anderen.

Dieses Verborgene Land der Yoginis stand jedoch außerhalb der Bücher, außerhalb der Antworten. Es erschien ihr eher wie ein riesengroßer Sack voller Fragen, die wichtiger waren als Antworten.

Sie stellte fest, dass sie das richtige Fragen und das Aussprechen von Fragen erst lernen musste. Zuerst mussten ihr die Fragen einfallen, sie musste sie aus dem Dunkel ihres Geistes ausgraben wie die kostbaren Yartsa-Gunbu-Wurzeln aus der Erde. Dann musste man überlegen, wem man die Fragen stellen könnte. Man konnte nicht einfach fragen. Als Kind hatte sie das gelernt. Nur bei besonderen Gelegenheiten durfte man fragen. Wenn Besucher kamen, gehörte es sich, nach dem Wohl und Wehe der Angehörigen zu fragen, aber man musste die richtigen Worte dafür verwenden und durfte keinesfalls neugierig wirken. Fragen waren Äste, die brechen konnten, man hängte sich besser nicht daran.

Auch bei Lama Samten hatte das Fragen keinen Platz gehabt. In den *Anleitungen* gab es im Kapitel über Weisheit zwar Fragen, doch nur, um den Antworten einen guten Rahmen zu geben. Man musste Fragen und Antworten zugleich auswendig lernen, und da die Antworten schlüssig waren, klangen die Fragen eher dumm. Demnach musste das Fragen wohl dumm sein, und man verzichtete lieber darauf. So war es immer gewesen. Die weisen Bücher sagten alles, was man wissen musste. Wozu fragen?

Nun entschied sich Lenjam, sich in der Kunst des Fragens zu üben. Sie wollte bei Dechen beginnen, der sie vertraute.

»Was musstest du tun«, fragte sie Dechen, »um in dieses Verborgene Land zu kommen? Warum hat die Dakini dich ausgewählt?«

Dechen lachte leise in sich hinein. »Vielleicht einfach deshalb, weil ich nicht aufhörte, sie um Hilfe zu bitten. Ich wusste nicht, was ich sonst hätte tun sollen.«

Und Dechen erzählte von einem kleinen Nomadenmädchen, das die armen Eltern in ein Nonnenkloster brachten, weil in einem harten Winter fast alle ihre Tiere erfroren waren und die Familie selbst mit der Hilfe von Verwandten kaum überleben konnte. Eine der Nonnen war bereit, das, was sie von ihrer eigenen Familie bekam, mit der Kleinen zu teilen und für sie zu sorgen.

»Eine gute Nonne, die Tsültrim-Ani«, sagte Dechen. »Wenn wir allein waren, nannte ich sie Amala. Sie war meine Mutter, meine Lehrerin und später auch meine Freundin. Sie lehrte mich das Allerwichtigste – Güte und Mitgefühl.«

Ein schwieriges Kind sei sie gewesen, erzählte Dechen. Immer Streiche im Kopf und voller Unruhe. Dem Nomadenkind, das die Weite und das freie Leben gewohnt war, fiel das Leben in vier Wänden schwer. Oft lief sie weg, kletterte in den Bergen herum und beobachtete Bären, Füchse, Murmeltiere, Adler. Als sie sechzehn Jahre alt war, schickte die Klosterleiterin sie zu ihrer Familie zurück. Dieses Mädchen war nicht für ein Klosterleben geschaffen.

»Es sah nicht gut aus, dass man mich nicht im Kloster behalten wollte. Und ich hätte so gern noch mehr gelernt. Meine Tsültrim-Ani hat mir alles beigebracht, was sie wusste. Sie erzählte mir Geschichten vom Buddha, von Guru Rinpoche und Milarepa. Und einiges über Yeshe Tsogyal, Guru Rinpoches Gefährtin. Ich wollte mich selbst als Yeshe Tsogyal sehen, wie sie mit ihrem Meister durch das Land zog, dann allein in Höhlen meditierte und schließlich eine große Meisterin wurde. Ich betete zu Tara, so wie Yeshe Tsogyal zu werden.

Irgendwann kam ein Lama mit ein paar Mönchen in unser Lager. Ein großer Meister, hieß es. Wie glücklich ich war! Wann immer ich konnte, schlich ich in seine Nähe. Ich stritt mit den Mönchen darum, ihn bedienen zu dürfen. Dann wählte er mich zu seiner Gefährtin. Das war natürlich ganz wunderbar gutes Karma. Er war ein alter Mann, es hieß, er habe schon einen ganzen Tierkreiszyklus gelebt. Aber man verehrte ihn als Weisen, und ich war begeistert.

Ich lernte viel, war ja immer dabei, ganz unsichtbar in einer Ecke, wenn er Mönchen und engen Schülern Belehrungen gab. Manchmal brauchte er mich für seine Yab-Yum-Übungen. Aber es fehlte etwas. Niemand kam mir nah. Wo immer wir hinkamen, hielten die Frauen mich nicht für ihresgleichen, und die Männer wagten kaum, mich anzuschauen. Natürlich verehrte ich den Lama, ich verdanke ihm viel. Er war sehr gelehrt, hatte viele Anhänger und wurde von wohlhabenden Familien eingeladen, Rituale abzuhalten. Es ging uns gut.«

In Dechens Lächeln war kein Bedauern. Es hätte eines ihrer früheren Leben sein können, von dem sie berichtete.

»Der Lama muss wohl gefühlt haben, dass ich gehen wollte«, fuhr Dechen fort. »Und ich wurde ja auch älter. Es heißt, für Karma-Yoga brauchen sie sehr junge Mädchen. Also kehrte ich zu meiner Familie zurück. Aber es gab für mich kein Zuhause mehr. Die Freude, die mir fehlte, konnte ich dort auch nicht finden. Bald ging ich wieder weg, zog nach Süden, meditierte in Höhlen. Ich war bereit zu leben, und ich war bereit zu sterben. Dann erschien mir die Dakini und führte mich hierher. Sie sah aus wie meine Tsültrim-Ani.«

»Magst du mir sagen, wie alt du bist?«, wagte Lenjam zu fragen.

Dechen lächelte. »Ich weiß es nicht. Im Verborgenen Land gibt es viel Zeit, aber kein Alter.«

Die Tage waren erfüllt von Ritualen und inneren Übungen, die von Urgyen Lhamo geleitet wurden, die man die Älteste nannte, weil niemand sich erinnern konnte, vor ihr da gewesen zu sein. Verse aus dem viele Hunderte von Jahren alten Schatz der Yogini-Weisheit wurden vorgetragen, die Verschlüsselungen der verwendeten Bilder in ihren vielfachen Bedeutungen enthüllt. Und immer wieder der Grundton, der sich durch alles zog: Ihr seid kostbar, ihr Yoginis, nicht etwa, *obwohl* ihr Frauen seid, sondern *weil* ihr Frauen seid.

Und dann gab es die Frage nach den Yogis, die in einem benachbarten Tal leben sollten, wie es hieß. Diese Frage beantwortete Dechen nicht.

»Du wirst sehen«, sagte sie.

Am Dakini-Tag erfolgte die Antwort. Bei Urgyen Lhamos Vortrag im Höhlentempel saßen auch Yogis mit im Kreis. Machtvoll sahen sie aus mit ihren prächtigen langen Haaren und den Bärten, fast ein bisschen zum Fürchten. Da ließ Lenjam doch lieber ihren Blick auf Lama Dorje ruhen, der ihr vergnügt zuwinkte. Lenjam wurde heiß vor Freude, ihn zu sehen. Sie hatte angenommen, dass er sich bei den Yogis aufhalten würde, sofern sie überhaupt an ihn dachte.

»Schau, dort, der indische Yogi mit dem kurzen Bart und den grauen Strähnen im Haar«, flüsterte Dechen, »das ist der Fürst, Urgyen Lhamos ständiger Gefährte.«

Lenjam holte tief Luft. Bei allen Himmeln, dieser Mann gefiel ihr! Ein großes Gesicht mit sanften Linien, die eher runden Augen der Menschen aus dem Süden, die Nase eines Buddhas, der dichte Bart kunstvoll geschnitten. Dieser Anblick beglückte sie so sehr, dass sie augenblicklich Tara für dieses Wunder dankte.

Urgyen Lhamo hatte sich erhoben und las aus einem der altehrwürdigen Yogini-Tantras vor:

»Der Mann sieht die Frau als Göttin,
die Frau sieht den Mann als Gott.«

Lenjam dachte, dass es dem schönen Yogi leichtfallen müsse, diese junge Älteste als Göttin zu sehen. Urgyen Lhamo fuhr fort:

»Durch die Vereinigung von Diamantzepter und Lotos
sollten sie sich gegenseitig Opfergaben darbringen.«

»Jede Geste ist Verehrung«, erklärte Urgyen Lhamo, »jedes geflüsterte Wort ein Gebet, der Blick in die Augen des anderen tiefe Meditation.«

Und sie las weiter vor:

»Dann zeichnet der Yogi liebevoll
ein Mandala vor sich
und die Frau betritt es.
Als die Verkörperung der Vollkommenheit der Weisheit
ehrt er sie mit Blumen,
Weihrauch, Butterlampen und anderen Dingen.
Nach der Vereinigung der fünf Mandalas
sollte er sich vor ihr niederwerfen,
sie im Uhrzeigersinn umwandeln und
die glühend leidenschaftliche Yogini verehren.
Der Mann ehrt die Frau auf diese Weise
mit einem ehrfurchtsvollen Geist.«

Urgyen Lhamo wandte sich an die Yogis, die sich zwischen den Yoginis niedergelassen hatten.

»Ihr Yogis seid alle fortgeschrittene Praktizierende. Ihr habt gelernt, den Ablauf des Sterbens im Geist zu vollziehen. Ihr versteht die Gleichzeitigkeit von Vielheit und Einheit. Ihr meditiert über die weiblichen und männlichen Gottheiten und deren Vereinigung. Ihr wisst, dass der reine Geist, leuchtend und wissend, sich als Weisheit und mitfühlende Methode manifestiert. Ihr wisst, dass ihr Buddha männlich und Buddha weiblich in einem seid. Und ihr wisst, dass die Befreiung im Auflösen der Trennung von Ich und Anderen geschieht. Ihr habt gelernt und geübt. Das ist wichtig, denn man kann nicht Butter gewinnen, indem man Wasser schlägt.

Man hat euch die reine Sichtweise gelehrt, ihr Yogis, doch wurdet ihr nicht unterwiesen, sie jederzeit anzuwenden. Man hat euch gelehrt, die Welt als heiliges Mandala zu sehen. Was ihr nun noch lernen dürft, ist, euch als das vollkommene Mandala zu erleben, das ihr mit einer geliebten Frau bilden könnt – durch Entzücken aneinander, durch die gegenseitige Hingabe, durch die lustvolle geheime Opfergabe und schließlich den Austausch der geheimen Energien in der Vereinigung. Das kann augenblicklich euren Geist befreien.«

Urgyen Lhamo schwieg.

Lenjam schloss die Augen und fühlte die Anwesenheit der Yum-Yab-Tara, der unfassbaren Gleichzeitigkeit von Ekstase und Klarheit, von Erfahrung und dem, was über alle benennbare Erfahrung hinausging.

»Der große Weise Saraha sagte: Es ist jenseits der Vernunft und unfassbar, dieses Wunder einer Yogini«, schloss Urgyen Lhamo ihre Belehrung.

Nach einem weiteren Mond, am nächsten der Dakini-Tage, wurde ein besonderes Fest gefeiert, zu dem die Yogis ebenfalls eingeladen waren.

Die Rituale waren von großer Schönheit, zogen Lenjam in den strahlenden Raum hinein, in dem äußere und innere Sinne verschmolzen. Was sie aß und trank, war seliges Geflüster in der geheimen Sprache des Lebens. Die Töne der Knochentrompeten rissen alle Schleier der Gedanken entzwei. Die Trommeln wirbelten im geheimen Chakra. Alles, was geschah, war das Echo ihres eigenen Herzens. Der Tanz, in den eine Hand sie hineinzog, die unbekümmerte Leichtigkeit, die Lust, das leichte Gewand abzuwerfen wie alle anderen, die Haare in ihrem Gesicht zu spüren, die Luft auf ihrer

Haut, dieser Tanz war ein vollkommenes Jetzt, war das Wiegen des Grases im Wind, im freiesten Raum, substanzlos, der Raum selbst. Es war die Glückseligkeit der vereinigten Gottheiten.

Mit jedem dieser Feste löste sich in Lenjam mehr und mehr das Gefühl des Getrenntseins. Sie empfand die anderen immer weniger als andere. Ihre Unterschiedlichkeit war ihr Zauber, ihre Eigenschaften waren ihr Schmuck.

Das ist es, dachte sie, was Glück tatsächlich ist.

An einem Morgen nach Tagen oder Wochen oder Monaten, Lenjam hätte nicht sagen können, wie lang sie schon im Verborgenen Tal lebte, versammelten sich alle Yoginis und Yogis und wurden tief hinein in das Labyrinth der Höhlen geführt. An bestimmten Glück verheißenden Tagen im Jahr, hatte Dechen erklärt, besuchten sie die lebende tote Yogini. Niemand könne genau sagen, seit wann sie schon da war, es konnten Hunderte von Jahren sein.

In einem kleinen Höhlenraum saß vor einem sorgfältig hergerichteten Schrein und von vielen Butterlampen beleuchtet eine Figur im Brokatgewand. Rückwand und Seitenwände eines Meditationskastens hätten sie stützen können, doch sie saß frei. Dechen schob Lenjam nach vorn, sodass sie bei den Niederwerfungen fast den Kasten berührte.

Die Yoginis und Yogis setzten sich wie im Lhakang zu beiden Seiten des Schreins und begannen, eine Bitte um Segen zu rezitieren. Benommen nahm Lenjam ihren Platz ein. Was da vor ihr saß, aufgerichtet, die Hände locker im Schoß, war ein Wesen aus einer anderen Welt. Ein zartes ledriges Gesicht unter der Dakini-Krone, eingerahmt von dicken schwarzen Strähnen, die eingesunkenen Lider geschlossen, um den kleinen Mund die Andeutung eines Lächelns. Sie war von einem feinen Licht umgeben, das durch das Räucherwerk hindurch nach Blumen duftete.

Lenjam rezitierte mit den anderen, hörte auf zu denken, überließ sich dem Zauber dieser über alle Maßen ungewöhnlichen Anwesenheit.

Plötzlich fielen die Stimmen aus dem Rhythmus und schwiegen. Die Yogini hatte die Augen geöffnet. Ihr Blick wanderte langsam, unendlich langsam über die versammelten Yoginis und Yogis, berührte plötzlich Lenjam, und sie fühlte sich auf die außerordentlichste Weise gesehen, erforscht bis in tiefe Schichten ihres Vertrauens hinein. Tränen liefen ihr über die Wangen. Wie unfassbar groß musste das Mitgefühl der Yogini sein, dass es sie noch immer am Leben hielt, obwohl sie schon so lange tot war.

Ich verstehe, Lhamo-la, dachte sie. Danke! Danke! Ich verstehe es! Alles kommt aus dem Geist.

»Du darfst ihre Hand berühren«, flüsterte Dechen, als alle aufstanden und nacheinander zu der lebenden toten Yogini gingen, die ihre Augen wieder geschlossen hatte. Sie verbeugten sich vor ihr, legten eine Kata vor sie und berührten kurz ihre Hand.

Lenjam hielt den Atem an. Ein wenig rau war die Haut, die Lenjam unter ihren Fingerspitzen erfühlte, weich und kühl, aber nicht kalt.

Lenjam zuckte zurück. Die Hand hatte sich bewegt. Der Zeigefinger machte eine kleine Geste wie eine Begrüßung.

»Es wird erzählt«, berichtete Dechen später, »die Yogini habe verfügt, dass man sie, als ihr Geist bereit war, den Körper zu verlassen, in dieser Höhle im Meditationskasten sitzen lassen solle, und sie wolle so lange dableiben, wie es

Yoginis in diesem Tal gibt. Sie hat ihre Elemente einfach nicht ganz aufgelöst, um zu zeigen, dass der Geist dem Tod überlegen ist. Das hat sie für alle Yoginis getan, für uns, damit wir das Große Vertrauen stärken und es an andere weitergeben.«

Die Yogis, die von der Dakini ins Tal geschickt wurden, durften so lange bleiben, erfuhr Lenjam von Dechen, bis die Yoginis sie alles gelehrt hatten, was wichtig für sie war. Danach erhielten sie den inneren Auftrag, wieder zu gehen. Die Zeit wurde von allen unterschiedlich erfahren, also blieb jeder seiner Zeit entsprechend kurz oder lang. So sei es schon immer gewesen. Und wer auch immer von der Dakini hierhergeführt wurde, würde außerhalb zu niemandem davon sprechen, es sei denn zu jenen, deren Geist offen war. Deshalb gab es das Gerücht, man könne vom Verborgenen Land nicht in die gewöhnliche Welt zurückkehren.

»Natürlich kehrt niemand zurück«, sagte Dechen, »denn es ist nicht mehr dasselbe Bewusstsein, das in die Welt hinausgeht, wie dasjenige, das hierherkam, und somit ist die Welt auch nicht mehr dieselbe.«

Lenjam begann die Yogis aufmerksamer anzusehen, und sie stellte fest, dass sie den Blicken dieser Männer mit der Leichtigkeit unbekümmerten Wohlgefallens begegnen konnte. Sie gefielen ihr auf eine heitere Weise, jeder in seiner eigenen Besonderheit, und sie genoss ihr gerades, edles Männlichsein. Selbst Lama Dorje war nicht mehr nur der väterliche Freund und ehrwürdige Siddha, den sie während der langen Reise in ihm erkannt hatte. Er war ein Mann, und seine Ausstrahlung von Männlichkeit gefiel ihr. Zudem hatte sich ihm eine neue Ebene spontaner Lieder eröffnet. Er sang beglückte Verse über Frauen als unverzichtbare Lehrerinnen der Männer, über die Macht der liebenden Gefährtin und darüber, die Ekstase der Vereinigung zum Mittel der Erkenntnis der reinen Wirklichkeit werden zu lassen.

»Lama-la, solch wunderschöne Lieder habt Ihr noch nie gesungen«, sagte Lenjam. »Ich danke Euch von Herzen dafür.«

»Und Ihr, Lhamo-la«, erwiderte der Lama, »wart in meinen Augen noch nie die bezaubernde und aufregende Frau, die Ihr tatsächlich seid. Ich bitte um Verzeihung, dass ich Euch zur kleinen Tochter machte.«

Lenjam lachte entzückt. »Ich war gern Eure kleine Tochter, Lama-la. Ihr wart ein guter Vater.«

Er nahm sie mit einer Innigkeit in die Arme, die ihr Tränen in die Augen trieb. Es war sein Abschiedsgeschenk. Kurz danach verließ er das Verborgene Land.

Sie fragte sich, ob sie das tiefe Glücksgefühl, das sie stets beim Betreten des Höhlentempels empfand, jemals auch »draußen« in einem gewöhnlichen Lhakang erleben könnte. Durch die Öffnungen im Fels fielen zu bestimmten Zeiten gleißende Bündel von Sonnenstrahlen in die Höhle, ließen die kostbaren Ornamente aufflammen und machten im duftenden Räucherwerk geheime Anwesenheiten sichtbar. Eine Ahnung regte sich in ihr, als habe sie dies alles schon gesehen. In einem Traum, in einer Vision, in einem früheren Leben? Das Licht von oben, die überwältigende Geborgenheit wie tief im Schoß der Erde, die stille Mitte des Chaos. Das Geheimnis war wie ein Same, der aufgehen wollte.

Plötzlich kam die Erinnerung. Der Jokhang in Lhasa, das größte Heiligtum Tibets! Tag für Tag hatte es sie dorthin gezogen, als könne sie dort etwas finden, als warte etwas auf sie. Nun wusste sie es. Ihre innere Geburt hatte auf sie gewartet. Aber damals war es noch nicht ihre Zeit gewesen, um geboren zu werden.

Doch nun war die Zeit reif geworden, als die große Jetsünma Rinpoche, die von den Yoginis und Yogis sehnlich erwartete Trägerin der geheimen Traditionslinie der inkarnierten Dakinis, nach langer Abwesenheit wieder ins Tal kam und die Einweihung in den weiblichen Buddha Grimmige Rote Tara vollzog. Als die Yoginis an diesem Tag den Höhlentempel verließen, stand lange ein Wolkenstreifen in der klaren Form des Schwerts der Weisheitsgottheit am Himmel.

Die Jetsünma Rinpoche war scheinbar jung, aber ihre Worte kamen aus der Zeitlosigkeit und fielen mit fast schmerzhafter Eindringlichkeit in Lenjams Herz. An diesem Tag, an dem sie von der Jetsünma den Yogini-Namen Chökyi Lhamo erhielt, wurde das Verborgene Land für Lenjam mehr denn je zum Reich der Weisheits-Dakini, der »glorreichen Königin von Glückseligkeit und Freude«.

Vom ersten Augenblick an im Tal der Höhlen war Lenjam von der Schönheit der Yoginis entzückt gewesen, die von ihrem natürlichen Stolz, von ihrer Sorglosigkeit und inneren Freiheit herrührte. Und so konnte nichts das Wunder übertreffen, als sie begann, sich als eine der Ihren zu fühlen, sich an sich selbst, ihrem Körper und Geist, ihrer eigenen Besonderheit zu erfreuen. Viele Jahre lang hatte sie sich mit viel Anstrengung aus der Unbesonderen herauszuarbeiten versucht, in der Unterwerfung unter die Lehren, in der leidenschaftlichen Hingabe an den Tulku, im bescheidenen Leben mit den Nonnen und im asketischen Rückzug in die Einsiedelei. Und doch hatte sie nie ganz vertrauen können, war nie den tiefen Zweifel losgeworden, ob so etwas wie die Besonderheit Nyimas nicht unerreichbar bleiben musste für eine, deren Geburt nicht von Kuckucksrufen auf dem Dach und Blumendüften begleitet worden war.

»Verwirkliche die Rote Tara, Lenjam Chökyi Lhamo«, so drangen Jetsünmas Lehren in ihren Herz-Geist, »indem du dich nicht vor den Erfahrungen deiner Sinne, nicht vor deiner Leidenschaft, deinem Zorn, deiner Eifersucht, deinem Stolz, deinem Unvermögen, nicht vor deiner Begeisterung, deiner Trauer, deiner Verzweiflung fürchtest. Auch nicht vor deiner Begierde, deiner Anmaßung, deiner Verachtung, was immer du aus dir selbst erlebst oder als deine Resonanz dessen, was von außen kommt. Dein reiner Geist ist die Grimmige Rote Tara, und alles Erleben verwandelt sich in ihre Macht und Souveränität, in ihre Geistesklarheit und Weisheit, in ihre Liebe und ihr Mitgefühl. Alle Wesen, alles Belebte und Unbelebte, selbst die unerfreulichsten, verrufensten und am meisten gefürchteten Orte sind nichts anderes als der Lichtkörper der Grimmigen Roten Tara. Du selbst«, so lernte ihr Herz-Geist, »dein eigener Geist ist Tara. Dein Körper mit allen seinen natürlichen Formen und Eigenschaften ist Tara. Es geht nicht darum, dass du Tara rufst. Tara ruft dich. Du bist Tara. Der unendliche, strahlende Raum deines Herzens. Die Befreiung.«

19

Der Himmel leuchtete tiefblau in der Mittagssonne, als Lenjam einen felsigen Bergsattel erreichte, der zum liebsten ihrer Wanderziele geworden war, denn nirgendwo sonst konnte man so weit über die Endlosigkeit von Bergen und Tälern schauen, als verliefe sich die Welt in undenkbarer Ferne ins Nichts.

Die gewaltige Größe der Berge und des Himmels beglückten sie immer wieder von Neuem. So selbstverständlich dehnte ihr Herz sich hier aus und schloss alle Wesen ein in ihr Glück, die sichtbaren und die unsichtbaren. Selbst die Sehnsucht nach dem Tulku, die sich gelegentlich in ihr regte, konnte sich in dieser unendlichen Weite in die Essenz ihrer Hingabe auflösen. Hier habe ich die Freude gelernt, dachte sie. Wie gut sie Milarepa verstand, den großartigsten aller Einsiedler. Sie versuchte sich an die Worte seiner Verse zu erinnern, aber auch diese hatten sich aufgelöst. Nur ihr Inhalt war geblieben, größer als Worte.

Über den Bergen zogen dunkle Wolken auf, breiteten sich aus, verdunkelten den Tag. Hörte sie Donner? Das war sehr ungewöhnlich. Manchmal regnete es im Tal der Höhlen, aber es war ein sanfter Regen, belebend, nährend.

Ohne Eile machte sie sich auf den Rückweg. Die Bergdämonen hatten keinen Zugang zum Verborgenen Land. Es würde ein wenig regnen, und sie würde nass werden. Na und? Auch das Grollen des Donners hatte keine Bedeutung. Viel lauter würde es donnern im Bardo der Wirklichkeit, sagte das Totenbuch Bardo Thödol, doch sie würde erkennen, dass dies nur der natürliche Klang der Wirklichkeit war. Er würde sie nicht erschrecken. Und in diesem Bardo würde es viel, viel heller sein als die Blitze, die jetzt entfernt durch die Wolken zuckten, aber sie würde erkennen, dass all dies ihre eigenen Gedankenformen waren. Und so war es auch im Bardo des Lebens. Gedankenformen, immer nur Gedankenformen.

Plötzlich fand sie sich am Rand eines schäumenden Wildwassers und konnte die Felswand mit den Höhlen nicht mehr sehen. Tief in Gedanken, musste sie eine falsche Richtung gewählt haben. Sie hatte sich verlaufen. Oder war es gar möglich, dass sie das Verborgene Land verlassen hatte, ohne es zu wissen? Doch niemand verließ das Verborgene Land einfach so.

Es begann so heftig zu regnen, dass sie Schutz unter einem überhängenden Felsen suchte. Sie murmelte das Tara-Mantra, bat Tara, ihr den Weg zurück zu zeigen, aber ihr Geist hielt nicht still, die Gedanken rannten unter der Schwelle des Mantras hin und her. War sie noch im Verborgenen Land?

In den *Anleitungen* hieß es:

Was ich sehe und spüre, erscheint mir so,
doch hat es keine wahre Existenz;
die Natur von alledem
ist wie ein Traum, eine Illusion.

Sie hatte geglaubt, das hätte sie verstanden. Vielleicht hatte sie es verstanden. Vielleicht war das Verstehen sogar gerade dabei, Erfahrung zu werden, das Aufplatzen des Traums, der Illusion. Vielleicht gehörte Panik dazu. Davon hatte der Tulku einmal gesprochen.

Gerade eben hatte es noch geregnet, im nächsten Augenblick war die Sonne wieder da, und die Wolken gab es nicht mehr. Lenjam stand auf und stieg weiter bergab. Ihr Kleid, ihre Haare waren nass. Was am Hang unter ihr lag, konnte sie im Dunst nicht sehen, lediglich Baumspitzen ragten milchig heraus. In Wald und Nebel würde sie sich noch mehr verlaufen.

Wie hatte sie vergessen können, wer sie war! Lenjam, die sowohl Lenjam als auch Chökyi Lhamo war, sang das Mantra, stand im Feuerkranz, schwang das Schwert der Erkenntnis, das Furcht und Hoffnung durchschnitt. Nichts konnte sich dem in den Weg stellen, die Bäume nicht, der Nebel nicht, die Vergangenheit und die Zukunft nicht. Sie rannte den Berg hinunter, irgendwohin würde sie schon kommen. Sie fühlte, dass sie einen Feuerschweif hinter sich herzog, und ihre Füße berührten kaum den Boden. Sie vergaß jeden Gedanken an ein Ziel. Anfang und Ende verloren jede Wichtigkeit.

Der Nebel begann sich zu lösen, und es ging wieder bergauf. Lenjam rannte immer noch unvermindert schnell, mit größter Leichtigkeit lösten sich ihre Füße vom Boden, als habe sie kein Gewicht. Es war köstlich, dieses Laufen, auch das Mantra sang sich von selbst.

Dann stand sie am Rand eines weiten Tals und sah in der Ferne die Felswand mit den Höhlen der Yoginis. Dafür, wie sie hierhergelangt war, gab es keine Erklärung. Es kümmerte sie nicht. Die Höhlen waren nah, sie war im Verborgenen Land.

»Wie lange willst du hier noch rumhängen?«

Sie hatte die alte Frau nicht bemerkt, bis sie neben ihr stand. Eine Bäuerin, gebückt von lebenslanger Arbeit auf steinigen Feldern, die Chuba aus Yakhaar abgetragen und steif vor Schmutz. Ein Gesicht mit der Faltenschrift eines mühevollen Lebens. Aber die Augen! Man fiel hinein in diese Augen.

»Warum?«, fragte Lenjam.

Die Bäuerin grinste und antwortete im Weitergehen: »Eine bessere Frage fällt dir nicht ein?«

Durch das Verborgene Land liefen keine Bauern. Niemand wurde durch das Tor gelassen, den die Dakini nicht auserwählt hatte. Wo kam die Alte her? War sie eine Yogini?

So schnell sie auch gedacht hatte, fragen konnte sie nicht mehr. Die Alte war von einem Augenblick zum nächsten verschwunden.

Ein Blick auf die Höhlen ließ alle Gedanken verblassen. Sie war im Verborgenen Land. Sie war dort, wo alles gut und richtig war. Sie hatte die Berechtigung, hier zu sein, gehörte hierher. Mit dieser Überzeugung wanderte sie das Tal entlang und kletterte schließlich mit dem beglückten Gefühl heimzukommen, zu den Höhlen hinauf. Zweifel waren verweht wie Wolken.

Ein paar Tage sei Lenjam weg gewesen, erklärte Dechen und fügte hinzu: »Aber nur für mich war es so. Andere meinten, es sei länger gewesen. Jedenfalls sagte Urgyen Lhamo, sie könne dich fühlen, du seist noch da. Du weißt ja, die Zeit …«

Lenjam lächelte. »Nicht nur die Zeit«, sagte sie.

Sie setzten sich vor Dechens Höhle und tranken süßen Tee.

»Hast du schon einmal daran gedacht, das Verborgene Land zu verlassen?«, fragte Lenjam.

»Warum sollte ich es verlassen?«, erwiderte Dechen. »Wo könnte ich glücklicher sein? Ich wünsche allen Wesen ein Verborgenes Land. Die ganze Welt könnte ein Verborgenes Land sein. Alles ist immer schon da. Frauen, Männer, die Anziehung, die Leidenschaft, die Hingabe, die Befreiung von Habenwollen und Nichthabenwollen und Unwissenheit. Und die Todlosigkeit. Wenn wir den Körper verlassen, gehen wir aus dem Verborgenen Land in ein noch verborgeneres Land. Alles schon immer da.«

Lenjam nickte. Sie war sehr einverstanden. Wer würde zurückwollen? Zurück in Illusion, in Hoffnung und Furcht? Nein! Wie vollkommen es war, am Rand der Höhle in natürlicher Meditation zu sitzen, sich in ihrem Nest im hinteren Teil der Höhle im Yoga des Traums und im Yoga des Schlafs zu üben, in den Segen der Jetsünma Rinpoche einzutauchen, mit den Yoginis und Yogis heilige Feste zu feiern.

Würde sie all dies aufgeben wollen?

Oder war es eher so, dass sie gelernt hatte, was hier zu lernen war, und das Gelernte weitergeben sollte?

Sie erinnerte sich an eine von Dechens beiläufigen, aber wertvollen Belehrungen. »Viele Yogis sitzen in Kisten und legen sich zum Schlafen nicht hin. Ich vermute, sie brauchen das, diese Härte, diese klare Disziplin. Sie fürchten das Chaos, das Weibliche in sich selbst, darum ist die Disziplin ein guter Schutz für sie.«

Auf Lenjams erstaunten Blick hatte sie lächelnd hinzugefügt: »Hier lernen die Yogis, sich nicht zu fürchten. Wir verehren sie. Wir wissen, dass sie sehr fähig sind, dass sie viel mitfühlende Tatkraft haben. Wir respektieren, wie wunderbar sie meditieren, für alle Wesen, so diszipliniert. Und wir können ihnen so viel Inspiration geben. Die schöpferische Fülle des Chaos. Sonst besteht die Gefahr der Enge. Aber schau, wie offen und stark und schön die Yogis sein können. Wenn die Weisheit alle Trennung aufhebt und Einheit entsteht und das, was über Einheit hinausgeht, dann ist das geheime Mandala vollständig.«

»Wie lange willst du hier noch rumhängen?«

Die laute, herausfordernde Stimme der Bäuerin riss Lenjam frühmorgens aus dem Schlaf. In diesem Augenblick gab es keinen Zweifel mehr: Es war die Dakini, die an ihrem Geist rüttelte. Das hieß wohl, dass sie wieder einmal in die Welt hinausgeschickt wurde.

Lenjam setzte sich auf, griff nach ihrer Mala und bat die Grimmige Rote Tara, ihr weitere Anweisungen zu geben. Das beruhigte sie, aber weiter geschah nichts. Wie auch immer sie die Worte der Dakini drehte und wendete, alle Erklärungen liefen darauf hinaus, dass sie gehen musste. Schließlich bat sie die Älteste um Rat.

»Wunderbar, geh hinaus und stell die Welt auf den Kopf!«, sagte Urgyen Lhamo. »Wenn eine von uns das kann, dann du.«

»Vielen Dank, aber diese Yogini Chökhi Lhamo ist eher dumm«, antwortete Lenjam höflich, um ihr Erschrecken zu verbergen.

In Urgyen Lhamos Gesicht flackerte Belustigung. »Diese Yogini ist nur so lange dumm, bis sie erkennt, dass die höchste Wahrheit die allumfassende Liebe ist.«

Am nächsten glückverheißenden Tag zog Lenjam die groben Pilgerkleider an, die sie bei ihrer Ankunft getragen hatte, und packte einige Lebensmittel in ihr Bündel, die bis zum nächsten Nomadenlager reichen würden. Über den Weg nach Hause machte sie sich keine Gedanken. Nachdem sich ihr Entschluss gefestigt hatte, das Verborgene Land zu verlassen, war sie völlig bereit, sich der Dakini anzuvertrauen.

»Liebe Lhamo, du brauchst einen Mann«, sagte Urgyen Lhamo zum Abschied. »Vergiss nicht die Worte des weisen Saraha:

Wie Salzwasser süß wird,
wenn von den Wolken getrunken,
so verwandelt ein unerschütterlicher Geist,
der für andere handelt,
das Gift der Sinnesobjekte in Nektar.«

Lenjam schaute sich nicht um, als sie das Verborgene Land durch das geheime Tor verließ. Das Tal der Yoginis war Vergangenheit, schon jetzt, in diesem Augenblick, in dem sie die schroffen Felsen, die gewaltigen Schneeberge mit den gefährlichen Pässen vor sich sah, die sie überwinden musste.

Die Yogini, die jetzt voller zuversichtlicher Ungewissheit aus dem Verborgenen Land in die Welt der Verwirrung hinausging, war Chökyi Lhamo, und sie trug die Jetsünma Rinpoche in ihrem Herzen mit sich. Die Rote Tara hatte dieser Chökyi Lhamo die Dakini geschickt, es gab keinen Grund zur Sorge. Was auch immer geschehen mochte, alles war gut.

Dort unten war es, ihr Tal, ihr wunderschönes Tal. Weit und reich, voller satter Felder. In der Ferne verlor es sich zwischen den Bergen, hinter denen weiße Gipfel aufragten, unten am Fluss die Höfe ihrer Sippe. Alles war wie immer, als wäre sie nicht viele Jahre weg gewesen.

Die Welt »da draußen« war wie immer und doch neu. Dieses Neue konnte Lenjam nicht anders benennen als »durchsichtig«.

Es gab gefährliche Wege und Kälte und Hunger, es gab Herdwärme und freundliche Menschen und Begegnungen mit bedrohlichen Männern. Manchmal ließ Lenjam sich alt und hässlich erscheinen, wickelte ihr abgetragenes Tuch um den Kopf, krümmte sich, schrumpfte, und mit einem kurzen, verächtlichen Blick ritten die Männer an ihr vorbei. Aber all dies erlebte sie wie Wolken am Himmel, die gewichtig sein konnten, sich aber immer auflösten. Es war so wahr wie nicht wahr, so wirklich wie nicht wirklich.

In den Menschen sah sie Licht und Dunkelheit. Manche hatten ein zartes Leuchten, oft so schwach, dass es nur zu ahnen war. Andere standen in ihrem eigenen Schatten der Gier, der Aggression, des alltäglichen Wahns, ihre Meinungen für die unumstößliche Wahrheit zu halten.

Während des langen Abstiegs von den Hochweiden zum Tal hinunter sang sie vergnügt Lama Dorjes Lieder. Die Nomaden, denen sie auf den Weiden begegnete, und die Bauern unten im Tal erkannten sie als die Schwester der verehrten Ngakmo Nyima, verbeugten sich, grüßten ehrfurchtsvoll mit weit herausgestreckter Zunge.

Am Schrein der Nagas legte sie einen schönen Lapislazuli nieder, den sie in einem Wildwasser gefunden hatte. Als Antwort schäumte der Fluss auf, drehte einen herzhaften Wirbel, bis ein tiefer Trichter entstand, der die Luft in melodiösen Tönen schwingen ließ.

»Habt Dank, ihr Nagas«, sagte Lenjam. »Ich war einmal ungezogen euch gegenüber, aber ich war jung und dumm und unglücklich, und ihr habt mir das sicher längst verziehen. Doch nun war ich lange weg und möchte euch heute meines Respekts versichern.«

Noch einmal kochte der Wirbel auf, dann glitt das Wasser weiter, geschmeidig wie der Körper einer großen Schlange.

Zu Hause! Sie würde Nyima sehen, das Zusammensein mit ihrer Familie genießen, und dann würde sie nach einer Weile weiterziehen, um den Tulku zu besuchen, den großen Türöffner, ihren Herzenslehrer, dem sie nicht genug danken konnte für seine Großherzigkeit. Wie viel mehr sie heute begriff von allem, was er sie gelehrt hatte! Und auch Lama Dorje wollte sie finden, diesen Meister hinter der Maske des Spielmanns und des sorglosen Freundes. Denn diese Chökyi Lhamo war neu, und die neue Welt, die sie erlebte, war nicht anders, aber auch nicht so, wie sie ihr einst erschienen war.

Die Abendsonne tauchte das Tal in Gold, dann in Rot. Die Rote Tara tanzte über dem Fluss und schwang ihr Schwert der Klarheit. Wie es hieß im heiligen Text:

Sie zeigt sich in jeder Erscheinungsform,
sei es wie der volle Mond am Himmel
oder als Spiegelung in wassergefüllten Schalen.

Das Tor zum vertrauten vorderen Hof des Anwesens stand offen, ein Zeichen, dass Frieden herrschte im Land unter dem Schutz des Gyalpo. Sie trat ein und blieb stehen. Die angebundenen Hunde erkannten sie und wedelten mit den Schwänzen.

Im Hof waren die täglichen Arbeiten bereits beendet. Die Tanten waren dabei, ihre Webstühle wegzustellen, in den Ställen meckerte eine Ziegenmutter nach ihrem Zicklein. Nahe der Treppe stand ein älteres Paar, einfache Bauern, und gerade kam Nyima herunter in ihrer schönen, hoch aufgerichteten Haltung als Herrin des Hauses, aber auch mit der Zugewandtheit der Amchi-la, der Heilkundigen, die für ihre Patienten da ist. Eine ebenso sanfte wie unantastbare Autorität. Während sie der Frau Medizinkügelchen in die Hände zählte und eindringlich zu ihr sprach, rannte eine kreischende Kinderschar durch den vorderen Hof und verschwand wieder hinter dem Haus. Nur ein kleines Mädchen, zu klein, um mit der Gruppe mithalten zu können, lief zu Nyima und krallte die Händchen in ihren Rock. Dieses winzige Wesen, zart wie die jungen Gräser der Sommerweiden, konnte nicht mehr als zwei Jahre alt sein. Nyima musste nach der Kleinen noch eine weitere Tochter bekommen haben.

Der Augenblick, in dem Nyima ihre Schwester am Tor entdeckte, öffnete plötzlich den gesamten Raum der Kindheit. Da saß Lenjam mit Nyima auf der Mauer und spielte das Leichen-Spiel, beim Lernen unter Lama Samtens zornigem Blick schubsten und stießen sie sich gegenseitig, sie kletterten zum Schrein des Kleinen Berggeistes hinauf – eine Flut von Szenen floss zusammen zu dem durchdringenden Gefühl der Zweisamkeit mit all den hellen und dunklen Farben ihres Mit- und Gegeneinanders. Und als sie einander mit der Stirn berührten, löste sich dies alles in einer Nähe auf, die so tief und weit war wie der Himmel.

Nyima hob das kleine Mädchen auf und sagte: »Schau nur, wie groß unsere Khandro schon ist.«

Nyima begegnete Lenjams ungläubigem Blick mit Verwunderung.

»Du warst bei ihrer Geburt dabei.«

Die Kleine wühlte in der Chuba ihrer Mutter, fand eine Brust und stopfte die große Brustwarze in ihren Mund.

Lenjam suchte in ihrer Fassungslosigkeit nach ihrer Stimme, doch es kam nur ein Flüstern: »Wie lange war ich weg?«

»Zwei Jahre werden es wohl sein«, antwortete Nyima. »Weißt du es nicht? Wie lang war es bei dir?«

Lenjam schüttelte den Kopf. »Ich glaube – ich weiß es nicht.«

Sie hatte keine Zeit, darüber nachzudenken. Kunsang kam herbei, um sie zu begrüßen, Tante Puntsog, die Frauen und Männer des Hauses, der kleine Lekshey, der ein gutes Stück größer geworden war, dann auch Lama Samten und die Verwandten aus dem hinteren Haus. Die Schar wurde immer größer. Sogar die alte Mola mühte sich die Treppe hinunter und betastete Lenjams Gesicht mit Tränen in den halb erblindeten Augen.

Lenjam ließ sich durch diesen See von Freude treiben und zog sich schließlich mit Nyima zurück. Am nächsten Tag würde sie als Anlass zu ausgiebigem Feiern dienen, doch jetzt wollte sie nur mit Nyima, ihrer Schwester und Vertrauten, zusammen sein.

»Du hast also die Yoginis gefunden«, sagte Nyima.

»Ja«, erwiderte Lenjam. »Im Verborgenen Land.«

In Nyimas Zimmer roch es nach Heilpflanzen und besonderem, heilendem Räucherwerk, und im Flackern des Butterlämpchens blickte das sanfte Gesicht des Medizin-Buddhas auf sie herab. Ein berühmter Klostermaler hatte es, wie

Nyima anmerkte, aus Dankbarkeit für Nyimas heilende Kunst an ihre Wand gemalt.

»Es war die Entscheidung der Dakini«, sagte Lenjam. »Früher dachte ich, ich hätte viel verstanden und manches erfahren, aber als ich bei den Yoginis war, wurde mir klar, dass etwas sehr Wichtiges gefehlt hatte.«

»Und das war?«

»Ich kannte die Weisheitsmethoden für die Töchter nicht. Ich habe nur die Methoden für die Söhne gelernt. Der Tulku war über alle Maßen gut zu mir, aber er wusste nur vom Tor für die Söhne. Mir ist nicht einmal der Gedanke gekommen, es müsse auch ein Tor für die Töchter geben. Niemand konnte mich lehren, dass es ebenso wertvoll ist, eine Frau zu sein wie ein Mann. Dass sie ebenso wertvoll ist auf dem Pfad der Erleuchtung und kein Gebrauchsgegenstand für die Yab-Yum-Übungen der Yogis. Ich durfte die Lehren der Dakinis der Vergangenheit hören, wie über die große Yogini Rigdenma, die Disziplin und spirituelle Hingabe entwickelt hat, aber auch die Qualität von Leidenschaft und Ekstase hochhielt. Es war so ein großes Glück für mich zu lernen, dass Leidenschaft nicht schlechtes Karma ist, sondern dass sie gut und wertvoll sein kann. Ja, das habe ich gelernt, und dass ich, Lenjam, die Yogini Chökyi Lhamo, so sein darf, wie ich bin. Dass genau das mein kostbares Material ist.«

Nyima schwieg sich in eine nachdenkliche Ruhe hinein.

»Aber du bist wieder hier. Es heißt doch, von dort könne man nicht mehr zurückkommen.«

»Meinst du, es ist die alte Lenjam, die zurückgekommen ist?«

Mit einem Lachen ergriff Nyima Lenjams Hand. »Du hast recht, diese Lhamo ist nicht die alte Lenjam. Du bist eine andere geworden, meine schöne Schwester. Noch dieselbe, aber doch eine andere. Ich vermute, es gibt vieles, das du mich lehren kannst.«

»Alles, was ich weiß«, erwiderte Lenjam beglückt. »Und es heißt ja, wenn man weitergibt, lernt man selbst noch viel dazu. Ich frage mich, ob Kunsang einige der Gesänge aus den Dakini-Tantras, die ich gelernt habe, in Druckblöcke schnitzen würde. Wäre es nicht herrlich, wenn wir begabte Mädchen darin unterstützen könnten, Yoginis zu werden?«

Es wurde eine lange Nacht voller Ideen. Sie hatten beide den Segen ihrer spirituellen Traditionen erhalten und würden ihn weitertragen. Das war ein großartiger Reichtum, den sie, jede auf ihre Weise, mit anderen teilen wollte.

Es gab so viel zu bedenken. Vielleicht würde Pumo, die nun die junge Lehrerin einiger kleiner Mädchen aus den umgebenden Höfen war, eine Yogini werden wollen. Und Lenjam dachte an Palmo im Nonnenkloster des Tulkus. Ein eigenwilliges Mädchen, schrill und vorlaut konnte sie sein. Die Unterordnung fiel ihr schwer, doch ihre Hingabe an den Tulku glühte, sie hatte Freude an den Pujas, den schönen Gesängen und dem Chöd-Tanz der Nonnen. Sie stieß im engen Behälter der Nonnenschaft überall an. Im Herzen, dachte Lenjam, war Palmo eine Yogini.

Sie war aus dem Tal der Yoginis geführt worden, um das Yogini-Wissen weiterzugeben, und sie würde gewiss viele Anwärterinnen finden.

»Ich bin sicher, die Dakini hat einen Plan«, murmelte sie vor dem Einschlafen mehr zu sich selbst als zu Nyima.

»Gut«, sagte Nyima kichernd, »dann können wir ja unbesorgt planen.«

Es waren unberechenbare Tage in diesem Haus, das nach Kindheit roch. Lenjam war zu lange weg gewesen, um heimzukommen. Es war nicht der Endpunkt, sondern ein Anfang mit Möglichkeiten in allen Winkeln, über die gebrütet, die bedacht und geprüft werden mussten.

Nyima hatte einige Schüler und Schülerinnen, doch vor allem hatte sich ihr Ruf als Heilkundige verbreitet. Zugleich war sie Mutter und die Herrin des ganzen Hofs, die wahre Nachfolgerin Palas und damit diejenige, die stets die endgültigen Entscheidungen traf.

»Es hat sich so ergeben«, sagte Nyima, »wer sollte es also sonst tun? Kunsang hat kein Interesse daran, den Hof zu leiten. Er ist mehr noch ein Gelehrter als ein Ngakpa, er liebt Bücher und das Schnitzen der Blockdrucke. Es ist gut so, wie es jetzt ist.« Sie lächelte und fügte dann hinzu: »Was jedoch nicht heißen soll, dass es nicht auch anders werden kann.«

Doch Lenjam hielt nichts in diesem Haus, das erkannte sie schnell. Wie ein Vogel fühlte sie sich, der hin und wieder das vertraute Nest anfliegt, doch nur aus Gewohnheit, nicht, um zu bleiben. Nach dem Winter würde sie nach Norden ziehen und den Tulku aufsuchen, wo immer er sein mochte. Sie hätte nicht sagen können, warum, und es erschien ihr nicht nötig, diese Frage zu stellen. Er war das Zentrum ihrer Meditationen, er hatte ihr die Tür geöffnet. Wie hätte sie ihn je vergessen können? Die Sehnsucht, ihn wiederzusehen, war ständig in ihr gewachsen. Jetzt wurde es Zeit, dieser Sehnsucht nachzugeben.

Am Morgen, nachdem Lenjam dies klar geworden war, konnte die alte Mola nicht mehr aufstehen und lehnte es ab, etwas zu essen.

»Ihre Lebenskraft verlässt sie«, sagte Nyima. »Es dauert nicht mehr lang.«

Während Nyima Schülerinnen und Schüler unterrichtete, zu denen auch die kluge Palmo gehörte, und sich um Patienten kümmerte, saß Lenjam allein bei der Großmutter und unterhielt seltsame, leise Gespräche mit ihr.

»Ich sehe eure Schatten«, flüsterte Mola mit einem zarten Lächeln. »Die glühende Dunkelheit, so friedlich. Wartend. Meine schöne Dunkelheit sehe ich auch. Rot glühend. Die rot glühende Gottheit hast du mitgebracht, meine Lenjam. Ich wusste von ihr, immer schon, aber du hast sie mitgebracht. Das ist eine große Freude. Morgen werde ich sterben oder übermorgen, das ist schön. Ihr beiden werdet mich begleiten, meine Mädchen.«

Kaum sichtbar bewegten sich Molas Lippen im Rhythmus des Mantras.

»Bald«, sagte sie hin und wieder, verlangte nach ein wenig Wasser, und der Hauch eines Lächelns zog über ihr Gesicht. Lenjams Herz schmerzte im Anflug der Trauer um den Verlust dieser so selbstverständlich verfügbaren Quelle der Liebe, die Mola immer gewesen war.

»Du warst die beste Mola, die es geben kann«, sagte Lenjam. »Ich wünsche allen Wesen so eine gute Mola.«

Nyima vollzog Rituale mit besonderen Kräutern, die sie verbrannte, um den Raum um Mola frei zu halten von hindernden Einflüssen. Mola nickte anerkennend.

»Mein gutes Karma«, sagte sie, »so gut. Eine gute Tochter, eine gute Enkelin. So ein gutes Karma. Alle Wesen mögen so glücklich sein wie ich.«

Als sie kaum mehr sprechen konnte, flüsterte sie: »Eurem Pala geht es gut, ich habe ihn gesehen. Eure Tante Tamdzin, die Tante Dön, so habt ihr sie doch genannt, habe ich auch gesehen. Schwer ist sie gestorben, betet für sie. Bitte, tut das! Und nehmt euch vor dem Neffen in Acht.«

Es war ein langsames, sanftes Sterben. Die alte Mola nahm sich Zeit, wie sie sich immer Zeit gelassen hatte.

»Du weißt ja, wie es geht, Mola«, sagte Nyima. »Ich habe dir erzählt, wie die Elemente sich auflösen. Du brauchst dir keine Sorgen zu machen, wenn der Wind kommt und dich löscht. Du kennst das, wenn es nichts mehr zu tun gibt und du nur noch lässt. Du konntest das immer gut, Mola, das Lassen. Du hast uns so sehr geliebt, dass du uns lassen konntest.«

Und die alte Mola lächelte und nickte und wartete geduldig auf den Tod.

Lenjam und Nyima sahen einander an. Sie fühlten beide diesem Geschehenlassen nach.

Bald konnte Mola nicht mehr sprechen, und ihr Blick ging durch die Wand der Welt hindurch in eine große Weite jenseits von Außen und Innen. Lenjam und Nyima wechselten sich ab mit der Rezitation der Weisheitstexte zur Begleitung Sterbender. Der leise Augenblick ihres endgültigen Gehens ließ die Welt verstummen. In Lenjam war nichts als große Dankbarkeit.

Danach kamen ein paar Mönche aus dem Kloster, um mit Lama Samten das Totenritual zu vollziehen. Die kleine Khandro saß während der drei Tage bis zur Himmelsbestattung immer wieder schweigend am Lager der toten Urgroßmutter, und ihre tiefen Augen schienen ihr nachzuschauen, während die Mönche und Lama Samten rezitierten und die Familienmitglieder sich abwechselnd dazusetzten und Mantras beteten.

»Sie ist ein ungewöhnliches Kind, unsere Khandro«, sagte Nyima. »Sie hat Träume von Tara und von Buddha-Bereichen und singt ihre eigenen, seltsamen Lieder.«

Zum Neujahrsfest war Kunsangs Freund Jigme ins Haus gekommen und geblieben. Als einen Khenpo-Lama und ehemaligen Mönch aus dem Kloster der kleinen Wiedergeburt, dem Sohn des Ngakpas, und seit einigen Jahren ebenfalls Schüler des Ngakpas hatte Kunsang ihn vorgestellt. Ein schlanker, fast zierlicher Mann mit kantigen Zügen, unter denen sich noch die gezähmte Erregbarkeit der Jugend ahnen ließ. Augen von ungewisser Farbe, die Haare im Nacken zusammengebunden, das Gesicht glatt, der Bart täglich geschabt. Sein höfliches Lächeln kam wie aus weiter Ferne.

Also ein Mönch ist er gewesen, dachte Lenjam, das ist gut, er ist gebildet. Er trägt die Lama-Robe, aber dennoch sieht er aus wie einer, der immer ein Mönch bleiben wird, auch wenn er die Gelübde zurückgegeben hat. Sie sah die Gefasstheit eines Mönchs, aber die Haltung eines Kämpfers. Warum hatte ihn sein Karma zum Ngakpa geführt? Warum trug er nicht den Haarknoten und das weiße Gewand der Ngakpas?

Einige Male, wenn ihre Blicke sich trafen, war es wie eine Berührung.

Die Tage behielten ihre Unberechenbarkeit, obwohl das Leben im Tal ablief wie immer. Man musste sich um vieles kümmern, aber es gab auch die gemütlichen, langen Abendmahlzeiten, oft von Lama Samtens halbherzig gehörten Ausführungen begleitet, die sich nun weniger um Höllen drehten als um erstrebenswerte himmlische Bereiche. Es war bei solch einer Mahlzeit, dass Jigme laut über einen Scherz von

Onkel Ngödup lachte und dabei unversehens auch Lenjam anlachte, ohne Absicht. Und Lenjam lachte zurück, sodass beider Lachen sich miteinander verband. Worte ergaben sich, aber um Worte ging es nicht, vielmehr um die Berührung der Blicke, mit denen sie ein feines Netz umeinander woben.

Lenjam erlaubte sich, den langen Augenblick auszukosten, in dem ein inneres Jubeln ihr sagte, dass sie diesen Mann wollte, dass er der geeignete Yogi war. Die Rote Tara würde ihr die Sicherheit geben, sich in den Sturm zu wagen, dem sie so lange ausgewichen war. Kühn würde sie sein, sich jedoch nicht von der Versuchung scheinbarer Sicherheit verführen lassen. Sie würde alles sein können in diesem Spiel, Schwester, Tochter, Mutter, Magd, Herrin, Göttin. Und als ihr Gefährte würde er die Inspiration aufnehmen und für sie Bruder, Sohn, Vater, Diener, Herr und tanzende Gottheit im Feuerkranz sein.

Sie saß auf dem alten Kinderplatz auf der Mauer und lächelte vor sich hin. Ho, die Leichen sollten nur fragen, was sie wollten, aber eine Antwort würden sie nicht bekommen. Sollten sie fragen: »Glaubst du wirklich daran?«, würde sich jede Antwort erübrigen, denn es ging längst nicht mehr um Glauben in diesem höchsten aller Spiele, in dem sich für die geeignete Yogini Lieben mit Lehren, Lust mit Klarheit verband. Sie wusste, dass sie Jigme die Tür öffnen konnte. Dass sie gut für ihn war. Und dass sie Wichtiges lernen würde.

Mit Mantra und Gefährtin,
die auf dem verborgenen Pfad zu finden sind,
sollte der Yogi nach spiritueller Verwirklichung streben.
Ohne Gefährtin wird der verborgene Pfad
den Wesen keine Vollkommenheit bringen.

Einmal hatte sie Nyima gefragt, wie ihr Leben so sei mit Kunsang. Da hatte Nyima auf ihre ganz eigene, zurückhaltende, ein wenig fragende Weise gelächelt. »Es ist ganz einfach. Du liebst den Mann. Du weißt, er tut sein Bestes, dich zu lieben, und sein Bestes ist recht gut, denn sein Geist ist geschult. Aber alles Mögliche kann geschehen. Er ist ungeduldig. Dann liebst du ihn – und forderst ihn heraus, seine Motivation zu überprüfen. Oder er nimmt keine Rücksicht. Dann liebst du ihn – und forderst ihn heraus, seine Motivation zu überprüfen. Oder er hört nicht auf dich. Dann liebst du ihn – und forderst ihn heraus, seine Motivation zu überprüfen.«

»Und umgekehrt?«

»Du liebst ihn. Was du tust, tust du mit Mitgefühl, ob er es erkennt oder nicht. Du bist nicht getrennt von deiner Motivation.«

»Wenn ich aber getrennt bin? Man kann sich seiner selbst doch nie ganz sicher sein.«

Nyima nickte. »Wenn du getrennt bist, sagst du es ihm und ziehst dich ins Retreat zurück.«

Daran erinnerte sich Lenjam und lachte. Keine Schlupfwinkel. Die Wahrheit jenseits aller Voreingenommenheit zu leben, hatte sie gelobt. Wie anders konnte man eine Himmelstänzerin werden?

In der Nacht darauf kam die Dakini, die sich als Rote Tara zu erkennen gab. Sie war leuchtend rot und wild, nackt bis auf ein Tigerfell um die Hüften, schwang die Schädeltrommel im ekstatischen Tanzschritt, tanzte im Feuer, funkensprühend. Sie tanzte die Furchtlosigkeit, die Macht, die Zärtlichkeit, das Mitgefühl, die Hingabe. Lenjam konnte sie fühlen, spüren, sehen, hören, riechen, schmecken. Sie war überall. Als diese Gegenwart sich in ihr auflöste, wachte sie auf, weinte und lachte, überwältigt von der ekstatischen Einfachheit dieses Erlebens.

»Schwester«, sagte Nyima mit ihrer besonderen Art beiläufiger Anerkennung, »du hattest zwar bei deiner Geburt keinen Kuckuck auf dem Dach, aber es könnte ein Garuda da gewesen sein. Und du weißt, den sehen nur sehr wenige.«

Lenjam beschloss, Jigme die Geschichte der Zauberwurzel zu erzählen. Da es darum ging, sich auf völlige Offenheit einzulassen, sollte sie augenblicklich damit beginnen, wo immer es enden würde.

»Das ganze Leben ist eine Geschichte«, hatte Jetsünma Rinpoche einmal gesagt. »Ihr solltet keine Angst vor Geschichten haben.«

»Jigme, willst du mich begleiten?«, fragte sie an einem Morgen, an dem die Beglückung über einen Traum von den Höhlen der Yoginis in ihr nachglühte. »Den Berg hinauf. Ich möchte dir etwas zeigen.«

Er stimmte so eifrig zu, dass Lenjam annahm, er habe wohl schon selbst darüber nachgedacht, wie er ein Näherkommen einleiten könnte.

Auf dem Weg hinauf zum Schrein des Kleinen Berggeistes freute sie sich an den vertrauten Kleinigkeiten, dem Felsvorsprung, um den man ganz vorsichtig herumgehen musste, um nicht am steilen Hang abzurutschen; an dem einsamen Baum mit dem langen, dünnen Stamm, der seine Wurzeln zwischen die Felsen gedrängt hatte; am Ausblick über das Tal, wenn man bei dem aufragenden Felsstück ankam, an dessen Fuß die aufgeschichteten Steine des Schreins noch Reste der letzten Opfergaben trugen. Lenjam legte Yakkäse und Gebäck auf den Schrein, gemeinsam hängten sie frische Gebetswimpel auf. Seine Hand ergriff die ihre, führte sie an sein Herz, hielt sie lange dort. Eine Knospe, eine Blüte, die Nähe entfaltete sich in all ihrer Macht und Würde.

»Jigme-la, ich möchte etwas Wichtiges mit dir teilen«, sagte Lenjam. »Das eine ist sehr dunkel, das andere ist sehr hell. Die Dakini hat mich dazu ermutigt.«

»Ja«, sagte Jigme und nickte.

Im Angesicht des Kleinen Berggeistes berichtete sie Jigme die Geschichte von dem Mann, den sie hatte haben wollen und auf ganz andere Weise bekam, als sie sich je hätte ausdenken können. Und vom Zauber des Bönpa und der karmischen Schuld, die sie viele Jahre lang unter der Leitung des Tulkus abgetragen hatte. Ein wenig erzählte sie auch davon, was die Yoginis sie gelehrt hatten.

»Das Stück Wurzel wird wohl noch hier sein«, sagte sie, als sie sich erhoben.

»Der Kleine Berggeist hat es sicher gut verwahrt«, erwiderte Jigme lächelnd.

Mehr sagte er nicht. Ihr Bericht war in ihn hineingefallen und dort verschwunden. Sie schaute auf seinen vorsichtigen Mund mit der kurzen Oberlippe, die ihn immer ein wenig nachdenklich erscheinen ließ und sie wunderlich rührte, und in seine ungewöhnlichen Augen. Da war noch der frühere Mönch, gewiss, dieses Gezähmte an ihm, doch zugleich fühlte sie die Leidenschaft des Körpers und des Geistes, die nach ihr griff wie sie selbst nach ihm.

Ihre Augen schlossen sich unter Jigmes Fingerspitzen, die über ihr Gesicht tasteten, über ihre Lippen. Ein Wind erhob sich in der unsichtbaren Welt ihres Körpers, trug sie, befreite sie, entflammte Sonne und Mond.

Mund, Wärme, Nähe, Arme, kühles Feuer, kochender Wind. Lenjam lachte, weil nichts anderes dieser Wonne Ausdruck geben konnte. Da war Jigmes Gesicht, ganz nah, und dieser Mund, jetzt gar nicht mehr vorsichtig, eher weich, groß, unendlich einladend, derart, dass sie sich auf ihn stürzen wollte, um sich darin aufzulösen. Und ebendies tat sie. Sie stürzte in sein Stürzen, vergaß seinen Namen.

»Der Mittag ist längst vorbei«, flüsterte Jigme.

Noch immer standen sie vor dem Schrein des Kleinen Berggeistes in ihrer zeitlosen Umarmung.

»Soll er doch«, antwortete Lenjam sorglos.

Sie wollte von Jigme gehalten werden, nur dies, mit dem köstlichen Zögern in all dem inneren Aufruhr.

Er lächelte und strich wieder leicht über ihr Gesicht. Es gefiel ihr, dass er Verantwortung übernehmen wollte.

»Meinst du, jemand wartet auf uns?«, fragte sie.

Jigme nickte. »Ich glaube schon. Kunsang wartet darauf, dass du ihm die Yogini-Texte diktierst, von denen du ihm erzählt hast. Er will sie schnitzen.«

»Ich will ihn nicht bedrängen«, erklärte sie leichthin. »Er schnitzt doch gerade an etwas anderem.«

»Gewiss«, sagte Jigme, »aber deine Texte sind sehr wichtig. Auch für mich.«

Der Abstieg war leicht. Alles war leicht, alles war Raum, alles war Tanz. Selbst die Worte tanzten. Worte wie morgendlicher Dunst über dem Tal, wenn man unter ihm die Erde und das Wasser fühlte, das Geheimnis und die Macht der Erde, das Geheimnis und die Macht des Wassers. Kaum wusste sie, was sie sagte. Es war unwichtig. Wichtig war diese Öffnung, in der zwei wohl zwei waren, aber nicht getrennt.

Und schließlich sang sie ein paar besondere Verse aus den Yogini-Tantras, die nur jene hören durften, die ihren Geist auf dem Kleinen Weg gezähmt und ihr Herz auf dem Großen Weg entfaltet hatten.

Im Haus wurden sie hineingerissen in den wirbelnden Fluss der aufgeregten Alltagswelt. Männer des Gyalpo waren gekommen, hatten sich nur kurz aufgehalten und waren dann eilig zum Kloster weitergeritten.

Der König war tot.

Die Distrikthauptleute und die Klöster mussten benachrichtigt werden. Onkel Ngödup würde die Männer zum Dzong begleiten, zum großen Ritual der Einäscherung des alten Gyalpo und zur Krönung des neuen Königs.

Nyima konnte ihre Unruhe nicht verbergen. »Die Männer sagten, wir sollen vorsichtig sein. Tante Döns Söhne wurden bis heute nicht gefasst. Man weiß nicht, was geschehen kann.«

Onkel Ngödup nickte. »Es ist immer eine schwierige Lage, wenn der König tot ist. Und er ist so plötzlich gestorben. Ich denke, der älteste Sohn wird ein guter König sein, er ist ja kein junges Böckchen mehr, und man sagt, er sei klug und besonnen. Aber Übergangszeiten sind Unruhezeiten. Unsere Männer müssen aufmerksam sein, und wir sollten von jetzt an das Tor immer gut geschlossen halten.«

Seine Züge waren hart vor Anspannung. Lenjam hätte gern gesagt: Onkel Ngödup, versuche nicht, Pala zu sein, du hast doch immer alles gut gemacht. Diesen Onkel als Palas Nachfolger vorzuschlagen, war eine gute Entscheidung gewesen. Es lag nicht an ihm, dass Palas Schatten noch immer auf dem Haus zu liegen schien. Der Schatten eines Mordes hatte einen langen Atem.

Pala hatte die Schwelle zur Zwischenwelt trotz allem gut überschritten, das hatte Lenjam in vielen Meditationen fühlen können, und Nyima hatte es bestätigt. Er war ein starker, zorniger, beherrschter Mann gewesen, ihr Pala, ein Mann der Macht, aber er hatte nie an Negativem festgehalten.

Lenjams Gedanken bewegten sich am Rand des Tages entlang. Sie bemühte sich, nicht Jigmes Blick zu suchen. Der Morgen auf dem Berg hatte jedem äußeren Geschehen einen veränderten Platz zugewiesen, in einen blassen Hintergrund geschoben, der überstrahlt wurde von der Freude und Erregung in ihrem Herzen mit dem wunderlichen Kern inhaltloser Traurigkeit.

»Wenn wir schon mit einem Überfall rechnen, sollten wir wenigstens die Mauer ausbessern«, sagte sie zu Nyima am Abend, als sie wie so oft zu ihrem eingefallenen Mauerstück gingen, das wie eine Zahnlücke in der Mauer klaffte. »Und bevor ich es vergesse, würdest du mir etwas von deiner Frauenmedizin geben?«

Nyima lächelte. »Jigme-la!«

»Er ist der Yogi, den ich suche. Die Dakini hat mich hierhergeschickt. Er muss es sein.« Nach kurzem Nachdenken fügte sie hinzu: »Ich wundere mich, warum er nicht die Tracht der Ngakpas trägt.«

Mit einem kleinen Lachen erwiderte Nyima: »Ich hab ihn danach gefragt. Er sagt, der Ngakpa habe ihn viel Wertvolles gelehrt, aber er sei ein Khenpo-Lama. Ich weiß, dass er wichtige Tsa-lung-Praktiken gelernt hat, auch das Zurückhalten. Vieles davon durfte ich ja auch lernen. Von Übungen für Frauen wusste der Ngakpa nichts. Natürlich nicht. Ich dachte ja selbst, die gibt es gar nicht. Ohne dich hätte ich sie nie kennengelernt.«

»Gib mir deine Medizin. Man kann ja nie wissen.«

Nyima lachte. »Aber ja. Man kann nie wissen.«

Die Schatten waren schon tief, der Himmel leuchtete in einem rosigen Blau, über dem Fluss tanzten zarte, weiße Wassergeister.

»Was waren wir doch für seltsame Kinder«, sagte Nyima nachdenklich. »Hingen immer auf der Mauer oder im vorderen Hof herum, so ganz und gar in unserer eigenen Welt. Ich erinnere mich, als Lama Samten einmal von den paradiesischen Verborgenen Ländern erzählte, dachte ich, wenn wir beide groß wären, sollten wir uns solch ein Tal suchen. Du hast es gefunden.«

Nach einer langen Pause fragte sie: »Könntest du dir vorstellen zurückzukehren? Ein Leben ohne die tägliche Arbeit, ohne Sorgen, ohne Bedrohung durch mörderische Verwandtschaft?«

»Würdest du es wollen? Was würde dann aus deinen Schülerinnen, deinen Schülern, deinen Patienten?«

Nyima legte die Arme um sich gegen die aufsteigende Kälte der Nacht.

»Wenn die Mongolen wiederkämen, bis hierher zu uns, dann würde ich mit allen dorthin gehen.«

»Aber es ist doch so«, wandte Lenjam ein, »dass nur die hineinfinden, die das vollkommene Vertrauen haben. Es heißt, wenn nur eine einzige Person dabei ist, die diese Hingabe nicht entwickelt hat, ist auch allen anderen der Zugang verwehrt. Die Wächter des Tals sind sehr gefährlich. Es soll schon Tote gegeben haben.«

Nyima seufzte. »Dann bete ich, dass die Mongolen niemals kommen mögen.«

Den größten Teil der Tage verbrachte Lenjam mit Kunsang und Jigme und diktierte ihnen Verse aus den Yogini-Tantras. Kunsangs ruhige Züge schienen Feuer zu fangen, er lachte vor Freude über den Gesang der Dakini Kambala:

»Kye ho! Wunderbar!
Lotosblütenstaub erwacht inmitten des Herzens –
die schimmernde Blume ist frei von Schlamm.
Woher kommen Farbe und Duft?
Warum nach ihnen greifen oder sie zurückweisen?«

Lenjam stimmte in dieses Lachen ein. O ja, nicht greifen, nicht zurückweisen. Sich erfreuen. Schöner Jigme. Für einen Augenblick sanken ihre Blicke ineinander.

»Du wirst lang leben müssen, Kunsang«, sagte sie, »um all die herrlichen Verse zu schnitzen, die ich in meinem Herzen mitgebracht habe.«

Kunsang strich seinen Pinsel ab. »Dann achte du gut auf dein Herz, Yogini.«

In dieser Nacht, als Lenjam sich in den kleinen Raum über der Küche, in dem Nyima ihre Kräuter trocknete, auf ihr Schlafpolster zurückgezogen hatte und weit davon entfernt war einzuschlafen, hörte sie eine knarzende Bewegung der Tür. Es gab keine Frage, dass Jigme dort stand. Sie rührte sich nicht.

Dann begann seine leise Stimme in den sanften Tönen des Rezitativs zu singen:

»A ho!
Im innersten Raum meines Geistes, dem Grund von allem, ist der wahre Meister, das spontane reine Gewahrsein,

immer gegenwärtig, nie abwesend.
Jetzt kann das ganze Zeug – die finsteren Zustände,
die Emotionen, der Nebel der Gedanken – tun, was es will.

In der Mitte meines Herzens wurde eine große
Liebe geboren.
Nun, von Leidenschaft und Verlangen nach der
bezaubernden Togdenma Lhamo aufgewühlt,
ist mein Geist ihr verfallen.
Ihr verdrehten Leute, haltet nur drei Tage lang ein
mit eurem Geschwätz und eurem Skandalgetuschel.
Danach könnt ihr tun, was ihr wollt.«

»Jigme-la!«, flüsterte Lenjam.

»Leider nicht meine Worte«, sagte Jigme. »Ein großer Yogi schrieb sie nieder. Darf ich hereinkommen?«

Lenjam lachte leise. »Du bist ja schon da.«

Dann gingen sie daran, den geheimen Baldachin zu schaffen, den Zaun aus Pfeilen und das Netz aus Flammen jenseits der gewöhnlichen Welt, wo sie selbst vor den Augen der Götter verborgen waren.

Das Verweilen im Leuchten, in das Lenjam in der dunkelsten Stunde der Nacht hineingeglitten war, löste sich auf im schwachen Dämmern hinter dem Reispapier des Fensters. Nie zuvor hatte sie den leuchtenden Schlaf erlebt, hatte kaum für möglich gehalten, dies je erfahren zu dürfen.

Noch war es still im Haus und in den Höfen. Wie immer öffnete sie mit dem Mantra der Roten Tara das Tor in den Tag, unhörbar, um Jigme nicht zu stören. Ineinander verflochten waren ihrer beider Glieder, ein einziges Wesen waren sie mit dem einen Atemrhythmus, dem einem Kreislauf der subtilen Strömungen, unter den weichen Decken eingehüllt in den Geruch der Zärtlichkeit.

»*Kye ho*, Lhamo-la!«, flüsterte Jigme.

Sie hielt ein Wunder im Arm. Sie selbst und das Wunder waren nicht getrennt. Sie fühlte und war das Gefühlte, sah und war das Gesehene, hörte und war das Gehörte. Eine Welt ohne Trennung. Alles wie immer und alles ganz anders. Raum war mehr als Raum, Farben waren mehr als Farben, jeder Gedanke war Mantra, jede Bewegung Mudra.

Den Tag über tat sie all das, was sie üblicherweise zu tun hatte in der Küche, im Hof, mit den Kindern, sagte die Worte, die nötig waren, trieb mit im Fluss der täglichen Abläufe. Alles war beglückend, die vertrauten Gerüche des Hauses nach Buttertee, Herdfeuer, Schaffell und heiligem Rauch, das fröhliche Geschrei der Kinder und die Geräusche der Tiere in den Ställen, das tiefe Blau des Himmels über den Feldern und das Gold der Sonne auf allen Dingen.

Nyima drückte ihre Hand im Vorbeigehen. »In deinen Augen sehe ich die Lhamo«, sagte sie.

Jigme hatte sich gleich nach der Morgenmeditation zu Kunsang in die sonnige Ecke des Hofs zurückgezogen, saß still bei ihm und schaute ihm beim Schnitzen zu. Manchmal wiederholte er für ihn eine Zeile des Textes. Gelegentlich, wenn Lenjam den Hof überquerte, fielen ihre Blicke ineinander. Gut, dass er Kunsang hat, dachte sie, er braucht Zeit. Er ist nie im Tal der Yoginis gewesen, er kennt das nicht. Vielleicht bedroht es ihn sogar. Man kann nie wissen.

Sie würde geduldig sein. Auch in der nächsten Nacht war er bei ihr und in vielen Nächten danach. Das Wunder verging nicht, doch es wurde blasser.

»Wir sollten nicht hierbleiben«, sagte Lenjam. »Es wäre gut, unterwegs zu sein, einander ausgesetzt. Das ist nötig für unseren Entwicklungsweg. Um alle Hindernisse zu beseitigen, die uns von der großen ekstatischen Weisheit im Zentrum des Mandalas trennen.«

»Ah, ja?«

Sie hätte Jigme wie ein Kind in den Arm nehmen mögen angesichts seines unsicheren Lächelns.

»Kunsang hat alle Verse von mir bekommen, die er braucht. Er wird lange zu tun haben, sie zu Druckblöcken zu schnitzen. Wir sollten zu unseren Herzensmeistern gehen und sie um ihren Segen bitten.«

Einen Augenblick lang schien ihr, als schrecke er zurück. Doch er neigte den Kopf. »Ja, natürlich. Das wäre sicher gut.«

Sie hielt sich nicht bei dem Zweifel auf, ob er der Aufgabe des Wegs der Leidenschaft gewachsen sein würde. Seine Bereitschaft musste ihr genügen. Die Dakini hatte ihn in dieses Haus geführt, das nicht mehr der Ort ihres Lebens sein konnte seit der zeitlosen Zeit im Tal der Yoginis. Nun musste sie selbst die Verantwortung übernehmen.

»Der einzige Grund, mich von meinem Gefährten des heiligen Wegs zu trennen, wäre, dass er mich nicht mehr respektiert«, hatte Dechen einmal gesagt. »Denn das hieße ja, dass er sich von mir getrennt hat. Es ist wie mit den Göttern der Natur. Wenn wir sie nicht respektieren, stoßen sie uns zurück.«

20

»Bald können wir ausruhen«, sagte Lenjam, außer Atem nach dem langen Aufstieg auf dem schmalen Pfad, der sie über einen langen Bergrücken geführt hatte. »Bis zum Abend sind wir unten im Dorf.«

Jigme hob kaum den Blick. »Gut.«

Lenjam lächelte vor sich hin. Jigme war ein Khampa, und ein Khampa pflegte sich auf einem Pferd vorwärtszubewegen. Yogis laufen, hatte Lenjam gesagt, doch Jigme hatte auf den Ngakpa verwiesen, der nur dann zu Fuß ging, wenn er zur Höhle über dem Kloster seines kleinen Sohnes hinaufstieg. Dann allerdings lief er so schnell, dass ihm niemand folgen konnte.

»Kannst du dir Milarepa auf einem Pferd vorstellen?«, hatte sie gefragt.

Da hatte Jigme gelacht. »Nein, aber am Himmel. Er konnte fliegen, das ist besser als reiten.«

»Dann«, sagte Lenjam vergnügt, »sollten wir dringend fliegen lernen. Sehr fortgeschrittene Yogis können das.«

»Ja«, erwiderte Jigme.

Wenig später wünschte sich Lenjam ernsthaft, fliegen zu können.

Sie hatten auf dem Berg ein wenig gerastet und waren dabei, dem sanft abfallenden Weg in eine Senke zu folgen. Es gab keine Möglichkeit, den Reitern auszuweichen, die ihnen entgegenkamen. Das waren keine Männer des Gyalpo, so viel war sicher. Gefährlich sahen sie aus mit ihren langen Messern in den silberverzierten Scheiden im Gürtel, raue Kerle, die wohl lange Zeit kein Zuhause mehr gesehen hatten.

Räuber? Lenjam war beunruhigt, zog den Kopf zwischen die Schultern und wünschte, sie hätte ihr Tuch nicht vom Kopf gestreift. Sie konnte sich nicht einreden, es wären harmlose Leute, die kein Interesse an wandernden Pilgern in abgetragenen Kleidern hatten. Sie waren von einer Wolke schlechter Gedanken umgeben.

Doch die Männer schienen das Pilgerpaar, das sich mit höflich gesenkten Köpfen an der Seite des ausgetretenen Pfads hielt, kaum zu beachten. Dann sah Lenjam Pferdebeine vor sich innehalten.

»Schau an, wenn das nicht unsere hochnäsige Hausdämonin ist.«

Unverkennbar die Stimme des verbannten Neffen. Lenjam richtete sich auf. Ho! Sie würde sich gewiss nicht klein machen vor dem räuberischen Sohn der Tante Dön.

»Wie gut sich das trifft«, sagte er zu seinen Männern. »Das macht uns die Sache leichter. Ganz brav werden sie alle sein, vor allem die Schwester, wenn sie hören, wen wir da haben.«

Lenjam schwieg und tauchte ein in den Augenblick. Da waren sie, die vertrauten lauernden Züge, die zu einer wüsten, verdorrten Landschaft geworden waren, zerklüftet von langem Groll. Harte, schmale Lippen hatte er wie ein gefrorener Fluss, die Gier war zu Wut erkaltet. Doch dahinter klaffte der Hunger und hinter dem Hunger die Angst. Was würde er tun? Die Ernte stand bevor, es gab nicht mehr allzu viel an Vorräten im Haus und nur wenig Gold. Aber Nyimas Schmuck lag in der Truhe im Kräuterzimmer und auch noch ein Rest von ihrem eigenen.

Doch da war auch seine Wut, sein Verlangen nach Rache. Er war ein Gejagter, wahrscheinlich ein Mörder und randvoll mit Selbstrechtfertigung. Er dachte nicht an Karma.

Was würde er tun?

Der Neffe und die Männer sprangen von den Pferden und bildeten einen drohenden Ring um Lenjam und Jigme. Mit einer schnellen Bewegung riss Jigme dem Neffen das lange Messer aus der Scheide und hielt ihm die Spitze an den Hals.

»Nein! Nicht!«, wollte Lenjam rufen, doch so vollkommen unerwartet war Jigmes Handeln, dass sie keinen Laut hervorbrachte. Nur der Gedanke »Ich kenne Jigme nicht! Ich weiß nicht, wer er ist!« schoss durch ihr Herz.

Die Männer hielten ihre Messer kampfbereit und erstarrten in unschlüssigem Schweigen. Jigme lächelte plötzlich, reichte dem Neffen das Messer mit dem Griff voran und sagte: »Zu viele gegen einen.«

Wortlos, als hätten die Flügel eines Dämons sie gestreift, gehorchten die Männer den Anweisungen des Neffen, Lenjam und Jigme auf Pferde zu binden. Zwei Männer mussten die Pferde führen, Lenjams Pferd vorn beim Neffen, Jigmes hinten vor dem letzten Mann. Ohne Aufenthalt ging es den Berg wieder hinunter. Das Dorf, in dem Lenjam und Jigme die vorhergehende Nacht verbracht hatten, wurde mühsam zwischen den Bäumen am Berghang entlang umgangen. Der Neffe musste die Gegend gut kennen, er führte die Gruppe zügig weiter bis in die Nacht hinein. Es gab keinen Weg über die steilen Hänge und durch die tief eingeschnittenen Täler, nur ein Geächteter auf der Suche nach Verstecken konnte diese wilde Gegend kennen. Die Gefangenen bekamen Tee, aber nur wenig zu essen. Die Vorräte der Räuber waren knapp.

Lenjam litt darunter, dass Jigme von ihr ferngehalten wurde. Die Sehnsucht nach ihm schmerzte nicht weniger als die gekrümmte Haltung auf dem Pferd, zu der die Fesseln sie zwangen. Sie rief die Beschützer, sie mögen ihn umringen, einen Feuerkreis um ihn bilden. Im Übrigen vertraute sie darauf, dass er sich selbst zu helfen wusste. Er war ein Schüler des Ngakpas.

An diesem Abend schienen sie dem Handelsweg wieder nahe zu sein, denn die Männer murrten, weil der Neffe ein Feuer verbot.

»Jetzt nur Wasser und Tsampa«, sagte er. »Später werdet ihr leben können wie die Könige.«

Lenjam bat die Rote Tara um Hilfe, dass das Traumwandern, das sie im Tal der Yoginis gelernt hatte, gelingen möge. Sie musste Nyima erreichen, ihr sagen, dass sie die Männer des Tals zusammenrufen und bewaffnen solle. In der nächsten Nacht würden alle bereit sein müssen.

Der Neffe hatte sie an einem Baum sitzend festgebunden. Die gefesselten Hand- und Fußgelenke waren wundgerieben und schmerzten. Wie sie bei den Yoginis gelernt hatte, bemühte sie sich, in den inneren Körper zu gehen. Im Verborgenen Tal waren ihr alle Übungen leichtgefallen, aber so ganz anders war es, wenn erst ein Wall von Ereignissen überwunden werden musste. Es dauerte lange, bis sie in die Ebene des Traums gleiten konnte.

Sie war im Tal der Dakinis vor ihrer Höhle im rotgoldenen Zauberlicht des Abends. Jetzt träume ich, dachte sie.

Ein Adler flog mit großer Geschwindigkeit auf sie zu, drehte kurz vor ihr ab und ergriff sie mit seinem großen, scharfen Auge.

»Nyima!«, rief Lenjams Traumstimme, als wäre sie ihr eigenes Echo.

Augenblicklich fiel sie aus dem Auge des Adlers in Nyimas vorsichtige Wachheit. Der Ngakpa musste sie gelehrt haben, sich vorzusehen im Traum, denn Dämonen und wandernde Geister konnten versucht sein, die Gelegenheit zu nutzen, um sich Zugang zu verschaffen. Doch nun stand sie in Nyimas vertrautem Zimmer, Kunsang lag schlafend neben ihr.

»Du bist da, Lenjam!«, sagte Nyima erstaunt und richtete sich auf. »Ich weiß, dass ich träume. Weißt du auch, dass du träumst?«

»Ja, ich weiß es, und ich komme mit Absicht«, antwortete Lenjam. Mit wenigen Worten hatte sie die Lage erklärt. »Es sind sechs Männer und der Neffe. Sie sehen wie gute Kämpfer aus. Und sie haben nichts zu verlieren.«

»Guru Rinpoche und die Beschützer werden uns helfen«, sagte Nyima.

Lenjam war wieder in ihrer Höhle im Tal der Yoginis. Ein paar Schritte von ihr entfernt saß der Adler und starrte sie an.

»Khandro-la?«, fragte sie. Einen Augenblick lang glaubte sie, die Dakini in ihm zu erkennen.

Die Flügelschläge, die den Adler davontrugen, ließen ihre Haare wehen.

Ein Sturm war aufgekommen in der Nacht, fegte durch die Bäume mit dem Brausen riesiger Schwingen. Die Pferde drängten sich zusammen und wieherten erschreckt, einige der Männer fassten an ihre Schutzbänder und Amulette. Der Neffe versuchte seine Besorgnis mit barschen Befehlen zu verdecken.

Die Stimmung der Männer war nicht gut am nächsten Tag, und sie wurde schlechter, je näher sie Lenjams Tal kamen.

Sie spüren, dass ihr Anführer ein Feigling ist, dachte sie. Er ist einer, auf den man sich nicht verlassen kann, wenn es gefährlich wird. Was, meinten diese Männer, würde er mit seinen Gefangenen tun, wenn er alles bekommen hatte, was er forderte?

»Wären wir nur schon im Süden«, hatte sie einen der Männer knurren hören. Fast noch ein Junge war er, gefangen zwischen Abenteuerlust und Angst. An diesem Tag hatte er Lenjam auf sein Pferd binden und es führen müssen. Also würden sie mit den Schätzen, die sie zu rauben hofften, nach Süden fliehen, in die Wildnis von Pemakö oder vielleicht in das Land des Drachen.

Doch Nyima war gewarnt. Die Männer ihrer Sippe waren besonnen und geschickte Kämpfer. Sie würden weitsichtig planen. Dennoch, so vieles war möglich. Man konnte nie sicher sein, was unvorgesehene Hindernisse betraf.

Hätte sie nur mit ihren ans Pferd gefesselten Händen ihre Mala am Hals erreichen können, um das Mo-Orakel zu befragen. Aber vielleicht genügte das Mantra des intuitiven Wissens? AH RA PA NA TSA NA DIH! Sie ließ das Bild des goldenen Bodhisattvas des Wissens in sich entstehen, wiederholte das Mantra, wiederholte es immer wieder, bis sich alle Überlegungen aufgelöst hatten wie Wolken. TSA RA blieb übrig als Antwort des Orakels, das Zeichen mit dem Titel »Die feurige Waffe«. Das bedeutete, mit Anrufungen und Mantras grimmiger Gottheiten die Situation zum Besseren zu wenden.

Lenjam hielt sich nicht mehr mit Nachdenken auf. Sie würde die Gottheiten rufen.

Am Nachmittag wurde die Landschaft immer vertrauter. Der Neffe hatte die Gruppe so geführt, dass sie nur kurze Strecken auf dem Handelsweg geritten waren, die sich nicht umgehen ließen. Entgegen Lenjams Hoffnung war ihnen niemand begegnet, doch bald würden sie die Anhöhe über dem heimatlichen Tal erreicht haben. Nyimas Späher würden sie gewiss entdecken.

Lenjam begann vor sich hin zu singen:

»Das Leben geht vorüber,
hält nicht an bei Tag, bei Nacht.
Was war, wird nicht länger.
Der Tod ist allen sicher.«

»Sei still!«, sagte der Mann, der vor ihr ritt. Nach einer kleinen Weile sang sie erneut, wiederholte den Vers ein wenig lauter. Alle sollten es hören. Es war gut für sie. Vor allem der Neffe sollte es hören. Da war er auch schon, drängte sich mit seinem Pferd neben sie und herrschte sie an: »Halt sofort dein Maul!«

»Es ist ein schönes Lied«, erwiderte Lenjam freundlich mit heller Stimme, »und so wahr. Der Tod ist uns allen sicher, und alle bösen Taten folgen uns nach. Es ist einfach so, oder nicht?«

»Mach noch ein einziges Mal dein Maul auf, dann stopf ich es dir!«, schrie der Neffe sie an und trieb sein Pferd zurück an die Spitze der Gruppe. Einen kurzen Blick nur hatte Lenjam mit Jigme wechseln können, doch der hatte ihr genügt, um sich Jigmes Gefasstheit zu versichern.

Zwischen Bäumen am Abhang, der zum Fluss hinunterführte, wartete die Gruppe auf die Nacht. Mit Versprechungen munterte der Neffe die Männer auf.

»Es ist ein reiches Haus. Es gibt massenhaft Schmuck und Gold. Wir werden jede Menge gute Vorräte haben und natürlich Schläuche mit Chang und Schnaps. Ich kenne mich aus. Die haben alles.«

Die Männer lachten, hoben ihre Becher mit Tee und schlugen sich auf die Knie. Keiner fragte, wie sie mit so viel Ladung schnell fliehen sollten.

Lenjam, wieder an einen Baum gebunden, sang ihren Vers leise vor sich hin. Der Neffe trat vor sie, schlug sie hart ins Gesicht und stopfte dann einen Stofffetzen in ihren Mund.

»Weiber!«, sagte er.

Die Männer lachten nicht.

»Sie reden immer zu viel«, knurrte der Neffe und schaute niemanden an.

Als es dunkel war, nahm der Junge Lenjam den Knebel aus dem Mund und hielt ihr einen Becher mit Wasser hin. »Ihr solltet ihn nicht wütend machen«, sagte er leise.

Sie trank und flüsterte dann: »Und du solltest auf mein Lied hören. Vielleicht bist du morgen schon tot.«

Der Junge knebelte sie wieder, jedoch so leicht, dass sie den Fetzen jederzeit ausspucken konnte.

Die lange Nacht war sehr dunkel. Der Neffe hatte vergeblich auf den Mond gehofft, doch der Himmel blieb wolkig. Erst im dünnen Licht der frühen Dämmerung konnte er mit den Männern aufbrechen. Einer fehlte, es war der Junge. Der Neffe fluchte.

Still lagen die Häuser, nur blasse Schemen zwischen den Feldern auf der anderen Seite des Flusses. Der Neffe kannte sich aus, er wusste genau, wo sich die geeignete Furt befand. Die Pferde waren durstig und wollten erst trinken. Wieder fluchte der Neffe.

Am anderen Ufer mussten Lenjam und Jigme absteigen, sich auf den Boden legen. Fest wurden sie aneinandergebunden, sodass sie sich nicht bewegen konnten. Der Neffe hatte ihnen ihre Schutzbeutel abgenommen, die sie um den Hals trugen.

»Das wird eure Leute überzeugen, dass wir euch haben«, knurrte er. »Euer Leben gegen eure Schätze.«

Einer der Männer bewachte die Gefangenen bei den Büschen am Fluss, die anderen ritten durch die Felder auf die Häuser zu. Bald kam aus der Ferne das wilde Gebell der Hunde, dann verstummte es wieder.

Die Sonne ging auf und stieg immer höher. Es war ein langes Warten.

Lenjam hatte den Fetzen längst ausgespuckt. »He, die kommen nicht mehr«, sagte sie. »Wahrscheinlich haben sie dich zurückgelassen, damit sie nicht mit dir teilen müssen.«

»Halt's Maul«, brummte der Mann. Aber er begann offenbar, über Lenjams Worte nachzudenken.

»Es kann aber auch sein, dass sie besiegt und vielleicht sogar tot sind.«

Der Räuber schaute unsicher über die Felder. Tatsächlich waren Rufe zu hören. Viele Männer auf Pferden schwärmten vom Anwesen aus. Sie wurden gesucht. Ohne noch einen Blick auf seine Gefangenen zu werfen, schwang er sich auf sein Pferd und ritt wie von Dämonen gejagt durch die Furt davon.

Bald wurden Lenjams Rufe gehört. Es war Onkel Ngödup, der sie fand und befreite.

Lenjam rieb ihre schmerzenden Handgelenke. »Unser
Räuber ist längst weg.«

Der Onkel brummte eine kräftige Verwünschung.

»Verschwende nicht deine Verdienste, Onkel«, sagte sie
heiter.

»Die Welt ist wieder in Ordnung«, sagte Tante Puntsog
zufrieden und ließ Fladen und köstlich duftendes Schaffleisch für die Familie und alle Helfer in den Hof bringen. Je
älter die Tante wurde, dachte Lenjam, desto mehr schien sie
sich in der Rolle der großen Mutter des Anwesens wohlzu-
fühlen. Ihr Platz war unbestritten. Sie füllte ihn gut aus, war
nicht zu laut und nicht zu leise, und wenn alles drohte, sich
in Aufregung aufzulösen wie an diesem Tag, verstand sie es,
die anderen Tanten und die Hausmädchen mit leichter Hand
zu dirigieren.

Lenjam spürte Jigmes Arm an dem ihren. Sie hatte kaum
seine Seite verlassen, seitdem sie wieder im Haus waren, als
hole sie die Welle der Angst um ihn ein, die zu fühlen sie
sich in der Gewalt der Räuber nicht erlaubt hatte. Keine
Hoffnung, keine Furcht, hatte sie sich immer wieder ermahnt.
Wann würde sie den Zustand der reinen Klarheit erreicht
haben, der frei von beidem war? Doch jetzt drängte es sie,
Jigme nahe zu sein; kaum dass sie sich zurückhalten konnte,
ihn ständig anzufassen. Du bist die Lhamo, sagte sie zu sich
selbst, du bist eine Yogini, du bist nicht abhängig, du bist frei
wie der einsame Yak, der allen Wettern trotzt. Das klang
schön und überzeugend, solange sie sich unauffällig an
Jigme drängen und seinen Blick immer wieder einfangen

konnte. Und was war es doch für ein köstlicher, durchdringender Schauer, wenn er ihre Hand ergriff und sie mit seinem Daumen streichelte.

Onkel Ngödup hatte den Neffen, getrennt von seinen Kumpanen, gut verschnürt und mit einer Wache vor der Tür, in eine Futterkammer gesperrt.

»Ein schlauer Kerl«, sagte er. »Wisst ihr, wie er es angestellt hat? Einer seiner Männer stand vor dem Tor und stützte einen anderen, der so tat, als wäre er sterbensschwach. Er brauche Hilfe, schrie der Kerl, sein Freund sei sehr krank. Seine Kumpane drückten sich an die Mauer, sodass man sie nicht sehen konnte. Der Trick war gut. Wären wir nicht gewarnt gewesen, hätte niemand einem Mann misstraut, der mit einem Schwerkranken vor dem Tor steht und nach der Heilerin ruft.«

Einer der jüngeren Männer schlug sich begeistert aufs Knie. »Ho, das war lustig, als wir das Tor aufmachten. Wie sie über das gespannte Seil stolperten und wir die Hunde losließen. Das werden sie niemals vergessen, das Räuberpack.«

Sie waren ganz ausgelassen vor Stolz, die jungen Burschen der Sippe, die im Hof zusammensaßen. Als richtige Männer fühlten sie sich, stießen einander die Ellenbogen in die Seiten und lobten die Götter. »*Lha gyel lo!*«

Lenjam lächelte. »Sie freuen sich wie Kinder«, flüsterte sie Jigme zu.

»Kinder mit Eiern«, erwiderte Jigme trocken. »Und haben schon vergessen, dass sie ihren Sieg den Fähigkeiten zweier Yoginis verdanken.«

»Vermutlich denken sie, dass Yoginis dazu da sind.«

»Oder sie sind einfach nur dumm.«

Lenjam verzehrte hungrig ein Stück Schaffleisch, wiederholte zwischen ihren Gedanken das Mantra des Mitgefühls für alle Wesen, OM MANI PEME HUNG, und spürte zugleich dem Muster in Jigmes Geist nach, das sie gerade mit der Schärfe, die ihr neu war, wahrgenommen hatte. Also auch dies war Jigme. Was würde sie noch an ihrem Gefährten entdecken? An dem Mann, der nachts in ihren Armen ein Schmetterling sein konnte und tags ein Tiger, der einem Räuber gelassen das tödliche Messer zurückgab und Unwissenheit verachtete?

Wusste er, dass er sie brauchte?

»Ich habe nach den Männern des Gyalpo geschickt«, erklärte Onkel Ngödup. »Sie werden bald da sein. Aber bis dahin müssen wir Wachen einsetzen, Tag und Nacht.«

Solch ein Ereignis verlangte nach einem Fest. Bald hatten sich alle Bewohner des Tals auf der weiten Schwemmfläche am Fluss zum Feiern eingefunden. Picknickzelte wurden aufgestellt, Schläuche mit Chang, Knobelbecher und Würfel ausgepackt, und schon hatten sich die Reihen von Mädchen und jungen Männern gebildet, die sangen und tanzten bis zur Dämmerung.

»Lhamo-la, lass uns morgen ganz früh wieder weggehen«, sagte Jigme nachts in ihren Armen.

Es lag keine Frage in seinem Ton, auch keine Bitte. Er hatte es beschlossen. Lenjam wollte einwenden, dass sie auf ein paar Tage Ruhe gehofft hatte, doch insgeheim gab sie ihm recht. In diesem Haus würde es vorerst keine Ruhe geben, nur gefangene Räuber, eine Familie, die sich ihre Aufregung vom Herzen reden musste, und gelangweilte Wachen, die darauf warteten, dass sie abgelöst wurden.

»Wenn ich aber noch bleiben möchte?«

Jigme berührte ihre Nase mit der seinen. »Möchtest du?«

Die Berührung brachte sie zum Lachen. »Wenn du mich so fragst – nein.«

Jigme war sicher gewesen, den besten Weg zum Kloster des Ngakpas zu finden, und hatte darauf bestanden, einer Abzweigung vom Handelsweg zu folgen. Doch dieser kaum sichtbare Pfad, der sie nun schon seit zwei Tagen durch eine wilde Landschaft führte, hatte sie lediglich zum Rand eines tief in den Berg geschnittenen Tals geführt. Sie waren keinem Menschen begegnet.

»Eine schöne Gegend«, sagte Jigme. »Hier war ich noch nie.«

»Das heißt, wir haben uns verlaufen, und es ist bald Nacht.«

»Ja«, sagte Jigme, »so ist es.«

»Und es tut dir leid.«

Jigme wiegte den Kopf. »Ich weiß nicht. Es ist eine schöne Gegend.«

»Jigme-la! Es ist eine trostlose Gegend ohne Dörfer, ohne Zelte und ohne Höhlen. Und wir brauchen Wasser. Hinunter zum Fluss ist es viel zu steil.«

Jigme schaute sich um. »Wo ein Weg ist, gibt es ein Ziel. Meistens.«

Lenjam seufzte. »Wenn ich dich richtig verstehe, meinst du, es ist wie das Leben. Man geht weiter, ob man will oder nicht. Zurück kann man ja sowieso nicht.«

»Ja«, sagte er.

Mit einem kurzen, goldenen Aufflammen fiel die Sonne hinter einen Berg. In der Dämmerung kaum noch sichtbar, führte der Pfad schließlich bergab.

Lenjam war erschöpft. Sie waren länger gelaufen als an jedem anderen Tag. Entschlossen setzte sie sich auf den harten Boden und legte ihr Bündel ab. Schwer war es nicht mehr ohne die Vorräte. Bisher war es ein leichtes Wandern gewesen, die Abschnitte nicht zu lang, immer hatten sie ein Dorf gefunden oder ein Nomadenlager für die Rast, hin und wieder auch ein Kloster oder wenigstens eine Höhle als kleines Tagesziel. Sie hatten immer genug Wasser gehabt, um Tee zu kochen, und reichlich Nahrungsmittel, die sie für eine Segens-Puja oder eine Orakelbefragung erhielten.

»Ich kann nicht mehr«, sagte sie.

Jigme blieb stehen. »Wir sind gleich da.«

Hörte sie Ungeduld in seiner Stimme? Sie hatte sich daran gewöhnt, einen einsilbigen Gefährten an ihrer Seite zu haben, und war bereit, dies hinzunehmen. Aber sie würde gewiss nicht zulassen, dass er sie von oben herab behandelte.

»Wo?«, fragte sie ärgerlich.

»Dort unten sind Häuser.«

Er lief die paar Schritte zurück zu ihr und zog sie hoch. »Komm, Yogini, wir fliegen.«

Wie schön es war, sich in seinen Arm zu lehnen, sich an seiner Wärme zu berauschen, seinen Kuss auf ihrem Scheitel zu empfangen wie eine Segnung.

»Ich flieg ja schon«, sagte sie ohne Stimme.

Das kleine Dorf klebte am Hang, als wäre es ein Stück des Bergs. Das Flusstal darunter ließ sich nur noch erahnen in der beginnenden Dunkelheit. Ein Mann trat vor die Tür des ersten Hauses und rief die bellenden Hunde zurück.

»Wollt ihr zum Ngakpa Rinchen?«, rief der Mann.

»So ist es«, antwortete Jigme.

Der Mann ging ihnen entgegen und verbeugte sich ehrerbietig. »Ihr werdet erwartet.«

Lenjam packte Jigmes Arm. »Was soll das? Wusstest du das? Hast du uns deshalb hierhergeführt?«

»Nein. Ich dachte nur, es sei der richtige Weg.«

Im Wohnraum, in den der Mann sie führte, brannten mehrere Butterlampen. Eine Familie saß um eine Figur auf einem erhöhten Polstersitz herum, und bevor Lenjam den Spielmann-Lama erkannte, hatte Jigme schon mit den Niederwerfungen begonnen. Sie wollte es ihm gleichtun, aber der Lama winkte sie zu sich. Mit einer Hand packte er ihren gebeugten Kopf und zog sie heran, sodass ihre Stirn die seine berührte. Tränen schossen ihr in die Augen bei dieser besonderen Begrüßung.

»Lhamo-la!«, sagte er sanft.

Der weite Raum in seiner Stimme enthielt den langen Weg, den sie zum Tal der Yoginis zurückgelegt hatten, und ihren inneren Weg, bis sie ihn als das hatte erkennen können, was er war. Als sie sich wieder aufrichtete, entdeckte sie den glühenden Blick seines schwarzen Hundes hinter ihm.

Mit Erstaunen sah sie Jigme vor dem Lama auf die Knie gehen und seinen Kopf ihm zuneigen, sah, wie der Lama Jigmes Kopf umfasste, dabei die Augen schloss und einen besonderen Segen murmelte. Sie waren beide in ein Licht getaucht, ihr Gefährte und ihr innigster Freund Lama Dorje, das nicht allein von den Butterlampen herrührte. Plötzlich war ihr klar, dass der Lama Jigmes Herzenslehrer war, sein Meister, der ihm das Tor zur reinen Wahrnehmung gezeigt hatte.

»Lama-la, wo seid Ihr gewesen?«, fragte Jigme. »Ich habe Euch lange gesucht.«

Lama Dorje lachte und antwortete mit einem Augenzwinkern: »Du hattest doch zu tun. Der Ngakpa sagt, du warst ein guter Schüler. Und du musstest die Lhamo-la finden. Jetzt kommt her, meine Kinder, setzt euch zu dieser netten Familie, esst Tukpa und trinkt Chang mit uns.«

»Chang trink!«, sagte ein winziger Knirps mit großen Ohren und arbeitete sich im Schoß seiner Mutter aus dem Nest ihrer Chuba. »Lama Chang«, erklärte er und klatschte die kleinen Händchen zusammen.

Vergnügt hob der Lama seinen Becher. »Einen schönen Namen hat er mir gegeben, dieser kleine Weise: Lama Chang. Ho, das gefällt mir!«

Der Lama und Jigme schliefen auf der Männerseite des Raums, Lenjam neben der Mutter mit dem Kleinkind, das Lenjam während des Abends einige Male im Arm gehalten hatte. Im frühesten Morgengrauen, als alle noch schliefen, spürte sie eine Bewegung unter ihrem Schlaffell und an ihrer Chuba. Bevor sie ganz wach war, hatte sich das Kind in ihr Kleid gewühlt, mit blinder Sicherheit eine Brustwarze gefunden und versuchte nun, den erhofften Milchfluss mit Beißen zu erzwingen. Lenjams kleiner Aufschrei erschreckte das Kind und weckte die Mutter, die falsche Brust wurde kichernd gegen die richtige getauscht, und Lenjam dachte ein wenig wehmütig, dass ihr Leben in einer Richtung zu verlaufen schien, in der Kinder wohl nicht vorgesehen waren.

Der Morgen sah drei zielstrebige Wanderer auf einem ungewissen Weg, den die freundlichen Dorfleute mit mehr Eifer als Genauigkeit beschrieben hatten. Lenjam fragte sich, ob der Lama seinen Schüler Jigme ohne dessen Wissen auf den kleinen Pfad gelockt hatte. Es musste wohl so sein.

Über was für Siddhis mochte dieser erstaunliche Meister-Yogi noch verfügen? Eine hübsche Höhle habe er bewohnt, antwortete er auf Jigmes dringliche Frage, warum er so lange unauffindbar gewesen sei. Auch ein Spielmann müsse sich gelegentlich zurückziehen, um neue Musik auszubrüten, sagte er und lachte. »Und außerdem«, fügte er hinzu, »fingen die Leute im Norden an, sich dauernd vor mir niederzuwerfen und gute Werke von mir zu erwarten. Ich sagte, sie sollten sich vor dem braven Lama Tsültrim niederwerfen, der sei führend in guten Werken und schlafe mit allen frommen jungen Mädchen, die er kriegen könne. Das war nicht gelogen, aber ihr wisst, wie die Leute sind. Sie hören so etwas zwar gern und reden noch viel lieber darüber, aber sie haben ihre Vorbehalte gegenüber dem, der es erzählt. Es war besser, dass ich weiterzog. Aber hört nicht zu. Es ist nur eine Geschichte.«

Lama Dorje lachte unbändig. Lenjam erinnerte sich beglückt an dieses ansteckende Lachen, und sie dachte, dass es schön wäre, wenn Jigme öfter lachen würde. Da sie dies nicht von ihm verlangen konnte, nahm sie sich vor, selbst das Lachen des Spielmanns zu erlernen.

Schließlich gelangten sie auf den größeren Weg, den Jigme kannte und an den sich auch Lenjam ein wenig erinnerte von der Pilgerreise mit Pala nach Lhasa. Hier war das Reisen angenehmer, es gab genügend Dörfer und Nomaden, wo sie die Nächte verbringen konnten. Und dank der Pferdekopfgeige des Spielmann-Lamas und seiner vergnüglichen Lieder waren sie überall willkommen. Manchmal allerdings sah man den Lama auch gern gehen. Im Haus eines wohlhabenden, aber geizigen Bauern, der eine kokette junge Frau und eine geschwätzige alte Mutter hatte und sich beklagte, dass seine verstorbene Frau ihm nur Töchter geboren habe und die neue noch immer nicht schwanger sei, sang der Lama am späten Abend nach einem mageren Mahl und nur einem einzigen Becher Chang ein, wie er sagte, Segenslied eines großen Weisen:

»Was jeder braucht, das ist die vortreffliche
Dharma-Lehre;
was man selbst braucht, das ist Unabhängigkeit;
was der Weltling braucht, das ist Reichtum;
was die jungen Frauen brauchen, das ist der Penis
eines Esels;
was die alten Weiber brauchen, das ist schadenfrohes
Geschwätz;
was die Alten brauchen, das sind viele Söhne.

Dies ist ein Lied des berühmten Drukpa Künleg«, sagte er, »des Meisters der Verrückten Weisheit, der uns den kostbaren Schatz seiner erleuchteten Lieder hinterließ. In seinen Segensliedern liegt große Kraft.«

Danach fiel er um und schlief, als hätte er so viele Becher Chang getrunken wie Finger an seinen Händen und Zehen an seinen Füßen.

Das Reisen mit Lama Dorje war stetiges Lernen. Wie lang es dauert, dachte Lenjam, bis das Lernen etwas so Natürliches ist wie Atmen. Die größte Freude war, Jigmes Beglückung zu sehen. Der Schatten des Mönchs, der Jigme einmal gewesen war, hatte sich aufgelöst. Kaum merklich war er immer da gewesen, in einem Abwenden des Blicks, im winzigen Zögern, sich ihr zuzuwenden, in einem nicht ausgesprochenen Wort. Jene kleine Spur von Bitterkeit in der

Süße, die Lenjam bisher beiseitegeschoben hatte, wurde ihr erst deutlich, als sie verschwunden war.

Im Kloster der kleinen Wiedergeburt, die inzwischen ein Jüngling geworden war, mussten sie erfahren, dass der Ngakpa die Einladung als engster Berater des jungen Gyalpo angenommen hatte.

»Dann reisen wir zum Dzong«, erklärte Lama Dorje fröhlich. »Aber nicht ohne Esel! Wunderbare Wesen, die Esel!«

Nach der ausgiebigen Mahlzeit, die der junge Rinpoche ihnen servieren ließ, verlangte der Lama nach Chang. Alle dringenden Angelegenheiten waren besprochen worden, und der Lama sagte: »Zeit für eine Geschichte. Wie ihr wisst, war ich einige Zeit unterwegs. Ho, was habe ich da für schöne neue Geschichten gehört! Eine davon will ich euch erzählen:

Der Abt eines Klosters war gestorben. Die Jahre vergingen, und die Mönche begannen nach einem besonderen Kind herumzufragen, aber weit und breit fand sich keinerlei Anzeichen einer hohen Wiedergeburt. In ihrer Not fragten sie einen weisen Yogi, der in einer Einsiedelei lebte, wo sie nach der Wiedergeburt des Abtes suchen sollten, denn er habe sich inzwischen gewiss erneut inkarniert. ›Oh, das wollt ihr nicht wissen‹, sagte der Weise. Aber die Mönche bestanden darauf, dass sie ihren Abt wiederhaben wollten. Schließlich gab der Weise nach und beschrieb den Ort, wo sie suchen sollten. ›Ihr werdet auf eine große Weide treffen‹, sagte er, ›dort ruft nach ihm.‹ Die Mönche fanden den Ort und die Weide, aber es gab dort kein Haus und keine Zelte. Also liefen sie los und riefen seinen Namen. Binnen Kurzem hörten sie ein begeistertes Iiiijaaah!, und ein Esel rannte auf sie zu. Als die Mönche umkehrten, folgte er ihnen beharrlich; sie konnten ihn kaum loswerden. Das berichteten sie verwirrt dem Einsiedler, der mit einem Schulterzucken erklärte: ›Ich hab euch ja gesagt, das wollt ihr nicht wissen.‹«

Der hochgeborene Sohn des Nagkpas freute sich über die Gäste und überredete sie zu einer ausgiebigen Rast im schönen Haus seines Vaters neben dem Kloster. Ein Zimmer! Ein Bett! Lenjam ließ niemanden wissen, wie groß ihr innerer Jubel war, einen Raum mit Jigme allein zu haben, warm und geschützt. Und mehr noch, sich unter einen kleinen Wasserfall in der Nähe des Klosters zu stellen und die Haare mit sandiger Erde waschen zu können, sich abzureiben und auf einem Felsen in der Sonne trocknen zu lassen.

Dies alles aber war unwesentlich, verglichen mit dem gewaltigen Lieben, das in ihr wie ein Fluss in seinem Bett strömte, unaufhaltsam, sich sammelte, überlief, sich ausbreitete, sich schäumend allen Gegebenheiten anpasste. So erging es ihr ganz ohne Zutun, und es schloss niemanden aus, der ihr in den Weg kam. Es musste wohl die Anwesenheit des heimlichen Meisters der Verrückten Weisheit sein, die ihr diese Freiheit und Furchtlosigkeit des Liebens gab, weil er selbst so über alle Maßen sorglos war.

21

Wuchtiger denn je ragte der Dzong in der Ferne auf. Wie natürlich gewachsen stieg die kahle Rückwand des Hauptbaus, vom scharfen Schatten des Mittags verdunkelt, aus der felsigen Anhöhe empor. Dort, in den Berg hineingebaut, so hatte Pala vor langer Zeit einmal erzählt, befanden sich die kalten, fensterlosen Kerker. Nichts als ein wenig Stroh gab es darin und kleine Löcher im Boden als Latrinen. Besonders schlimme Übeltäter mauerte man ein, nur eine Öffnung wurde gelassen, durch die man ihnen das Essen zuschob. Als Kind hatte Lenjam schaudernd daran gedacht, wie die Gefangenen jeden Morgen ihre Hände aus dieser Öffnung strecken mussten, um zu zeigen, dass sie noch am Leben waren. Manchmal hatten diese Hände dürre Krallen, die in ihren Träumen nach ihr griffen.

Der alte Gyalpo war ein guter Herrscher über sein kleines Land gewesen, und niemand hatte jemals etwas daran ausgesetzt, dass Mörder enthauptet und Räuberei und Betrug schwer bestraft wurden. Lenjam fragte sich, ob der Neffe tot war oder in einem dieser Kerker saß. Sie wünschte ihm, er möge, wo immer er war, die Wahrheit des Gesetzes von Ursache und Wirkung erkennen.

Als sie den Fluss überquert hatten, näherten sie sich dem Dzong von vorn. Prächtig sah er aus in seiner vertrauten Form mit den steilen Treppen und dem rot bemalten Tempelbereich. Hier, zu Füßen des Dzong, hatte Lenjams Leben seine gute Wendung genommen, als der Tulku ihr das große Glück gewährt hatte, sie als Schülerin anzunehmen. Eine Welle schmerzhafter Sehnsucht ergriff sie.

Der junge Gyalpo selbst, gefolgt vom Ngakpa, kam ans Tor, um Lama Dorje und seine beiden Begleiter zu begrüßen. Natürlich hatte der Ngakpa gewusst, dass sein Freund, der Lama, kommen würde, dachte Lenjam. Wie sollte es anders sein, wenn selbst sie es fertiggebracht hatte, ihre Schwester im Traum zu besuchen. Noch ein gutes Stück größer war der Spielmann-Lama auf dieser Reise für sie geworden, und die Erinnerung, wie wenig sie früher die Größe seines Geistes erkannt hatte, trieb ihr wieder einmal die Scham ins Herz.

Im Innenhof des Dzong hatten sich die Männer des neuen Gyalpo mit weißen Katas zur Begrüßung aufgestellt. Lama Dorje ging voran und legte jedem die Kata segnend um den Hals. Und da war Kunga. Er hatte sie gesehen, dessen war sie sich sicher, doch er hielt den Kopf gesenkt, reichte dem Lama seine Kata und war im nächsten Augenblick verschwunden. Kalt und heiß überfiel Lenjam der Schatten der Vergangenheit. Wann würde sie je ganz frei davon sein und gleichmütig zurückschauen können? Alles kommt aus dem Geist, jede Erfahrung, wie immer sie sein mag. Wann würde sie sich dies nicht mehr sagen müssen, sondern es wissen, zutiefst, bis ins innerste Herz hinein?

In dieser Nacht feierte sie mit Jigme das Fest der Vereinigung in einem der schönen Zimmer, die ausgestattet waren mit dicken Teppichen, kostbaren Thangkas an den Wänden, brokatbezogenen Polstern und fein geschnitzten Tischchen, die der neue Gyalpo für hohe Gäste bereithielt. Im unendlichen Raum des Herzens, der sich öffnete, vergingen die alten Geschichten, die Traumwolken aller Vergangenheiten, wie im Winter der dünne, trockene Schnee von den Hochalmen geweht wurde.

Jigmes Stimme flüsterte an ihrem Ohr:

»Wie ein Licht, das in einem einzigen Augenblick ein
Haus beleuchtet,
das im Dunkeln lag und unbewohnt war tausend Jahre
lang,
so reinigt ein Augenblick, in dem man das Leuchten
des eigenen Geistes erkennt,
alle in zahllosen Zeitaltern angesammelten üblen
Taten und Verdunkelungen.

Worte des großen Yogis«, fügte er hinzu. »Manchmal spricht er zu mir.«

Mit stillem Entzücken strich Lenjams Hand über Jigmes Schulter, über die glatte Haut seines Rückens, seiner Schenkel, fühlte mehr als Körper, fühlte verkörperten Geist, dankbar, ehrfürchtig.

»Wunderbarer Yogi«, sagte sie. »Reinigt er wirklich alles?«

Ein kaum hörbares Lachen bewegte sich in Jigme. »Meinst du, selbst böse Mädchen, die Zauberwurzeln vergraben?«

»Ich meine den dunklen Fleck in meinem Geist, der manchmal verschwindet, so wie jetzt, und dann wieder erscheint.«

»Einfach weiterwaschen«, murmelte Jigme.

Der junge Gyalpo wollte sie nicht so schnell wieder gehen lassen. Es sei eine große Freude und Ehre für ihn, den Mahasiddha, wie er Lama Dorje nannte, bei sich zu haben, und dazu die Jetsünma Lhamo und den hochgelehrten Khenpo-Lama. Lenjam schwankte zwischen Stolz und Belustigung angesichts der klingenden Titel. »Wie nett«, murmelte Lama Dorje und leerte viele Becher Chang.

Die Anwesenheit hoher spiritueller Persönlichkeiten im Dzong verlangte nach Festen, Pujas, Einladungen von Würdenträgern, und diese Gelegenheit ließ sich der neue Gyalpo nicht entgehen. Es war ein Vorteil, dass er seinem Vater sehr ähnlich sah, und wenn er auch nicht dessen machtvolle Ausstrahlung hatte, wurde dies doch durch seine Liebenswürdigkeit ausgeglichen. Vor allem hatte er großes Interesse an den philosophischen Lehren und saß gern stundenlang mit Jigme zusammen, um über große Themen wie die Lehre des Mittleren Wegs zu sprechen.

Nach einem halben Mond sagte Lama Dorje, dem Lenjams Unruhe nicht entgangen war: »Jetzt könnt ihr gehen. Es gibt keine Hindernisse, und der Tulku erwartet euch.«

Lenjam sah in seinem langen Blick die Ahnung einer Botschaft.

»Aber?«, fragte sie.

Sanft schüttelte er den Kopf. »Kein Aber. Du weißt, was du tust. Dein Herz ist klar.«

Es war etwas Besonderes, mit ihrem Gefährten zu reisen, dachte Lenjam. Als gäbe seine Gegenwart allem Erleben eine außergewöhnliche Klarheit und Tiefe, und nichts wiederholte sich, alles war in jedem Augenblick völlig neu. Der Bach, der über Felsen sprudelte, gluckerte, tanzte, war Lied und Licht und köstliche Frische. Die Wolke, die weiß und schwer einen dunklen Berghang hinaufkroch, trug einen wundervollen Kern zarter Traurigkeit in sich. Die federnden Sprünge wilder Bergschafe trieben ihr Tränen in die Augen. Sie sah eine Wunderwelt. Kein Fehler war daran, auch nicht an plötzlichen Hagelstürmen oder dem drohend gesenkten Kopf eines mächtigen Yaks. Jigme und die Welt und sie selbst – all dies war nicht getrennt, war verbunden in großer Einfachheit.

»Taras Geschenk!«, sagte Lenjam. »OM TARA TUT-TARE TURE SVAHA.«

»Guru Rinpoches Geschenk!«, sagte Jigme. »OM VAJRA GURU PEMA SIDDHI HUM.«

»Chenresigs Geschenk!«, sagte Lenjam. »OM MANI PEME HUNG.«

Jigme lachte. »Shakyamuni Buddhas Geschenk! OM MUNI MUNI MAHAMUNI YE SVAHA.«

Es fanden sich noch viele weitere Buddhas und Bodhisattvas, vertraute und weniger vertraute, denen sie danken, und zudem noch viel mehr Wesen in den sichtbaren Welten und den unsichtbaren, an die sie ihre Freude weitergeben konnten.

»Zwei sind zwei, aber nicht getrennt«, sagte sie, und Jigme lachte.

Der lange Weg nach Norden wurde für Lenjam immer mehr das Symbol des Lebens. Die Vergangenheit war alte Geschichten, die Zukunft war neue Geschichten, aber das Jetzt war keine Geschichte, es war da, so ganz nah und unmittelbar. Die äußeren Umstände waren nur Ornamente des Jetzt.

Die Nächte wurden kälter. Schnee lag auf den Pässen, schwerer Nebel hing in den Tälern, und immer weitere Berge und Täler lagen vor ihnen wie zusammengeworfen von einer riesigen, groben Hand. Nicht immer waren die Bauern und Nomaden entgegenkommend, manche wollten Pujas und Wahrsagungen, ohne ein trockenes Quartier für die Nacht anzubieten. Hin und wieder musste ein offener Ziegenstall ausreichen, den seit Jahren niemand ausgemistet hatte. In dieser Gegend sollten sie sich als arme Pilger ausgeben, hatte man ihnen empfohlen, denn wer bezahlte, wies sich damit als geeignete Beute aus.

»Wenigstens haben wir warmen Tee bekommen«, sagte Lenjam im Windschatten eines Nomadenzelts, in das man sie nicht eingelassen hatte. Kein Platz, hatte die Herrin des Lagers, eine wuchtige Frau, groß und breit wie ein Yak, verkündet. Schon die Art, wie sie widerwillig die Hunde zurückgepfiffen hatte, als sich das fremde Paar näherte, hatte deutlich gemacht, wie wenig sie Besucher schätzte. Immerhin war eine schützende Zeltwand gegen den scharfen Wind besser als die offenen, weit geschwungenen Täler, die zum Kloster des Tulkus führten.

»Eine Höhle wäre schön«, sagte sie, »wie die Höhle des Ngakpas über seinem Kloster.«

»Ja«, sagte Jigme.

»Am besten wäre eine Höhle in der Nähe einer heißen Quelle«, sagte sie. »Ich weiß von zwei heißen Quellen in Chamdo. Das würde mir gefallen.«

Jigme drehte ihr unter den dicken Fellen den Rücken zu.

»Lhamo-la und ihre heißen Quellen«, brummte er.

»Ja, ich und meine heißen Quellen! Es gibt nichts Angenehmeres als heiße Quellen. Tut mir leid, dass du sie nie kennengelernt hast.«

»Bei meinem Kloster gab es nur den eiskalten Wildbach. Wir waren zufrieden damit.«

Lenjam seufzte. »Klar, ihr wart Mönche. Für die ist wohl ein kaltes Bad manchmal ganz gut.«

Lenjam begann einzuschlafen, ihr Gesicht unter dem Fell an Jigmes Hals gedrückt, die Nase voll vom vertrauten, berauschenden Duft seiner Haut. Wir haben dieses Karma miteinander, dachte sie in bittersüßem Glück, und das ist ein Wunder.

Der Berg, an dessen Flanke das kleine Nonnenkloster lag, war in eine Wolke gehüllt, dahinter zogen sich weitere Bergfalten hin in die baumlose Höhe ihrer früheren Einsiedelei. Ob jemand sie dort oben abgelöst hatte?

Endlich kam nach der Flussbiegung das Kloster des Tulkus in Sicht, leuchtend selbst im trüben Licht des verhangenen Tages in seinem stolzen Rot und dem Gold der Dächer. Ein Anblick, der für Lenjam jahrelang überwältigendes Glück bedeutet hatte. Sie sah sich mit Ani Palmo und den anderen Nonnen singend den Fluss entlangwandern, glühend in der Vorfreude, den Tulku zu sehen, in sein Strahlen einzutauchen und mit erneuter Ermutigung zu ihren Meditationen zurückzukehren.

Doch sie war nicht mehr Lenjam. Zwar immer noch seine Schülerin, das würde sie bleiben bis zur Befreiung, aber verändert, entfaltet, mit offenerem Geist. Sie dürfte als die Lhamo vor ihn treten, die im Verborgenen Tal der Yoginis gelebt hatte und Jetsünma Rinpoches Einweihung empfangen durfte.

Und dann sah sie den Tulku in seinem einmaligen, überwältigenden Sein, den Lehrer ihres Herzens, der ihr den äußeren, inneren und innersten Buddha gezeigt hatte. Darüber hinaus sah sie ihn als den großen Meister, der er gewesen war, und als das ursprüngliche Licht, durch viele Inkarnationen getragen und stets von Neuem zum Strahlen gebracht.

Die Mönche wurden angewiesen, die Lhamo und den Lama als hohe Gäste zu behandeln. Sie erhielten einen Ehrenplatz neben dem Thron des Tulkus im Lhakang und die Einladung, am nächsten Tag das Mittagsmahl mit ihm zu teilen. Ein junger Mönch führte sie in ein Zimmer mit einem Schrein, Thangkas an den Wänden, einem erhöhten Bett an der einen Wand und einem niedrigen Schlafpolster an der anderen. Der Mönch nickte Jigme zu, sagte: »Lama-la!« und wies auf das erhöhte Bett. Lenjam erhielt keinen Blick. Die Verneigung an der Tür, bevor er den Vorhang hob und ging, galt offensichtlich eher Jigme als der Frau.

Lenjam kicherte. »Zurück in der Welt der Männer.«

Jigme schob sie zu dem erhöhten Bett. »Natürlich wirst du hier schlafen. Sie wissen es nicht besser. Es sind ihre Gewohnheitsmuster.«

»O ja. Gute alte Gewohnheit.«

»Sei nicht so streng.«

Lenjam setzte sich auf den hohen Bettrand. Es begann dunkel zu werden im Zimmer. Die Butterlampe, die der Mönch auf den Schrein gestellt hatte, verbreitete ihr sanftes, lebendiges Licht.

»Als Nyima und ich Kinder waren, sagten wir, es ist gut, dass wir Mädchen sind und nicht ins Kloster müssen. Aber als wir unsere Ani-la auf dem Berg der Nonnen besuchten, dachte ich, es wäre vielleicht doch das Beste, eine Nonne zu sein. Dann war ich hier im Nonnenkloster und war froh, dass ich keine Nonne war und frei entscheiden konnte. Aber in der Einsiedelei wusste ich nicht mehr, ob es so wichtig war, frei zu sein. Erst bei den Yoginis erkannte ich, dass es richtig war. Richtig für mich. Für andere wie Ani-la vielleicht nicht. Und du, wie war es für dich im Kloster?«

Über seine Klosterzeit hatte Jigme nur wenig erzählt. Er habe alles gelernt, was zu lernen war. Nach den drei Jahren im Retreat und mit den Titeln des Khenpos und des Lamas versehen, wusste er, dass er seinen Weg außerhalb des Klosters weitergehen musste. Da der Ngakpa gelegentlich zu Besuch kam und sich zu Retreats in der Höhle aufhielt, lag es nahe, sein Schüler zu werden. So begegnete Jigme Lama Dorje, der sein Herzens-Lama wurde.

»Ich war als Kind gern im Kloster«, antwortete Jigme. »Das Lernen gefiel mir. Und ich mochte diese festen, stabilen Klostergebäude lieber als unsere Jurten. Lama Dorje sagt, schon in meinem früheren Leben war ich Mönch, deshalb zog es mich auch wieder ins Kloster. Im nächsten Leben wird es vielleicht anders sein.«

»Zum Wohl aller Wesen«, sagte Lenjam und streckte die Arme nach ihm aus.

Jigme drückte sie an seine Brust. »Zum Wohl aller Wesen.«

Eine große Einweihung, die der alte Herzens-Lama des Tulkus leitete, dauerte mehrere Wochen, jeden Tag vom frühen Morgen bis spät in die Nacht. Mehrere hohe Rinpoches, Lamas und Yogis hatten sich dazu eingefunden und sogar einige Distrikthauptmänner und wohlhabende Förderer des Klosters. Hinter den Mönchen saßen die Nonnen, Lenjams Gefährtinnen aus einer, wie ihr schien, sehr fernen Vergangenheit. Es schmerzte sie zu sehen, dass die Nonnen noch immer hinter den Mönchen sitzen mussten und wie sie sich devot vor den Mönchen verbeugten, die ihre Anwesenheit kaum wahrnahmen.

Und doch, in diesen Tagen leuchteten die Nonnen vor Hingabe.

»Jigme-la«, sagte Lenjam, »was ist?«

Jigme antwortete nicht.

»Das tut weh«, flüsterte Lenjam.

»Ja«, sagte Jigme.

Der Himmel war ein gewaltiges, glitzerndes Gewölbe, herrlich weit, glückseliger Raum der Dakinis. Lenjam seufzte. Sie hätten sich gemeinsam in diese Schönheit fallen lassen können wie in vielen Nächten. Während der Wanderschaft waren sie, wann immer möglich, in zärtlicher Umarmung eingeschlafen. In dieser ersten Nacht ihrer Reise zurück nach Süden wandte Jigme sich ab.

Konnte das, was gestern richtig war, heute falsch sein? Doch es war nicht falsch gewesen, dass sie in der letzten Nacht den Wunsch des Tulkus erfüllt hatte, ihm das Ritual der Vereinigung zu gewähren. Er habe bisher keine Yogini gefunden, die das Wissen aus dem Tal der Yoginis mitgebracht habe. Aber das Orakel habe geweissagt, eine solche würde ihm eines Tages begegnen. Darauf habe er gewartet und dies sei nun geschehen.

Der Tulku hatte ihr seinen Wunsch in Jigmes Anwesenheit vorgetragen. Es war selbstverständlich, dass Jigme es erfahren musste, und ebenso selbstverständlich, dass es nicht um seine Zustimmung ging. Es war keine Sache des gewöhnlichen Lebens, sie waren längst nicht mehr Bewohner der gewöhnlichen Welt. Der Wunsch des Tulkus hatte sie glücklich und dankbar gemacht. Endlich konnte auch sie ihm Kenntnisse vermitteln, von Nutzen für ihn sein, ihm etwas schenken für all den Reichtum, den sie von ihm empfangen hatte. Natürlich war daran nichts falsch. Das Falsche lag darin, dies nicht zu erkennen.

Doch Jigme schwieg, und dieses Schweigen war lastend wie Regenwolken. Aber die Wolken seiner Gedanken lösten sich weder auf, noch ließen sie Regen fallen.

»Jigme-la, sprich mit mir!«

»Wozu? Es liegt nicht an dir, es liegt an mir.«

»Erzähl es mir.«

Jigme sagte abgewandt hinaus in die Nacht: »Wozu soll ich die Gedanken erzählen, die ich nicht haben will?«

»Was kann ich tun?«

»Nichts. Es liegt an mir.«

»Worüber denkst du nach?«

»Ich denke nicht nach.«

»Aber du hast Gedanken, und du willst sie nicht haben, sagst du. Welche Gedanken?«

Jigme schwieg. Eine Wand baute sich um ihn auf.

»Ich habe keinen Anspruch auf dich«, sagte er schließlich.

»Natürlich nicht«, erwiderte Lenjam. »Ebenso wenig wie ich auf dich. Wir sind Yogi und Yogini, Daka und Dakini. Aus diesem Grund sind wir gut füreinander.«

Nach einer langen Pause flüsterte Jigme: »Ich bin kein guter Yogi, werde es vielleicht nie sein. Vielleicht hätte ich im Kloster bleiben sollen und Mönche unterrichten. Vielleicht gehöre ich dorthin.«

»Aber hast du nicht gesagt, du hättest mich als deine Dakini erkannt?«

»Ja.«

»Also bin ich deine Dakini?«

»Vielleicht. Gib mir Zeit.«

In Lenjam stieg Ärger auf. »Wofür?«

Jigme schwieg.

Und er schwieg auch am nächsten Tag.

Die Nomaden, die sie am Nachmittag aufnahmen, waren fromme Leute und freuten sich über den Besuch, erwiesen dem Lama und seiner Sangyum ihren Respekt und boten zum Abendessen reichlich Chang an. Sie wunderten sich, dass der Lama nur wenig davon trank, doch die Sangyum mochte Chang und lachte mit ihnen, sang ihre Lieder mit und lehrte sie sogar neue, die ihnen gefielen. Es wurde ein fröhliches Fest.

»Ist der Lama krank?«, fragte die Hausfrau des Zeltes flüsternd, als sie sich auf der Frauenseite schlafen legten.

»Ein bisschen«, antwortete Lenjam. »Aber keine Sorge, morgen früh macht er gewiss ein Segensritual für euch und die Tiere.«

Ein weiterer Tag. Diese Tage waren schmerzhaft lang und wurden immer länger. Jigme zog sich noch mehr in sich zurück, als sie sich dem Lager seiner Familie näherten. Noch einmal, hatte er vor dem Beginn ihrer Reise gesagt, wolle er seine Familie besuchen und sich bei seinen Eltern bedanken, bevor er das Leben des wandernden Yogis begann.

»Du denkst immer noch an den Tulku«, sagte Lenjam.

Jigme schwieg.

»Rede mit mir.«

»Ich will nicht darüber reden.«

»Hilft das?«

Jigme blieb stehen und wandte sich ihr zu. Zorn brannte in seinen Augen. »Meinst du, ich will diese Gedanken haben?«

Lenjam unterdrückte den Impuls, einen Schritt zurückzutreten. Dies war ein Jigme, den sie noch nicht kennengelernt hatte. »Liebe ihn und fordere ihn heraus«, hatte Nyima gesagt. Selbstverständlich liebte sie ihn. Sie wollte mit ihm zusammen sein. Sie wollten einander auf dem Pfad der Befreiung unterstützen, sie mit ihrer weiblichen Weisheitskraft, er mit seiner männlichen Weisheitskraft, bis beides sich ausglich, in jedem von ihnen zur Vollkommenheit des befreiten Geistes. So hatten sie es einander gelobt, und Jigme hatte von seinem Herzens-Lama den Segen erhalten, und Lenjam hatte von ihrem Herzens-Lama den Segen erhalten.

»Jigme-la, bitte, erinnere dich«, sagte sie. »Alles Erleben, jede Erfahrung – Streit, Vergnügen, Wut, Lust, Trauer, Ekstase, Eifersucht – ist kostbar, ist ein Teil des Pfads. Es ist nicht gewöhnliches Leben. Es ist der Weg der Verwandlung.«

»Ja«, sagte er. Um seinen Mund hatten sich in wenigen Tagen Falten eingegraben.

Natürlich wusste er es. Was konnte sie anderes tun, als Tara zu bitten, ihr den Gefährten wieder zuzuführen?

Jigmes Familie war überglücklich über den Besuch ihres Khenpo-Lamas und seiner Sangyum. Seine jüngste Schwester, seit Kurzem einem jungen Mann aus der Sippe jenseits des Flusses versprochen, war die Erste, die auf ihn zurannte und vor ihm drei Niederwerfungen vollzog, kaum dass sie die Hunde zurückgerufen und festgebunden hatte. Sie musste ihn schon von fern an seiner Haltung, seinem Gang erkannt haben.

Bereits als Kind sei sie seine Lieblingsschwester gewesen, hatte Jigme erzählt. Wahrscheinlich, sagte er, hätten sie im früheren Leben eine besondere Verbindung gehabt.

Alle ließen fallen, was sie gerade in den Händen trugen, um den Stolz der Familie in aller Form zu begrüßen. Jigmes Amala, eine kleine, früh gealterte Frau, konnte die Tränen der Freude nicht zurückhalten, die über ihre vollen, in vielen eisigen Wintern rot gefrorenen Wangen liefen. Sie presste die Hände zusammen, wie um sie festzuhalten, damit sie sich nicht ungebührlich nach dem Sohn ausstreckten, der ein verehrter Khenpo-Lama war, ein richtiger Gelehrter und Führer auf dem Weg des Buddha. Es liefen ja so manche herum, die sich Lamas nannten, aber ihr Sohn war anerkannt. Ihm gab man zwei Polster als Sitz, wie es sich für die Verehrten gehörte.

Lenjam schien es, als höre sie die Gedanken der Amala, und sie freute sich mit ihr. Nicht ganz so zufrieden war Jigmes Pala, ein hagerer Mann mit schnellen, scharfen Blicken. Ob der Sohn denn nun in einer Klosteruniversität lehre und gut entlohnt würde, fragte er am Abend. Als Jigme verneinte, wollte er den Grund wissen.

»Das ist nicht meine Welt«, antwortete Jigme. »Da kommt es zu leicht zu Streit. Das weißt du gut genug. Ich will nicht zwischen Fronten geraten. Davon hatte ich mehr als genug.«

In Jigmes knappen Worten konnte man alten Ärger spüren. Der Vater schwieg. All die Worte, die er gern gesagt hätte, blieben in seinem Hals und ließen seine Schlagader pochen. Der alte Pala, der am Eingang der Jurte saß, sang mit dem Mani-Mantra gegen die gespannte Stimmung an und ließ seine sanft quietschende Gebetsmühle schneller rotieren. Die Amala forderte eilig ihre Töchter auf, mehr Buttertee auszuschenken und den Schlauch mit Chang zu öffnen. Lenjam berichtete von den Nomadenlagern, auf die sie unterwegs getroffen waren, und bald drehte sich das

Gespräch um die Familien, die man kannte, um Unglücksfälle und die Gewinne und Verluste der Sippe im Lauf des Jahres. Nach einigen Bechern Chang übertrafen Jigmes jüngere Brüder einander mit frechen Witzen, die ihre hübschen Frauen und sogar den Vater zum Lachen brachten.

Jigme fühlte sich nicht wohl. Doch er würde einige höfliche Wochen ertragen müssen. Eine zu frühe Abreise hätte die Familie über alle Maßen verletzt. Zudem hätte es sich in der ganzen Region herumgesprochen, und man hätte gesagt, dies sei keine gute Familie, in der ein Sohn, zumal ein Khenpo und Lama, nicht zu Besuch bleiben wolle.

Sobald sie allein waren, fragte Lenjam nach dem Vater und den Fronten. Jigme schüttelte den Kopf, als müsse er sich überwinden, davon zu sprechen.

»Palas Familie gehört zur neuen Tradition. Amalas Familie gehört zur alten Tradition. Weil Pala, als er mit Amala verbunden wurde, weit weniger Schafe zum gemeinsamen Besitz beisteuern konnte als Amala, setzte Amalas Familie durch, dass ich als der erstgeborene Sohn, der für ein Kloster vorgesehen war, in ein Kloster der alten Linie kam. Das hat Pala immer schon geärgert. Als Amala weitere Söhne bekam, schickte Pala den zweiten Sohn in ein Kloster der neuen Linie. Er ist ein sehr sturer Mann. Der Riss geht mitten durch die Familie. Es ist eine alte Geschichte.«

Es war die kleine Schwester, Pema, von der Lenjam den traurigen Hintergrund der Familiengeschichte erfuhr, als sie ihr beim Spindeln der Wollvorräte half. Schon bevor die Mongolen Lhasa zerstörten, hatten Mönche der neuen Linie die alten Linien bekämpft. Ihnen wurde vorgeworfen, sie wären gar keine richtigen Nachfolger Buddhas, sondern Schwarzmagier, und sie würden abscheuliche Rituale vollziehen und wären eine Gefahr für die reformierte Linie. Damals wurden Klöster der Alten überfallen und Statuen des Guru Rinpoche zerstört. Es gab Tote. Palas Bruder, der auf der Seite der Reformierten kämpfte, wurde schwer verletzt und starb.

»Amala sagt immer wieder, Palas Bruder sei schließlich einer der Angreifer gewesen, aber Pala hält zur neuen Linie und will das nicht hören. Er hat unsere Amala geschlagen, und dann sagte sie es nicht mehr. Wir Frauen beten alle darum, dass der Groll aufhört. Es ist doch so dumm. In den meisten Familien fragt niemand danach, zu welcher Linie man gehört.«

Lenjam legte die Spindel in den Schoß, um ihren Worten mehr Nachdruck zu geben. »Weißt du, kleine Schwester, Guru Rinpoche sagte, Menschen mit viel Hass sind den stärksten Leiden unterworfen. Also bete zu Tara, dass das Leiden deines Palas ein Ende haben und sein Geist frei und glücklich sein möge.«

In Pemas klugem Gesicht ging ein Lächeln auf. »Das ist schön, was du da sagst, Lhamo-la. Wir haben immer darum gebetet, dass er aufhören möge, uns mit seinem Groll zu plagen. Aber du hast recht, wenn er nicht mehr leidet, ist er zufrieden, und dann geht es uns allen gut.«

In diesem Augenblick beschloss Lenjam, die Frauen und Mädchen der Sippe zu Belehrungen einzuladen. Sie würde ihnen Lehrgeschichten erzählen und von großen Yoginis der Vergangenheit berichten, damit sie andere Vorbilder hatten als ihre schwer arbeitenden Mütter und Tanten oder bestenfalls Nonnen, auf die man herabsah. Dass Jigme, der Lama, Segensrituale zelebrierte und dabei auch ein wenig lehrte, war selbstverständlich. Doch das Lehren wandte sich vor allem an die Männer; Frauen und Mädchen waren nur dann dabei, wenn sie ihre Arbeit hin und wieder kurz unterbrechen konnten.

Wie gut es Lenjam gefiel, von Guru Rinpoches großartigen Gefährtinnen zu erzählen, der indischen Prinzessin Mandarava und der tibetischen Yogini Yeshe Tsogyal, die beide Vollkommenheit erreicht hatten, und von Machik Lapdrönma, der erleuchteten Gründerin der großartigen Meditation, die alle Dämonen besiegt. Besonders gut gefiel Lenjams Schülerinnen die Geschichte von Chandrottara, der Tochter des großen Weisen Vimalakirti, eines Schülers des Buddha.

»Chandrottara wurde unter wunderbaren Vorzeichen geboren«, erzählte Lenjam den Frauen und Mädchen. »Sie war das Kind einer hochstehenden Familie und wuchs zu einem so außerordentlich schönen und klugen Mädchen heran, dass alle jungen Männer von hoher Geburt um sie warben und sogar die Söhne des Königs sie zur Frau haben wollten. Das gab Gezänk und Streit, sogar Drohungen, und es ging schließlich so weit, dass der König eingriff und verlangte, dass dieses Mädchen, das so viel Unfrieden auslöste, einen der Bewerber zum Ehemann wählte.

Chandrottara wollte sich keinen Ehemann aufdrängen lassen. Sie war nicht nur die Tochter eines großen Meisters, sondern sie konnte selbst Wunder vollbringen. Das machte sie allen deutlich, indem sie zu einer Versammlung von Bodhisattvas, die den Buddha umringten, flog. Ein Bodhisattva sagte: »Chandrottara, es ist unmöglich, dass eine Frau ein Buddha wird. Aber da du Wunder vollbringen kannst, verwandle dich doch in einen Mann.«

Chandrottara lachte und erklärte: »Guter Sohn, Leerheit lässt sich nicht verwandeln, an Leerheit gibt es nichts zu verändern. Dies trifft auch auf alle Erscheinungen zu.« Und sie machte mit so einleuchtenden Worten die Lehre des Buddha von der Relativität aller Wahrnehmungen und der Leerheit aller Phänomene klar, dass der Buddha ihr augenblicklich die Buddhaschaft voraussagte.

Aber weil selbst das die jungen Männer nicht davon abhalten konnte, hinter ihr her zu sein und um sie zu streiten, verwandelte sie sich in einen Mann. Auf diese Weise machte sie den heiligen Männern klar, dass es nicht auf das Geschlecht ankomme, sondern auf die Erkenntnis. Prompt wurden alle, die Zeuge waren, erleuchtet.

»Hat sie sich dann zurück in eine Frau verwandelt?«, fragte Pema.

»Was hättest du getan, Pema-la?«

Das Mädchen zog die Schultern hoch. »Ich wäre ein Mann geblieben. Das Leben ist leichter als Mann, und alle hören einem zu.«

»Das sah Chandrottara auch so. Als männlicher Bodhisattva hatte sie damals mehr Möglichkeit, anderen zu helfen. Aber es kann auch anders gehen. Denkt an Arya Tara, die vom einfachen Mädchen zum weiblichen Buddha wurde. Sie gelobte, sich niemals anders als in weiblicher Form zu manifestieren, und so hat sie es bis heute gehalten.«

Da lachten die Frauen und Mädchen begeistert und wollten die Geschichte der Arya Tara hören, die immer bereit ist zu helfen und nie vergeblich gerufen wird.

Danach konnte man im Nomadenlager außer dem Mani-Mantra oft auch das Mantra der Tara hören.

Nachdem Jigme die angemessene Besuchszeit bei seiner Familie verbracht hatte, machten sie sich wieder auf den Weg nach Süden. Der Winter war eine recht gute Zeit zum Reisen. Es war zwar nachts sehr kalt, doch es war eine trockene Zeit, und mit den Schlaffellen aus Bärenpelz, die der Tulku ihnen geschenkt hatte, mussten sie die Kälte nicht fürchten.

»Wohin wollen wir gehen?«, fragte Lenjam, als die Jurten hinter einer Anhöhe verschwunden waren.

Wochenlang hatte Jigme darauf geachtet, nicht mit Lenjam allein zu sein. Ein eigenes Zelt für sie beide hatte er abgelehnt und erklärt, schließlich habe er seine Familie besucht, um mit ihr so häufig wie möglich zusammen zu sein. Was für ein bescheidener Khenpo er sei, wurde er gepriesen, ganz anders, als man es üblicherweise über die gelehrten Khenpos höre.

»Wohin du willst«, antwortete Jigme und beschleunigte unwillkürlich seine Schritte.

Als wolle er davonlaufen, dachte Lenjam und lief ebenfalls schneller. Der Esel, der die Vorräte und Schlafpelze trug, folgte mit spürbarem Widerwillen. Er wünschte eine gleichmäßige Geschwindigkeit und zog es vor, diese selbst zu bestimmen.

»Ich dachte, wir wollten einander unterstützen. Aber jetzt frage ich mich, ob wir das können. Möchtest du es immer noch?«

»Ja«, sagte Jigme.

Lenjam blieb mit dem Esel zurück, sodass Jigme schließlich auf sie warten musste.

»Du bist noch immer wütend«, sagte sie. »Es wird nicht besser, wenn du rennst.«

»Ich war früher nie wütend.«

»Aber jetzt bist du es. Unser Pala schrie uns an, wenn er wütend war, und dann war es wieder gut. Du schreist nie.«

»Wen soll ich denn anschreien? Mich selbst?«

Lenjam lachte. »Das wäre komisch. Ein Khenpo, der sich selbst anschreit. Ich habe gehört, Khenpos laufen in den Klöstern mit hoch erhobenen Nasen herum und schauen mit bedeutungsvollem Schweigen auf alle anderen herab. Sie schreien nie. Sie weisen zurecht.«

»So war ich auch«, sagte Jigme.

Lenjam dachte, dass sie sich das vorstellen könne. »Altes Karma«, sagte sie leichthin.

Ein kleiner, flacher Fluss zwang sie, ihre Stiefel auszuziehen und mit hochgeraffter Chuba vorsichtig durch das eiskalte Wasser zu waten. Der Esel sträubte sich, und als Lenjam ihn mit sich ziehen wollte, rutschte sie aus und fiel auf ein Knie. Der Schmerz trieb ihr Tränen in die Augen.

»Als ich ein junges Mädchen war«, sagte sie beim Weitergehen und humpelte ein wenig, »gefielen mir die wilden Khampa-Männer, die nur von Pferden redeten und herumschrien und kämpfen wollten. Heute sind mir Khenpo-Lamas, die Weisheitsgedichte kennen, lieber. Du hast einmal ein Gedicht gesungen, zu Hause im Hof, ein Gedicht von dem großen Yogi. Wie hieß es noch?«

Jigme blieb stehen und dachte nach. »Ja, ich erinnere mich. Es geht so:

A ho!
Im innersten Raum meines Geistes, dem Grund von allem, ist der wahre Meister, das spontane reine Gewahrsein, immer gegenwärtig, nie abwesend.«

Er hielt inne. »Da dachte ich, auf dem besten Weg zu solcher Meisterschaft zu sein. Wie ging es weiter? Ah, ja:

... Jetzt kann das ganze Zeug, die finsteren Zustände, die Emotionen, der Nebel der Gedanken, tun, was es will.

Wäre es nur so.«

»Und da war doch noch etwas«, sagte Lenjam. »Es ging um die große Liebe zur Togdenma Lhamo.«

Sie drückte Jigme den Strick des Esels in die Hand. »Die große Liebe möchte jetzt ein Stück auf dem Esel reiten. Das Knie tut weh.«

Zeit verging, äußere und innere. Sie konnten wieder miteinander lachen. Offenheit wuchs wie Gras im frühen Sommer, weich und frisch und verletzlich. Es war gut, unterwegs zu sein, dachte Lenjam. Lebt man an einem Ort, setzen sich Gedanken allzu leicht fest. Ihre Pläne konnten warten.

Manchmal wurden sie in wohlhabende Häuser eingeladen, längere Zeit zu bleiben, um Segensrituale zu zelebrieren und heilige Texte vorzulesen. Das brachte karmische Verdienste für die Familie und Erholung im Warmen bei gutem Essen. Gerüchte eilten ihnen voran. Es sprach sich in den Zelten und Küchen herum, dass die Sangyum eines gelehrten Lamas Frauen und Mädchen Dharma-Lehren gäbe, auf besondere Art als nette Geschichten, sodass auch Frauen sie verstehen könnten. Sie sei eine Manifestation der Tara, meinten manche, andere sagten, sie sei eine Ausstrahlung der großen Meisterin Yeshe Tsogyal.

Wenn sie eine geeignete Höhle fanden und genügend Vorräte hatten, blieben sie eine Weile und übten das Lenken der Energie im Körper oder die Anrufung ihrer Meditationsgottheiten. Lenjam war zufrieden. Es war eine fruchtbare Zeit, und sie war sicher, dass ihr Leben mit Jigme Festigkeit und Klarheit gewann.

Es war bereits Frühling, als sie den Süden erreichten. Sie hatten manchmal darüber gesprochen, welche Form sie für ihr Leben wählen sollten: durch Tibet wandern wie viele Yogis und sich von Zeit zu Zeit in eine Einsiedelei oder Höhle zur Meditation zurückziehen? Sich an einer festen Bleibe niederlassen und Schüler um sich versammeln? Oder zurückkehren in Lenjams Heimattal, ein kleines Haus auf dem Berg bauen und das yogische Leben mit Lehren verbinden?

Lenjam hatte Jigme auf dem langen Weg gelegentlich von ihrer Zeit bei den Yoginis erzählt und ihm nach und nach viele der Yogini-Lehren vermittelt, die Yeshe Tsogyal von Guru Rinpoche erhalten und weitergegeben hatte.

»Lass uns doch ins Tal der Yoginis gehen«, sagte Jigme eines Tages. »Wie du es erzählt hast, ist dies der beste Ort, den man sich denken kann.«

Lenjam zog unwillkürlich den Kopf ein, als wolle sie sich unter der Frage wegducken.

»Es ist nicht so einfach«, sagte sie vorsichtig. »Mächtige Wächter beschützen es. Sie lassen einen nur durch, wenn man bereit ist dafür. Man muss das vollkommene Vertrauen haben.«

»Und das habe ich nicht, meinst du?«

»Es ist nicht wichtig, was ich meine, sondern was du selbst weißt.«

Jigme schwieg.

»Als Lama Dorje mich dorthin mitnahm, wusste ich nichts vom Tal der Yoginis. Die Dakini traf die Entscheidung, und er nahm mich mit.«

Jigme verharrte in seinem Schweigen.

Lenjam seufzte. »Sei nicht empfindlich. Sind wir uns nicht einig, dass ich ganz und gar zu dir stehe?«

Es dauerte eine ganze Nacht in einem Stall mit kleinen Zicklein und einen halben Tag unterwegs, bis Jigme schließlich antwortete: »Ich vertraue mich dir an. Du wirst mich führen.«

Lenjam bat im Stillen die Rote Tara um Erlaubnis, das Geheimnis preisgeben zu dürfen. Die Unsicherheit in ihrem Herzen wollte sie nicht wahrhaben.

»Jigme-la, man kann nicht einfach dorthin gehen. Es ist ein Verborgenes Land, und man muss von der Dakini eingeladen werden. Man muss auf die Dakini hören. Wer das vollkommene Vertrauen nicht hat, wird von den Wächtern bekämpft. Sie sind sehr mächtig. Wir sollten einen guten Ort für unsere Meditationen suchen und auf die Botschaft der Dakini warten.«

»Wenn du meinst. Aber ich habe vollkommenes Vertrauen, glaub mir.«

Lenjam hob die Hände in einer Geste der Hilflosigkeit. »Nicht, solange du empfindlich bist. Es geht um das nicht bedingte Vertrauen, Jigme-la. Um ein ganz offenes Herz.«

Jigme schwieg.

Die Schale hat einen Sprung, dachte Lenjam bedrückt. Seit dem Besuch beim Tulku hat er sich nicht schließen können, und jetzt ist er wieder sichtbar.

Es muss eine neue Schale sein, sonst kommen wir nicht weiter.

22

»Hinter diesen Bergen dort müsste der große Fluss sein«, sagte die Yogini Chöying Lhamo und zeigte in die Ferne.

Der kleine Pfad, der sich den langen Hang hinunter zu einem Dorf wand, war kaum sichtbar. Wie gut, wieder eine Nacht unter einem Dach verbringen zu können. Lenjams Chuba war noch immer feucht von dem eisigen Regen, der sie in der Nacht zuvor auf dem einsamen Weg über den Bergzug überrascht hatte.

Viele Monde lang war sie mit der Yogini gewandert. Sie waren durch das große Grasland im Norden bis zum wunderbaren See Kokonor gezogen und hatten viele Pilgerstätten besucht. Drei Monde lang hatten sie sich der Schülergruppe eines großen, alten Meisters angeschlossen, Einweihungen empfangen und sich mit inspirierenden Lehrtexten befasst. Eine ausgedehnte Meditationszeit hatten sie in einer Höhle bei einer heiligen Quelle verbracht, deren Wasser so segensreich war, dass sie keinerlei Nahrung brauchten. Sie waren in wohlhabenden Häusern zu Gast gewesen und hatten aus dem Kanjur vorgelesen, hatten viele Nächte unter freiem Himmel oder in Jurten und Schafställen geschlafen oder bei armen Bauern mit der Familie und den Tieren im einzigen Wohnraum. Sie hatten Unwetter überstanden, in heißen Quellen gebadet und viele gute Gespräche geführt.

In einem Nomadenlager waren sie zusammengetroffen und hatten einander an der kleinen Mudra erkannt, die nur Yoginis aus dem Verborgenen Tal vertraut war. Für Lenjam war Chöying ein großes Geschenk, und sie dankte der Roten Tara jeden Abend dafür.

Chöying war herausfordernd, unverschämt und zutiefst mitfühlend, und ihre unbestechliche Klarheit war für Lenjam ständig eine Quelle der Freude. Ihr Alter war unbestimmbar wie das der Yoginis im Verborgenen Tal. Sie sah jung aus, konnte andere leicht zum Lachen bringen, aber gelegentlich, wenn es nötig war, auch ungehemmt schimpfen. Wie Lenjam hatte auch sie die Fähigkeit, als altes Weib zu erscheinen, das nur beiläufig wahrgenommen wurde. »Uhh, ich bin uralt«, sagte Chöying lachend. »Wie soll man schon wissen, wie alt man ist nach dem Tal der Yoginis.«

»Ich habe nur wenige von den Unseren unterwegs getroffen«, hatte sie berichtet. »Sie sind weit verstreut. Ich habe gehört, dass viele mit einem festen Gefährten leben. Bei mir ist das anders. Bisher waren meine Gefährten von der luftigeren Art. Entweder waren sie erfahrene Togdens und sehr inspirierend für einige Zeit oder liebenswerte gelehrige Jungen, die eine Weile als Schüler mit mir herumzogen. Es war schön mit ihnen, und ich war glücklich, ihnen allen helfen zu können.«

Der große Fluss bedeutete Trennung. Die Lhamo würde bald nach Westen wandern, nach Lhasa und dann weiter zum heiligen Berg Kailash. Ob Lenjam mit ihr kommen wolle, hatte sie gefragt.

»Wie gern!«, hatte Lenjam geantwortet. »Wäre nicht Jigme.«

Jigme. Nach drei Jahren würden sie wieder zusammenkommen, so hatten sie es besprochen. Nach dem Retreat, das Lama Dorje Jigme empfohlen hatte. Wenn Verwirrung aufkommt, geht man am besten ins Retreat, hatte der Lama gesagt, und wenn die Verwirrung groß ist, in ein langes Retreat.

Bald war das dritte Jahr vorbei.

Eine goldene Abendsonne ließ die umliegenden Berge aufleuchten, als ginge es geradewegs ins Paradies. Lenjam blieb stehen und ergriff Chöyings Hand. Es waren solche verzauberten Augenblicke, die sie für alle Mühen des Wanderns belohnten und sie daran erinnerten, dass nicht die Landschaften sich veränderten, sondern nur das Licht, so, wie das Licht des Geistes alle Arten des Erkennens und Erlebens bestimmt.

Die Schatten im Tal waren bereits tief, als sie ein ansehnliches Haus am Rand des Dorfes erreichten. An den langen, offenen Haaren waren die beiden Frauen leicht als wandernde Yoginis zu erkennen. Meistens wurden sie freundlich, sogar ehrerbietig behandelt, kaum jemand wies sie ab. Dieser Hausherr jedoch wollte das Tor gleich wieder schließen.

»He, wir sind keine Bettlerinnen!«, rief Chöying. »Wir sind Yoginis, bewandert in Studien und Magie.«

Der Mann brummte, sie könnten im Stall schlafen, und da sie nun schon da seien, auch gleich ein Segensritual für das Haus abhalten. Lenjam fielen fast die Augen zu, doch Chöying raffte sich auf und vollzog das Ritual, danach musste Lenjam noch segensreiche Verse über den Stall und die Tiere sprechen. Sie erwarteten ein reichliches Abendessen, aber eine hagere Frau brachte lediglich eine Schale mit dünner Suppe in den Stall, die sie sich teilen sollten.

»Mehr darf ich nicht bringen«, flüsterte die Frau entschuldigend.

Mit harten Fladen, die sie noch in der Tasche hatten, besserten sie die Suppe auf und waren dann froh um das trockene Bett aus Stroh.

Am Morgen fragte Chöying nach dem Hausherrn und lockte ihn mit der Verheißung eines Orakelspruchs aus seinen Wohnräumen herunter.

»Heute Nacht im Stall habe ich auf Befehl eines Bodhisattvas das Orakel für dieses Haus befragt«, sagte sie. »Ich will dir sagen, was es verkündet hat. Im Winter werden viele deiner Tiere sterben, und im nächsten Jahr wirst du eine schlechte Ernte haben. Dein Sohn ist in Gefahr, ich kann allerdings nicht sagen, was für eine Gefahr das ist. Du kannst all das Unheil nur abwenden, wenn du dem kleinen Nonnenkloster am Berg zwei Monate lang eine gut bemessene Gabe für Beschützer-Pujas gibst. Und die Gefahr für deinen Sohn wird geringer sein, wenn du jeder armen Familie im Dorf ein großes Geschenk machst und außerdem jeden Morgen und Abend eine Mala Mani-Mantras für das Wohl aller Wesen sprichst.«

Dies hatte sie mit so durchdringender Autorität gesagt, dass der Mann mit offenem Mund mitten im Hof stehen blieb und ihnen beunruhigt nachschaute.

»Das wird er nicht vergessen«, erklärte Chöying vergnügt, »auch wenn er möchte.«

Sie hatte keineswegs das Orakel befragt, vielmehr war sie eingeschlafen, kaum dass sie sich ins Stroh gelegt hatten.

»Und er wird sich wundern, wenn nichts eintrifft«, sagte Lenjam.

Chöying lächelte. »Es wird eintreffen. Alle Wetterzeichen weisen auf einen langen, harten Winter hin. Da sterben immer Tiere. Danach wird man erst spät säen können, das bringt eine geringere Ernte, wie du weißt. Und seinen Sohn haben wir heute Morgen bei den Ställen gesehen. Er ist ein sehr ungeduldiger junger Mann und reitet Pferde zu. Da passiert leicht etwas.«

Lenjam lächelte. Wie würde sie Chöying vermissen!

Am großen Fluss trennten sie sich. Lenjam wanderte weiter auf kleinen Wegen durch fruchtbare Täler, die gelb waren nach der Ernte, über Weiden, auf denen wilde Yaks und Bergziegen lebten. Das freie Leben in Höhlen und Jurten, vertraut mit der wilden Welt der Wölfe, Schneeleoparden und Adler, begleitet vom Murmeln der Bäche und Flüsschen und dem Gesang des Windes, manchmal allein, manchmal in Gesellschaft, hatte ihr gefallen. Doch ihren Plan, mit Schülerinnen zu arbeiten, hatte sie nicht aufgegeben.

Schließlich stand sie oben über ihrem Heimattal am Weg, der zu den Hochweiden führte, und da war es auch wieder, das wunderliche, ein wenig erschütternde Gefühl, das sie beim Heimkommen immer ergriff. Als würde die Fragilität des Lebens gerade dort besonders deutlich, wo es sich so fest und überschaubar darstellte. Ein kalter Wind ergriff sie, schien vom Tal herauf nach ihr zu greifen. Sie fröstelte, doch das kam mehr von innen als von außen. So merkwürdig geduckt und still lagen die Höfe unter ihr, von anderer Stille als der des beginnenden Winters, der alles Leben in die Ruhe der Erde zurückzieht.

Fast zögernd stieg sie hinab über den Bergrücken mit den verstreuten Kiefern und Büschen und nahm den Umweg zum Schrein des Kleinen Berggeistes, auf den sie das Stück Käse legte, das Nomaden ihr geschenkt hatten.

»Bitte, Kleiner Berggeist«, sagte sie, »pass gut auf das Tal auf, wie du es immer getan hast.«

Als sie sich dem Anwesen näherte, hörte sie die Hunde bellen. Das Tor war verschlossen, der Kopf eines der Onkel erschien über der Mauer.

»Ho, unsere verehrte Togdenma!«, rief er und beeilte sich, das Tor zu öffnen.

»Warum ist das Tor verschlossen, Onkel?«, fragte sie. »Und wo ist unser alter Wächter?«

Der Onkel wiegte bekümmert den Kopf. »Schlimme Zeiten, Lenjam-la, schlimme Zeiten. An unserer Ostgrenze ist der Nachbarstamm eingefallen, du weißt, diese Wilden mit dem Häuptling, den man den Roten Yak nennt. Wir wissen nicht, ob der Gyalpo sie zurückhalten kann. Jedenfalls sind wir gerüstet und passen auf. Das ist nichts für unseren alten Wächter. Der darf jetzt Kinder hüten.«

Die Ngakmo sei oben, sagte er und wies zum obersten Stockwerk hinauf, in einer Puja mit Ngakpa Kunsang und Lama Samten.

So viel zum Gefühl der Sicherheit eines Heims, dachte Lenjam.

»Löse jede Idee einer konkreten Wirklichkeit auf
in den unübertroffenen Zustand des reinen Gewahrseins«,

hatte Jetsünma Rinpoche gesagt. Täglich hatte Lenjam diesen kostbaren Spruch wiederholt. Wenn bissige Nomadenhunde auf sie zustürzten, wenn sie den Weg nicht fand, wenn unfreundliche Bauern sie abwiesen, wenn sie ehrfurchtsvoll mit Niederwerfungen empfangen wurde, wenn sie sich im dürftigen Schutz eines überhängenden Felsens nach einem freundlichen Zimmer mit guten, warmen Schlafpolstern sehnte.

Heiliger Rauch zog durch das Haus, die Luft vibrierte von den schnellen Schlägen der Trommeln. Vorsichtig hob sie den Vorhang zum Schreinraum und setzte sich hinter die versammelten Tanten und Onkel. Ein kleines Mädchen rückte zu ihr heran, ganz nah, und schaute mit festem Blick zu ihr auf. Nyimas Tochter Khandro. Lenjam legte mit einem Gefühl tiefer Vertrautheit den Arm um den zarten kleinen Körper.

Wie unterschiedlich es gewesen war über die Jahre hin, dieses Heimkommen, das Eintauchen in die Familie unter so vielen verschiedenen Umständen. Doch immer war es freudige Aufregung, wieder zusammmen zu sein, die auch Lenjam teilte, mit einem kleinen Lächeln über ihr eigenes Bedürfnis, sich des Bleibenden zu vergewissern. Obwohl sie doch wusste, dass alles Bleibende Illusion war.

Auf dass ich erkennen möge,
dass Samsara und Nirwana eines sind.

Es war einer dieser Augenblicke des Erkennens. Er enthielt Traurigkeit, Klarheit und eine tiefe Wärme des Herzens.

»Khandro spricht wenig«, sagte Nyima später, nachdem das große Begrüßen beendet war. »Oft erzählt sie mir ihre merkwürdigen Träume, und manchmal singt sie in einer eigenen Sprache. Der Höchstehrwürdige Lama hat gesagt, sie sei die Wiedergeburt einer besonderen Yogini aus dem Land Guge.«

Am Abend tauchte Lenjam ein in den vertrauten Geruch der Heilkräuter in Nyimas Medizinzimmer und den darunterliegenden Geruch des Hauses, der unverwechselbar war wie der Geruch eines Menschen. Es war schön, daheim zu sein, doch auch dieses Heim war vergänglich. Vielleicht würde es zerstört werden. Vielleicht würden alle fliehen müssen. Ja, das könnte geschehen, hatte Nyima gesagt. Die Omen waren voller Warnungen.

»Hast du Pläne?«, fragte Nyima.

»Ich fürchte, ich habe verlernt, Pläne zu machen«, antwortete Lenjam. »Wenn Jigme kommt, werden wir sehen.«

»Und du? Was stellst du dir vor?«

Lenjams Blick hängte sich an das Bild des Medizinbaums an der Wand. Wären ihre Absichten doch so überschaubar wie dieser Baum, an dem jedes Ästchen einen Namen hatte.

»Mit Jigme möchte ich zusammen sein«, sagte sie. »Und ich möchte geeignete Mädchen im Lesen und Schreiben unterrichten und sie auf den Weg der Yogini vorbereiten. Und ich möchte in einer Einsiedelei die Meditationen, die ich bekommen habe, vertiefen. Das alles zusammen wünsche ich mir.«

Nyima lächelte. »Wir könnten am Berg ein Haus bauen. Dort könntest du mit Jigme leben und lehren. Es wäre schön, wenn du hierbleiben würdest.«

»Ja, ein Ort der Ausbildung«, sagte Lenjam eifrig. »Das kann ich mir so gut vorstellen. Ich habe viel Klostererfahrung. Die Klosterdisziplin ist wertvoll, das habe ich damals klar erkannt. Es gab Streit und Versöhnung, Groll und Freundschaft. Und es gab stets die Lehren. Wir haben gelernt, wie wichtig es ist, die Motivation für jedes Wort und jedes Handeln zu überprüfen. Bringt alles auf den Pfad, sagte der Tulku, düngt das Feld der Erleuchtung mit euren Fehlern. So soll die Schule sein. Und Jigme ist ein Khenpo, er kann lehren. Es wäre eine wunderbare Aufgabe für ihn. Die Schülerinnen sollen die Lehren lesen und auswendig lernen, sie verstehen lernen. Sie sollen stark und stolz und mutig werden. Dann können sie bei großen Meistern weiterlernen, und wenn sie das vollkommene Vertrauen entwickelt haben, können sie ins Tal der Yoginis gehen und sich der Führung der Dakini anvertrauen. Ich sehe das alles so deutlich vor mir.«

Der Medizinbaum an der Wand hatte sich in eine kleine Anlage von Gebäuden verwandelt, die sich in Stufen in eine Bergfalte einfügten wie ein Stück des Berges selbst. Nicht ganz in der Welt, nicht ganz außerhalb der Welt, bewahrt vor zerstörerischen Kräften der Natur durch den Schutz des Großen und Kleinen Berggeistes, umringt von Dakinis, den helfenden Kräften auf dem Weg zur Befreiung. Darüber auf einem Regenbogen die Meister – der Tulku, Jetsünma Rinpoche, Lama Dorje –, über ihnen Guru Rinpoche mit der Weisheits-Dakini Yeshe Tsogyal in der glückseligen Vereinigung der Befreiung, die Grimmige Rote Tara und die Yum-Yab-Tara, der ganze Himmel erfüllt von den einundzwanzig Taras in unzähliger Wiederholung.

»Siehst du, was ich sehe, Nyima-la?«, fragte Lenjam.

Nyima ergriff ihre Hand. »Ich fühle es.«

Die Vision war so prachtvoll, so mächtig, dass Lenjam überzeugt war, Jigme würde sie teilen.

In den nächsten Tagen war sie so beschäftigt mit dem Planen dieser verheißungsvollen Zukunft, dass sie nur dann an die Bedrohung durch den feindlichen Stamm dachte, wenn die anderen darüber sprachen. Die kleinen Jungen spielten »Überfall« mit Stecken, die sie aus dem Reisigvorrat für die Küche zogen, die größeren Jungen und Mädchen übten den Kampf mit langen hölzernen Messern.

»Ein Khampa kämpft«, sagten die Männer und nickten anerkennend.

Nicht lange, und der Ngakpa stand mit bewaffnetem Gefolge vor dem Tor und mit ihm Jigme.

Schon einen Tag zuvor hatte Lenjam begonnen, ihn zu riechen, tief in ihren inneren Sinnen, sein ganz eigener Geruch, der sie glühen ließ vor Verlangen, alles Denk- und Fühlbare vorwegnahm. Und obwohl sie zu wissen glaubte, dass er sehr bald kommen würde, empfand sie dieses Vorwegnehmen als mehr, fast als Wirklichkeit, so stark war das Erleben.

Sie sah ihn vom Fenster aus, lief mit den anderen die Treppe hinunter, blieb dann aber hinter ihnen stehen. Für sich allein wollte sie ihn empfangen, wollte, dass sie nur ihn sah und er sie. So geschah es dann auch. Er entdeckte sie, und sie gingen aufeinander zu, eingehüllt in die Zeitlosigkeit eines vollkommenen Augenblicks. Ihre Blicke fielen ineinander und wurden eins. Alle Sinne öffneten sich in wortlose Tiefen. Was um sie herum geschah, all das Begrüßen und Berichten, war nur ein Echo im Weltall ihres Glücks.

Es war nicht zu verhindern, dass dieses Gefühl ein wenig verblasste in der allgemeinen Aufregung kommender Veränderung. Im Kloster sollte ein besonderes Drubchen-Retreat zelebriert werden, eine tagelange Folge von machtvollen Ritualen, Gebeten und Meditationen, um die Gefahr aufzulösen, die über das Land hereingebrochen war. Mehrere hohe

Lamas, Ngakpas und Yogis würden daran teilnehmen. Deshalb hielten sich der Ngakpa und seine Begleiter nur für eine Mahlzeit auf und zogen gleich danach weiter zum Kloster.

Augenblicklich wurde damit begonnen, die Zelte und genügend Vorräte und Geschenke für das Kloster einzupacken, denn natürlich würde Nyimas gesamte Familie dabei sein. Die große Segnung eines Drubchen ließ sich niemand entgehen. Jigme wurde hineingesogen in die Familie, von den Frauen umsorgt und von den Männern in Gespräche gezogen, wie es üblich war, und Lenjam musste sich damit bescheiden, nicht ständig bei ihm sein zu können. Zugleich gefiel es ihr, wie selbstverständlich er einen Platz als Familienmitglied einnahm.

Erst nach dem Abendessen konnten sie sich endlich zurückziehen unter den Medizinbaum in Nyimas Medizinzimmer.

»Drei Jahre, Jigme-la«, sagte Lenjam. »Eine lange Zeit.«

»Gute Jahre«, antwortete Jigme. »Es war ein schönes Retreat. Und Puntsog-las Essen war herrlich.«

Er schlüpfte unter das Schlaffell und zog sie an sich. Da war sie wieder, die einfache, wunderbare Nähe jenseits allen Versprechens und Gelobens, in die man sich furchtlos sinken lassen konnte ohne jegliches Festhalten.

Wenn du siehst, was man nicht sehen kann,
wird dein Geist aus sich heraus frei – Wirklichkeit!
Lass den Hengst, den Wind, hinter dir zurück,
und sein Reiter, der Geist, wird in den Himmel schweben!

Lenjams Dankbarkeit formte sich unwillkürlich zu Taras Mantra, zum unhörbaren Lied der Nacht.

»Lhamo-la«, flüsterte Jigme. Augenblicke später war er eingeschlafen.

Sie kannte ihn gut genug, um zu wissen, dass er nicht viel mehr über die vergangenen drei Jahre sagen würde. Frauen müssen immer so viel reden, hatte Pala oft lachend gesagt. Es hatte geklungen, als wäre es kindisch zu reden. Zum Glück hatte es immer Nyima gegeben, der, ebenso wie ihr selbst, die Worte nie ausgingen. Erst im Tal der Yoginis hatte sie gelernt, das vertrauensvolle und aufmerksame miteinander Reden ebenso wie das Fragen als etwas Natürliches und Kostbares anzuerkennen.

»Es gibt verschiedene Ebenen des Redens«, hatte Dechen erklärt. »Müßiges Geschwätz, negatives Gerede, Klatsch und Tratsch und um Meinungen Streiten, das alles ist natürlich Unfug. Wie immer geht es um die richtige Motivation. Worte haben Macht, sie sind zum Lehren da und zum Lernen und zum Austauschen. Es ist gut, aufrichtig miteinander zu reden, um sich dem anderen zu zeigen, und dabei lernt man auch die eigenen Muster besser kennen. Klarheit und Mitgefühl, das sollten die Impulse des Redens sein, sagt Jetsünma Rinpoche. Lasst euch nicht die Worte nehmen, ihr Frauen, sagt sie.«

Irgendwann würde Jigme ihre Art des Redens verstehen und mit ihr teilen können, dachte Lenjam. Er würde verstehen und erleben, dass es eine Leiter war bis dorthin, wo man nur noch springen konnte und es keine Worte mehr gab.

Es war nicht die Zeit, um eine Vereinigung zu feiern. Lenjams Bedauern ging schnell unter in der großen Aufgabe, sich in den Ritualen mit aller Kraft des Geistes der Zerstörung entgegenzustellen. Der Rote Yak und seine Männer seien wie rasende Dämonen, wurde berichtet. Sie raubten die Herden, schleppten die Wintervorräte weg, erschlugen nicht nur die Männer, die sie aufzuhalten versuchten, sondern auch deren Familien, die Frauen, die Kinder, die Alten.

Lenjam dachte an Lekshey und Khandro, und die Angst um die Kleinen wollte ihr das Herz zerreißen. So viel Angst. So viel Grauen. In manchen Augenblicken wurde Lenjam von der Furchtbarkeit des Geschehens an der östlichen Grenze so überwältigt, dass Tränen liefen. Zugleich war sie sich bewusst, dass all dies das Spiel der Vergänglichkeit war, ein Traum. Ein schrecklicher, mächtiger Traum.

Mögen alle Wesen glücklich sein!

Die täglichen Gebete und Meditationen entfalteten sich in einem Feuerwerk des Schmerzes und der Entschlossenheit und der Zuversicht.

Nach den Drubchen-Tagen, in denen alle spätnachts in erschöpften Schlaf gefallen und sehr früh am Morgen wieder im Lhakang zusammengekommen waren, flüchtete Lenjam aus dem Zeltlager, wo eifrig eingepackt wurde, hinauf auf den kahlen, felsigen Berg hinter dem Kloster. So übervoll und leer zugleich war ihr Herz, dass sie nicht wusste, wohin mit sich.

Das Spiel des überwältigenden Mitgefühls, ganz ungehindert,
im Augenblick der Liebe dämmert die leere Essenz in ihrer Nacktheit.
Mögen wir ununterbrochen, Tag und Nacht
diesen höchsten Pfad der Einheit frei von jeglichem Irrtum praktizieren.

Diese kostbaren Worte nicht nur zu verstehen, sondern das, was sie ausdrückten, zu fühlen, mehr noch, davon erfüllt zu sein, war ein großes Glück, das ihr Tränen in die Augen trieb. Zudem war ein Echo dieses Erlebens in der Erde zu spüren, im Himmel, in der Luft, in allen Elementen. Dieses vollkommen offene Lieben, es durchdrang das Sichtbare und das Unsichtbare, und alles, was war, zeigte sich als das große Spiel der Phänomene.

Als sie zu den Zelten herunterkam und Jigme suchte, hatte soeben ein Bote des Gyalpo die Botschaft gebracht, dass die Angreifer erfolgreich zurückgeschlagen worden waren. Der Rote Yak war tot. Die Gefahr in den Grenzgebieten war auf-gelöst.

Atemlos berichtete der Bote von dem Wunder: Der junge Gyalpo hatte so viele kampffähige Männer um sich versam-melt, wie er in kurzer Frist aufrufen konnte. Doch als sie sich dem wilden Stamm näherten, mussten sie erkennen, dass die Zahl ihrer Feinde ihnen weit überlegen war. Todesmutig san-gen sie die Anrufung an Guru Rinpoche, wie der Ngakpa es empfohlen hatte. Niemand hatte darauf geachtet, dass schwere Gewitterwolken aufgezogen waren, doch kaum hat-ten sie sich in den Kampf geworfen, schossen Blitze aus den Wolken und fuhren in die Schwerter der Angreifer. Der Don-ner krachte, als berste der Himmel auseinander. In panischer Verwirrung warfen die feindlichen Kämpfer ihre Schwerter von sich und galoppierten davon. Der Rote Yak versuchte sie aufzuhalten, doch ein gewaltiger Blitz ließ ihn samt seinem Pferd tot zu Boden stürzen. Auf der Seite des Gyalpo hatte es nur wenige Verluste gegeben. Eines der Opfer des Roten Yaks war Kunga, den der Gyalpo als seinen tapfersten Mann ehrte, wie der Bote sagte.

Die Erleichterung aller ließ die Sonne heller strahlen. Die Männer warfen die Arme hoch und schrien »*Lha gyel lo!*«, die Frauen fielen einander in die Arme und drückten ihre Kinder fest an sich.

Lenjam lehnte sich an Jigme und umklammerte seine Hand. »Wenn es doch nie mehr Gewalt und Kämpfe gäbe«, sagte sie.

»Dann«, antwortete Jigme, »müsste unsere ganze Menschenwelt ein Verborgenes Land sein.«

Dass er das Verborgene Land erwähnte, löste in Lenjam eine plötzliche Beunruhigung aus. Wollte er vielleicht insgeheim immer noch dorthin? Und würde sie die Verantwortung übernehmen können? Wie sicher war sie sich seiner Reife? Und warum überfiel sie stets Unsicherheit, wenn es um Jigme ging?

Mit einiger Mühe drängte sie diese Überlegungen zurück. Zunächst war da Kunga, an den sie denken musste, um dessen gute Wiedergeburt zu beten ihre karmische Verantwortung war. Sie hatte hin und wieder an ihn gedacht, hatte darum gebetet, dass der Fluch aufgelöst sein möge, hatte ihm in aller Aufrichtigkeit eine glückliche Entwicklung gewünscht. Sie würde ihn in ihren Meditationen die neunundvierzig Tage durch den Bardo begleiten.

Das Eindringen des fremden Stammes in ihr Land hatte die Menschen der Region aus ihrer vorwinterlichen Ruhe gescheucht. Es pflegte eine besondere Zeit zu sein, wenn die Ernte eingebracht war und man die Tiere auf die Winterweiden geführt hatte. Man konnte sich sicher fühlen und dem Winter gelassen entgegensehen, in dem man zusammenrückte, sich im Außen und Innen aneinander wärmte und den Schatz alter Geschichten ausgrub. Doch in diesem Jahr war die Ruhe gestört von dem Gefühl der Erschütterbarkeit des Friedens. Der junge Gyalpo hatte zwar seinen Platz gefestigt, die Götter waren auf seiner und seines Landes Seite, der Rote Yak war tot und würde gewiss nicht so schnell einen ähnlich gefährlichen Nachfolger haben, aber dennoch lag ein Schatten der Verunsicherung über dem Leben im Tal.

»Das ist gut«, sagte Nyima zu ihrer Familie. »Vergänglichkeit ist ein Zeichen der Existenz, das sollte niemand vergessen. Aber wir wissen, dass das nicht wirklich ein Unglück ist, nicht wahr?«

Die anderen nickten und lächelten. Nyima sah, dass Lekshey seine Hand fest in die Chuba seines Vaters krallte. Er nickte tapfer, aber er lächelte nicht. Kunsang zog ihn an sich und drückte einen Kuss auf den kleinen Kopf mit den kurz geschorenen Haaren.

Was für ein Wunder, Kinder zu haben, dachte Lenjam.

Nicht lange nach dem Sieg der Götter starb der Höchstehrwürdige Lama und hinterließ einen Regenbogenkörper. Solch ein Wunder hatte es in dieser Region noch nie gegeben.

Und so wurde berichtet: Man hatte den alten Weisen nach seinem stillen Tod in seinen großen Mönchsschal gewickelt und ihn, wie er es bestimmt hatte, drei Tage lang ungestört in seinem Zimmer liegen gelassen. Nach dem dritten Tag öffneten der junge Rinpoche und die assistierenden Mönche die Tür. Im Zimmer roch es zart nach Bergblumen, und der Körper unter dem Tuch war viel kleiner geworden. Alle Mönche des Klosters und viele Besucher saßen von früh bis spät in stiller Meditation im Lhakang, um sich mit der besonderen geistigen Nähe dieses hohen Lamas zu verbinden. Es waren außerordentlich Glück bringende Tage, während derer der Rinpoche und die führenden Mönche im Zimmer des Meisters meditierten. Das Tuch, das ihn umhüllte, sank immer mehr zusammen. Plötzlich erschienen mehrere Regenbogen am klaren Himmel. Das Tuch wurde geöffnet, aber nichts war mehr darin zu sehen als die weißen Haarsträhnen des Lamas und die Nägel seiner Finger und Zehen.

Alle Bewohner des Tals waren sich einig, dass der Höchstehrwürdige Lama ihnen ein großartiges Geschenk gemacht hatte.

In den Zelten hatten Frauen und Männer wie üblich getrennt geschlafen, und tagsüber hatte sich Lenjam und Jigme auf Blicke und gelegentlich einen schnellen Händedruck beschränken müssen. Das hatte zwar einen prickelnden kleinen Reiz gehabt und an die geheimnisvoll aufgeregte Zeit der ersten Annäherung erinnert, aber nichts kam an die Freude heran, als sie die Nächte wieder in Lenjams Raum mit seinen Kräutergerüchen verbringen konnten. Es war nachts bereits sehr kalt, doch sie tauchten in ihr Nest aus Bärenfellen, in den Zauber der Berührung, den Himmelflug der Lust, die Glückseligkeit des offenen Geistes.

Lenjam fragte sich, warum sie zögerte, mit Jigme über ihre Zukunftspläne zu sprechen. Es ist die Zeit für das Jetzt, gab sie sich selbst die Antwort, nicht für die Zukunft. Sie brauchten diese unbeschwerte Zeit miteinander. Und im Anwesen gab es noch viel zu tun nach der Ernte. Man musste sich auf den Winter vorbereiten. Für die Zukunft würde es noch genügend Zeit geben.

Nicht lange nach dem Tod des Höchstehrwürdigen Lamas wurden Kunsang und Jigme ins benachbarte Kloster eingeladen. Der junge Rinpoche wünschte erfahrene Lamas als Gesprächspartner, und die Begegnungen mit den beiden schienen ihm so gut zu gefallen, dass die Einladungen bald häufiger wurden.

»Er ist klug und eigenwillig, dieser junge Rinpoche«, sagte Kunsang. »Schon sein Vorgänger hatte enge Beziehungen zu Ngakpas und Tertöns. Seit er seinem strengen Tutor entwachsen ist, nimmt er sich so manche Freiheit. Sein Meister, der Höchstehrwürdige Lama, scheint ihn darin bestärkt zu haben. Wahrscheinlich würde er auch gern euch Yoginis einladen, aber das ginge dann doch zu weit.«

Immer länger zögerte Lenjam das Gespräch mit Jigme hinaus.

Befürchtete sie, dass er eine ganz andere Zukunft vor sich sah? Für sie beide? Oder für sich allein? Als sie dieser Sorge Raum in sich gegeben hatte, bereit war für jede Antwort, erzählte sie ihm von ihrem Vorhaben und wie gut sie auf diese Weise für ihre eigene Entwicklung im Dharma und zugleich zum Wohl anderer zusammenarbeiten könnten. Einen besseren Platz dafür als dieses friedliche Tal, in dem die Menschen sich des Glücks ihrer Gemeinschaft bewusst waren, könne es doch nicht geben.

»Was hältst du von dieser Idee?«, fragte sie. »Auch Nyima und Kunsang finden sie gut. Wir haben alles gründlich durchdacht.«

»Ja«, sagte Jigme, »gut.« Danach wurde das Thema der Zukunft nicht mehr angesprochen.

Lenjam mochte das leise Winterleben im Haus. Es war schön, in den langen Nächten in Jigmes Armen einzuschlafen und in der köstlichen Geborgenheit seiner Nähe aufzuwachen. Mit Nyima, Kunsang und Lama Samten kamen sie im Schreinraum zu Meditationen zusammen. Lenjam half beim Unterrichten von Pumos Schülerinnen, zwei klugen, eifrigen Mädchen. Die Winterzeit floss sanft dahin wie das Wasser unter dem Eis des Flusses.

Eines Abends sagte Jigme: »Lhamo-la, hast du schon einmal bedacht, dass dein Zukunftsplan klein ist im Verhältnis zur großen Vision der Befreiung? Ein Haus und Schülerinnen mögen ja gut sein, sind aber voller Ablenkung. Denk an Milarepa.«

Lenjam lächelte. »Denk an Milarepas großen Meister Marpa. Er hatte einen Hof, seine Arbeit, seine Gefährtin Dagmema, den Sohn, dessen Tod nach dem Sturz vom Pferd ihm so viel Schmerz bereitet hat. Und er hatte Schüler. Sein Meister Maitripa fand dieses Leben offenbar ganz in Ordnung.«

»Marpa war eine Ausnahme. Fast alle großen Meister verbrachten Jahrzehnte in der Einsamkeit.«

»Die große Meisterin Machik Lapdrön hatte ihren Yogi Topabhadra und drei Kinder mit ihm. Es wird nur von ihren drei Jahren im Retreat berichtet, und in dieser Zeit sorgte er für die Kinder.«

»Du sprichst von Ausnahmen.«

»Ich spreche von Möglichkeiten. Aber vielleicht sind meine Möglichkeit und deine Möglichkeit verschieden.«

Jigme nahm sie in die Arme. »Wir haben als yogische Gefährten den Segen unserer Herzens-Lamas erhalten. Wäre es nicht besser, wir fänden eine gemeinsame Möglichkeit?«

Lenjam befragte das Mo-Orakel, bekam jedoch nur eine allgemeine Antwort. Sie bat die Grimmige Rote Tara, ihr die Dakini mit einer Botschaft zu schicken, und wartete den ganzen Rest des Winters darauf, dass ein Traum oder eine Erscheinung Rat bringen würde.

»Die Zeit ist offenbar nicht reif für Entscheidungen«, sagte sie zu Jigme. »Aber du hast mir noch nicht gesagt, was deine Möglichkeit wäre.«

»Ich denke an das Tal der Yoginis«, sagte Jigme. »Das scheint mir der beste Ort zu sein, der großen Vision zu folgen.«

»Ich werde Tara um eine Antwort bitten«, sagte Lenjam.

Die Antwort kam nicht. Es musste wohl so sein, dass die Antwort selbstverständlich war und nur ihre Zweifel an Jigme ihr im Weg standen. Sie ertappte sich dabei, wie sie ihn beobachtete, und fragte sich, wie sehr sie gefangen war in der Verantwortung, die sie für ihn übernahm. Doch es gab die vielen Augenblicke, in denen die Freude an ihm alles überwog. Wenn sie sah, wie geduldig und spielerisch er mit Lekshey Rechenübungen machte, wie heiter er sich auf Dispute mit Nyima einließ, wie aufmerksam er Onkel Ngödup zuhörte, der zu Lenjams Verwunderung Probleme der Verwaltung gern mit Jigme besprach. Und er war der zärtliche, achtsame Gefährte, den sie sich für ihren Dharma-Weg gewünscht hatte.

Es war am ersten Neujahrstag, der mit den prachtvollen Klostertänzen unter einem wolkenlosen Himmel gefeiert wurde, als Lenjam eine Entscheidung traf. Vielleicht waren es die weit ausholenden Schritte der Tänzer, das Flügelschlagen der weiten Brokatärmel, ihre Schwerter, die durch die grellen Stimmen der Becken und Trompeter schnitten, welche ihr den Mut gaben, auf ihre eigene Führung zu vertrauen. Sie würde Jigmes Wunsch erfüllen und ihn zu Beginn der warmen Jahreszeit ins Tal der Yoginis bringen.

Wie gut er ihr gefiel, als er so neben ihr ging, sein Schlaffell und ihrer beider Bündel auf dem Rücken! Er hatte im Winter einen Mond lang oben auf den Winterweiden verbracht, um mit den Männern die Yaks und die Ziegen zu hüten, das hatte ihm gutgetan. Zuversichtlich ging er voran, machte große Schritte, als stieße er in die Zeit hinein mit seiner Zuversicht. Sie sangen die schönen Klostergesänge und Lama Dorjes fröhliche Lieder, lachten über manche freche Verse, und wenn sie eine Pilgerstätte umrundeten, sprachen sie das Mani-Mantra im Gleichtakt. Hier sah sie in ihm wieder den Vajra-Krieger, der furchtlos dem Neffen das Messer zurückgab und damit den Respekt der Bande gewann. Neu war seine Besorgtheit um sie, die er früher nicht gezeigt hatte, seine Bemühung, ihr Schutz zu geben. Als sie den großen Fluss überquerten, hob er sie zum Erstaunen anderer Reisenden in das Fährboot, damit sie keine nassen Füße bekam.

»Ist sie krank?«, fragte ein Mann.

»Nein, sie ist eine Lhamo-la«, antwortete Jigme mit stolzer Selbstverständlichkeit. »Alle Frauen sind in ihrem Herzen Lhamos, das sollte jeder wissen. Öffne ihr Herz mit Liebe, dann wirst du es sehen können.«

Die Reisenden waren ungewöhnlich still während der Überfahrt.

Zunächst orientierte sich Lenjam an Klöstern, Pässen und Flüssen, doch je weiter sie in das Gebirge der Götter eindrangen, desto weniger deutlich wurden die Anhaltspunkte. Aber nicht einen Augenblick lang hatte sie Zweifel gehabt, den Weg zum Tal der Yoginis zu finden. Es war, als könne sie ihn riechen, und sie entdeckte Hinweise in der Art der Wolken oder hörte sie im Gesang des Windes und in den Schreien der großen Vögel. Sie war glücklich. Und da sie ein so heiteres und zuversichtliches Paar waren, wurden sie in den Dörfern und Zelten mit Freude aufgenommen und mit Achtung behandelt, ganz so wie bei Lenjams Reise mit Lama Dorje. In einem hoch gelegenen Kloster legte sie einen beachtlichen Teil ihres Vorrats an Goldstückchen als Opfergabe auf den Schrein vor die Statue einer zornvollen Gottheit, Dorje Pagmo, einer Form der Roten Tara. Sie hätte gern deren Inkarnation besucht, eine menschliche Dakini, die hier lebte. Sie sei unterwegs, erklärte eine der Nonnen. Ob dies ein Omen war, fragte sich Lenjam. Als sie damals mit Lama Dorje dieses Kloster erreicht hatte, war die Dakini im Retreat gewesen, aber zu jener Zeit hatte sie nicht gewusst, was sie versäumte.

»Jetsün Rinpoche hat uns einmal die Geschichte ihrer Inkarnationen erzählt«, berichtete sie Jigme. »Die größten Meister haben sie durch alle ihre Inkarnationen hindurch geehrt, sogar die Karmapas. Es ist so traurig, dass wir sie nicht sehen können.« Dass sie die Dakini hätte fragen wollen, ob ihre Entscheidung richtig sei, konnte sie sich nicht eingestehen.

Im ansteigenden Bergland gab es Wiesen voll gelber Blumen, Vögel sangen, junges Kieferngrün duftete, die Luft war mild. Die Nomaden, bei denen sie Aufnahme fanden, waren neugierig. Lenjam sprach von einer heiligen Höhle, von der sie gehört hätten, diese wollten sie suchen. Die Nomaden schüttelten die Köpfe. Es gäbe ein Gerücht von einer Prophezeiung Guru Rinpoches über ein Verborgenes Land, aber niemand wisse Genaueres. Es gäbe wohl Höhlen dort oben, auf jeden Fall sei es ein heiliges Gebiet, denn man habe schon Dakinis über die Berge fliegen sehen.

»Ich hatte damals wenig Wissen darüber, wohin mich der Lama führte«, sagte Lenjam auf dieser Wanderung in die immer tiefere Wildnis. »Ich wusste nur, dass er mich zu irgendwelchen Yoginis bringen wollte, und damit war ich zufrieden. Aber wir zelebrierten viele Pujas, und er gab den örtlichen Gottheiten reichlich Opfergaben. Meinen ganzen Schatz an Gold und edlen Steinen im Saum meiner Chuba verbrauchte er. Der Weg sei so gefährlich, sagte er, dass man die Wächter und örtlichen Gottheiten unbedingt günstig stimmen müsse.«

Sie erinnerte sich, dass sie damals viel Tsampa, Tee, Butter und Käse besorgt hatten und darauf achten mussten, dass ihre Wasserschläuche immer voll waren. »Da oben ist niemand, und es gibt nichts«, sagte sie, »manchmal nicht einmal Wasser. Lama Dorje wusste es. Er war noch nie dort gewesen, aber er wusste es. Seine Dakini musste es ihm gesagt haben.«

Tagelang ging es bergauf über geröllige Halden, durch felsige Rinnen, immer weiter dem Eis und Schnee entgegen. Trotz gleißender Sonne war es kalt unter dem dunkelblauen Himmel. Die Wasserschläuche waren schnell leer und mussten bei jeder möglichen Gelegenheit aufgefüllt werden. Viel trinken, hatte der Lama gesagt.

Woher wusste Lenjam, wo es weiterging? Manchmal musste sie sich hinsetzen und die Augen schließen, schnuppern, ein inneres Bild entstehen lassen.

»Ein Lotosblatt«, flüsterte sie dann oder »die Muschel des Segens« und schaute sich um.

»Was tust du?«, fragte Jigme.

Lenjam bewegte die Lippen ohne Laut.

Im Weitergehen sagte sie: »Ich schaue alles an und warte, bis mein inneres Bild und die Landschaftszeichen zusammenpassen und der Weg sich zu erkennen gibt.«

Solange sie Disteln und Flechten fanden, konnten sie Tee kochen und kleine Feuer mit heiligem Rauch aus Wacholderpulver entzünden. Dann gab es nur noch kahles Felsgestein und gefrorenen Schnee dazwischen. Nun mussten die Rezitationen und geistigen Opfergaben genügen. Die Berggeister und örtlichen Geistwesen schienen zufrieden zu sein. Sie zeigten ihre leuchtenden Formen, machtvoll aufragend vor der blauen Tiefe des Himmels.

Ich beginne so zu sehen wie im Tal der Yoginis, dachte Lenjam beglückt. Alles strahlt. So viel überwältigende Schönheit.

Der Sturm kam völlig unerwartet, als sie eine nackte Bergflanke emporkletterten. Mit Eispartikeln bestückt raste er auf sie zu und drohte sie hinunterzufegen. Flach auf den Felsen liegend krochen und rutschten sie zurück zu einer geschützteren Stelle. Unter den schnell aufziehenden Wolken duckten sie sich zwischen ein paar große Gesteinsbrocken.

»Warum?«, schrie Jigme gegen das Toben des Sturms an. »Was haben sie gegen uns?«

»Ich glaube, sie zeigen uns ihre Macht«, antwortete Lenjam. »Sie fordern unser Vollkommenes Vertrauen heraus.«

Sie schloss die Augen und rief die Grimmige Rote Tara herbei. Tara war bei ihr, in ihr. Tara war der Schutz, der darin besteht, keinen Schutz zu benötigen.

Der Sturm ließ nicht nach. Sie mussten bleiben und sich in ihren Bärenfellen einrichten.

»Sie machen es uns nicht leicht«, sagte Jigme.

Lenja drückte ihr Gesicht unter dem Fell nah an seines und genoss seinen vertrauten Geruch, vermischt mit einem Hauch von Bär.

»Trotzdem, es ist wunderschön hier, so hoch oben über der Welt.«

»Aber …«, setzte Jigme an.

Lenjam legte einen Finger auf seine Lippen. »Kein Aber. Beim Buddha gibt es kein Aber. Bei Guru Rinpoche gibt es kein Aber. Bei Tara gibt es kein Aber. Nur vollkommenes Vertrauen.«

An diesem Tag war kein Weiterkommen. Sie mussten sich mit dem Schutz der Felsbrocken begnügen und in die Felle gehüllt die Nacht verbringen, von der Praxis des inneren Feuers gewärmt.

»Es gehen mir ständig Verse der Machik Lapdrönma im Herzen herum«, sagte Lenjam. »Chöying Lhamo hat sie mich gelehrt. Wir hatten so viel Freude daran.

Die eigentliche Natur der Form aller Dinge ist leer.
Wenn wir nach den verschiedenen Formen
kein Verlangen mehr verspüren,
dann sind wir frei vom Dämon
des Glaubens an die Ewigkeit.
Wenn wir keinerlei Vorstellungen
von der Leerheit erschaffen, sind wir frei
vom Dämon des Glaubens an das Nichts.
Das Erscheinen der sichtbaren Dinge
kann nicht aufgehalten werden.
Doch nur, wenn wir sie als nicht konkret betrachten,
wird unsere Vision als Licht erscheinen.

Früher, als ich bei den Nonnen lebte und studierte, dachte ich, das müsste ich verstehen. Ich habe mir so viel Mühe gegeben, es zu verstehen. Aber wenn man das Verstehen nicht loslässt, kommt es nicht zur Erfahrung, und wenn man das Erfahren nicht loslässt, kommt es nicht zur Verwirklichung. Jetzt ist alles so einfach.«

»Du bist ein Wunder, Lhamo-la«, sagte Jigme. »Das Glück meines Lebens. Verzeih mir, dass ich das so lange nicht sehen konnte.«

Die Zärtlichkeit in seiner Stimme zauberte Regenbogen in Lenjams Geist.

Am nächsten Morgen war der Sturm weniger heftig und trieb die dünne Schneeschicht der Nacht vor sich her. Jigme drängte darauf weiterzugehen. Die Landschaft narrte die Augen. Was von Weitem wie eine kleine Senke erschien, erwies sich als langes, hart gefrorenes Schneefeld, das zu überqueren einen ganzen Tag erforderte. Die Anhöhe dahinter wuchs mit jedem Schritt und wurde immer höher und steiler.

»Bald«, sagte Lenjam. »Es kann nicht mehr weit sein.«

Langsam und achtsam gehen, hatte der Lama gesagt, hier oben brauchst du heile Füße zum Überleben. Jigme hatte mithilfe der Onkel feste, warme Stiefel für sie beide angefertigt, doch der Neuschnee verbarg gefährlich glatte, vereiste Stellen.

»Wir sollten warten, bis der Sturm ganz vorüber ist«, sagte Lenjam und blieb stehen. »Die Wächter drohen.«

»Wir haben ihnen so viele Opfergaben gegeben«, erwiderte Jigme, ohne anzuhalten. »Das muss doch reichen.«

Lama Dorje hatte von beunruhigenden Omen gesprochen. Jetzt wusste sie, was er gemeint hatte. Damals war es um ihre Erschöpfung gegangen, um die Gefahr, dass sie an diese Schwäche glaubte, anstatt sich dem Vertrauen zu überlassen. Jetzt bestand die Gefahr, dass Jigme an seinen Willen glaubte, anstatt sich dem Vertrauen zu überlassen.

»Denk nicht an die Wächter und an Opfergaben, Jigmela«, sagte sie. »Überlasse alles Guru Rinpoche!«

»Ja, gewiss«, sagte Jigme und ging weiter.

Wie zur Antwort erhob sich plötzlich eine gewaltige Sturmbö, gefolgt von einer Wand aus Schnee. Lenjam sah eine Bewegung wie eine riesige Hand auf Jigme zukommen.

»Nein! Nicht!«, schrie Lenjam.

Hatte sie geschrien? Hatte sie es nur gedacht? Der Sturm hatte ihr die Worte aus dem Mund gerissen. Sie sah die Hand an Jigme vorbeirasen, auf sich zukommen, unausweichlich. Dann wurde sie hochgehoben, in eine andere Zeit hinein.

Es war ein langes Fallen. Lenjams gesamtes Leben entfaltete sich und dazu frühere und noch frühere Leben. Alles war zugleich vorhanden in einem umfassenden Wissen. Und in diesem Wissen war auch, dass der Bogen ihres jetzigen Lebens zum Ende kam. Das war gut und richtig, sie war völlig einverstanden, es gab keine Furcht und keine Hoffnung, nur dieses grenzenlose Einverstandensein.

Ein ungeheures Dröhnen war in ihrem Kopf wie ein Donnerschlag, der die Welten erschütterte. Dann Stille. Im Sturm war Stille, in ihrem Geist war Stille. Der Tulku war da, ebenso Jetsünma Rinpoche, sie waren eins, zugleich waren sie auch Guru Rinpoche und die Grimmige Rote Tara und alle einundzwanzig Taras und viele andere Ausstrahlungen, gegenwärtig in einer einzigen, alles durchdringenden Präsenz, in der Formen und Namen lediglich Ornamente waren.

»Lhamo-la! Lhamo-la!« Jigmes Stimme, sein entsetzter Blick, ein leuchtender Kranz wirbelnden Schnees um ihn.

Es ist alles gut so, wollte sie ihm sagen, doch ihre Lippen bewegten sich nur schwerfällig, als wäre es ein weiter Weg von den Worten in ihrem Herzen bis zum Ton. Sie versuchte es ein paarmal, dann gelang ein Flüstern. »Es ist alles gut so, Jigme-la. Ich gehe jetzt. Es ist richtig. Es ist vollkommen richtig.«

Sie sah die Tränen in Jigmes Augen, hörte sein hartes Schluchzen, wusste um das Leiden, das vor ihm lag. Auch das war richtig. Es gab nichts Unrichtiges. Nur die Illusion war das Unrichtige. Jigme würde lernen, all die Lehren, die er studiert hatte, lebendig zu machen, über die Gedanken hinauszugehen in die Erfahrung. Er würde ihren Tod als Geschenk sehen lernen ebenso wie sein Leben.

»Was kann ich tun?«, flüsterte Jigme.

»Lernen«, sagte Lenjam.

Dann versank ihre Stimme in dem großen Strom, der sie davontrug.

Epilog

In jener Region, von der es heißt, dass es dort irgendwo in der Wildnis der Berge ein Verborgenes Tal gebe, erzählt man sich eine Legende:

Vor langer Zeit stiegen eine Yogini und ein Yogi in diese Berge hinauf. Die Yogini kannte den Weg, war auch schon im Verborgenen Tal gewesen, der Yogi jedoch nicht. Die Wächter schickten ihre Warnungen aus, und als sie sahen, dass der Yogi nicht das vollkommene Vertrauen besaß, wurden sie sehr zornig und schickten einen gewaltigen Sturm. Die Yogini war aber eine Bodhisattva, und als sie erkannte, dass die Wächter den Yogi töten wollten, opferte sie sich für ihn. Nach ihrem Tod sah man drei Tage lang Regenbogen über dieser Region. Der Yogi aber verließ den Berg und versuchte nie wieder, in das Verborgene Tal zu gelangen. Durch viele Jahre der Meditation in Höhlen und Einsiedeleien wurde er ein weiser Meister, der vielen Schülern und Schülerinnen zu großer geistiger Entwicklung verhalf.

Aussprache tibetischer Namen

Die vereinfachte westliche Schreibweise tibetischer Namen ist nicht allgemein festgelegt, richtet sich aber üblicherweise nach der englischen Form.

Die ungefähre Aussprache:

j und ch werden wie dsch ausgesprochen, sh wie sch, z.B. Jangchub = Dschangdschub, Lenjam = Lendcham, Jigme = Dschigme, Lekshey = Lekschee; ng am Wortanfang wie n.

Glossar

Amala: Mutter, Mama

Amchi: Arzt

Ani-la: Schwester, Nonne

Arya Tara: Edle Tara, weibliche Meditationsgottheit des Mitgefühls

Bardo: Zwischenzustand, bezieht sich vor allem auf die Phase zwischen Tod und Wiedergeburt

Barkhor: Rundweg um den Jokhang in Lhasa

Bodhicitta: Erleuchtungsgeist, vollkommene Weisheit und vollkommenes Mitgefühl

Bodhisattva: jemand, der den Erleuchtungsgeist verwirklicht hat, aber um aller leidenden Wesen willen nicht ins Nirwana eingeht

Bomo-la: Tochter

Bönpa: Vertreter der alten Bön-Religion

Buddha: Buddha Siddhartha Gautama ist der Buddha des jetzigen Zeitalters; es gibt weitere Buddhas der Vergangenheit und Zukunft

Cha: Tee, vor allem Buttertee mit Salz oder Soda

Chang: tibetische Art von Bier, meistens aus Gerste gewonnen

Changma: Mädchen, die traditionell in wohlhabenden Familien den Gästen Chang einschenkten

Chemkusho: siehe Kusho

Chörten: sakrale Form, von Statuetten bis großen Bauwerken

Chuba: Mantel, aber auch Kleid

Dakini: weibliche tantrische Gottheit, die den Praktizierenden hilft und sie beschützt

Dharma: Buddhismus, Lehre des Buddha

Desi: Statthalter

Desi-Di: gedachte tibetische Umsetzung des Namens Desideri, Jesuit

Dewachen: Sanskrit Sukhavati, das Reine Land des Buddha Amitabha

Dön: behindernder Geist

Dzong: Festung, Burg

Ganachakra: tantrisches sakrales Fest

Gau: Segenskästchen oder -säckchen, gefüllt mit Mantras und heiligen Schriften

Golok: Distrikt in Osttibet

Gompa: Kloster, Einsiedelei

Guru Rinpoche: siehe *Padmasambhava*

Gyalpo: Herrscher, König

Herzens-Lama: auch *Wurzel-Guru*, der Meister, der den Schüler in die Natur des Geistes eingeführt hat

Himmelstänzerin: siehe *Dakini*

Jetsünma: kostbare Meisterin

Jovo-Buddha: Buddha-Statue (der Buddha als mythischer universaler Herrscher) im Jokhang, dem heiligsten Tempel Tibets in Lhasa

Kanjur: Sammlung der buddhistischen Sutren

Karma: selbst geschaffenes Schicksal

Karma-Yoga: Methode des Lenkens der sexuellen Energie

Kata: Glücksschärpe, die zur Begrüßung und Segnung überreicht wird

Kham, Khampa: Bewohner von Osttibet

Khenpo: entspricht dem Titel »Doktor« oder »Professor«

Khora: Umschreiten eines heiligen Bauwerks oder Pilgerortes

Kilkhor: Zauberkreis

Kündün: Gegenwart, ein Titel der Dalai Lamas

Kusho: Anrede hoher Herren; weibliche Form Chemkusho

Kyichu: Fluss im Lhasa-Tal, der zum Tsangpo (Brahmaputra) fließt

Lama: spiritueller Lehrer

Lha gyel lo: Die Götter siegen.

Lhamo: Göttin

Lhakang: Tempel

Lhasang: Heiliger Rauch (meistens Wacholder mit Zutaten)

Lingkhor: Rundweg um ganz Lhasa samt Potala

Losar: Neujahr

Mahasiddha: Meister der weltlichen und spirituellen außergewöhnlichen Fähigkeiten

Mala: tibetische Mantra-Kette mit 108 Perlen

Mantra: symbolische sakrale Formel

Mani-Matra: OM MANI PEME HUNG. Mantra des Mitgefühls

Milarepa: berühmtester Yogi Tibets

Mo: tibetische Orakelbefragung

Mola: Großmutter

Momo: Teigtaschen

Naga: mächtige Wasser- und Erdgeister

Ngakpa: nicht monastischer Praktizierender des tantrischen Buddhismus (Tantrayana), weiblich Ngakmo; verfügt oft über außergewöhnliche Fähigkeiten

Padmasambhava auch *Guru Rinpoche:* Begründer des tibetischen Buddhismus, der die Lehren im 8. Jahrhundert von Indien nach Tibet brachte. »Das Kind in der Lotosblüte« ist der Legende nach Guru Rinpoche bei seiner Geburt

Pala: Vater, Papa

Palden Lhamo: machtvolle Beschützerin von Lhasa

Pola: Großvater, Opa

Potala: Palast der Dalai Lamas in Lhasa

Puja: Ritual mit Anrufung von Meditationsgottheiten und Beschützern, beinhaltet Rezitationen, Gesänge und Meditationen

Purba oder *Phurba:* dreiseitiger Ritualkeil zur Eliminierung negativer Kräfte

Rinpoche: kostbares Juwel, Titel hoher Wiedergeburten

Rolang: eine Art Zombie

Samsara: Erfahrung der Existenz, geprägt durch die Impulse von Begierde, Aggression und Ignoranz; Gegensatz Nirwana, die Erfahrung jenseits dieser Impulse

Sangyum: spirituelle Gefährtin

Shantideva: Autor des buddhistischen Basistextes »Anleitungen auf dem Weg zur Glückseligkeit«, Bodhisattvacharyavatara

Siddhi: weltliche und spirituelle übernatürliche Fähigkeiten

Tashi Delek: »glückliches Gedeihen«, tibetischer Gruß

Tertön: »Schatzfinder«, der von Guru Rinpoche hinterlegte spirituelle Schätze, materiell und nicht materiell, entdeckt

Thangka: tibetisches Rollbild

Togden, Togdenma: tibetisch für Yogi und Yogini

Traditionslinien: die fünf tibetischen Traditionslinien sind Nyingma, Kagyü, Shakya, Gelugpa und Bön-Buddhismus

Tsa-lung: tibetische spirituelle Energiearbeit

Tsampa: Mehl aus gerösteter Gerste

Tukpa: dicke Suppe, meistens mit Nudeln

Tulku: direkte hohe Wiedergeburt einer Wiedergeburtslinie

Tulpa: Manifestation eines durch geistige Kraft gestalteten Wesens

Tummo: Erzeugen innerer Hitze mit Tsa-lung

Vajra: Diamantzepter, zentrales Symbol im tibetischen Buddhismus

Yab-Yum: Vater-Mutter-Buddha, Symbol der Vereinigung von männlicher und weiblicher Energie, Ausdruck der Vollkommenheit. Die kleinere weibliche Buddha-Figur sitzt im Schoß der männlichen Buddha-Figur. Yum-Yab ist die (ikonografisch seltene) Umkehrung

Yogini: weibliche Form von Yogi, allgemeiner Begriff für Praktizierende des tantrischen Buddhismus außerhalb des monastischen Rahmens ohne Festlegung auf eine bestimmte Lebensweise

Bibliografie

Dalai Lama im Gespräch mit Thomas Laird, *Tibet – Die Geschichte eines Landes*. München: Scherz 2006

Kathog Situ Chökyi Gyatso, *Togden Shakya Shri, The Life and Liberation of a Tibetan Yogi*. Merigar: Shang Shung Publications 2009

Keith Dowman, *Der heilige Narr*. München: O.W.Barth 1980

Magcig Labdrön, *Gesänge der Weisheit*. Dietikon: Garuda Verlag 1998

Milarepa, Marpa, Gosangpa, *Selected Songs of Realization*. Translatet by Jim Scott. Kathmandu: Marpa Translation Committee 1996

Milarepa, *Songs of Milarepa*. New York: Dover Publications, Mineola 2003

Milarepas gesammelte Vajra-Lieder. Berlin: Theseus 1996

Padmasambhava, *Die geheimen Dakini-Lehren*. München: O.W.Barth 1995

Shantideva, *A Guide to the Bodhisattva's Way of Life*. Translated by Stephen Batchelor. Dharamsala: Library of Tibetan Works and Archives 1979

Shantideva, *Bodhicaryavatara – Anleitungen auf dem Weg zur Glückseligkeit*. München: O.W.Barth 2005

Thubten Yeshe, *Die grüne Tara*. München: Diamant 1998

Shaw, Miranda, *Erleuchtung durch Ekstase*. Frankfurt: Wolfgang Krüger Verlag 1994

Shaw, Miranda, *Buddhist Goddesses of India*. New Jersey: Princeton University Press 2006

Taranatha, *The Origin of Tara Tantra*. Dharamsala: Library of Tibetan Works and Archives 1981

Trent Pomplum, *Jesuit on the Roof of the World*. Oxford: Oxford University Press 2010

Olvedi, Ulli, *Mo – das Orakel der Tibeter*. München: O.W.Barth 2004

Tashi Delek
Gesellschaft zur Förderung der tibetisch-buddhistischen Kultur im
Exil
www.tashi-delek.de
gegründet 1990 und geleitet von Ulli Olvedi